U0686760

国家社科基金重点项目「民国诗话词话整理与研究」（15AZDB066）

国家社科基金重大项目「民国词集编年叙录与提要」（13&ZD118）

国家社科基金重大项目「民国话体文学批评文献整理与研究」（15ZDB066）

南京师范大学词学研究中心与中华诗词研究院合作项目

相关成果

曹辛华 主编

民国旧体文学研究

第一辑

国家图书馆出版社

图书在版编目（CIP）数据

民国旧体文学研究（第一辑）/ 曹辛华主编 . -- 北京：国家图书馆出版社，
2016.7

ISBN 978-7-5013-5888-5

Ⅰ . ①民…　Ⅱ . ①曹…　Ⅲ . ①中国文学—近代文学—文学研究—民国
Ⅳ . ① I206.5

中国版本图书馆 CIP 数据核字（2016）第 151605 号

书　　名　民国旧体文学研究（第一辑）
著　　者　曹辛华 主编
责任编辑　南江涛　苗文叶
封面设计　九雅工作室

出　　版　国家图书馆出版社（100034　北京市西城区文津街 7 号）
　　　　　（原书目文献出版社　北京图书馆出版社）
发　　行　010-66114536　66126153　66151313　66175620
　　　　　66121706（传真），66126156（门市部）
E - mail　nlcpress@nlc.cn（邮购）
Website　www.nlcpress.com →投稿中心
经　　销　新华书店
印　　装　河北三河弘翰印务有限公司
版　　次　2016 年 7 月第 1 版　2016 年 7 月第 1 次印刷

开　　本　710×1000（毫米）　1/16
字　　数　596 千字
印　　张　41

书　　号　ISBN 978-7-5013-5888-5
定　　价　120.00 元

目　　录

话体文学批评专栏

旧体文学与批评

新旧文学比较研究

民国旧体文学文献

年谱·传记

民国文献数据库研究

杂缀

学坛通讯

创刊辞

　　酝酿花香飘起，正是《民国旧体文学研究》创刊号付梓的时候，按理当郑重其事地用文绉绉的文言或传统文体来写段贺词或寄语之类的，但由于本人拙于言辞，且有钟振振师等兼擅文言的前辈学者在，索性还是以啰唆的白话啰唆几句，权当创刊辞。

　　先啰唆缘起。民国旧体文学领域是个富矿，但长期以来被人为地忽略。这种忽略有贵古贱今、认识定势的原因，也有新文学当初为其建立而长期抑制旧体文学研究的原因，还有学科认同不够（如当前不把民国旧体文学当作古代文学研究对象，现代文学学科多侧重新文学，近代文学学科则至 1917 年就驻足不前，民国旧体文学文献整理也不被当作古籍整理项目）等原因，更有民国旧体文学作家有不少行实暧昧、政治可疑、思想"落伍"等敏感问题的原因。当然最主要的是文学学术潮流还未到达、公允而科学的学术观念姗姗来迟、社会经济发达程度逐步提高等原因。近些年来，无论是古代文学界、近代文学界，还是现当代文学研究界、文献学研究界，有不少学者都意识到民国旧体文学、文献、文化研究的重要性与学术价值，出现了不少重要的成果与课题。早在上世纪 80 年代，施议对先生率先编纂了《当代词综》，开研究民国旧体文学之先河；新世纪初，张寅彭先生有《民国诗话丛编》之纂，刘梦芙、胡迎建等有专门探讨研究民国旧体诗词的专著。目前已有不少有古代文学、近代文学学术背景的专家学者也进军此领域，如王达敏、马亚中、马卫中、彭玉平、朱惠国、陈水云、孙克强等前辈。现代文学界也有不少专家关注此领域，如黄修己、谭桂林、张富贵、沈卫威、李怡、李遇春等。近些年来还有不少与民国旧体文学相关的大型丛书问世。如林庆彰与王伟勇、简锦松、吴荣富等曾编纂《民国学术丛刊》六种（经学丛书、文集丛刊、语言文字学丛书、诗集丛刊、哲学思想丛书、小说丛刊）之编纂；张剑、彭国忠、徐雁平则有《近代稀见史料丛刊》；

陈引驰、周兴陆等有《民国诗歌史著集成》；笔者与钟振振师有《民国诗词学文献珍本整理与研究丛书》。值得注意的是，当前还有不少与民国旧体文学相关的国家社科基金重点、重大项目出现。重点者如钟振振师的"民国诗话词话整理与研究"、朱惠国的"民国词集专题研究"等，重大者如关爱和的"期刊史料与20世纪中国文学史"、倪延年"民国新闻史"、左鹏军"近代戏曲文献考索类编"、黄霖的"民国话体文学批评文献整理与研究"等。这些都意味着民国旧体文学研究方兴未艾，大有可为，创办一份有关民国旧体文学的专刊适得其宜、大有必要。

辛华从跟随杨海明先生攻读博士、研究20世纪词学至今已20年，虽一直致力于民国词学研究，却无大收获。此过程中幸得张剑兄的告诫与指点，专门从民国词学文献入手治民国词史。先后对民国词社、民国词选、民国女词人、民国词人群体进行研究；又承蒙凤凰出版社姜小青、王华宝等先生的支持，合作编纂《民国词话全编》；于2012年在钟振振师的指导下又策划申报成功了国家出版基金项目"民国诗词学文献珍本整理与研究"（与河南文艺出版社联合）。在研究过程中，又产生了《清末民国旧体诗词结社文献续编》（与国家图书馆出版社合作）、《全民国诗话》（与上海书店、河南文艺出版社合作）、《全民国词》（与浙江古籍出版社合作，后来获得国家出版基金的资助）等成果或课题。前岁不意获得国家社科基金重大项目"民国词集编年叙录与提要"。早在2012年本人参加在北京香山召开的近代文学会理事会议（由中国社会科学院文学研究所主办）时提出过"民国旧体文学史建构"的问题，当时黄霖先生称赞不已。黄先生从1999年至今对辛华所从事的民国学术研究一直鼓励、支持与提携。种种因缘引发、刺激了本人学术领域的急剧扩张与拓宽，也让辛华有心、有志在民国旧体文学领域做一个开路人。

欲开拓，文献整理与研究是首要。所幸的是，国家图书馆出版社多年来也在从事民国文献的整理与出版工作。南江涛先生作为年轻编辑却有敏锐的学术嗅觉，曾先后主编策划不少与民国文学文献相关的大型丛书。交谈中，提出创办一种"民国旧体文学研究"之类的刊物，以刺激民国旧体文学学术研究。采薇阁书店负责人王强近年来也一直从事民国文献的出版工作，得知辛华为同道时，曾有过多次合作。今年3月寒意料峭，但王先生却送来了温暖。晚餐间听说辛华办刊的设想，他慷慨提出愿意一直出资支持办此刊物。后来经与国家图书馆出版社协商，终于达成合作创办《民国旧体文学研究》之决定。记得曾与南江涛先生商量刊物名称问题时，辛华建议办成民国文献研究或民国文学与文献研究，南先生则以为用"民国旧体文学研究"最好，以为可补当前学术刊物之空白的同时，还可吸引更多学人转向此领域的研究。这样，才有今天在此啰唆的机会，才有编辑同行学者论著的机会。在筹备办刊的过程中，先后得到中华诗词研究院（杨志新、莫真宝）、上海图书馆《全国报刊索引编辑部》（韩春磊、杨敏）、复旦大学古代文学研究中心（黄霖、周兴陆）、河南大学近代文学研究中心（关爱和、胡全章、刘涛、杨萌芽）、苏南文学与文化协同创新研究中心（张幼良）、南京师范大学图书馆（管红星）等单位学者、领导的支持与帮助。而中国韵文学会会长钟振振教授、中国近代文学会会长关爱和教授等也欣然同意将此刊作为学会的会刊之一。与此同时，香港佛教联合会董事胡韵琴居士为支持、鼓励辛华的学术研究，专门设立"胡韵琴学术基金"，使得辛华更有信心做好民国旧体文学这一领域的研究工作，有信心办好此刊。

接着啰唆下设想。《民国旧体文学研究》作为纯粹的学术刊物，为中国韵文学会、中国近代文学学会的会刊之一，暂定半年辑。创刊号 2016 年 7 月由国家图书馆出版社出版，采取以书代刊的方式。创刊目的是为推进民国旧体文学及其文化、民国文献等方面研究的深入，开拓民国旧体文学研究领域。故凡与民国旧体文学、文化相关的各种文献、史料与论述等文章，均可刊登。经与钟振振、吴锦、程杰、张剑、张廷银、曹书杰、南江涛等先生商量，此刊暂时设置七大板块。

板块一，民国旧体文学本体类。专门针对民国旧体文学本身相关问题进行的各种研究，属于民国旧体文学史领域。主要包括：1. 民国旧体文学作品（针对诗、词、曲、赋、旧体小说、传统戏剧、诗钟、对联等作品的探讨）；2. 民国旧体文学作家（针对诸如唐圭璋、夏承焘、龙榆生等诗词家或曲赋作家的研究）；3. 民国旧体文学批评（针对当时有关诗词等旧体文学的批评、理论方面的研究）；4. 民国旧体文学文献（针对与民国旧体文学相关的各种文献、史料等方面的整理与研究）等。

板块二，民国旧体文学学术研究。专门探讨民国时期对古代、近代的诗词、曲、赋、文及其批评的研究，属于民国阶段的古典文学学术史领域。主要包括：1. 民国诗词学；2. 民国民歌研究；3. 民国文学批评理论史研究；4. 民国新旧文学比较；5. 民国文章学与文体学。

板块三，民国旧体文学与文化。研究民国旧体文学与西方文化、传统文化、新文化以及当代文化等关系。

板块四，民国域外汉学与旧体文学。主要针对民国域外汉文学、汉学。如域外汉文期刊、汉文作家与作品、汉学家的学术以及中外文学交流等。

板块五，民国文献电子资源研究。专门对当前有关民国旧体文学等电子资源进行学术性的评估与研究，促进民国旧体文学等文献的数字化。

板块六，民国以来旧体诗词曲赋创作。适当对民国以来（包括当代）的旧体诗词曲赋进行搜录、评选、刊登。

板块七，学术资讯与研究动态。专门针对当前与民国旧体文学有关的各种学术资讯与研究动态。如研究综述、学术活动信息、著述评介等。

这七大板块的设立基本包涵了民国旧体文学领域的各个方面，然而由当前的学术研究现状来看，有一些板块的研究还处于未开垦状态。这就要求学界更多学人能够积极拓荒，以使民国旧体文学研究得以深入。

这里要感谢为创办此刊物付出努力的众多热心师友与单位。首先感谢的是采薇阁书店王强先生、胡韵琴先生与国家图书馆出版社。王先生不计个人名利，慷慨资助与支持我们民国旧体文学研究所的各项工作。胡韵琴先生为支持辛华的学术研究，专门在南京师范大学设立"胡韵琴学术基金"，为民国旧体文学与文化研究增添了动力。国家图书馆出版社不仅支持此刊的编辑出版，还与辛华达成"民国词集丛刊""清末民国旧体诗词结社文献续编、三编""民国期刊词文献整理"等多项合作课题。同时要感谢的是中华诗词研究院。早在2011年，研究院就与南京师范大学词学研究中心达成合作协议，在蔡世平、杨志新、莫真宝等领导的支持下，目前已有多种合作成果问世。辛华供职单位的师友潘百齐、孙绪敏、秦国荣、胡牧、骆冬青、陈书录、党银平、王青、宗瑞冰等均在本刊创办过程中支持尤多。至于学界同仁的热心支持、提携与帮助，于此就不一一道谢。当然，此处必须要郑重感恩的是业师杨海明、莫砺锋、钟振振诸先生，是他们的叮咛、教导与指点，此刊才有机会面世。钟师还专门为本刊题写了书名。

最后，还要真心感谢的是国家。如果没有国家大力投入科研资金，就不可能有眼前民国旧体文学研究"热"的景象。事实上本刊就可视作本人所承担的国家重大项目"民国词集编年叙录与提要"课题的相关成果与高层次的升华。此点恰恰符合国家设立各种科研基金的真正意旨——以点带面，由此带动、刺激、拓展民国旧体文学领域的研究。

《民国旧体文学研究》出版在即，不能无诗以贺，于此附上拙作旧体诗词二首聊增情趣。其一为《将进酒·用太白原韵贺〈民国旧体文学研究〉创刊》：

民国风，还吹民国梦里来，民国花老多少回。民国赋，休在民国圈里发，诗魂怕披民国雪。当时娑婆少清欢，诗慰潦倒度日月。美雨劲袭旧体圮，白话革命新诗来。烽火万里诗万首，弱水三千饮几杯。清遗老，留学生，新旧体，论不停。多少惊人句，喊破喉咙有谁听。相如赋贱话剧贵，几人沉醉几人醒。雅集结社古董事，不如小说炫文名。诗词曲赋称国粹，误认新体是谐谑。新旧文学无优劣，如今为何费斟酌。沙成塔，腋成裘，何日同饮庆功酒，且用旧体写尽愁。

其二为《念奴娇·用东坡原韵贺〈民国旧体文学研究〉创刊》：

新诗独领、风骚久，旧体三成文物。众志成城，荒拓尽，必贯新墙旧壁。文白分野，古今分界，冤枉终可雪。词山诗海，同游检阅英杰。　　多少遗老文章，社团唱和事，任君开发。雅韵风流，烽火间，化恨似鸿明灭。闲梦当年，谁妖孽选学，谁损毫发。孰优孰劣，从此休问明月。

曹辛华

2016 年 6 月

民国诗词研究专栏

民国以来词总集"凡例"之检视与前瞻建议*

王伟勇

　　本文首先检视《全唐五代词》《全宋词》《全明词》《全清词·顺康卷》等词总集之"凡例",发现所涉内容多达十八项,又可归为两类:一为处理词作之体例,一为处理与词作相关之体例。然此中对于是否附录评点意见(简称"附评"),或给予简单附注(简称"简注"),均未具体说明。爰以《清代诗文集汇编》所录,目前印行《全清词》佚收左辅词中,有附评之 37 阕作品为例,证明此中按语,或就风格评点,或就内容评点,或兼风格、内容评点,皆有可观,诚不可一概弃之。其次,又以佚收靳之隆《无逸词》44 阕为例,说明今人整理词总集,应有"简注"之观念,项目包括:一、作者所据之词谱;二、词调异名;三、字数、句数、句式;四、押韵;五、错、漏字及字体漫漶;六、生难字词;七、生难字词之拟音。如此处理,即可呈现今人整理总集突破前贤之所在。末则对于正体字与异体字之问题,建议列一"凡例"予以说明,庶免读者不知所从。

一、词总集"凡例"之检视

　　以"全"命名之词总集,已出版不少,如《全唐五代词》①《全宋词》②《全

---

　　*　国家社科基金重大项目"民国词集编年叙录与提要"(13&ZD118)的相关成果。

　　①　曾昭岷、曹济平、王兆鹏、刘尊明编著:《全唐五代词》,北京:中华书局 1999 年 12 月。按:此类书有林大椿编《全唐五代词》,台北:世界书局 1980 年 11 月;张璋、黄畬先生所编《全唐五代词》,台北:文史哲出版社 1986 年 10 月。

　　②　唐圭璋编纂,王仲闻参订,孔凡礼补辑:《全宋词》,北京:中华书局 1999 年 1 月。

金元词》①《全明词》②《全明词补编》③《全清词·顺康卷》④《全清词·顺康卷补编》⑤《全清词·雍乾卷》⑥等，率为民国以后学者所编成，又可分为两个阶段：一为编成于铅字排版之时代，如《全宋词》（改版《全宋词》除外）、《全金元词》即是；一为电子排版之时代，如《全明词》以后之总集皆是。至于《全唐五代词》，则两阶段皆见学者投入，盖见铅字排版太简而重新编纂也。若论学术公信力，则端视编者之学术素养及编纂态度决定之。以 1937 年即开始编纂之《全宋词》为例，除有学术素养深厚之学者，如唐圭璋（1901—1990）、王仲闻（1903—1966，乃王国维次子）、孔凡礼（1923—2010）等人积极投入；又能严谨考辨，定出周到之"凡例"（详参后两节论述），无怪乎恒为学者所取资。然此成就，实亦奠基于明代吴讷（1372—1457）《唐宋元明百家词》、毛晋（1599—1659）《宋六十名家词》，以及清代朱祖谋（1857—1931）《彊邨丛书》，甚至刘毓盘（1867—1927）于 1925 年辑成之《唐五代宋辽金元名家词辑》、赵万里（1905—1980）于 1931 年出版《校辑宋金元人词》，而后踵事增华，终底于成。

《全唐五代词》之编纂亦甚早，据该书"前言"云："早在明代，董逢元就已开始专门搜辑唐五代词。……清人康熙间编纂《全唐诗》时，也附带地对唐、五代词进行了一次较大规模的辑录整理。……本世纪二十年代，王国维整理、校勘了包括花间词人在内的唐五代二十一家词作，汇编成《唐五代二十一家词辑》。……稍后，林大椿于 1933 年推出《全唐五代词》。……1986 年，上海古籍出版社出版的张璋、黄畲先生所编《全唐五代词》。"⑦是知此书自明代即有前贤从事纂辑，然因所定"凡例"过于简略，致少影响力。迄乎 1999 年 12 月，曾昭岷、曹济平、王兆鹏、刘尊明等人，仿《全宋词》定出较周备之"凡例"，编成电子排版之《全唐五代词》后，始广为学者所取资。

---

① 唐圭璋主编：《全金元词》，台北：洪氏出版社 1980 年 11 月。
② 饶宗颐初纂、张璋总纂：《全明词》，北京：中华书局 2004 年 1 月。
③ 周明初、叶晔主编：《全明词补编》，杭州：浙江大学出版社 2007 年 1 月。
④ 全清词编纂研究室主编：《全清词·顺康卷》，北京：中华书局 2002 年 5 月。
⑤ 张宏生主编：《全清词·顺康卷补编》，南京：南京大学出版社 2008 年 5 月。
⑥ 张宏生主编：《全清词·雍乾卷》，南京：南京大学出版社 2012 年 6 月。
⑦ 曾昭岷、曹济平、王兆鹏、刘尊明编著：《全唐五代词·前言》，北京：中华书局 1999 年，第 18—18 页。

其次，同样完成于电子排版时代之《全明词》《全清词》，于出版不久，即补纂不断，原因为何？材料加多于前代，搜罗不易，固为主因，然学者之素养及认知未能踵继前贤，亦为不争之事实。为便学者借鉴前贤，本文仅以出版时间为序，表列前行学者所编词总集及其"凡例"内容，以见个中优劣得失。此中已然后出转精者，即采最新出版品，如《全唐五代词》采曾昭岷等四人编著本，即是一例。至于《全宋词》《全金元词》，皆由唐圭璋总纂，故仅采前者之凡例。《全明词补编》系本诸张璋总纂《全明词》之凡例，自亦弃彼取此。《全清词》部分，率由南京大学"《全清词》编纂研究室"统筹负责，故仅列《全清词·顺康卷》之凡例，以赅其他。

凡例内涵	唐圭璋编纂《全宋词》（1979 再版）[①]	南京大学"全清词编纂研究室"编《全清词·顺康卷》（1994）[②]	曾昭岷、曹济平、王兆鹏、刘尊明编著《全唐五代词》（1999）	饶宗颐初纂、张璋总纂《全明词》（2004）
一、统计总数	凡录词人 1330 余家，词作 19900 余首，残篇 530 余首。	凡录词人 2545 家，词作 60000 余首。[③]	凡录 720 首词（见于"前言·编纂情况"）。	凡录词人 1390 余家，词作约 20000 余首。
二、严辨诗词	（一）凡已有词者，附录于词作之末。 （二）未有词者，存目于全篇之末。	未说明。	（一）"正编"收录倚声制词之曲子词。 （二）"副编"收录属诗属词难以考定之作，以及已考定是诗而非词之作。 （三）辑录符合曲子词性质与特征之"敦煌词"。	未说明。

① 此书 1999 年版，题"唐圭璋编纂、王仲闻参订、孔凡礼辑补"（唐圭璋编纂、王仲闻参订、孔凡礼辑补：《全宋词》，北京：中华书局 1999 年 1 月），然所附"凡例"，全依旧版，故此处依旧题作"唐圭璋编纂"。

② 此书 1994 年 2 册版，原题"南京大学中国语言文学系全清词编纂委员会编"，此处依 2002 年20 册版改为"全清词编纂研究室"，并略去"中国语言文学系"，以省篇幅。此中所附"凡例"，皆依旧版，故出版年份亦从之。至于其他体例，则据 20 册本予以补入，以符实际情况。

③ 按：《全清词·顺康卷》2 册本，并未统计字数及作品，此处系依《全清词·顺康卷》20 册本、《全清词·顺康卷补编》4 册之"出版说明"合计之。

续表

凡例内涵	唐圭璋编纂《全宋词》（1979 再版）	南京大学"全清词编纂研究室"编《全清词·顺康卷》（1994）	曾昭岷、曹济平、王兆鹏、刘尊明编著《全唐五代词》（1999）	饶宗颐初纂、张璋总纂《全明词》（2004）
三、界定词人	（一）凡唐五代词人入宋者，俱以为唐五代词人。 （二）凡宋亡时年满二十者，俱为宋人（入元仕高官者除外）。 （三）无确切年代可考者，始仍旧说以为宋人。	（一）明清之际词人，以作者出处定取舍。 （二）凡抗清殉难，以及殁于清初而以明遗民自居者，不予收录。 （三）生于清末，卒于民国以后词人，除无产阶级革命家作品理应别成专辑外，均加收录。	（一）上起初唐，下迄五代之词人。 （二）由五代入宋之词人，《全宋词》已收，不录。	（一）元末明初词人，《全金元词》已收者，一般不再收录；唯按历史明确划为明人者，则收录之。 （二）明末清初之词人，抗清殉难与隐居不仕之遗民，均收录之。
四、确定排序	（一）凡生年可考者，以生年为序。 （二）生年不可考而卒年可考者，以卒年相参。 （三）生卒年不可考而知其登第年者，以登第年为序。 （四）知其交往酬和者，以所交往酬和者之时代为参。 （五）一无可考者，参其作品所出之书成书时代。 （六）无名氏词俱次于编末，亦以作品所出之书成书时代为序。	（一）正、续编及拾遗，皆以词人生年为序。 （二）生年不详者，参照其卒年或科第、交游等事迹酌定之。 （三）虽有姓名而世次无考，以及无名氏之作，悉列编末。① 按：以上原则实以《全宋词》为本。	同《全宋词》。	同《全清词·顺康卷》。
五、考订词人	（一）词人之时代。 （二）词人之姓氏。 （三）词人之行实。	（一）每位词人均有小传。 （二）事迹不详者则阙之。	（一）词人之姓氏，悉称其本名或通用名，唯僧尼则称法名，并冠以"释"字。 （二）每位词人均有小传	根据史籍记载撰写小传。

① 查《全清词·顺康卷》20 册本，均未编"拾遗"，亦未见录无名氏作品；盖因"全清词之编纂"犹未完竣也。

续表

凡例内涵	唐圭璋编纂《全宋词》（1979 再版）	南京大学"全清词编纂研究室"编《全清词·顺康卷》（1994）	曾昭岷、曹济平、王兆鹏、刘尊明编著《全唐五代词》（1999）	饶宗颐初纂、张璋总纂《全明词》（2004）
六、编次词作	（一）依现存词集之次第。 （二）凡搜辑所得，以所出书成书之先后为次。 （三）同一书中之次序、调名、词题，亦悉准原书。	（一）篇目次序，悉依底本之旧，并注明版本。 （二）辑本则略加编次。 （三）别集外逸出之篇，概附各本之后，亦标明出处。	（一）文人词作之排列，凡据别集、总集入录者，悉仍其旧，辑佚之作列于其作。 （二）杂取诸书者，依各书编撰时代先后为序。 （三）"敦煌词"统编于无名氏词后；原卷为曲子词集者，次序一仍原卷，其他散见之作，依原卷编号次序排列。①	（一）依底本编次。 （二）如其版本有所补充，则列于后。
七、采用底本	（一）以善本、足本为主。 （二）刊本词如有不足，则统合别本以补之。 （三）有较善之刊本而未寓目，或有缺页而未见完本者，列诸俟考。	（一）以足本、定本为主。 （二）辑本则从选本、笔记、词话、方志、书画中采录。	（一）以善本、足本为底本。 （二）辑佚词以见载最早之书为底本。 （三）副编之作，以见载最早之词籍为底本。 （四）底本可考为伪作者，删入"存目"。 （五）"敦煌词"以原写卷为底本，原作见诸多种写卷者，以钞写完整且书法良好易认之写卷为底本；原卷不得见者，以今人著录较善之本为底本。②	（一）以明、清善本、足本及赵尊岳编《惜阴堂丛书》稿本为底本。 （二）原底本各词之有价值原注、附注及附录，尽量予以保留。

---

① 按：此书"敦煌词"本身之排序，首列《云瑶集杂曲子》，次列斯坦因编号之写卷，再次列伯希和编号之写卷，末次其他写卷或刻本。

② 按：该书所录"敦煌词"，有与唐五代文人词互见者，则仅列存目，并于前一首词后小字注明。所录词出于同一卷号或校录本者，悉于末首小字注明原卷编号或书名版本。

续表

凡例内涵	唐圭璋编纂《全宋词》（1979 再版）	南京大学"全清词编纂研究室"编《全清词·顺康卷》（1994）	曾昭岷、曹济平、王兆鹏、刘尊明编著《全唐五代词》（1999）	饶宗颐初纂、张璋总纂《全明词》（2004）
八、校改底本	（一）底本有讹夺者，以他本校改、校补，并注明出处。 （二）如有臆改者，为区辨原文及所改之字，仍以不同括号显示。	（一）凡衍倒讹脱者，皆慎加校订，并出校记。 （二）凡明显错讹者，径加改正。 （三）以同时代之别集、总集、选集互校，后出之本则从略。 （四）底本原有校注文字，酌予保留，并加"原校"字样。	（一）凡词作文字有疑误者，皆予校勘。校勘以校是非为主，兼校异同，并作按断。 （二）有显误而他本不误者，径改之，并出校记。 （三）疑误而改正根据不足者，只作校记说明。	（一）博采、搜集有关资料，相互参证，增补校订于词作中。 （二）校是非不校异同，讹误者改之。 （三）一般异文，不改动、不出校。 （四）衍文删除，缺文尽量校补，明显错别字径改。 （五）字、句同词谱有出入者，不妄加改动。
九、误收误题	（一）确知其误者，删归存目。 （二）非宋人词作，另附录备考。 （三）凡疑不能决者互见之。 （四）有撰人姓氏可考而以为无名氏作品者，一一归入原作者名下。	未说明。	（一）凡误题、误收之作，均于该词后附"考辨"一项以明之。 （二）词主不能考定者，两收之；伪误者，删归存目。 （三）有词传世者，存目列于其词后，无词传世者，统辑为"误收误题唐五代人词存目"，并次于下册"副编"之末。	未说明。
十、明清选本	凡明人选本所载佚词，迹属可疑，又无从断其真伪，亦径收其人名下，不注"存疑"。	未说明。	原非曲子词而由明清词籍改认作词者，录入"副编"相应部分。	未说明。
十一、话本小说	（一）择其大致可定为宋人所作者辑为《宋人话本小说中人物词》《宋人依托神仙鬼怪词》。	未说明。	（一）唐五代传奇小说所载词作，依小说作者立目，并依其作者时代编于相应部分；作者不可考者，列作无名氏。	未说明。

续表

凡例内涵	唐圭璋编纂《全宋词》（1979 再版）	南京大学"全清词编纂研究室"编《全清词·顺康卷》（1994）	曾昭岷、曹济平、王兆鹏、刘尊明编著《全唐五代词》(1999)	饶宗颐初纂、张璋总纂《全明词》（2004）
	（二）元明小说中词题作宋人者，辑为《元明小说中依托宋人词》。（三）清人依托宋代神仙作品，则径从删削，不复存目。		（二）宋元小说与有关典籍所载宋元人依托及明清词籍误收之人物、鬼仙词，统辑为《宋元人依托唐五代人物鬼仙词》，次于副编之末，列作附录。	
十二、词作标点	（一）协韵处用句号，句用逗号，读用顿号。（二）小传、校记、按语全部标点，惟不用书名号、专名号。	同《全宋词》。	同《全宋词》；另，"校记""本事""考辨"中的词调名用书名号。	同《全宋词》。
十三、序跋评语	未说明，实亦不录。	不录。	未说明，实亦不录。	不录。
十四、词调词意	未说明，然《全清词·顺康卷》实据《全宋词》定例。	（一）以词调为正题。（二）以词意为副题。（三）词意副题或小序均以小字单行于正题之下。	未说明，然实据《全宋词》处理。	同《全清词·顺康卷》唯"词调"两字改用"词牌"。
十五、同调词作	未说明，然查实际编排，调名同前者，标以"又"字；联章则以"其一""其二"等标示。	（一）同调之词，第二首起，统一"前调"标之。（二）如系联章，则第二首起以"其一""其二"标之。	（一）调名同前者，标以"又"字。（二）大曲、联章体则用"其一""其二"标示。（按：此例见于该书"校勘细则"中，例同《全宋词》）。	同《全清词·顺康卷》。
十六、词作句读	未说明，然查其句读，实亦本诸《词律》《词谱》。	（一）词之正文，依《词谱》《词律》。（二）与谱律不合者，参酌词意标点。（三）自度曲而谱律未载者，亦据词意句读。	未说明，然查其句读，实亦本诸《词律》《词谱》。	未说明，然查正文相关案语，实据《词律》《词谱》句读。

续表

凡例内涵	唐圭璋编纂《全宋词》（1979 再版）	南京大学"全清词编纂研究室"编《全清词·顺康卷》（1994）	曾昭岷、曹济平、王兆鹏、刘尊明编著《全唐五代词》（1999）	饶宗颐初纂、张璋总纂《全明词》（2004）
十七、词调本事	未说明，实亦未处理。	未说明，实亦未处理。	凡词调有本事者，特列"本事"一项以说明。	未说明，实亦未处理。
十八、其他体例	（一）编前有"编定说明""凡例"。 （二）"凡例"后录有"引用书目"，并注明版本。 （三）首册前附有各册"目次"。 （四）末册后附有"订补附记"。及依笔画排序之"作者索引"①。	（一）按清代各朝次序，编为顺康、雍乾、嘉道、咸同、光宣五卷，各分若干册，为"正编"。 （二）"正编"收集成卷词集，兼亦编入辑自各选本者。 （三）"正编"若有遗漏，则俟续编。 （四）别编"引用书目""作者索引"②。 （五）书前附"出版说明"，以及钱仲联、饶宗颐序。 （六）各册前并附有"目次"。 （七）第 20 册后附有"后记"。	（一）有"正编""副编"两类（并参"严辨诗词"项）。 （二）编前有"前言"，论及"词的名称与本质问题""词的起源与形成过程""编纂情况"。 （三）"前言"后，有"编纂凡例"及"校勘细则"。 （四）载录"引用书目"。 （五）正文前有"总目次"。 （六）每阕词后必校勘有疑误之字词，并视情形，增列"本事""考辨"两目。 （七）每位词家后列有"存目词"。 （八）下册后附有"后记"及依笔画排序之"作者及词调索引"。	（一）编前有"出版说明""凡例"。 （二）"凡例"后录有"引用及参考书目"。 （三）首册前列有 6 册"总目次"。 （四）末册后附有"作者音序索引""作者字头笔画检索"。

由以上表列，可见以"全"字命名之词总集所订定之"凡例"，所涉内容多达十八项，又可归为两大类：一为处理词作之体例，包含校改底本、编次词作、词作标点、词调词意、同调词作、词作句读、词调本事等；一为处理与词

① 按：1999 年 1 月改版《全宋词》前，附有"改版重印说明"；并将"总目次"分散，置于各册之前；末册（即第五册）后，增附孔凡礼《全宋词》辑补，并略去"作者索引"。至于原有唐圭璋"增补附记"所录作品，则散入各册中。

② 按：《全清词·顺康卷》之"作者索引"，附于第 20 册后，"引用书目"仍未见之。

作相关之体例，包含统计总数、严辨诗词、界定词人、考订词人、确定排序、采用底本、误题误收、明清选本、话本小说、序跋评语、其他体例等。复查所列词总集，《全宋词》流行最早，所有"凡例"几已确定，其中虽有部分未行诸文字，然按查实际情形，亦确乎已定体例，如不录"序跋评语"及"词调本事"，全书确乎如此；"词调词意"及"同调词作"之排列方式，亦如《全清词·顺康卷》等书所定之体例；"词作句读"亦本诸《词谱》《词律》等。因之，笔者可断定后来词总集所定之"凡例"，已明定者固因袭之，未明定而已见体例者亦增列文字予以规范。此中《全唐五代词》，除"词调本事"为新增项目外，其他体例大抵皆本诸《全宋词》，特处理更周详而已；如附录"校勘细则"、凸显"考辨"等项目，俾读者更明白其所以然，此端缘处电子排版时代更方便以文字说解故也。

至于《全清词·顺康卷》之凡例，实已颇周到，然其学术价值仍未能与《全宋词》《全唐五代词》相提并论者，以全书尚未完竣，以致有"凡例"与实际情形不符者，如"凡例"称"引用书目"置于书后，却未见之；《顺康卷补编·凡例》亦称"引用书目"置于书后，实际却于第一册前；又如未处理"误题误收"，以及未对"明清选本""话本小说"提出处理原则等，皆是其例。此外，清人诗文集远多于唐、五代、两宋，以致"引用书目"无法如实掌握，自必导致漏收严重之情形。然《全宋词》未形诸文字之体例，《全清词》编著能留意及之；且将掌握之文本先行释出，掀起清词研究之风尚，亦功德一件也。至若《全明词》，最为晚出，其"凡例"理应更严谨，然实际按劾，不但前贤所列"凡例"多有遗漏，即已列"凡例"亦缘思虑未周，以致漏收情形最为严重。兹将周明初《明词补编·凡例》较《全明词》周到之三项"凡例"条列如次：

（一）本编于易代之际之词人，大抵依《全明词》成例而略作变通，以便尽量与《全金元词》《全清词》（顺康卷）相衔接。凡《全金元词》失收之由元入明之词人，无论仕明与否，均予收录；由明入清之词人，则区别对待：

1. 凡《全明词》《全清词》俱已收录之词人，小传作"已见《全明词》（第某册）第某页，又见《全清词》（顺康卷第某册）第某页"，除确知卒于明末、为《全清词》所误收之明代词人外，一般只收录为两书俱失收之词作（即《全明词》失收而《全清词》已收之词作，本编一般也不予收录）；

若《全清词》据词选收录，而作者实有别集存在者，则本编据别集收录时，为保持完整，仍予收录，并注明"已见《全清词》"。

2. 凡《全清词》已收录而《全明词》未收之词人，无论仕清与否，本编一般不收录；个别情况确需收录者，加案语说明。

3. 凡卒于顺治年间，尽管在入清后也曾短暂出仕，若为《全清词》所失收之词人，本编也酌情收之。

（二）本编于帐词类，删去长篇序文，只录词作，但词题中"帐词""词"之类名称仍予保留，以明词作之本来属性；若词题中本无"帐词"之类名称，则加案语说明。

（三）为求体例上的统一，本编于元末明初词人之籍贯，一律以永乐元年以后之明代行政区划为依据，分属于南北两直隶及十三布政使司。①

以上三例"凡例"，第一则关系词人之界定，第二则关系词作之认定，要皆影响词作纂辑之数量；第三例关系作者之隶籍，有助于厘清作者之认知，确较《全明词》周到。斯亦可以启发今日编纂总集者，务必谨慎看待"凡例"之订定，庶免成书后悔恨莫及。

二、前瞻建议——附评

检视上揭"凡例"，笔者认为今日编纂词总集者，对于附录评点及简单附注，实为可以再努力之面向。证诸以"全"字命名之词总集，仅有张璋、黄畬主编之《全唐五代词》有此体例，名为"笺评"；内容包含"词调考证、作词本事或趣话、词的评语以及辨别作者真伪之按语等"②，涉及广泛而摘录简要。至于《全清词·顺康卷》则于"凡例"中明确载云："清人词集序跋精芜不一，本书一律不录。清初风气，刻本每列师友评语，类多应酬，亦从删略。"③其余词总集虽未用文字表述，然不录序跋及评语，自可见其主张；唯不似《全清

---

① 周明初、叶晔主编：《全明词补编·凡例》，杭州：浙江大学出版社 2007 年，第 1—3 页。按：此中所称"帐词"，即"幛词"，系写在贺幛上之颂词，通常用于祝祷、赠送等场域。

② 曾昭岷、曹济平、王兆鹏、刘尊明编著：《全唐五代词·凡例》，北京：中华书局 1999 年，第 4 页。

③ 全清词编纂研究室主编：《全清词·顺康卷·凡例》，北京：中华书局 2002 年，第 2 页。

词·顺康卷》编纂者，道出不采录之原因。

然今日欲掌握词学之批评资料，实散见于"诗话、笔记、词籍（集）序跋、词话、论词诗、论词长短句（词）、词选评点，甚或词之题序中"；此中，"诗话、笔记、词籍（集）序跋、词话、论词绝句互称资料，已见汇整印行，词选亦多有刊行"①，至于其他论词诗，以及论词长短句、词选评点、词之题序等，则未见汇刊。因之，笔者以为处今日排版方便之时代，为省后人搜罗之苦及便于研究者取资，何妨于总集刊行时，即录下其评语；至其价值，由研究者自行评断，编纂者实不必径予删略。此外，"序跋"之处理，笔者亦同主张，唯碍于篇幅，建议另行汇刊，不必置于总集中。兹就《清代诗文集汇编》载左辅附评语之作品，予以分类举证如次：

（一）以风格为主之评点

1. 垂杨　咏秋柳，同钱黄山赋

华年易老。看碧柳依依，得秋何早。春水楼台，也曾好梦句留到。芙蓉泣露临清晓。盼不着、一丝颤袅。剩空条、带个归鸦，衬些儿衰草。

况是离愁难了。趁古堠残霜，乱山斜照。那不销魂，者般憔悴原知道。相看漫讶烟痕少。是镜里、春人画稿。可能风信吹回，依旧好。

钱黄山云："凄苦不堪读！"

2. 念奴娇　登金山寺塔

江山到此，是溟关天堑，鲸呿鳌唅。万古岷峨流不极，力障狂澜谁任。日浴鼋鼍，晨开楼阁，水气全城浸。孙吴霸业，几番豪士争闯。

当日铁马金戈，云飞风起，满地尘沙埻。桂殿兰宫歌舞歌，只有涛声到枕。北固斜阳，南徐夜火，照得凄凉甚。销愁无计，阿谁共我狂饮。

王介堂云："慷慨悲歌，唾壶击缺，直欲驰骤苏、辛。"

3. 摸鱼儿　溯江利北风，舟人以浪骇，泊花篮套，作此遣怀

翦空江、欹舟断岸，北风今夜何怒。蛟涎卷起三千尺，散作满身腥雨。齐击鼓。看矗矗、帆樯乱与神鸦舞。冲排忒苦。欲折转潮头，滔滔江水，

---

① 以上两段引文，并见王伟勇《清代论词绝句初编·序》，台北：里仁书局 2010 年，第 1 页；"清代论词绝句之整理、研究及其价值"单元，第 1—2 页。

不放海门去。

停杯问，谁唱公乎无渡。不如听我狂语。此生只剩残躯在，不怕鱼龙作妒。帆力举，借几垒、飞涛趁过然犀渚。清江束处。指万里山青，一天雪霁，依旧动柔橹。

顾兰崖云："百余字中，包括得仲则两首《观涛行》[①]。"

赵亿生云："字挟风涛声。"

4. 氐州第一　　过小孤山

晓趁天风，趁四百里，日斜已至彭泽。一角烟鬟，浪花揭起，玉佩靓妆而出。远岸亭亭，倚认得、前身非石。莫讶孤生，者般娟好，那同标格。

闻说小姑还有姊。也一样、凌波千尺。镜碾湖光（大孤山在鄱阳湖中），云磨江影，对举双芙碧。我才临、风洗眼，又飞过、怒涛千迭。回首仙山，被几阵、乱鸦遮黑。

钱竹初云："如惊涛怒风，劈空而至。"

5. 南浦　　夜寻琵琶亭

浔阳江上，恰三更、霜月共潮生。断岸低昂向我，渔火一星星。何处离声刮起，拨琵琶、千古剩空亭。是江湖逐客，飘零商妇，于此荡精灵。

且自移船相近，绕回阑、百折动愁吟。我似无家张俭，万里走江城。一例苍茫吊古，向荻花、枫叶又伤心。只琵琶响断，鱼龙寂寞不曾醒。

张药房云："音节沈亮，商妇琵琶无此声也。"

6. 湘春夜月　　戊申元夕泊沙市

正停桡，冰轮涌出层霄。沙市恰对荆门，灯影满江抛。隐隐箫声吹起，又银花迸出，转过林坳。想闹蛾门巷，传柑儿女，笑语声娇。

[①]　黄景仁（1749—1783，字仲则）《观涛行》二首，应指《观潮行》《后观潮行》，为节省篇幅，仅附《观潮行》如次："客有不乐游广陵，卧看八月秋涛兴。伟哉造物此巨观，海水直挟心飞腾。瀴溟万万夙未厘，对此茫茫八埏隘。才见银山动地来，已将赤岸浮天外。砰岩硙岳万穴号，雌咄雄吟六节摇。岂其乾坤果呼吸，乃与晦朔为盈消。殷天怒为排山入，转眼西追日轮及。一信将无渤澥空，再来或恐鸿蒙湿。唱歌踏浪输吴侬，曾赍何物邀海童。答言三千水犀弩，至今犹敢撄其锋。我思此语等儿戏，员也英灵实声避。只合回头撼越山，那因抉目仇吴地。吴颠越蹶曾几时，前胥后种谁见知。潮生潮落自终古，我欲停杯一问之。"见（清）黄景仁著，李国章校点：《两当轩文集》，上海：上海古籍出版社1983年，第13—14页。

沉吟暗想，年华电掣，旧梦烟销。又向三千里外看，今年初度，三五良宵。低徊孤影，共婵娟、冷荡寒涛。谁把我、春魂钩转，趁些风信，吹上梅梢。①

兰崖云："词如鸟梦飘花，蝶魂恋柳，凄婉生怜。"

药房云："绵邈！情凄语苦。"

7. 虞美人　十六夜雨

碧天昨夜清如许。怎又潇潇雨。嫦娥也恨不团圞。抛得几行清泪在云端。

星桥灯火凄凉绝。箫鼓家家歌。掩篷孤睡总由他。只是故园正放小梅花。

杨六士云："味在色香之外。"

8. 满江红　滟滪石

万壑奔东，谁能障、狂澜西折。有皴栗、梯盘巨石，冲波兀立。暗挟愁云封远趾，潜吹阴火烧精铁。尽劳劳、日夜与雷轰，终何极。

登白帝，城尖仄。上赤甲，峰嵺岊。看瞿唐五月，怒涛矢激。那用沉犀除罔象，且教如马回舟楫。问何人、两岸听猿声，真愁绝。

竹初云："沉整。"

9. 满江红　寻鱼腹浦，八阵图故垒

乱世多才，问谁似、大名诸葛。束发读、出师两表，鬼神同泣。天意坚扶祠畔柏，我来再拜江干石。看七星、溪北卷灵风，沙飞急。

杀不尽，中原贼。铸不尽，西州铁。痛先君无禄，秭归新蹶。军国都烦元老计，江山甘呕孤臣血。又高旍、吹落大星芒，愁云黑。

杨六世云："凌空健举。"

10. 绮罗香　观剧

客里悲秋，谁能作达，且觅酒杯消遣。小部笙歌，吹落清商一片。只乡关、梦里难寻，算儿女、尊前犹见。到三更、客散华筵。秋灯翠烛蔚寒焰。

当年偏趁欢场，叹云阶月地，霎时都变。锦瑟弦中，不是春风人面。卧纸帐、退院闲僧，掠斜阳、辞家秋燕。笑群儿、结束登场，底苦逞娇倩。

六士云："哀感幽咽，令人伤怀。"

---

① 此词下片"又向"以下文字，句式与《词律》《词谱》相较，多有不合。

洪稚存云："凄绝！"

11. 望江南

斜日落，水上暮霞昏。掠眼归鸦遮鬓影，回头新月上眉痕。何处觅离魂。

赵汸如云："明倩。"

12. 满江红　黄河麻姑寨，有枯木立河心者，舟人云其下王侯墓宅也。乾隆四十六年大河南徙，遂漂没焉，感而赋此

莽莽浑河，问何日、怒涛南激。此下有、淮南鸡犬，富平墓宅。冤魄尽同精卫化，劫灰难向昆明觅。剩枯枒、未染老蛟涎，波心立。

孟浪做，乘槎客。缥缈索，支机石。只桑田沧海，舟师见得。何日相从鸥鹭狎，此身真怕鼋鼍逼。寄愁心、流到海东头，头应白。

汸如云："沉激。"

13. 水龙吟　题庄印山《看剑引杯图》

举头祝向苍苍，百年不死须行意。虞翻注易，崔驷作赋，无聊之至。我欲狂言，得毋惊座，曷如其已。取信陵醇酒，好胶渝口，要除尽、元龙气。

无计消他一醉，看床头、金精跃起。鹅膏莹雪，却怜孛负，未曾一试。不住摩娑，冷光矢激，月沉星坠。者些时只见，浑浑大海，泻杯中水。

印山云："有长剑倚天外气象。"

14. 汉宫春　题曹秀才《紫山认梅图》

曾见前身，向玉真观里，小住千年。春风圆梦，一霎吹到人间。青樽翠羽，与梅花、旧有因缘。好探取、岭头消息，早教放入西园。

可也眼前索笑，趁月寒香细，悄倚窗前。平生燕游池馆，忆着都怜。冰姿无恙，算别来、一样清妍。且莫管、江城吹笛，相看已是忘言。

丁道久云："绵邈无极。"

15. 眉妩　题金秀才青侪《雪意图》，时青侪与余共有妻丧

正梨云梦杳，惨淡模糊，又是断肠境。知有梅花在，门前路，天涯消息难问。翠尊易冷。恨素帏、都共烟暝。生拼得，瘦骨冲寒立，别魂抱愁醒。

我亦难宵夜永。听琼珠雨洒，冰柱风迸。后夜春如海，花光莹、何人双对清镜。阑干休凭。怕月痕、窥我愁病。只帘蒜重垂，守着窗儿灯影。

丁道久云："绵无极！"

16. 六么　　绣球

梨花过也，柳絮又看舞。阿谁滴珠团粉，端正倚妆户。说是春魂易断，金屋娇无主。冷烟飞处。句来明月，要共春人夜深语。

前夜丁香细结，密意留将住。今夜晴雪成堆，任意开将去。准待屏风十二，好梦深深与。也无心绪。哀丝豪竹，只有团圞旧情诉。

吴金门云："音节清越，情思缠绵，极似白石咏梅诸作。"

（二）以内容为主之评点

1. 洞庭春色　　登黄鹤楼

试上层楼，江山千里，都在危栏。看襄樊烟火，近连许邓，荆宜云水，遥控巴蛮。扰扰百年，豪杰尽叹，江汉何尝到海难。空延想，对汉阳晴树，鄂渚惊澜。

哓哓费苟往迹。（楼之原始吴冲之先生主荀叔玮，朱石君先生主费文祎，各有碑记于楼后北榭。）谁曾见、黄鹤宵还。只魂经招些，精灵越荡，台皆入梦，云雨都顽。我上此楼疑不破，把芳草斜阳旧句删。须珍重，有人民城郭，子细看看。

张皋文云："登高能赋，可为大夫。要是有学问、有襟袍，岂同词人浏览啸咏景物而已，读仲甫此词知之。"

2. 浪淘沙　　曹溪驿折桃花一枝，数日零落，裹花片投之涪江，歌此送之

水软橹声柔。草绿芳洲。碧桃几树隐红楼。者是春山魂一片，招入孤舟。

乡梦不曾休。惹甚闲愁。忠州过了又涪州。掷与巴江流到海，切莫回头。

王瑶舟云："无限深情，亦包得许多名理。"

3. 满江红　　榆钱，和恽简堂作

满地轻圜，不道竟、买春无力。曾觅遍、条条深巷，草青烟碧。也恨飘零难自主，尽教堕落无人惜。与柳绵、一样认前身，轻抛掷。

禁不住，莺儿舌。衬不尽，鹃儿血。立街心半晌，扫开重积。风院都无花一片，晴霄空裹丝千尺。只几家、燕子语呢喃，愁难说。

皋文云："此与《疏影》《暗香》三阕，仲甫伤己酉之不遇而作。恽简堂《阮郎归》（蝴蝶词）亦此意。"①

兰崖云："榆钱诸阕，古之伤心人别有怀抱，原不是《蘋洲渔笛谱》仅备咏物一格也。"②

4. 暗香　　青梅

玉人去也。算几番得共，烟寮月榭。小梦乍醒，已是阑风散初夏。休说冰魂抛远，还恋着、空枝未舍。放些子、酸苦心儿，教那人尝者。

牵惹。怎堪把。叹冷蕊暗香，不到瑶筝。翠圆来乍。休认轻丸浪抛洒。都是春风怨魄，须珍重、前生身价。只这里遍误了，故园清夜。

稚存云："苦心慧语。"

5. 浪淘沙　　月夜

明月小庭空。露满珍丛。谁家打起五更钟。闲倚阑干看树影，黑到墙东。

人语隔屏风。觅去无踪。琐窗一翦落灯红。欲遣愁魂寻别梦，晓雾千重。

药房云："华年易逝，往事难追，读仲甫此词，悲慨欲绝。"

6. 湘春夜月　　题吴古茨《人天诰传奇》

问青天，几多怨魄愁魂。一样燕子桃花，福命付东君。眼见霎时烟月，又霎时风雨，便了红尘。只匆匆做了，钟前好梦，镜里春人。

阿谁认得，湘竿落水，的的前身。却向斜阳，影里觅、青溪旧柳，紫塞离云。不如休也，听当筵、檀板金尊。好唤出、者迦娘宫扇，余郎玉佩，拭取啼痕。

印山云："伤心人别有怀抱。"

---

① 恽敬（1757—1817，字子居，号简堂）《阮郎归》（画胡蝶）六阕，为节省篇幅，附上二阕如次，其一："粤亭天与宓妃腰。雌雄一样描。双魂如缕恐惊摇。晓来风露饶。　　吹乍散，玉人箫。香丛影乱飘。游丝难画可怜朝。粉痕看渐消。"其二："少年白骑放骄憨。踏青三月三。归来未到捉红蚕。化蛾真不甘。　　江橘叶，一分含。那防仙妪探。双双凤子出花龛。茧儿风太酣。"见张宏生主编：《全清词·雍乾卷》第 14 册，南京：南京大学出版社 2012 年，第 7842—7843 页。

② 《蘋洲渔笛谱》，又作《苹洲渔笛谱》，乃南宋周密之词集，内容多咏物之作，故云。

7. 苏幕遮

玉波寒，罗袂湿。怕上高楼，悄并秋花立。衣蝶香销箫凤涩。好梦都阑，鬓影风吹急。

悄难言，愁不歇。此意沈吟，毕竟和谁说。要识阿侬心曲折。除向回廊，看取阑干月。

皋文云："空谷佳人，春寒袖薄，近高楼而屏迹，托皎月似明心，何等志品。"

8. 金缕曲

约住帘前燕。问缘何、秋来便去，春时才见。江上梅花曾未识，说甚翠尊清怨。也不管、芙蓉肠断。惯趁桃蹊穿柳径，语呢喃、巧并莺声转。刚一霎，燠寒换。

歌台舞榭情相欸。护雕梁、凭伊栖稳，烟低风软。故主旧巢都抛了，蓦地海天云远。便明岁、重寻知倦。只有南来衡阳雁，耐心情、拚与冰霜战。寒月下，苇花卷。

蓉溪云："盲瞎眼，秦越心，仲甫置念，自觉多事。"

9. 望海潮　徐州怀古

地冲淮海，疆分青豫，黄河高压城楼。浊浪排空，连山列障，此中几个闲鸥。九里阵云愁（九里山在徐州北）。叹虞兮歌断，玉帐烟收。芒砀蛇游，帝子鬼母泪还流。

谁言亚父能谋。有王孙不识，终使归刘。玉玦空提，金刀长焰，楚山终汩鸿沟。掷斗卧荒邱。指黄茅冈尾（亚父家在徐州城外黄茅冈），石狗湖头。太息居巢父老，多少望归休。

管平山云："直又是一则范增论，识卓而确，似胜长公①。"

10. 眼儿媚　本意

贪看鸳鸯又藏羞。临去却回头。分明说与，无人知得，别是新愁。有时睡起懒腾甚，轻碾玉葱柔。晓奁镜里，月波楼上，一样横秋。

---

① 长公，指苏轼。胡仔《苕溪渔隐丛话·后集卷·东坡五》引《复斋漫录》云："当时以东坡为长公，子由为少公。……张文潜赠李德载诗亦云：'长公波涛万顷海，少公峭拔千寻麓。'"（宋）胡仔：《苕溪渔隐丛话·后集卷》卷三十，台北：长安出版社1978年，第229页。

汸如云："解人难索。"

（三）兼及风格、内容之评点

1. 满庭芳　　闻雁

刮地商飙，漫天霜气，无边掉下离声。故乡初别，辛苦最关情。多少高楼思妇，齐回首、万里边城。浑不顾，此间有客，愁坐已三更。

听听。难消受，如年长夜，似豆青灯。问芦花住稳，底苦宵征。一片吴云叫断，还挽入、阁外风铃。愁成阵，推窗试望，历历见寒星。

黄仲则云："有味其言。"仲则云："人生真悔轻离别。"

2. 金缕曲

莫怪如斯瘦。算别来、影儿憔悴，不曾依旧。多恐愁人看不得，略借纤云低覆。又压得、眉心重皱。耿耿星河天路远，并斜阳楼角低徊久。偏滴起，铜壶漏。

请君慢道相思彀。要团圞、青天碧海，且须相守。水驿山城知我在，莫便窗儿早扣。和梦稿、模糊打就。毕竟离魂吹不起，与花烟都暝黄昏候。空延仁，黯然否。

仲则云："别苦情多。"仲则云："情境入神。"

3. 点绛唇　　秋葵，和吴生金门韵

点点檀心，不禁厮逗都轻吐。快教收住。怕打三更雨。

重绿轻黄，结束真娇楚。谁怜汝。试听虫语。门外秋如许。

邵体远云："为躁妄昧时者警，声情俱激。"

4. 疏影　　钱秀才黄山自貌女装，题曰"春风鬟影图"，为度此曲

春寒风靡。有美人敛袂，日暮孤倚。忆昔相逢，华彩如英，风流自厌罗绮。年来双鬓吹难绿，料金屋、安排无意。拚此身、化做巫云，摇荡楚江烟水。

或者湘累未死，慕他善窈窕，与采芳芷。袅袅秋风，江上愁予，又恐呼之不起。归来依旧寻花住，问双燕、可来花底。有阿谁、未昧平生，并入女罗烟里。

恽简堂云："沈痛语，抑何窈媚。"

庄印山云："知己无人，疑谤丛作，读之伤怀。"

5. 金缕曲　过江州，寄内

江上凭传讯。最伤心、衰寒门户，黄杨厄闰。兄弟中州归未得，老仆膺（按：宜作"应"为是）门都尽。更无有、期功强近。黾勉昏朝惟累汝，更儿曹娇惯须知训。毋忆我，惹离恨。

别来朔雪频吹鬓。过江州、帆竿晴日，才舒眼困。裘敝尚堪温骨冷，不怕霜严风紧。喜餐食、朅来差进。好向爷娘灵幄里，敬焚香告道儿安稳。无多嘱，泪频拭。

兰崖云："朴质沈郁，与梁汾《季子平安否》二阕并传。"①

刘蓉溪云："较《蓼莪》之诗加倍酸楚，宁忍读之。"

6. 真珠帘　花朝春分，时过涪陵

愁中草草年光过。划春风、一半和花浓作。花尽如云，界得几重山破。多少春人花里住，谁肯撇、家山如我。无那。与寻巢燕子，商量归可。

说是人归真个，者盈盈江水，谁催离舸。天远莫愁春，恐春愁还大。春与愁人同作客，已消受、冷烟寒火。摧挫。同此江东下，知他归么。

简堂云："艳涩如巫灵笑雨。"

陈吉甫云："幽咽杳眇，令人愁思无极。"

7. 满庭芳　戊申端午，时在冕宁小哨途次

印筇看山，流沙觅水，又过猓猓河头（猓猓，西南夷别种）。殊方候冷，五月尚披裘。不似端阳风景，空闲着、几树红榴。篮舆外，有千峰积雪，晶影逼齐州。

---

① 顾贞观（1637—1714，字远平、华峰，号梁汾）《金缕曲》（寄吴汉槎宁古塔，以词代书，丙辰冬，寓京师千佛寺，冰雪中作）其一："季子平安否？便归来、平生万事，那堪回首。行路悠悠谁慰藉，母老家贫子幼。记不起、从前杯酒。魑魅搏人应见惯，总输他、覆雨翻云手。冰与雪，周旋久。
泪痕莫滴牛衣透。数天涯、依然骨肉，几家能够。比似红颜多命薄，更不如今还有。只绝塞、苦寒难受。廿载包胥承一诺，盼乌头、马角终相救。置此札，兄怀袖。"其二："我亦飘零久。十年来、深恩负尽，死生师友。宿昔齐名非忝窃，只看杜陵穷瘦。曾不减、夜郎僝僽。薄命长辞知己别，问人生、到此凄凉否。千万恨，为兄剖。　兄生辛未吾丁丑。共此时、冰霜摧折，早衰蒲柳。词赋从今须少作，留取心魂相守。但愿得、河清人寿。归日急翻行戍藁，把空名、料理传身后。言不尽，观顿首。"见张宏生主编：《全清词·雍乾卷》第12册，南京：南京大学出版社2012年，第7123—7124页。

休休。记当日，欢场都趁，桂楫兰舟。拥千行红粉，箫鼓中流。底苦驰驱绝徼，风吹雨、古驿飕飕。真无赖，又蛮花犵鸟，牵惹许多愁。

吴次升云："似柳屯田。"[①]

8. 阮郎归　　中秋，时在保阳

碧天渺渺路何穷。吹来两鬓风。小屏华骨冷芙蓉。和侬风露中。清吹歇，彩云空。残灯黯不红。欢场也觉太匆匆。嫌他酒未浓。

药房云："贫贱可伤，而富贵亦易尽；悟语以悲凉出之。"

9. 莺啼序　　题萧蕉鹿《红泥集》

春风忽吹好梦，落江船小住。浑不管、憔悴萧郎，牵惹多少愁绪。似隔世桃花，燕子寻来，闯入相思路。怎消他、一棹盈盈，个人如许。

鄂渚移舟，湘皋解佩，旧事星星误。念蓬转天涯，赢得茧丝如缕。一声声、华年锦瑟，总弹入、烟程津鼓。便划将、香草心苗，阿谁看取。

双花脉脉，娇不成妆，眼底又愁予。忍不住、全身输意，为君拨起檀槽，低翻乐句。曲中弹泪，掌心画字。巫云洛水天教合，也些些、酿点楚山雨。都无凭据，偏是打桨迎潮，眼见一程程去。

才挥别泪，便隔云山，又遮烟树。吹急浪，乱风灯，毕竟彩云何处。红红小字深深印，拼我伤心，怕尔心还苦。春风吹梦谁为主。叹银潢碧海真难渡。只凭彩笔句魂，意蘂空花，已离尘土。

张立山云："大红、小红，兰溪舟妓，与寿春萧蕉鹿情相感而不及乱。蕉鹿伤其堕落，集唐诗百截为《红泥集》，以寄怀此阕。叙次纤屑，旖旎可人，绝调也。"

10. 疏影　　题许逗雨明府《冷村烟树图》，时初赴皖

华年细数。笑纷纷蕉鹿，待说还误。小住春明，月地云街，酡颜自醉歌舞。长扬作赋归来早，正帽湿、披垣花露。却无端、手版辞朝，去听戌钟津鼓。

比似出山泉水，合浑河浊浪，滚滚东注。可也回头，旧日溪山，多少白云红树。荒荒萝屋灯如豆，又飞入、冷烟疏雨。想恁时、无限幽怀，只

---

① 意谓此词写与歌伎别离之情，似柳永风味。

向此图看取。

　　管平山云："曲折排纂，仍是一气浑成。"

　　蓉溪云："冷泉亭水流出西湖，仲甫初赴皖江，即怀此惧。今居官，贫似在家时，真不负此言也。"

11. 菩萨蛮　　萤

　　残阳送雨疏犹落。烟痕已上潇潇竹。深院点灯时。卷帘初见伊。

秋风能否耐。旧梦池塘在。魂小不禁吹。月残星又稀。

　　白念舟云："沙虫幻相，弹指去来，今热肠冷语，悲慨不尽。"

　　按：左辅，字仲甫，一字蘅友，号杏庄，江苏阳湖（今属常州）人。生于乾隆十六年（1751），卒于道光十三年（1833）。乾隆五十八（1793）年进士。授安徽南陵知县，调霍邱知县，坐催科不力免职。嘉庆四年（1799）起补安徽合肥知县，历怀宁知县、泗州直隶知州、颍州知府、广东雷琼道、浙江按察使、湖南布政使等，官至湖南巡抚，时称循吏。道光三年（1823）召至京，原品休致。善诗古文辞，有《念宛斋文稿》《念宛斋文补》《念宛斋词曲》等。[①]

　　至于评点左辅《念宛斋词》者，盖可分两类词家：一为江苏阳湖（今常州）人士，包括钱维乔（1739—1806，竹初）、洪亮吉（1746—1809，稚存）、黄景仁（1749—1783，仲则）、赵怀玉（1747—1823，味辛，一字亿生）、恽敬（1757—1817，子居，一字简堂）、张惠言（1761—1802，皋文，一字茗柯）、庄宇逵（1755—1812，达甫，一字印山）、张翊（1764—1833，后改名张琦，立山）、刘思恩（生卒未详，蓉溪）、管世全（生卒未详，平山）、钱梦兰（？—1821，季重，一字黄山）、丁履恒（1770—1832，道久）、王蠋（生卒未详，瑶舟）、吴阶（1757—1821，次升）、白采（生卒未详，念舟）；一为非阳湖人士，包括广东番禺张锦芳（1747—1792，药房）、江苏山阳杨孟符（生卒未详，六士）、江苏溧阳王绥（乾隆四十六年（1781）进士，介堂）、江苏无锡顾翃（1785—1861，兰崖）、江苏江阴陈炳德（乾隆进士，吉甫），以及江苏宜兴之赵彬（生卒未详，汸如）、邵涛（生卒未详，体远）、吴觐（生卒未详，金门）三人。

---

　　① 以上引词及作者生平、评点数据，见国家清史编纂委员会：《清代诗文集汇编》第430册，上海：上海古籍出版社2010年，第159、345—352页。

笔者将前揭点评者之意见，分"以风格为主之评点""以内容为主之评点""兼及风格、内容之评点"三类，举证如上。吾人试读此等评语，皆能就词篇立论，启发读者思考；不少词评家甚至颇具词坛声望，未必尽为应酬而作，编纂时何妨并录，俾便后人按图索骥，汇集成册。笔者以为似此评语不可率尔删之，故提出"附评"之主张。

三、前瞻建议——简注

词总集之编纂，苟能同时顾及笺注，自是两全其美。然欲如此处理，除数量较少之总集，如《花间集》《全唐五代词》，或可并行，其余总集恐甚难遂行。以《全宋词》为例，径乎初版（1940）六七十年后，始见《增订注释全宋词》《全宋词评注》两书出现[①]。何况《全清词》数量较《全宋词》尤多，欲笺注同时处理，则恐旷日费时，不切实际。然此亦处各种媒介较前代方便百倍之今日，可以度越前贤之所在。因此，笔者始有"简注"之构想，兹先胪列其项目如次：一、作者所据词谱；二、词调异名；三、字数、句数、句式；四、押韵；五、错漏字及字体漫漶；六、生难字词；七、生难字词之拟音。为使读者有更具体之印象，兹举《全清词》佚收靳之隆《无逸词》44 阕为例，逐项举例印证；且为避免重复累赘，每词仅依其侧重列于一项目之下，若其他问题须处理者亦一并为之，不再一一说明。其次，为求用字统一，原词中若出现异体字、俗字、简字，则以括号显示。兹先简介作者如次：

> 靳之隆，字丰斋，号北厓，山西洪洞人。生于康熙二十一年（1682），卒于乾隆三十三年（1768）。雍正二年（1724）举人，乾隆七年（1742）中明通进士，年已六十。官山西解州学正，阳城教谕，阳城士风为之一变。弱冠从同邑名宿范鄗鼎游，声名动学校。耄而好学，归里读书，潜心理学，筑精舍号曰无逸所，数百里负笈从游者不下数百人。著作颇丰，然多散佚，惟《无逸集》存留。[②]

---

① 朱德才主编：《增订注释全宋词》，北京：文化艺术出版社 1997 年 12 月。又，周笃文、马兴荣主编：《全宋词评注》，北京：学苑出版社 2011 年 6 月。

② 国家清史编纂委员会：《清代诗文集汇编》第 251 册，上海：上海古籍出版社 2010 年，第 481—583 页。《无逸词》见录于《无逸集·词赋杂文》卷之三，第 515—522 页。

（一）作者所据词谱

词人填词本需据谱为之，然所据何谱？词人均未告知读者，因之整理者若能考知，理应予以附注说明，如：

1. 长寿乐　　祝杨太孺人八十

柳青殢翠。近日来、上苑红桃娇媚。涧水南涯，箕山前岭，恰见嫥星现瑞。正堂开爱日，介眉满庭珠履。看海屋、八十筹添伊始。春风好，吹舞斑衣色丽。

鹏方起。算好把、凤语鸾章相继。便是蓬莱春深，仙霞频剪，人间能有几。

按：靳氏《长寿乐》凡填三阕，皆依柳永八十三字体为度，见赖以邠《填词图谱》①卷四。

殢，音涕，极也，即"非常"之意。嫥，音前，又音剪，星名；太白号上公，妻曰女嫥。海屋，见《醉春风》附按。诰，音告，帝王对臣子任命或封赠的文字。

2. 临江仙　　第七体　　贺旌表安孺人

秀育（毓）名门钟淑质，骨同琼玉志同霜。红颜薄命实堪伤。孤鸾临镜泣，日夜守凄凉。

永矢中河安俭素，老翁幼子赖平康。懿徽啧啧共钦扬。皇恩隆褒锡，清节与汾长。

按：《临江仙》第七体，系指"前段六句三韵，后段同，共六十二字"体，见赖以邠《填词图谱》卷三。啧啧，音责责，赞叹声，汾，音坟，指汾河，是黄河的第二大支流，流经山西省中部，在万荣县注入黄河。

---

① （清）赖以邠撰，查继超增辑，毛先舒等参订：《填词图谱》，凡六卷，又《续集》上、中、下三卷。书前有"凡例"九则。卷一、卷二选录小令，调二百四十二。卷三、卷四选录中调，调一百三十八。卷五、卷六选录长调，调一百八十八。《续集》上卷选录小令，调三十三。中卷选录中调，调十四。下卷选录长调，调六十七。各卷均依所选录词字数多寡排列次序，以字数少者居前，多者居后。每调先列图，次列谱。图用黑白圈平仄，○为平，●为仄，平而可仄者用◒，仄而可平者用◓。是谱在《词律》问世前颇为流行，但错谬不少，正如万树《词律·自叙》云："《填词图谱》者，图则葫芦张本，谱则瞒捧《啸余》，持议或偏，参稽太略。"是也。详参马兴荣、吴熊和、曹济平主编：《中国词学大辞典》，杭州：浙江教育出版社1996年，第472页。按：《填词图谱》，今见收于（清）查培健辑：《词学全书》，台北：广文书局1971年，第103—553页，书前录有查氏序，署年为康熙十八年（1679），则知赖氏此书盖印行于此时。

3. 应天长　　　第一体　　　祝卫居安

丹枫阴裡（裏）霜将布。傲骨亭亭英蕊（蓝）吐。寿筵开，白鹤舞。光灿阳陵南极着。

德星堂，凝瑞处。应有天休频数。方乐南山佳趣。鹿鸣看又赋（是年举介宾）。

按：《应天长》第一体，系指"前段五句，后段五句，共五十字，八韵"体，见赖以邠《填词图谱》卷二。

4. 柳梢青　　　第二体　　　祝卫玉相（任紫阳县，告老还乡，二月初四寿）

才过春正。可怜恰是，和暖（煖）光景。几阵东风，柳青低拂，松翠高挺。

画堂拜祝交庆。偿不了、归来逸兴。只此阳阿，山媚水秀，长供游泳。

按：《柳梢青》第二体，系指"前段五句，后段五句，共四十九字，押仄声韵"体，见赖以邠《填词图谱》卷二。阳阿，此指紫阳县之山凹处。阿，音仁，凹曲处。

5. 应天长　　　第一体　　　代祝猗氏令李公令尊七十（山东人，寿在四月）

清和天气时风度。深院丹葩颜映驻。寿筵开，鹿芝吐。南极光辉条岭着。

古郇封，凝瑞处。已有象贤恩布。遍地衢歌巷舞。争（争）献南山赋。

按：体制见 39 阕附按。又，郇，音旬，春秋时为晋地，在山西省猗氏县西北。猗，音依。衢，见《古阳关》附按。

（二）词调异名

由于历代词人好奇太甚，对于词调（词牌）之名称，代有递增，名作尤其如此。为避重复使用，趋于俗滥，明清词人恒好一调多用异名，且出现在同一词集内，教读者不胜困扰。词集整理者若能予以附注，当有便于了解诸多异名实同出一调。如：

1. 虞美人影　　　题邢宜川小照

于今直道存三代。生就性儿不改。卻（却）尽脂韦俗态。惟留真操介。

事来那怕如天大。支撑全将伊赖。看他立心慷慨。正气堪千载。

按：《虞美人影》，即《桃源忆故人》。

2. 碧桃春　　祝赵母七十暨族谱告成

　　西来金母宴鱼棠。紫霞倾玉浆。筹添七十乐萱堂。庭前丹桂香。木本固，水源长。宗支谱细详。坤维震象两联芳。齐歌百世昌。

　　按：《碧桃春》，即《阮郎归》。

3. 于中好　　寿某国学七十

　　月中丹桂香初试。绕羊封、暗飘贤里。更传雪藕饶芳气。氤氲满、画堂里。

　　于论钟鼓声声细。恰玉管、云璈相继。仙翁杖国欣然起。镇日向、瑶池醉。

　　按：《于中好》，即《端正好》。氤氲，音因晕，气体、云烟等极盛貌。璈，音敖，传为西王母所用乐器。

（三）字数、句数、句式

　　词之字数、句数、句式，恒困扰填作者。即便通行之《词律》《词谱》，亦常出现不一致之情形。词集整理者若已发现而予以附注，读者当更能进一步覆按。此现象于靳氏作品中较少见，仅举一例如次：

碧云深　　代弟挽兄

　　心悲切。吾兄此日伤离别。雁行排断，少微星灭。　　辉映胜事成今昔。南楼芳树晚风歇。空梁落照，五更愁血。按：《碧云深》实乃李白《忆秦娥》体，惟前后片各减去一迭句。《词谱》卷五录有元倪瓒词，即此体制。①

（四）押韵

　　凡韵文即需押韵，就词而言，以其体制以长短句为多，押韵位置不定，因

---

　　① 《碧云深》，即《忆秦娥》，赖以邠《填词图谱》并未列靳氏所填体制（《填词图谱》今见收于（清）查培健辑：《词学全书》卷一，台北：广文书局 1971 年，第 161 页）。万树《词律》虽列有此异名，并列有六体，亦不见靳氏所填 40 字体。详参台北：广文书局《索引本词律》卷四，1971 年，第 77—78 页。此处所据，系《词谱》所列十一体中之一体，详参台北：洪氏出版社印行《词谱》第 1 册卷五，第 369 页。按：万树《词律》刊行于康熙二十六年（1687），《词谱》刊行于康熙五十四年（1715），靳氏均有可能参考，斯亦可知其填词所据，固不止《填词图谱》而已。

之问题较诗尤复杂。词集整理者苟发现问题而予以附说明，读者便更能知其所以然。如：

感皇恩　　第一体　　贺旌节赵孺人

劲节坚持冷柏松。双孤如己出，倍情浓。义方勤课比九熊。香闺内，屈指更有谁同。

懿范应推崇。芳声通闾里、达宸枫。表扬特地宠恩隆。旌坊上，瑞光绕，日初红。

按：《感皇恩》第一体，系指"前段六句，后段六句，共六十字，八韵"体，见赖以邠《填词图谱》卷三。宸枫，一般均作"枫宸"，指帝居。此处为押韵，改为"宸枫"。"宸"，音辰，古代帝王居住的地方。

（五）错、漏字及字体漫漶

凡刻本、抄本，甚至排印本，均难免出错、漏字；甚或出现字体难以辨识、漫漶之情形，词集整理者理应予以附注纠缪，或保留原貌，以俟后学者进一步考证。如：

1. 柳初新　　孙德斋从祀

先生惟觉读书好。看庙外、鸡鸣早（读书庙中，鸡鸣即到门外）。文章班马，孝行高闵，渐入贤关圣道。挽士儒、□轻佻。拥皋比、春风熏绕。

力把脂韦尽扫。夤缘径、向谁寻讨。一尘难染，千金不顾，正气前光后耀。从此日、依文庙。肃冠裳、虎廊清晓。

按：上片"挽士儒"句，疑漏一字。皋比，音高皮，虎皮；后世称居讲席者，曰坐拥皋比。

夤缘，攀附、巴结有权势的人。夤，音吟。虎廊，殿下之外屋。虎，音武，古代正房对面和两侧的屋子。

2. 一笼金　　颂阳城令李公（丹崖李公摄篆阳城，甫三月而讼清民安，忽传新任将临，不胜惆怅，为赋《一笼金》以送之，且预作送别之感云）

析城瑞色联远岫。廊庙鸿才，聊试调羹手。三月化行风静后。讼庭只见蛛罗守。

一任赋诗和卧昼。雅意鸣琴（琴），双拂清风袖。士庶方思怀保久。

无端又欲●●旧。

　　按：末句两字漫漶，俟考。

（六）生难字词

词作之遣词造句，因作者、读者之学养不一，自然出现不少生难字词，以及事典、语典，尤其清人好以文字填词，其出现频率更加多于其他朝代。词集整理者苟能予以简单附注，自有便于阅读。如：

1. 小重山　　祝立三邢公六十

白玉堂前梅试妆（粧）。从头轮甲子，乐无疆。时将交泰转三阳。春至矣，寿算与天长。

外祝举琉（瑠）觞。弦歌声细细，协（叶）宫商。席前珠履献酬忙。斑衣舞，簇拥两三行。

　　按：琉觞，指用琉璃制造的酒杯。琉，原作"瑠"。算，音算，计算时所用的筹码。

2. 彩云归　　代亲友挽族祖骞若

苍天何事春风狂。把坚枝、蕶忽吹伤。况茑萝、葛蔓争攀附，梁木坏、盘结何望。那堪听、五更残雨，再啼鸩断肠。此际、惨凄光景，向孰声张。

参详。本深末茂，伊根前、定发长祥。柢株总由，天笃颗颗，恁地高昂。试共看、挺生条达，足作廊庙栋梁。可哀处，唯此生死，隔绝茫茫。

　　按：挽，音晚，牵引之义；哀悼死丧时，与在车前拉引之"挽"字相通。骞，音千，飞腾、高举；此处"骞若"为人名。茑萝，音鸟罗，蔓草类，茎细长，卷络他物上。以"茑萝"喻指亲戚关系，取依附关联之意。葛，音隔，亦属缠绕他物之蔓草。蔓，音慢，凡植物茎细长能缠绕或攀附于他物者，统谓之蔓。鸩，鸧鸩，音提决，即杜鹃鸟，啼声似云"不如归去"。柢株，音抵诛，树根入土者曰根，在土上者曰株。恁地，如此地。恁，音任。

3. 千秋岁　　祝邓老师寿

琴（琹）堂清晓。百子红开早。南极灿，东王笑。钵衣传授远，桃李栽培好。列宿降，湘源（全州郡名）灵育（毓）长难老。

流沩城前遶。何异蓬莱岛。啖雪藕，供丹枣。斑衣阶（堦）下舞，珠履庭中闹。看彩凤，也随双鹤衔（啁）书到。

姚月樵曰："笔极潇洒。"

按：浍，音块，田地里的水沟。

4. 明月逐人来　　贺旌表安孺人

灵锺仙岛。德成闺教。冰霜的、性儿生早。霞天雁叫（叫），独伴孤灯照。永矢柏舟成操。

着意存孤，养老安贫守道。经摧折、总能相保。彤书才（纔）罢，丹凤随时到。贞节坊头月晓。

按：彤，音同，红色。坊，音方，表扬忠孝节义之建筑物，如牌坊。

5. 长寿乐　　代祝府尊李老师寿

尧都旧地。忆去年、遍植公门桃李。化雨同沾，春风亲坐，樗栎叨蒙不弃。正阳回律转，灿烂寿星光媚。从豫郡、映射山河联系。

遥瞻望。恨隔千山万水。鹏双起。看指日、凤诰鸾章相继。便是蓬岛春深，频年拜祷，私心方自喜。

按：樗，音书，臭椿树；栎，音力，橡树。樗栎，常用以自谦无用之材。叨蒙，愧蒙。叨，音滔，惭愧之意。

6. 杏园芳　　赠旌表弓节妇

芳姿玉女锺灵。檐前照映霜星。何期蓦地孤鸾鸣。矢坚贞。

延宗抚侄比亲生。衰姑着意欢承。坤仪真个（箇）苦完成。渥恩旌。

按：渥恩，厚恩。渥，音握，浓厚。旌，音京，表扬。

7. 古阳关　　代挽仲补刘公

涧冷冰凝结。箕暗萤明灭。空庭寂静，凉（凉）风紧，飘残叶。正輀车就道，对此伤离别。叹数沐恩波，何时再瞻谒。

德曜虽云散，光未歇。更霞飞彻，兰馥郁，桂超越。且天衢联镳，后先声名垺。看鸾诰飞颁，莫讶又重迭（叠）。

按：輀车，丧车。輀，音而。德曜，道德光辉。曜，音耀，日光。馥郁，音复育，香气浓厚。衢，音渠，四通八达的道路。镳，音标，横贯马口之物，可用以系铃。联镳，谓数马同进。垺，音乐，同等。

8. 锦帐春　　初夏贺友纳宠

春色方浓，清和初到。看赍实夭桃结早。蕙帷开，鸳被暖（煖），喜仙姬嫩俏。檀郎非老。

几许风流，几般调笑。问闰月闰更谁好。燕飞忙，莺语乱，正欢情未了。东方天晓。

按：赍实，果实盛多。赍，音焚，果结实貌。夭，音妖，茂盛而美丽。檀郎，美男子的代称。① 檀，音谈。

9. 早梅芳　　冬至前寿某九十

松竹青，梅蕊（蕋）展。恰待飞葭管。海屋添筹，又逢蓬莱水方浅。独超香老会，应赴瑶池宴（晏）。那中条峯头，南极分明见。

一堂中，四世衍。德泽由来远。华封漫祝，矍铄精神体常健。冯唐膺诏举，伏胜传经卷。须当知，不日蒲轮选。

按：飞葭管，古有候气之法，以葭之灰置密室木案上十二律管中，气至则灰飞去也。葭，音加，初生的芦苇。海屋、矍铄，并见《醉春风》附按。

10. 甘草子　　赠医生

闻说。世授良医，良相堪比絜。仁术应天心，道学宗儒业。

自有轩岐传新诀。把冷暖（煖）、阴阳调燮（爕）。厚朴从容恰两协。任妙才高揭。

按：絜，音协，比较、衡量。调燮，调和。爕，音屑，调和、谐和。

11. 朝玉接（堦）　　冬至后五日，祝少宰田大人寿（奉旨回籍，闭户读书，即于是月召取复任）

梅蕊（蕋）含香欲舒天。管葭灰已起，果阳旋。析峯南极瑞光妍。总然深闭户、映琼筵。

箕翼长明斗臺（台）悬。丘（邱）园真雅趣，且盘旋。论思终用读书贤。仁看丹凤下、舞庭前。

按：管葭，见《早梅芳》附按。

---

① （南朝宋）刘义庆撰，杨勇注：《世说新语校笺·容止第十四》："潘岳妙有姿容，好神情；少时挟弹出洛阳道，妇人遇者，莫不连手共萦之。"台北：明伦出版社，第467页。按：潘岳，小字檀奴，后因以"檀郎"为妇女对夫婿或所爱慕男子的美称。

12. 满宫花　　庭菊佳景（己巳岁，雨旸时若，养成菊花数十本，移植堂中，灿烂缤纷，足供玩赏，因赋《满宫花》一，志一时盛事）

露瀼瀼，月皎皎。培就菊英香裛。移来珍重到庭中，不怕狂风浪扫。

鲜艳多，庸俗少。恁样天工妆（桩）巧。红黄紫白各呈妍，占尽风流秋杪。

按：瀼瀼，露水甚浓貌。瀼，音攘。恁样，如此，这样。恁，音任。

13. 传言玉女　　嵩岳李公像赞

玉柱擎天，欣睹（觐）楼台缥缈。蓬莱佳境，恰烟霞缭绕。伊人宛在，严肃独依春晓。丰神轩爽，俗缘祛早。

气象岩岩，猛然窥、如山岛。握谈密坐，卻（却）温恭和好。名驰晋卫，可见胸（胷）襟不小。须眉欲活，尺幅难老。

按：擎天，撑起天。擎，音晴，手向上托。一般常以"擎天柱"喻指能在困难局面下转危为安的重要人物。

（七）生难字词之拟音

遣词造句既出现生难字词，则其读音理当一并附注。然有鉴于目前华人世界读音之标示犹未一致，笔者因建议何妨采"文字拟音"之方式处理。若遇无法拟音者，则可兼用注音符号及汉语拼音并行之方式为之，以便广大读者阅读。如：

1. 醉春风　　祝震享胡先生七十

泰启三阳转。融和天气暖（煖）。长庚祥现正光明，看。看。看。阶（堦）下斑衣，堂前珠履，霞觞交献。

矍铄精神健。清闲天地远。开尊（樽）岁岁醉春风，算。算。算。海屋如今，筹方七十，何曾添半。

按：矍铄，音决朔，形容老人精神好的样子。筹，音愁，计算的工具。今人祝寿常用"海屋添筹"[①]一词。

---

① （宋）苏轼：《东坡志林·三老语》载："尝有三老人相遇，或问之年。一人曰：'吾年不可记，但忆少年时与盘古有旧。'一人曰：'海水变桑田时，吾辄下一筹，尔来吾筹已满十间屋。'一人曰：'吾所食蟠桃，弃其核于昆仑山下，今已与昆仑齐矣。'以余观之，三子者与蜉蝣朝菌何以异哉！"北京：中华书局1981年《唐宋史料笔记丛刊》本，第47—48页。

2. 朝玉阶（揩）　　代挽仲补刘公

燕翼贻（詒）谋德泽深。俭勤时警惕，勒铭箴。勋高营缮接恩纶。平汾需赈急、作甘霖。　　拟将长厦永借阴（黔）。那堪梁木坏，漫劳心。思量真个（简）枉哦吟。英魂招不返、泪沾襟。

姚月樵曰："凄凉凭吊，言外传神。"

按：贻，音移，遗留。汾，音坟，指汾河。平汾，此处指平定边事。赈，音震，救济。黔，云覆日，即今之"阴"字。

3. 连理枝　　贺孙某双男同婚

桂子枝头老。梅蕊（蕋）含香早。三星焕彩，小春律暖（煖），天时正好。喜锦堂逢着、雀屏开，恰双双射巧。　　双应埙篪（箎）调。双植棠华茂。鹊桥双渡，玉田双种，联芳预兆。更石麟双锡、自天来，看后先双到。

按：埙，同"壎"，音勋，古代陶制吹奏乐器。箎，"篪"之俗字，音池，古代竹制管乐器。

4. 凤凰阁　　秋月贺移居

望华堂瑞霭，穿帘透幄。清秋爽气共磅礴。况（况）有德星临照，映月光焯。那更美、丹楹刻桷。　　美风淳厚，早被高明审确。家声从此任恢廓。人杰也、地锺灵，真个（简）非错。试共看、福来纷若。

按：焯，音卓，显明。丹楹刻桷，红色的柱子，雕刻精美的橡子。楹，音盈，堂屋前的柱子。桷，音决，方形的橡子。橡，音船，承屋瓦的圆木。

5. 一剪梅　　贺刘夫人及子东岭　勑旌节孝

杨邑迤东瑞气浮。山既清幽。水更清幽。秀灵独育（毓）一门中，孀母扬休。令嗣扬休。　　洋溢声名绕凤楼。日丽坊头。云拥坊头。高标青史永传芳，节也长留。孝也长留。

按：勑，音赤，皇帝颁发的命令；也作"勅""敕"。迤东，向东一带。迤，音以，延伸、向。孀，音霜，死了丈夫的妇女。

6. 渔家傲　　王堂富贵图

春入园林光景好。红红白白枝头闹。风韵清光同缭绕。谁共晓。时哉只有翚飞鸟。

栩栩如生庭砌道。等闲不怕狂风扫。锦簇花攒春未了。相映照。繁华影里丹青巧。

按：翚飞鸟，屋檐的建筑形式之一，檐似鸟飞翼举的样子。翚，音灰，飞翔。栩栩，音许许，生动可喜的样子。攒，音ㄘㄨㄢˊ（tswan），聚集。砌，音器，堆筑。

7. 赞成功　　贺绍先张公考授岁贡兼谢馈物

风流潇洒，泮璧飞（蜚）声。文章自足试王廷。行修（脩）德立，不愧明经。苏湖事业，伫望重兴。

久阔道范，泽府欢迎。天人策就乐光荣。愧无少补，反荷多情。琼瑶乏报，只（祇）此心倾。

按：泮，音判，古代诸侯之学宫。

8. 千秋岁　　祝阳城令和五张公

勤（琴）堂清晓。城近仙宫道。松节劲，梅香绕。福星恩德远，南极霞光耀。瑞集也，欢呼先庆冥灵兆。

旸雨休征妙。何用桑林祷。灾异静，强梁扫。加级长才显，殿最循良报。丹凤呵，频飞定逐青鸾到。

按：旸，音阳，天晴。

9. 长寿乐　　祝阳城丹崖李公（陕西葭州人，寿在五月）

香蒲姌袅。满县中、正喜新花舒蕚（萼）。南极扬辉，福星高照，都向阳陵闪灼。看精诚感格（步行祷雨），迟遥遍歌优渥。知几处、已把甘棠载詠（咏）。

今仍祝，南北台莱堪乐。虽初莅（到任未几）。早共仰、忠信廉明真确。一任西集青鸾，北飞丹凤，堂前交舞落。

按：姌袅，音染鸟，纤细柔弱的样子。闪灼，明光耀动。灼，音酌，明亮。

10. 千秋岁引　　祝阳城丹崖李公

艳丽丹葩，清蒲绰约。正喜熏风协时若。西来作霖濩泽润，东飞紫气阳陵落。福星明，长庚朗，宛若爝。

何待劈些麟凤脾。何待颂那台莱乐。自有仁心应嵩（崧）岳。盐梅待伸调鼎手，慈和试展阳春脚（脚）。荐书升，宠章降，看交错。

按：葩，音趴，花。绰约，体态柔美的样子。绰，音辍，宽舒貌。霖濩，久雨普降。濩，音货，水下流貌。爝，音越，火光。脾，音博，上肢近肩部分。崧，音松，高大的山，通"嵩"字。

11. 金人捧露盘　　祝卫居安

觑（觑）阳陵。南极现，彩霞浓。想汉家、茱酒犹红。德星堂上，桂香云外拂金风。且盈珠履乐弦管，齐庆华封。

自当年，善文学，凭（凭）挥洒，玉珠同。更端方、望重黉宫。陵霜劲骨，而今却（却）喜傲青松。何妨高卧南山下，长啸篱东。

按：觑，音去，看；俗写作"觑"。黉宫，校舍。黉，音宏，学校。

12. 金蕉叶　　赠旌节赵孺人

坚贞清节闺中楷。博来个（简）、赵门昌大。独守松操，抚孤课读多慈爱。恰似萱亲犹在。

伦常数遍逢难再。谁能禁、孚中传外。真堪享受，皇朝旌表龙恩待。扬播芳名百代。

按：孚，音符，使人信服。

由以上七项目之举证，可发现"生难字词"及"生难字词之拟音"两项，最需着力。盖清人小学盛兴，影响所及，词人"以文字为词"之现象普遍存在，若不加以处理，一般学者恐亦难以卒读。此外，若词意皆已清晰，格律、押韵、句式皆无问题，实亦不必附"简注"，如靳之隆下列三词即是其例：

1. 千秋岁　　祝董大使寿

曲池清晓。灿灿长庚照。河桥将渡天孙邈（署中无夫人）。七襄章已就，牛斗文光遶。翠发也，南山青似升山（乌程山名）好。

何惜风尘扰。且把金尊倒。松柏久，乾坤老。渥丹颜自驻，仁寿天常保。从此日，计程渐近瀛洲道。

2. 迎春乐　　祝阳城令孙公

东皇运转阳陵道。恰正值、长庚照。祥光灿烂和风绕。遍闾里、歌天保。

早是被、仁慈感召。庆多稼、天灾无扰。争望地天交泰，清署春先到。

3. 归去来　　送别掌衡刘公（解州州判，告老还乡）

久仰紫芝风度。何幸重欢聚。正喜陶成忽归去。田园欲、乐幽趣。

德泽沾濡处。工商士庶齐拜舞。扳辕总不能留住。同城侣、情谁诉。

至若所得版本已见评点；本文于前节即主张应予"附评"。以靳之隆《无逸词》为例，除集后录有梁子馨按云："余雅不工于词，兹来亦未携词谱、词韵，惟择其避忌字样，悉为易去，校正评点，愿俟博雅君子。"另有三阕词别见评点，自宜附评：

1. 凤衔（衔）杯　　题晋三巨亲家小像（像下有自题诗，书此以跋其后）

五十年来无限事。说将出、逼真如是。看霁月光风，何须着意虚遮蔽。任取证、无讹异。

玉珠生、龙虎起。纵挥洒、问心私喜。待月下尊前，后来清景还详记。又佳句、如何续。

姚月樵曰："古节古音。"

按：霁月，雨后的明月，比喻胸襟开朗。霁，音际，雨、雪后天气转晴。

2. 醉春风　　盛哉张公小照

春入园林好。芳菲桃李绕。花飞逐月扑人来，妙。妙。妙。红映金精，绿浮玻盏，呼僮倾倒。

极目云山杳。放怀天地小。丹青尺幅尽情描，巧。巧。巧。相貌魁梧，风姿潇洒，宛然相肖。

姚月樵曰："依稀人在画图中。"

3. 渔家傲　　渔家乐图

其一

游荡江湖凭寄傲。船头风月知多少。时向柳阴停短櫂（棹）。无俗扰。横吹一曲乾坤小。

唱和只惟妻合调。哺婴相伴恩情好。坐立那拘迟共早。真个（箇）妙。眼前不见追呼到。

其二

网裡（裏）生涯何日了。江湖飘荡凭（凫）游遨。停泊岸平芦花绕。

尘不到。暮朝相狎沙鸥鸟。

沽酒只（祇）须鱼活跳。船头对饮猜拳闹。放眼水波天地小。谁共晓。算（筭）来只有渔家傲。

姚月樵曰："唐宋余音。"

四、结语

本文检视民国以来词总集编纂之凡例，发现所涉内容多达十八项，又可归为两大类：一为处理词作之体例，一为处理与词作相关之体例。然此两大类内涵，并未包括附评与简注，因之，本文特以《清代诗文集汇编》所录，目前印行《全清词》佚收左辅词作附评为例，印证此中按语，或就风格评点，或就内容评点，或兼风格、内容评点，仍有可观，不可一概弃之。且总集编纂者若能予以辑录，亦可省去后人重复搜辑之苦。因之，词总集编纂者亦应将"附评"纳入"凡例"中。

其次，又以《全清词》佚收之靳之隆《无逸词》44阕为例，证明今人整理词总集，应有"简注"之观念，项目包括：一、作者所据之词谱；二、词调异名；三、字数、句数、句式；四、押韵；五、错、漏字及字体漫漶；六、生难字词；七、生难字词之拟音。如此处理，即可呈现今人整理词总集突破前贤之所在。故今后词总集之整理，亦可考虑将"简注"纳入"凡例"中。

此外，自从简字版《全宋词》发行以来，词总集对于文字之使用，包含正俗字、异体字，甚至简体字流行后，正简字之问题，实宜藉"凡例"说明之。正、俗字，如"疏"与"疎"，"脈"与"脉"，"妆"与"粧"等；异体字（含古今字），如"裡"与"裏"，"淚"与"泪"，"暖"与"煖"等；正、简字，如里外之"裡"、万里之"里"一律作"里"，能干之"幹"、干谒之"干"一律作"干"，战斗之"鬭"、斗酒之"斗"一律作"斗"等，于今日编纂总集时，均需增一"凡例"说明，庶免读者不知所从。

（作者单位：台湾成功大学文学院）

生就填词命

——王以慜生平及《檗坞词存》编年考述（上）*

张博钧

一、前言

　　王以慜乃晚清湖湘地区著名的诗人、词人，由于他长期寓居济南，直至辛亥革命后方返回原籍武陵闭门隐居，因此友朋间呼为"明湖第一词流过客"①。王氏诗词兼擅，有盛名于当世，于诗与同为湘籍诗人的陈锐、易顺鼎并称"湘西三才子"②；于词则经况周颐、程颂万共同商讨、点定，列名为湘中后六子之一③。后五子之中，王以慜词作数量最多，诗作亦不在少数，但其人其名在当

---

　　* 国家社科基金重大项目"民国词集编年叙录与提要"（13&ZD118）的相关成果。

　　① 王以慜外孙女钱鼎芬曾撰《明湖第一词流过客——王梦湘》一文，文中写道："外祖在济南长大，从小就喜欢赋诗填词，在朋友中号称'明湖第一词流过客'，诗名满天下。"《文史知识》1989年第4期（总94期），第72—75页。

　　② （清）陈三立《挽王梦湘》："湘西并世三才子，吹泪西风易哭庵，褰碧不知何处去，古伤遗稿落天南。"氏著，潘益民、李开军辑注《散原精舍诗文集补编》，南昌：江西人民出版社2007年，第282页。

　　③ （清）易顺鼎《定巢词序》记曰："比闻子大（程颂万）与况君夔笙（况周颐）谋精选己作，合以陈君伯弢（陈锐）、王君梦湘（王以慜），并下征郬词泊家弟叔由（易顺豫）之作为湘中后六子词，与葵园（王先谦）祭酒所刻前六家并行。"（清）程颂万《定巢词集》，民国十三年（1924）武昌鹿川阁刊十发居士全集本，卷首第3页上。在后六子中，况周颐实乃广西临桂人，之所以列名其中，乃因其"旧家湘野"，并曾提议、谋划编撰后六家词钞之故。然而，六子之中，除况周颐外，其余五子皆籍属湖南，他们虽迫于现实，羁旅四方，但均曾长期生活于湖湘之地，即便长年客居山东的王以慜，亦在辛亥革命之后归隐原籍武陵。反观况周颐虽云"旧家湘野"，然则况氏一族早于明代末年便自湖南宝庆迁居广西，下距晚清之世已近三百年，年代久远。且况周颐为临桂词人，与王鹏运、朱祖谋、郑文焯并称为晚清四大家，早为词学界共识，因此所谓"后六子"当改为"后五子"较为适宜，后文均据此改称"湘中后五子"。

代学术研究中却几乎湮没无闻，不仅未见有专文讨论其诗词作品，就连在少数提及他的论述文章中，王氏都是以附带的身份存在。以严薇青：《〈清诗人王梦湘墓志铭〉笺证》为例，此文在笔者所见王以慜相关论述资料中，已属讯息较为丰富可征者，但其题目副标明白写道："关于《〈老残游记〉中的'梦湘先生'，为纪念刘鹗逝世八十周年作》"①，显见此文之撰作乃是为纪念刘鹗逝世周年，文章内容主要是为了辨析《老残游记》第二回提及的"梦湘先生"实有其人，并根据墓志内容约略考述其生平、家世与诗歌成就，实非专为研究王以慜本人或其诗词而作。严氏在笺证中明白说道此篇墓志的存在，"为我们研究《老残游记》和晚清诗人提供了第一手的宝贵资料"②，显见此文虽以阐述王氏生平、家世为主，但仍旧附属于《老残游记》研究这一主题之下，不仅缺乏论题的独立性与发展性，对于了解王以慜诗词在晚清的成就及地位，亦不足以窥其堂奥。

王以慜非仅作品数量惊人，质量亦不容忽视。陈锐《裒碧斋诗话》曾引述其父陈廷彦之语，说："吾里王梦湘太守，弱冠领乡荐，入词林，才名动一时。"③可见王氏很早便以诗作闻名当世。汪辟疆记载他撰作《光宣诗坛点将录》时，曾在癸酉（1933）年以文稿就正于陈三立，当时八十一岁的陈三立细勘一过之后，便道："王梦湘不可漏。"同时程颂万之侄程康赠诗汪辟疆，亦谓："宁偿一士丧千金，漫谓遗珠负王叟。"④陈、程二人均对王以慜诗作推崇备至，同时也隐约点出其人于晚清诗坛，实有不可抹灭的历史地位。诗作之外，王以慜词作表现亦不可小觑，易顺鼎谈及湖湘词坛时，曾感叹"填词一事，莫盛于杭，吾

---

① 严薇青：《〈清诗人王梦湘墓志铭〉笺证》，《山东师范大学学报（人文社会科学版）》1989 年第 5 期，第 29 页。

② 严薇青：《〈清诗人王梦湘墓志铭〉笺证》，第 30 页。类此与王以慜有关的文章，如前引钱鼎芬《明湖第一词流过客——王梦湘》、张放《梦湘先生实有其人》，《中兴语文教学》1995 年第 3 期及李来涛《梦湘先生补说》，《中学语文教学》1997 年第 10 期等文，均以说明《老残游记》明湖居听书中的"梦湘先生"真有其人而作，且内容大抵不出钱文所言范围。

③ （清）陈锐：《裒碧斋诗话》，张寅彭主编《民国诗话丛编》第 2 册，上海：上海书店出版社2002 年，第 77 页。

④ 汪辟疆《光宣诗坛点将录定本跋》记载此事云："犹忆癸酉九月，散原老人从余索副本。余仓卒未能觅得，乃将陈生行素手抄一册呈之。……余因请老人重加校正。老人久细勘一过，曰：'王梦湘不可漏。'程穆庵（康）赠余诗，所谓'宁偿一士丧千金，漫谓遗珠负王叟'者，即指此也。"氏著，王培军笺证：《光宣诗坛点将录笺证》，北京：中华书局 2008 年，第 783 页。

湘代不数人"①，而在所谓"代不数人"的湘籍词人中，他特别标举四人为代表，其中便有他称为"生就填词命"②的王以慜。

此外，王以慜身为湘籍词人，不只与湘中词人如：易顺鼎、易顺豫、程颂万、陈锐等往来密切，同时由于他长期寓居山东，释褐之后又曾在京中渡过长达八年的时间，因此他与山东词人以及同时在京的王鹏运、朱祖谋等都有交往。职是之故，研究王氏词作，对于了解当时湘籍词人与山东、宣南等地词人之互动，实有相当帮助。本文先就其人生平略作考述，复以其一生行迹参酌诗作记录，尝试爬梳《檕坞词存》各集编年概况，期能对王以慜其人其作有进一步的了解，以补词史之遗。

二、王以慜生平行迹考述

王以慜，或作以敏，字子捷，本号幼阶，后改号梦湘③，湖南常德府武陵县人④。王氏一族于明代始设籍于常德，传至王以慜时已是第十一世，其祖讳德宽，字敷五，号实樵，嘉庆癸酉科举人、庚辰科进士，曾任山东济南府同知，诰封中宪大夫，晋赠资政大夫⑤。王以慜履历著录王德宽育有四子七女，长子名成谦，幼子名成麟，其父居次，讳成升，字吉阶，号仲允，道光丙午科顺天乡试挑取誊录，咸丰辛亥恩科举人，曾任山东知县，代理青城知县，加同知

① （清）易顺鼎《金缕曲》小序，《摩围阁词》卷上第 12 页下。易氏于此四阕《金缕曲》标举张祖同、杜贵墀、余嵩庆及王以慜为其所交往的湘中词人代表，见前揭书，光绪八年（1882）仲冬刊《摩围阁诗集》本，卷上第 12 页下—14 页上。

② （清）易顺鼎《金缕曲·武陵王梦湘以慜》，《摩围阁词》，光绪八年（1882）仲冬刊《摩围阁诗集》本，卷上第 14 页上。

③ 根据同治癸酉（1873）科顺天乡试朱卷履历的著录，王以慜本号幼阶，而在十七年后的光绪庚寅（1890）恩科会试朱卷履历中，其号已改为梦湘。顾廷龙主编：《清代朱卷集成》，台北：成文出版社 1992 年，第 110 册第 261 页及第 70 册第 191 页。

④ 王以慜履历记载，王氏始祖王世科为明代荣府指挥使，封武德郎，王氏设籍常德实始于此。顾廷龙主编：《清代朱卷集成》，台北：成文出版社 1992 年，第 110 册第 261 页。王以慜《七绝百六十七首》组诗中有："家世邯郸生历下"之句，诗后小注云："予远祖自直隶长垣迁武陵。"可知王家祖籍直隶长垣，后迁武陵，而王氏因父祖仕宦之故，生长济南，故云。氏著《檕坞诗存后集·烬余草二》，《王梦湘先生遗著》本，卷之二，第 34b 页。

⑤ 王以慜光绪庚寅恩科会试朱卷履历，顾廷龙主编：《清代朱卷集成》，台北：成文出版社 1992 年，第 70 册第 193 页。

衔，诰封奉政大夫①，著有《吉阶诗草》②。王成升育有三子一女，王以慜排行最末，其上犹有一姊二兄（以恩、以懃），长兄王以恩最迟在王以慜癸酉乡试前便已去世，履历注记他"业儒早逝"③。王以慜生于咸丰五年（1855）六月十四日，卒于民国十年（1921）四月二十七日，享年六十七岁。王以慜长年做客山左，仕途偃蹇，一生坎坷，兹以光绪十六年（1890）王氏进士及第为界，参酌王以慜诗词作品，概述其生平行迹于后。

（一）日抱枯萤策生计——光绪十六年（1890）以前

据传王以慜降生之际，王成升曾梦见神人以宝玉一方授之，曰："此楚宝也。"④王氏因此认定此子不凡，对他格外寄予厚望。王以慜曾有诗云："我父望我意良苦，家贫读书不中阻"⑤，明白指出其父望子成龙之心。王氏工诗能词，颇具锐感情思，尝自言："生四岁，即每寂坐工愁，自是毕生在坎壈中，是殆与生俱来也。"⑥年仅四岁已知工愁寂坐，可见其敏感多情实属天性，似乎也是在王以慜识愁、知愁之后，造化的巨掌便无情地向他攫来，开始他长达六十七年，流离坎坷、生离死别的一生。咸丰九年（1859），王以慜五岁，其父分派为山东知县代理青城县知县，后因回避改发山西知县⑦，王以慜与母亲随侍父亲前往太原，谁知来年其父死于任上⑧，母子两人顿失依靠，只得回返山东投靠时任费县知县的伯父王成谦。

---

① 以上有关王以慜父祖之记载，详见王氏光绪庚寅恩科会试朱卷履历，顾廷龙主编：《清代朱卷集成》，台北：成文出版社 1992 年，第 70 册第 192—194 页。

② （清）徐世昌辑：《晚晴簃诗汇》，北京：中国书店 1989 年，卷一百五十三，第 30 页。

③ 王以慜同治癸酉科顺天乡试朱卷履历，顾廷龙主编：《清代朱卷集成》，台北：成文出版社 1992 年，第 110 册第 269 页。

④ （清）王乃征《清诗人王梦湘墓志铭》，（清）汪兆镛纂录：《碑传集三编》，台北：明文书局 1985 年，卷四十一，第 126—559 页。

⑤ （清）王以慜《赴究七叹》之二，《檗坞诗存·始存集》卷之一，《清代诗文集汇编》第 780 册，上海：上海古籍出版社 2010 年，第 621 页（后同此书仅注卷次、页码）。

⑥ 同④。

⑦ 王以慜光绪庚寅恩科会试朱卷履历，顾廷龙主编：《清代朱卷集成》，台北：成文出版社 1992 年，第 70 册，第 194 页。

⑧ 王以慜于光绪二十年（1894）奉命典试甘肃，道出榆次，曾作有《望太原而作》一诗，诗前小序云："予五岁随侍先子改官太原，隔岁即奉讳旋济上。"所记即为此事，诗中有"此日乘轺瞻彩笔，当时总角泣麻衣"之句，今昔对比，不胜感伤。氏著《檗坞诗存·登陇集》，卷十一，第 719 页。

王以慜对伯父相当敬重，不仅在诗中盛赞他为"人中龙"，并且历数勋业，说他："二十射策明光宫，三十邹鲁诵循吏，四十杀贼东蒙东"①，字里行间满是钦服之意。王成谦，道光丙午科举人，他年少得志，官运颇通，曾任山东蒙阴县知县，历署禹城、费县知县，咸丰九年（1859）因战功题补道员，赏戴花翎，钦赐信勇巴图鲁名号，并加布政使衔，诰封荣禄大夫②。依恃伯父，虽让王以慜少年时期过着相对安稳的生活，但年幼失怙、寄人篱下的日子，终究在他心中划下了难以磨灭的痕迹。他在《得兄子能书却寄，时北试甫归武水》一诗中便向兄长王以慜诉说了当年骤然失亲的心情，诗云："儿时抛堉兼拔胡，翩翩比肩双燕雏。每涂朱墨戏书塾，那解衣食驱穷途。人生万事风堕瓦，泰山压卵畴能扶。昔废蓼莪不忍读，竹林今复成邱墟。"③父亲在世时，兄弟两人对于生活的艰难一无所知，但生命的磨难突如其来，一个风吹瓦落，原本平静宁馨的家庭瞬间风云变色。父亲早逝让他提早懂得了现实生活的残酷，体认了人生无常的悲哀，天真欢快的童年从此再与他无涉。

王以慜才名早著，十三岁赋《中秋诗》曾大获伯父赞赏④，十六岁客居济南，始应京兆试⑤，十九岁即登同治癸酉科顺天乡试。原以为幼时坎坷终会得到补偿，生活将就此一帆风顺，谁知在他举乡试这一年，伯父王成谦去世，王以慜兄弟失去庇荫，家庭经济陷入困境，面对"即今身后田园空，八旬祖母养不充"⑥的苦况，现实逼着兄弟两人共同承担起家庭的责任。《墓志》上说当此

---

① （清）王以慜《赴兖七叹》之一，《檗坞诗存·始存集》卷之一，第 621 页。

② 王以慜光绪庚寅恩科会试朱卷履历，顾廷龙主编：《清代朱卷集成》，台北：成文出版社，1992年，第 70 册，第 192 页。严薇青《〈清诗人王梦湘墓志铭〉笺证》载王成谦于咸丰七年（1857）任山东禹城县知县，十年署蒙阴县，他到任时因土贼猖獗，遂募勇筹饷，与当地民团联络剿匪，期间"亲冒矢石，以为倡率，擒渠扫穴，屡挫凶锋"，后统率"常武军"捍卫地方，故此得因战功擢升。氏著，第30—31 页。

③ （清）王以慜《檗坞诗存·始存集》卷之一，第 615 页。

④ 王以慜于光绪九年（1883）所作《除夕》诗首句写道："十三哀时作词客"，句下小注曰："予丁卯中秋赋诗为先伯父所赏。"案：丁卯即同治六年（1867），王以慜十三岁。氏著《檗坞诗存·浴沂集三》，卷之四，第 649 页。

⑤ 王以慜光绪二十五年（1899）作有《少年游》一词，词前小序有云："计自庚午应京兆试，弹指已三十年。"庚午即同治九年（1870），时王以慜十六岁。氏著《檗坞词存》光绪间递刊本，卷之五第 7 页下一8 页上。

⑥ （清）王以慜《赴兖七叹》之一，《檗坞诗存·始存集》，卷之一，第 621 页。

之时"君失庇荫，门内多故，不得归，乃以笔耕自给"①。同时王以慜诗中亦有"有田不足给饘粥，有家不得归蔽庐""联床不可期，茕烛亦其偶。宁知江海逢，年年迫糊口"②之句，可见王氏兄弟为了生计终年在外辛苦奔波，过着有家归不得的劳碌生活，家中经济之艰难可想而知。

或许因为迫于家计，故而王以慜在光绪元年（1875）与元配陈淑人完婚，入赘妻家为婿。王氏作于光绪五年（1879）的《绝句四首》之一诗末小注有云："乙亥冬予以就婚来沂。"③此处所谓"就婚"，当指入赘而言。陈锦《题王以慜〈和陶诗〉》中有"大郡琅邪本故墟，十年齐赘迎潘舆。洞庭秋月渺如许，沂雩春水差可居"④之语，此诗作于光绪十二年（1886），距王以慜就婚来沂的乙亥年恰为十年，诗中兼用战国时代齐国赘婿淳于髡与潘岳《闲居赋》之典，明白点出王以慜之所以入赘陈家为婿，实出于孝亲、养亲的考虑。另外，王以慜于《忆兄子闲时赴南试》诗末小注注云："兄赘长沙黄宅"⑤，可知其堂兄子闲亦为赘婿，此亦可旁证王以慜入赘妻家的可能性极高，而同辈兄弟中就有两人入赘妻家，亦可说明当时王家处境之困窘。

生活虽然艰辛，差幸仍有兄长与之相互扶持，不幸的是，五入闱场，终于在光绪元年（1875）乡试中举的王以慜，居然在光绪三年（1877）病殁于济南，死时舌僵目突，辛苦万状⑥，来年春天，唯一的姊姊也缠绵病榻，情况危殆⑦。其姊重病之际，王氏亲往探视，途中百感交集，一夕之间写就《赴兖七叹》，诗末小注明言此诗与杜甫同谷七歌遭遇虽然有别，但"悲怀殆犹过之"⑧。王以

---

① （清）王乃征：《清诗人王梦湘墓志铭》，（清）汪兆镛纂录：《碑传集三编》卷四十一，第126—559页。

② 引诗分见（清）王以慜《得兄子能书却寄时北试甫归武水》《偕兄子能夜话纪别》，《檗坞诗存·始存集》卷之一，第615、619页。

③ （清）王以慜《檗坞诗存·浴沂集一》卷之二，第623页。

④ （清）陈锦《题王以慜〈和陶诗〉》，（清）王以慜《檗坞诗存·题诗》，第611页。

⑤ （清）王以慜《檗坞诗存·浴沂集一》卷之二，第625页。

⑥ （清）王以慜《赴兖七叹》之四写道："呜呼我兄嗜经史，翩翩才华世莫比。五战不上春官第，赍志忽闭黄泉里。舌僵目突万苦辛，念汝垂危我心死。"见氏著《檗坞诗存·始存集》卷之一，第622页。

⑦ （清）王以慜《赴兖七叹》诗末小注云："戊寅春仲，予省姊病兖州道。……时戊寅惊蛰后二日。"而同年中秋，王以慜另作有《沁园春》一词，题曰："戊寅中秋步鹊华桥追悼先兄先姊泫然赋此"，可知王以慜长姊病逝于清光绪四年（1878）春仲至中秋之间。

⑧ （清）王以慜《檗坞诗存·始存集》卷之一，第622页。

憨不仅于诗中感慨自己"人生少壮不得意""万事无成心力衰"的困苦艰辛，更悲忿地仰天探问"谁令骨肉天一隅，一一零落随秋草"的造化弄人，最终颓丧地将一切遭遇归结为"勿谓皆由力所致""我生之辰惟乙卯，极知贱贫命所造。"① 迭遭变故，让王以憨不禁感叹生辰不偶，更怀疑单凭一己之力如何能扭转宿命无情的安排。作此诗时王氏不过二十四岁，所言却尽是衰颓无力、懊丧绝望之语，可见所受打击与哀恸之深重。

家中老成凋零，同胞兄姊又先后病逝，王以憨除了必须负担家计之外，更负有光耀门庭的使命，其叔王家驹即曾对他殷殷寄意，曰："祝康衢、华骝共骋。转眼春风新得意，看世情、又比而今怎。须及早，着鞭紧。"② 表现出对王以憨进士及第的深切期望。念及早逝父亲的期望、守节母亲的苦辛以及伯父长年的抚育，他不禁哀哀呼告："仰天再叹兮泪交迸，得显亲名死不恨。"③ 不幸的是，王以憨的科举之路走得万分艰难，他虽在十九岁时（同治十二年，1873）顺利通过乡试，但之后接连七次参加会试却都不幸落第④，要到三十六岁赴光绪十六年（1890）恩科会试时方始进士及第。期间种种煎熬、辛酸，若非身在局中，实难体会。十七年来累上京华，眼见"长安道上车班班，风沙日夕凋朱颜"，虽也曾兴起"烟波高卧会有约，何日买园归故山"⑤ 的愿望，然而"似闻金台方市骏，亲在名心敢轻掭"，尽管"即今书剑滞风尘"⑥ 却也只能独自一人

① （清）王以憨《赴兖七叹》之六、之七，氏著《檗坞诗存·始存集》卷之一，第 621 页。
② （清）王家驹《金缕曲·示四侄并话别五叠前调》，（清）王以憨《檗坞词存别集·霜天雁唳上》卷一，第 5 页下。王以憨《霜天雁唳》一集于所作《金缕曲》六阕之后，附录季徕和词六阕，词后小注云："偕七叔唱和金缕曲词"。可知这一系列《金缕曲》乃王以憨与其七叔唱和之作，季徕当为七叔表字或别号，一如王成升之号"仲允"。王以憨《同治癸酉科顺天乡试朱卷履历》业师一栏有"胞叔季来夫子"，下注："现山东候补盐大使"，察以憨胞叔有二，其中家驹之下注云："派名成泰，现山东候补盐大使"，可知季徕即为王家驹，乃王以憨四叔，之所以行七，显为宗族排行。
③ （清）王以憨《赴兖七叹》之二，《檗坞诗存·始存集》卷之一，第 621 页。
④ 王以憨于光绪十六年（1890）所作《齐天乐》题词云："迟日催晴，客星惜别，七返神山之棹，重驱帝里之车，画眉深浅，非复时妆，顾影衷裹，自伤春色。适慕侨以和前韵词赠行，殷勤眷注，情溢乎辞，辄仿唐朱庆余诗意赋贫女词畣之，居近湘娥，啸殊漆室，越纱漫浣，暗惜阿婆三五之年，燕石匪真，愧诮赵氏一双之璧云尔。"此词作于当年赴京应试之前，从题中所言"画眉深浅，非复时妆""仿唐朱庆余诗意"等语观之，可知此词乃为科举而作。题中明言"七返"，可知光绪十六年（1890）乃王以憨第七次参加会试。见氏著《檗坞诗存·海岳天声》卷之二，第 10 页下。
⑤ "长安"句均见王以憨《晓征曲》，《檗坞诗存·始存集》卷之一，第 618 页。
⑥ （清）王以憨《感旧寄绍由济南兼柬星若》，《檗坞诗存·浴沂集一》卷之二，第 624 页。

咬牙苦撑，按捺下“徘徊稻粱谋，淹留蹇无成。出户愁衣单，上堂悲老亲”[①]的种种忧虑，茕茕前行。

面对望不见尽头的科举之途，王以慜诗中也时露愤懑之意，如其《拟梁父吟》一诗开篇即云：“我欲补天天苍苍，我欲缩地地茫茫，我欲御风无羽翰，我欲渡海无帆樯。”表示自己虽有补天用世之志，但偏偏怀才不遇，不得其位，难以展才，接着罗列故实，对古来世事的黑白颠倒提出质疑，曰：“君不见汉文有道贾谊逐，项羽灭绝淮阴亡，马革裹尸信矍铄，薏苡得谤喧朝堂。风云际会不可恃，灵均得不沉潇湘，而况世事昧曲直，反复转绿兼回黄。”最终将自己的怀才不遇归因于“时命苟不循人意，谁辨鸡钦同凤皇。梁甫吟，悲且长，众人笑我无乃狂”[②]。在傲横的命运面前，人意何其藐小，他所有的努力与悲叹，在众人眼中不过是不值一哂的狂生行径罢了。

值得注意的是，在王以慜累试不第的挫折中，或许真有几分“世事昧曲直”的诡谲在其中。光绪九年（1883），王以慜第五次会试落第，于岁末作《冬感》八首，其中之五写道：“泥雪飞鸿十载痕，纷纷巧宦尽多门。累他燕雀甘依厦，几见驽骀免偾辕。清节偶然希孟博，盛名何取效深源。金瓯补缺群侯事，老大飘蓬感圣恩。”诗中抒发他十年来参与会试，屡见群小钻营宦门之事，自己虽以范滂的正直清白为典范，却也不免兴起殷浩书空之叹，而他所感叹的“咄咄怪事”正是诗末小注所言：“今春在都，同人有由诡遇进者，予偕易实甫尼之，竟触某显宦之怒，一时反目两人为狂，可叹也。”[③]同人由诡遇而进，此乃怪事之一；自己出面阻拦，于道义上本属理所当然，却被目为狂生，此乃怪事之二。世事皂白难分至此，不禁令人灰心，同样经历此事的易顺鼎，于光绪十二年（1886）再次落第之后，便对科举之路绝望，改以纳赀捐官，由刑部郎中改捐试用道，分发河南。王以慜虽然同样在光绪十二年（1886）第六次落第，但因家中并无余资，为了显扬亲名，他别无选择，只能继续仕进之路。

累试不第，又须担负家庭经济，因此王以慜自光绪五年（1879）起，即主

---

① （清）王以慜《秋怀》五首之一,《檗坞诗存·始存集》卷之一，第619页。

② （清）王以慜《檗坞诗存·始存集》卷之一，第615页。

③ 《冬感》一诗及小注均见（清）王以慜《檗坞诗存·浴沂集三》卷之四，第649页。

讲于琅邪书院①。客居沂州近七年之久，后因光绪十一年（1885）"为夫己氏所龁"②，致使其失去教习工作，在光绪十二年（1886）由沂州移居济南③。王以慜移居济上后，先入都参加当年会试，落第后复回济南，参与河防工次，后于光绪十四年（1888）入山东巡抚张曜幕府。"武陵诗词"网站"王以慜"简介载："光绪十四年，郑州段黄河决口，入新任河督吴大征幕；决口合龙后，又回济南入山东巡抚张曜幕，以求斗升之禄。"④认为王以慜于光绪十四年（1888）参与河防工事，但根据王氏《寄济上》诗前小序所谓："昔在戊子、己丑偕宾谷同入东诸侯幕。"⑤可知光绪十四年（1888）王氏已入张曜幕，参与河防之事应当更早。王以慜光绪十二年（1886）作有《发历城至泺口将赴济阳王家圈河防工次舟中》一诗，可见他该年已参与河防工次，同年集中又有如：《河上曲》《培东西两埧二首》等诗言及河防工事，且《晓行河上》一诗有"我叹小儿惟解嬉，不忧水深食无糜。儿亦拍手笑行客，河伯不人岂君责"⑥之语，明显有忧心河事之意。光绪十三年（1887）诗作中又有《抵工次旧居漂没尽矣》《蕴苓自济阳勘河来工次，同舟西渡，语笑竟日旋别去，乘月东返有作》等诗，可见王以慜应是在光绪十二年（1886）开始参与河防工事，至光绪十四年（1888）之后才改入山东巡抚张曜幕。

沉沦下僚，久困公车，让王以慜饱受怀才不遇之苦，而门内多故更令他的生命增添不少悲剧色彩。客沂以来，先是在光绪七年（1881）接到姑母病逝的消息，勾起他父伯兄姐早逝的痛苦回忆，让他不禁感叹"人间世可哀，举足皆

---

① （清）王以慜《檗坞和陶诗自序》："辛巳岁偶和其饮酒诗二十首，后复稍稍和之，讫乙酉春凡得诗一百二十有三首，盖至是客沂州七年矣。"氏著《檗坞诗存·序》，第612页。《浴沂集》所收诗作亦始于己卯，故可知王氏之客沂州当始于光绪四、五年间。又其《霓裳中序第一》小序云："岁在己卯，予主琅邪讲席。"氏著《檗坞词存》卷之十二，第4页上。故将其客沂州之始定于此年。

② （清）王以慜《兰陵曲并序》，《檗坞诗存·浴沂集四》卷之五，第661页。常德市诗词协会"武陵诗词"网站"王以慜"简介（文见：http://www.cdscxh.com/wz.asp?id=1296）亦记此事，曰："光绪九年，参加会试，因举子中徇私舞弊者与龙阳易顺鼎等人'以言事贻书朝贵，卒中所忌，至举国目为狂生'，并丢掉教习差事。"所记与前引王以慜《冬感》一诗诗末小注相近，唯所言"丢掉教习差事"一事不知何据，依王以慜《檗坞诗存》的编排，《浴沂集》收入光绪五年（1879）到光绪十一年（1885）间诗作，且其《兰陵曲》诗前小序明言："岁乙酉，予馆沂州为夫己氏所龁，将以仲冬月北去。"可见王以慜失去教习工作是在光绪十一年，未必与光绪九年之事有关。

③ （清）王以慜《檗坞诗存·济上集一》所收诗作始于光绪十二年（1886），内有《花朝日寄内，时由沂州移居济南计日当至矣》一诗，可知当时已移居济南。见前揭书，卷之六，第663页。

④ 常德市诗词协会"武陵诗词"网站"王以慜"简介：http://www.cdscxh.com/wz.asp?id=1296。

⑤ （清）王以慜《檗坞诗存后集·烬余草二》卷之二，第12页上。

⑥ （清）王以慜《檗坞诗存·济上集一》卷之六，第674页。

危途""歙歐究何益，天道不可测。稔恶终寿考，积善乃短折"①。来年，光绪八年（1882）年底，其子传纶患痘疾夭亡②；其后，光绪十二年（1886）又遭逢绮女之卒③，凡此种种，都在他心头蒙上层层阴翳。关于王以慜的子女问题，据《清诗人王梦湘墓志铭》记载他有二子（传经、传濂）五女（湘霞、湘雯、湘霙、湘霭、五待字）④，但根据王氏光绪庚寅恩科会试朱卷履历记载："子传经（业儒出嗣胞兄以懋）、传纶、传纬（俱殇）女一"⑤，可以发现《墓志》并未将夭亡者列入，因此不见传纶、传纬之名，也未注明传经出嗣胞兄之事，只曰："年逾冠而殁，娶妇朱氏，有子，亦相继夭。"⑥由于履历未载传经娶妇生子，可知此事当在光绪十六年（1890）以后，但传经之死至迟当发生在光绪二十五年（1899），因王以慜于当年乞外出都时，题有《少年游》一阕，序中言及自己三十年来"婚宦两乖，妻孥俱丧"⑦。由此可知，王以慜实有四子，传经、传纶、传纬、传濂，前三子为元配陈氏所出，但皆早逝，传濂则为侧室苗氏所出。

至于女儿，履历只记"女一"两字，不知此女指谁，也不知是否为五女之一，但王以慜光绪二十一年（1895）所作《莺啼序》词前小序有云："出宣武门西南三里许，有楚南义庄，亡室陈宜人权厝于此。乙未夏五，予将出都，独

① （清）王以慜《赴德水奠余氏姑母灵志哀》之四、之五，《檗坞诗存·浴沂集二》卷之三，第634页。根据王以慜光绪庚寅恩科会试朱卷履历记载，王氏共有七位姑母，最小的嫁与善化候选知州余焕，当即诗中所谓的余氏姑母。其《赴德水奠余氏姑母灵志哀》之四写道："忆昔姑与姊，两小时嬉娱。针楼巧同乞，镜槛发共梳。"可见姑姪年龄相近，王以慜乃家中幼子，与其兄以懋只差两岁，与长姊年龄应不致相差太大，若然，余氏姑母与王以慜年龄差距应该也不大，因此她的病逝才会强烈勾起王氏兄姊早逝的哀痛，进而联想到王家作为余氏姑母的娘家，如今已是"母族忽凋尽，余我一身独"，境况凄凉。

② 王以慜作于光绪八年（1882）的《十二月二十八日作 十五迭前韵示次端》一诗有"绕膝从兹缺一丁""我无竹实延雏凤"之语，可知此时王氏丧子，而据作于光绪九年（1883）的《雨后出西城寻纶儿墓时沂郡大水》可知死者为传纶。另据《大雪用东坡聚星堂韵答冬丈敏，庚午客济南，曾偕兄子闲、子能用山谷水仙诗、东坡尖叉诗韵咏雪故篇中及之》诗中小注："时儿子纶患痘，医云须止酒"之语看来，可知传纶当死于痘疾。

③ 王以慜光绪十二年（1886）作有《七夕阴雨初闻绮女恶耗，时正倮装拟次日返历下》一诗，诗中有"湖山秋草埋香泪"之句，显然所谓"恶耗"正指绮女之逝，绮女当亦王以慜之女，论述详后。

④ （清）王乃征《清诗人王梦湘墓志铭》，（清）汪兆镛纂录：《碑传集三编》卷四十一，第126—561页。《墓志》记载传经嫡出，传濂为侧室苗氏所出，五女则嫡出各一，其三苗氏出。

⑤ 王以慜光绪庚寅恩科会试朱卷履历，顾廷龙主编：《清代朱卷集成》，第70册，第194页。

⑥ （清）王乃征《清诗人王梦湘墓志铭》，（清）汪兆镛纂录：《碑传集三编》卷四十一，第126—561页。

⑦ （清）王以慜《檗坞词存·燕山钟梵下》，清光绪间递刊本，卷五第8页上。

来展别，野冢累累，杂以荆蔓，苔碣欲卧，纸灰不温，距清明携经儿、霞女同来，又三月矣。"① 可知此时长子传经、长女湘霞俱在，而词中却有"凭风谁问灵旗，入抱三雏，夜台聚否"之句，遥想亡妻与夭亡子女在九泉之下相聚，除俱殇的传纶、传纬之外，尚需一人方足"三雏"之数，若合绮女而言，则"三雏"皆有着落，但绮女卒于光绪十二年（1886），王以慜履历中却未见注记，因此绮女究竟是不是王以慜之女似乎尚有疑虑，但考察王以慜诗词，如此称呼女子仅"绮女""霞女"二例，是以绮女极有可能也是王以慜夭亡的女儿，此外，王以慜于光绪十八年（1892）所作《途中杂感》四首之二有云："忆昨济上归，北征事仓猝。三尺娇女棺，秋坟咽寒蜍。"② 说明王以慜客居济上时确有一女夭亡，且与前引诗作时间相合，可见诗中所言"娇女"极有可能就是绮女，若然，则王以慜实有六女，由于绮女早逝，故《墓志》亦未载。

王以慜迭遭丧乱，父母亲人之外，在既有的三子二女中，就有二子一女接连夭亡，怎不令词人痛彻心扉？王氏作有《孤雁》诗一首，所述极符合他当时心境，诗云："群飞向空尽，底苦恋南归。本为稻粱出，敢伤俦侣稀。穿云声渐冷，吊月影谁依。矰缴江湖阔，愁君泪满衣。"③ 此诗作于光绪十四（1888）年，诗题虽云写雁，实则句句为诗人自伤之语，诗中那只为生计远离故乡，俦侣凋零的孤雁，正是王以慜自身的写照，因此诗人见孤雁穿云吊月，飞逝而去，不由思及世路多艰，为之泪满衣襟。

（二）通籍身将老——光绪十六年（1890）以后

光绪十六（1890）年，王以慜三十六岁，在经历七次落第的打击后，终于在这一年进士及第，其心情之复杂，不难想见。当年七月，王以慜乞假离京，经过天津时曾作有《抵津沽》一诗，颇能代表他当时心境，诗云："登舻纵目海天宽，秋角严城夕照寒。在昔九河通渤澥，而今三辅壮长安。楼台金碧中华土，节钺风云上相坛。回首终童请缨岁，租船归去负渔竿。"④ 此诗一起首便迥异于王氏以往诗作的抑郁苦涩，呈现出一种豁然开朗的气象。十数年寒窗苦读，

---

① （清）王以慜《檗坞词存·燕山钟梵上》卷三，第 3 页上，下引此词见第 3 页下—4 页上。
② （清）王以慜《檗坞诗存·出山集》卷之十，第 710 页。
③ （清）王以慜《檗坞诗存·济上集二》卷之七，第 683 页。
④ （清）王以慜《檗坞诗存·济上集三》卷之八，第 692 页。

而今一朝及第，眼前海天空阔的景象不再令诗人自觉渺小，反而成为诗人宽阔心境的写照。只是此日虽有及第之喜，但王以慜心中难免有"通籍身将老，闻鸡愧祖鞭"①的遗憾，而外敌侵逼、四方多难的颓唐国势也让诗人的欣喜少去了几分热闹。诗中可见其登科之喜、中年通籍之憾，更可以感受到他意欲大展抱负的跃跃心情，这份喜悦甚至压过了他心中的遗憾，让他在《霁雪》一诗中写出："归应老梅放，腊酒话平生"②之句，欣悦之情溢于言表。

　　然而，及第的喜悦只是一时，仕宦的艰难、现实的残酷才是生命的寻常。王以慜在进士及第之后乞假出都，光绪十七（1891）年二月到八月展开南游，光绪十八年（1892）正月始正式出仕③。有关王以慜出仕的情形与政绩，《墓志》着墨不多，仅略记其经历曰："三十六成进士，授编修，充甲午甘肃乡试正考官。官京邸八年，改江西知府，权抚州及南康，补瑞州府，二年而罹辛亥之变。"并特意提及王以慜为人"伉爽任气，刚直不挠"，说他通籍之后，"锐意有所树立，或居言路抒谠论，而耿介不能希世，无大力之推挽。会取御史，复不用，因浮沉外吏以终。"④着重说明王氏因个性耿直，又无有力人士引荐，虽企欲有所作为，却也无能为力的窘况。现实的无奈王以慜很快就有所觉，他作于光绪十八年（1892）的《途中杂感》四首之二写道："冠盖纷京华，资身苦无术。禄薄亲不怡，炊尽妇先卒。"又说："草草都门居，三春鹏㷀室。万事贫贱哀，欲述苦无笔。"⑤诗中明白写出其客居京城以来的诸般苦辛，不仅致身无术，满怀抱负亦无从施展，抑且俸禄微薄，难以养亲，而长久以来与他患难扶持，同甘共苦的妻子又在这年病逝⑥，更令他感受到天道的无情与残酷，前引诗中所见的及第之喜已不复见，取而代之的仍旧是他诗中一贯的羁愁之叹。

---

① （清）王以慜《初九早起》，《檗坞诗存·济上集三》卷之八，第 693 页。

② （清）王以慜《檗坞诗存·济上集三》卷之八，第 693 页。

③ （清）王以慜《檗坞诗存》卷九为《南游集》，收录该年二月到八月诗作，根据诗题看来，王氏南游行迹始于泰山，后经沂州、扬州、江苏、杭州、沪上、金陵、蒙阴等地，最后仍归山东。《檗坞诗存》卷十为《出山集》，收诗起自光绪十八年（1892）正月，终于光绪二十年（1894）正月，集名"出山"，显见其正式出仕当始于此年。

④ （清）王乃征《清诗人王梦湘墓志铭》，（清）汪兆镛纂录：《碑传集三编》卷四十一，第 126—559、126—560 页。

⑤ （清）王以慜《檗坞诗存·出山集》卷之十，第 710—711 页。

⑥ （清）王以慜《唐多令·壬辰夏五，予居都门，有骑省之戚，丧殡草草，复迫饥驱，七月出彰义门感赋》，说明王以慜妻子陈氏卒于光绪十八年（1892）五月，而因家计困窘，俸禄微薄之故，丧礼颇为草率。氏著《檗坞词存》卷二，第 14 页下。

面对清末危局，王以慜的仕途升降必然为其政治态度所影响，最终导致他"耿介不能希世"的结果。王乃征在其所撰《清诗人王梦湘墓志铭》中特别提及他为人善于博辩，好发议论，且"于人鲜所屈服，尤謷訾当世诸新政"①。王乃征为王氏知交，在《墓志》中留下的这段评论正点出王以慜性格上较为刚愎自用的一面，同时强调他在面对西学、新政时的保守立场。王以慜这一性格特点从他对光绪九年（1883）湘人谋官事件的反应即可见出端倪，根据王飙《易顺鼎年谱简编》的记载，当时湘人排外极甚，彼此告诫凡湖南人不得入总理各国事务衙门为官。光绪九年（1883）有湘籍曹司二人因贫甚，有意破此惯例，当时在京应试的湘籍举子大为哗然，推易顺鼎主笔作书责之，并要求湘籍在京任寺卿以上官员画诺。户部侍郎周寿昌起初勉强画诺，已而悔之，作柬请易顺鼎调解。王以慜闻知此事甚感激忿，径自作书责之，周寿昌以为王氏此举乃易顺鼎授意，遂与之绝交②。王以慜对此事的反应如此激烈，其保守排外的程度可想而知。

此外，王氏诗作中也往往显现出他对洋人侵占国土的悲忿与不满，如他在光绪十七年（1891）南游其间，与蒋师辙会于南京，好友阔别重逢，王以慜诗作在互诉平生交谊之余，仍不忘写下"君看长江险，氐羌满国门"③这样的句子，表现他对当时国家门户洞开，洋人来去自如的不满。来到当时已成英租界的上海，王以慜作《沪上》一诗云："不信人间世，真成海外天。居民半羌羯，食品杂腥膻。夜雨春申洞，朝霞定子筵。樊川空载酒，谁采罪言篇。"④明明是大清国土的上海，如今却为洋人所掌控，居住者也泰半都是外国人，这个事实令他难以置信，也不愿意接受，而更令他难受的还是满朝文武因循苟安的颟顸态度。

王以慜作于光绪十二年（1886）的《运河次见电线感赋》一诗，更可见其对当时新政及洋人的不信任心态。此诗起首四句即言："劳生万事拙，所性厌机巧。桔槔岂无用，惭对汉阴老。"⑤"桔槔"之说乃化用《庄子·天地》中子贡建

---

① （清）王乃征《清诗人王梦湘墓志铭》，（清）汪兆镛纂录：《碑传集三编》卷四十一，第126—260页。

② 王飙《易顺鼎年谱简编》，《琴志楼诗集》附录四，第1558页。陈松青《易顺鼎研究》亦记载此事，所记与王飙《年谱简编》无甚出入。见其书第一章，第30页。范志鹏《易顺鼎年谱长编》（华东师范大学古集研究所博士论文，2013年4月）较二书晚出，却未记此事，不知何故。

③ （清）王以慜《喜晤绍由》四首之四，《檠坞诗存·南游集》卷之九，第696页。

④ （清）王以慜《檠坞诗存·南游集》卷之九，第702页。

⑤ （清）王以慜《檠坞诗存·济上集一》卷之六，第664页。下引本诗诗句出处均与此同，兹不另注。

议汉阴老使用器械之典①，以"厌机巧"三字奠定全诗主旨，说明他深知电线并非无用，但其中包藏的机心难明，实须谨慎。其下云："咄哉魆头鬼，中原肆蜂扰。冲波火轮烈，流毒东南岛。"点出洋人在中国肆虐已久，居心叵测，并特别提出甫结束的中法战争为此立意张本。紧接着，王以慜描述电线竿沿河而立的景况，一句"谁令此铁线，遍系长河道"为后文伏线，暗暗质问究竟是谁让洋人得以在国境内为所欲为，而后指出电线"落影惊游鯈，嵌空碍飞鸟"，虽有"远信忽千里，倏若风偃草"之便利，但"以资射群利，天工任颠倒"，行事不合自然之道，终究得不偿失。随后以"吁嗟军国谋，漏师失非小。火焰已难灭，况乃扬其燎"回归本旨，认为电线的树立攸关军国大事，朝廷应当慎之再三，不宜助长其势，并指出当今之世电线所以会遍系各处，归根究底实是"饥蛟枉砺齿，神龙甘缩爪"，朝廷无所作为，授人以柄，才会导致如此局面，而全国上下"但利羽书速，宁识夷情狡"的短视近利亦是导致国家国势江河日下的帮凶。至此，王以慜明确指出他对电线树立的不信任，认为会导致军国机密的泄漏，并以小见大，指出这些西学虽有其便利之处，但其中包藏的夷情狡诈更需要防范，然而举国上下竟无有见于此者，着实令人忧心忡忡。以今日眼光看来，王以慜之言虽嫌迂腐，却也并非无理，但面对时代大势，王氏虽然指出其中可忧之处，却未能进一步思考兼容之道，反而因噎废食，实也难免胶柱鼓瑟之讥。

王以慜面对新政的态度保守，不满异族侵占国土，认为国家之所以积弱至此，主因在于朝廷缺少积极作为，当战未战，任意求和，致使军民气沮，前引诗中"饥蛟枉砺齿，神龙甘缩爪"之句，已可见出此意。其作于光绪十八年（1892）的《汤阴谒岳忠武祠》一诗写道："今日中原犬羊窟，先帝蒙尘耻未雪。朝臣低首甘和戎，鬼马直踏燕山月。"②诗虽为谒岳飞祠而作，但显然有意借古讽今，痛陈朝臣低首和戎的怯懦之举。光绪二十年（1894），中日甲午战争爆

---

① （战国）庄子："子贡南游于楚，反于晋，过汉阴，见一丈人方将为圃畦，凿隧而入井，抱瓮而出灌，搰搰然用力甚多而见功寡。子贡曰：有械于此，一日浸百畦，用力甚寡而见功多，夫子不欲乎？"为圃者卬而视之曰："奈何？"曰："凿木为机，后重前轻，挈水若抽，数如泆汤，其名为槔。"为圃者忿然作色而笑曰："吾闻之吾师，有机械者必有机事，有机事者必有机心。机心存于胸中，则纯白不备；纯白不备，则神生不定；神生不定者，道之所不载也。吾非不知，羞而不为也。"子贡瞒然惭，俯而不对。（清）郭庆藩辑，王孝鱼点校：《庄子集释·外篇·天地》，台北：汉京文化1983年，卷五上，第433—434页。

② （清）王以慜《檗坞诗存·出山集》卷之十，第713页。

发，王以慜典试甘肃，闻讯作有《感事》二首，其二写道："渤海连兵气，长宵看剑镡。主和石星议，覆辙漫重寻。"① 明显表示出自己主战的立场，认为和议实不可行，希望朝廷莫要重蹈覆辙。然而此战清廷始终居于劣势，最终连北洋舰队都为日军击沉，和议势在必行，王以慜从甘肃回京途中作有《鹑觚原唐李华有吊古战场文》一诗，诗末写道："君看尸居元老气，早羞强死国殇魂。"② 李华《吊古战场文》本是感伤秦汉以来文教失宣，历代帝王穷兵黩武、轻动干戈，致令尸骸遍野、生灵涂炭，对战死沙场的英魂寄予深厚同情。但王以慜此诗结尾话锋一转，藉由凭吊古战场的亡灵，责怪朝臣忝居高位，懦弱求和，有负前线英灵。同样作于返京途中的《洪洞》一诗中亦有"公卿纷董逃，懦帅未膏锧"③ 之句，对遇难逃躲的在上位者与怯于应战的将领表达了非难之意，凡此皆可见其鲜明的主战立场。

面对西学与新政，王以慜的立场消极保守，而因应列强入侵，他则积极主战，如此极端的态度，让他依违于新旧两党之间，难以寻得合适的定位，也因此缺少同声相应的盟友。甲午之战清廷以天朝上国之尊败于日本后，朝野上下希求变法图强的声浪渐大，维新派与保守派的斗争也日趋白热化，王以慜的矛盾心态，在新旧两党势力的拉扯之下，益显尖锐。光绪二十四年（1898），朝廷局势紧张，政治斗争，一触即发，王以慜有感于京城风声鹤唳，肃杀之气甚浓，故而填词遣情，其《减兰》一词曰：

> 番风吹紧。啼宇催残三月闰。若个伤春。自翦芳兰吊楚臣。
>
> 九衢车闹。百计无如归去好。梦冷吴舠。细雨轻衫阜芙桥。④

此词虽无题序说明词作内容，但从创作时间点与词中之意看来，显然并非单纯的伤春之作。起首四字点出当时朝堂山雨欲来风满楼的紧张情势，虽说暮春三月，人间芳菲，但"啼宇""催残"等语已逗露出春天将尽的讯息，暗点清朝国势之衰颓，面对日薄西山的国家命脉，王以慜空有孤忠一片，除伤吊之

---

① （清）王以慜《檗坞诗存·登陇集》卷之十一，第 725 页。

② （清）王以慜《檗坞诗存·东归集》卷之十二，第 727 页。

③ （清）王以慜《檗坞诗存·东归集》卷之十二，第 729 页。

④ （清）王以慜《檗坞词存·燕山钟梵中》卷之四，第 7 页上一下。此词虽未标明作年，但根据王以慜词集的编排方式，可以推知此词约作于光绪二十四年（1898）春天闰三月。有关王氏词集的编排与系年等问题，论述详后。

外，竟无措手之机。换头"九衢车闹"四字进一步点出当时各方势力之喧腾扰嚷，令他心头一片迷茫，委决不下，不知该投效何方，故有"百计无如归去好"之语，然而，即便是避开眼前祸事，国家危亡依旧，天地之宽却无所遁逃，怎不令词人心中备感凄寒。

此外，王氏同时所作《踏莎行》（树小疑篸）一词中有"东风争怪两般吹，梨花不比桃花艳""不如不梦不思量，五更坐看金釭暗"[①]之语，似亦隐隐点出在各方势力角逐之下，自身难以抉择之意。毕竟王以慜虽在主战立场上与维新派党人意见一致，但他对新政的态度又令他无法赞同新派人士的激进，而若欲转趋旧党，于洋务处理之方针又多有扞格，难以相契。因此在多方考虑之下，他干脆"不梦不思量"，坐待情势发展，甚至选择离京避祸，以免遭受波及。

王以慜于光绪十六年（1890）进士及第后便长期寓居京师，直至光绪二十五年（1899）乞外出都这八、九年间，王氏曾四次离京，一次即光绪十七年（1891）乞假南游，一次为光绪二十年（1894）甘肃典试，一次是光绪二十一年（1895）五月保阳之行，最后一次则是光绪二十四年（1898）四月初六的广州之行[②]。第四次出都《墓志》中并无记载，出都是因公务或事涉私人，词序中亦未明白交代，又缺乏王氏该年诗作以资参照，但从出都的时机点来说，不排除有离京避祸的可能性。

王以慜于光绪二十四年（1898）四月初六便已准备离京，意欲前往广州，而其《水龙吟·小除夕立春和半唐韵》有"海天万里孤鸿，未应带得春归早"[③]之句，由于此词列于己亥人日之作前，当为戊戌年小除夕所作，故而就此语观之，至迟在戊戌除夕前一日，王以慜已回到北京[④]。该年四月二十三日，光绪帝下诏"明定国是"，宣布变法维新。八月，政变发生，慈禧太后再出训政，幽禁光绪帝于瀛台。康有为、梁启超流亡海外，谭嗣同等六君子殉难，仅维持

---

① （清）王以慜《踏莎行》，《檗坞词存·燕山钟梵中》卷之四，第7页上。

② （清）王以慜《侧犯·偕叔问、幼遐访次珊夜话，时叔问将南返，予亦将有广州之行，叔问赋〈倒犯·和美成韵〉留别，予拈得此调，即再和白石韵盦之，真实甫所谓"春去寻春，客中送客"者也。四月初六日》，《檗坞词存·燕山钟梵中》卷之四，第14页上。

③ （清）王以慜《檗坞词存·燕山钟梵下》卷之五，第1页上。

④ 巨传友《临桂词派词人年表·光绪二十四年　戊戌1898》亦曰："本年十二月二十四日小除夕，恰逢己亥年春，王鹏运作《水龙吟·戊戌小除立己亥春梦湘约同作》……按：此时公历已是1899年，由二人词可知戊戌年底王以敏已经回到京师。"氏著《清代临桂词派研究·附录》，第293页。

百日的戊戌变法宣告终结。王以慜离京之后，数月之间风起云涌，参与维新活动的官员大多受到惩罚，而王氏于四月离京，年底返京，恰好避开了帝后党争最烈的阶段，虽说王以慜不赞同新政，但主战立场甚为鲜明，难保不受波及，因此他在这段时间请假离京避祸的可能性应是极高的。

光绪二十五年（1899）三月，王以慜因乞外将出都前往豫章①，《墓志》记其"改江西知府，权抚州及南康，补瑞州府，二年而罢辛亥之变。"根据台北故宫图书文献处清代宫中档案记载，王以慜于光绪二十四年（1898）以知府分发省份补用，职衔不详，光绪二十九年（1903）任江西抚州知府，宣统元年（1909）任江西瑞州知府②。辛亥革命后易名为文悔，改字古伤③，返回原籍武陵④。程颂万有《赠王梦湘》诗一首，诗中有"庐岳地曾夸郡守，词臣天鉴作遗民"⑤之句，明白点出王以慜的遗民身份，并引为同道。王乃征《墓志》亦云："遗命署碑毋以官位，曰：'有清诗人王梦湘之墓'"⑥，遗命碑上留名刻"有清诗人"，可见王以慜之忠清意识。

值得注意的是，王以慜于辛亥革命后避居武陵，除落叶归根之外，更有以陶潜为典范之意。林立于《沧海遗音：民国时期清遗民词研究》中将遗民诗词作品皆以干支纪年的现象，与陶渊明"永初以来，唯云甲子"⑦的书写习惯作连结，并指出清遗民不仅在诗词中反复使用陶潜"义熙甲子"之典，且"在对待历法改变的问题方面，亦找到了陶潜为他们效法的对象。"⑧王以慜辛亥革命

---

① （清）王以慜《兰陵王·白桃花十二叠待制韵》词前小序云："己亥三月，敏以乞外将出都。"又同时所作《浪淘沙慢》词题云："将之豫章"。见氏著《檗坞词存·燕山钟梵下》卷之五，第7页上一下。

② 有关王以慜所任职衔与任职时间分见台北故宫博物院图书文献处清代宫中档奏折及军机处档折件：408017959号、154375号及178650号。

③ （清）王以慜《檗坞诗存后集·烬余草一》集名下小注云："初集、续集原系名以敏，字梦湘，此后改名武陵王文悔古伤。"《烬余草》收录诗作始于辛亥十二月，可知王以慜改名易字乃在辛亥革命之后。见前揭书，卷之一，第1页上。

④ （清）王乃征《清诗人王梦湘墓志铭》载："国变后伏居乡里者十年"，（清）汪兆镛纂录：《碑传集三编》卷四十一，第126—259页。（清）程颂万《赠王梦湘》诗末小注云："君生长济南，乱后还武陵。"见氏著《鹿川诗集》卷六，第169页。可知王以慜于辛亥革命后回归原籍隐居。

⑤ （清）程颂万《鹿川诗集》卷六，第168页。

⑥ （清）王乃征《清诗人王梦湘墓志铭》，（清）汪兆镛纂录：《碑传集三编》卷四十一，第126—259页。

⑦ （南朝梁）沈约：《宋书·陶潜传》，北京：中华书局1974年，第2288—2289页。

⑧ 林立：《沧海遗音：民国时期清遗民词研究》，香港：香港中文大学出版社2012年，第二章，第92—95页。

以后诗作也屡见此一典故，如："杂志癸辛南国史，新诗甲子义熙年。"（《赠覃和叔同年》）"强书甲子编诗集，开到山茶岁又徂。"（《答伯逊》）"谪宦诗情长庆集，故乡风味义熙年。"（《赠周纬斋》）[①]等均是。

同样以陶潜为效法对象，王以慜又因地缘关系，绾合原乡情结与遗民情结，使其卜居武陵的行为，又折射出家国一体的含意。此外，武陵又为陶潜所虚构桃花源之重要场景，因此面对清末民初之乱世，"避秦"一典的使用也屡屡出现在王以慜诗作中，如："西山远水绿茫茫，一舸难寻避世乡。"（《望南昌有感》）、"哀郢有文应吊我，避秦无地倍怜君。"（《苹珊侨居汉上寄诗见怀次韵》）、"岂是冥鸿惜羽翰，变名差易避秦难。"（《北行有迹》）[②]等。由此可见，王以慜于清亡之后所以选择避居武陵，躬耕田园，不问外事，个中缘由不仅仅因为武陵之为故乡，或许更因为"卜居武陵"这一行为，能最大程度地展现出他对当世危局不欲言说的无声抗议。

（作者单位：台湾师范大学文学院）

---

① （清）王以慜《檗坞诗存后集·烬余草》，《王梦湘先生遗著》本，卷之一第6页下、14页下；卷之二第3页上。

② （清）王以慜《檗坞诗存后集·烬余草》卷之一，第1页上、5页下、10页下。

民国时期旧体诗的创作理论与批评简述 [*]

胡迎建

民国时期，旧体诗的创作理论与批评，多体现在诗话、诗集序与报刊中。有品评，亦有创作的体验，还有理论上的主张与论争。凡论古代诗词者，不在此文谈及。现分阶段叙述之。

一、同光派与南社巨擘的诗论

陈衍是 20 世纪初旧体诗坛最有影响的诗论家、大选家。1912 年应梁启超之请，他在《庸言》杂志连续发表《石遗室诗话》，1915 年改在李拔可主编的《东方杂志》发表。1929 年在《青鹤》杂志发表续编。此书保留了近代诗坛诸多掌故，评析有见识。因其揄扬，许多诗作者也藉此而为世人所知；选评诗的标准主要看他是否"有感于诗与时世相关切"①。同时又指出诗作者的诗学渊源与师从何人。钱仲联说："所著《石遗室诗话》三十二卷，衡量古今，不失锱铢，风行海内，后生奉为圭臬，自有诗话以来所未有也。"②

陈衍提出"三元"说，把宗唐与宗宋统一起来，认为："诗莫盛于三元：上元开元，中元元和，下元元祐也。君谓三元皆外国探险家觅新世界，殖民政策开埠头本领，故有'开天启疆域'云云。余言今人强分唐诗宋诗，宋人皆推本唐人诗法，力破余地耳。"③

* 国家社科基金重大项目"民国词集编年叙录与提要"（13&ZD118）的相关成果。

① 钱仲联：《陈衍诗论合集》，福州：福建人民出版社 1999 年。

② 钱仲联：《梦苕庵诗话》，张彭寅：《民国诗话丛编》，上海：上海书店出版社 2002 年，第 6 册 272 页。

③ 陈衍：《石遗室诗话》卷一，则 4，《民国诗话丛编》第 1 册 21 页。

《石遗室诗话》将同光体分为生涩奥衍与清苍幽峭二派，只就主要人物分类，但还有大部分人未归类，是较模糊的主客图。所编《近代诗钞》搜罗清末民初不少诗作，但偏重同光体诗，而很少选其他诗派，西北、西南诸省诗人选得更少。后来钱仲联即认为陈衍未能选出代表性的诗作，重新编选三大册《近代诗钞》。

同光体代表人物陈三立，其诗学观既是他自身创作努力的目标与旨趣，在创作实践中的甘苦体会，也是他指导人们学诗、作诗的度人金针。钱仲联说："三立工诗而不以论诗称，然散见于其诗文集及并世诗家专集题识中者，时有微言奥旨。"① 陈三立将"养气"说引入诗学中，静以养气，待时而发，写入诗中，自有盎然之气。他说："滋涵元气于痌瘝"② 认为诗是写忧之具，诗与现实密切相关，赞扬瞿鸿禨诗："愤时伤乱，形诸篇什，神理有余，蕴藉而锋芒内敛。"③ 认为余肇康写出亡国者之幽忧："履崩坼之运，系心故国，幽忧隐痛，一发抒于歌诗，恣肆豪宕，杂出怪变，其勤为之不厌。"④ 认为真实是作诗达到灵奇之境的基础："端从真实发灵奇"（《萧屺泉画稿第二集题词》）。⑤ 他主张立志高远，提高学养，取法前人，转益多师。出唐入宋，不必局限于某宗某派，各就其性之所近。他擅长评诗，能一语中的，指出诗人各自风格与其渊源所在。据当面向陈三立请教过的曾克耑回忆，陈认为作诗除了"避俗""避熟"之外还要"避速"，大致是避平铺直叙避滑的意思。

沈曾植主张"不取一法，亦不舍一法"、转益多师。晚年论诗，提出"三关说"，即过北宋元祐、中唐元和、南朝刘宋元嘉三年代。把学古方向由唐、宋而推前至晋宋六朝，以山水、禅玄、经训之思之趣入诗，开拓真与俗、理与事相融而不隔的诗境。要学元嘉诗中有玄学。认为以诗悟道、因诗见道才是最高境界。如果学诗仅是到唐，虽有情感人，但情多足在障道。1918 年他在《与金潜庐太守论诗书》中解释他的诗学主张："元嘉关如何通法？但将右军《兰亭诗》与康乐山水诗打并一气读……在今日，学人当寻杜、韩树骨之本，当尽心于康乐、光禄二家。"⑥

---

① 钱仲联主编：《中国近代文学大系·诗词集》，上海：上海书店出版社 1991 年，第 580 页。
② 陈三立：《清故候选盐大使刘君墓表》，《散原精舍诗文集》卷七，第 889 页。
③ 陈三立：《书善化瞿文慎公手写诗卷后》，《散原精舍诗文集》卷十，第 949 页。
④ 陈三立：《清故荣禄大夫法部参议余公墓志铭》，《散原精舍诗文集》卷十六，第 1079 页。
⑤ 陈三立：《散原精舍诗文集补编》"诗文补遗"第 321 页。
⑥ 转引钱仲联编《清诗纪事》光绪宣统朝，第 19 册 12815—12816 页。

与之对垒的南社首领柳亚子将诗道之弊归于同光体诗人，他在《胡寄尘诗序》中说："余与同人倡南社，思振唐音以斥伧楚，而尤重布衣之士，以为不事王侯，高尚其志，非肉食者所敢望。"说明他就是要反同光体之道而行之，欲以盛唐大气磅礴之声来扫除诗坛雕琢炼字之习；将诗歌政治化，极力鼓吹革命，贬斥同光体，扫清其影响。柳在诗学上并无多大建树，但他对南社社员的文学成就极为关注，后来南社解体，仍一如既往地品评、题叙南社诗文集不遗余力。《磨剑室文录》经他叙介的作家有二十多人。《磨剑室诗词录》中题品的南社诗人也有数十人。柳亚子认为，最能代表南社文学成就的是苏曼殊与林庚白。对于前者，他曾进行了长期系统的研究，对于后者，也表现过相当的关注。他还撰有《南社纪略》等。为南社作品的流传做出极大的贡献。

南社骨干高燮，强调诗人要有真性情，但要防"率""浅"；要有学问，方有文采。认为诗之外有事，是诗人对客观外界的深刻认识。他说："吾读（朴安）其诗，质而有文，精实而多见道之语，盖诗之外，正大有事在。"[1]认为诗不可过于显豁，有难言之隐情，方能见其味之复永："古来仁人志士，或生当不幸，往往有一种难言之隐，难尽之情，则有其旨弥晦而其心弥苦者矣，亦有其词弥复而其味弥长者矣。故善为文者，旨虽晦而令人重哀其晦，词虽复而能使人不厌其复，此则非可以寻常论矣。"[2]这些观点对柳亚子诗学观有针砭作用，与同光体诗论暗合。

高燮认为陈三立、郑孝胥诗有郁勃之气。但同光体作诗避滑求涩，以至竟成涩体。对此他不盲从，认为过于求涩，则谬以千里："近人有喜为涩体，遂成一时风尚。夫涩而如咀橄榄，则回甘之味，诚不可忘。涩而近于枯燥，则嚼蜡矣。惟涩固不可，而易则将流于滑。"[3]必须取其长而避其短。涩的反面是平易，流于轻滑，则应力加避免。

二、评述同时代诗人的诗话与著作

在 20 世纪前五十年，传统文人以文言写作的诗话盛行。记录晚清诗人为

---

[1] 《胡朴安诗稿序》，见高铦等编：《高燮集》，北京：中国人民大学出版社 1999 年，第 66 页。
[2] 《答胡朴安书》，见高铦等编：《高燮集》第 362 页。
[3] 《答庞馨吾书》1925 年，《高燮集》。

主的有梁启超《饮冰室诗话》。前所提到的陈衍《石遗室诗话》《石遗室诗话续编》既有诗学上的建树，也有很多是对清末民初诗人诗作的品评，还有陈诗《尊瓠室诗话》、夏敬观《忍古楼诗话》、赵元礼《藏斋诗话》、林庚白《丽白楼诗话》《孑楼诗词话》、孙雄《诗史阁诗话》、赵炳麟《柏岩感旧诗话》、王揖塘《今传是楼诗话》、沈其光《瓶粟斋诗话》、钱振锽《名山诗话》《谪星说诗》、由云庵《定庵诗话》，除品评之外，还纪录诗人轶事。而范罕《蜗牛舍说诗新语》、胡怀琛《海天诗话》、吴宓《空轩诗话》则洋溢着新学、西学气息，也有颇多对时人诗作的品评，但往往囿于个人所见所闻。还有袁嘉谷《卧雪诗话》，以录云南地方诗人为主，王蕴章《然脂余韵》专录女诗人。

20 年代初，时在心远大学的汪辟疆撰写《光宣诗坛点将录》，被点评者大多创作期主要在清末民初。直到 80 年代，钱仲联亦以此体式撰写了《近百年诗坛点将录》。

民国时期，出版的笔记众多，其中有的穿插了一些论述诗人诗作的条文，如徐一士《一士谈荟》《一士类稿》、孙家振《退醒庐笔记》、黄浚《花随人圣庵摭忆》、刘成禺《世载堂杂忆》、马叙伦《石屋余沈》、陈灨一《新语林》、李渔叔《鱼千里斋随笔》等。著作则有钱基博的《现代中国文学史》，分体论古文、散文、诗、词、曲。其中诗部论述宗中晚唐的诗人樊增祥、易顺鼎，宗宋诗的陈三立及其二子衡恪、方恪、陈衍、郑孝胥、李宣龚、夏敬观、梁鸿志等，词部所载朱祖谋、况周颐、邵瑞彭、王蕴章。其创作丰富期均在清末民初。

还有郑逸梅，每在报头发表艺苑名流轶事逸闻，其中以记述南社诗人一鳞半爪佚事居多。后汇编为《艺林散叶》，1982 年中华书局出版。

三、有关诗的产生、境界等方面探讨

清末民初，有关诗的产生、境界等方面探讨主要有：严复论诗主张不必强分尊唐宗宋，关键是反映时代，诗中有我在："光景随世开，不必唐宋判。大抵论诗功，天人各分半。诗中常有人，对卷若可换。"（《说诗用琥韵》）强调诗之真，"发于自然，达于至深"（《诗庐说》）。

鲁迅早在清末留学日本时，即主张诗应"立意在反抗，指归在动作，不为顺世和乐之音，动吭一呼，闻者兴起。争天拒俗……发为雄声"（《摩罗诗力说》）。他认为要有诗美，讲求含蕴美、曲折美，以为"感情正烈的时候，不宜作诗，否则锋芒太露，能将'诗美'杀掉"（《两地书》三二）。还认为作诗要有"真的神往的心"。并认为人人都有诗心，所以要说出大众的心声，博得读者的共鸣："盖诗人者，撄人心也，凡人之心，无不有诗。如诗人作诗，诗不为诗人独有，凡一读其诗，心即会解者，即无不自有诗人之诗。"如此方能由诗人"握拨一弹"，读者"心弦立应"（《摩罗诗力说》）。

蔡元培主张诗的风格应多样化，认为"触事而发，因人而施，其可以写至情，发精理"（《愧庐诗文钞序》）。诗的产生是由于"情之动也，心与事物为缘，若者为其发动之因，若者为其希望之果。且情之程度，或由弱而强，或由强而弱，或由甲种之情而嬗为乙种，或合数种之情而冶诸一炉，有决非简单之叹词所能写者。于是以抑扬之声调、复杂之语言形容之，而诗歌作焉"（《华工学校讲义》）。认为诗应朴挚而娴雅，不矫饰，不吊诡。又认为"诗能超脱一切，独抒慧观，往往不假修饰，自臻工丽，或视若无意，而意境转幽，不似散文之实力驰骤，以包举无遗为贵。是故天机清妙之士，多喜为诗，其诗亦多工"（《红薇诗草序》）。陈树人主张诗出于自然，不事雕琢，认为"对自然景物，始起高尚审美者也，能真挚以吐露其时所起感情，即成佳作"。

杨圻论诗有正轨、化境、至情，他说："夫清真丽则，准古开今，正轨也；文必己出，言无不宜，化境也；诚中形外，啼笑皆真，至情也。循正轨，臻化境，秉至情，而后其人之志气事业、行藏穷达，与夫时代隆污、家国治乱，莫不见于其诗"（《江山万里楼诗词钞序》）。

四、旧体诗当废当存的论争

自1917年之后，以胡适、陈独秀为代表的新文化运动领袖提倡白话，反对文言。首先受冲击的便是旧体诗词。诗词是千年来文人学子最爱运用的言志抒怀的形式。为了大众掌握文化工具，提倡以白话自如地表达思想，无可厚非，可以循序渐进改革，但为了立，则将旧体诗贬为骸骨、谬种，非得抛弃旧体诗这种形式。其时也有不少学者抱有怀疑或反对态度，或与之论争。20年代后期，旧体诗逐渐走出低迷的状态，当年某些主张废除旧诗的学者也回过头来看到了旧体诗的价值。现在试述有关理论之争的几个回合：

胡适在最早引爆新文学运动的《文学改良刍议》一文中提出"八不主义"，即不用陈言套语，不避俗字俗语，须讲求文法，不作无病之呻吟，不用典，不讲对仗，不摹仿古人。目的是"把从前一切束缚自由的枷锁镣铐一切打破"。为尝试新诗，他以打倒旧体诗来开道，后又提出诗体大解放，认为如此才能充分表现内容，自由发展精神。他说："五七言八句的律诗，决不能容丰富的材料；二十八字的绝句，决不能写精密的观察；长短一定的七言五言，决不能委婉地表达出高深的理想与复杂的感情。"认为二千年来文人所作的文学"都是用已死了的语言文字作的"，"只有没有价值的死文学"（《建设的文学革命论》）。文学革命首先就是诗歌革命，须"用散文词汇去写诗"，"要须作诗如作文"而已；"有什么话，说什么话；话怎么说，就怎么说。"新文学运动另一领袖陈独秀作《文学革命论》，更将旧有的文学说成是贵族文学、古典文学、山林文学，必须全力推倒。

胡、陈的观点得到不少人的拥护，他们将旧文学视为死文学、假文学、腐朽文学，不能区别传统文化既有精华也有糟粕。钱玄同甚至将汉字看作是罪孽深重的载体，认为"欲使中国不亡，非废除记载道教妖言的汉文不可。"郑振铎主张诗应"由韵趋散。"茅盾认为"诗有格律，是诗人的不幸"。王平陵认为"由韵文进入散文是诗体的解放"。刘大白甚至认为："许多旧诗只是仗着声调铿锵和声病对偶的外形，在那里骗人，其实内容毫无所有。"朱自清把白话新诗看作是新兴知识分子的武器，认为古近体诗与骈散文是代表封建士人，两者需要斗争，"这是工商业发展之下新兴的知识分子跟农业封建社会的士人的斗争"（见《什么是文学》）。闻一多大力反对作旧诗："旧诗既不应作，作了更不应发表"（《评本学年〈周刊〉里的新诗》）。这可说是当年思想激进人士普遍持有的看法。

较早对旧体诗与白话诗发表精辟意见的有孙中山，所言附记在胡汉民《不匮室诗钞》中的《与协之谈中山先生之论诗二十五叠至字韵》诗后：

> 民国七年时，执信偶为新白话诗，中山先生辄诏吾辈曰："中国诗之美，逾越各国，如三百篇以逮唐宋名家，有一韵数句，可演为彼方数千百言而不能尽者。或以格律为束缚，不知能者以是益见工巧。至于涂饰无意味，自非好诗，然如'床前明月光'之绝唱，谓妙手偶得则可，惟决非常人能道也。今倡为至粗率浅俚之诗，不复求二千余年吾国之粹美，或者人人能诗而中国已无诗矣。"

持反对态度的还有严复、林纾、章士钊、马其昶、张元济等旧学造诣甚高者。其时南社骨干柳亚子、高旭等也持反对态度，以为断断乎不可，新诗"终不若守国粹的用陈旧语句为愈有味也"。高燮说："夫诗者彰身之文也，非有学问之蕴，则文采不足以彰。故但观片什之流露，而其人之性情见焉。自世道衰，而人心之好尚愈不可究诘，方且欲扫古来文字，而一以语言行之。无所谓性情，无所谓学问，而仍称之为诗，则我不敢知也。"[1]"古来文字"指古文与旧体诗；所说"语言"指的是白话。

1922 年 4 月 17 日《民国日报》"觉悟栏"载有章太炎讲义，认为无韵谓之文，有韵谓之诗，并说："现在白话诗不用韵，即使也有美感，只应归入散文，不必算诗。"1922 年 6 月《湘君》发表吴芳吉《吾人眼中之新旧文学观》一文，断言"真正之文学，乃存立于新旧之外，以新旧之见论文学者，非妄即诪也。"认为文学并无文言与白话之分，既为文学，则选用文字就要畅达、正确、适当、经济、普通等。要认定文学形式上是死还是活，必要合此标准。同期发表刘永济《论文学中相反相成之义》一文，针对胡适"不事摹仿"之说，论述了摹仿与创造两者既矛盾又不矛盾，相反相成，"万物毕同毕异"。

时任北京大学校长的蔡元培认为新诗将成主流，但认为旧诗不应禁绝："旧式的五七言律诗与骈文，音韵铿锵，合乎均齐的原则，在美术上不能说毫无价值，就是在白话文盛行的时候，也许有特别传习的人。"（《国文之将来》，1921 年《北京大学日刊》）这是鉴于当时全盘否认旧诗的潮流而作有带折衷色彩的推论，带有悲观的意味。

与新文学运动对垒的主要力量为学衡派。由南京高校的一批教授如梅光迪、胡先骕、吴宓，创办《学衡》杂志作为阵地，反对全盘西化，主张会通中西文化，稳健改进，故人称"会通派"。学衡派认为"自古至今之文学为积聚的非递代的"，因而强调传统价值，主张在对传统的利用与延续中逐渐融入新知，以实现文学的渐变。梅光迪甚至认为胡适白话诗是"剽窃欧美毫无意义的新潮作品，有何革新可言"。两派学人观点针锋相对，有时不免意气用事，攻其一点，不及其余。争论的后期，折衷新旧两派的观点逐渐增多。

1919 年 3 月，《东方杂志》第 16 卷第 3 期转载了《南京高等师范日刊》所刊胡先骕《中国文学改良论》（上）一文。认为文学革命之说，虽有精到可采之处，但过于偏激，是将中国文学不惜尽情推翻。针对胡适认为只有白话才

---

[1] 《王氏七叶诗存序》，见高铦等编《高燮集》第 75 页。

能写实述意的说法，他认为："韵文者以有声韵之辞句，附以清逸隽秀之词藻，以感人美术道德宗教之感想者也。故其功用不专在达意，而必有文采焉，而必能表情焉，写景焉，再上则以能造境焉。……且诗家必不能尽用白话，征之中外皆然。"白话诗不能完全取代旧体诗，要创造新文学，必以古文学为根基而发扬光大之。他还认为胡、陈之辈不懂文学与文字之别，"文字仅取达意，文学则必于达意而外，有结构、有照应，有点缀，而字句之间，有修饰，有锻炼。"

1921 年 11 月，《时事新报》副刊《文学旬刊》第 19 期发表斯提《骸骨之迷恋》一文，认为旧诗用"死文字"表达现代人生"绝对不行的"。12 月 1 日此刊第 21 期刊登薛鸿猷《一条疯狗》一文指斥斯提之论，认为"诗之有格律，犹出入之有户。用法既久，渐入纯熟，乃真自由。"第 22 期登载缪凤林《旁观者言》一文，为薛鸿猷助战，指斥新诗"其令人作呕，恐较末流之旧诗为更甚也"。

1922 年 1 月《学衡》创刊，刊有梅光迪《评提倡新文化者》一文，反对废弃文言，独尊白话。第 2 期缪凤林《文德篇》一文强调"文学之可贵，端在其永久性，本无新旧之可分"。

1923 年 2 月，上海《申报》发表胡适《五十年来中国之文学》一文，反驳胡先骕批评他的死、活文学之说，并认为"《学衡》的议论，大概是反对文学革命的尾声了，文学革命已过了讨论的时期，反对党已破产了。从此以后，完全是新文学的创造时期"。他宣布自己获得胜利，表明他急于摆脱这场争论。

《学衡》第 15 期发表吴宓《论今日文学创造之正法》，指出诗文小说戏剧的创作方法都"须以新材料入旧格律，始合于文学创造之正轨"。

9 月 27 日，《时事新报·学灯》发表吴睡白《介绍两个新文学家》一文，指出文学的新旧是功用的效率上的问题，适宜于表现我们情感和思想的是新文学，否则就是旧文学。

10 月 15 日，《华国月刊》1 卷 2 期发表汪东《新文学商榷》一文，认为文言文是艺术美文，犹如"雕镂极细、薄如蝉翼的玉杯"；白话文通俗应用是"青花白地、瓷质平常的饭碗"。并认为无韵调不算诗，新体白话诗是一种欧化的文学。

1924 年 8 月，《学衡》第 32 期发表曹慕管《论文学无新旧之异》一文，断言白话诗的最高限度也就是"文言诗国之附庸"，提倡新文学者是以政客手段将中国的古文学葬送于"贵族"二字之中。

经过一段时期的冷静思考，不少学人认为：真正有价值的文学，不论用何种形式，都是可存世的；如无内在的特质，则不论其形式如何，均无保留的价值。以历史所留的文言文作品为死文学，以白话作品为活文学，失之片面，并将导致对传统文化的全盘否定。

学衡派认为文言文不当革，旧诗不当弃。他们大声疾呼，理直气壮，力图持理性的态度，科学的方法来评判中西文化，包括最为人注目的新旧体诗问题。他们的声音淹没在盲目西化、鄙弃传统的潮流之中。新文化领袖掌握了主流话语权，对传统文化一概否定，伤害极大。从社会发展来考察，文言改白话已是大势所趋，而旧体诗这一形式与文言既有联系，又有区别，不应革除文言而弃去。旧诗也可容纳俗词、白话语、现代语汇。学衡派对文言文与旧体诗一概加以维持，这也是他们招致渴望变革的大多数知识分子反对的原因之一，被看作新文学运动的对立面。加之刊物局限于学人之间，经费不足，靠募捐或自掏腰包，影响有限。1930 年，浦江清《送吴雨僧赴欧洲》诗的起句"道学文章事可哀"有自注云："吴先生编《学衡》，主持文学正论，而影响殊少。"[①] 至 1933 年 7 月停刊，共出版 79 期。

结合古今中外学识，就旧体诗本身特征来论证其价值以及不当废，意图系统批驳胡适"八不主义"的人物主要为胡先骕。

1922 年，胡先骕在《学衡》杂志第 1 期 2 卷发表《评尝试集》一文，《尝试集》是胡适以白话作诗的一本集子。此文认为胡适并无作诗造诣，所以"不能运用声调格律以泽其思想，但感声调格律之拘束，复撷拾一般欧美所谓新诗人之唾余，剽窃白香山、陆剑南、辛稼轩、刘改之之外貌，以白话新诗号召于众，自以为得未有之秘。"第三章讨论声调、格律、音韵与诗的关系。先论格律为诗之本能，认为四五七言是中国韵语发展的自然趋向，合于中国人的记忆能力。整齐句法可增加普通感情与注意的活泼与感受性，辅助表现思想。又论音节与韵有平仄谐婉，有转折腾挪之妙。对胡适"不用典"与"不避俗字俗话"二说持相对赞成态度，然又认为典故并非绝对不可用，非得要作白话诗不可。用典可为现时情事生色，但决不因噎废食，以偏概全。又驳不避俗字俗话之说，进而认为文学的死活是以自身的价值而定，而不以所用文字的今古来决定。进而论诗之模仿与创造，反驳胡适"不摹仿古人"之说，认为语言文字、

---

① 　浦江清：《浦江清文录》，北京：人民文学出版社 1989 年，第 300 页。

歌曲舞蹈以至于哲学都是经过模仿才能逐渐有所创造。要想作诗，必须先了解古诗律诗之性质，博读诸家名著。还论古学派、浪漫派艺术观及其优劣。认为诗的职责在能动感情，要真挚合理，即合乎理性、伦理精神。而胡适的诗与论诗主张，是绝对自由主义，他主张以理制情，从中西文化大背景下来考察胡适诗歌革命之失。此文还论述了中国诗进化之程序及精神。他是旧体诗的守望者，但他又是从时代的发展、中西对比的角度来看待旧体诗的存在与发展。在《评尝试集》文中说："清末之郑子尹、陈伯严、郑苏堪不得不谓为诗中射雕手也，然以曾受西方教育、深知西方文化之内容者观之，终觉其诗理致不足，此时代使然，初非此数诗人思力薄弱也。"[1] 这可见他对近代以来在中西文化日益交流的背景下旧体诗应如何发展有更高的视野，认为诗更应表现理致。

当时人们把这次论争称为"南胡（先骕）北胡（适）的对垒"。1922 年 3 月 11 日，郎损（沈雁冰）发表《驳反对白话诗者》一文，反驳胡先骕，认为"思想怎样可以运用声调格律来'泽'他？难道一有了声调格律，不好的思想就会变成好的么？……第二，白话诗固与自由诗同，要破弃一切格律规式，但这并非拾取唾余，乃是见善而从"；"古人所立的规式格律，当然是古人为表现自己思想的方便而设，何能以之为诗的永久法式？"[2] 其后钱鹅湖发表《驳郎损君〈驳反对白话诗者〉》一文，为胡先骕辩护，提倡旧体诗的规式格律，主张诗须有质有形，认为"白话诗、自由诗亦非诗也，无诗之形也"。可说是辩论的余波不断。

五、对旧体诗价值的反思

白话新诗兴起后，一部分当年反对旧体诗的人冷静下来，如闻一多在 1922 年作起了旧诗研究。在他看来，旧诗缺陷在没有时代精神，文学革命以前，旧诗形式同精神还几乎是当初的老模样。而"新思潮底波动便是我们需求时代精神的觉悟。于是一变而矫枉过正，到了如今，一味的时髦是骛，似乎又把'此地'两字忘到踪影不见了。现在的新诗中有的是'德谟克拉西'，有的是泰果尔、亚坡罗，有的是'心弦''洗礼'等洋名词。但是，我们的中国在哪里？我们

---

① 《胡先骕文存》，南昌：江西高校出版社 1995 年，第 58—59 页。
② 《时事新报·文学旬刊》1922 年第 31 期。

四千年的华胄在哪里？哪里是我们的大江黄河、昆仑泰山、洞庭西子？又哪里是我们的《三百篇》《楚骚》、李杜苏陆"？(《〈女神〉之地方色彩》)赋诗云："艺国前途正杳茫，新陈代谢费扶将。城中戴髻高一尺，殿上垂裳有二王。求福岂堪争弃马，补牢端可救亡羊。神州不乏他山石，李杜光芒万丈长。"(《释疑》)他主张以旧诗为本，吸收西方表现方法："手假研诗方擘旧，眼光烛道故疑西。"(《蜜月著〈律诗底研究〉稿脱赋感》)如果新诗只知赶时髦，只注重西方文学，而抛弃了中国文化的根，是很悲哀的。因而他呼吁人们"恢复对于旧文学的信仰，吸收西洋诗与中国旧诗二者的长处，使中西艺术结婚为宁馨儿"；"没有进旧诗库见过世面的人决不配谈诗。旧诗里可取材的东西多得很，只要我们会选择"(《评本学年〈周刊〉里的新诗》)。又希望以现代意识植入旧体诗中。旧体诗有很多优点，值得他"穷途舍命作诗人"(《天涯》)。宣称："六载观摩傍九夷，吟成鹐鸠总猜疑。唐贤读破三千纸，勒马回缰作旧诗。"(《废旧诗六年矣，复理铅椠纪以绝句》)企图以西方他山之石来攻错诗词，挽救旧体诗被人遗弃的命运："求福岂堪争弃马，补牢端可救亡羊。"(《释疑》)

他叹息说："如今做新诗的莫不痛诋旧诗之缚束。"但"格律是艺术必须的条件。律诗底体格是最艺术的体格，他的体积虽极窄小，却有许多的美质拥挤在内"(《律诗底研究》)。这是历经新旧诗之争后的困惑，是内心矛盾难得解决的诚恳态度。《诗的格律》是闻一多系列诗论中最重要的一篇。他认为："诗的实力不独包括音乐的美（音节）、绘画的美（词藻），并且还有建筑的美（节的匀称和句的均齐）。"这一关于"三美"主张遂成为新格律诗派的理论纲领。他还提出"戴脚镣跳舞"论。"节奏便是格律……越有魄力的作家，越是要戴着脚镣跳舞才跳得痛快，跳得好。只有不会跳舞的才怪脚镣碍事，只有不会做诗的才感觉得格律的缚束。对于不会作诗的，格律是表现的障碍物；对于一个作家，格律便成了表现的利器。"

刘大白在经过对新旧诗的比较之后说："我虽然主张诗体解放，却对于外形律能增加诗篇的美丽功用，是相对地承认的。对于旧诗中的五七言的音数律，却承认它确是经过自然淘汰而存在的道地国粹，五言七言底恰合吟诵或歌唱者底呼吸相称。所以中国诗篇中多用五言七言的形式。"(《旧诗新话》)叶公超说："格律是任何诗的必需条件。没有格律，我们的情绪只是散漫的，单调的，无组织的，所以格律根本不是束缚情绪的东西，而是根据诗人内在的要求而形成的。……近几年来，讨论新诗的人似乎发愁，甚至于间或表现一种恐怖的感觉，他们开始看出旧诗的势力了，仿佛旧诗的灵魂化身、蒲留仙的花妖狐魅在黑暗里走进新诗人的梦中。情趣丰富的青年那能坐怀不乱！于是旧诗的情调、旧词的意境和诗人一同醒来。"（《论新诗》）林庚白说："洎'五四'新文化之运动震撼全国，语体诗突起，欲取旧体而代之，卒以作者剽窃欧美人之糟粕，与同光体诗人捃摘古人之残骸于墟墓中者，其弊惟均，而又以旧体诗流传较久之故，寖假而语体诗人亦为旧体诗所溺，竟为五七言。"（《今诗选自序》）他看到了新诗作者回过头来写旧体诗的缘故，在传统的潜在影响。

1925 年 4 月 10 日，蒋鉴璋在《今日中国的文坛——几年来目睹的怪现象》文中说："中国的旧诗并没有破产，我们依然要去研究，中国的新诗，到了现在，仍然是没有成熟。"[1]

1926 年，梁实秋在《现代中国文学之浪漫的趋势》文中说："新诗的发生，在文字方面讲，是白话文运动的一部分，但新诗之所谓新者，不仅在文字方面，即形体上艺术上亦与旧诗有不同处。我又要说，诗并无新旧之分，只有中外可辨。我们所谓新诗就是外国式的诗。"可以说，新、旧体诗实际上是外来的与民族固有的两种诗形式的蜕变。

康白情倡导新诗，但不全盘否定旧诗，他对新、旧诗的认识比较理性。在《新诗短论》一文中说："旧诗底好的，或者音调铿锵，或者对仗工整，或者词华秾丽，或者字眼儿精巧，在全美的一面，也自有其不可否认的价值。"[2]

胡适的八不主义，直至 80 年代仍有人批评，李璜在《我所经历的五四时代的人文演变》一文中说："适之的八不主义中，'不用典'一个主张不可能完全办到，因为典故的流传乃是几千年来民族文化与国人智慧的结晶，中西皆然。"[3]

胡适本人对待旧诗的态度也有矛盾。1917 年 11 月，在给钱玄同信中说："吾于去年夏秋初作白话诗之时，力屏陈言，不杂一字。其后忽变易宗旨，以为文言中有许多字尽可输入白话诗中，故在今年所作诗词，往往不避文言。"1928 年 6 月，曾宣言旧体诗是死文字的他，居然为陶香九旧体诗集《绣余草》作序。

---

[1] 载《晨报副刊·艺林旬刊》第 1 号，1925 年。

[2] 载诸孝正、陈卓团编：《康白情新诗全编》，广州：花城出版社 1990 年。

[3] 周策纵主编：《五四与中国》，台北：时报出版公司 1979 年。

六、20 至 40 年代诸家论旧体诗之发展

新文学兴起之后，刺激了旧体诗的嬗变创新。关于如何写好旧体诗，如何发展创新，各家纷纷提出自己的主张与观点，主要有以下几种。

其一，新体诗人刘大白，提倡以白话新词语入旧体诗，他说："文学作品应该随人类生活而变迁，要是像那班老顽固老是从故纸堆中讨生活，把几个旧辞藻捃摭挦撦，颠倒翻腾，怎能别辟新境界呢？黄氏因为曾经身历重洋，所见者广，能于旧诗垂绝之际，注入些新生命，所以能使诗开出回光返照的新境界。"（《旧诗新话》）

其二，持变通观的吴芳吉，主张植根于民族形式而加工创新，以适应时代需要。他说："国家当旷古未有之大变，思想、生活既以时代精神咸与维新，则自时代所产生之诗，要亦不能自外……余恋旧强烈之人，然而不得不变者，非变不通，非通无以救诗亡也。"（《白屋吴生诗稿自叙》）主张用歌行体长篇巨作扩充旧体形式，以表现变化无穷的现实："以今世事变之繁，人情之异，必非简单之体所能尽纳，此体制之不能不变者。"（同前）他的创作实践便是既非新诗，又非传统旧体，而是打通诗词曲的分野，写入小说情节，运用散文句法。

其三，反对流易浅滑与俗气。白采认为格意卑近之诗不足存，如说"流易为律诗大病，高者如东坡老，卑者如香山祖，皆患此弊"（《绝俗楼我辈语》）。杨鲍安认为："诗文一道，首贵无俗气，外质中膏，声希趣永者，上也。然欲诗文之无俗气者，必其人先无俗气。"（《杨鲍安文集·诗选自序》）

其四，程天锡强调创新与学识、积气相结合，应出于自然。应取王渔洋、赵秋谷、沈归愚诸家之所长而弃其短。认为专主性灵，弊必流于率易；专谈格律，病或中于拘挛；过求神韵，则失去古人雄奇瑰玮之观。

其五，国民党人于右任，主张旧体诗应向通俗、大众化发展，认为诗应"发扬时代的精神"；"化难为易，接近大众。"《诗变》通篇论诗，强调"变"："诗体岂有常？诗变数无方。何以明其然，时代自堂堂。"时代在不断地发展变化，诗也自然跟着发展变化。不变，就脱离时代，落后于时代。在后来 1959 年台南诗人集会上，他还宣传其主张："旧诗体格之博大，在世界诗中，实无逊色。但今日诗人之责任，则与时代而俱大。谨以拍见分陈如下：一、发扬时代的精

神；二、便利大众的欣赏。盖违乎时代者必被时代摒弃，远乎大众者必被大众冷落。再进一步言之，此时代应为创造之时代。伟大的创造，必在伟大的时代产生；而伟大的时代，亦需要大多的作家以支配之，救济之、并宣扬之，所谓江山需要伟人扶也。此时之诗，非少数者悠闲之文艺，而应为大众立命之文艺。"

其六，关于写景感物。顾随认为诗人要善于欣赏大自然。不仅在心境愉快时，更要在悲哀愁苦中仍能欣赏。大自然的美丽与心情的愁苦相冲突，然诗人能将其调和。"心物一如"即是心境与物境的一致无间，即多生趣而乐，心与物矛盾时则苦。他说："诗要有心有物，心到物近是格物，物来心上是物格，即心即物，即物即心，心物一如，此为诗前之功夫，如此方能开始写诗。"借禅语悟诗。认为即便写诗人的幻想，也应与实际人生相关。

马一浮说："用寻常景物语，须到境智一如，方能超妙。"他拈出严羽两语以说诗，一要如香象渡河，步步踏实，言之有物；二要如羚羊挂角，无迹可寻，活泼无碍，于法自在，虚实相生。诗须神悟才能写得流转自如，具有神通自在的本领，对事、理、情、景有"无入而不自得之妙"。学诗须多读书，能运用，会选择。他认为"作诗以说理为最难，偶然涉笔，理境为多"；"诗境从心得自由"；"吾道寓于诗。"

其七，关于创作如何立意、造句与炼字，学者在这方面论述较多。顾随认为造句炼字有两种：一是出于夷犹自在；一是经锤炼而得。锤炼句字，练习客观描写是渐修。作诗叙事时遇头绪多而复杂变化时也须锤炼，以健句支撑。劲健之力来自炼动词和形容词。要能用别人不敢用的文字。他认为诗的本格是阴柔，极端则成为烂熟。主张用宋人炼字句功夫，去写唐人优美的情调。进而将创作过程分为气、格、韵来体悟。气指才气，格是字句上的功夫，韵味是无心的自然的流露。诗以情为主，觉、思为辅，后两者经情的渗透与过滤，以情催动。作诗过程是，起初感情高而紧张，又要低落沉静下去，停在一点，再起而发而为诗。这与鲁迅所说"感情正烈不宜作诗"有相近之处。他认为"诗感"是诗的种子，沉落下去是酝酿时期，然后才有表现。表现要有人情味，不是再现。事（生活）是酵母，经酝酿而成文，要给读者以印象而不是概念。（以上见《驼庵诗话》）

诗界耆宿赵熙以为："凡一题先使意无不周，而无意之词必去之，久之而有意犹无味者亦去之。削词不削意，此炼之要道也。意太密则气易促，疏通其气，第一分出层次，于井然不紊中加意接处，斯笔有起落，而气之抗坠在是矣。"

（《赵熙集·香宋文录》）

南社诗人林庚白的诗歌观散见于《孑楼诗话》《丽白楼诗话》《吞日集自序》《角声集自序》等。他强调诗歌的社会性，但他同样强调写诗需要"才气与功力"。强调诗要以"情之真"的"意境"胜。"诗要有意境与才力……境不极则情不真，纵或能工，抑末也。境之极而意于是乎出。"强调诗歌建构的意境应新鲜、丰富和深刻，反对"有辞无意"。他说："吾侪处今之世，意境广而见闻新，矛盾杂陈，故新并蓄。但论读书，亦已视古人为多，奈何犹摹仿古人，虽发为百千万言，而颠之倒之，无一非古人之言，如此为诗，诗可不作。"

他主张："诗有三要，要深入浅出，要举重若轻，要大处能细。三者备可以为诗圣矣。深入浅出者，意欲其深，而语欲其浅；举重若轻者，句欲其重，而字欲其轻；大处能细者，格欲其大而律欲其细。此等处要能以技巧运用其才思与工力于句意中。"他反对堆积词藻，滥用典故："诗词中用字造句，不畏其平凡，而病在意境之狭、技巧之疏。余屡告朋侪以字句无所谓雅俗，仅有生熟之分，善为诗词者，生而熟之，则虽俗而亦雅。"

大学者马一浮认为，作诗"立意先欲分明，再求深婉；遣词先欲妥帖，再求精炼，然后可议声律。"即便"诗中着议论，用义理，须令简质醒豁"；"选字须极精醇，立篇不务驰骋。骨欲清劲，神欲简远，然后雕绘之巧无施，刻露之情可息，自然含蓄深厚，韵味弥永矣。"要作好诗，须要胸襟大、魄力厚、格律细、神韵高。（《马一浮集·诗学编》）

关于创作的技巧，郁达夫说："做诗的秘诀其一是辞断意连，其二是粗细对称。"（《谈诗》）

其八，早期共产党人邓中夏，论诗人应走向现实社会。他说："如果一个诗人不亲历其境，那就他的作品总是揣测或幻想，不能深刻动人。"（《贡献于新诗人之前》）陈毅主张师法古诗，学习今人，又不为古人所束缚以生新意。他说："不为古人奴，浩歌聊自试。师今亦好古，玩古生新意"（《湖海诗社开征引》）。1944年9月给董必武的信中说："我们突进到前人从来未到过的境地，这种感情与情况，自然高人一等。其材料是崭新的，处理之后，必得杰出之成果。"认为艰苦处境、革命感情，加上处理材料的新方法，必定造就杰出诗篇。换言之，应大胆利用旧形式，表现新内容、新思想。

（作者单位：江西省社会科学院）

民国版诗词作法著述提要[*]

汪梦川

　　民国时期出版了不少有关旧体诗歌创作方法的普及类著作，其中绝大多数都是当时人所作，偶有明清人作而民国时期重印者，目前笔者目力所见计四十种。其中诗类三十种、词类九种，此外考虑到属对为旧体诗歌入门之基础，所以特别增加《联对作法》一书为补充。由此笔者汇为《民国诗词作法丛书》。此前虽有曹辛华、钟振振教授所主编《民国诗词学文献珍本整理与研究》丛书^①中收有此方面文献若干，但相对较少。此次专门编纂，数量增多的同时，种类也有增加。编纂目的则大略有三：一是作为有心学诗者的入门之书。写诗不难，写好诗难。因为只要合乎旧体诗的既定规则，那就算"是"；至于"好"，则要复杂得多，它不能靠作者的自我认定，甚至也不能靠读者投票表决，因为具眼的读者也总是少数。然而就学诗的进程来说，自然应该先保证写出来的"是"诗，然后再追求写"好"诗。人之天赋根器与性情自有差别，本套丛书的诸位作者也不例外，其创作经验和教授方法也各不相同，然而正所谓"兼听则明"，各书对比之下，有心的读者一定能找到适合自己的学诗路径，若能循序渐进锲而不舍，或者成功可待。二是作为教授和研究旧体诗词的参考之书。自从民国初年西式研究方法引入中国之后，文学研究遂大分为新旧两派。旧派中人往往擅长创作，也非常重视创作的传承；新派则注重文艺理论之探讨、作品文本之赏析、相关史实之考辨等等，对于创作并不关注。如今旧派已日趋式

　　* 国家社科基金重大项目"民国词集编年叙录与提要"（13&ZD118）、"民国话体文学批评文献整理与研究"（15ZDB066）的相关成果。
　　① 曹辛华、钟振振教授主编：《民国诗词学文献珍本整理与研究》，郑州：河南文艺出版社2015年。

微，而学术界兼擅创作者已不多见，所以当今也少有高校开设诗词创作课程，或者即使开有课程但又缺乏实用的教材。本套丛书有不少就是当时的讲义，所以也可谓是现成的教材。此外所选诸书往往在教导作法之前，有基础的诗学理论及发展史的叙述归纳，其中也不乏学术创见可供教学或研究之参考。三是作为旧体诗词创作能手的消遣之书。善论诗者不见得善写诗，很好的诗人也未必是很好的老师，所以无论是出于不屑还是不能，顶尖的诗人似乎都不大热心指授创作并撰写普及类著作。而本套丛书的诸位作者，虽然未必都是当时的一流作手，但至少都深有旧体诗的创作体会，故其所谓技巧、经验或者也有"教条主义""经验主义"之嫌，而所谓"作法""门径""指南"云云，也不免"好为人师"之讥。但是由于民国时期诗词创作和鉴赏的整体水平较高，故其所言所论也自有看点。对于当今有些高阶读者和作者而言，茶余饭后来挑挑毛病，或者也是一种乐趣。为广见闻，方便学者，现先具体提要如下。

1. 诗法入门—游子六（上海扫叶山房 1927 年五版）

游艺，字子六，号岱峰，明末清初福建建阳（一作建宁）人，精天文历算，著有《天经或问》《历象成书》等。本书目录与正文不尽相符，当属后加。正文分上下卷，上卷为诗论、诗法、诗窍、诗式，"诗论"选录古今诗话三十余则，涉及诗学各方面；"诗法"一节自平仄粘连、起承转合等讲起，逐步深入至"诗家四则""诗家十科"（本作"十利"，当误）等；又有"作诗准绳"，从立意、炼句等九个方面概括宜忌；"诗正题十体"则分述"荣遇""讽谏""登临"等十种题材。"诗窍"一节首先阐明诗有"体志"，列高、逸、贞、忠等二十种，亦传统所谓"诗品"之类；其下论诗之情景、句法及作诗之各种宜忌得失、锻炼技巧等。"诗式"一节，则举古今诗作为例，讲解赋比兴、气象、体格之类，又举各种杂体诗为例，间或指示作法。下卷全为诗选，分李诗、杜诗及古今名诗选三部分，所选各体皆备，诗后偶作点评。要之此书所涉皆为诗学要义，既有精微之理论阐述，复有具体之作法指授，更录古今诗选以为参考揣摩，体例可谓详备，故对后代同类著作颇有影响。

2. 诗式—朱宝莹（上海中华书局 1933 年十一版）

朱宝莹，本名朱耀奎，字佩珩，号秀甫，江苏宜兴人。光绪二十四年（1898）进士，曾官翰林编修。本书分五章，讨论范围仅限于近体律绝，不涉古体，则揣摩其意，或者以为学诗宜自近体入手；又按其书章节顺序，先五言而后七言，先绝句而后律诗，亦示人以学诗之次第。书中五七言各体先述其格式要领，次则举例作具体分析，每首例诗之下缀以四种说明文字："评"即评析诗意与字法句法章法之类；"注"即注释诗中字词典故之类；"体"点明体裁；"品"即诗品（或曰风格），皆能简明切要。朱自清曾推荐《诗式》一书云："朱宝莹先生有《诗式》，专释唐人近体诗的作法作意，颇切实。"（《〈唐诗三百首〉指导大概》）又云："（《诗式》）专取五、七言近体，皆唐人清新浅显作，逐首加以评语注释。注释太简陋，且不免错误。评语详论句法、章法，很明切，便于初学。书中每一体（指绝句、律句）前有一段说明，论近体声调宜忌，能得要领。初学读此书……可增进对于近体诗的理解力与鉴赏力。"（《论诗学门径》）

3. 诗学指南—谢无量（上海中华书局 1925 年十版）

谢无量（1884—1964），原名蒙，字大澄，号希范，后易名沉，字无量，号啬庵，四川乐至人。早年曾师从汤寿潜，后入上海南洋公学，又留学日本，回国后曾任《京报》主笔，1909 年受聘为四川存古学堂监督，民元后曾为上海中华书局、商务印书馆编辑，又加入南社。后执教于广东大学、南京东南大学、上海中国公学等，1949 年后历任川西博物馆馆长、中国人民大学教授、中央文史研究馆副馆长等。著有《中国大文学史》《诗经研究》《楚词新论》《中国哲学史》《佛学大纲》等。本书分为三章：一诗学通论，二古诗，三律诗（绝句包含于其中，盖亦以绝句为截取律诗而来）。"诗学通论"一章先论"诗之渊源"，即诗之起源与流变，所论自先秦诗骚以降至南朝沈谢诸人肇创律体为止；"诗体"部分探讨诗之文体特征，既以时代、作家、风格、篇章、句法、题目等不同角度分列各体，又对前人之相关议论作评析；"诗法论"一节讨论作诗之一般方法，从命意造语到下字用典皆有发明，而后言诗病，皆能取前人诗话而申述之。第二章讲述古诗作法，先详论乐府及古诗之嬗变与审美特征等，次则为实用格式，从用韵之角度切入作法，计列二十余种，皆举例以证之。第三章讲述律诗作法，先论声韵之流变，次论五七言句法，各列若干种；"律诗实用格式"一节，按五绝、七绝、五律、七律之次序分别论之，注意分别正格变格，其间偶作简要之说明。要之本书体例简明扼要，论述亦有可观，惟其虽亦举诗例为证，而讲解略显不足。

4. 作诗百法—刘铁冷（上海崇新书局 1925 年 3 版）

刘铁冷（1881—1961），名绮，又名文樾，字汉声，江苏宝应人。别署松涛、鸥梦轩主，南社成员。出身书香世家，早年毕业于上海龙门师范学校，曾任《民权报》编辑，并参与创办《民权素》《小说丛报》，为"鸳鸯蝴蝶派"重要作家。著有《鸥梦轩诗牍》及《铁冷杂记》《铁冷丛谈》等。本书之章节安排可谓别具一格，其径以所归纳之一百种诗法为目，或者仍不脱章回小说之旧习，不过作者并非完全无逻辑之思考，故似散乱而隐然有序，自其《编辑大意》即可知大概。按"作诗必自调平仄、辨四声始"，故以校准平仄法为开宗明义第一法，划定四声法次之；又作诗必明虚字、实字之别及各自用法，故以为第三、四法；虚实既明，乃可学对仗，于是对仗之练习又随之；又诗必押韵，乃分别就古近体诗之用韵而说之；作诗先明体裁，故就古今各体而说明之；其后储才、相题、辨格、用事、遣调乃至谋篇、造句，以及章法、立意等等，皆为具体之作法，而作者皆有经验之谈；而后篇之种种应用诗法，可谓用心良苦；至于种种杂体诗及文字游戏等，亦可备学者一览。要之本书各法实不乏探抉微之效，折衷之处亦能徇实情，颇适合初学。然学者宜瞻前顾后，通而观之，不可割裂、偏执某法，庶几可免教条之弊。

5. 诗词学—徐谦（上海商务印书馆 1926 年初版）

徐谦（1872—1940），字季龙，晚年自署黄山樵客，安徽歙县人，生于江西南昌。光绪二十九年（1903）进士，曾任翰林院编修、法部参事，民元后曾任内阁司法部次长、北京政府司法总长。又曾任天津《益世报》主编、岭南大学文学系主任、国立第五中山大学校长。有《徐季龙先生遗诗》，又有《民法总论》《刑法丛编》等。本书为作者执教岭南大学文学系时所撰讲义，虽名为"诗词学"，实未论及词学。其书亦未有明显之章次结构，然实亦隐然有脉络在。其开卷即言："诗在文学中为一种美术文字，非徒恃学力，必有一种天才而后可。"其说固然，惟就今日之学者而言，则天才不可恃，而学力尚可求，亟宜先为也。又其以饭与酒以譬文与诗，亦称大妙。其书又总括研究诗之法为"观其诗思""览其诗境""玩其诗笔""研其诗法"四者，亦能包举无遗，善学者亦宜自此等处着眼。其下论诗之起源及变迁，自《诗经》《楚辞》而下，举凡《古诗十九首》及魏晋六朝诸家，皆有专题论之，其间穿插讲解诗话之批评、声律之讲求等。至于唐代诗人之专题，则仅列李杜二人，其他"无特别研究之价值"，其眼界之高如此。要之此书议论精到，解诗亦可谓要言不烦，非深得诗之三昧者不能。而所列专论之诸家，亦足为学者所取法。惟其陈义略高，然亦可为已登堂者说法也。

6. 诗法捷要—顾实（上海医学书局 1926 年出版）

顾实（1878—1956），字惕生，江苏武进（今常州）人。早年留学日本攻习法科，后曾执教于南京国立东南大学、无锡国学专修学校。又曾与陈中凡等人共同主编《国学丛刊》，著有《汉书艺文志讲疏》《中国文学史大纲》等。本书分三部分，前编首列七言绝句标准格式，又列各种变体（拗体、古体、通韵等），各举例为证；次则列五言绝句标准格式，再次则列"绝句作法"二十种，盖合五七言而论，并举例以为说明，后又各有七言作例、五言作例，皆举例作较为详细之分析。而编末忽论"诗之本源"，含诗之六义、诗之变迁等四个主题，标举"意格、气格、格调"三者为"诗之神髓"。虽言皆有得，而逻辑不免稍显混乱。中编专论律诗，先总论作法，自字法、句法、章法方面入手，并举例以证；次则列五律作法二十五则、七律作法二十五则，再次又分别举例分析五律、七律，最后论排律。后编专论古体诗。先论古诗之平仄，谓古诗有"不文律"之存在，意即古诗虽无既定之规则，而其实亦有声调之讲求，并举例以作论述，颇有会心之处；次论古诗之韵脚，分为十一种，并择要举例为证；最后"古诗作例"则举长篇古体数章作精细之分析，进一步驳"古诗无平仄"之论。要之此书先七绝，次五绝，次五律、七律，最后为古体，盖示人以循序渐进之途也。其所论列虽偶有含混，而多能深造精微，大旨不失，读者宜顾后而瞻前，举一反三，斯能得其诗法乎。

7. 学诗百法—刘坡公（上海世界书局 1926 年初版）

刘坡公，江苏吴县人，生平不详。本书分声韵、对偶、字句、章法、规则、忌病、派别、体裁八个部分。"声韵"一节为学诗之基础，书中对四声平仄之练习及古近体诗韵用法皆作详细介绍，又列举近体诗各种基本格式；"对偶"一节则就一字至七字之属对举例来做说明；"字句"一节则讲解锻炼字句之法及拗句、变体之类；"章法"则讲述起承转合谋篇布局之法；"规则"一节较为复杂，有关乎诗品诗论者，也有关乎立意选题乃至审音择韵者，虽不免芜杂，而皆为学诗者不可回避之问题，此外本节又论及学诗之先后次第，主张先五七言古体，后五言律绝，最后为七言律绝；"忌病"论学诗之宜忌，有就内容言者，亦有就形式言者；"派别"一节略叙诗之源流嬗变；"体裁"一节讲解自歌谣、乐府以下各体诗歌之作法，皆先作概述，再引诗例以为说明，并略作评析。要之本书从基础入手循序渐进，条理清晰，例证得当，于初学切实可行。惟"体裁"一节后半所涉及之各类文字游戏，初学略作了解即可，不必多费心力，更不可耽溺于此。

8. 学诗初步—张廷华、吴玉（上海文明书局 1928 年十八版）

张廷华，字蓂荪，浙江吴兴人，与王文濡同乡，且同为南社社友，二人又曾长期共事，以编印各种新式教科书知名，又曾编辑《香艳丛书》等。吴玉其人生平不详。本书分为上中下三卷。上卷包含诗之起源、学诗之益、诗体之别异、学诗之次第等等内容，以引导入门为用。中卷主要解说基础知识，注重四声之练习、平仄之体会，以及古近体诗用韵之法，兼及起承转合之章法。下卷包含诗之大纲、诗之取材以及稍微高阶的变体拗句之类内容。其所谓大纲，指说理、言情、写景三种题材，其中又有体用之别；所谓取材，则是指后学所宜取法之各时代诗人，实以勾勒诗史之正变。其他如学诗宜忌、读法等等，实有关乎诗之美学者，亦皆有创见。要之本书于诗学概论与规范、技法乃至审美皆有所涉及，其间颇有深知甘苦之论，如论学诗之次第，有"难易之次第"，律易而绝难、七言易而五言难；又有"深浅之次第"，古体深而近体浅。然而以学诗而论，则正需相反：先古体后近体，先绝而后律，先五言而后七言。是说自有其理。

9. 诗学—张崇玖（新民国书馆兄弟公司 1928 年版）

张崇玖，名亚威，号养气室主人，江苏松江（今属上海）人。1917 年毕业于北京高等师范学校，曾师从同乡南社诗人杨锡章。著有《文学通论》《诗学讲义》（即《诗学》）等。本书分为十五节，自第一至第六节总论诗学之基本问题，大旨主性灵而尚自然，间或举诗例以为评析，颇能简要得当；第七、八两节述诗之正变，其所谓"正"即《诗经》六义，"变"即楚辞以下歌、辞、行、曲等各类名目；第九、十两节皆述诗之体裁，"派别"即按时代或诗人分别体裁，如建安体、黄初体，以及苏李体、徐庾体等等；"体格"即通常之古近体、律绝等；第十一、十二两节论诗之韵律；第十三节论作法，仅选取前人相关诗话而归纳出四条原则，非具体作诗之法；第十四届"变迁"简述诗史流变；最后一节则论及当时兴起之白话诗，而作者明确持反对之态度。要之此书虽未有过人之见，但不失条理，亦较为简要，学诗者以其为初步读物尚可。

10. 诗钥—丁福保（上海医学书局 1928 年初版）

丁福保（1874—1952），字仲祜，又字梅轩，号畴隐居士、济阳破衲，原籍江苏常州，生于无锡。早年先后在江阴南菁书院、苏州东吴大学、上海东文学堂学习，曾受业于王先谦、华蘅芳，又曾任京师大学堂译学馆教习。后改习医学，创办丁氏医院、医学书局等，又发起成立中西医学研究会，创办诂林精舍。家富藏书，学通中西，曾编刊医学、数学、小学、文史、金石、佛学著作多种。本书分六章，首章"总论"明学诗之次第及基础知识如平仄四声等；第二章"五绝"，先明其体裁特点，再列其平仄规范，更选取若干诗例以为说明，所引各诗亦有注释及点评，可视为一简要选本；以下"五律""七绝""七律"三章皆同此例。末章"结论"实为前文之补充说明，故先述诗韵之源流，次及前引诸诗注释之来处，又举古今名家别集注本并作介绍，更列古今诗话多种备览，以为学诗进阶之辅助。要之本书专就近体诗而作，而最突出之特点，则在全书皆以问答体敷陈，其问由表及里，层层深入，往往能代初学者立言；而所答亦要言不烦，能中肯綮。

11. 诗范—蒋梅笙（上海世界书局 1931 年初版）

蒋梅笙（1870—1942），名兆燮，以字行，江苏宜兴人。早年习举业，县试、府试均拔头筹，后历任上海震旦公学、复旦大学、南京金陵女子大学及重庆大学、四川省立教育学院教授。著有《词学概论》《理斋类稿》等。本书分八章："本情"第一，首取《毛诗·大序》之说而申之，谓"心之所之谓之志，性之所发谓之情"，而情与志乃"二而一者也"，盖亦从"诗缘情"之说，以明诗之本源；次章"辨体"，举例说明古今体诗各种体裁，略及诗史，亦一简明诗选也。"谐声"第三，论诗之平仄及辨别之法；"缀韵"第四，简述古今韵书流变及古今体诗一般用韵之法；"奇耦"第五，简论对仗；"致用"第六，述诗之"效用"，即诗之主题，共分为"咏怀""景物""时序""记事"等二十八类，每类略作说明，并各举数例以证之；"程叙"第七，申述学诗之步骤，主张先学韵文而后学诗、先学古体而后学近体、先学五言而后七言。末章"华采"，首倡披览前贤专集之有注释者以为储备，次则论诗之华采，在于"辞"与"气"，而后者尤重。要之是书逻辑井然，论述精切，文字亦堪玩味。稍可惜者论述往往过于简要，而所引诸诗例亦皆未有评析，于初学恐有不便，或亦但为利根者说法欤！

12. 最浅学诗法—傅汝楫（上海大东书局 1932 年八版）

傅汝楫，浙江杭县人，民国八年（1919）在任江西虔南县知事，其他不详。本书分为十章：导源、谐声、习诵、造句、辨体、缀韵、明法、程序、忌病、取材。"导源"一章述诗之起源，不作泛泛之理论探讨，仅列举早期歌谣为例略作说明；"谐声"详论四声之别与近体诗平仄格式；"习诵"一章强调读诵之重要，取《唐诗三百首》为例以明各体诗诵读之法，颇为具眼；"造句"章自奇偶句入手，在对仗基础上讲述种种变化之句法，颇有所发明；"辨体"章主要讲述古近体诗各种体裁之特征与流变，兼评诸诗人之短长；"缀韵"章略述诗韵之源流与用韵之宜忌；"明法"论作诗起承转合之法，皆举诗例以作分析；"程序"章论学诗之次第，谓须先学韵文而后学诗、先学古体而后学今体、先学五言而后学七言；"忌病"一章首列沈约"八病"之说而非之，复易以"五忌"（格弱、字俗、才浮、理短、意杂），颇能有所得；"取材"章则论学诗所宜取法者，实则略述诗史，自《诗经》《楚辞》以降之诗风流别以及名家皆有所评议。本书于诗法能钩玄提要，议论亦平实可采；惟例证稍嫌不足，不利于初学，谓为"最浅"亦恐未能。

13. 诗的作法—胡怀琛（上海世界书局 1932 年三版）

胡怀琛（1886—1938），原名有怀，字季仁，后改名怀琛，字寄尘，号秋山，安徽泾县人。早年毕业于上海育才学校，后加入南社，曾任《神州日报》《太平洋报》编辑，服务于商务印书馆编译所多年，又曾在上海中国公学、沪江大学、国民大学、持志大学教授中国文学史等课程。1932 年起任职于上海通志馆。著有《中国文学通评》《中国诗学通评》《修辞学要略》《新诗概说》《新文学浅说》等。本书首章讨论诗与非诗，以有无情感及真假情感为评判标准；又讨论新诗与旧诗，以是否合乎"诗的原理"为评判标准；又谓"情感没有新旧的问题，乃是各个人的问题"，而思想则有新旧，等等，都是关乎诗歌创作之重要论题。次章论如何作诗，谓须先有情感发自内心，然后可用散文将其写下来，再找到其中最关键的情意，然后即可用诗（新旧皆可）的语言表述，书中更举例以为示范，于初学亦不失为可行之法。而其论诗的音节与情感之关系、情感与韵之关系及用字造句之法，都有可观。至于其所归纳之"就诗为词"之类写作方法，以为练习则可，以为创作之常法则不可。"赏鉴"与"读法""四戒"诸章关乎诗歌之审美与品格，虽不直接与创作有关，也不可视为赘言。附录历代诗话目录，初学实在不必多费心力于斯，已登堂者则不妨按图索骥选而读之。要之本书虽少作具体技巧之讲述，但能多方入手拓展诗心诗思，往往能深探三昧，可谓循循善诱；此外由于作者也是民初有影响的新诗人，兼具新旧诗创作之体会，故其于新旧之间持论较为公允，这对于今日之学旧诗者，或者也有所启发。另外本书用"语体文"写成，行文颇能亲切易入，也可谓是一个优点。

14. 诗学常识—徐敬修（上海大东书局 1933 年八版）

徐敬修（1893—1926），江苏吴江人，曾师从金天翮，又为苏州文学社团星社成员。著有《国学常识》十种。本书为《国学常识》十种之一，书分三章。第一章"总说"，阐述诗之本质与文体特点；第二章"历代诗学之变迁"实即一部简明中国诗史，颇有钩玄提要之用；第三章"研究诗学之方法"除指示研究之基本范畴与途径，谓可从时代、作者、艺术等角度切入研究，而最后则将创作也列为研究之一途，实为具眼之见。盖无创作之体验者，其研究终不能真正切理餍心也。由此作者下文即略述学诗之法，列"入手法""诗之体式""诗书之取材"等专题，具体则有"明读法""辨章法""熟四声""排对偶"等练习法，举凡学诗之基础知识、技巧、宜忌、次第等等，无不包括其中。"体式"介绍各体诗之规范，"取材"则介绍历代各种总集与别集，以备学者阅览取法。要之本书既以"常识"为名，故内容以理论及诗史之介绍为主，而较少涉及作法；但其论学诗诸节，亦简明扼要，较为适合稍有基础而欲求进阶之学诗者。

15. 诗法指南—顾亭铠（兴业书局 1933 年初版）

顾亭铠，或作顾亭鉴（按卷首小浮山人序），生平不详。"小浮山人"即潘曾沂，为清嘉道间人，则作者当大约同时。书名《诗法指南》，又作《学诗指南》，分上下两卷，上卷以理论为主，下卷则全为例证。而卷首潘序所谓"学诗如做人"之说，颇称警策。开篇第一章专论杜诗，有句法、字法、读法、体裁等等，可知其宗尚；第二章述各种体裁及古近体诗用韵等；第三章专论八病，第四章论唐诗及作诗之命题；第五章先论平仄，次论作诗之"五戒"。第六章"入门从高""取法因近"等等，可谓作诗之"十要"。以上多综前人之说而条理之。第七章论"诗法"、第八章"诗窍"，则全录自明人游艺之《诗法入门》（本丛书亦收，可参看）。下卷结合诗例先后具体探讨五古、七古、五律、七律、五绝（合古体与近体而言）、七绝之作法，详于起承转合与点睛、呼应之法，解诗亦间有微妙之处。此书既为清人所作，结构不似当今研究著作之逻辑清晰，论述亦容有混杂复沓之处，又或失之简略玄远，但所言实颇得传统诗法之要义，故总体而言似不宜入门而宜于深造。

16. 绝句论—洪为法（上海商务印书馆 1934 年初版）

洪为法（1900—1970），字式良，笔名石梁、天戈、双不轩等，江苏扬州人。早年毕业于扬州江苏省立第五师范学校，后入国立武昌高等师范学校国文系，期间加入创造社，毕业后曾先后执教于湖北省立第二中学、江苏镇江中学、扬州中学等，晚年任教于扬州师范学院中文系。著有《古诗论》《绝句论》《律诗论》等。本书为王云五主编之"百科小丛书"之一，第一章"溯源"，主要辨析绝句起源之"律诗说"与"乐府说"，而最后主张采用"多元的解释"，其论虽然通达，但仍然有些含混。盖就绝句之体裁而论，尚须区别近体绝句与古体绝句。近体绝句讲求平仄、粘连，押平韵；古体绝句则不讲求平仄及粘连，押韵亦可平可仄，二者之差别极大（于古体绝句，学者当参看洪氏《古诗论》一书）。此外五绝与七绝，虽每句仅二字之多寡，而句法亦因此有异，本书皆未能区别言之，不得不谓为短处。

17. 作诗百日通—金铁盦（上海中西书局 1934 年版）

金铁盦，江苏人。曾任职于中央国术馆江苏省国术分馆，教授少林拳。其他不详。有武术著作如《拳术教范》等多种。本书引言中作者现身说法，讲述其学诗之历程，以及其间的困惑，颇有一定的代表性。正文前四章诗的原始、本质、变迁、审美之类，可谓诗学之基本问题，而作者皆能探本寻源，要言不烦，学者亦宜知其大体。其后"作诗之天才"一节，肯定"天才"于诗人的重要性，实为具眼之论。"作诗的预备"一节论作诗之基本修养，作者归纳为"熟读谨记""四声辨识""归韵练习""属对工夫""律诗平仄"五个方面；"要诀"一节总论作诗之字句章法与立意品格之类；"各类诗的作法"则依题材归纳为若干种作法，"作诗的步骤"实即学诗之次第，作者主张按七律、五律、七绝、五绝、七古、五古、古风乐府的顺序渐进，也自有其道理。"诗的体裁"一节列举最常见之六种体裁（七律、五律、七绝、五绝、七古、五古），并各作总体解说，而后"古近体诗的格式"一节则细分为三十三种之多。末节"学诗必读"则为各体诗选，可备读者自行对照讽诵，以补前文无诗例辅助说明之不足。要之本书作者固非以文学为专门，故往往能给人以新的思路，但是其所坚持的"由今入古""以我为中心"等等学诗主张，固然摆脱泥古之病，也不免有易放而难收的危险，故初学不可自恃天才而等闲视之。另外本书之行文接近"语体文"，明白晓畅生动易入，也足为长处。

18. 作诗门径—范烟桥（上海中央书店 1935 年三版）

范烟桥（1894—1967），名镛，以号行，江苏吴江人。早年就读于苏州草桥中学，为胡石予弟子，又师从金天翮，后入南京东南大学。先后加入南社、青社、星社、云社等，为"鸳鸯蝴蝶派"著名作家。又曾任教于上海持志大学、苏州东吴大学。著有《茶烟歇》《中国小说史》《民国旧派小说史略》等。本书分为十一章：总论、声韵、体裁、结构、字句、对仗、押韵、用典、取材、新体诗、结论。总论不作有关诗史的学术探讨，而略叙学诗、读诗、作诗之基本原则，主张先古体而后近体；"声韵"一章讲述四声、平仄之练习及用韵，所论列亦极实用；"体裁"一章举例说明各种体裁格式及其特点；"结构"一章论点题与起承转合之章法；"字句"一章讲解锻炼字句之法及集句联句等法；"对仗"一章列十种对仗之法而详解之；"押韵"一章则讲述限韵、次韵、迭韵、分韵等作法；"用典"章讲解典故之来源及用典之宜忌；"取材"章结合诗例分析写景、记事、抒情、咏物四种题材诗歌之作法。第十章论新诗，着重讨论新诗与散文之区别。"结论"可谓诗外之法，尤于情感三致其意，初学亦宜谨记。要之本书逻辑结构清楚，体例完备详明，且以语体文讲解，细致入微而有针对性和可行性，颇为适合初学。

19. 作诗百日通—顾佛影（上海中央书店 1936 年三版）

顾宪融（1898—1955），原名廷璧，字佛影，号大漠诗人，笔名佛郎、红梵精舍主人，斋名临碧轩、呆斋，江苏南汇人（今属上海）。早年师从陈栩，擅诗文词、小说、戏曲以及书画。曾任教于上海城东女学、上海文学专门学校，又曾任上海商务印书馆和中央书店编辑。抗战时期避居四川，任成都金陵女子大学教授。著有《大漠诗人集》《佛影丛刊》等。本书分二十二课，实即以专题形式分列章节，全书大略可分为两个两部分，自第一课至第十一课，讲解各体诗之体裁与作法，按七绝、五绝、五律、七律、古体之次第循序渐进，其以七绝为先，可见作者之独特认识；而其间视需要穿插讲解用韵、对仗之法，则可谓学诗之基本训练。自第十二课起，即讲解不同体裁之章法，可谓学诗之提高阶段。其间如第十课之"律诗拗体"与"古律"、第十六课讲解同题联章之作，往往为一般所忽略，而本书不惮详论之；最后将古体诗按篇幅之长短划为三课，分别讲解其用韵与章法，亦能见其苦心。要之本书之长处，在于不作泛泛之论，每课皆先举诗例若干，每首例诗后缀以简单之注释，以利于学者会意，最后则列"指导"予以总结归纳，体例简明完备，颇宜于初学。

20. 七言绝句作法举隅—冯振（上海世界书局 1936 年初版）

冯振（1897—1983），原名汝铎，字振心，号自然室主人，广西北流人。早年曾就读上海中国公学、南洋中学。后曾任教于无锡国学专门学校并代理校长，师从国学大家陈衍、唐文治诸先生。又先后执教于江苏教育学院、上海大夏大学、交通大学及无锡江南大学等，1949 年后受聘于南宁师范学院、广西师范学院。著有《自然室诗稿》及《诗词杂话》《七言律髓》等。本书自叙云："文学之事，约分二道，曰能、曰知。沈约云：'自灵均以来，此秘未睹。皆暗与理合，匪由思至。'是能者未必知也。钟嵘评诗尽工，而所作不传，谅无佳构。是知者未必能也。知而不能，于工文何与？能而不知，抑何损焉。大匠能示人以规矩，而不能使人巧。巧，能者之事也；示人以规矩，则知者之事也。虽不能使人巧，示人以规矩，不犹愈于已乎？民国二十年（1931）秋，余任大夏大学各体诗选课，除选诗外，并就七言绝句之作法不同或大同而小异者，略分如干类，先博举其例，而后综籀其法，名之曰《七言绝句作法举隅》，盖非谓七绝作法遂尽于此也，抑由此而稍明所谓法者，则于为诗之道，不无小补焉，倘亦不失示人以规矩之意乎？然若但执规矩而自诩曰：巧在于是。则又断断乎其不可也。"是书选唐至清末之七绝一千二百余首，归类为五十余法，每法举例少则数首，多至八十余首。其所谓法，多就写作之章法而言，如起笔、转折、呼应、关键之字句等等，不涉空洞玄远之理论，可谓单刀直入，而每类之作皆有相似之处，最宜初学之比类揣摩。虽或不免教条之病，然即置其法之高明与否不论，本书亦不失为一部绝佳之选本，实较《万首唐人绝句》之类为胜。初学倘能熟读成诵，当不难得个中三昧。

21. 古诗论—洪为法（上海商务印书馆 1937 年初版）

洪为法（1900—1970），字式良，笔名石梁、天戈、双不轩等，江苏扬州人。早年毕业于扬州江苏省立第五师范学校，后入国立武昌高等师范学校国文系，期间加入创造社，毕业后曾先后执教于湖北省立第二中学、江苏镇江中学、扬州中学等，晚年任教于扬州师范学院中文系。著有《古诗论》《绝句论》《律诗论》等。本书为王云五主编之"国学小丛书"之一，卷首有江恒源序，兹全录之："吾友洪式良先生新知旧学根柢盘深，年来好用科学方法研究古籍。前曾撰《绝句论》《律诗论》两书，余既为文以序其端，且由商务印书馆代为印行矣，近于教习余暇，又著成《古诗论》一册，远道寄示，余受而读之。书凡六章，首界说，次起源，再次衍变，末制作，其搜集浏览之广、排比论断之精，均足令人感服惊叹。其间致力最多者，当推起源上一章，盖斯章材料太多，头绪纷繁，爬梳不易，一团乱丝能理得十分清楚，在读者一目了然不费思考，而不知著书人已绞费若干脑汁，或且几易其稿矣！其次则衍变一章，能辨析群言，独标新义。制作一章，能将古诗特点一一指出，多为发前人所未发。以余观之，此书之通达精核，似更驾前两书而上之也。岁寒风雪中展读一过，顿觉身心俱爽。丙子冬月灌云江恒源记于海上寓庐补学斋。"要之此书虽以较少之篇幅讨论古体诗作法，然而正所谓"千里来龙，此处结穴"，前述种种皆意在使学者深入体会古体诗之特点；而制作一章所论，则皆写作古体诗之原则与具体之写作经验，如谓不应以时代定优劣，即主张学古体诗不必泥于唐前也；谓不应强分古今体诗难易，即反对古体易而近体难之说也。其他关于结体、命意、炼句、用字之讨论，皆能从理论入手，并结合诗例详加分析，学者自宜细细体会。

22. 诗体释例—胡才甫（上海中华书局 1937 年初版）

胡才甫（1903—1995），浙江建德人。早年毕业于杭州之江大学并留校任教，又曾执教于上海商业专科学校，晚年受聘为浙江省文史馆馆员。著有《沧浪诗话笺注》《汪元量集校注》等。本书专门研究诗之体裁分类，从"风格""音韵""形式""题名""地域""杂体"共六个不同的角度切入，各分为若干种，如"风格"之下列"选体""宫体""柏梁体"等九种；"音韵"之下列三十五种，

其中又按"平仄"列九种、按"声韵"列二十六种。等等。每种之下首先解释
分类之源流或依据，每个小类之下亦各有说明；其次则列举相应诗例以为证，
但没有评注之类文字。按此书之分类，一是将诗史上出现之各种名目以某种标
准作归类，二是以统计分析做出某种归纳，后者可谓创格。所以此书虽非直接
教授写作之书，但学者也可以藉此略知诗史与批评之大概，以及各体诗之面貌，
对于创作也不无小补。不过其中所列名目有些或者过于琐细不足道，有些分类
又或缺少说明，在逻辑上也有含混之处。故初学者于此书，可以作为参考，而
不可拘执其说。

23. 律诗论——洪为法（上海商务印书馆 1938 年再版）

洪为法（1900—1970），字式良，笔名石梁、天戈、双不轩等，江苏扬州人。
早年毕业于扬州江苏省立第五师范学校，后入国立武昌高等师范学校国文系，
期间加入创造社，毕业后曾先后执教于湖北省立第二中学、江苏镇江中学、扬
州中学等，晚年任教于扬州师范学院中文系。著有《古诗论》《绝句论》《律诗论》
等。本书为王云五主编之"国学小丛书"之一，专论律诗之源流与作法。"引论"
述律诗之重要地位，反对重古体而轻律诗；首章"正名"，所谓律者，"不逾矩，
从心所欲"，确是妙语。至于律诗之分类，其说固是，然亦无关宏旨，存而不论
可也。"溯源"一章，大意谓律诗乃渐变而成："辞采愈变愈华，对偶愈变愈工，
音律愈变愈细。这是六朝以来所共趋的路径，至唐沈、宋于是定型"，其说可采。
"流派"一章，不以诗人、诗风为准，而以写作动机别为四种，实亦律诗之分类
而已，未足为训。第四章"作法"论及音节、字句、章法、对仗等，多取前人
之说加以评析，亦不乏精当之处。第五章"辨形"实为律诗审美之讨论，其中
论形与声之不可变动、对句联之必然性以及寓散于骈等等，亦颇有所发明。

24. 学诗入门——王文濡（上海达文社 1941 年十八版）

王文濡（1867—1935），字均卿，别号鼺鼯子、天壤王郎、新旧废物等，
室名辛臼簃，浙江吴兴（今湖州）人。清末曾补博士弟子员，后专力著述，曾
任进步书局及国学扶轮社负责人，又历任商务印书馆、中华书局、大东书局、
文明书局等编辑，亦为南社社员。平生以主持编印各种新式教科书及国学普及
类著作知名，如《续古文观止》《国朝文汇》《历代诗文名篇评注读本》《古今
说部丛书》等。本书不似一般著作之章节安排，而大略分为几个主题，不作玄

远之论，直切学诗之基本问题，如古近体之别、声韵对偶等等。至于学诗之次第，则作者主张先古诗而后绝诗、律诗。要之作者颇有实际之教学经验，又曾长期编撰教科书，故能切实针对初学入门之难点，其讲授平仄四声及对偶、用韵练习，以及初步的起承转合之法，的确是初学最宜用心之处。本书作者曾批评前人同类著作"大半为能诗者说法，初学读之如入五里雾中"（《编辑大意》），故于一般著作所津津乐道之体例、章法、锻炼、诗品等等，皆所不及，而专注于学诗最基础之四声与韵，此举可为短处，然亦可为长处。又作者自谓"叙述无事高深，注释亦力求浅显"，则似未能。此外本书略显例证不足，学者宜与作者编选之《历代诗评注读本》参看。

25. 诗法通微——徐英（南京正中书局 1943 年初版）

徐英（1902—1980），字澄宇，室名天风阁。湖北汉川人，新南社成员。曾在上海主办《归纳》杂志，又曾执教于南京中央大学、上海复旦大学及安徽大学等，1962 年被聘为上海文史馆馆员。有《天风阁诗集》《国学大纲》《诗经学纂要》等。本书自序谓"于唐后篇什，置而弗观"，可知其宗尚所在。书分六章，"诗体杂述"一章并非按一般的格律分别体裁，而是从不同角度将诗史上出现的各种名目分类；"学诗总略"章则概论学诗之大要，"概说"一节列学诗作诗之宜忌，似空洞而实有见；"本源"一节推尊风骚，而以五古为诗之本及学诗入门之途；"准则"一节首明读诗之法，主张自名家选本入手，又强调"本诸志以成诗"，尤为至理；"择韵"一节反对各种行险求奇之举，"通韵"讨论古体诗押韵之法，其他"用字""发端"（首句）、"结语"（末句）之类则涉及作诗之具体章法；"声色"一节讨论诗之韵律，有谓"勿读宋以后诗""不宜作拗体"，皆可为初学者指南。其下先后论古诗、绝句、律诗之作法，亦示初学以循序渐进之途，至于末章"律外之法"，所谓"律"，乃"凡有规矩辙迹可寻者"，"律外之法"即"出于规矩辙迹之外者"，所列五十余条，盖亦取《诗品》之遗意而申述之，虽自谓"抉其幼眇，如指诸掌"，恐亦不免空论之讥也。要之其书综贯条理，逻辑井然，所论固有通达处亦有微妙处，然欲藉此而"通于微"，尚待学者之契悟云。

26. 诗——蒋伯潜、蒋祖怡（上海世界书局 1948 年三版）

蒋伯潜（1892—1956），名起龙，又名尹耕，浙江富阳人。早年毕业于北京高等师范国文系，先后任教于浙江省立第二中学、第一中学及第一师范等。后赴上海大夏大学、暨南大学及无锡国学专修学校任教，兼任世界书局特约编审，又曾任杭州师范学校校长，1949 年后曾任浙江图书馆研究部主任，受聘为浙江文史馆研究员。著作有《经学纂要》《诸子通考》《中学国文教学法》等。蒋祖怡（1913—1992），蒋伯潜之子。早年毕业于无锡国学专修学校，任上海世界书局编辑，后又任教于浙江大学文学院、浙江师范学院及杭州大学中文系。著有《诗歌文学纂要》《诗品笺证》等。本书为"国文自学辅导丛书"之一，共分二十章。第一、二章探讨诗之起源、本质以及概念等基本问题，自第三章至第九章是中国旧诗的发展史（关于词曲另有专书，亦收入本丛书中）；第十、十一章论述欧洲诗史以及新诗，当取中西古今相参之意；自第十二章至十九章是关于旧诗的一些专题，如类别、作法、审美以及批评等等。末章总结旧诗之问题，而以大众化、新诗为发展之方向，则仍不脱新文化运动时期之一般论调。要之本书全面讨论了有关诗学的问题，其中论旧诗者虽占绝大部分篇幅，而旨归实则为弃旧图新，其具体之主张，如用韵依国语，乃至抛弃旧诗之形式等等，是皆学旧诗者所宜慎取也。

27. 简易学诗法—徐碧波、郑逸梅（上海国光书店 1948 年初版）

徐碧波（1899—1992），原名广召，字芝房，笔名红雨、归燕、五常等，江苏吴县人。私淑林纾、陈栩，长于诗词书画。曾任苏州《波光》旬刊编辑、上海友联影片公司编剧以及六合影片公司《电影月报》编辑、理事等，又为苏州"星社"社员。有文言笔记小说集《流水集》。郑逸梅（1895—1992），本名鞠愿宗，后依舅家，改姓郑，谱名际云，号逸梅、纸帐铜瓶室主人。江苏吴县（今苏州市）人。早年曾就读于江南高等学堂，后赴上海，任《华光半月刊》《金刚钻报》以及中孚书局编辑，后在上海各中学任教，1949 年后曾任上海文史馆馆员。平生笔耕不辍，以报刊"补白大王"闻名。著有文史笔记多种。本书首章"序幕"略叙诗之源流，可谓一篇简明的中国诗史；次章"入门"即阐述诗之基本要素（四声平仄）与近体诗之基本格律（谱式），第三章"规例"，分为避忌、对仗、词性、联耦、虚实五节，"避忌"一节论常规与破例，主要就重字与所谓作诗口诀而发；后四节可结合而观，乃作律诗对句之各种训练。第四章"示范"结合诗例探讨近体诗各种体裁之起承转合，颇见作者之心得；第五章"锻炼"乃作诗前之立意、谋篇、定格之法，往往为一般讲授者所忽略，最宜注意；惟"体志"一节列诗二十品，则略显琐细空疏。第六章"修词"方为炼字炼句之法，最后之"概论"一节则论好诗之难作；第七章则专论古体诗之常规与经验；第八章解释相关术语。要之本书之讲授循序渐进，主张学诗先近体后古体、先五言后七言、先正格后变格，实在颇为合理，且便于初学；惟各章节之间略有逻辑含混之处，是为小疵。

28. 旧诗作法讲话—施瑛（上海启明书局 1948 年初版）

施瑛（1912—1986），字慎之，浙江德清人。早年于南京金陵大学肄业，任教嘉兴秀州中学。后入上海世界书局编辑所任英文助理编辑，抗战期间避居嘉兴执教秀州中学。后曾任通联书店、启明书店特约编辑，上海文化出版社、中华书局上海编辑所编辑，编著有文史普及读物多种。本书内容大略分为十二个主题，逻辑较为清晰。首先是"旧诗的源流"，为纵向简述中国诗史，其中作者谓《诗经》是自由诗，此说固是，但今日却不可以此为借口自由写作旧诗，学者当谨记。"体例"一节则是横向梳理旧诗之各种常见体裁，配以诗例，颇为简洁。以下之"辨别四声法""押韵法"为学旧诗之入门基础，四声于今日之学者向称难点，书中给出的对策就是"熟读"，同时列出数十句口诀，不失为可行之法。押韵主张沿用旧韵，自是正理；书中更列出平声十五部韵之常用字，亦免学者另行翻检之劳；另外初学者用韵易犯的种种毛病，书中也一一作出说明。"律绝的平仄"一节则顺序列出近体诗的各种正格，粘连之法虽未有明言而自在其中；于拗救则未深入讨论，盖初学当自正格入手，而此举亦可避免增加初学之困扰也。"对句的练习"为写作律诗之基本功，书中归纳了数十类对仗之成句为范例，亦颇可供初学参考。"炼字造句和谋篇"讲述锻炼字句与起承转合之法，其中论句法结构处颇能切要。"四则十科及其他"一节，所谓"四则十科"未免空洞，略为了解即可。"作诗的避忌"首列"八病"之说，略作了解即可；而作者另行归纳的"四忌"与"五戒"，则值得细细揣摩。"论诵读"一节，似与写作并无直接关系，然而的确是具眼之见与经验之谈，盖多读方能充实语汇、培养语感，于写作旧诗实在至关重要。"各体诗存例"则除常见体裁之外，另列各种变体诗，此举或为增加趣味，然初学不可耽溺于此。"写旧诗举隅"则意在结合诗例具体讲述诗之写法，以期学者举一反三。附录"历代诗集目录"则有助于学者按图索骥选取历代名家之作品来阅读，用心亦周到。

29. 作诗法—天虚我生（版本待考）

陈栩（1879—1940），字栩园，号蝶仙，别署天虚我生，浙江杭州人。清末贡生，后放弃科举，投身文艺界，曾主持《著作林》《申报·自由谈》《游戏杂志》等多家文艺报刊，为"鸳鸯蝴蝶派"代表作家之一，又为南社成员。著述宏富，有《栩园丛稿》《考正白香词谱》以及剧本、小说多种。《作诗法》起初连载于陈栩编辑之《文艺丛编》（亦名《栩园杂志》），后结集为单行本，并于卷首增《音律辨正表》（原名《中西乐律同源考》）一篇，然该篇纯论乐律，实与学诗关系不大。以下分为四章：辨声、读法、作法、练句法。"辨声"一章分四声为天籁与人造，更各举生活中习见之例以证之，其说新颖且有妙悟；末节四声之练习也颇有可操作性。"读法"一章首先强调选择合适的读本，反对先读古诗、五绝，而宜自七律入手，其说颇有见地。其后作者依次解说七律、七绝、五律、五绝、古诗之读法与格律正变，惟所举举诗例仅列诗题而不录全文，善学者当取《唐诗三百首》对照揣摩，自能举一反三。"作法"一章即讲授具体作法，亦主张自七律入手，而须先习对仗，其所授练习之法亦颇可行。末章"练句法"着力于字句之锻炼安排，然仅讲解"七言诗之构造法"，颇疑当更有论五言者。不过如其书末所言，若能熟谙七言，其余可以自通，故亦不必面面俱到。本书作者曾亲自教授子女诗法，授受之深入无间固与一般师生不同，往往能够洞悉症结而施治，确有独到之处，故其自信"于一切窍妙，实已阐发无遗"。又本书注释皆以小字施于页眉，不阑入正文，亦颇方便阅读。

30. 作诗法讲话—森泰次郎著，张铭慈译（上海商务印书馆 1933 年国难后一版）

森槐南（1863—1911），名大来，字公泰，号槐南小史，别号秋波禅侣，通称泰次郎。日本明治时期诗人、汉学家、文学博士，曾任东京帝国大学讲师，长于中国古典文学研究。有诗词集《槐南集》及《中国诗学概说》《古诗平仄论》《唐诗选评释》《杜诗讲义》等。张铭慈生平不详，民国十三年（1924）曾任《少年日报》总理兼总编辑。译著有儿岛献吉郎《中国文学概论》等。本书编辑原委具见译序及《凡例》。书分五章，首章"平仄之原理"先略述汉字音声之特点及其发展，凡反切、四声、平仄、对偶之类皆作浅显之说明，而后渐次述及近体诗之体裁格式与粘连之法；末附以《唐诗选评释》中有关绝句之论以为补充。第二章"古诗之音节"首先解说古诗之涵义，而后阐述五古与七古之大别，并分别讲解其体裁特点与作法大要。作者自言须以科学之研究方法解析古诗之音节，可谓能深入而浅出者。第三章"唐韵之区别"，先略述诗韵之流变，而后比较古韵、唐韵与宋韵，可谓细密入微，而所列唐韵与宋韵（实即平水韵）对照表足资参考。第四章"诗词之别"首先讨论诗词入乐之问题，已触及所谓"声诗"之范畴。其论及词之产生者，虽未足为定论，亦可供参考。末章"词曲及杂剧传奇"则更自诗词而拓展至散曲，再延伸而至杂剧传奇，有余力者也不妨参看。要之本书自平仄之基本原则起，次及近体，次论古体，再次论韵，此数者既明，诗法可得。其后申论诗歌体制之差异，亦援例以证之。故书虽简要而实有系统，而所论也多能直探要害，足以为他山之石。

31. 词学指南——谢无量（上海中华书局 1918 年初版）

谢无量，见前。本书分两章：第一章为"词学通论"，第一节"词之渊源及体制"，先为概论，而后则选取前人词话中的相关议论分列之；次为"作词法"，又次为"古今词家略评"，亦略择前人词话而已；最后为"词韵"，先略述源流，次则列沈谦《词韵略》各部，末则又取词话之相关者备览；第二章为"填词实用格式"，为一部简明词谱，按小令、中调、长调分类，计小令四十六、中调二十二、长调三十二，共计一百调。所列词调偶有考辨，词例则无注释评析。本书是二十世纪最早以"词学"为名的专著。其中有关词学之探讨，多取前人词话而略作申述，不过其书词体、词法、词评、词韵、词谱皆备，固有梳理草创之功。其引用前人成说，虽不尽准确，亦可免读者翻检之劳。

32. 填词百法——顾宪融（中原书局 1931 年六版）

顾宪融，见前。凡学诗、学词"百法"之类，民国时期颇有作者喜用之，然此类虽看似严整，而皆不免割裂、教条之弊，且容易顾此失彼，本书所列"百法"，分为上下两卷，卷上为理论与实践部分，以逻辑关系条理之，大率可分为以下几类：一为词学之基础知识。按词本为音乐文学，声韵之严尤甚于诗，故本书有四声五音、阴阳上去之相关论述多条；二、工具书籍使用类。如词谱词韵之检用法即是；三、写作技巧锻炼类。如二至七字句之作法，以及虚字衬逗、属对法之类；四、创作经验类。关乎选调立意、谋篇布局之类即是。五、应用类，如书函体作法之类。卷下可谓词史与审美部分，以"词派研究法"冠其首，实简述词史之流变，其后按时代选取自唐至清四十八位词人作单独研究，各家之下先列简介，往往结合前人词话予以评析，而后举其作品以为例证，眉目甚清。要之本书上卷为一般作法之讲授，虽不免前后混杂，而可称面面俱到；下卷谓为词史固可，谓为词选、词谱亦无不可，盖其意当备读者之取法，惟各词皆无评注，亦未免失之简略。

33. 学词百法—刘坡公（上海世界书局 1931 年四版）

刘坡公，江苏吴县人，生平不详。本书分音韵、字句、规则、源流、派别、格调六个部分，其用心则具见《编辑大意》。按词本有音乐之律，亦有文字之律，"音韵"部分即首先介绍音乐之律，而后探讨词中阴阳上去之别，并举例词以为说明，而后讨论用韵之法。"字句"一节详论词之句法，自一字句至七字句，皆举例作说明。"规则"一节，先述词谱之一般标示规则，以利初学之应用；次则述填词要诀，实即词话之类；其后则论及作词之种种具体技巧，从锻炼字句乃至选调用典、谋篇布局等等皆有所归纳，又举例示范言情、写景、纪事、咏物词之作法。"源流"一节略辨词之起源及词曲之别，又于词调之来历等略作考证。"派别"一节则按时代先后略述词史之发展，各时代先作综述，而后列举词例，不作注释分析。"格调"部分实即一部简明词谱，乃选取九十八个常见词牌，按字数多寡排列，每调包括词调简介及词例，词例则仅取正体一首，皆标明句读及韵脚，有可平可仄处亦加标注，颇为简明实用。要之本书论述简洁，举例得当，而初学于字句、规则、格调诸节宜多加揣摩，其他泛览即可。

34. 词学常识—徐敬修（上海大东书局 1933 年八版）

徐敬修（1893—1926），江苏吴江人，曾师从金天翮，又为苏州文学社团星社成员。著有《国学常识》十种。本书为《国学常识》十种之一，书分三章。第一章"总说"，阐述词之起源衍变与文体特点，尤其详于词调之各相关介绍；要之其言或未必为定论，而足资初学之了解。第二章为"历代词学之变迁"，实为简明词史。本章分为唐代、五代、宋代、金元、明代、清代六节，脉络清晰，评论尚称得当，然亦不可以严格之学术绳之。每节列举该时代主要词人，多仅作简单介绍，少数则举其词为例，然亦不过一二首而已，可见其别择之严。第三章为"研究词学之方法",实即作词法。其"入手法"开篇即云填词之法"重在多读多看多作",实为至理。本节先后就字法、句法、章法乃至选调等简述之;"格式"一节则举例讲解词谱之用法,"词韵"即介绍词韵之书与用韵之规范,末"取材"一节一介绍历代之词总集、别集以及词话等书。要之本书仍以词学之常识性介绍为主,故所论不必深求,然初学者亦宜通览之,以为入门之阶。惟本书所举词例不多,学者仍宜参阅其他词书。

35. 最浅学词法——傅汝楫(上海大东书局 1934 年七版)

傅汝楫,浙江杭县人,民国八年(1919)在任江西虔南县知事,其他不详。本书分寻源、述体、论韵、考音、协律、填辞、立式等七章。"寻源"一章述词之起源,谓其近绍乐府,远溯《诗经》,并引前人之说以为辅助,盖亦推尊词体之论;"述体"一章主要论述词调之衍变,间作考证;"论韵"一章述词之用韵,主张以戈载《词林正韵》为准绳,而后论及与诗韵曲韵之别以及"叶韵"之法等;"考音""协律"两章则专论音律,前者述词之乐律,后者论文字之合乐;"填辞"一章则论词创作之基本原则与宜忌,多引前人之说而申述之;"立式"一章为简明词谱,共列七十九调,各调皆有简介,又引词为例,例词除正格之外,偶增常见之异体一例,词后皆略加解说。本书于音律之学颇多论述,作者自云:"金元以降,词学日芜,琢辞练句,风华自尚,不复研究音理,遂使词不合乐。本书有鉴于此,特详解协律、制调、填腔、运声,以及离指、务头等法,以蕲词曲合一之效。"(《编辑大意》)按词之音律于今几近绝学,然则本书虽自谓"最浅",而读者不得遽以浅视之。又作者自称本书"为已解吟咏而欲进窥倚声者指示门径",则作者以为学词当先学诗,此说亦有见地。

36. 词式——林大椿(上海商务印书馆 1934 年初版)

林大椿(1881—1956),字子衡,号献堂,又号灌园,祖籍福建漳州,生于台湾彰化,1895 年内迁泉州,后返台湾任台中雾峰区长、台中厅参事等,又曾创办台中中学,参加诗社"栎社",历任"台湾文化协会"总理、民报社长等。遗著有诗集《海上唱和集》《东游吟草》及《环球游记》等,又曾编《唐五代词》《词式》。《词式》为填词实用之词谱,是书按每调字数之多寡都为十卷,而其所以为"式"者,一取"习见",二取"名作",去考证之繁,略音律之辨,于写作之紧要处亦往往有所说明,故具体于某调而言,可谓简明切要,适合初学。附录词韵目录及词调通检，亦方便学者参考。然其书共得八百四十调、九百二十四体，虽称详备，不免贪多，而初学者亦恐有畏难之虑；是书又偶收元人散曲小令，虽曾明言，亦不免自乱体例。其他如词谱表示法之类，有编者之独创处，与通行者有别，俱见是书凡例，学者当先识之。

37. 填词门径—顾宪融（上海中央书店 1936 年三版）

顾宪融，见前。本书分为上下两编，上编论作法，下编论历代名家。上编绪论先论词与诗文及音乐之关系，既为别体，亦为溯源，其后四声之练习与读词之法，亦为学词之预备。次章论词之形式，首论长短句之平仄法，次及词韵、词谱之使用，又有调名及相关术语之介绍，亦为学词之基础知识。第三章论词之内容，实则为词之审美、立意与章法乃至具体用韵、衬逗之等作法。下编论历代名家词，按时代先后分为唐五代、北宋、南宋、金元明及清代五章，不啻一部简明词史及词选，足备取法。每章皆有总说，除金元明一章之外，其下皆列若干代表性词人为专节，每位词人皆有介绍及简评，而后选其词作若干；每章之末亦略述其他词人。而书末附录作者之自作词，亦可备览。本书体例清晰严密，论述精当，所选亦颇具眼，大旨尤以浙西、常州两派之词学为归。惟所选词例皆未有评注，于初学稍有不便。

38. 词准—胡山源编（上海世界书局 1937 年初版）

胡山源（1897—1988），原名三元，笔名杉园、忘忘生等，江苏江阴人。早年就读于杭州之江大学，后曾任上海世界书局编辑，又在之江大学、东吴大学、沪江书院等讲授词曲，1949 年后任教于福建师范学院、上海师范学院中文系。辑有《艺准丛书》，《词准》为其中之一。《词准》之"准"乃依据、准则之意，是书分为四部分：甲篇作词法由著名词家夏承焘撰；乙篇词谱则取清乾嘉间舒梦兰所编《白香词谱》而注释之；丙篇词选则取晚清词家成肇麐编选之《唐五代词选》及朱祖谋编选之《宋词三百首》《词莂》为范本；丁篇词韵取清代学者戈载《词林正韵》。故一编在手，而韵、谱、范文、作法具备，真可以不作他求矣！按词之所谓谱，本意当为音律之谱，自词乐失传，后世填词者乃不得不依古人词作归纳为文字之谱，如《词律》《钦定词谱》皆是，然二书卷帙较繁，舒氏《白香词谱》则仅取常见之一百调，配前人名作为例，简洁精当，甚便初学。本书则以之为基础，加以考订注释，增加词调考证、作者简介、作法提示以及文字注释等，有精到之处，间亦略嫌冗杂。学词不可不广览前人作品，然自唐宋以还，词人词作不可胜计，学者往往有乱花迷眼之慨，为便于精读佳作，故有词选出。而选词之难，尤关乎操选政者之才识，朱氏为晚清词学宗师兼词坛尊宿，所选《宋词三百首》固早已蜚声词林，而《词荪》则为清词选本，别择尤精。然二书或曲高和寡，学者宜潜心细读。至于成氏《唐五代词选》，所选虽未为精审，而包罗较富，亦可泛览。此书三种词选皆为白文，宜于讽咏，若能成诵最好。戈氏《词林正韵》久被奉为圭臬，毋庸赘言。夏承焘之《作词法》，又与《白香词谱》所注不同。盖后者乃就某调而言，夏氏此作则为填词之大方广法也。按夏氏既为词学名家，又为词林作手，故其所作虽名为"作词法"，而举凡词之源流正变、声律韵谱乃至情辞宜忌，皆能深入浅出、面面俱到，非积学功深且久味甘苦者不能为，实本编之精华所在，读者最宜用心揣摩。

39. 词曲——蒋伯潜、蒋祖怡（上海世界书局 1948 年三版）

本书为"国文自学辅导丛书"之一，全书分为十八章：自第一章至第五章，探讨词曲之界定、与音乐之关系及各自之流变；第六章至第八章比较南曲与北曲、诗与词、词与散曲之不同；第九章至第十三章论词，第十四、十五章论曲与南戏，第十六、十七章则讨论金元明清词，末章略叙填词作曲之法。按本书自序谓学习中国文学的目的有二，一曰能、二曰知，而"知"又包括文学的作法、流变的大概、学术思想的派别及变迁的大概。"能"则一指能欣赏，二指能创作。知在能先，固为常例，故本书以学术之探讨为多，而创作之讲解少。又中国古典诗歌包含诗（狭义）、词、散曲三种体裁，散曲与戏曲虽有关系，而其中差别甚大，本书之所谓"曲"则包括散曲与戏曲（剧），虽已超出诗歌之范畴，也不妨有余力者涉足成趣。

40. 联对作法——蔡郕（上海会文堂新记书局 1935 年出版）

蔡郕（1877—1945），字椿寿，号东藩，亦作东帆，浙江萧山（今属杭州）人。清末优贡，曾分发福建候补知县，民元后任上海会文堂新记书局编辑，编订教材多种，尤以独力撰写中国历朝通俗演义知名。后在杭州、绍兴等地任教。全书分"体制"一卷、"材料"三卷、"格式及注释"二卷。"体制"之卷论述对联之一般作法，大别为谐音（平仄）、偶句（对偶）、修词（修辞）三要素。

前两者为文字形式之要求，后者为内容境界之提升，书中皆举例以说明。"材料"三卷实为供创作对联取材之类书。计分十二大类，举凡日常生活所及，略无遗漏。如"年齿类"自诞生至百岁逐年分列相关资料，"姓氏类"亦按《百家姓》依次排比，其精细如此。而且每一条目之下皆有注释，读之不惟增长学识，亦大有裨益于诗词之用典。"格式及注释"二卷则取各类现成之对联而加以注释，殆亦存示范之意。要之本书为写作对联而量身定制，体例严明且材料详备，亦可为初学诗词练习对仗之臂助。惟诗词之对偶固与纯粹之对联大有分别，故学诗不可过于依赖翻检类书，以免诗思枯竭，而终身不脱拼凑之讥也。

（作者单位：南开大学文学院）

龙榆生研究专栏

试论龙榆生声调之学

雷淑叶

声调之学是龙榆生先生于《研究词学之商榷》一文中所着重提出的命题之一。与"批评之学""目录之学"等并列为词学八事。《研究词学之商榷》一文最初刊登在 1934 年 4 月《词学季刊》上，距今已八十多年。学界对龙榆生所着重提出的命题，不仅应者寥寥，而且诸多误解。重新梳理声调之学的含义，龙先生提出声调之学的背景、用意与影响，不仅有助于理解声调之学对现代词学研究与创作的意义与价值，也对在重新审视词之特性不无裨益。

一、声调之学的定义

（一）何为"声调之学"

其一，声调之学的定义。龙榆生与夏承焘、唐圭璋、詹安泰并称民国四大词家，是 20 世纪最有影响力的词学家之一。龙先生所创办的《词学季刊》《同声月刊》，至今仍是词学研究者的重要参考资料；所编选的《唐宋名家词选》和《近三百年名家词选》是词学爱好者及研究者案头必备书籍；所编纂的《唐宋词格律》更是初学填词者人手一册之参考要籍；其词学论述《词体之演进》《研究词学之商榷》《今日学词应取之途径》《词律质疑》《令词之声韵组织》等，无一不是对词之本体的切实之论。

龙先生在三十年代初提出声调之学的概念，但关于声调之学的思考，一直到四五十年代，有学者认为，其关于词调声情方面的研究，是龙先生词学成就中用力最勤、创获最丰的。究竟什么是声调之学，龙先生如此界定：

> 词为声学，而大晟遗谱，早已荡为云烟。即《白石道人歌曲》旁缀音

谱，经近代学者之钩稽考索，亦不能规复宋人歌词之旧，重被管弦。则吾人今日研究唐、宋歌词，仍不得不以诸大家之制作为标准。词虽脱离音乐，而要不能不承认其为最富于音乐性之文学。即其句度之参差长短，与语调之疾徐轻重，叶韵之疏密清浊，比类而推求之，其曲中所表之声情，必犹可睹。吾人不妨于诸家"图谱之学"外，别为"声调之学"。①

大抵论说声调之学者，无不引此段以说明其概念。但仔细推究，声调之学的所指并不明确，龙先生文章中亦未讲明。而声调的含义又不像词乐、词史等那么明了。所以，弄清楚概念所指，是理解的前提。

在龙先生的文章中声调有两个含义，一为词调，一为声情。声调一词包括"声"与"调"两个元素。所谓"声"，龙先生曰："一般所说的'词'，……它所依的'声'——也就是它所用的调子，一般都出于隋、唐以来的燕乐杂曲，如《安公子》"② 等。由此可见，龙先生所说的"声"指的是词"所用的调子"，即词调或词牌。所谓"调"，即"调子"，有两个含义。一为"字调"，即字音的高低升降，四声变化；一为"词调"。很明显，"声调之学"的内涵远远大于"字调"所包含的内容。既然"声"与"调"皆为"词调"之意，那么在龙先生笔下，所谓的声调之学与图谱之学似乎就没有多大分别了。

此外，在龙先生的文章中，声调又与声情可以互换。在《研究词学之商榷》中，龙先生认为，王灼所讲"皆从声调上言之"③。在另一篇文章中，则认为："此……当就其声情言之。"④ 其以贺铸与韩元吉词为例，对《六州歌头》一调的分析，也多着重于词调的声情在声韵组织差别中所体现出的不同⑤。

综上，龙榆生所谓的声调之学，简单来说，就是研究词调声情的学问，与词学八事之一的图谱之学有密切联系，又不完全相同。最重要的区别是，图谱

① 龙榆生：《研究词学之商榷》，《龙榆生词学论文集》，上海：上海古籍出版社1997年，第89页。
② 龙榆生：《词曲的特性和两者的差别》，《词曲概论》，北京：北京出版社2009年，第9页。
③ 王灼，《碧鸡漫志》（二）："贺（铸）《六州歌头》《望湘人》《吴音子》诸曲，周（邦彦）《大酺》《兰陵王》诸曲最奇崛。或谓深劲乏韵。"
④ 龙榆生：《填词与选调》，《龙榆生词学论文集》，第178页。
⑤ 参看龙榆生：《研究词学之商榷》，《龙榆生词学论文集》，第92页："（贺铸词）篇中既多用三字短句，复以'东''董''冻'同叶，又皆为洪亮之音。陡觉繁音促节，奔进齿颊，而一种亢爽激昂之气概，跃然于字里行间。其悲壮之声情，亦于歌词上充分表出。""（韩元吉词）所用为'支''微'韵，平韵不转韵而仄韵转韵，与贺作之全阕同叶，平仄互叶者迥殊。又'支''微'韵本为萎弱不振之音，乃变而为低抑凄凉之调，而与本曲之响高音壮者，竟不相侔矣。"

之学以为每个词调定体调格律为主要任务，即"调有定格，句有定数，字有定声"，而声调之学关注的则主要是后三项组织所达到的声情效果。

其二，排比归纳：推知词调声情的方法。词乃声学，声、词、情三者本相应。现在声已不存，只剩下词，情为何？如何得知上千年前一词调之所宜异，只能从所留下的词去推究。而一人一词不足信，因此，龙先生提出以知音识曲作家之作品为标准，用排比归纳法去推知词调的声情，曰：

> 吾人欲确定某一曲调之为喜为悲，为宛转缠绵，抑为激昂慷慨，果将以何为标准乎？曰：是当取号称知音识曲之作家，将一曲调之最初作品，凡句度之参差长短、语调之疾徐轻重、叶韵之疏密清浊，一一加以精密研究，推求其复杂关系，从文字上领会其声情；然后罗列同一曲调之词，加以排比归纳，则其间或合或否，不难一目了然。①

虽然这排比归纳词调声情的办法得出的结论不像数学演算公式那么精确，但亦不失为一种凭据。需要明确，词是最富音乐特性之文体，词之声情与词的声韵组织有关，可以之约略推知；但不能认为以此可以恢复歌词之旧貌。例如解读《满江红》一调宜写壮烈怀抱，龙氏以辛弃疾"怒发冲冠"一词为例，主要从叶韵的角度分析其"宜写激越慷慨之情耳"②。解读《大酺》，则以周邦彦词为例分析"其所以为'奇崛'者"③的原因。在《填词与选调》一文中，更是在详细考索贺铸《六州歌头》《望湘人》等曲之后得出："所由奇崛之故，有关于句度方面者，有关于协韵方面者，有关于上下句平仄配合方面者。……因上述诸例，进而推求柳、周、姜、吴诸家创制之调，宜更可以发见无数之原则与声韵变化之妙用。"④

由此亦可知，通过对知音识曲者之词作细致考量，推测其句度、协韵及上下句平仄配合之故，经过一番排比归纳的工作然后得出词调声情与词情相应的原理，是龙先生声调之学一直的原则，这也是夏承焘先生所赞同的方法，即："最好根据当时知音识曲的词人作品和某一词调的最初作品，例如句度的长短、

---

① 龙榆生：《研究词学之商榷》，《龙榆生词学论文集》，第 91 页。
② 同上，第 94 页。
③ 同上。
④ 龙榆生：《填词与选调》，《龙榆生词学论文集》，第 180—183 页。

语调的疾徐轻重、叶韵的疏密和匀称与否等等，从中推求它的内容和形式的复杂关系。"①所谓内容和形式的复杂关系，即词调声情。

其三，声调之学的目的。龙先生提出声调之学的目的是什么呢？归结起来，主要有三点：用为研究词学之助；救"声与意不相谐"之弊；为创制新体乐歌服务。

（1）用为词学之助

龙先生认为词调的声情，可以从歌词句度、语调、叶韵等的复杂关系中去觅得。并且认为"探索各曲调之异宜，虽未必能举而重被管弦，而已足窥见各曲调之性质，用为研究词学之助。"②如其以冯延巳《清平乐》（"雨晴烟晚"）一词为例，分析曲调之情曰："上半阕四用仄韵，声情促迫，下半阕四句三叶平韵，音节乃较舒徐。似宜'怨而不怒'之情，始与曲情相应。"③所探求的即词调声情与词情相应的规律，这也是龙先生声调之学所致力的事情。

龙先生在《词曲概论》下编及《词学十讲》相关篇章中，对各词调，如《六州歌头》《水龙吟》《破阵子》《沁园春》等的声韵组织与句度长短的分析，皆为了探寻一个词调所适宜表达的情感，以了解各曲调的性质，以为词学研究服务。

（2）救"声与意不相谐"之弊

龙先生生于《词学十讲》中曰：

> 填词既称倚声之学，不但它的句度长短，韵位疏密，必须与所用曲调（一般叫作词牌）的节拍恰相适应，就是歌词所要表达的喜、怒、哀、乐，起伏变化的不同情感，也得与每一曲调的声情恰相谐会，这样才能取得音乐与语言、内容与形式的紧密结合，使听者受其感染，获致"能移我情"的效果。北宋音乐理论家沈括就曾说过："唐人填曲，多咏其曲名，所以哀乐与声，尚相谐会。今人则不复知有声矣！哀声而歌乐词，乐声而歌怨词，故语虽切而不能感动人情，由声与意不相谐故也。"（《梦溪笔谈》卷五《乐律》）"声与意不相谐"，由于填词者对每一曲调的声容不曾作过深入的体味，尤其在词体逐渐脱离音乐不复可歌之后，学者只知按着一定格

---

① 夏承焘：《唐宋词声调浅说》，《夏承焘文集》第八册，杭州：浙江古籍出版社1997年，第126页。
② 龙榆生：《研究词学之商榷》，《龙榆生词学论文集》，第95页。
③ 同上，第96页。

式任意"填"词，尽管平仄声韵一点儿不差，但最主要的各个曲调原有的声情却被弄反了，那当然是很难感动人心的。①

龙先生论词，向注重"声、词、情"三者的相应。而词早在北宋已有"不复知有声"的弊病，更不要说现在。之所以会有"声与意不相谐"的问题，龙先生认为，一是填词者对曲调的声容不了解；一是学者按词谱填词忽略了曲调原有的声情。要救此弊，归根到底需要了解并且遵守词调声情词情相应的原则，这恐怕就是龙先生在图谱之学外别为声调之学的原因所在。

（3）为创制新体乐歌服务

龙先生提出声调之学的目的，主要是为创制新体乐歌服务的。曾不止一次提出：

> 我以为现在的时代来研究词，一方面要抱客观的态度，把他的特殊组织弄个清楚，进一步再利用这种组织加以损益变化去创造新体乐歌。词可以不必"填"，而他的声调组织和参差不齐的句法是值得我们去研究的，尤其是想创作新歌的人们，对于这种最富音乐性的文学，更应该用来做参考资料。②

由此可见，龙先生探究词调声情，探索其句度、语调与叶韵的各种复杂关系，乃是为了在此基础上加以损益变化去创造新体乐歌。同时也提出，想要创作新歌的人们，更应该研究词的声调组织和句法变化，以作参考资料。

研究词调声情以为创制新体乐歌服务，在《创制新体乐歌之途径》一文中表述得更加完整：

> 吾人研治词曲之结果，对于各词调与曲牌之声韵组织，即因文字以求之，犹觉于轻重缓急之间，可以想像当时制曲者之各种不同情调。因于教授前贤词曲之际，与诸生剖析言之，而专习理论作曲者，闻予说以为往往暗合西洋作曲原理。予于是益信词曲为最富音乐性之文字，虽因旧谱失传，而未能重弦管，而取其声韵组织之法，斟酌损益之，以为创作新体乐歌之

---

① 龙榆生：《选调和选韵》，《词学十讲》，北京：北京出版社 2005 年，第 24 页。
② 龙榆生：《唐五代宋词选（上）·导言》，上海：商务印书馆 1937 年。

标准，其必利于喉吻，而能谐协动听，可无疑也。[①]

此在思考取词曲声韵组织之经验以为新体乐歌之标准，又曰：

> 尝以有韵律之诗词，诵之有抑扬高下之节者，倩友人或学生之习理论作曲者为之制谱，咸觉清圆妥溜，曲调易成，流利轻松，谐于唇吻。因思应用词曲之声韵组织，加以通融变化，以创制富有新思想、新题材、而能表现我国国民性之歌词，藉以促成新国乐之建树，而完成继往开来之大业。[②]

此在思考用词曲之声韵组织创制新歌词，进而促成新国乐之建树。从上面两段引文中可明确得知，龙先生以为，将词曲的声韵组织之法，加以斟酌损益，通融变化，是可以创制出"富有新思想、新题材、而能表现我国国民性之歌词"的。龙先生之所以如此孜孜于创制新体乐歌，是在新体乐歌的身上寄寓着诗教与乐教的理想。

（二）声调之学提出的原因

龙先生之所以提出声调之学，一方面与他的职业和学人抱负有关，另一方面与社会的发展和时代的需要及词乐之学和图谱之学的局限亦有密切关系。

其一，职业与学人抱负的原因。龙先生 20 世纪 30 年代任教于上海音乐专科学校，一直有以诗教和乐教传统美教化、移风俗之理想。

龙先生尝自言："既任教于国立音乐院，十有余年，因得先后与萧友梅、黄今吾（自）、李惟宁诸音乐家相往还，时或商量合作，以期创造新体乐歌。"[③]并与萧友梅等友人成立歌社，于 1931 年 7 月 1 日发表《歌社成立宣言》，曰："吾辈欲求声词之吻合，而免除倚声填词之拘制，不得不谋音乐文艺家之合作，藉以改造国民情调，易俗移风。"[④]其实，创制新体乐歌，便是词人乐教目的得以实现的一个途径。直至 1939 年，词人仍不改此志，"欲邀友人中解西乐昆曲及

---

① 龙榆生：《创制新体乐歌之途径》，《龙榆生词学论文集》，第 112 页。
② 同上，第 115 页。
③ 同上，第 112 页。
④ 张晖：《龙榆生年谱》，上海：学林出版社 2001 年，第 34 页。

词章者，合组为一学校，专究文学与音乐，意在为词曲寻找出路。"①

创制新体乐歌，为词曲寻找出路，也与词人的使命感、责任感有关。正如施师议对先生所讲："龙榆生为人、为学，十分执着于自己的承担。毕生治词，处处体现出一种责任感。这种责任感，就大的范围看，体现于世运与诗教；就小的范围看，体现为自觉的学科意识。"②他提倡声调之学及创制新体乐歌，所体现的即其注重诗教与乐教的学人意识。龙先生在《今日学词应取之途径》一文中曰：

> 居今日而学词，竞巧于一字一句之间，已属微末不足道。乃必托于守律，以求所谓'至乐之一境'，则非生值小康，无虞冻馁之士，孰能有此逸兴闲情耶？……且今日何日乎？国势之削弱，士气之消沉，敌国外患之侵凌，风俗人心之堕落，覆亡可待，怵目惊心，岂容吾人雍容揖让于坛坫之间，雕镂风云，怡情花草，竞胜于咬文嚼字之末，溺志于选声斗韵之微哉？……言为心声，乐占世运。词在今日，不可歌而可诵，作懦夫之气，以挽颓波，固吾辈从事于倚声者所应尽之责任也。……吾人既知今日之时代环境为如何，又知词为不必重被管弦之"长短不葺之诗"，而其语调之变化，与其声容之美，犹足以入人心坎，引起共鸣。则吾人今日学词，不宜再抱"只可自怡悦，不堪持赠君"之态度。阳刚阴柔之美，各适其时。不务僻涩以鸣高，不严四声以竞巧，发我至大至刚之气，导学者以易知易入之途。或者"因病成妍"（元遗山语），以堂堂之阵，正正之旗，拯士习人心于风靡波颓之际。知我罪我，愿毕吾辞。③

言为心声。由上文可知，龙先生居内忧外患之际治词学，心怀化民成俗之志。其所言辞，大声镗鞳；其所心怀，忧生忧世。至今读来，郁愤之情依然激荡乃心。因此，龙先生提倡声调之学，其最根本的目的是迫切地希望能创制"震发聋聩，一新耳目，而激起向上之心"的新体乐歌，"以挽颓波"，并以此为"从事于倚声者所应尽之责任"。不解此，则不能理解龙先生倡导创制新体乐歌，并钻研声调之学的苦衷。

---

① 张晖：《龙榆生年谱》，第 95 页。
② 施议对：《中国词学学的奠基人》，《文史知识》2010 年第 10 期，第 100—108 页。
③ 龙榆生：《今日之学词所应取之途径》，《龙榆生词学论文集》，第 106—108 页。

其二，图谱之学与词乐之学的局限。龙先生提倡声调之学，与认识到词乐之学与图谱之学的局限密切有关。词本音乐文学，但词至现在已成案头文学，而与音乐演唱失去了关系，即便谱之以曲亦再难复其旧日之盛。

晚清民初对词与音乐的关系，主要有两种观点：一种主张词须讲四声严声律，以朱祖谋、况周颐为代表，比朱、况更甚者则以为，词须讲宫商律吕，批驳万树《词律》"斤斤于上去的必不可误，平仄的必不可移"乃"自矜创获，于宫调全未梦见"，以凌廷堪、江顺诒等为代表；一种则主张提倡解放词体，肯定"诗人"的词，"白话"的词，而认为像姜白石、史梅溪、吴梦窗等所作是"词匠"的词，是用"音律与古典压死了天才与情感"的"末运已不可挽救"的词①。龙先生折中二者，一方面认为词乐已亡，即便《白石道人歌曲》旁缀音谱，亦难以恢复歌词之旧，更不要说研治宫商律吕。另一方面也不主张填词严守四声，认为即便填词者字字恪守，亦不能尽曲中之情。尽管词之平仄四声和音乐有着密切联系，但是也不能认为依循四声可以得歌词协律之迹，因为：

> 词本倚声而作……自曲谱散亡，歌声绝于后人之耳，驯至各曲调所表之情绪，为喜为悲，为宛转缠绵，抑为激昂慷慨，若但依其句度长短，殊未足以尽曲中之情。即依谱填词者，亦复无所准则。②

即依谱填词亦不能恢复歌词之旧。又：

> 后世所谓依谱填词，但按其句度长短之数、声韵平上之差，便以为能尽协律之能事。其实所谓'音节皆有辖束'（王灼《碧鸡漫志》）者，断不能以后来词谱所定句豆，为可尽之。③

说明后来词谱与词之协律不是一回事。由以上两段文字可知词乐之学与词谱之学的局限。而自来言词谱或词律者，对"曲调之组织，举凡句度长短，平仄配置与夫叶韵疏密"④之所以然之故，未有所发明，龙先生为此深感遗憾，

---

① 胡适：《词选·序》，北京：中华书局2007年，第7页。
② 龙榆生：《研究词学之商榷》，《龙榆生词学论文集》，第90页。
③ 龙榆生：《词律质疑》，《龙榆生词学论文集》，第134页。
④ 龙榆生：《令词之声韵组织》，《龙榆生词学论文集》，第175页。

为补此弊，特提出声调之学。主张在新时代研究词的声韵组织规律，以创制新
体乐歌，以望振兴歌词，如其在《词律质疑》中所言：

> 年来研治词学，既感词不可歌，引为大憾；而所谓四声清浊之说，证
> 之宋贤遗制，亦未祛疑。因草此文，所冀海内宏达，加以匡正。扬声家之
> 余烈，开新曲之先河，俾作者有涂辙可循，庶歌词有重兴之日，幸甚！①

可见，龙先生提倡声调之学，就词乐方面言，为词不能再合乐歌唱而遗憾；
就词谱方面言，不赞同讲究四声清浊，这与俞平伯的主张是一致的②，但归根
到底是为了"扬声家之余烈，开新曲之先河"。

其三，社会风尚及胡适创制白话新诗的影响。 龙先生提倡声调之学，倡导
创制新体乐歌，与当时的社会风尚及胡适白话新诗的倡导不无关系。

《词学研究之商榷》一文最初发表于 1934 年，当时，在新文化运动的洗礼
下，新诗的创作风起云涌。龙先生身份特别，一方面是朱祖谋的授砚弟子，受
传统词学影响甚深；另一方面，又目睹新文化运动的狂飙突进，而不能不受梁
启超"诗界革命"及胡适"历史文学进化观念"的影响。所以，龙先生的词学
思想体现出新旧观念碰撞的包容性与先进性。体现在其学术研究上，一方面是
传统词学研究在现代化视野中的迸发；一方面是新体乐歌对传统词曲形式上的
继承与改造。

1934 年，龙先生除了办《词学季刊》，组织发表词学论文外，在《音乐杂
志》第二期《诗歌》一栏中发表《我们不要》《电雷学校校歌》及《过闸北旧
居》，皆创作新体乐歌之尝试③。一面治词，一面创制新体乐歌，希望恢复诗教
与乐教之功用，先生认为"古者诗乐不分，感人尤切。……将欲创恢伟壮丽之
辞，复诗乐合一之旧，又非求得诗人与乐家之合作，精研各体递嬗之根由，末
以创新声而符国体。"④ 这与胡适"历史的文学进化观念"及倡导作白话新诗的
主张颇有异曲同工之妙。对比其《歌社成立宣言》中所提出的要点，与胡适《文

---

① 龙榆生：《词律质疑》，《龙榆生词学论文集》，第 149 页。
② 参看俞平伯：《读词偶得》，北京：人民文学出版社 2000 年，页 11：我主张只论平仄不拘四声，
理由有二：其一，如果讲求音律，四声讲到极点，也还嫌不足，莫如不讲。其二，讲求过分，文字必
受牵制。
③ 张晖：《龙榆生年谱》，第 53—54 页。
④ 龙榆生：《同声月刊缘起》，转引自张晖：《龙榆生年谱》，上海：学林出版社 2001 年，第 107 页。

学改良刍议》所提出的文章八事，即可见出：

胡适《文学改良刍议》	龙榆生《歌社成立宣言》
须言之有物；不作无病之呻吟	宜多作愉快泼沉雄豪壮之歌，以改造国民情调。
不讲对仗	歌的形式，最好以《诗经·国风》为标准，但句度宜取参差，不可一律，亦不宜过长，免致难于歌唱。
不摹仿古人	各国民歌之新形式，如上述两段式、三段式等，不妨尽量采用。
不用典；务去滥调套语	歌词以浅显易解为主。如万不获已，须引用故实时，请于篇末附注说明，以期唱者一望而了然于其用意之所在。
须讲求文法	歌词仍应注重韵律，但不必数章悉同一韵。
不摹仿古人；不避俗字俗语	各种新名词均不妨采用。盖既作新歌，即应为现代人而作，不必专为唱与古人听也。

由上表可知，胡适与龙榆生二人，一提倡白话文学尝试写新诗，一提倡创制新体乐歌，目的本是一致的。但一言革命，文学的革命；一言改良，词曲的改良，虽然途径不同，但殊途同归。

因此可以说，龙先生提倡声调之学，既是职业思考与学人抱负所在，也是受时代风尚影响所致，当然，图谱之学与词乐之学的局限也是其另辟他径的原因。

二、声调之学的价值与意义

声调之学的影响主要在创制新体乐歌和词学研究与创作两方面，但影响有限。正像胡适提倡白话新诗，没有在诗的阵营里形成巨大的影响，却在词体解放中大放异彩一样，龙榆生提出声调之学，本是为创制新体乐歌服务，但是其在歌词创作中的影响远远不及在词学研究中的影响。廖辅叔在《谈老一代的歌词作家》一文中回忆龙先生歌词创作方面的成就时说："龙榆生随时显示他词人的本色。他的《玫瑰三愿》无疑是受了冯延巳《长命女》里面那句'再拜陈三愿'的影响。他的《过闸北旧居》这个题目也使人联想到吴文英《三姝媚》的题目《过都城旧居有感》。……至于现在还是维持着保留节目的地位的，则是那首《玫瑰三愿》。他为歌词所做的努力总算没有白费。"

从廖辅叔的回忆中既可见出龙先生在歌词创作中的特色，亦可见出其影响甚微的无奈。

声调之学在词学研究上最主要的价值，在于其以词为声学，对词进行本体研究的方法论上的意义。龙先生在《研究词学之商榷》一文中提出词学研究八项内容，分别为：词史之学，校勘之学，词乐之学，图谱之学，词韵之学及声调之学，批评之学，目录之学。二十世纪以来的词学研究，多集中在批评之学，在词史之学上亦取得些成果，有黄荆拔《词史》，谢桃坊《中国词学史》等，但于声调之学上却无太大进展。

词虽脱离音乐，仍不能不承认其是最富音乐性之文学体式。因此，词在声韵组织、平仄搭配等方面，便有与其他文学体式不同的地方。龙先生正是抓住词体这一特质，对其进行本体研究，曰：

> 我觉得要谈整个长短句歌词的艺术特征，除掉在每个曲调的音节态度上去探求，除掉在句法和韵位的整体结合上去探求，是很难把"上不似诗，下不类曲"的界线划分清楚的。读者对词的欣赏和学习，除掉应该注意每个作品的内容实质即所含蕴的思想感情外，如果不了解各个曲调的组成规律，那也就会"隔靴搔痒"，很难进一步体会它的"弦外之音""味外之味"的。①

敏锐的龙先生仿佛已预见到词学研究重内容轻形式的倾向，指出：如果不了解曲调即词调的组成规律，那么对词的欣赏无异于"隔靴搔痒"，是不能体会到它的味外之味的。

对此，与龙先生声气相投者莫过于夏承焘先生，夏先生于《唐宋词声调浅说》一文中指出：

> 宋人作词已不大顾宫调声情，现在词的歌法失传已久，无从详细推究，但是还能从文字上领会某些词调的声情。我们可以根据当时记载和现存作品作精密研究，约略考见某一词调所表达的情绪是悲是喜，是宛转缠绵还是激昂慷慨（最好根据当时知音识曲的词人作品和某一词调的最初作品），例如句度的长短、语调的疾徐轻重、叶韵的疏密和匀称与否等等，从中推

---

① 龙榆生：《谈谈词的艺术特征》，《语文教学》1957 年 6 月号。

求它的内容和形式的复杂关系，应不难得出一个大致的结论。[①]

其对词调声情的重视，以及考究词调声情的方法、原则等，与龙先生观点如出一辙。另外如詹安泰、俞平伯、宛敏灏诸先生在他们的论著中亦偶有探讨声调之学的内容，用为词学研究之助。如若研究仅停留在词的思想内容、艺术特色、传播与接受等层面，对词的研究毕竟少了些切合其文体特征的力度。文体的区别，更重要的是形式的区别，而不是内容和思想，这是得到了普遍认同的。

在词的创作中，声调之学同样有重要的指导意义。龙先生于《唐五代宋词选·导言》中曰："乐曲的节拍长短和声音轻重，都有一定的组织和适当的配合，所以倚曲而填的歌词，必须依照他的各个不同的曲调，一一按其长短，权其轻重，叫他与歌曲配起来吻合无间，这样才能歌唱，这样才配叫填词。"[②]在此，龙先生所依据的原则即声调之学的精髓，特别强调填词时声情与词情的相应。

如果填词时，不了解词调声容，就会犯以乐调写哀情，或者以哀调写乐情的错误，如吴梅即曾指出："境有悲欢，词亦有哀乐。大抵商调、南吕诸词，皆近悲怨。正宫、高宫之词，皆宜雄大。越调冷隽，小石风流。各视题旨之若何，以为择调张本。若送别用《南浦》，祝嘏用《寿楼春》，皆毫厘千里之谬（《南浦》系欢词，《寿楼春》为悼亡）。"[③]这是填词者在选调时就应留心的问题。龙先生《填词与选调》一文即作了专门探讨，曰：

> 私意选调填词，必视作者当时所感之情绪奚若，进而取古人所用之曲调，玩索其声情，有与吾心坎所欲言相仿佛者，为悲，为喜，为沈雄激壮，为掩抑凄凉，为哀艳缠绵，为清空萧洒，必也曲中之声情，与吾所欲表达之词情相应，斯为得之。或谓宋人之作，已见混淆，吾人选调填词，亦漫无标准，更将何所依据乎？曰：是果难言。然不妨逐类推求，以归至当。宋贤知音者，如果柳永、周邦彦、贺铸、姜夔诸家之创调，自可悬为准则，

① 夏承焘：《唐宋词声调浅说》，《夏承焘文集》第八册，杭州：浙江古籍出版社 1997 年，第 126 页。
② 龙榆生：《唐五代宋词选（上）·导言》，上海：商务印书馆 1937 年。
③ 吴梅：《词学通论》，上海：商务印书馆 1933 年，第 42 页。

即其他普通流行之调，亦未始不能推究其声之所从来，与其声韵组织所以异同之故，依类比勘，以得其情。①

如若在填词选调时能注意声调之学的原则，求得声情与词情的相应，必然会使填词艺术更上一层楼。

三、声调之学的不足与发展前景

虽然学人对龙榆生的声调之学给予盛赞，但在词学研究与词的创作中真正用到声调之学的却少之又少，在理论上对其响应者亦并不多见，这不能不说与声调之学自身的不足有关。

有学者认为声调之学无人为继的原因有三：一是由于普通话缺少入声，对四声的敏感程度不如前人；二是现代以来的古代文学批评体系尤重作者的思想和时代，对以词的形式批评缺乏注意；三是趋易避难的心态。②这些原因是客观存在，但是更主要的原因恐怕在于声调之学自身无明晰的原则与可操作性的方法。

龙先生所总结出来的声调之学的规律或者原则大多乃就词论词，一旦离开具体的词作便缺乏适用性，因此很难成为普遍适用的规律或原则，这便抑制了声调之学的影响范围。甚至同一首词，在不同的情形下亦会有自相矛盾的声情解读。如龙先生对冯延巳《谒金门》的分析，其于《研究词学之商榷》中曰：

> 冯延巳《谒金门》词，八句，句句叶韵，兼叶上、去。每句换一意境，情随声转。由是可以推知此曲，宜写迫切而又缠绵往复之情。③

很明显，"迫切"与"缠绵往复"二者是自相矛盾不可调和的两种属性。龙氏所讲的"迫切"是从词调句句叶韵中得来，而"缠绵往复"则应该是兼叶上、去中得来。但是究竟适宜抒"迫切"之情，还是"缠绵往复"之情，或其他情致，声已不存，无从得验。其在《令词之声韵组织》一文曰：

此句句叶韵体也。试味其情境，一句一转，个中人之迫切心绪，可见

---

① 龙榆生：《填词与选调》，《龙榆生词学论文集》，上海：上海古籍出版社 1997 年，第 178 页。
② 傅宇斌：《龙榆生"声调之学"论衡》，《文艺评论》2012 年 12 月，第 99—105 页。
③ 龙榆生：《研究词学之商榷》，《龙榆生词学论文集》，第 95 页。

一斑①。

则只谈"迫切"而不再提"缠绵往复",可见词人也意识到了这种矛盾性。由此所体现出的,以词之声韵组织来推知词调之声情特点的主观性与不确定性是难以避免的,这是声调之学与生俱来的缺陷。

另外,声调之学与图谱之学二者之间不具备明确的界限。二者在研究对象、研究方法及研究宗旨上皆非泾渭分明。研究对象上,万树《词律自叙》曰:

> 夫后学不知诗余乃剧本之先声,昔日入伶工之歌板,如耆卿标明于分调,诚斋垂法于择腔,尧章自注晶指之声,君特致辨煞尾之字,当时或随宫造格韧制于前,或尊调填音因仍于后,其腔之疾徐长短,字之平仄阴阳守一定而不移,证诸家而皆合,兹虽旧拍不复可考而声响犹有可推。②

很明显,龙先生所提倡的声调之学与万树所说的"旧拍不复可以考而声响犹有可推"是一致的。只是,万树《词律》更多的是为词定体调,龙先生则更着重"推其声响"。

研究方法上,声调之学用排比归纳的方法"比类推求之"。图谱之学,据《四库全书总目提要》:"今之词谱,皆取唐宋旧词,以调名相同者互校,以求其句法、字数;取句法、字数相同者互校,以求其平仄。其句法、字数有异同者,则据而注为又一体;其平仄有异同者,则据而注为可平可仄。"③由此可见,声调之学与图谱之学的研究方法可谓一脉相承。

研究宗旨上,龙先生提倡声调之学,主要是为了解词调声容,以为词学研究与创作之用及为创制新体乐歌服务。万树编纂《词律》则因为"词风愈盛,词学愈衰",为纠"泛泛之流",填词"以琢辞见妙,炼句称工","斤斤于句读之末,琐琐于平仄之微"的弊病,而作"明腔正格"为之词谱。由此可见,二者在对词的认识上也是一致的。

综上,不能看出龙先生所倡导的声调之学与词谱之学二者之间的渊源关系。甚至可以说,二者只有侧重点的不同而无本质的区别。结合上文,可知,龙先生所着重提出的声调之学,受王灼论词从其"奇崛"与"深劲乏韵"处着

---

① 龙榆生:《论平仄四声》,《龙榆生词学论文集》,第175页。
② 万树:《词律》,上海:上海古籍出版社1984年,第6页。
③ 永瑢等:《四库全书总目提要》,北京:中华书局1965年,第1827页。

眼的启发，更受万树《词律》的影响，只是所论更加细致，亦受当时社会环境与时代风尚的影响，正如龙先生在论词的批评之学时所言："今欲于诸家词话之外，别立'批评之学'，必须抱定客观态度，详考作家之身世关系，与一时风尚之所趋，以推求其作风转变之由，与其利病得失之所在。不容偏执'我见'，以掩前人之真面目，而迷误来者。"① 要理解探讨龙先生提出声调之学的原因、目的及成就与不足等，亦须抱客观的态度，了解先生之身世与一时之风尚，同时不偏执己见，方可得窥其奥窔。

龙先生在词调声情研究上，创获最丰，但是也不得不指出，其声调之学的命题在学术上的独立性尚难与词史之学、词乐之学等相提并论。但是，即便如此，亦不能忽略声调之学在词学研究及填词创作中的指导意义。从词调声情方面去把握词的艺术特征，无疑要比从思想内容方面评论更接近词之体制。遗憾的是，龙先生对词调声情的研究，虽然细致，但不成系统，有学者将其声调之学的经验总结为七条规则②，开新时期研究龙先生声调之学之先河，但有待进一步完善，方可使后来者有法可依，有章可循，真正发挥声调之学的价值。

（作者单位：广州大学文学院）

---

① 龙榆生：《研究词学之商榷》，《龙榆生词学论文集》，第 97 页。
② 傅宇斌：《龙榆生"声调之学"论衡》，《文艺评论》2012 年 12 月。

龙榆生先生忍寒庐晚年题跋

熊　烨　辑录

　　顷以编校《龙榆生词学杂著》之故，得从榆生先生哲嗣英才先生处获观其家藏手稿一册并散页若干，皆一九六〇年代榆生先生誊录所撰图籍题跋。中钤"上海图书馆藏""上海市文物图书清理小组图书退还章"二印，盖中经抄没，劫后幸存者也。其有关词学者廿一则，业经富寿荪、龙厦材二先生整理录副，总名曰《词籍题跋》，发表于一九八六年《词学》第五辑"书志"栏中。其余未刊各稿，后由张晖拟目，载入《龙榆生先生著述年表》。《蕲春黄氏切韵表跋》《菌阁琐谈卷上钞本跋》二篇，则经整理，先后发表于《文教资料》及张君所撰《龙榆生先生年谱》之《附录》中。至其余各篇，则仅存目待刊而已。诸题跋多有关诗词曲韵文之学，间亦涉及书画翰墨、学人遗著。凡所题识，固皆久藏行箧，经乱未亡，而榆生先生方手自董理，将以捐献俾得保存之珍善图籍也。笔者以分任编校之故，悉为整理录入，庶读者于此残编断简之中，得一窥忍寒词人之幽抱孤怀云尔。

《竟无小品》跋

　　予获奉教于宜黄欧阳竟无先生，盖在三十年前。时予方教授上海暨南大学，每于春秋佳日，恒作秣陵之游，盘桓数日而返。先生创内学院于秦淮河畔之半边街，专弘法相之学，远近学者闻风而至。新会梁任公于东南大学讲学之暇，亦尝往听先生说法焉。予以乡后进初谒先生，先生亦不甚措意。已而国难日炎，不可终日，先生悠焉忧之，思得海内贤豪，共以文字图匡救，谬以予为有志焉，遂深期许。一九三五年秋，予移讲广州中山大学，特赴金陵告别，先生所以策勉之者尤至。为设素筵并命其高第弟子吕秋逸接席共话。先生激昂奋厉，一及内忧外患，辄瞋目直视，目光炯炯逼人，使人肃然悚然，俨若金刚怒目，凛乎其不可犯也。声若洪钟，震彻屋瓦，席散复以七言长句一首书诸扇面以赠行。逾岁，予铩羽北归，复谒先生于秣陵，先生慰喻良厚，思共振夏声，未果也。当南都沦陷之前，先生多方奔走，获将内学院历年所收梵藏经典及其他珍籍舟载入蜀，设分院于江津，与余函札往还犹不绝，直至兵戈道梗乃已。旋传先生之子某被害于某氏，先生忧凄以卒，予惟望风殒涕而已。先生之学出入儒释间，特于奘师之学究极精微，世共推为千年来所未曾有，而旨在济世，非栖心禅悦苟图自了者所可同年而语也。所辑《藏要》第一二辑，皆精心抉择，手自勘定，穷三藏之奥义焉。入蜀后刊有《大般若经序》三卷、《大涅槃经序》一卷、《瑜伽师地论序》二卷、《法相诸论序》一卷、《藏要》序经论各一卷、《经论断章读》二卷、《唯识研究次第》《唯识抉择谈》各一卷、《内学院院训释》一卷、《内学杂著》二卷，皆阐述释迦遗教者，其宏富如是，而旁及世法之作不与焉。此《竟无小品》一卷率为联语、杂文之属，信手拈来，都成妙谛。十八年前予获诸劫火余烬中，既择要录副，因记所感如次。

一九六〇年中华人民共和国建国十一周年。

《详评明刊牡丹亭还魂记》跋尾

右明刊《牡丹亭还魂记》二卷，白棉纸印本，绝精。卷首止万历戊戌秋清远道人《牡丹亭还魂记题辞》一篇，与木石居旧石印本同其款式，殆出作者原刊，可无疑也。卷内钤有"丰华堂书库宝藏印""自得草堂藏书""特健药斋珍去金石书画图籍""丰华堂藏阅书""丰华堂鬻剩书""洪字""字曾有""□章心赏""武林唐氏所藏"诸图记。己亥冬偶从古籍书店见之，爱其细批满纸，字迹特矫健，料必出一时名手。遂商诸书友孙实君，以箧中所有明嘉靖刊白棉纸印《欧阳永叔文集》五十卷本、日本覆刊白皮纸印《白氏长庆集》巾箱本、归安朱氏原刊连史纸印《彊邨丛书》足本，作价百圆，从而易得，矜为小五柳堂中压架之品。藏诸玻璃橱内，亦未暇细读也。越一年，偶于市上遇实君，询予愿更出让否。予姑漫应之，旋即为上海图书馆没收归公有。因念身外之物，终难永保，藏诸公库，原契夙心。爰请略缓其期，俾得逐录诸评语以为研讨之资。既竭五日力录竟，即分黏石印本内。于原刊虽依恋不舍，亦末如之何。公理固当战胜私情也。评语出乾隆间人手笔，卷首《题辞》称此书为"金俞伯祖贻先君子者，金俞公今已百年外"，又称"乾隆己酉清和下澣，偶置案间下酒，为猫雏抓伤数页，既慨残劫何常，且伤题括不易，辄填其残阙，因而析其句读，标其筋节，以残膏剩馥转饷世贤。犹忆十四岁时，外祖苍霞先生写《会真记》填词见与，且曰是千古文章大关键也"，其渊源可考者止此数语。评者又称"词指刺太仓相国女为木商见诱，但以此求之，费解语都落了地头。如自号昙阳子，曾传言仙去，尤其微词注射所在"，又称"四川有嘉定府，元驭先生本苏之嘉定县人，已改邑隶太仓，故影称蜀。而杜字从半，则右影姓，左影所犇也。家传第载其出处大者，亦不及所配谁氏。而云寿登八十，旁无姬侍，然则氏之以甄，固丑其女，并隶所生，亦借以直揭魏姓之影耳。文肃十二为诸生，及隆庆壬戌第，子衡亦万历辛丑第二人，孙时敏刻其疏稿行世"，又称"衡非所生，而若士所刺乃其中年事也"云云。又下卷眉批中有"即如昙阳始末，文肃身家，二百年始幸而有人宣著"之语，评者之精心考核，可见一斑。独惜卷尾损伤，不知果出谁氏，俟更访诸通雅，以发幽光。至其评语之批郄导窾，析入毫芒，设非斲轮老手，莫得而仿佛一二也。乃世竟无刊本流传，文士苦心往往及身而泯，亦良可伤已。

庚子小雪前五日昧旦书。

《太古传宗琵琶调宫词曲谱残卷》跋尾

《太古传宗琵琶调宫词曲谱》一册，清代康、乾间精刊初印本。卷首题毗陵邹金生汉泉、茂苑徐兴华绍荣同阅，古吴朱廷镠嵩年、松江朱廷璋龙田重订。残存上卷，计收：

黄钟宫

醉花阴	短棹轻帆下江水	赶苏卿	
醉花阴	国祚风和太平了	贾仲明	赏灯
绛都春序	团团皎皎	雍熙乐府	月下听琴
三十腔	喜遇吉日	雍熙乐府	庆寿

仙吕宫

点绛唇	三月韶光	杨文奎	四时景
点绛唇	天淡云孤	千金记	埋伏
聚八仙	巴到西厢	投宿	

赏花时	休说功名皆是浪语	潇湘八景	
步步娇	暗想当年罗帕上曾把新诗写	高东嘉	阻欢
望吾乡	烂熳春光	杨斗望	四景题情
春云怨	寿比南山	雍熙乐府	庆寿

中吕宫

粉蝶儿	宝殿生凉	盛世新声	
粉蝶儿	凭着俺手摘星辰	千金记	点将
粉蝶儿	创立秦都	词林摘艳	大十面
古调石榴花	颠狂柳絮扑帘飞	关汉卿	闺思
粉蝶儿	小扇轻罗	贯酸斋	西湖十景
粉蝶儿	三月莺花	词林摘艳	
粉蝶儿	锦绣全唐	邯郸记	
好事近	东野翠烟消	高东嘉	春游
瓦盆儿	教人对景无言	郑虚舟	闺怨

越调

乔合笙	喜得功名遂	彩楼记	
绣停针	荡起商飚	雍熙乐府	题木犀

正宫

端正好	柳轻柔花娇媚	杨彦华	春游
端正好	青蔼蔼柳阴浓	词林摘艳	
端正好	翠围屏鲛绡帐	王舜耕	金钱问卜
端正好	享富贵受皇恩	词林摘艳	
端正好	水晶宫鲛绡帐	雪访	
端正好	我恰才秋香亭上正欢依	白仁甫	御沟红叶
花药栏	新绿池边	雍熙乐府	送别

共二十九套。殆并当年流行之元、明旧曲，以琵琶伴奏演唱者也。予不及以他书细校曲词，但就《点绛唇·埋伏》《粉蝶儿·大十面》二套，以明刊本《词林摘艳》校之，文字亦多出入。明季毛晋汇刊《六十种曲》本及近人郑振铎影印《古本戏曲丛刊》本《千金记》皆未见《点绛唇·埋伏》一套，亦不知所从来，为可怪耳。

予于十年前，偶从上海来青阁书店，以重值收得此册。虽残缺下卷，而传本绝稀，殊堪宝玩。以予调查所及，只北京图书馆藏有全本一部，残存半部。上海历史文献图书馆藏有影钞本一部。其价值可想而知矣。

全国解放以来，在我党中央与毛主席英明领导下，大力提倡民族音乐，多方调查发掘，宋、元旧曲保存于各地方戏曲及民间艺人之手者，亦至夥颐。但或有声无词，或声词俱变，不易探索其源流嬗衍之故。倘得专家就此声词俱全之旧谱，与民间所传琵琶曲调，参互比勘以求之，庶于推陈出新，发扬光大民族优秀传统，不无裨助焉。

今以捐献上海音乐学院，作为建立民族四学系之庆，幸读者共珍视之。

一九六四年五月，万载龙元亮榆生题记。

《海日楼诗稿》跋尾

右嘉兴沈乙庵先生《海日楼诗稿》一册，自《沪杭车中口号》以下，除重出三首外，得古近体诗四十首。多出他人代录，而经先生改定者。至《展墓出南门作》三首、《还家杂述》补二首、《北楼》四首、《彭刚直公尺牍》《曾文正公尺牍》《丁叔衡太守山水未完本》各一首，皆先生手笔也。

先生以余事作诗人，一时兴到，随取断烂报纸、日历或简札封套、宾朋名刺，拉杂书之，往往令人莫辨首尾，且多无题，遂亦不易编次。先是曾由海宁王静安国维为写定《海日楼诗集》一册，归安朱彊邨先生并初刻《乙卯稿》次为二卷，雕版行世。先生逝后，慈护悉取未刊各稿，并所录副乞朱先生为之审订。彊邨翁亦苦其爬梳不易也，又以转托蕲水陈仁先曾寿，裹以绿色锦袱，旋后还之彊翁。当彊翁易箦时，予深恐其仓卒散乱，爰特请归慈护。慈护后就商于会稽马蠲叟浮，复命予为理董之。予既就诸残楮手录清稿二册，合之原钞副本，还之慈护。慈护携请平湖金篯孙兆蕃一加排比，汇编为《海日楼诗四卷补遗一卷》。予既属门人铅山朱居易重写清本，复为邮致陈散原、夏映庵敬观、李拔可宣龚、李证刚翊灼诸先生，稍稍有所更定。散原老人为作跋尾，分期载入予所辑《同声月刊》从创刊号至十二号中。闻虞山钱仲联萼孙曾据以作注，征求繁富，谋付书局印行未果也。

此册珍藏行箧者廿余年，特并手录《海日楼遗诗》二册，归之浙江图书馆。附记因缘如上，俾来者有所考焉。

一九六四年五月十日拂晓，万载龙元亮题记。

《海日楼遗诗钞本》跋尾

右《海日楼遗诗》二册，嘉兴沈子培曾植撰。予于教授暨南大学时，应慈护托，取先生遗稿之写在报纸、日历、名刺、笺封诸废纸上者，手为录出，以供参校。忽忽且卅年，慈护墓已宿草，予亦白发盈颠，颓然老矣！偶于废簏中检出，因并寄献浙江图书馆，幸予保存之。

一九六四年五月十日拂晓，万载龙元亮榆生附识。

《渑游吟草》跋

《渑游吟草》一册，共古近体诗五十八首，词八首，未署作者姓氏。观诸题有"下第出都""金华试院""严州试馆"诸语，则其人盖落第举子，曾随佐当时督学任者，历往浙中各郡校阅试卷者也。册内附舒明阿题识一纸，有"飞卿丽藻，白石才华，诗词坛中，独树一帜"之言，虽不无溢美，要亦一时才士之作也。

集中佳句，有如《下第出都途中偶成》云："野浮麦气浪千叠，风动枣花香一林。"《秋郊晚眺》云："远浦夕阳双去鸟，乱山黄叶一归僧。"《传闻》云："渔丁狎浪先驰檝，犀甲防秋尽控弦。"《冷泉亭》云："清花空色相，冷欲逼须眉。"《炼丹台》云："海天连莽苍去声，世界入尘埃。"《晓霁游开化寺登六和塔望江复沿江行数里由梵村至云栖寺》云："忽入竹深处，千竿万竿直。山灵爱潇湘，移置斯山侧。"《由灵隐寺登韬光访正罔上人》云："意想不到处，山势忽飞起。鼓兴更穷幽，盘盘入云里。"皆清新雅健，琅琅可诵。词如《一剪梅·江山船中同侣云作》："同坐江山小小船。才过山边。又过村边。个侬晚起试妆妍。嫂也同年。妹也同年。细匀脂粉贴花钿。乍近人前。忽远人前。窗纱云幅薄于蝉。算是孤眠。却是同眠。"亦足为稽考当日地方风土者之助。至《东风第一枝·题宛兰簪花图》，眉端有"此阕刻入《吴中画舫录》"九字，并记之俟考。

余旅沪前后四十余年，喜游旧书坊，每遇残编断简，辄感作者心血所寄，不忍令其湮没，遂收入箧中。此册有关浙中文献，谨以赠之浙江图书馆。

一九六四年五月十五日，龙元亮榆生题记。

《彊邨诗存手稿》跋

《彊邨诗存》手稿一册，归安朱祖谋古微撰。原题《玉跌馆诗存》，后又删定为《彊邨弃稿》一卷，予为刊入《彊邨遗书》。先生晚岁更名孝臧，号沤尹，又称上彊邨民。诗多壮年时作，故仍署祖谋，从其实也。

先生少时致力于五七言古近体诗，刻意学江西诗派，曾手钞《山谷诗内集》《山谷诗外集》二厚册，以备朝夕吟讽。又有《陈简斋诗录》手钞本一册，并藏余箧中。五十后遇临桂王佑遐鹏运于北京，始学填词。既遭辱八国联军之乱，与半塘诸友集宣武门内所谓四印斋者，相与联吟为《庚子秋词》及《春蛰吟》等集，乃益专意于倚声之学，并以校刻唐五代宋金元人词为职志，卒刊成《彊邨丛书》四十册，为研治词学者之宝库焉。晚岁不复作诗，而所为词，每从唐宋诗中树骨，沈寐叟所称白石道人"诗与词几合同而化"者，虽两家取径不同，咸能卓然有立，而感时抚事，慷慨悲凉，视白石殆有过之。

今以手稿归之浙江图书馆，并略记所闻如上。

一九六四年五月十五日，万载龙元亮谨识。

《梡鞫录》原稿跋

右《梡鞫录》四卷，卷首署"无著盦戏编"，实为归安朱彊邨先生孝臧手稿。盖汇集清代诸名家诗文为七言及八字联语，以便为他人书楹帖者。似曾有巾箱活字本印行，今已不易见及矣。

先生自清季罢任广东提学使，即引疾归，初卜居于吴门听枫园，旋寓沪滨，以鬻书自活，兼助校刻《彊邨丛书》之费，其用心殊苦。

今以此稿归之浙江图书馆，因附及之。

一九六四年五月十五日，龙元亮谨识。

《有乐堂韵语》跋

《有乐堂韵语》"有乐"亦作"有美"一册，沈阳曾培祺与九撰，归安朱彊邨先生手写本。先生于友朋遗著，恒喜为手录，以永其传。此亦其一也。爰书数语，归之浙江图书馆。

甲辰孟夏万载龙元亮榆生题记。

《归安埭溪朱氏支谱》跋

此《归安埭溪朱氏支谱》一卷为予卅年前借钞以备刊《彊邨遗书》者，谨以献之浙江图书馆，俾他日治彊邨词学者有所考焉。

一九六四年五月，龙榆生题记。

明季刊本《东坡二妙集》跋

右《东坡二妙集》，明季曼山馆刊本。计收《东坡先生尺牍》二十卷，共一千二百八十七通；《东坡先生诗余》二卷，共三百三十六首。卷首有《苏长公二妙集叙》，末署"辛酉秋仲西安方应祥题于秣陵之亭柏轩。"《尺牍》卷首题"琅琊焦竑批点，茂苑许自昌校，钱塘徐象橒梓。"各通并于题下注发书所在地，受函者按先后编次，较《七集》之凌杂无纪者高出远甚，殆坡翁下世后，其嗣子向诸通家征集而来者，为可贵也。《诗余》卷首题"琅琊焦竑编次，江夏黄居中订正，茂苑许自昌校阅。"每半叶十行，行十八字，中缝题《东坡二妙》，下署"曼山馆"三字，或有或无，亦晚明金陵刻本之较精者。按辛酉当是明天启元年（1621），方应祥行实待考。焦竑字弱侯，江宁人，生嘉靖二十年辛丑（1541），卒万历四八年庚申（1620），享年八十。焦氏在明文人中号称淹博，撰述甚富。方序作于竑死之次年，则此编所称"焦竑批点""焦竑编次"，当非伪托。

二十余年前，偶于上海福州路旧书肆中收得此本，藏之行箧，迭经离乱，幸未散亡。特牵尘冗，不及细校。闽中黄生任轲曾借以勘《东坡七集》，多出尺牍一二百通。合刊《东坡诗余》亦属创举。王灼《碧鸡漫志》卷二称："东坡先生非心醉于音律者，偶尔作歌，指出向上一路，新天下耳目，弄笔者始知自振。"又元好问《遗山先生文集》卷三十六《新轩乐府引》云："唐歌词多宫体，又皆极力为之。自东坡一出，情性之外，不知有文字，真有'一洗万古群马空'气象。虽时作宫体，亦岂可以宫体概之。人有言，乐府本不难作，从东坡放笔后便难作。此殆以工拙论，非知坡者。所以然者，《诗三百》

所载小夫贱妇幽忧无聊赖之语，时猝为外物感触，满心而发，肆口而成者尔，其初果欲被管弦、谐金石，经圣人手以与六经并传乎？小夫贱妇且然，而谓东坡翰墨游戏，乃求与前人角胜负，误矣。自今观之，东坡圣处，非有意于文字之为工，不得不然之为工也。坡以来，山谷、晁无咎、陈去非、辛幼安诸公俱以歌词取称，吟咏情性，留连光景，清壮顿挫，能起人妙思。亦有语意拙直，不自缘饰，因病成妍者，皆自坡发之。"予以为二家所论，是最能理解苏词者。南宋以来，豪杰忧国之士，除陈去非与义、辛幼安弃疾外，如岳飞、杨万里、陆游等，亦莫不瓣香苏氏，感时抚事，发为歌词，一以慷慨淋漓骀荡纵恣之笔出之。乃宋刊苏集，无兼收其词，如秦观《淮海集》之附《淮海居士长短句》者，此又特为可怪也。今世传《东坡词》，以聊城杨氏海源阁旧藏元延祐庚申叶曾云间南阜书堂刊本《东坡乐府》二卷为最古。次为南陵徐氏乃昌积学斋旧藏影钞本仙溪傅幹《注坡词》十二卷《文献通考》著录作二卷，予卅年前曾据以参稽归安朱先生《彊邨丛书》编年本，纂次为《东坡乐府笺》三卷。此外就予所见，惟海虞毛氏汲古阁《宋六十家词》本《东坡词》及光绪戊子钱唐汪氏重刊毛本，皆不分卷。同年临桂王鹏运《四印斋所刻词》所收《东坡乐府》二卷，则据元延祐云间本重雕者也。各本次第，皆有不同。此《二妙》本与延祐云间本亦互有出入，容得暇细加比勘，亦思据以重撰《东坡乐府校笺》，俾世之爱读苏词者有所考焉。

一九六四年五月廿二日养疴上海南昌路寓楼之葵倾室，漫缀所闻如次。万载龙元亮榆生题记。

《秋江集注》题记

《秋江集注》六卷，永福黄任莘田著，长乐王元麟芝田注，道光癸卯长乐王氏东山家塾刊本。黄氏别有《香草笺》，全作香奁体，清季有石印本，传诵一时。闽人王锴少喜吟咏，携示此集。适予方病冠状动脉硬化，症号"心肌梗死"，医戒用脑，遂未暇细读，率题数语还之。

予年二十许，任福建集美学校国文教席，课暇颇嗜吟哦。休沐日常乘小汽船渡海汊，访侯官陈石遗先生衍于厦门大学，从问诗学源流。先生谓予所作绝句雅近吾乡杨诚斋万里，并为朗吟其乡先辈黄莘田《春日杂思》之前二首："百折红阑不见人，小池风皱绿鳞鳞。夕阳大是无情物，又送墙东一日春。""橘花和露落青苔，镜槛无风暗自开。凉月不知人已散，殷勤犹下画帘来。"吟罢，惘惘若不胜情者。又亟称黄氏偏工此体，当与王渔洋士禛厉樊榭鹗在有清一代，分鼎三足。忽忽且四十年，言犹在耳。当倭寇犯上海时，先生仓卒由吴门燕子桥聿来堂来沪，转乘海舶返福州，予亲送至十六铺码头，登舟握别。旋传先生以疝气大作，注射吗啡针药过量，遂致不起。今先生墓木早拱，其所居三官堂号匹园者，传已转作寻常百姓家矣。浏览此集，至上述二诗，为泫然者久之。

《秋江集》中，多流连光景之作，专尚风神，无大起落，内容亦殊贫乏，殆一时风尚如此耳。

> 甲辰孟夏，养疴上海南昌路寓楼之葵倾室漫题。
> 忍寒居士，时年六十过二。

旧刻《西厢图》题记

旧刻《西厢图》一册，自《遇艳》至《完配》凡二十叶，每叶后附镌明季诸名家如陈洪绶、蓝瑛、周复、李谟、关思、陈继儒、诸允锡、李素□、李□□、孙杕、黄石、董其昌等所作山水、花卉、竹石之属，刀法极妙，殆出徽歙名工之手，极堪宝玩。予廿年前从吴下祝心渊家，并其他图籍若干种，以重值收得之。祝氏为枝山后人，此亦其家世守之物，惜为小儿涂抹，略有毁损，虽非完璧，要自稀有之珍也。

> 一九六四年，甲辰孟夏之月，忍寒居士龙元亮题记。

《嵯峨天皇宸翰唐李峤诗残卷》跋尾

《嵯峨天皇宸翰唐李峤诗残卷》一大册，日本珂罗版精印本。原为八木幸题赠蒋彬侯者，予偶于沪市收得之，珍藏行箧，亦逾十数载矣。

此册除写李峤诗目半叶外，存诗二十一首。观其运笔犀利奇矫，纯用欧法，与彼邦宫内省所藏唐摹右军丧乱诸帖，渊源莫二。前人论书法者谓定武本兰亭叙为率更手橅，真有铁画银钩之妙。证之嵯峨此册与丧乱诸帖，乃悟晋唐胜谛，惟东邦实得其传焉。空海之学颜，嵯峨之学欧，并能得髓，洵为海东奇迹，爱玩莫释，漫书数语如上。

一九六四年五月，忍寒居士龙元亮榆生题记，时方养疴上海寓斋。

《彊邨杂缀》跋

《彊邨杂缀》一册，归安朱彊邨（古微）先生孝臧手写本。首录《王惕甫先生杂集屏障书》三十五则，皆唐、宋以来诸名家之名章隽语，以备为人书屏幅者。次录《题沈羲明先生遗照》以下古近体诗三十七首，类皆题画及应酬之作。又次录《冯君木撰联》四十则，又次录《兼葭楼诗》七律二首，七绝一首，摘句若干，附王病山《题冯君木逃空图》七绝三首，沈曾植《菌阁琐谈》二十一则，李慈铭《越缦联语》十八则，金香严、况蕙风等联语十一则，陈散原三立《金磷□生圹铭》一篇，志盦《题画》绝句七首，近人词集目录及任广东学政时所得士题名录各半叶。题名录共四十九人，以古应芬、汪兆铭、汪宗洙、杜之杕为最著。

按王惕甫名极，广西马平人，以词名同、光间。冯君木名开，浙江慈溪人，有《回风堂词》，已刊入《沧海遗音集》。《兼葭楼诗》作者黄节，字晦闻，广东顺德人，撰述甚富。王病山名乃徵，四川华阳人。越缦为会稽李慈铭别号，有《越缦堂骈体文》及《越缦堂日记》等刊行。金香严为秀水金蓉镜，著作不详。沈、陈、况三氏为世所共知，不复疏记。

先生自五十入京后，从临桂王半塘鹏运习倚声之学，遂绝不作诗文，此册所存，疑皆倩人代笔。特《题徐湘蘋画册》："《络纬吟》连《拙政词》，铅华洗尽见修眉。饶他才女论门□，大阮何妨小阮随。《络纬吟》徐小淑著。湘蘋实小淑从孙，人以方阮氏之有仲容。 陇头水咽穷荒恨，塞上秋生落叶愁。诗律居然到臣甫，何曾叉手作词流。 衰杨霜徧灞陵桥，每读新词意便消。剩有幽花供点染，可分秋雨到前朝？ 一朝诗史吴槎客，绝妙词从卷尾题。好谢钟情诸老辈，又添掌故小桐溪。槎客著诗话，自负良史。"以其有关闺秀词人掌故，故特拈出之。

甲辰芒种节，龙元亮题记。

又《题缶庐画叶》："生面开烟光，太古含石理。胸吞彭泽云，腕有清湘鬼。闻话郭南山水佳，冷斋相对拨炉灰。薄田苦竹今何似？消尽江南独客怀。酒醒忽忆龟堂句，但听松风自得仙。那便蜿蜒霄汉去，空山犹有著书年。书画皈依向一乘，世人谁识老聋丞？不须更把杨枝供，长作人间粥饭僧。并无一片云来去，略有三间屋退藏。水渐清泠山渐瘦，几人消受好秋光？石态手揖让，树影鳞之而。想见酸寒尉，科头放笔时。"先生晚岁旅食淞滨，与安吉吴仓石昌硕交至密，此诸绝句亦瘦硬近黄鲁直，或出先生自制，故并录存之。

元亮再记。

《黄宾虹画黄山图卷》题记

《黄山图》一卷，为黄宾虹先生晚年杰构。其自题云："黄山自汤口登文殊院，历平天矼，望西海门，石笋林立，缥缈霞际，回首鳌鱼洞、度仙桥诸绝险，俱在屦足之下。榆生先生文词斐亹，诗中有画，可夺化工。写此一角，聊博大噱。庚寅，宾虹，年八十又七。"观其气象雄伟，笔势磅礴，真可谓能以造化为师者，并世画师莫能与之抗手也。十七年前，曾装镜框，悬之白下寓庐。遭乱转徙，曾托亡壻郑吉勇空运至沪，幸未散失。顷偶于敝箧中检出，略加裱褙，转献陈仲弘毅元帅，藉供清赏。亦冀有好事者，见而恳求摄影，制版流传，庶此名迹允为艺苑模楷，亦不负作者相知之意云。

一九六五年中秋前九日，龙元亮题记。

《蕲春黄氏切韵表》题记

右《切韵表》一卷，蕲春黄侃季刚撰。予弱冠时游武昌，从先生治文字声韵之学，因获录副。置箧中四十三年矣。先生毕生精力，萃于《说文》《广韵》二书，治许书尤勤笃，从十五六岁至五十之年，每夕必挑灯研索，至午夜始休。尝语予，凡有关此书之古今图籍，必于简端细字签注，并以各种符号标识。古文字声韵之学，至先生而集其成，嘉惠来学，至今未已，世所称章黄学派是也。先生年五十时，太炎先生劝以写定专书，方拟著笔，遽以呕血死。予曾商之商务印书馆，将原书摄影放大，用朱墨套印，以广其传。议方定而倭难作，遂不克果。闻尚存其子念田处。颇望在此学术昌明之伟大时代，能为及时印布，以期不没先生之毕生业绩焉。

一九六五年九月一日，弟子龙榆生题记。解放后以字行，又及。

《蓝印本日知录校记》跋尾

此书刊于吴下，蓝印二百本。倭寇犯苏州，版片化为灰烬，以是流布绝稀。其原稿于解放后，即送上海图书馆保存，谨以此册呈献毛主席。

一九六五年九月一日，龙榆生。

《彊邨先生校点稼轩词》题记

归安朱彊邨先生清季侨居沪上，一意于唐宋金元词之校栞，既刊成《彊邨丛书》四十册，为学词者所共珍视。此晚岁校点《稼轩词》二册，未及补刊，读者憾焉。谨并先生校点《东坡乐府编年本》一册呈献毛主席。

《陈东塾先生手书团扇》题记

番禺陈东塾先生澧为近代岭南第一通儒，毕生以讲学为业。书学米芾，亦萧洒出尘。此团扇为亡友鹤山易大厂旧藏，特以转赠萧向荣将军，藉供清赏。

一九六五年中秋前十日，龙榆生题记。

先生于古今图籍浏览至富，尤长于乐律声韵词章之学。其教人力排门户之见，及一切支离破碎之说，一以提挈纲领，深入浅出，务通古今之邮而以致用为归。以为不如是而夸夸其谈，徒使学者陷于迷惘，或且闻而生畏，适足促宗邦文化之消亡，更何有于发扬光大。百年前有此进步思想，为可颂也。

《词学季刊》三卷合订本题记

曩以词坛诸知好之赞助，创办此刊。每期发行千册，颇有流传域外者。出至第三卷第四号，排版未竣而倭祸作，开明印刷所毁于火，遂致断绝。劫后仅存二部，既早以其一捐献上海图书馆，顷复于敝箧中检得三卷四号校样若干叶，因并合装为三卷，亦遂成为人间孤本矣。此诸陈迹将随卷中作者之零落以俱尽，每诵毛主席"数风流人物，还看今朝"之句，推陈出新之伟业，所厚望于来者矣。

乙巳中秋龙榆生题记。

《章太炎黄季刚诗翰》跋尾

一九三五年，予应中山大学之聘，提挈老幼，尽室南行。行前分往苏州、南京，谒太炎、季刚两先生告别。承各书所作诗一纸见赠。章书《送日本川南领事移驻昆明》云：“海客今何往？西方有化人。宁为桂家役，不作建夷民。柳暗苍山雾，花明丽水春。金沙天险在，钓者莫垂纶。”黄书《壬戌京都清明》：“漂泊何心度佳节，小院晴光乍堪悦。偶因检点识清明，只恐多忧难拔絜。此都花事旧时众，清游已惜无人共。几家亭馆变凄凉，廿载风尘仍溷洞。白日西睆流水远，索居那畏青春晚。寄愁天上事难期，溅泪花边悲岂遣。旧茔松栝隔云山，锋镝纵横且未阑。坐羡巢林江上燕，六州破后尚思还。”未半载，而两先生相继下世，保兹片楮，屡经转徙，幸未遗轶。自幸晚际伟大时代，不特两先生所忧之事皆已一扫而空，且将进斯世于大同，深惜两先生之不及见也！特为合装，转献毛主席，而附识始末如右。

一九六五年十月一日国庆，龙榆生题记。

（作者单位：南开大学文学院）

论龙榆生诗词学研究现状与意义

周　翔

龙榆生为近现代著名学者，学术成就斐然，尤精研于词学，与唐圭璋、夏承焘并称为"二十世纪词学三大家"。龙氏诗词学功底扎实，在整理文献、音韵声律等方面颇有建树。曾创办过《词学季刊》《同声月刊》，编著有《唐宋名家词选》《唐五代宋词选》《中国韵文史》等，且著有《忍寒词》《风雨龙吟室丛稿》。其创办的期刊及选编书作对诗词学发展和进步具有极大地推动作用。此外，龙榆生还注重词之音乐性，提倡再造新国乐并提出诗教复兴的理念，都在推动旧体诗词学步入现代之门。近年来，上海古籍出版社出版了张晖主编的《龙榆生全集》；南京师范大学曹辛华教授主持成立了"龙榆生研究室"，专门进行龙榆生研究工作；龙氏后人龙英才、龙雅宜等先生专门在南京师范大学民国旧体文学文化研究所设立"龙榆生研究基金"，用于鼓励学者从事民国以来旧体文学创作及研究；他们又与中国韵文学会设立"龙榆生韵文学奖"，这些举措均对当前龙榆生诗词学研究大有裨益。

一、龙榆生诗词学研究现状

龙榆生一生著述丰富，尤精于诗词。徐培均称赞龙氏"在传统诗词领域，兼善体制内外研究之长"。[①] 总体来看，学界对于龙榆生诗词学缺乏整体、全面、深入的研究。当下龙榆生诗词学研究多是对其词学文献学、词学理论、词学整理工作的考察与评论，且多为学术论文或是词学史编纂中的章节设置。上海古

---

① 徐培均：《试论龙榆生先生的词与词论及其学术地位》，《北京大学学报》2015 年第 4 期，第29 页。

籍出版社出版《龙榆生全集》，也仅是对龙榆生一生著述作以整理。至于对龙榆生诗词创作的研究，更是少之又少。据现有资料来看，学界对龙榆生诗词学的研究主要为以下六个方面。

（一）对龙榆生专著的整理。龙榆生一生著述丰富。在其众多著作中，有部分著作是龙氏在世时就已经出版，如 1956 年古典文学书版社发行的《近三百年名家词选》，1957 年中华书局出版的《淮海居士长短句》《豫章黄先生词》《晁氏琴趣外篇》，1958 年商务印书馆出版的《东坡乐府笺》。龙氏去世后相继有《唐宋词格律》《唐宋名家词选》《词曲概论》《词学十讲》《龙榆生词学论文集》《中国韵文史》《唐五代词选注》等问世。且这些著作被出版社一版再版，相当畅销。最新关于龙榆生专著整理的当为上海古籍出版社出版张晖主编《龙榆生全集》。全编共九卷，分别为专著、论文集、诗词集、笺注、词选、杂著等，并且每编均有整理说明，其中卷一、卷二增补的《宋词讲义》与《词史要略》是据油印本及手稿本整理。第三卷论文集在《龙榆生词学论文集》基础上增补十四篇。第四卷诗词集以《忍寒诗词歌词集》为底本，又据龙榆生子女提供的《葵倾室吟稿》手稿本加以校改。第五卷笺注一中的《东坡乐府笺》又据龙氏子女所收张寿平藏龙氏讲义做了大量增补工作。第七、八卷增收《唐五代宋词选》，以便与《唐宋名家词选》并读。第九卷为杂著。基本为词集题跋、散文杂志和科普读物三部分。该编全面反映龙氏抗战前后的思想状况及与时人的交往，具有极高价值。

（二）对龙榆生诗词的整理。龙榆生的诗词创作多收于《忍寒词》《风雨龙吟室丛稿》中。现当代诗词选本中，也有多部著作选取了龙榆生的诗词，这也算是对龙榆生诗词的一种存留，也能体现出现当代学界对龙氏词的品评与鉴赏力。1996 年上海诗词学会"诗选"编委会《上海近百年诗词选》、2004 年毛谷风选编《当代百家诗词钞》、2007 年中国社会科学院秋韵诗社编《秋之韵　中国社会科学院学者诗词选》、2008 年刘梦芙编著《二十世纪中华词选》等选集均选入龙榆生的诗词作品。一部选集编选作品，本身就是对精华作品的再集中。这既是对龙榆生诗词创作的肯定，也是对龙榆生诗词进行存留的一种极好的方式。除了上述选编词作的整理以外，2012 年复旦大学出版社出版的《忍寒诗词歌词集》便是对龙榆生所作诗词等内容的集中全面性整理。《龙榆生全集》中的"诗词集"又在复旦本的基础上增改部分诗词。这无疑为龙榆生诗词研究提供了极大的文献支撑。

（三）对龙榆生诗词学观的研究。龙氏著述丰富，尤其工词。其著述中便包含了众多的词学理论，因此其词学理论也成为学界探讨最多的内容。从宏观方面来看，有总结概括龙榆生和龙氏词学观的论文。如 1993 年许学受在《江淮文史》发表《忆著名词学专家龙榆生老师》，1998 年段晓华在《江西师范大学学报》发表《浅析龙榆生的词学观》，2006 年张晖在《粤海风》发表《龙榆生：徘徊在文化与政治之间》，2007 年曾大兴在"纪念辛弃疾逝世 800 周年研讨会"上发表《标举苏、辛——龙榆生的词学主张》，2008 年刘经富在《中国文化》发表《书香氤氲的凫鸭塘——龙榆生先生的家学》，该篇文章不仅追溯了龙氏的师承渊源，亦对其家学作以考证。据文章所称，"石塘龙氏的书香传统肇始于十一世，至明代中期始见廪、增、附之名位"①。该篇文章也是唯一一篇涉及龙氏家学的文章。2010 年曾大兴在"词学国际学术研讨会"上提交论文《龙榆生的词学主张与实践》。2014 年曹辛华《论龙榆生的词学研究贡献》亦对龙氏所作词学贡献做出高度评价。其文章最后说："他以融合古今中外的精神化解了词学与学词的矛盾，以大量的词学研究成果为人们提供了新的观点和方法。弥补了现代派词学研究的不足，开创了体制内研究的新途径。"② 此外还有南开大学硕士论文《龙榆生词学研究》，2012 年梅向东分别在《中国韵文学刊》和《安庆师范学院学报》上发表《龙榆生词学的"奇崛"范畴及其现代意义》《龙榆生词学的苏、辛精神》。2013 年马晴在《文艺评论》上发表《龙榆生的词学思想与批评》，同年有安庆师范学院硕士论文《苏辛精神与词学的现代转型：以龙榆生词学为考察对象》。还有总结龙氏词学贡献的论文，如 1990 年宋路霞在《文学遗产》发表《现代词人龙榆生及其词学贡献》，2004 年张宏声、张晖在《江西社会科学》发表《龙榆生的词学成就及其特色》，2012 年周维、陈燕在《宁夏大学学报》发表《龙榆生校勘之学及其贡献》。从微观角度来看便是从小处着手来体现龙氏词学价值，如 2002 年张东荪在《博览群书》发表《关于对稼轩摸鱼儿词理解　致龙榆生信》，2009 年沙先一在《徐州师范大学学报》发表《〈近三百年名家词选〉选词学价值》，2011 年兰玲在《青岛师范学院学

---

① 刘经富：《书香氤氲的凫鸭塘——龙榆生先生的家学》，《中国文化》2005 年第 27 期，第 121 页。

② 曹辛华：《论龙榆生的词学研究贡献》，张晖《忍寒庐学记》，北京：三联书店 2014 年，第 240 页。

报》发表《论〈词学季刊〉对现代词学的建构》,同年有赵丽萍、胡永启在《河北北方学院学报》发表《龙榆生创办〈词学季刊〉的宗旨与举措》,2014 年许菊芳在《北方社会科学》发表《龙榆生〈唐宋名家词选〉选学价值探微》等。至于其诗学观,迄今尚无人论及。

(四)龙榆生生平、著述考索研究。首先是龙氏生平考,也涵盖其交游研究。2010 年曹旅宁在《中国典籍与文化》发表《叶恭绰的李后主去世一千年纪事词墨迹——兼谈黄永年先生与龙榆生先生的交往》,同年还有虞万里在《中国文化》发表《马一浮与龙榆生》,2013 年廖太燕在《书屋》发表《略似尧章仰石湖:陈毅与龙榆生》,2016 年胡永启在《泰山学院学报》发表《日记所见夏承焘与龙榆生交游——以〈天风阁学词日记〉所载书札为中心》。其次是著述考索研究。比如对龙氏《东坡乐府笺》的研究。1982 年吴企明在《杭州大学学报》发表《〈东坡乐府笺〉斟补偶记》,1986 年王松龄在《上海师范大学学报》发表《〈东坡乐府笺〉补正(一)》,1988 年崔海正在《曲靖师专学报》发表《苏东坡词考释——兼补〈东坡乐府笺〉》,1991 年周禾、佘斯大、袁照在《读书》发表《对一本书的两种看法》,2002 年陈永正在《南京师范大学学报》发表《东坡词笺注补正》,2010 年赵晓兰、佟博在《辽宁师范学院学报》发表《龙榆生〈东坡乐府笺〉与傅幹〈注坡词〉》,都是围绕着龙榆生《东坡乐府笺》来展开,且均为对《东坡乐府笺》的补正。此外,还有龙榆生"声调之学"研究。傅宇斌较为关注龙氏声调之学,其在 2010 年"词学国际学术研讨会"上提交论文《论龙榆生的声调之学》,2012 年傅宇斌在《文学评论》发表《龙榆生"声调之学"论衡》,另外还有 2011 年赵宏祥、段晓华在《江西科技师范学院学报》发表的《龙榆生詹安泰词律比较研究》。傅宇斌论文从"声调之学的提出、声调之学的运用、声调之学的当代意义"三方面入手;而赵宏祥、段晓华的《龙榆生詹安泰词律比较研究》便"从调谱、音韵、四声三方面"[1]对二位先生进行比较,较傅宇斌的思路更为开阔。

(五)龙榆生诗词创作的研究。龙氏诗词虽多,但研究者却少之又少。我们可见的有 2012 年张怡在《现代物业》上发文《龙榆生交游词研究》,2015 年徐培均在《北京大学学报》上刊文《试论龙榆生先生的词与词论及其学术地

---

① 赵宏祥、段晓华:《龙榆生詹安泰词律比较研究》,《江西科技师范学院学报》2011 年第 3 期,第 108 页。

位》，该文章说龙榆生"主持东南风会，团结新老词人，交流学术，引领词风"①，不吝赞美之词。此外还有吉林大学谭若丽的博士论文《民国学人词研究》，其中涉及龙榆生的词作研究。至于龙氏的诗作，几乎无人研究。现今只见胡迎建在《中华诗词》发表文章《风雨龙吟响彻空——论龙榆生诗词》一文，且该篇文章是诗词合论，而又谈诗不多，因此并未将其诗作之内容与特色凸显出来。

（六）龙榆生整体研究。除以上研究外，我们还需注重龙榆生整体研究，在此需重点提及的便是张晖。张晖对于龙榆生研究可谓是呕心沥血，其大作《龙榆生年谱》于2001年一经问世，便引起学界极大关注，也再次掀起龙榆生研究的热潮。其年谱的编写，以及关于龙榆生的学术论文相继发表，尤其是《忍寒庐学记》对学界研究龙榆生大有裨益，也开始了新世纪研究龙榆生的新篇章。《忍寒庐学记》内容为龙氏子女及龙氏弟子对其生平回忆的文章，还有便是学者对龙氏的词学评价或对龙氏著作作以导读。此外，还有龙氏师友日记中所记述的龙榆生面貌，如黄侃、顾颉刚、吴湖帆、夏承焘日记中与龙氏交游的详细记载。书后附录《龙榆生简谱》《龙榆生著作目录》，这些都对我们研究龙氏生平、交游有极为重要的参考价值。其生前遗著《龙榆生全集》已由上海古籍出版社出版，亦是对龙氏进行全面整理研究之集结。其次，施议对曾于2010年连续发表六篇文章《中国词学学的奠基人——民国四大词人之三：龙榆生》（一至六期，载于《文史知识》），对龙榆生及其诗词学理论进行了一次全方位的梳理。再者，诸如彭玉平《词学的古典与现代——词学学科体系与学术源流初探》，张雄《国立音专的三位歌词作家》，惠勤、甘松《〈词学季刊〉与〈词学〉：词学界的两面旗帜》等论文，曹辛华《20世纪中国古代文学研究史：词学卷》、徐培均《岁寒居论丛》、林克胜《词谱律析》、曾大兴《词学的星空——20世纪词学名家传》等著作，也都论及了龙榆生的词学观及其词学贡献和词学地位。此外，曹辛华《民国词群体流派考论》《论民国词体理论批评的发展及其意义》、李剑亮《民国教授与民国词社》等，亦为龙氏民国词社交游、词学理论等进行了梳理与研究。这些论述也是龙榆生词学研究的成果。

---

① 徐培均：《试论龙榆生先生的词与词论及其学术地位》，《北京大学学报》2015年第4期，第29页。

二、龙榆生诗词学研究的意义

龙榆生诗词学研究对于窥探龙氏诗词学观、推动龙榆生研究全面开展、助力民国诗词学研究及旧体文学研究具有重大意义。南京师范大学曹辛华教授主持"龙榆生研究室"的成立与张晖主编《龙榆生全集》的出版，更是标志着龙榆生诗词学研究迈向新阶段。这不仅为研究龙榆生诗词学提供文献支撑，也为龙榆生诗词学研究的成果提供了平台支持。龙榆生诗词学研究主要有以下七点意义。

首先，龙榆生作为近现代著名的文人、诗词学家，值得我们深入研究。一方面，龙榆生继承朱祖谋的衣钵，在文献整理方面成就颇丰。且其精研声律、推扬苏辛，可谓是继承师命、不负重托的表现。其选编《唐宋名家词选》《唐五代宋词选》《近三百年名家词选》《晁氏琴趣外编》《柯山词》《淮海居士长短句》《豫章黄先生词》《唐五代词选注》，著有《唐宋诗学概论》《东坡乐府笺》《唐宋词格律》《中国韵文史》《词学十讲》《词曲概论》，其词作有《忍寒词》《风雨龙吟室词》等。这些著作多为专家学者们研究词学之借鉴，堪称词学研究的铺路石。因此龙榆生诗词学研究对于我们进一步探究诗词学研究方法和理论意义具有极大的帮助。

其次，目前对龙榆生诗词创作的研究还十分薄弱，亟待加强。学界对龙榆生的研究成果虽堪称丰富，而就现有的资料和研究成果来看，学界都在侧重研究并探讨龙氏词学理论、文献整理、词曲声律、词学批评等方面。而对于龙榆生诗词创作研究，是学界迄今鲜有涉及的，这也是当前对龙榆生研究的缺失与遗憾。龙氏作为一位诗词家，不仅著述广泛，内容繁复，而且还亲力作诗，执笔填词，其治学的手册和日常的日记，便存留很多诗词手稿，《忍寒词》《风雨龙吟室丛稿》等便是对自己的创作进行了整理编排。因此，我们在关注龙氏学术理论的同时，还应该将其理论与诗词创作相结合，来研究在具体实践过程中的龙榆生诗词究竟有怎么的特点，是否与其论说并行不悖。此外，学界鲜有论及龙榆生诗作的内容，无论是从理论方面还是从创作方面，对龙榆生诗作研究都属于缺失和真空状态。据《忍寒诗词歌词集》所收龙榆生诗歌，其诗歌创作有五百多首，并且其诗歌创作可谓体裁丰富，笔力工稳。对于其"诗以言志"之诗歌而言，这不仅仅是研究龙榆生的薄弱环节，更是研究龙榆生诗词学贡献的空白点和新思路。基于此，我们进行龙榆生诗词创作研究，不仅仅是丰富完善了龙榆生研究，也是对龙榆生研究的补充与创新。所以，龙榆生诗词创作研究必须加强。

第三，研究龙榆生诗词对推动民国诗词家个案研究具有重大意义。当前，民国文学也已成为学术研究的热点和重镇。民国时期有众多的前朝诗词家和学术新秀，他们都具有传统知识分子所具备的文化素质和文学修养，因此也留下了许多宝贵的精神财富。一方面，民国时期的诗词家素有扎实的学识储备，因此在诗词理论方面都有较深的造诣。不仅是在推尊诗体、词体，抑或诗词理论、诗词整理等方面汲取了前代精华，更是在这些方面精益求精，见解独到。他们的优秀成果等待着当下学人去消化理解。另一方面，民国时词家的诗词创作更是良品益多。只是在民国时期就有众多名家的诗集、词集问世。然而就现状而言，当下对民国诗词家的研究是少之又少，诸如龙榆生这等大家研究尚存在疏漏，更不用提民国其他的诗词家，其研究现状之惨淡可见一斑。因此，研究龙榆生诗词对于推动今后学界进行民国诗词家个案研究具有极其重要的意义。

第四，对于龙榆生诗词的研究有着重要的诗词史、文学史意义。首先，通过对龙榆生诗词本身的思想内涵及艺术水准的揭示与研究，可使人们对龙氏这一文人风貌有更为深入地了解和认识，从而我们可以更好地理解龙氏诗词学理论等内容。其次，龙榆生作为 20 世纪重要的诗人、词学家，我们对其诗词的深入研究，有助于我们全面了解近现代的诗词学风貌，厘清诗词及诗词学至于近现代而产生的变迁轨迹。研究龙氏诗词之思想，对民国旧体文学史的研究有着重要的意义。再次，对龙榆生诗词的研究也是诗词学之于民国乃至近现代文学史的一部分。

第五，对龙榆生诗词进行深入研究，也有助于我们全面了解近现代时期的诗词学风貌和研究概况，厘清其至于近现代而产生的变迁轨迹。龙榆生的词学造诣很深，曾主办《词学季刊》《同声月刊》。此外，龙氏在词宗方面，也是转益多师，先崇姜吴，后力推苏辛。由此可见，先生词作定是不拘一格。再结合龙榆生的词论和词学批评，我们便可考究先生词之创作轨迹及规律，以此为突破口来全面了解近现代时期的词学风貌，进而梳理至于近现代时期，诗词学有何发展，诗词创作有何变化。

第六，研究龙榆生诗词对民国乃至近现代诗词学研究的深入具有开掘意义。龙榆生生逢晚清，是民国及现代时期重要的学人，对龙榆生诗词的研究，有着重要的诗词学史意义。一方面，龙氏与当时学人都有交游、唱和，作品颇丰，龙氏作品在一定意义上是民国及现代时期的学术思想的反映；再者，通过将龙氏诗词与同时代学人的创作进行对比研究，我们可以观察到龙氏之诗词风格，同时也能把握一个时代下诗词学创作的盛况；另一方面，将龙氏诗词与其理论进行综合研究，可以折射出的清季民国乃至现代这一时期的社会环境和学术风尚，从而探讨龙氏诗词学在整个民国诗词史乃至近现代诗词史的意义和价值。

第七，研究龙榆生诗词也对民国旧体文学研究发展有一定的贡献。龙榆生生逢晚清，其完整度过整个民国阶段，且就起诗词创作而言，仍旧属于旧体诗词的范畴，也就包含于旧体文学之内。民国旧体文学与其他断代文学史一样，具有丰富多样的特点。归纳起来当有通史研究、分体研究、作家作品研究、创作理论与批评研究、史传研究、文献整理与研究、专题史研究等方面，而龙榆生诗词研究就属于作家作品研究的范畴。相信在龙榆生诗词研究的带动下，更多地作家作品研究会逐渐地被学界重视，并进行分类研究。因此，我们以一隅窥全山，龙榆生诗词研究推动民国作家作品研究，进而便会对整个民国旧体文学的研究作出其应有之贡献。

综之，龙榆生著述丰富，理论体系庞大精深。学界对龙氏诗词学研究成果颇丰，但亦有缺失。从纵向来看，近十五年来的研究成果便可表明，学界对于龙氏之词学观、对词学学科的构建、对词学的巨大贡献之研究可谓是日益精研，近十五年来的成果远远高于上世纪的后五十年。先不论各种著作的再版发行，但就论文数量来看，上世纪是九篇，本世纪至今是三十七篇。近十五年来学界论文发表总数是上世纪的四倍。因此，仅从量化的标准来看，我们便不难知晓当下学界对龙氏词学研究成果很多这一事实。从横向比较，在这三十六篇论文成果中，关注龙氏词作或者创作本身的只有三篇，只占论文成果的十二分之一，这又是微乎其微。再者，我们也都清楚龙榆生在诗词格律及声调等音韵方面也是大家，且著有《唐宋词格律》一书。而对其声律方面的研究，也仅有三篇。因此，关于龙榆生诗词学研究，还有以下五方面需要努力。其一，加强龙榆生诗词作品研究。学界对于龙氏诗词作品研究极其薄弱。尤其是龙氏诗词艺术性研究。从艺术赏析的角度分析龙氏诗词，有助于更好地了解民国文人诗词创作的一般风格。其二，对龙氏生平事迹进行深入研究。随着《龙榆生全集》的问世，更多的龙氏手稿揭开面纱，有助于我们更好地完善龙榆生年谱、龙氏著述年表等内容。其三，发掘整理龙榆生书信文献。民国学人多写日记，且书信往来频繁。我们应该从龙氏的书信文献入手，考察龙氏生平交游，丰富完善龙榆生的交游文献。其四，注重龙榆生其他韵文考察。我们不仅要对龙氏诗词学进行考察，还要考察龙是其他韵文创作。比如龙氏创作的"新歌"，诸如《玫瑰三愿》等，也是龙氏词学理论的重要组成部分。我们也理应从创新的角度去考察龙氏词学理论的时代变化。最后，对龙氏文章的文体考察。从文学本位出发研究龙氏的各类文章，可以从本体出发来考察龙氏创作的文学意义。

综上所述，我们可以看到现当代以来，对龙榆生词学研究的成果更多地重视了龙氏词学理论，而忽视了龙氏的创作，因此学界对龙榆生词学研究是既有很大成果，也有些许遗憾。因此，我们更应从龙氏的诗词创作入手。作为一代文坛大家，龙榆生有大量诗词存世，而至今只是有三篇文章论及龙榆生的词作，证明在对龙榆生诗词创作研究方面，我们的努力还是远远不够。此外，学界对龙榆生词学成就关注颇多、研究颇丰。而龙氏诗作迄今无人问津。因此，我们更需要在龙氏诗词创作研究中下功夫，以期进一步完善龙榆生诗词学研究，亦为民国诗词学研究、旧体文学研究添砖加瓦。

（作者单位：南京师范大学文学院）

民国文章学专栏

民国文话考录[*]

曹辛华

当前为止，对民国文话的专门整理与研究的论著还未出现，但是就当前成果来看，王水照先生编纂的《历代文话》①，为文话的系统整理做出了开创性贡献，其中收录卷帙较多的民国文话著作达 29 种，可以说为民国文话整理的提供了启示与基础。后来余祖坤在王先生所纂基础上又有《历代文话续编》②，其中收录属民国文话者仅 10 种。近年来，笔者致力民国旧体文学的研究，于民国文话有所关注，并拟对全民国文话予以整理。目前笔者所辑、寓目与文话相关的论著达 630 余种。于此笔者在民国文话考录的基础上，对民国文话进行扫描与论述，并揭示其在旧体文学研究、新文学研究、散文研究、语文教育，特别是古代文章学、现代文章学等方面的意义。

一、民国文话著作考录

在考录"民国文话"之前，先要对文话有一个界定。根据王水照先生所编纂《历代文话》以及《文话：古代文学批评的重要学术资源》等论著所界定，文话，首先当指对散文或文章进行评论或谈议的随笔、谈丛、片段或论著，是话体文学批评之一种，"文话是中国古代文学批评的重要著作体裁，除具有说部性质、随笔式的狭义'文话'外，还有理论性专著、资料汇编式、选本评点

---

* 本课题为笔者所参与黄霖先生所主持国家社科基金重大课题"民国话体批评文献整理与研究"的相关成果。

① 王水照编纂：《历代文话》，上海：复旦大学出版社 2007 年。

② 余祖坤纂：《历代文话续编》，南京：凤凰出版社 2013 年。

式等不同著作类型。"① 民国文话，则指民国时期出现的各种文话，它不仅包括写作于民国时期的文话，还包括作于民国而发表与印刷在当代的文话，也包括民国时期翻印与发表的前代文话。这里我们考录的重点在前两者。这里我们考录的范围主要有：其一，民国时期专门的以文话命名的著作；其二，虽不以"文话"命名但有文话之实者，如论文（章）、文谈、文说、谈文、文评、评文等。第三，以文章学或文章为中心形成的著作。第四，以文法、修辞或修辞学等中心的著作。第五，与国文教育、写作、作文等相关的有一定体系的著作，酌情收录。如《文心》《作文论》等。要说明的是，由于处于新旧交替时期，民国文话所采取的撰述语言有文言与白话两种，于此我们将不以文白来取舍。同样，对民国时期话及文言文与白话文的文话，我们也不以涉及白话文而不收录。遵照以上原则与标准，我们目前收录文话著作凡 127 种。

（一）《历代文话》所收"民国文话"（29 种）

1.《春觉斋论文》，林纾撰，1928 年北京都门印书局本。

2.《韩柳文研究法》，林纾撰，1914 年商务印书馆本。

3.《文微》，林纾撰，1925 年刊本。

4.《涵芬楼文谈》，吴曾祺撰，1911 年商务印书馆本。

5.《石遗室论文》五卷，陈衍撰，1936 年刊《无锡国学专修学校丛书》本。

6.《晦堂文钥》一卷，陈澹然撰，1932 年刊《晦堂丛著》本；又有 1936 年刊《无锡国学专修学校丛书》本。

7.《文宪例言》一卷，陈澹然撰，1932 年刊《晦堂丛著》本。

8.《文学研究法》四卷，姚永朴撰，1928 年商务印书馆本。

9.《古文辞通义》二十卷，王葆心撰，1928 年湖南官书报局刊《晦堂丛著》本。

10.《古今文派述略》，陈康黼撰，1936 年刊《四明丛书》本。

11.《国文大义》二卷，唐文治撰，1920 年无锡国学专修馆本。

12.《国文经纬贯通大义》八卷，唐文治撰，1925 年无锡国学专修馆本。

13.《文学讲义》一卷，唐文治撰，唐氏自印本。

---

① 王水照：《文话：古代文学批评的重要学术资源》，《四川大学学报》（哲学社会科学版）2005 年第 4 期。

14.《论文琐言》一卷，章廷华撰，1914 年刊《沧粟斋丛刻》本。

15.《六朝丽指》一卷，孙德谦撰，1932 年四益宧刊本。

16.《文章学》二卷，唐恩溥撰，1961 年香港刊本。

17.《古今文综评文》，张相撰，1916 年中华书局本。

18.《文谈》四卷，徐昂撰，1952 年《徐氏丛书》再版本。

19.《读汉文记》一卷，胡朴安撰，1923 年《朴学斋丛刊》本。

20.《历代文章论略》一卷，胡朴安撰，1931 年《朴学斋丛刊》本。

21.《论文杂记》一卷，胡朴安撰，1923 年《朴学斋丛刊》本。

22.《桐城文学渊源考》十三卷，刘声木撰，1929 年刊《直介堂丛刻》本。

23.《论文杂记》，刘师培撰，1936 年刊《刘申叔先生遗书》本。

24.《文说》，刘师培撰，1936 年刊《刘申叔先生遗书》本。

25.《汉魏六朝专家文研究》，刘师培撰，1946 年独立出版社再版本。

26.《文则》一卷，胡怀琛撰，1914 年刊《古今文艺丛书》本。

27.《石桥文论》，褚传诰撰，1915 年褚氏自印本。

28.《辛白论文》一卷，陈怀孟撰，1925 年刊《独见晓斋丛书》本。

29.《文学述林》刘咸炘撰，1929 年成都尚友书塾本。

（二）《历代文话续编》民国部分目录（10 种）

1.《文章二论》，孙学濂撰，民国铅印本。

2.《国文述要》，周祺撰，1914 年武学社铅印本。

3.《学制斋论文书札》，李审言撰，1935 年上海中华书局铅印本。

4.《汉阳傅氏文学四法例论》，傅守谦撰，1914 年铅印本。

5.《骈体文作法》，王承治撰，1924 年上海大东书局铅印本。

6.《文章源流》，高步瀛撰，民国北平和平印书局铅印《莲池书院讲义》本。

7.《古文辞类纂诸家评识》，吴闿生撰，1914 年京师国群铸一社铅印本。

8.《五朝古文类案叙例》，郭象升撰，1921 年铅印《山西图书馆丛书》本。

9.《文学研究法》，郭象升撰，1932 年太原中山图书社铅印本。

10.《文辞释例》，张传斌撰，1935 年百一斋石印本。

（三）新补民国时期文话著作目录（88 种）

1.《白屋文话》，刘大白著，1929 年世界书局刊本。

2.《民族文话》，郑振铎著，1946 年国际文化服务社刊本。

3.《驼庵文话》（又名《顾随文谈》），顾随著，据叶嘉莹 1942—1947 年听课笔记整理编订本。

4.《名山文话》①，钱振锽撰，1912 年。

5.《守玄阁诗文话》，陈柱著，1929 年中华书局刊《陈柱尊丛书》本。

6.《文品汇钞》②，郭绍虞（编），1930 年版。

7.《文苑滑稽谈》，雷瑨辑，扫叶山房，有 1914 年版、1924 年版。

8.《学文法》，谢慎修撰，1915 年上海广益书局本。

9.《分类文法要略》，袁仲谦辑，1916 年湖南省立第一师范学校本。

10.《中国文法通论》，刘复撰，1919 年北京大学本。

11.《作文法》，谢慎修撰，1915 年上海广益书局本。

12.《国文教范》，吴闿生评解，1913 年国群铸一社本。

13.《高等国文读本》，唐文治编，1914 年文明书局本。

14.《国文新范》，蔡郕辑，1920 年上海会文堂本。

15.《中学国文书目》，章炳麟撰，1935 年双流董氏济忠堂本。

16.《潮州文概》，翁辉东辑，1932 年。

17.《评注骈文笔法百篇》，王仁溥辑，1922 年进化书局本。

18.《历代文评》，东南大学编，民国东南大学本。

19.《文论讲疏》，许文雨编著，1947 年正中书局本。

20.《街头文谈》，徐懋庸著，1949 年上海光明书局本。

21.《门外文谈》，鲁迅著，1935 年上海天马书店本。

22.《辞赋学纲要》，陈去病著，1927 年东南大学本。

23.《佛教日用文件大全》，瞿胜东编辑，1932 年上海协济出版部本。

24.《公文程式概要》③，朱剑芒著，1929 年世界书局本。

25.《公文程序要纲》，曹辛汉编述，民国上海法学院本。

26.《论辩文作法讲话》，吴念慈编，1934 年上海南强书局本。

---

① 据《江苏艺文志·常州卷》载，钱振锽有稿本《名山丛书》七种，包括文话、诗话、词话、书论等。

② 见郭绍虞:《文品汇钞》,《史学年报》1931 年第 3 期。

③ 此为世界书局 1929 年出版的《政法概丛书》之一。

27.《散文选·论略》^①，姜亮夫编，1934年上海北新书局本。

28.《说解文·说解文文体说明》，朱剑芒、陈霭麓编辑，1933年上海世界书局本。

29.《史汉文学研究法》^②，陈衍著，1934年无锡国学专修学校本。

30.《说明文作法》，胡怀琛编，1932年上海世界书局本。

31.《文体论》，薛凤昌著，1934年上海商务印书馆本。

32.《文体论ABC》，顾荩丞著，1929年上海ABC丛书社本。

33.《文体论纂要》，蒋祖怡编著，1948年正中书局本。

34.《吴都文粹校记》，潘承弼著，1937年。

35.《作文讲话》，章衣萍著，1930年上海北新书局本。

36.《作文论》，叶绍钧著，1933年上海商务印书馆本。

37.《作文研究》，胡怀琛编著，1935年上海商务印书馆本。

38.《文辞我见》，虞和钦撰，1936年。

39.《常识文范》，梁启超撰，1916年上海中华书局本。

40.《鹅山文砭》，赵增玛撰，1925年。

41.《作文论》，叶绍钧著，1924年商务印书馆本。

42.《作文述要》，周侯于著，1930年商务印书馆本。

43.《中国文体论》，施畸著，1933年北平立达书局本。

44.《文心》，夏丏尊、叶圣陶著，1934年开明书店本。

45.《文章义法指南》，张翔鸾编，1917年上海有正书局本。

46.《文章学纲要》，顾实著，1923年国学丛刊本。

47.《文章构造法》，张资平编，1935年商务印书馆本。

48.《文章体制》，喻守真编，1936年上海中华书局本。

49.《文章写作论》，朱滋萃著，1941年长沙商务印书馆本。

50.《文章修养》，唐弢著，1941年上海文化生活出版社本。

51.《文章作法》，夏丏尊、刘薰宇著，1926年开明书店本。

52.《文章学初编》龚自知著，1926年商务印书馆本。

---

① 选清代散文78篇。卷首有选编者《论略》一文，阐述散文的定义、源流及清代散文发展的情况。

② 此书专门研究《史记》《汉书》的体裁问题。

53.《文章例话》，叶圣陶著，1936 年开明书店本。

54.《文章讲话》，夏丏尊、叶圣陶著，1938 年开明书店本。

55.《文章概论》，汪馥泉著，1939 年商务印书馆本。

56.《文章病院》，蒋祖怡著，1940 年上海海天书店本。

57.《文章法则》，谭正璧著，1941 年世界书局本。

58.《文章学纂要》，蒋祖怡著，1942 年重庆正中书局本。

59.《体裁和风格》，蒋伯潜、蒋祖怡著，1941 年世界书局本。

60.《中国文法学初探》，王力著，1932 年商务印书馆本。

61.《修辞学讲义》①，董鲁安，1926 年文化学社本。

62.《中国散文概论》，方孝岳著，1935 年世界书局本。

63.《中国散文史》陈柱著，1936 年商务印书馆本。

64.《文选札记》，陈柱著，1929 年中华书局刊《陈柱尊丛书》本。

65.《文心雕龙增注》，陈柱著，1929 年中华书局刊《陈柱尊丛书》本。

66.《先秦文学概要》②，陈柱著，1929 年中华书局刊《陈柱尊丛书》本。

67.《四十年来吾国之文学略谈》③，陈柱著，1936 年交通大学刊本。

68.《文心雕龙补论》，马叙伦著。

69.《精选四六丛话》，刘铁冷（选刊），1917 年藜青阁本。

70.《文话七十二讲》④（又名《国文百八课》），夏丏尊、叶圣陶，民国本。

71.《文心雕龙札记》，黄侃著，1927 年北平文化学社刊本。

72.《骈文指南》，谢无量著，1918 年中华书局刊本。

73.《实用美文指南》，谢无量著，1917 年中华书局刊本。

74.《实用文章义法》，谢无量著，1917 年中华书局刊本。

75.《文章学初编》，龚自知著，1926 年商务印书馆刊本。

76.《文通削繁》⑤，傅熊湘著，民国中华书局刊本。

---

① 据邵松如《介绍新书：修辞学讲义》，《北京高师教育丛刊》1926 年第 5 卷第 6 期。

② 据陈起予《三书堂丛书提要》，见《民国丛书》第三编第 81 册《中国学术讨论集》后所附，原由群众图书公司于民国十七年（1928）刊行。

③ 为其母校交通大学四十年周年纪念，中有《论古文》《论骈文》两章，专论从清光绪二十三年（1897）至民国二十五年（1936）间的文章史。

④ 为当代人从《国文百八课》中抽出而另行成书。

⑤ 其中前者系对首部文法著作马建忠《文通》的简洁化。

77.《仍庵文谈》，江瑔著，《小说新报》1916 年第 2 期。

78.《作文初步》，江瑔著，1919 年文明书局刊本。

79.《修辞学发凡》，陈望道著，1932 年大江书铺刊本。

80.《作文法讲义》，陈望道著，1922 年民智书局刊本。

81.《实用修辞学》，郭步陶著，1934 年世界书局刊本。

82.《文章例话》，周振甫著，著于民国期间。

83.《左传文法读本》①，吴闿生、刘培极撰，民国本。

84.《文说》，齐树楷撰，1921 年。

85.《清代骈体文约》，周贞亮辑，民国本。

86.《文法述略》，佚名撰。

87.《修辞举隅》，李镰镗著。

88.《文章源流》，邵元冲著。

以上所录 127 种文话中以文话命名者，仅 6 例。《名山文话》则包含在《名山文稿》七种中。《驼庵文话》，包含在《顾随全集》中。《文话七十二讲》，但此名是当代翻印夏丏尊所著《国文百八课》所起的别名，专论语文。其余则为白话文论历史或白话文。以论文或文论为名者，《历代文话》收 8 种，《续编》仅 1 种，新补则 3 种；以研究为名者，《历代文话》收 2 种，《续编》1 种，补录 3 种。以通论、概论、概要、述要、纲要等为名者，《历代文话》收 4 种，《续编》1 种，新补 13 种。从内容来看，以文章或文章学为名者，《历代文话》收 3 种，《续编》2 种，新补 15 种。以法命名者，《历代文话》收 2 种，《续编》2 种，新补 9 种。以作法与指南等为名者，《历代文话》收 1 种，《续编》1 种，新补收 12 种。新补文话中，其中修辞类、文体类所录为前两种文话丛书所未收者，笔者以为它们与文章或散文有密切的关系，不可不收。

二、民国期刊所见文话

民国时期有大量的文话见于当时期刊、杂志、报纸等文献中。笔者通过各种民国文献检索系统，目前已检得近 500 种。主要集中在文章或文章学、文章阅读、文章写作、文章修辞、文体、文笔等方面，凡是以话及这几方面的篇章

---

① 民国期间这种读法的著作还有不少，列此以备引人关注。

均予以收录。有关专门文章作家的话体文章仅收录论及韩愈、柳宗元、归有光以及桐城派等。有关文章学的专书仅对《文赋》《文史通义》等文话进行了收录。对话及白话文章或国文者，根据其话体的性质，酌情收录，以见文话在文言与白话变革中的"新变"。

（一）文话（30 种）

1.《廖尻文话》，《独立周报》1913 年第 2 卷第 14—15 期。

2.《惟精惟一室文话》，破浪撰，《江东杂志》1914 年第 1—4 期。

3.《文话·论文琐言》，章廷华撰，《双星》1915 年第 4 期。

4.《守玄阁文话》，陈柱撰，《交通部上海工业专门学校学生杂志》1916 年第 1 卷第 4 期。

5.《精忠柏石室文话》，钱基博撰，《江苏省立第三师范学校校友会杂志》1917 年下。

6.《潜庐文话》，钱基博撰，《文学月刊》1922 年第 2 期。

7.《味兰书屋文话》，啸春撰，《文友社第二支部月刊》1917 年第 2—3 期、1918 年第 4—5 期、第 6—15 期，1919 年 16—21 期、第 23—24 期。

8.《味兰书屋文话》[①]，顾拓村撰，《亦社》1920 年第 3 卷第 1—2 期、第 4—7 期、第 9—10 期，1921 年第 4 卷第 1—4 期，1922 年第 5 卷第 1—2 期。

9.《文话·文法杂集》，裘维琳撰，《锡秀》1918 年第 3 卷第 1 期。

10.《文话·论文琐言二十五则》，淡泊子（选），《沧海》1923 年第 2 期。

11.《省保斋文话》，江山渊撰，《小说新报》1915 年第 1 卷第 1—2 期，《文学研究社社刊》1923 年第 4、5、7 期。

12.《瞰江流阁文话》，金芚厂撰，《中华少年》1944 年第 1 卷第 1 期、第 6 期、第 2 卷第 3 期。

13.《枕绿山房文话》，张枕绿撰，《学界潮初集》1918 年 7 月。

14.《灵觊室文话》，叶灵觊撰，《永安月刊》1943 年第 46 期。

15.《文话一则·先府君轶事》，张美翊、章太炎撰，《华国》1924 年第 1 卷第 11 期。

16.《东拉西扯的文话》（说海），陈铁笙撰，《精武》1925 年第 47、49 期。

---

① 杏冰有《题味兰书屋文话》，《文友社第二支部月刊》1919 年第 19 期。

17.《文话平议》，王力撰，《甲寅》（北京）1926 年第 1 卷第 35 期。

18.《白屋文话》，刘大白撰，《复旦周刊》1926 年第 10 期；又刊于《黎明》，1927 年第 2 卷第 7 期。

19.《开明国文讲义：文话》，《开明中学讲义》1932 年第 2 卷第 1 期至 1933 年第 4 卷第 3 期。

20.《绎斋诗文话》，《电友》1935 年第 11 卷第 8 期。

21.《民族文话》，郭源新撰，《鲁迅风》1939 年第 4—11 期。

22.《七一文话》，胡山源撰，《自修》1939 年第 71、76、78、79 期。

23.《六朝文话》，刘钰撰，《杂志》1944 年第 14 卷第 1、2、4 期。

24.《文话·书价》，文超撰，《新文化》1945 年第 1 卷第 2 期。

25.《文话·从新文化说开去》，史生法撰，《新文化》1945 年第 1 卷第 4 期。

26.《文话》，《文饭》1946 年第 8 期。

27.《为无为堂文话·文章杂评》，查猛济撰，《红茶》1938 年第 9 期。

28.《亦园谐文话》，《益世报》1917 年第 457 期。

29.《亦园文话》，《益世报》1917 年第 379、380、381、383、387、464 期。

30.《文话》，张道藩撰，《文艺先锋》1947 年第 10 卷第 4 期。

（二）杂话、丛谈类（68 种）

31.《小品文杂论》，宗祥撰，《互助周刊》1931 年第 7 卷第 2 期、第 5 期、第 7 期。

32.《文坛琐话》，孙绮芬撰，《联益之友》1925 年第 4 期。

33.《湖上文风旧话》，今史撰，《越国春秋》1933 年第 1—49 期。

34.《兰苕馆文品》，许奉恩撰①，《民彝杂志》②。

35.《湘绮楼论诗文法》，王闿运撰，《湖南警察杂志》1917 年第 3 期。

36.《闲步庵随笔·六朝文章》，沈启无撰，《风雨谈》1943 年第 6 期。

37.《作文话讲》，一青撰，《新儿童》1946 年第 9 卷第 6 期。

38.《作文法讲话》，子超（编译），《图书展望》1936 年第 1 卷第 7 期。

39.《大学讲座：国文法讲论》，张守白撰，《大学》（上海）1933 年第 1 卷

---

① 许奉恩（1816—1878），字叔平，号兰苕馆主人，祖居老桐城东南黄华里（今枞阳开发区）。

② 据郭绍虞（编）《文品汇钞》，《史学年报》1931 年第 3 期，第 105 页。

第 4—5 期。

40.《艺文丛谈·文法的研究》，陈望道撰，《读书通讯》1943 年第 59 期。

41.《艺文丛谈·散文与古文》，朱羲胄撰，《读书通讯》1943 年第 58 期。

42.《艺文丛谈》，啭千撰，《文友社杂志》1917 年第 1 集。

43.《艺文断想》，章克标撰，《中国文学》（北京）1944 年第 1 卷第 1 期。

44.《艺文丛谈·公文的性质种类及其沿革》，王丹岑撰，《读书通讯》1943 年第 76 期。

45.《文谈》，海空撰，《非非画报》1929 年第 10 期。

46.《集成文谈·由汪容甫说起》，阿通撰，《集成》1947 年第 2 期。

47.《通俗文谈·从画蛇添足说到现实主义》，凌鹤撰，《通俗文化》1935 年第 2 卷第 10 期。

48.《艺文谈荟：传记的作法》，BasilHogarth 撰，《读书通讯》1941 年第 29 期。

49.《有毒文谈》，胡愈之撰，《语文》1937 年第 1 卷第 3—4 期。

50.《大众文谈》，齐同撰，《理论与现实》（重庆）1939 年第 1 卷第 1 期；又有部分刊于《现实》（上海）1939 年第 4 期。

51.《文谈·奇文欣赏录》，《民国日报·觉悟》1924 年第 3 卷第 26 期。

52.《半解文谈》，陆树枬撰，《江苏研究》1936 年第 2 卷第 5 期。

53.《现代散文谈》，林榕撰，《江苏教育》（苏州）1943 年第 6 卷第 2 期。

54.《街头文谈：心理描写》，力生撰，《新生周刊》1935 年第 2 卷第 12—18 期、第 21 期。

55.《漫羡堂文谈》，张漫羡撰，《新动向》1941 年第 18 期。

56.《坛外文谈·小品大用及其他》，王予撰，《新东方杂志》1941 年第 4 卷第 5 期。

57.《新文谈》，洪北平撰，《教育杂志》1920 年第 12 卷第 2 期、第 4 期。

58.《学文谈琐》，嚣撰，《弦》1932 年第 1 卷第 1 期。

59.《无我斋文谈》，汪礼先撰，《学生文艺丛刊》1932 年第 6 卷第 10 期。

60.《研究国文谈》，严琦撰，《学生》1918 年第 5 卷第 3 期。

61.《自修室文谈》，刘德成撰，《学生》1918 年第 5 卷第 7 期。

62.《海沫文谈：两种典型》，史笃撰，《学习》1940 年第 2 卷第 3—8 期。

63.《未厌居文谈》，圣陶撰，《国文杂志》1937 年第 7 卷第 3 期第 1 至 6 期，1942 年第 1 卷第 17—19 期，1943 年第 1 卷第 4—5 期。

64.《樗庐文谈》，卫仲璠撰，《国文月刊》1942 年第 12—13 期。

65.《小小文谈》，骋陆撰，《唯美》1935 年第 7 期、第 18 期。

66.《益修文谈》，徐昂撰，《南通师范学校校友会杂志》1915 年第 5—7 期。

67.《古文谈》，药堂撰，《华光》1939 年第 1 卷第 4 期。

68.《国文谈》，药堂撰，《华光》1939 年第 1 卷第 6 期。

69.《潜庵文谈》，潜庵撰，《千岩表》1931 年第 2 期。

70.《现代散文谈·简朴与绮丽》，林榕撰，《北大文学》1943 年第 1 期。

71.《江上文谈》，宝焜撰，《写作与阅读》1937 年第 2 卷第 2 期。

72.《车窗文谈》，宝焜撰，《写作与阅读》1937 年第 2 卷第 4 期。

73.《无意庵谈文》，沈启无撰，《中国文艺》（北京）1939 年第 1 卷第 3 期。

74.《炉边谈文》，司空彦撰，《吾友》1942 年第 2 卷第 4 期。

75.《亦佳庐谈文》，一士撰，《坦途》1927 年第 1—3 期、第 6 期。

76.《新文谈》，洪北平撰，《教育杂志》1920 年第 12 卷第 2 期、第 4 期。

77.《学文谈琐》，嚣撰，《弦》1932 年第 1 卷第 1 期。

78.《谈杂志文》，嘉德、嘉音撰，《宇宙风》1936 年第 20 期。

79.《试谈小品文》，钟敬文撰，《文学周报》1929 年第 326—350 期。

80.《谈文穷而后工》，周一行撰，《论语》1947 年第 137 期。

81.《谈学术文》，陈梦炎撰，《松声》1947 年创刊号。

82.《谈俳文》，知堂撰，《文学杂志》（上海）1937 年第 1 卷第 2 期。

83.《谈讽刺文》，顾苍生撰，《我们的园地》1929 年创刊号。

84.《谈小品文》，艾纕撰，《诗歌小品》1936 年第 2 期。

85.《谈小品文》，王传本撰，《浙江青年》（杭州）1936 年第 2 卷第 9 期。

86.《谈小品文》，朱实撰，《海啸》（厦门）1949 年第 1 卷第 8 期。

87.《谈通俗杂志文》，童咏春撰，《时与潮副刊》1944 年第 4 卷第 4 期。

88.《小品文论略》，李静根撰，《中学生》1935 年第 54 期。

89.《小品文论略》，贾雨琴撰，《浙江青年》（杭州）1935 年第 1 卷第 6 期。

90.《谈小品文》，依泛撰，《新动向》1942 年第 60 期。

91.《谈小品文》，依党撰，《学生生活》1935 年第 4 卷第 1—2 期。

92.《谈小品文》，夏丏尊撰，《读书通讯》1942 年第 33 期。

93.《谈小品文》，朱肇洛撰，《艺文杂志》1943 年第 1 卷第 2 期。

94.《谈小品文》，味橄撰，《台湾文化》1948 年第 3 卷第 1 期。

95.《谈方姚文》，知堂撰，《月报》1937 年第 1 卷第 1 期。

96.《谈小品文》，尧舜撰，《青白红》1935 年第 1 卷第 1 期。

97.《谈小品文》，罗荪撰，《生存月刊》1934 年第 4 卷第 11 期。

（三）论"文"类（40 种）

98.《论文》，沈成章撰，《学艺》（浙江）1912 年第 2 期。

99.《论文》，约之撰，《湖大学生》1947 年第 2 期。

100.《论文》，顾清华撰，《江苏省立第二女子师范学校校友会汇刊》1922 年第 15 期。

101.《论文：论文书》，周良栋撰，《正修第一校同学会年刊》1936 年第 1 期。

102.《论文杂记》，张守义撰，《金陵大学文学院季刊》1932 年第 1 卷第 2 期。

103.《论文学》，岂理撰，《流萤》（北平）1930 年创刊号。

104.《论文人》，一味撰，《时报》1948 年第 31 期。

105.《论文概要》，程京撰，《燕京大学研究院同学会会刊》1939 年第 1 期。

106.《论文气》，惜古撰，《华中粹》1918 年第 1 期。

107.《论文》，《亦社》1921 年第 4 卷第 2 期。

108.《论文作法》，余寄撰，《论语》1935 年第 64 期。

109.《论文札记》，吴杰民撰，《铃铛》1934 年第 3 期。

110.《论文杂言》，老屠撰，《交大学生》1934 年第 1 卷第 1 期。

111.《文赋论文》，朱绍安撰，《励学》1936 年第 5 期。

112.《论文讲义》，林纾撰，《文学讲义》1918 年第 1 期。

113.《论文一则》，沈庆核撰，《南京高等师范日刊》1921 年第 451 期。

114.《论文杂记三则》，乙丈撰，《芥舟》1934 年第 3 期。

115.《陶烈论文抄录》，陶炽撰，《学艺杂志》（上海）1931 年第 11 卷第 4 期。

116.《论文·作文谈》，钟伦长撰，《五中学生》1935 年第 13 期。

117.《文论》，章士钊撰，《甲寅》（北京）1927 年第 1 卷第 39 期。

118.《章实斋的文论》，李振东撰，《燕大月刊》1927 年第 1 卷第 2 期；又刊于《现代评论》1927 年第 6 卷第 134 期。

119.《刘知几的文论》，李振东撰，《燕大月刊》1928 年第 2 卷第 3—4 期。

120.《梨洲文论》，郭绍虞撰，《燕大月刊》1929 年第 4 卷第 3—4 期。

121.《八代文论史·西汉文论概述》，段凌辰撰，《河南大学学报》1934 年

第 1 卷第 2 期。

122.《清代骈文论略》，唐克浩撰，《正风文学院丛刊》1937 年第 1 期。

123.《邃思斋文论》，薛祥绥撰，《国故》1919 年第 1 期、第 3 期。

124.《文论集要叙》，沈兼士撰，《北京大学月刊》1921 年第 1 卷第 8 期。

125.《论文管见》，瘦堪撰，《青鹤》1933 年第 1 卷第 18 期、第 19 期。

126.《复陈灝一先生论文书》，钱基博撰，《青鹤》1933 年第 1 卷第 14 期。

127.《魏晋文论散稿》，范宁撰，《国文月刊》1948 年第 63 期、第 66 期。

128.《华文论》，何海鸣撰，《华文每日》1943 年第 9 卷第 9 期。

129.《骋园文缀》，柴骋陆撰，《小说海》1915 年第 1 卷第 7 至 11 期。

130.《艺文屑》①，姚鹓雏撰，1916 年至 1917 年《民国日报》。

131.《十年笔记：文则》，胡寄尘撰，《俭德储蓄会会刊》1923 年第 4 卷第 4 期。

132.《论文杂记》②，胡朴安撰，1916 年至 1918 年间《民国日报》。

133.《古文论略》，闻野鹤撰，陆续刊登在 1917 至 1918 年的《民国日报》。

134.《恫簃论文》，闻野鹤撰，陆续刊登在 1917 至 1918 年的《民国日报》。

135.《文说》，曾宪楷撰，《艺芳杂志》1933 年 6 月。

136.《文说》，小砚山人撰，《大同》1926 年第 1 卷第 10 期。

137.《文说五则》，刘师培撰，《中国学报》（北京）1916 年。

138.《与胡适之先生论文体之起源》，严既澄撰，《鞭策周刊》1933 年第 2 卷第 18 期。

（四）文"法"类（20 种）

139.《中国文法学之回顾》，杨树达撰，《民铎杂志》1923 年第 4 卷第 3 期。

140.《读文法书》，陈望道撰，《读书生活》1934 年第 1 卷第 1 期。

141.《谈中国文法》，丁西林撰，《苏州女子师范学校校刊》1934 年第 29 期。

142.《应用文作文法》，范烟桥撰，《自修》1938 年第 2 期至 35 期。

---

① 1916 年至 1917 年《民国日报》中《艺文部》专栏《艺文屑》上连续发表多则文话。如"自忏""空际""自信""偷声减字""奇偶""详略""架子""疾徐""奇正""脱胎""结句""逆笔""活剥""奇字""俗字""轻描""微言""骈偶""阴阳""骈文""连珠"等，涉及文章写作学的许多方面。

② 曾连载于 1916 年至 1918 年间的《民国日报》上。

143.《应用文例话)》，丁晓先撰，《国文杂志》1942 年第 1 卷第 1 期、1943 年第 2 卷第 4 期。

144.《公文论·公文程序之革新与试验》，孔充撰，《行政效率》1935 年第 2 卷第 5 期。

145.《作文论》，田泽芝撰，《四川学生》1943 年第 1 卷第 3 期。

146.《作文法讲义》，《民国日报·觉悟》1921 年第 10 卷第 13 期、第 11 卷第 28 期、第 12 卷第 5、19 期，1922 年第 1 卷第 9 期、第 2 卷第 13 期。

147.《小品文写法》，《春草》1936 年第 29 期。

148.《简明作文法》，胡寄尘撰，《文学讲义》1918 年第 1 期、第 3 期。

149.《写作讲话)》①，子超编译，《图书展望》1936 年第 1 卷第 8 期、第 10 期。

150.《国文论要》，文波撰，《南开思潮》1918 年第 3 期。

151.《国文法草创》，陈承泽撰，《学艺》1920 年第 2 卷第 3、5、6、8、9 期，1921 年第 2 卷第 10 期。

152.《国文法概论》，陈承泽撰，《学艺》1923 年第 5 卷第 1—3 期。

153.《国文文法讲义》，陆一远撰，《学友》1931 年第 1 卷第 3 期。

154.《语文杂话》，卜人撰，《语文》1937 年第 1 卷第 2—3 期。

155.《国文说》，尹文光撰，《学生》1914 年第 1 卷第 5 期。

156.《国文法改制刍议》，傅东华讲，《文哲》（上海）1939 年第 1 卷第 5 期。

157.《中国语文杂话》，万方撰，《吾友》1942 年第 2 卷第 31、33、35、36、38、42、47 期。

158.《注重国文说》冯涵泽撰，《江苏省立第二师范学校校友会杂志》1914 年第 6 期。

159.《国文论要》，文波撰，《南开思潮》1918 年第 3 期。

160.《文章作法特辑：论评文作法》，静嘉撰，《绸缪月刊》1935 年第 2 卷第 2 期。

161.《记物文作法述要》，邵存民撰，《南开周刊》1925 年第 1 卷第 14 期。

162.《小品文作法漫谈》，逊吾撰，《澄中校刊》1946 年第 1 期。

163.《八股文作法》，紫光撰，《艺游》1934 年第 5 期。

---

① 《写作讲话》，专门论文章底美质、文章底分类等，子超编译，《图书展望》，1936 年第 1 卷。

（五）文"史"类（108 种）

164.《桐城派古文说》，林琴南撰，《民权素》1915 年第 13 期。

165.《六朝文论略》，林纾撰，《文学杂志》（上海）1919 年第 1 期。

166.《文论集要叙》，沈兼士撰，《北京大学月刊》1921 年第 1 卷第 8 期。

167.《古文家的文论》，任维焜撰，《师大国学丛刊》1931 年第 1 卷第 1 期。

168.《明代公安文坛主将袁中郎先生诗文论辑》，魏紫铭撰，《北强月刊》1934 年第 1 卷第 6 期。

169.《西汉文论概述·八代文论史之一篇》，段凌辰撰，《河南大学学报》1934 年第 1 卷第 2 期。

170.《唐代早期的古文文论》，罗根泽撰，《学风》（安庆）1935 年第 5 卷第 8 期。

171.《骈体文论》，刘润贤撰，《国立中央大学日刊》1936 年第 1743—1744 期。

172.《八代文论史》，段凌辰撰，《进德月刊》1936 年第 2 卷第 2—4 期。

173.《文论主气说发凡》，傅庚生撰，《国文月刊》1945 年第 35 期。

174.《汉魏六朝专家文研究》，刘申叔遗说，罗常培笔述，《文史杂志》1941 年第 1 卷第 8 期。

175.《左庵文论·文心雕龙颂赞篇》，刘申叔遗说，罗常培笔述，《国文月刊》1941 年第 1 卷第 9—10 期。

176.《左庵文论四则》，刘申叔遗说，罗常培笔受，《国文月刊》1945 年第 35 期。

177.《文论探原序》，目赖皋翔撰，《志学》1945 年第 24 期。

178.《先秦两汉文论》，张须撰，《国文月刊》1947 年第 51 期。

179.《魏晋隋唐文论》，张须撰，《国文月刊》1947 年第 53 期。

180.《宋元明清文论》，张须撰，《国文月刊》1947 年第 55 期。

181.《近代文论》，张须撰，《国文月刊》1947 年第 56 期。

182.《近代文章流别论》钱钟英撰，《文艺捃华》1934 年第 1 卷第 4 期。

183.《古文新诠》，潘吟阁撰，《自修》1940 年第 105—108 期。

184.《文学津梁：论古文纲领》，左学昌撰，《文学丛报》1923 年第 2 期。

185.《论古文之义法》，蔡焦桐撰，《社会科学月刊》1939 年第 1 卷第 5 期。

186.《论古文在中国文化史上的作用》，李建芳撰，《时代精神》1939 年第 1 卷第 3 期。

187.《钱大昕论古文义法》，一叶撰，《新东方》1940 年第 1 卷第 9 期。

188.《散文品》，《文学论》第八章，《民国日报·觉悟》1924 年第 4 卷第 11 期。

189.《韩柳文派异同论》，张文钟撰，《广仓学会杂志》1917 年第 2 期。

190.《韩柳文派异同论》，黄鉴远撰，《仓圣明智大学学生杂志》1918 年第 1 卷第 1 期。

191.《清代文派之我见》，金启华撰，《芜湖中学校刊》1937 年第 2 卷第 10 期。

192.《桐城文派》，胡怀琛撰，《国学》（上海）1926 年第 1 卷第 1 期。

193.《桐城文派略》，吴蕴芳撰，《学生文艺丛刊》1934 年第 8 卷第 2 期。

194.《读桐城文派评述》，百丰撰，《文哲》（上海）1939 年第 1 卷第 5 期、第 6 期。

195.《桐城文派的新评价》，宛书城撰，《安徽教育》1939 年第 2 期。

196.《方望溪论文摭述：桐城文派史料之一》，陆征诰撰，《民意》1940 年第 1 卷第 5 期。

197.《木佛楼文评》，徐溥撰，《仁寿县教育不定期刊》1929 年秋季。

198.《学术论著：昌黎文评》，吉传方撰，《五华一中月刊》1934 年 6 月。

199.《镇洋王紫翔先生文评手迹跋》，唐文治撰，《学术世界》1935 年第 1 卷第 2 期。

200.《文评：文病偶述》，徐一士撰，《逸经》1936 年第 18 期。

201.《昌黎文评》，王培桢撰，《正学》1937 年第 1 期。

202.《归有光文评》，冯展鸿撰，《南风》（广州）1937 年第 12 卷第 4 期、第 5 期。

203.《湘潭袁先生文评手迹跋》，崔龙撰，《国艺》1941 年第 3 卷第 2 期。

204.《李耆卿评文》，绿野村人撰，《霞光画报》1929 年第 1 卷第 34 期。

205.《评文选之分体》，梅山撰，《华中期刊》1934 年第 2 期。

206.《读〈史记·老庄孟荀列传〉》，痴遯撰，《织云杂志》1914 年第 2 期。

207.《读〈史记〉》，倪中轸撰，《国学杂志》1915 年第 4 期。

208.《读〈史记〉法略述》，陈六宗撰，《学生杂志》1926 年第 13 卷第 1 期。

209.《〈史记〉略评》，施章撰，《新声月刊》1930 年第 2 卷第 5 期。

210.《读〈史记·孟子荀卿列传〉》，罗尔棻撰，《复旦》1915 年第 1 卷第 1 期。

211.《史记汉书用字考证》，胡朴安撰，《国学周刊》1923 年第 23—25 期、第 27—34 期、第 49—54 期、第 58 期、第 63 期、第 66 期。

212.《辨史记体例》，孙德谦撰，《东方杂志》1924 年第 21 卷 19 期。

213.《读史记法略述》，陈六宗撰，《学生杂志》1926 年第 13 卷第 1 期。

214.《读〈史记约言〉》，《汇学杂志：乙种本》1930 年第 5 卷第 1 期。

215.《史记约言》，何仁撰，《汇学杂志：乙种本》1930 年第 4 卷第 10 期。

216.《史记约言》，黄介侯、张亮惠撰，《汇学杂志：乙种本》1930 年第 4 卷第 6 期。

217.《"文赋"（读书杂记）》，西谛撰，《小说月报》1923 年第 14 卷第 5 期。

218.《文赋研究》，青赋撰，《南菁学生》1931 年第 7 期。

219.《讲陆士衡〈文赋〉自记》，陈柱撰，《学术世界》1935 年第 1 卷第 4 期。

220.《陆机〈文赋〉书后》，杨树芳撰，《协大艺文》1935 年第 3 期。

221.《〈文赋〉注》，武冈唐大圆撰，《文艺捃华》1936 年第 3 卷第 1 期、第 4 期。

222.《〈文赋〉论文》，朱绍安撰，《励学》1936 年第 5 期。

223.《广陆机〈文赋〉》，李廷玉撰，《国学》（天津）1937 年第 1 卷第 4 期。

224.《〈文赋〉绎意》，方竑撰，《中国文学》（重庆）1944 年第 1 卷第 3 期。

225.《陆机〈文赋〉义证》，李全佳撰，《中山学报》1944 年第 2 卷第 2 期、第 3 期。

226.《读章实斋〈文史通义〉书后》，胡天诒撰，《广东高等师范学校校友会杂志》1919 年第 3 期。

227.《书〈文史通义〉后》，娴影撰，《致中》1919 年第 1 卷第 1 期。

228.《〈文史通义〉札记序》，朱希祖撰，《史地丛刊》（北京）1922 年第 1 卷第 3 期。

229.《读章学诚〈文史通义〉札记》，何炳松撰，《史地丛刊》（北京）1922 年第 1 卷第 3 期。

230.《国故零简·章实斋与〈文史通义〉》，蜗庐撰，《暨南周刊》1926 年第 26 期。

231.《读章学诚〈文史通义·匡谬篇〉书后》，杨润玉撰，《清华周刊》

1926 年第 26 卷第 13 期。

232.《〈文史通义〉解题及其读法》，钱基博撰，《国光》（无锡）1929 年第 1 期。

233.《〈文史通义〉注·自叙》，叶长青、长卿撰，《文艺捃华》1935 年第 2 卷第 1 期、第 4 期。

234.《〈文史通义·古文十弊〉篇注》，程会昌撰，《国文月刊》1944 年第 28、第 29、第 30 期。

235.《评章实斋〈文史通义〉》，宋慈抱撰，《浙江省通志馆馆刊》1946 年第 2 卷第 1 期。

236.《读韩文五篇》，刘宋庵撰，《学生杂志》1929 年第 16 卷第 9 期。

237.《藏园群书题记：宋刊音注韩文公文集跋》，傅增湘撰，《国闻周报》1932 年第 9 卷第 5 期。

238.《韩文读语》，钱基博撰，《光华大学半月刊》1932 年第 1—6 期。

239.《与钱子泉论韩文读语书》，石遗老人撰，《光华大学半月刊》1933 年第 7 期。

240.《韩文笺正》，古直撰，《国学论衡》1934 年第 4 期下。

241.《韩文检讨：请看"原道"！》，朱继之撰，《写作与阅读》1937 年第 1 卷第 5 期。

242.《韩文检讨：一篇韩文（附表）》，灵钧撰，《写作与阅读》1937 年第 1 卷第 5 期。

243.《韩文检讨：韩文毛病举隅》，范幼夫撰，《写作与阅读》1937 年第 1 卷第 5 期。

244.《谈韩文》，知堂撰，《月报》1937 年第 1 卷第 1 期。

245.《韩文研究法》，陈柱尊撰，《大学季刊》1941 年第 1 卷第 4 期；又刊于《真知学报》1943 年第 2 卷第 5 期。

246.《韩文编录原始》，饶宗颐撰，《东方杂志》1946 年第 42 卷第 12 期。

247.《韩文证选序》，《集成》1947 年第 1 期。

248.《韩文证选》，厉鼎煃撰，《集成》1947 年第 1—2 期。

249.《解释韩愈文》，胡怀琛撰，《每周评论》1934 年第 148 期。

250.《韩愈文读叙目》，钱基博撰，《光华大学半月刊》1934 年第 2 卷第 7—10 期。

251.《关于柳文标点》，胡寄尘撰，《涛声》1933 年第 2 卷第 17 期。

252.《读柳文》，周荫棠撰，《遗族校刊》1935 年第 2 卷第 6 期。

253.《韩柳文评述》，吕洪浩撰，《南风》(广州) 1936 年第 12 卷第 2—3 期。

254.《韩柳文径》，厉星槎撰，《国学通讯》1940 年第 1—4 期。

255.《姚君泽仁论韩柳文径等篇书》，《国学通讯》1940 年第 3 期。

256.《论柳宗元文》，高文撰，《金陵大学文学院季刊》1931 年第 1 卷第 1 期。

257.《柳文写景脞谈》，徐一士撰，《天地》1944 年第 6 期。

258.《韩柳欧苏文之渊源》，胡怀琛撰，《国学》(上海)1926 年第 1 卷第 2 期；又刊于《民众文学》1927 年第 15 卷第 16 期。

259.《韩柳文评语辑要》，王维乾撰，《出版界》(上海) 1919 年第 52 期。

260.《桐城文派》，胡怀琛撰，《国学》(上海) 1926 年第 1 卷第 1 期。

261.《国朝桐城文征约选序》，萧敬孚撰，《桐声》192？年第 12 期。

262.《文学杂志·桐城文概》，方孝岳撰，《文学杂志》(广州) 1933 年第 6 期、第 7 期、第 9 期。

263.《桐城古文宗派论》，罗杰撰，《船山学报》(长沙) 1935 年第 8 期。

264.《桐城文录入选诸家着述考补》，姚子素撰，《学风》(安庆) 1934 年第 4 卷第 9 期。

265.《桐城文录入选诸家着述考》，姚子素撰，《学风》(安庆) 1934 年第 4 卷第 4 期。

266.《桐城文作家之概略》，曾名棠撰，《中国语文学会期刊》1937 年创刊号。

267.《桐城三君子文考论》，张杰撰，《光华大学半月刊》1937 年第 5 卷第 5 期。

268.《唐宋八大家》，显庭撰，《成美校刊》1929 年创刊号。

269.《唐宋八大家文章论序》，陈起昌撰，《国专月刊》1935 年第 2 卷第 1 期。

270.《谈唐宋八大家》，纸帐铜瓶室主撰，《自修》1941 年第 155 期。

271.《潮州文概出版》，《旅外岭东周报》1933 年创刊号。

（六）文笔、文心类（19 种）

272.《文笔》，《小说海》1917 年第 3 卷第 8 期。

273.《文笔说》，王肇祥撰，《国故》1919 年第 1 期。

274.《文笔研究》，姚邃撰，《持志》1929 年第 4 期。

275.《文笔杂谈》，少岑撰，《荒原》（汉口）1947 年第 1 期。

276.《文笔辨》，胡怀琛撰，《民众文学》1926 年第 14 卷第 7 期。

277.《说文笔》，逯钦立撰，《国立中央研究院历史语言研究所集刊》1947 年第 16 卷。

278.《文笔的自白》，《文笔》1940 年第 2 卷第 2 期。

279.《文笔与诗笔》，郭绍虞撰，《睿湖》1930 年第 2 期。

280.《文笔新解》，王利器撰，《国文月刊》1948 年第 73 期。

281.《文笔杂谈》，少岑撰，《荒原》（汉口）1947 年第 2 期。

282.《文笔再辨》，郭绍虞撰，《文学年报》1937 年第 3 期。

283.《文笔辨》，章庸熙撰，《国大周刊》1926 年第 18 期、第 19 期、第 20 期。

284.《文笔词笔诗笔考》，刘师培撰，《中国学报》（北京）1916 年第 1 期。

285.《小满楼文笔》，王子撰，《大众生活》（南京）1943 年第 1 卷第 9—10 期。

286.《文笔式甄微》，罗根泽撰，《国立中山大学文史学研究所月刊》1935 年第 3 卷第 3 期。

287.《文笔的美与力》，叶妹撰，《浙江青年》（杭州）1935 年第 1 卷第 11 期。

288.《论文笔之构造》，孔均撰，《文艺战线》1937 年第 5 卷第 13-15 期。

289.《读归有光文笔记》，补华撰，《沪大附中季刊》1926 年第 11—12 期。

290.《魏晋文论散稿·文笔与文气》，范宁撰，《国文月刊》1948 年第 68 期。

291.《文心》，夏丏尊、叶圣陶撰，《中学生》1933 年第 32 期。

292.《文心》，陈锦撰，《青年文化（济南）》1934 年创刊号。

293.《读"文心"》，笑云撰，《一中学生》（广州）1935 年第 6 期。

294.《谈"文心"》，干戈撰，《青年之友》1935 年第 8—9 期。

295.《从"文心"说起》，萧培缘撰，《中学生》1947 年总 185。

296.《文心诗品合论》，邴惺撰，《工商生活》1941 年第 5 期。

297.《陆九渊派的文心说》，罗根泽撰，《学原》1948 年第 1 卷第 11 期。

298.《新文章讲话·文心雕蛇》，朱露撰，《涛声》1933 年第 2 卷第 12—14 期。

299.《新文章讲话·文心雕蛇补》，聚仁撰，《涛声》1933 年第 2 卷第 17 期。

300.《文艺短谈：文心的映发和暗示》，周振甫撰，《中学生文艺季刊》1936 年第 2 卷第 2 期。

301.《新文章讲话：文心雕蛇》，曹聚仁撰，《社会月报》1934 年第 1 卷第

6 期。

（七）文体类（42 种）

302.《文体刍言》，尹石公撰，《国学周刊》1925 年第 79 期。

303.《文体述要》，朱羲胄撰，《国立四川大学师范学院院刊》1944 年创刊号。

304.《新文体》，周木斋撰，《芒种》1935 年第 2 卷第 1 期。

305.《文体说》，瞿宣颖撰，《甲寅》（北京）1925 年第 1 卷第 6 期。

306.《文体平议》，许闻渊撰，《光华大学半月刊》1934 年第 3 卷第 2 期。

307.《文体流别》，马宗霍讲、钟少祥记，《旭日》1930 年创刊号。

308.《文体举隅自序》，校重撰，《军需杂志》1933 年第 21 期。

309.《论新文体》，徐中玉撰，《远风》1948 年第 3 卷第 1 期。

310.《文体小识》，吴忠匡撰，《国文月刊》1944 年第 27—32 期。

311.《应用文体评议》，张树璜撰，《国光杂志》1935 年第 5 期。

312.《文体渊源论》，王松茂撰，《河南大学校刊》1947 年第 11 期。

313.《文体流变表说》，徐英撰，《安大季刊》1936 年第 1 卷第 2 期。

314.《文体篇》，李仲南撰，《东方季刊》1926 年 12 月第 13—14 期。

315.《校刊文体明辨序》，罗根泽撰，《民大中国文学系丛刊》1934 年第 1 卷第 1 期。

316.《"印刷文体"论》，郭雁翎撰，《新力》1940 年第 5 卷第 2 期。

317.《艺文闲话·文体与题材》，邵洵美撰，《人言周刊》1936 年第 2 卷第 50 期，又刊于《主心月刊》1937 年第 1 卷第 7 期。

318.《文体的 ABC》，Miss LiLian Taylor 著、杨子戒译，《戏剧与文艺》1929 年第 1 卷第 3 期。

319.《文体之分类》，刘云孙撰，《北京女子高等师范文艺会刊》1919 年第 3 期。

320.《历代文体的沿革》，王治心撰，《大众》（上海）1944 年第 26 期。

321.《文体研究》，楼焕昭撰，《民立旬刊》（学生专号）1936 年第 1 期。

322.《文体的转变》，梦撰，《民声旬报》1928 年创刊号。

323.《文体平义》，陈德基撰，《甲寅》（北京）1926 年第 1 卷第 34 期。

324.《文体述要》，朱羲胄撰，《国立四川大学师范学院院刊》1945 年第 2 期。

325.《文体释例序》，李澄宇撰，《虞社》1934 年第 206 期。

326.《艺文闲话：文体与题材》，邵洵美撰，《人言周刊》1936 年第 2 卷第 50 期。

327.《改善公文体裁沿革》，暂露撰，《米粮统制会刊》1944 年第 2 期。

328.《综论历代文体之迁变》，周重伦撰，《省三中校刊》1931 年创刊号。

329.《游戏文体考源》，胡寄尘撰，《游戏世界》1922 年第 13 期、第 15 期。

330.《驳瞿宣颖君"文体说"》，荻舟撰，《国语周刊》1925 年第 12 期。

331.《古代语文体系之探讨》，叶华撰，《国文月刊》1947 年第 61 期。

332.《新文体之一夕谈》，缪程淑仪撰，《妇女杂志》（上海）1920 年第 6 卷第 1 期。

333.《文体释意》，《主人翁》1946 年第 4 期。

334.《隋唐骈散文体变迁概观》，曾了若撰，《国立中山大学研究院文科研究所历史学部史学专刊》1935 年第 1 卷第 1 期。

335.《文体论略叙言》，姚抚屏撰，《民意》1941 年第 1 卷第 8 期。

336.《两汉建安文体异同略》，王德林撰，《江苏学生》1933 年第 2 卷第 4—6 期。

337.《中国诗文体式的演变：唐代以前的散文》，姜亮夫撰，《青年界》1936 年第 10 卷第 1 期。

338.《统一言文议》，吴兴让撰，《教育公报》1916 年第 3 卷第 9 期。

339.《文言白话的趣谈》，心心撰，《新云》1928 年第 10—11 期。

340.《文言质言说》，俞士镇撰，《古学丛刊》1939 年第 2 期。

341.《谈谈文言文》，宋紫芹撰，《中学生》1934 年第 49 期。

（八）修辞类（19 种）

342.《谈文脉》，朱自清撰，《国文杂志》1944 年第 3 卷第 1 期。

343.《谈文采两章》，布德撰，《中学月刊》1947 年第 6 期。

344.《苘海堂随笔：修辞六义》，苘海撰，《进步》1911 年第 1 卷第 1 期。

345.《修辞挈要》，陈佑生撰，《少年进德社社刊》1919 年第 5 期。

346.《通修辞学的题目》，独秀撰，《新青年》1919 年第 6 卷第 1 期。

347.《最录：修辞学与语体文》，陆殿扬演讲，周邦道笔记，《东方杂志》1920 年第 17 卷第 12 期。

348.《国语修辞法述概》，云六撰，《教育杂志》1921 年第 13 卷第 12 期。

349.《修辞略说》，段青云撰，《觉灯》1922 年第 1 卷第 1 期。

350.《中国修辞学史略》，胡光炜撰，《国学丛刊》（南京）1923 年第 1 卷第 1 期。

351.《修辞随录》，陈望道撰，《小说月报》1924 年第 15 卷第 4—6 期、第 12 期。

352.《中国修辞学史》，胡光炜撰，《国学丛刊》（南京）1924 年第 2 卷第 1 期。

353.《中国修辞学书目》，薄成名撰，《国学丛刊》（南京）1924 年第 2 卷第 3 期。

354.《修辞学在中国的使命》，杨光焘撰，《文学旬刊》1924 年第 132 期。

355.《修辞学上所见的复音词类》，萧家霖撰，《学林》1925 年第 1 卷第 8 期。

356.《修辞学》，施畸撰，《甲寅》（北京）1925 年第 1 卷第 14—15 期。

357.《修辞学发凡》，陈望道撰，《大江月刊》1928 年第 1 期。

358.《修辞学上的相对律》，陈钟凡撰，《大夏季刊》1929 年第 1 卷第 2 期。

359.《中国修辞学史概略》，澹如撰，《中央大学区立上海中学校半月刊》1929 年第 21 期。

360.《修辞学》，庞香楠撰，《我们的教育：徐汇师范校刊》1930 年第 4 卷第 3—4 期。

361.《修辞与修辞学》，陈望道撰，《微音月刊》1931 年第 1 卷第 6 期。

362.《修辞学概论（六续）》，M.A 撰，《我们的教育：徐汇师范校刊》1934 年第 8 卷第 7 期。

363.《修辞学概论》，M.A 撰，《我们的教育：徐汇师范校刊》1934 年，第 8 卷第 1—6 期。

364.《修辞随笔》，双右撰，《黄钟》1934 年第 5 卷第 1 期。

365.《关于修辞的话》，《华安》1934 年第 2 卷第 6 期。

366.《修辞百话》，陈思撰，《芒种》1935 年创刊号、第 2 期、第 8 期。

367.《论修辞立诚》，马厚文撰，《光华附中半月刊》1935 年第 3 卷第 3 期。

368.《关于修辞》，陈望道撰，《中学生》1935 年第 56 期。

369.《修辞学比兴篇序》，黎锦熙撰，《国语周刊》1935 年第 9 卷第 206—234 期。

370.《修辞格述要》，赵景深撰，《绸缪月刊》1935 年第 1 卷第 10 期。

371.《修辞学》，王焕猷撰，《西安一中校刊》1936 年第 3 卷第 1 期、第 3 期、第 4 期、第 6 期、第 11 期、第 12 期。

372.《法令上修辞之研究》，翰才撰，《京沪沪杭甬铁路日刊》1936 年第 1650 期。

373.《修辞学》，冯翼撰，《康庄》1936 年第 1 卷第 21 期、第 22 期。

374.《修辞学漫评》，赵景深撰，《写作与阅读》1937 年第 1 卷第 4 期。

375.《修辞学著述目录》，君实撰，《青年界》1937 年第 12 卷第 1 期。

376.《修辞究研》，病叟撰，《汇学杂志：乙种本》1937 年第 11 卷第 5 期。

377.《修辞法新论》，徐懋庸撰，《语文》1937 年第 1 卷第 1—4 期。

378.《修辞学》，黄粲撰，《是非》1946 年第 1 期。

379.《文法与修辞》，胡子美撰，《学生半月刊》1938 年第 6—7 期。

380.《修辞学之涵义及其源起》，陈竞撰，《文风学报》1947 年第 1 期。

381.《谈谈修辞》，周文华撰，《人生》1947 年创刊号。

382.《修辞学漫谈》，游叔有撰，《协大艺文》1947 年第 20 期。

383.《修辞隅举：文瑕举例》，陈竞撰，《文风学报》1948 年第 2—3 期。

384.《修辞立其诚说》，傅东华撰，《学生杂志》1939 年第 19 卷第 3 期。

385.《修辞学概论》，孙越舫撰，《战时文学》1939 年第 1 卷第 7 期。

386.《修辞讲话》，胡威撰，《学友》（莆田）1945 年第 13 期、第 14 期、第 19 期、第 20 期、第 21 期。

387.《谈修辞》，林湮撰，《春风》（宁波）1948 年第 3 卷第 1 期。

388.《修辞隅举》，陈竞撰，《文风学报》1949 年第 4—5 期。

389.《谈章法》，张光楷撰，《开明》（上海）1928 年第 1 卷第 2 期。

390.《礼记乐记篇分章法》，唐文治撰，《学术世界》1936 年第 1 卷第 8 期。

391.《礼记祭义篇分章法》，唐文治撰，《学术世界》1936 年第 1 卷第 9 期。

392.《清代辞章家略说》，吴瞿安述，《青年进步》1928 年第 115 期；又刊于《苏中校刊》1929 年第 1 卷，第 21—22 期。

（九）读文类（28 种）

393.《知圣篇读法》，及门公辑，《四川国学杂志》1913 年第 10 期。

394.《史汉分类读法》，陈衍撰，《文艺丛报》1919 年第 1 期。

395.《论国文读法》，杨前烈撰，《松江教育杂志》191？年第 8 期。

396.《国学入门书要目及其读法》，梁启超撰，《晨报副刊》1923 年 6 月 14、15、17、18、23 日；又刊于《清华周刊：书报介绍副刊》1923 年第 3 期。

397.《要籍解题及其读法：史记》，梁启超撰，《史地学报》1923 年第 2 卷第 7 期。

398.《史记读法》，齐树楷撰，《四存月刊》1923 年第 20 期。

399.《评论之评论：国学入门书要目及其读法》，《东方杂志》1923 年第 20 卷第 8 期。

400.《古书读法例》，孙隘堪撰，《政治家》1925 年第 1 卷第 1、2、4、13、14 期。

401.《古书校读法》，胡朴安撰，《国学周刊》1925—1926 年第 80—97 期。

402.《史记分程选读法》，蒋梅笙撰，《民立学声》1927 年第 7 期。

403.《文史通义解题及其读法》，钱基博撰，《国光》(无锡)1929 年第 1 期。

404.《四书解题及其读法叙目》，钱基博撰，《小雅》1930 年第 1 期。

405.《说明国学研究书目及大义与读法》，刘仲山撰，《希望月刊》1930 年第 7 卷第 8、10 期。

406.《报纸读法举隅》，亦凡撰，《论语》1948 年第 147 期。

407.《历代诗话读法》，赵景深撰，《正言文艺月刊》1941 年第 2 卷第 1 期。

408.《报纸的读法问题》，骁夫撰，《上海记者》1942 年第 2 期。

409.《杂志的读法》，阿三译，《书报展望》1936 年第 1 卷第 6 期。

410.《文选解题及其读法》，李庆富撰，《学风》(安庆)1937 年第 7 卷第 4 期。

411.《论语解题及其读法》，《新力》1939 年第 4 卷第 9 期。

412.《谈读文》，光宇撰，《文艺时代》1946 年第 1 卷第 2 期。

413.《读文杂志》，汪永宜撰，《苏中校刊》1930 年第 1 卷第 43—44 期。

414.《读文漫话》，钧之撰，《吾友》1942 年第 2 卷第 51 期。

415.《读文所感》，杜守素撰，《青年知识》(重庆)1945 年第 1 卷第 2 期。

416.《归文读记》，马厚文撰，《光华附中半月刊》1934 年第 2 卷第 7 期。

417.《文会：读碑偶记》，继唐撰，《金声》1947 年第 12 期。

418.《怎样读小品文》，殷作桢撰，《读书月刊》1931 年第 2 卷第 6 期。

419.《闲文：读孟小评》，董柏崖撰，《最小》1923 年第 3 卷第 70 期。

420.《读稼轩文感书》，王易撰，《时代公论》(南京)1932 年第 12 期。

421.《读缦雅堂骈体文》，金涛撰，《国风》(南京)1935 年第 6 卷第 3—4 期。

（十）文章类（69 种）

422.《文章分类述评》，钟应梅撰，《厦大周刊》1929 年第 202 期。

423.《杂感：译宗教文章的研究》，绍原撰，《晨报副刊》1924 年 6 月 25 日。

424.《日新室随笔：坡公文章》，张蕴耀撰，《国专月刊》1937 年第 5 卷第 3 期。

425.《林畏庐的文章论》，周振甫撰，《国文月刊》1946 年第 42 期。

426.《汉文章志》，陈崇哲撰，《国学荟编》1914 年第 4 期、第 6 期、第 9 期、1915 年第 10 期。

427.《说雅：文章浅话》，余冠英撰，《国文月刊》1942 年第 13 期。

428.《我的白话文章观》，施畸撰，《南风》（广州）1920 年第 1 卷第 1 期。

429.《六朝文章（闲步庵随笔）》，沈启无撰，《风雨谈》1943 年第 6 期。

430.《文章须调声调说》，高晓岚撰，《北京女子高等师范文艺会刊》1919 年第 1 期。

431.《文章之究研》，又一山房撰，《文友》1937 年第 1 卷第 4 期、第 6 期。

432.《文章源流论略》，陈孟康撰，《校风》1935 年第 275 期。

433.《中国之文章及其音调》，蒋作宾作，吴奔星译，《文化与教育》1935 年第 44 期。

434.《文章五味语》，《论语》1932 年第 5 期。

435.《文章正宗一瞥》，止水撰，《语丝》1925 年第 29 期。

436.《中国文章论略》，胡朴安撰，《国学周刊》1923 年国庆日增刊。

437.《学术论著：评韩愈文章》，刘冠雄撰，《五华一中月刊》1934 年 6 月。

438.《文章三昧论》，唐大圆撰，《湘南》1924 年第 1 卷第 5 期。

439.《文章三昧论》，佛隐撰，《海潮音》1924 年第 5 卷第 4 期。

440.《文章学纲要序论（附表）》，顾实撰，《国学丛刊》（南京）1923 年第 1 卷第 3 期。

441.《汉文章志》，陈崇哲撰，崇善注，《国学荟编》1914 年第 2 期、第 9 期。

442.《笔谈·文章与人品》，潮声撰，《国讯》1934 年第 78 期。

443.《谈中国记游文章》，启无撰，《新苗》（北平）1937 年第 15 期。

444.《文章组织论》，施畸撰，《学艺杂志》1929 年第 9 卷第 10 期。

445.《文章漫话》，石逸撰，《拓荒》1933 年第 1 卷第 3 期。

446.《文章作法杂话》，胡水波撰，《学校生活》1934 年第 78—79 期。

447.《文章分析》，胡谟撰，《吾友》1941 年第 1 卷第 65 期。

448.《文章琐语》，汪馥泉撰，《社会评论》（上海）1936 年第 2 卷第 10 期。

449.《文章琐语》，汪馥泉撰，《社会评论》（上海）1936 年第 2 卷第 11—12 期。

450.《文章分析（三）》，胡谟撰，《吾友》1941 年第 1 卷第 57 期。

451.《闲谈写文章》，圣涵撰，《作家》（南京）1944 年第 2 期。

452.《文章杂话》，适性撰，《玫瑰》1940 年第 2 卷第 2 期。

453.《文章小言》，村人撰，《玫瑰》1939 年第 1 卷第 3 期。

454.《文章的研究》，韦华撰，《自修》1940 年第 107 期。

455.《文章论大要》，陈承泽遗著，《学艺》1925 年第 7 卷第 2 期。

456.《文章十病》，叶茜撰，《锻炼》1945 年第 6 期。

457.《文章新论》，须尊撰，《鞭策周刊》1932 年第 1 卷第 25—26 期。

458.《文章作法漫谈》，严国柱撰，《县训》1936 年第 5 卷第 5 期。

459.《谈读文章》，黄军撰，《新动向》1942 年第 31 期。

460.《文章九命》，《雍言》1946 年第 6 卷第 2 期。

461.《漫谈写文章》，秋水撰，《狂涛》1941 年第 2 期。

462.《文章杂谈》，张章撰，《华文每日》1943 年第 10 卷第 10 期。

463.《文章的标准》朱东润撰，《国文月刊》1941 年第 1 卷第 7 期。

464.《章太炎的文章论》，周振甫撰，《国文月刊》1946 年第 49 期。

465.《说文章的公式》，郁达夫撰，《国闻周报》1933 年第 10 卷第 14 期。

466.《谈写文章》，江上风撰，《华文大阪每日》1942 年第 8 卷第 10 期。

467.《文章分类述评》，钟应梅撰，《厦大周刊》1929 年第 202 期。

468.《历代文章沿革》，林撰，《孤鹜月刊》1936 年第 1 期。

469.《文章八派》，孙白撰，《彷徨》1947 年新 3 期。

470.《文章作法》，陈虞裳撰，《蜀风月刊》1937 年第 2 卷第 7—8 期、第 10 期。

471.《文章资料之研究》，李显宗撰，《学艺》（广东）1926 年第 1 期。

472.《文章组织论》，施畸讲述，尹东坡、周文郁等笔记，《学艺杂志》1928 年第 9 卷第 4—5 期。

473.《说文章的用途》，石梅玲撰，《濂溪校刊》1946 年第 3 卷第 9 期。

474.《"文章作法概要"序》,曾今可撰,《建国月刊》(台北)1948年第2卷第5期。

475.《谈文章写作》,黄庆萱撰,《建国月刊》(台北)1948年第2卷第5期。

476.《文章作法》,程心芬撰,《论语》1934年第49期。

477.《读文章》,蔚南撰,《黎明》1926年第33期。

478.《文章模范》,汪静之、符竹因撰,《读书杂志》1932年第2卷第11—12期。

479.《文章新论》,须尊撰,《鞭策周刊》1932年第1卷第24期。

480.《文章杂谈》,毛鸿绥撰,《新青年》1942年第6卷第8期。

481.《文章作法》,《新世纪》1946年第3期。

482.《文章通义》,李续川撰,《持志》1929年第4期。

483.《文章解剖》,魏金枝撰,《现代教学丛刊》1948年第1期。

484.《谈谈文章》,王昭泰撰,《芜湖中学校刊》1937年第2卷。

485.《文章作法》,胡声戚撰,《浙东》1939年第3卷第15—16期。

486.《文章偶谈》,夏丏尊撰,《中学生》1936年第62期。

487.《文章讲话》,《学生之友》1941年第3卷第1期。

488.《谭丛:文章之文章》,忆明撰,《广肇周报》1920年第52期。

489.《谈文章》,周振甫撰,《中学生》1948年总195、总196、总198。

490.《文章作法》,夏丏尊、刘熏宇撰,《北新》1926年第4期。

491.《文法讲话》,孙义植撰,《学生杂志》1930年第17卷第3期。

以上为笔者所见民国报刊中的文话目录,其中以文话命名者凡30种,杂话、丛谈之类凡68种,论"文"类凡40种,国文"法"类20种,文"史"类,即话及文章史及文章家、文章著作、文派者凡108种;话及文笔、文心者19种,文体者42种,修辞类者凡19种,读文类者28种,话及文章或文章学者69种。可以说涵盖了文章学的方方面面,除少数以现代文章为中心外,绝大部分涉及古代文章学。

要之,民国文话的类型,按主要内容分有古文型、国文型;按范围分有专门型、广泛型;按形式分有报刊连载型、书稿型;按语言分有文言型、白话型;按作者分有保守者型、开明者型。民国文话的发展过程是不均衡的。民国前期文话的数量与种类相对较中期为少。而民国中期文话的数量、种类则多于后期。民国文话既有与传统相合的一面，也有异于传统、自成特色的一面。民国文话首先具有杂糅的特征，如新旧、文白交错等；其次具有"现代"化特征，如报刊化，现代文法的宣讲、现代教育方式的运用等；第三，民国文话的作者与编纂者身份多样，目的与态度不一。第四，民国文话与传统相比，有其新创的一面，也有因袭的一面。研究民国文话，一方面可弥补当前文话史研究的空白；另一方面，将为全民国文话的编纂提供理论支撑，再一方面，民国文话的研究将为传统散文批评、现当代散文批评提供基础，还将为现代语文教育特别是现代文章教育研究提供新视角。另外，民国文话将为纠正当代语文教育中文章学理论缺失现象提供启示。

（作者单位：南京师范大学文学院）

马其昶论辨文浅析

庄文龙

马其昶（1855—1930），字通白（又作通伯），晚年号抱润翁，安徽桐城人。清末民国著名学者。先后随其父起升、方宗诚、吴汝纶和张裕钊等人学习古文，早年以古文名，晚岁殚治群经子史，旁及内典，一生力守桐城先辈为学及为文家法，有桐城派"殿军"之称。马氏文章于当世极受推重，如林纾即谓："通伯文，方重饫衍。析理毫芒之间，而撷其精。"[①] 今存《抱润轩文集》有成于己酉年（1909）的十卷本及成于癸亥年（1923）的二十二卷本[②]，纵使后出定本在选录文章上有所增删，然两本均以"论辨"类为首卷，可见马氏对此体的重视。

一

论辨文，即论说文，用以阐明一立场和道理，或辩驳某种论述。刘勰《文心雕龙》称这种文章为"论说"，姚鼐《古文辞类纂》则称"论辨"，名异实同。关于此体起源，刘勰说："圣哲彝训曰经，述经叙理曰论。论者，伦也；伦理无爽，则圣意不坠。昔仲尼微言，门人追记，故抑其经目，称为《论语》。盖群论立名，始于兹矣。"[③] 姚鼐也说："论辨类者，盖原于古之诸子，各以所学著书诏后世，孔孟之道与文至矣！自老庄以降，道有是非，文有工拙，今悉以子家

---

① 朱羲胄《贞文先生年谱》卷一五十五岁条，《林琴南先生学行谱记四种》，台北：世界书局，1965 年，第 36 页。

② 马其昶：《抱润轩文集》，《清代诗文集汇编》第 781 册，上海：上海古籍出版社 2010 年，第213—391 页。本文征引《抱润轩文集》，皆出此本，下仅注卷次、页码。

③ （南朝梁）刘勰：《文心雕龙·论说》，郑州：中州古籍出版社 2008 年，第 181 页。

不录，录自贾生始。"① 此体是否源于《论语》实可商榷，但刘氏所言论说文的体例和要素倒也无疑，其曰："详观论体，条流多品。陈政则与议说合契，释经则与传注参体，辨史则与赞评齐行，铨文则与叙引共纪。故议者宜言，说者说语，传者转师，注者主解，赞者明意，评者平理，序者次事，引者胤辞。八名区分，一揆宗论。论也者，弥纶群言，而研精一理者也。……赞曰：理形于言，叙理成论。词深人天，致远方寸。"② 曾国藩举出了数种常见的论辨种类，其《经史百家杂钞》云论辨类："诸子曰篇、曰训、曰览，古文家曰论、曰辨、曰议、曰说、曰解、曰原皆是。"③ 马其昶文集首卷题为"论、辨、议、释"，四种文体析言则侧重有别，浑言则一，故置同卷。又卷中论、辨各四篇，议、释各一篇，可谓"弥纶群言，研精一理"，由此可见马氏作文妙手，而其论辨文的特征又可具体体现在以下几个方面。

（一）系于时事，以古鉴今

晚清时期，王朝统治越趋腐败，帝国列强侵凌中国，国内社会危机日益沉重。马其昶生逢此世，目睹政治黑暗、社会动荡的种种乱局。作为一位知识分子，他并非固守书堆之中，不问世事，而是关注时局，为文务以通经致用。这种思想即由桐城诸老的学术观所继承而来，同时遥应了清初大儒对明末空疏学问的反动思潮。在姚鼐提出"义理、考据、辞章"后，姚莹和方宗诚分别提出了"义理、经济、文章、多闻"和"义理、经济、事实、考证"，都特意拈出刘大櫆曾经提及的"经济"。又曾国藩更将"义理、辞章、经济、考证"结合孔门"德行、言语、政事、文学"四科论说，可见发挥文章社会作用的经世致用说，在桐城派中后期已成普遍论调。在经济同时，桐城派又讲"因时"，梅曾亮将先祖"文贵奇""文贵变"系于时代变化，提出文须"随时而变"。方东树又说君子之言须"救乎时""苟其时之弊"，皆以文章重在救济时弊。

通伯继承先辈家法，为文每每因事发端，切中时弊，其论辨文即能见之，如《李泌论》即评论唐代李泌制夷之举，开首先道所论何事，曰："唐时吐蕃入寇，尝为边患。李泌谋结回纥、大食、云南，与图吐蕃，令吐蕃备多，能不

---

① （清）姚鼐：《古文辞类纂序目》，《古文辞类纂》，台北：广智书局 1960 年，第 1 页。
② （南朝梁）刘勰：《文心雕龙·论说》，郑州：中州古籍出版社 2008 年，第 182 页。
③ （清）曾国藩：《序例》，《经史百家杂钞》，台北：世界书局 1972 年，第 2 页。

用中国兵而吐蕃自困。"继而盛赞"泌之谋可谓深得天下之大计者矣"。其实，通伯所论李泌，并非只就史论史，以人论人，而是借题发挥，以古鉴今，因此后面说："呜呼！先王政教之不明久矣，夷遂得乘虚而觊觎中国。"自1840年鸦片战争以后，外国列强争相侵略中国而清朝无力抵抗，中国陷入半殖民地的状态，加上清廷自乾隆以后由盛转衰，社会政局混乱，内忧外患实比唐时"吐蕃幸唐室之灾，陷河陇数千里之地，又引兵入京城，使人主蒙尘于陕。天下之大竟坐制于数千百暴至之寇，动摇其根本而莫敢谁何"。当是时，"李泌谋结回纥、大食、云南，与图吐蕃"，亦有人"尚欲结吐蕃以攻回纥"，幸而"泌反复陈说而其计竟行"，否则"唐之为唐未可知也"。通伯察古思今，由唐时外夷为患系至晚清列强侵略的现实政局，曰："不求自强以胜之之术，持忿而与之战，天下遂不胜其斗争之苦；忍一时之辱以连和彼，利吾之怯愈益肆，其侵暴而快所；欲然则求所以弭夷患而又不劳吾民者，殊未有全策也。"在这种几难的局面下难有全策，故马氏最终感慨"顾安所得如泌者与之深计天下事哉"[1]。刘声木谓："其为文思深辞婉，言虽简而意有余，幽怀微悄，感喟低徊。"[2] 通伯之所以感喟低徊，便在于其关心时政，忧国忧民，故吴汝纶谓《李泌论》："按切时事，有长公之恣肆而不邻于轻剽。"[3]

又如《祀天配孔议》即由时事而起，其开首即述："某月日奉国务院训令：祀天配孔关系绝重，应征集国民多数意见，并发交王式通请定祀典说帖。徐绍祯论改天坛为礼拜堂，呈文二件。仰见博采群言，慎重典礼之至，意虽愚陋，曷敢不竭其忧。"其文即应民国当时孔教会上书"祀天配孔"一事而作。他搜罗旧典，说明古人"治国以礼为重，五礼以祭为先，而祀天之礼又祭礼之大者也"，又说："古之王者，无一时一事敢或恣于民上，诚畏天也。世谓吾国君主专制而不知实有民主之精义存焉。自天子以至庶人皆畏于天，曷敢自专哉。"证明自古以来祭天之用。他又认为"孔子明人伦，覃教思，集大成于道，为至高。东西学者苟稍通儒术，莫不尊亲"[4]，且不论祀天配孔在今天目光看来正确与否，但马氏作文察古论今，可谓系于时事。古人着重以史为鉴、以人为鉴，

---

① 马其昶：《李泌论》，《抱润轩文集》卷一，第1—2页。
② 刘声木：《桐城文学渊源考》卷十，合肥：黄山书社1989年，第291页。
③ 马其昶：《李泌论》，《抱润轩文集》卷一，第2页。
④ 马其昶：《祀天配孔议》，《抱润轩文集》卷一，第15—18页。

要在知兴替、明得失，章太炎便说马氏《南山集序》"道可久而势有穷，斯论足为千古龟鉴。立言微婉，亦与史同符，可谓蕴藉深厚之词矣"①。通伯确实由观古人事到感今时政，处处流露关切时事的热肠。

（二）考据精凿，义正辞严

有清一代，考据之学极盛。桐城派虽以古文闻名天下，然非单作古文而毫不涉猎他学。早在姚鼐，即主张为文当于义，明于理，提出"义理、考据、文章"三者统一，兼擅其长，云："鼐尝论学问之事，有三端焉：曰义理也，考证也，文章也。是三者苟善用之，则皆足以相济；苟不善用之，则或至于相害。……夫天之生才虽美，不能无偏，故以能兼长者为贵。"②又说："三者必兼收之乃是为善。"③及至通伯师吴汝纶，其曰："为学由训诂以通文辞。"④方宗诚又语通伯曰："文不衷理道，则其用褊，是宜本经史，体诸躬，旁及大儒明臣所论著。"⑤对通伯无疑有极为直接的影响。事实上，通伯在古文以外，又博研诸经，其曰："予治《毛诗》，继治《易》，治《尚书》及《孝经》《大学》《中庸》，以逮《老子》。"⑥而治经则不得不涉训诂考据，故通伯于考据亦当兼擅。通伯在考据上又重考礼，他赞扬荀子"始于勤学，终于崇礼，可谓深得先王经世宰物之原矣"⑦，可见他相信圣人制礼本于经世之用，因此在关注时事的同时，希望还原礼制的重要面貌，用以救济时弊。马其昶作《礼记节本》即本于礼，而其他释经之作亦多论礼制，如《毛诗学》释《齐风·箸》，在分析"箸""庭""堂"时，引用吕大临等诸家说法，考昏礼："俟于箸者，俟于门外揖妇以入之时也。俟于庭，在大门之内、寝门之外，此及寝门揖入之时也。俟于堂，升阶而后至堂，升阶自西阶之时也。"并认为："位愈尊则愈亢。士俟于箸，大夫俟于庭，人君

---

① 马其昶：《南山集序》，《抱润轩文集》卷四，第 8 页。

② （清）姚鼐：《述庵文钞序》，《惜抱轩文集》卷四，《惜抱轩全集》，台北：世界书局 1967 年，第 46 页。

③ （清）姚鼐：《复秦小岘书》，《惜抱轩文集》卷六，《惜抱轩全集》，台北：世界书局 1967 年，第 80 页。

④ 赵尔巽等撰：《吴汝纶传》，《清史稿》列传二百七十三，北京：中华书局 1977 年，第 13444 页。

⑤ 马其昶：《书张廉卿先生手札后》，《抱润轩文集》卷三，第 9 页。

⑥ 马其昶：《蓼园诗钞序》，《抱润轩文集》卷五，第 18 页。

⑦ 马其昶：《荀卿论》，《抱润轩文集》卷一，第 3 页。

俟于堂，此必春秋时通行之礼。"①

《文心雕龙·论说》曰："释经则与传注参体。"②观马其昶释经之论辨文，考据参议传注亦精，如《释八蜡》先述起源"自伊耆氏"，说蜡祭之义："曰蜡也者，索也。岁十二月合聚万物而索享之也。蜡之祭也，主先啬而祭司啬也，祭百种以报啬也，享农及邮表畷禽兽，仁之至义之尽也。古之君子，使之必报之，迎猫谓其食田鼠也，迎虎谓其食田豕也，迎而祭之。祭防与水庸，事也。"继而进入释议主题，考辨祭蜡之八者，批评郑玄注《礼记·郊特牲》的说法："郑康成先啬一，司啬二，农三，邮表畷四，猫虎五，防六，水庸七，昆虫八。昆虫，害稼者也。又记所不言，曷为其祭之？猫也，虎也，二而一之，亦非也。王肃出昆虫，分猫虎。张子又据记文增百种，是也。"认为郑玄混猫、虎为一。再以"先啬、司啬为祭之主也，自百种以下皆所谓合聚万物而索享之者也"呼应开首所言，又反驳了某些人"先啬神农，司啬后稷，而顾与猫虎同祭，不其渎乎"的说法。他又引蜡祭祝辞肯定先啬、司啬以外六祭的意义，说："祝辞曰：'土反其宅，水归其壑，昆虫毋作，草木归其泽。'土反其宅，故报防也；水归其壑，故报水庸也；昆虫毋作，故迎、猫、虎也；草木归其泽，故祭百种、农也。古之君子使之必报之也。"据理陈说，前后呼应。他又质疑"邮表畷"所指非神，说："邮表畷非所以号神也，是即防也，水庸也，畜障受泄为水之邮，必有表识连畷，故曰事也。邮表畷之指防、水庸，犹禽兽之指猫虎也。"因此，他认为《礼记·郊特牲》所说的"享农及邮表畷禽兽，仁之至义之尽也"，是"预探下事而言其义也"，"不然，邮表畷果别一神也。猫、虎外又何不数禽兽乎？以是知其非也。"最后，他再重申："所谓八神者，先啬也，司啬也，农也，百种也，防也，水庸也，猫也，虎也。"③通伯考据蜡祭之礼极为详细，推论严密，故方守彝评此曰："曲折详尽，深契乎制礼之原。经学明而后名学精也。"④柯劭忞也说此篇"精审可入国史礼志"⑤。

又如《为人后者其妻为本生父母服辨》，释论妇人为舅姑服丧时，先后考据宋、明两代之制，以至当世之制的沿革，曰："宋太祖时改舅斩衰三年，姑

① 马其昶：《齐风·箸》，《毛诗学》卷八，台北：新文丰出版社 1979 年，第 3—4 页。

② （南朝梁）刘勰：《文心雕龙·论说》，郑州：中州古籍出版社 2008 年，第 182 页。

③ 马其昶：《释八蜡》，《抱润轩文集》卷一，第 14—15 页。

④ 马其昶：《释八蜡》，《抱润轩文集》卷一，第 15 页。

⑤ 同上。

齐衰三年。明太祖并姑亦改斩衰而降其长子之服。今律文因之。"进而修正顾炎武的说法，谓："顾炎武曰：'妇事舅姑如事父母，而服止于期，不贰斩也。然而心丧则未尝不三年矣，故曰与更三年丧不去。'予谓经言不贰斩者，皆当服斩而降为齐衰期者。妇服舅姑，从服也。顾氏以降服言之，非也。乃其言居丧之意，则是矣。"① 说明"不贰斩"是相对"从服"而非"降服"而言。再如《为长子服辨》又考当世诸服源流，曰："唐颜师古等乃请加冢妇期，众妇大功，至今因之。然其服长子三年者，仍自若也。明太祖定孝慈录始改长子、众子皆不杖期，至今因之。"② 而《庶子为其母党服辨》考辨万斯大"凡世之庶子皆当为母党制服"之说"适足为其所借口也，其殆不足为训哉"③。

姚鼐说："夫以考证断者，利以应敌，使护之者不能出一辞。然使学者意会神得，觉犁然当乎人心者，反更在义理，文章之事也。"④ 通伯考精而理充，理充则气正，然后义理出于文章，可谓义正辞严，故吴汝纶曰："议礼诸篇可谓持之有故，言之成理。"⑤ 王树枏谓："穷搜脉缕，洞见圣人制礼本原，故能曲畅以尽其致，吾见先生考辨礼制，诸作皆精凿可据，真有功世道之失。"⑥ 由上可见，通伯论辨文务在阐明理道，当中确实考据精密，义正辞严。

（三）识见通达，折中偏义

马其昶为人通达，学行并重，系继承桐城先辈而来。当乾嘉之世，汉宋之争日甚，姚鼐便承方苞之旨，其曰："义理、考据、辞章，三者不可一阙。"⑦ 希望调和学界的偏激风气。到了吴汝纶，为学讲求："无古今，无中外，唯是之求。自群经子史周秦故籍以下，逮近世方、姚诸文集，无不博求慎取，穷其源而竟其委。"⑧ 这种谦和通达的学术思想，无疑对通伯治经作文有极为直接的影响。通伯治经思想亦甚兼容并蓄，自谓："治诗一以毛传为宗，三家之训可互

① 马其昶：《为人后者其妻为本生父母服辨》，《抱润轩文集》卷一，第7—8页。

② 马其昶：《为长子服辨》，《抱润轩文集》卷一，第10页。

③ 马其昶：《庶子为其母党服辨》，《抱润轩文集》卷一，第9—10页。

④ （清）姚鼐：《尚书辨伪序》，《惜抱轩文集后集》卷一，《惜抱轩全集》，台北：世界书局1967年，第193页。

⑤ 马其昶：《庶子为其母党服辨》，《抱润轩文集》卷一，第10页。

⑥ 马其昶：《祀天配孔议》，《抱润轩文集》卷一，第18—19页。

⑦ 王先谦纂：《续古文辞类纂序》，《续古文辞类纂》，合肥：黄山书社1992年，第1页。

⑧ 赵尔巽等撰：《吴汝纶传》，《清史稿》列传二百七十三，北京：中华书局1977年，第13444页。

通者，亦兼载之，多存周秦旧说，自唐宋到今，不区分门户，义取其切，辞取其简，其有异数，不加驳杂，是者从之，务在审其辞气，求其立言之法，以明经大义而已。"① 其《毛诗学》释《召南·小星》时便说："至星体离合，古今多寡参错，各有师授，此不必泥。"② 认为古人立说有时虽异，不必拘泥某一偏义。又其著《周易费氏学》曰："凡所采起周秦汉魏晋迄唐，十分而有其三，宋贤之说有二。元明以来诸儒所递阐者加二，而予所区区辛苦而幸获者，又加一焉。"③ 可见其治经态度不囿门户，于异数唯是者从之，要在明经大义，非在固守一家之言。

论辨文虽着重阐释一重要事理，然其要亦在权衡与圆通，如《荀卿论》开题说："孟子之言性曰善，荀子之言性曰恶，何所言之异甚耶？曰不异也，是皆本孔子。"论说孟、荀的性善说和性恶说看似对立而实际同出孔子。又说："孟子之言性，天命之性也，无不善也。荀子之言性，气质之性也，不能无恶。虽然孟子曰形色天性，非即所谓气质者耶？荀子曰涂之人可以为禹，非即所谓天命者耶？"便举出二子相同之处，最终论述一道理："夫圣人之言，言于此可通于彼，故行之而可成，遵之而无弊。贤者鉴于彼以立言，泥于此或不胜其失，不察其指之所在，第以其言有失也，而执以为疵嗟乎！"④ 通伯明察古人立说之义，故张裕钊云此篇："识议非俗儒肠胃中所有，文亦屈盘瘦劲。"⑤ 陈三立也说："古之人持说立教不一，其端要皆为发愤救时而设文，能观其大通，气息亦厚。"⑥ 又如《葬期论》在讨论世之葬礼时，曰："吾恐其于圣人之意犹有所未尽也。盖地势之不同，地之情也。周礼所云，大抵主中原之地水土深厚，故能大其兆域而行族葬之法，不惟先王之制使然，今之北方亦犹是也。若江浙数郡，山川峭薄，即一棺之藏非精以求之，患不免矣。圣人俯察于地理而深知其不可强同，故谋之卜筮，以致其慎，又两存其义，以待处者之各适其宜，此其所以为圣人之经也。"⑦ 说明中国各地地势不同，故葬处葬法亦各有别，不可一

---

① 马其昶：《诗毛氏学序》，《抱润轩文集》卷四，第 18 页。
② 马其昶：《召南·小星》，《毛诗学》卷二，台北：新文丰出版社 1979 年，第 13 页。
③ 马其昶：《周易费氏学序》，《抱润轩文集》卷三，第 14 页。
④ 马其昶：《荀卿论》，《抱润轩文集》卷一，第 2—3 页。
⑤ 马其昶：《荀卿论》，《抱润轩文集》卷一，第 3 页。
⑥ 同上。
⑦ 马其昶：《葬期论》，《抱润轩文集》卷一，第 12 页。

概而论，深究圣人作经旨意，故吴汝纶评此篇："陈义绝精，此所谓先王未之有而可以义起者也。"①陈三立又曰："本人心所安，以推礼意而尽其变，故不徇高论，不牵俗情如此。"②刘勰谓论之为体："穷于有数，究于无形，钻坚求通，钩深取极；乃百虑之筌蹄，万事之权衡也。故其义贵圆通，辞忌枝碎，必使心与理合，弥缝莫见其隙；辞共心密，敌人不知所乘：斯其要也。是以论如析薪，贵能破理。斤利者，越理而横断；辞辨者，反义而取通；览文虽巧，而检迹知妄。唯君子能通天下之志，安可以曲论哉？"③观通伯论辨文不泥偏义而识见圆通，可见其思想学问能通天下之志。

（四）修辞铺陈，文气恣肆

通伯自谓："由二先生（即吴汝纶、张裕钊）之言，以上溯文正及姚方归氏，又上而至唐宋大家，而至两汉，犹循庭阶入宗庙而祔昭穆也。"④事实上，通伯文章风格亦有似韩昌黎、曾文正气势雄放之处，如王树枏即评其《濂亭集序》："朴茂渊懿中，间由曾文正入。"⑤谓其《清山西布政使张公墓志铭》"修辞练格，学昌黎而得其神似"⑥。吴闿生又谓其《江右赤田张氏谱序》"孤怀微悄，寄之笔墨之外，其神气纵荡处，刚大似《庄子》"⑦。

刘声木谓张裕钊"昕夕讽诵，以究极其能事"，又说："姚鼐谓诗文须从声音证入，有因声求气之说。曾国藩亦以声调为本。裕钊高才孤诣，肆力研求，益谓文章之道，声音最要。凡文之精微要眇，悉寓其中，必令应节合度，无铢两杪忽之不叶，然后词足而气昌，尽得古人音节抗坠抑扬之妙，其为文典，重肃括简古核，练一生精力，全从声音上着功夫，声音节奏皆能之应弦赴节，屹然为一大宗。"⑧可见桐城派于诗文之因声求气素有传承，至廉卿仍未断绝，而通伯文章恣肆之处，诚多赖于因声造句。通伯时以骈偶对举的句子，增加文章

---

①　马其昶：《葬期论》，《抱润轩文集》卷一，第 14 页。

②　同上。

③　（南朝梁）刘勰：《文心雕龙·论说》，郑州：中州古籍出版社 2008 年，第 186 页。

④　马其昶：《濂亭集序》，《抱润轩文集》卷四，第 9 页。

⑤　同上。

⑥　马其昶：《清山西布政使张公墓志铭》，《抱润轩文集》卷十八，第 10 页。

⑦　马其昶《江右赤田张氏谱序》，《抱润轩文集》卷四，第 17 页。

⑧　刘声木：《桐城文学渊源考》卷十，合肥：黄山书社 1989 年，第 285 页。

的波澜气势，如《荀卿论》："孟子之言性曰善；荀子之言性曰恶。"① 以及"孟子之言性，天命之性也，无不善也；荀子之言性，气质之性也，不能无恶"②。又如《风俗论》："千畦之稻，不能无莠；千夫之村，不能无顽。"③ 全用四字句式，铺陈近赋。而《风俗论》："前乎吾者千百世，后乎吾者千百世，皆人与人相续而嬗焉者也。接乎吾者，近自闾里之迩，远逮四海九州岛，皆人与人并立而生焉者也。人与人相嬗，古今以成焉；人与人并立，宇宙以塞焉。"④ 则可谓对举之中又有对举，骈偶、单行交错。又用铺陈递进，如《风俗论》"十人密迩，百人习焉，百人密迩，千人习焉"⑤ 一句，读而能感其恣肆之气。此外，通伯论辨时以问句开题，形成纵放起伏之势。如《荀卿论》："孟子之言性曰善，荀子之言性曰恶，何所言之异甚耶？曰：不异也。"⑥ 又如《葬期论》："葬宜定期乎？曰：亲死而不葬，人子之大罪也。乌可以不定？"⑦ 前者设问自答，后者反问代答，皆有抑扬错落之感。

通伯博喻亦似昌黎气息，如《李泌论》将"宰相尚欲结吐蕃以攻回纥"的想法，比作"分盗以财"，此举只会令对方得寸进尺，因为"分盗以财勾其生者，财不尽，盗之欲不止"，最终造成前面所说的极大祸患，"吐蕃势益骄，必起而乘其敝，据其要津，箝制其官吏，手揉而掌玩之，则唐之为唐未可知也。"⑧ 递进设想吐蕃之害，气势迸发。又如《风俗论》连续使用比喻，以"两骖载路，一马奔踶，群马皆逸；两敌对垒，一卒奔溃，百卒从靡"，喻示"众人之所不敢犯，苟有一人焉犯之，则继之者靡然起矣"⑨ 的现象，运用四字句式铺说比喻，一气呵成。而《为人后辨》则以"天子世天下，诸侯世国，大夫世家"的宗法制度，喻作"身使臂，臂使指"⑩ 的人体活动，层层相因，文气渐进。

---

① 马其昶：《荀卿论》，《抱润轩文集》卷一，第 2 页。
② 同上。
③ 马其昶：《风俗论》，《抱润轩文集》卷一，第 4 页。
④ 马其昶：《风俗论》，《抱润轩文集》卷一，第 3 页。
⑤ 马其昶：《风俗论》，《抱润轩文集》卷一，第 4 页。
⑥ 马其昶：《荀卿论》，《抱润轩文集》卷一，第 2 页。
⑦ 马其昶：《葬期论》，《抱润轩文集》卷一，第 12 页。
⑧ 马其昶：《李泌论》，《抱润轩文集》卷一，第 1 页。
⑨ 马其昶：《风俗论》，《抱润轩文集》卷一，第 4 页。
⑩ 马其昶：《为人后辨》，《抱润轩文集》卷一，第 5 页。

二

叶龙云:"又尝称至父文所以高洁者,以其经学深,所致力皆周秦书也(见《桐城耆旧传》卷十一《吴挚父先生传》)。余谓通伯之文亦然,盖通伯能'源于师法'故也。通伯于古文理论,虽愁剑获,然其为文造诣,能模拟而得古人之神似,诚能守先而待后者也。"① 诚然,时人多以通伯力守家法,能直继桐城先祖之志,如林纾云:"吴先生逝后,世之所仰桐城者,必曰是马通伯先生,当世之能为古文者,承方、姚道脉而且见淑于吴先生。"② 而章太炎生平素少许可为文诸家,亦赞通伯:"文章之奇,是唯枞阳。公殿其行,圣泽斩矣。新学披昌,公能宪章,括囊六艺,大典洋洋。三经作纲,我瞻法象。既温以方,没齿不忘。"③ 桐城派论文最重"义法",义即言有物,法即言有序,二者相辅相成。通伯作论辨文系于时事又折中偏义,说理可谓言之有物,同时以考据、修辞之法辅之,陈说亦可谓言之有序,其文合于义法,受称"桐城殿军"诚非虚誉。

(作者单位:香港岭南大学中文系)

---

① 叶龙:《桐城派文学史》,香港:龙门书店 1975 年,第 297 页。

② 朱羲冑:《贞文先生年谱》卷一五十五岁条,《林琴南先生学行谱记四种》,台北:世界书局 1965 年,第 35—36 页。

③ 章太炎:《马通伯先生像赞》,《太炎文录续篇》卷七上,载林庆彰等编:《民国文集丛刊》第一编第 81 册,台北:文听阁图书有限公司 2008 年,第 3 页。

论章太炎散文观的社会学视野

余　莉

　　社会学最初传入中国时被称为"群学"，为康有为、梁启超、谭嗣同等人所倡导，用以支持维新运动。1895 年，严复在天津《直报》发表了《原强》一文，大呼"群学"之重要性，曰"学问之要，以群学为要归。唯群学明，而后知治乱盛衰之故，而能有修齐治平之功"[①]，并在其所译的赫胥黎《天演论》中，颇为详细地介绍了斯宾塞的社会进化学说。国家危难之际，严复介绍的社会学说引起了社会各界的广泛兴趣，一些立志于救亡图存的国人开始纷纷学习或翻译各种社会学著作。在晚清的社会学思潮中，章太炎是一个积极参与者。早在1898 年，受严复的影响，章太炎就与曾广铨合译了斯宾塞的部分社会学理论，并以《斯宾塞尔文集》为名在《昌言报》连载，第一论为《论进境之理》，第二论为《论礼仪》[②]。不过，章太炎对社会学有比较成熟的认识当在 1902 年前后。1902 年初，章太炎流亡日本，在那里广泛接触了各种社会学著作，并对社会学有了进一步的认知以及更大的热情。1902 年 7 月，章太炎在给梁启超的信中说"酷暑无事，日读各种社会学书"[③]。1902 年，章太炎还出版了他的一本社会学译作，即日本岸本能武太《社会学》，该书是中国第一本完整的社会学译著。黄绍伦在《中国解放前社会学的成长》一文中将当时中国的社会学分为东洋、西洋两派，西洋派以严复为代表，而章太炎则为东洋派[④]。虽分属两派，但严复和章太炎却有一个共同点，即都有意识地将西方社会学与中国传统学术

---

①　牛仰山选注：《严复文选》，天津：百花文艺出版社 2006 年，第 14 页。
②　沈云龙主编：《近代中国史料丛刊》三编，《昌言报》第 1—6、8 册。
③　章炳麟著，汤志钧编：《章太炎政论选集》，北京：中华书局 1977 年，第 167 页。
④　复旦大学分校社会学系编：《社会学文选》，杭州：浙江人民出版社 1981 年，第 177 页。

相发挥，甚至将西学视为中国传统学术的注脚。严复早在《原强》中即是如此，此后诸多译著中也不时在序言或按语中发挥中国传统学术思想，如其在《群学肄言》序言中说斯宾塞此书"实兼《大学》《中庸》之精义"①，所以贺麟说严复译书是"一面介绍西学，一面仍不忘发挥国故"②。作为一位中国传统学术修养深厚的革命学者，在这一点上，章太炎比严复有过之而无不及，且章太炎对中国传统学术的自尊心和自信比严复更加强烈。所以，在引进西方社会学的过程中，章太炎很快就将社会学研究理念与视角与中国传统学术思想相渗透，社会学成为章太炎学术研究的新注脚，其中也包括他的散文观。

一、章太炎推崇汉魏六朝论体文的社会学视野

章太炎比较推崇汉魏六朝文章，而其中最推崇者乃东汉末年及魏晋论体文。在《国故论衡·论式》篇中，章太炎说："魏晋之文，大体皆埤于汉，独持论仿佛晚周。气体虽异，要其守己有度，伐人有序，和理在中，孚尹旁达，可以为百世师。"③很多学者据此说章太炎文崇魏晋，这固然是没错的。章氏对魏晋文章确实情有独钟，只不过，就实际情况而言，至少还应该包括东汉末年，甚至下及齐、梁。汉魏六朝之外，能入章氏之眼者极少。汉魏六朝论体文，此前在中国散文思想史上并不受重视，扬州学派论文虽重汉魏六朝，但对其论体散文也不曾大加青睐，章太炎为何会如此盛赞汉魏六朝论体文？其实，这与他的社会学研究有很大关系。

首先，从时间上来说二者有吻合之处。章太炎对社会学研究日趋深刻是在1902年前后。当时，章太炎在日本接触了很多社会学著作，对社会学有了更学理性的认识，这些认识给他的学术研究带来了新的思维视角。1902年7月，章太炎在《致吴君遂书》中就以社会进化论来审视中国古代史学，曰："前史既难当意，读刘子骏语，乃知今世求史，固当于道家求之。官、庄、韩三子，皆深识进化之理，是乃所谓良史者也。因是求之，则达于廓氏、斯氏、葛氏之

---

① （英）斯宾塞著，严复译：《群学肄言》，北京：商务印书馆1981年，第 xi 页。
② 苏中立、涂光久主编：《百年严复——严复研究资料精选》，福州：福建人民出版社2011年，第182页。
③ 章太炎著，庞俊、郭诚永疏证：《国故论衡疏证》，北京：中华书局2008年，第402页。

说，庶几不远矣。"①又在同时的《致梁启超书》中又说到自己欲以社会学治通史这一想法："平日有修《中国通志》之志，至此新旧材料，融合无间，兴会勃发。……窃以今日作史，若专为一代，非独难发新理，而事实亦无由详细调查。惟通史上下古今，不必以褒贬人物、胪叙事状为贵，所重专在典志，则心理、社会、宗教诸学，一切可以熔铸入之。"在该信中，章太炎还特别分析了之所以贵通史的理由："一方以发明社会政治进化衰微之原理为主，则于典志见之；一方以鼓舞民气、启导方来为主，则亦必于纪传见之。"可见，1902 年时，社会学正逐渐成为章太炎学术研究的一个新视野。而章太炎推崇魏晋文也正是在 1902 年前后。关于这一点，他曾在《自定年谱》"光绪二十八年（一九〇二年）三十五岁"中说："余始著《訄书》，意多不称。自日本归，里居多暇，复为删革传于世。初为文辞，刻意追蹑秦汉，然正得唐文意度。虽精治'通典'，以所录仪礼之文为至，然未能学也。及是，知东京文学不可薄，而崔实、仲长统尤善。既复综核名理，乃悟三国两晋文诚有秦汉所未逮者，于是文章渐变。"②又其在《自述学术次第》中说，"三十四岁以后，欲以清和流美自化。读三国两晋文辞，以为至美。"③所以，从章氏的两次自述来看，正是在 1902 年前后，他对中国古代文章的认知发生了变化，并从此看重汉末魏晋文章。

其次，从事件上来说二者有相合之处，即《訄书》的修订。章太炎在《自定年谱》中明言，他对魏晋文章的新认识发生在《訄书》的修订过程中，而《訄书》的修订正是深受社会学理念影响。姜义华在《章太炎思想研究》一书中曾说："修订后的《訄书》更坚实地将章太炎那时所已习知的西学当成了自身立论的理论基础。如果说，《訄书》初刻本编订前，西学中给章太炎最大影响的是进化论学说，那么，这一阶段，给了章太炎最大影响的则应当说是西方资产阶级社会学。"④他统计了《訄书》中出现的各种社会学著作："《訄书》中直接注明作者与书名的，就有英国人类学泰斗泰勒（章氏译作梯落路）的《原始人文》，芬兰哲学家、人类学家韦斯特马克的《人类婚姻史》（章氏译作威斯特马科《婚姻进化论》），美国著名社会学家吉丁斯（章氏译作葛通哥斯）的《社会

---

① 本段引用见章炳麟著，汤志钧编：《章太炎政论选集》，北京：中华书局 1977 年，第 165—167 页。
② 《太炎先生自定年谱》，香港：龙门书店 1965 年，第 9 页。
③ 《太炎先生自定年谱》，香港：龙门书店 1965 年，第 58 页。
④ 本段引言见姜义华著：《章太炎思想研究》，北京：中国人民大学出版社 2009 年，第 120 页。

学》，日本著名社会学家有贺长雄的《族制进化论》，日本文学家涩江保的《希腊罗马文学史》、语言学家武岛又次郎的《修辞学》、宗教学研究者姊崎正治的《宗教学概论》。书中引述的，还有瓦伊知的《天然民族之人类学》，载路的《民教学序论》，白河次郎、国府种姓的《支那文明史》，远藤隆吉的《支那哲学史》，桑木严翼的哲学著作，以及培根、洛克、卢梭、康德、斯宾塞等人的许多观点。"

从《訄书》重订本的研究模式来看，章太炎在论述历代学术思想的各篇章中都强调其学术产生的社会基础与政俗背景，并结合地理环境与个人才性进行分析，而评价学术思想时也更关注它是否体现了社会进步发展的需要。如修订本的第一篇《原学》，章太炎开篇即曰"立学术者无所因，各因地齐、政俗、材性发舒，而名一家"①，而该篇结尾时又说，"今之为术者，多观省社会、因其政俗，而明一指。"这种社会学研究的思维方式在其他篇章中也均有体现，如新增的《方言》《正名杂义》等，可谓贯穿了《訄书》重订本的始终。可见，《訄书》的重订过程中，社会学已经成为章太炎重要的学术思维视角。

社会学研究影响了《訄书》修订，而《訄书》的修订是如何影响到章太炎文章观念的呢？这还得从内在学理入手。

第三，章太炎看重汉末、魏晋之论体文与社会学研究有内在学理上的一致性，其契合点正在《訄书》重订本中。众所周知，《訄书》重订本的一大明显特征就是对孔子及儒家权威地位的否定。《訄书》重订本的第二篇即为《订孔》，在该篇中，章太炎以社会学的思维视角去掉了孔子的神圣性，认为孔子的学说其实还不及孟子和荀子，只承认孔子是一位优秀的史学家，整理了很多历史文献。而汉末魏晋文章的整体特征便是对孔子及儒家的反叛，章太炎推崇的作家作品尤其具有这一特征。章太炎在《国故论衡》中论及历代文学，其《论式》篇对汉代文章多有不屑，但独对东汉末仲长统的《昌言》加以肯定。在《自定年谱》中，章太炎也特意提到东汉末年思想家仲长统文章"尤善"。仲长统是东汉末法家的代表人物，乃公开向儒家挑战之人。他所著《昌言》十万余言（按：今略存部分），处处与儒家相对，打击汉代儒家的精神支柱"天道观"，质疑他们所谓的"君权神授""三纲五常"，提出"三代不足慕，

---

① 章炳麟著：《〈訄书〉初刻本　重订本》，北京：生活·读书·新知三联书店 1998 年，第136—137 页。

圣人未可师"。然而，正是这部《昌言》甚为章太炎所欣赏。从章太炎在《訄书》重订本中对仲长统《昌言》的肯定与推崇来看，他此时的社会学研究已经渗透到文章理念上。

此外，在《訄书》中，我们还可以为章太炎推崇汉魏六朝论体文找到一些注脚。如《訄书·学变》篇论述的是汉晋之间的学术思想，在该篇中，章太炎说"华言积而不足以昭事理"①，这可视为他后来《国故论衡》中轻华辞重文理散文观的一个前奏。又，后来章太炎在《国故论衡·论式》篇中点评历代文章时，于汉晋之间较为欣赏的篇章有《法言》《论衡》《昌言》《中论》等，而这些篇章都在《訄书·学变》中就已经呈现。在《訄书·学变》篇中，章太炎说："王符之为《潜夫论》也，仲长统之造《昌言》也。崔寔之述《政论》也，皆辨章功实，而深嫉淫靡靡，比于'五蠹'；又恶夫以宽缓之政，治衰敝之俗。《昌言》最恢广。上视扬雄诸家，牵制儒术，奢阔无旋，而三子闳达矣。"由此可见，《訄书》重订本不仅是章太炎对中国学术史的重新审视，而且也是他文崇汉末魏晋的一个学术源头，而这些都与他的社会学研究有密切关系。

所以说，章太炎在 1902 年前后文章观念的转变与他的社会学研究分不开，正是社会学研究以及在此背景下的《訄书》修订，他发现了汉末魏晋之时论体文的思想价值，成为他后来在《国故论衡》中推崇汉魏六朝论体文的一个思想源头。

二、章太炎"文"的界定中的社会学视野

章太炎在对"文"作界定时，其"文"并不等同散文，但是研究章太炎的散文观，却不能不重视他对"文"的界定。章太炎论及"文"的界定的文章主要有三篇，即 1902 年的《文学说例》，1906 年的《文学论略》及 1910 年出版的《国故论衡》中的《文学总略》，其中以《文学论略》和《文学总略》为主，此外还在一些演讲文中（如 1922 年在上海讲"文学之派别"）亦有论及。章太炎界定"文"的主要观点是："以有文字，著于竹帛，故谓之文；论其法式，谓

---

① 章炳麟著：《〈訄书〉初刻本　重订本》，北京：生活·读书·新知三联书店 1998 年，第146—147 页。

之文学。凡文理、文字、文辞，皆谓之文。"① 在此基础上，章太炎认为研究文学，应当"以文字为主，不当以彣彰为主"。这种观点在《文学说例》中已经有所呈现，在《文学论略》中正式提出，在《国故论衡·文学总略》中得到进一步阐述，并因此而受到更广泛的关注。章太炎何以会如此界定"文"呢？本文以为这也与他的社会学研究有密切关系。章太炎对"文"的界定，主要出于社会学视角，尤其社会学视角下的语言文字观影响了章太炎对"文"的认知和界定。

1898 年，章太炎与曾广铨合译《斯宾塞尔文集》时，其第一论为《论进境之理》。在该文中，作者曾以语言文字的发展证社会进化。现录其重点如下：

> 人之初言，喜怒哀乐皆作一声，观动物之啼号也，其情万殊，而声如出一管，未可以辨角徵、审穆羽矣。……而文字以之孳乳，至于末世，有数字之义祖祢一字，而莫能究其原者，非覃思小学，孰能道之？……其朝觐仪注绘诸此，其战胜奏凯绘诸此，其民志驯服壶箪以迎绘诸此，其顽梗拒命终为俘馘绘诸此。其于图也，既史视之，且会典视之。而民之震动恪恭，乃不专于神而流趋于图，见图则如师保在前矣。为君人者，藉此以相临制，使民驯扰，于事益便。顷之，以画图过繁，稍稍刻省，则马牛兔鹜，多以尾足相别而已，于是有墨西哥之象形字。其后愈省，凡数十画者，杀而成一画，于是有埃及之象形字。凡象形字，其沟陌又为二：一以写体貌，一以借形为象，所谓"人希见生象，而按其图以得仿佛"者也。②

这种社会学视角下的语言文字观对章太炎影响很大，甚至可以说译文本身就带有章太炎当时的个人意识，是其学术思想的一种隐性体现。理由有二。首先，章太炎二人在翻译上并不严格忠实原著。这一点在当时就曾遭到严复的批评。严复在《国闻报》上发表了《论译才之难》一文，其中提到诸多译著"纰漏百出"，并点评了章太炎二人翻译的《斯宾塞尔文集》，曰："近见《昌言报》第一册译斯宾塞尔《进说》数段，再四读，不能通其意。因托友人取原书试译首段，以资互发。乃二译舛驰若不可以道里计者，乃悟前言非过当也（按：指

---

① 该文可见章太炎著，庞俊、郭诚永疏证：《国故论衡疏证》，北京：中华书局 2008 年，第 247 页。

② 本段引言见《昌言报》第 2 册，第 67—68 页。

上文所言"纰漏百出"之语)。"① 其实，并非二人合译时的外文水平与行文能力太差，而是章氏在行文时存在有意识地筛选。其次，从上文所录译文即可看出，章太炎不时将中国文化及学术传统嵌入其中，又或将之与斯宾塞的社会学观念相印证。如在论述语言文字之繁杂时说，"而文字以之孳乳，至于末世，有数字之义祖祢一字，而莫能究其原者，非覃思小学，孰能道之？"② 又如论述文字与绘画并非二途时，章太炎特意在文章中加入按语，以中国古代《尚书》《天问》等相关内容为佐证。所以说章氏译文中的观点带有他当时的个人意识是毋庸置疑的。当然，更毋庸置疑的是，这种语言文字观的确很快就对章太炎的学术研究产生了影响。在《訄书》初刻本（约撰于 1894—1900 年）中，章太炎撰有《订文》篇论述他对中国语言文字的看法。在该文中，章太炎积极引用了斯宾塞的观点，曰"吾闻斯宾塞尔之言曰：有语言然后有文字。文字与绘画，故非有二也，皆昉乎营造宫室而有斯制。……"③ 文章将《论进境之理》中的语言文字观择其要点，略加整理，抄录约五百余字，具体内容与上文所录大致相同。1902 年夏，章太炎对《訄书》大作修正时，《订文》篇并未做改动。可见，章太炎对这种语言文字观念的肯定与认可。

由于章太炎以小学为文章始基，所以这种语言文字观又很自然影响到了他对"文"的认识。1902 年 4 月，章太炎流亡日本期间在梁启超的《新民丛报》第五号（续第九号、十五号）发表了《文学说例》一文（此文内容与《訄书》重订本《订文》篇所附《正名杂义》基本相同），在该文中，章太炎虽然还没有对"文"做出明确界定，但他对文学的看法已经深受社会学思维的影响。其曰"文学之始，盖权舆于言语。自书契既作，递有接构，则二者殊流，尚矣。"又说"夫炎、蜚而上，结绳以治，则吐言为章可也。既有符号，斯壳杂异语，非通古今字知先代绝言者，无能往来，况夫审别流变耶？世有精练小学拙于文辞者矣，未有不知小学而可言文者也。"④ 这些论述源出于他社会学视野下的语言文字观，是其以社会学视角研论"文"的发生、发展的尝试。

---

① 严复著，王轼主编：《严复集》，北京：中华书局 1986 年，第 90—91 页。
② 《昌言报》第 2 册，第 67 页。
③ 参见章炳麟著：《〈訄书〉初刻本 重订本》，北京：生活·读书·新知三联书店 1998 年，第 47 页。
④ 该文《章太炎全集》未列名收录，可见舒芜等编选：《近代文论选》，北京：人民文学出版社 2006 年，第 403 页。

1906 年 10 月，章太炎将自己在东京国学讲习会中的文学讲稿发表于《国粹学报》之"文篇"栏，并题名为《文学论略》（此时，该报此栏已经发过刘师培的《论文杂记》《文说》）。略者，界也。章太炎这篇文章主要讨论的正是"文"的界定问题。在该文中，章氏先将"文"与"彣""文章"与"彣彰"对举，批驳以华辞为界的散文观，曰"命其形质，则谓之文；状其华美，则谓之彣。凡彣者，必皆成文；而成文者，不必皆彣。"同时又批评唐宋古文派"持论偏颇"，曰"自梁、李、韩、柳、独孤、皇甫、吕、李、来、张之辈，竞为散体，而自美其名曰古文辞，将使骈俪诸家，不登文苑，此固持论偏颇，不为典要。"尔后，对于西方文论观念中的"文辞""学说"之分亦视为"一偏之见"。通过对三种论"文"观念的批驳，章太炎完成了他对"文"的界定，即论"文"要以"文字"为主，一切著于竹帛的文字都是"文"的范围。在该文中，章太炎将文分为无句读文和有句读文。无句读文包括"图书""表谱""簿录""算草"，有句读文分为"有韵文"和"无韵文"，其中诗词歌赋、学说、历史、公牍、典章、杂文、小说并涵括在内。显而易见，章太炎对"文"的分类不是出于普遍意义上的文学视角，而是社会学视角。尤其在列表分类前，章太炎有一段论述非常值得注意，其曰："文字初兴，本以代声气，乃其功用有胜于言者。言语仅成线耳，喻若空中鸟迹，甫见而形已逝，故一事一义得相联贯者，言语司之。及夫万类坌集，芬不可理，言语之用，有所不周，于是委之文字。文字之用，足以成面，故表谱图画之术兴焉，凡排比铺张，不可口说者，文字司之。及夫立体建形，向背同现，文字之用，又有不周，于是委之仪象。仪象之用，足以成体，故铸铜雕木之术兴焉，凡望高测深不可图表者，仪象司之。然则文字本以代言，其用则有独至，凡无句读文，皆文字所专属者也。"将这一段话与《论进境之理》《订文》及《文学说例》中的观念相比，可知章太炎对"文"的界定与其社会学视野下的语言文字观是一脉相承的。

除了观念上的一脉相承之外，在研究方法上，章太炎对"文"的界定也受到了社会学视角的影响。在《国故论衡·文学总略》中，章太炎在《文学论略》的基础上又进一步阐释了他对"文"的界定，而在阐述"文""彣""文章""彣彰"的区别时就增加了社会学视角。如"古之言文章者，不专在竹帛讽诵之间。孔子称尧、舜，'焕乎其有文章'，盖君臣朝廷尊卑贵贱之序，车舆衣服宫室饮食嫁娶丧祭之分，谓之文；八风从律，百度得数，谓之章。文章者，礼乐之殊称矣。其后转移施于篇什，太史公记博士平等议曰：'谨案诏书律令下者，文章尔雅，训辞深厚。'《儒林列传》。此宁可书作'彣彰'耶？独以五采施五色，有言黻、言黼、言文、言章者，宜作'彣彰'。然古者或无其字，本以'文章'引伸，今欲改'文章'为'文彰'者，恶夫冲淡之辞，而好华叶之语，违书契记事之本矣。"① 通过考察"文章""彣彰"在社会发展中的使用过程，追本溯源，并以此佐证其对"文"的界定。

由此可见，章太炎对"文"的界定与其社会学研究实有密切联系，正是出于社会学视角，他才做出了这样一个独特的"文"的界定。这种界定对他的散文观产生了很大影响。正是出于这种社会学视角下的"文"的界定，章太炎把一大部分原来不在主流文学视野内的作品纳入了"文"的研究范围。

三、"国势论"与"体气论"

社会学研究对章太炎散文观的影响还体现在他的"国势论"和"体气论"上。章太炎在论历代文章风格时有两个很重要的观点，一是"国势论"，一是"体气论"。关于这两个观点的论述主要见于《菿汉微言》（1914—1916）《文章流别》（1932 年）《文学略说》（1935—1936），这些作品原都是章太炎的讲稿，由其弟子记录整理而成。

以"国势""体气"论文章风格，似乎并不新鲜，中国古代文论中早有论及，如《毛诗序》中有"治世之音安以乐，其政和；乱世之音怨以怒，其政乖；亡国之音哀以思，其民困"，又《文心雕龙》中有《时序》篇，曹丕《典论·论文》中说孔融"体气高妙"。不过，章太炎的"国势"论和"体气"论却自有其独特之处，尤其他将"国势"和"体气"融合起来论历代文章风格，这就与中国古代文论中的相关论述有所不同。如他在《文学说略》中说到明代文章时，说："明代国势之盛，出于勉强。国势如此，国人体气恐亦类此。"② 又如其论清代文章时说，"清初国势之盛，乃满洲之盛，非汉族之盛。汉人慑伏于满洲淫威之下，绿营兵丁大抵赢劣，营汛武职官俸薄，往往出为贾竖，自谋生活，其权力犹不如今之警察。故汉人皆以当兵为耻。夫不习戎事，则体力弱；及其为文，自然疲苶矣。曾涤笙自办团练，以平洪杨之乱，国势既变，湘军亦俨然一

---

① 章太炎著，庞俊、郭诚永疏证：《国故论衡疏证》，北京：中华书局 2008 年，第 248—249 页。
② 本段引言见章太炎著：《国学讲义》，北京：海潮出版社 2007 年，第 225 页。

世之雄，故其文风骨遒上，得阳刚之气为多。"可见，章太炎以"国势"和"体气"论历代文章，其评论有社会学研究视角，且"国势"论和"体气"论均有近代社会观念在散文观上的投射。

（一）国势论与近代尚武精神

章太炎在《菿汉微言》（按：该著为章太炎口述，吴承仕记录整理）中认为一个时代整体的文章风格与国势有关系，国势强盛时，文章刚劲，则多壮美之文，国势衰微时，文章清妍，则多优美之文。其文曰：

> 又观世盛衰者，读其文章辞赋，而足以知一代之性情。西京强盛，其文应之，故雄丽而刚劲，东京国力少衰，而文辞亦视昔为弱，然朴茂之气尚存，所谓壮美也。三国既分，国力乍挫，讫江左而益弱，其文安雅清妍，所谓优美也。唐世国威复振，兵力远届，其文应之，始自燕、许，终有韩、吕、刘、柳之伦，其语瑰玮，其气奘驵，则与两京相依。逮宋积弱，而欧、曾之文应之，其意气实与江左相似，不在文章奇偶之间也。明世外强而中乾，弱不至如江左、两宋，强亦不能如汉、唐，七子应之，欲法秦汉而终有绝脰之患。元、清以外夷入主，兵力亦盛，而客主异势，故夏人所为文犹优美，而非壮美。曾国藩独异是，则以身为戎首，不藉主威，气矜之隆，其文亦壮美矣。其或文不适时，虽美而不足以成风会。陆敬舆生唐代，而为优美之文，宋公序、子京兄弟生宋代，而为壮美之文，当时无一步其步武者，此其故不愈明乎？是故文辞刚柔，因世盛衰，虽才美之士，亡以自外。①

这段话主要有两层意思：一是从创作方面而言，文章的风格（此处章太炎引用了当时流行的"壮美""优美"概念）与国势有密切关系。国势强盛，其文辞主壮美，如汉、唐之世。国势衰弱，其文辞主优美，如两宋。另一是从批评和接受方面而言，国势的强弱会影响到当世的文章风格。国家势力强盛之世，壮美之文受追捧，优美之文不被待见；国家势力衰弱之世，优美之文受推崇，壮美之文则不被重视。《菿汉微言》中的这一观点后来在章太炎的讲义中不断得到发挥。如在《文章流别》中，章太炎比较唐宋文风的差异后说，"国势强，

---

① 章太炎著，虞云国标点：《菿汉三言》，上海：上海书店出版社 2011 年，55—56 页。

文气便刚，一般人也喜欢刚强的文章，国势弱，文气便柔，一般人亦厌恶刚性的文章。"① 又在泛论了历代文章风格与国势的关系后总结："以此可见文章的忽而重柔，忽而重刚，完全关于当时的国势，关于一己的能力，从春秋到现在，一些也没有例外的。"

章太炎以"国势"论历代文章风格，在美学风格上明显更重壮美，这也与近代尚武精神有契合之处。晚清国势衰微，备受外辱，受严复所译《天演论》中"物竞天择，适者生存"口号的影响，社会上的复兴图强思想非常强烈，尚武思潮亦因此而起。梁启超在《中国的武士道》中疾呼"奖励尚武精神"。章太炎自己也是尚武思潮中的一积极份子，其《訄书》重订本中的《儒侠》篇即有这种意识。章太炎在《文学略说》中也曾谈到尚武精神与文章写作的关系，其文曰："文之变迁，不必依骈散为论，然综观尚武之世，作者多散文；尚文之世，作者多骈文。秦汉尚武，故为散文，骈句罕见。东汉崇儒术，渐有骈句。魏晋南朝，纯乎尚文，故骈俪盛行。唐代尚武，散体复兴。宋不尚武，故其文通行四六。作散文者，仅欧曾王苏数人而已。"② 又章太炎曾在论历代文章风格时说，"周、秦、两汉之文刚，魏、晋南朝之文柔；唐代武功犹著，故其文虽不及两汉，犹有两汉遗风；宋代国势已弱，故欧、苏、曾、王之文，近于六朝；南宋及元，中国既微，文不成文。洪武肇兴，驱逐胡虏，国势虽不如汉唐，优于赵宋实远。"可见，章太炎以"国势"论文章，其实是崇尚"壮美"，崇尚"尚武"精神，是期待中国强盛的一种表现方式，与近代尚武精神有密切关系。

（二）体气论与近代体育观念

章太炎关于"体气"与文章风格关系的论述主要见诸《文学说略》。在论"周秦以来文章之盛"时，章太炎提出文章写作还关乎"体气"。他比较汉代的《七发》和明代的拟作《七启》《七命》，觉得汉代的写作"无堆垛之迹"，明代的写作则远不及汉。对于出现这种现象的原因，章太炎认为是与体气有关。他说"此类文字不关情之深、理之邃。以余度之，殆与体气有关。汉人之强健，

---

① 本段引言见章太炎著，马勇编：《章太炎讲演集》，石家庄：河北人民出版社 2004 年，第 135—136 页。

② 本段及以下引言分别见章太炎著：《国学讲义》，北京：海潮出版社 2007 年，第 225—226 页、第 224 页、第 223—224 页。

恐什佰于今人，故其词气之盛，亦非后世所及。"

章太炎论述了他的几点理由，以此证明"体气"与文章写作的关系。他说"今人发古墓，往往见古人尸骨大于今人，此一证也。武梁祠画像，其面貌虽不可细辨，然鼻准隆起，有如犹太、回回人，此又一证也。汉世尚武之风未替，文人为将帅者，往往而有。又汉行征兵制，而其时歌谣，无道行军之苦者。唐代即不然，杜诗《兵车行》《石壕吏》之属可征也。由此可见，唐人之体气已不逮汉人，此又一证也。以汉人坚强好勇，故发为文章，举重若轻，任意堆垛而不见堆垛之迹，此真古今人不相及矣。"① 又如其论六朝文章，曰"自两汉以迄六朝，文气日以衰微者，其故可思也。《世说新语》记王子猷、子敬俱坐一室，上忽发火，子猷遽走避，不惶取屐；子敬神色恬然，徐唤左右，扶凭而出，不异平常。尔时膏粱子弟，染于游惰如此，体气之弱可知矣。"

古人以"体气"论文重在精神气度，而章氏则重在体格，显然有近代体育观念的影响。在甲午海战后的集体反思中，受社会进化论思想的影响，人们对强身健体有了新的认识。1895 年，严复在《原强》一文中认为拯救种族和国家的根本在于"民力""民智""民德"三个方面，其曰："是以今日要政，统于三端：一曰鼓民力，二曰开民智，三曰新民德。"② 在论述"民力"时，严复用西方学术思想将体格的强健与精神的强盛和智慧联系起来，并在中国古代历史中寻找释例以证之。其曰："自脑学大明，莫不知形神相资，志气相动，有最胜之精神而后有最胜之智略，是以君子小人劳心劳力之事，均非体气强健者不为功。此其理吾古人知之，故庠序校塾不忘武事，壶勺之仪，射御之教，凡所以练民筋骸、鼓民血气者也，而孔、孟二子皆有魁杰之姿。"章太炎在《文学略说》中论"体气"与文章风格的关系时，曾牵引"体气"与道德的关系以佐证，曰："道德非尽出于礼，亦生于情。情即有关于体气。体气强则情重，德行则厚；体气弱，情亦薄，德行亦衰。"③ 又举《吕氏春秋》和《史记》中关于孔子为勇力之辈的例证。这与严复《原强》中所述可谓如出一辙，都是受到近代体育观念的影响。

当然，章太炎的"国势"论和"体气"论将近代社会观念引入文学研究，

---

① 本段引言见章太炎著：《国学讲义》，北京：海潮出版社 2007 年，第 224 页。
② 本段引言见王栻主编：《严复集》，北京：中华书局 1986 年，第 27—28 页。
③ 章太炎著：《国学讲义》，北京：海潮出版社 2007 年，第 224 页。

是近代社会理念在文学理念上的反映。这种研究方式也有其积极意义，甚至在散文史上的一些重要问题提供了另类解读。如关于唐代和宋代文章风格的差异，章太炎就从"国势"的角度提供了一种解读。在《文章流别》中，章太炎说："宋朝的国势，和晋朝相差不远，所以文章都是柔性，所可分别的，不过晋含骈，宋少骈而已，宋人喜欢委宛，不喜欢倔强，和唐文截然不同。后人称唐宋八家，实则宋的六家，和韩、柳截然不同，所同者，在不做骈体罢了。"① 又如关于清代盛行的骈散之争，章太炎也从"国势"论的角度认为文章的骈散与风格的刚柔没有必然联系。他说，"至于骈文、散文，只是表面上的分别，和刚柔不相干。唐人散文刚，骈文亦刚。宋人散文柔，四六文更柔。所以，骈散之分，只是表面，和刚柔是不相干的。"这些论述未见得完全正确，却也不失为一种解读方式。

综上所述，在晚清的西方社会学涌入浪潮中，章太炎作为一个积极的参与者，他不仅致力于社会学的论著翻译与研究，还将社会学的各种研究理念引入中国古代文章的研究中。正是在社会学研究过程中，章太炎对中国古代文章的认识发生了变化，从推重魏晋文章到对"文"的界定，甚至以"国势"与"体气"论历代文章风格均受到了社会学理念的影响。社会学视野是研究章太炎散文观建构不可忽视的一个重要因素。

（作者单位：湖南文理学院）

---

① 本段引用见章太炎著，马勇编：《章太炎讲演集》，石家庄：河北人民出版社 2004 年，第 135 页、137 页。

话体文学批评专栏

南社诗话研究刍议 *

林香伶

一、研究缘起

"诗学"，依据吴宏一所言，应有："诗话""笔记""诗选""批注"及"诗文别集中有关诗学的序跋题记、论辨书翰及论诗绝句和怀人诗"等五项①。诗话隶属诗学体系支脉，学界就其溯源、定义、流变、演化进行研究，或投入文本整理，厘清诗话之学术价值、历史地位等，早有丰硕成果。除此，蔡镇楚更将中国历代可见诗话与朝鲜、日本诗话之存世者，并称"东方诗话圈"②，显见诗话在东亚国家的普遍性与重要性。

自宋代欧阳修《六一诗话》以来，中国诗话写作已有千年之久，名篇巨著不知凡几，有清以来，诗话数量更蔚为大观，可谓中国诗话发展的高峰期。中英鸦片战争（1840）爆发，近代中国进入历史新页，西方思潮随即大量涌入，文学范式也快速更迭：无论是思想观念、内涵意蕴、表现形式、语言传播，都与传统文学大相径庭，面对时代巨变，近代诗坛遂呈纷陈多元之貌，新、旧诗派相互对峙、相互抗衡，诗歌创作如此，诗话亦是如此。笔者在受邀参与台湾彰化师范大学国文系"近代诗话研读会"计划后，与吴彩娥、周益忠、

* 国家社科基金重大项目"民国话体文学批评文献整理与研究"（15ZDB066）的相关成果。

① 吴宏一：《从清代诗学的研究到清代诗话的整理——写在〈清代诗话考述〉出版之前》，《清代诗话考述》，台北"中央研究院"文哲研究所 2006 年，第 2—5 页。

② 蔡镇楚：《诗话研究之回顾与展望》，《文学评论》1999 年第 5 期，第 97—104 页。

林淑贞、吕光华等人共同完成《诗话研究：诗学与文化》①一书，深切感受近代诗话的重要性与待开发性。透过诗话，除了可为多年专注于南社文学开发新领域外，也可就南社诗话与近代诗话的发展关系，思考近代诗话在文学转型的扮演角色，以及南社诗话在中国现代社会变局中，如何安放自身位置等问题进行探勘。

南社（1909—1923），由陈去病（1874—1933）、高旭（1877—1925）、柳亚子（1887—1958）等革命派文人创设成立，著名知识分子如于右任、苏曼殊、李叔同、宋教仁、黄兴、吴梅、汪精卫、叶楚伧、包天笑、周瘦鹃等人纷纷加入，社员达一千四百多人，可谓近代最大的文学社团组织。他们怀抱炽热的爱国心与深沉的使命感，运用各种文体、报刊，为救亡图存而大声疾呼，在辛亥革命前后，南社社员大量地投入报刊编辑，诸如：《民呼日报》《民吁日报》《越报》《中国公报》《天铎报》《小说月报》《民立报》《申报·自由谈》《民权报》《太平洋报》《民权素》《小说丛报》《礼拜六》《民国日报》《帝国日报》等，均可见识南社在当时的影响力，毋怪乎南社主任柳亚子发出"请看今日之域中，竟是南社的天下"②的豪语，实有其道理。

整体而言，南社文学展现多元的特性，不仅在创作上兼采诗、词、曲、戏剧、散文、小说等体裁，内容更涵盖文字、经学、史学、哲学、佛学、书法、绘画、金石、考古、政治、法学、教育、军事等丰富内容，在 1909 年至 1923 年的南社活动期间，至少有一百种以上的报刊登载过南社社员作品。然而，即使部分社员创作结集成册出版，仍有为数不少的作品被湮没在报刊的汪洋之中，当时出版的"成书"，或成孤本、残本，散佚各处的情形也相当严重。除此，

---

① 参与彰化师范大学国文系吴彩娥教授主持"近代诗话研读会"计划，另担任《饮冰室诗话》导读，并撰著《重返现场——〈饮冰室诗话〉通行本与内在底蕴的示现》一文。《诗话研究：诗学与文化》（彰化）彰化师范大学国文系，2009 年，乃研读会成果专书，收录吴彩娥、周益忠、林淑贞、吕光华与笔者论文，分别探讨张维屏、王闿运、林昌彝、陈衍、梁启超等五人诗话。

② 柳亚子此说乃在回复曹聚仁书信中提出，有意强调南社在当时社会的影响力。其说参见《关于〈纪念南社〉——给曹聚仁先生的公开信》，王晶尧等人编：《柳亚子选集》（上册），北京：人民出版社 1983 年，第 359—361 页。有关南社参与报刊情形，参见拙著：《南社文学综论》，台北：里仁书局 2009 年，第 140—157 页。除此，孙之梅：《南社研究》，北京：人民文学出版社 2003 年，庾向芳：《南社与近代报刊业发展的关系初探》，天津：南开大学硕士论文，2005 年，周淑媚《南社与近代报刊发展之初探》，《通识教育年刊》第五期，2003 年 12 月等亦对南社与报刊关系有所开掘。据孙之梅《南社研究》统计，在 1909 年至 1923 年间，南社社员作品刊载于报刊至少在一百种以上，甚至报刊作品量远远超过他们个人的作品集，可见从报刊收集南社文本的重要性。

南社社员虽然创作多元，仍是以传统诗为创作主体，社员间交换诗歌创作意见，进而阐明诗歌理论，或以诗论，诗话形式发声者为数不少，可惜受限于核心刊物《南社丛刻》仅以诗录、文录、词录三类收录社员作品，除第一集附录八则高旭《愿无尽斋诗话》残本外，其余如：周实《无尽庵诗话叙》、姚锡钧（鹓雏）《夜读愿无尽庐诗话走笔成此质钝剑》、柳亚子《习静斋诗话序》、胡怀琛《续杜工部诗话序》《在山泉诗话序》《习静斋诗话序》、凌景坚《近代闺秀诗话序》、林庚白《梅花同心馆词话自序》等序言，则显示诗话在南社核心刊物的失声，此为研究零落的原因之一。再者，多数诗话潜藏、散布于社员编辑的《民呼日报》《民吁日报》《天铎报》《民立报》《太平洋报》《民权素》《民国日报》等报刊之中，加上诗话作者并非都以本名发表，无论是资料收集、判读都颇为费时、费力，此为研究零落原因之二。为此，南社诗话研究仅透过部分《成书》实为不足（近代诗话研究亦然），唯有持续投入大量人力、时间，深度考掘散佚各处的残本、报刊，始可还其真貌，确定其文学价值与地位。

二、忽略或隐没：南社诗话何处寻

承上所言，笔者从事南社研究多年，持续检讨南社研究的各种可能与问题。参与近代诗话研读会后，进一步思索：何以在一般文学史、文学理论史、诗话史中，都缺乏对广泛发表于报刊的南社诗话进行研究？为何南社研究者也绝少去探讨这块资产呢？追究其因，可从南社所处的近代——诗话的整理与研究情况获知一二。

蔡镇楚《中国诗话史》一书，曾为中国诗话建构以"史"为主，"史""论"结合的研究典范。全书凡八卷，在卷六论及近代诗话特征时，归纳出："强烈的政治性和战斗性""明显的宗宋倾向""具有两面性特征""题材内容和表现手法的开放性"四项，并将林昌彝《射鹰楼诗话》、梁启超《饮冰室诗话》、李伯元《庄谐诗话》三部诗话视为近代新派诗话的重要代表[①]。但对社员遍布全国，掌握多数报刊编辑权，无论是诗话理论或传播方式，都与梁启超等维新派并无二致的南社诗话，蔡书则绝口未提。所幸日后在蔡氏《诗话学》书中，已补充对南社诗话的定位与价值，其言：

---

① 蔡镇楚：《中国诗话史·序》，长沙：湖南文艺出版社1988年，第316—341页。

　　"南社诗话"是民国诗话最初的崛起者和佼佼者。南社……为鼓吹革命，南社社员曾大量创作诗话，据不完全统计，现存"南社诗话"多达40余部，如柳亚子《磨剑室诗话》、谈文灯《海盐诗话》、陈栩《栩园诗话》、陈阆慧《剑庐诗话》、咸牧《绿杉野屋诗话》、高旭《愿无尽庐诗话》、周实《无尽庵诗话》、奚囊《逢云小阁诗话》、胡蕴《半兰旧庐诗话》、姚锡钧《止观室诗话》、庞独笑《灵薤阁诗话》、庄先识《庄庄诗话》、朱慕家《南社诗话》《新新诗话》、方廷楷《习静斋诗话》、胡韫玉《南社诗话》、胡怀琛《海天诗话》《萨坡赛路诗话》等等，这是南社诗人留下来的一笔重要的诗话财富。①

　　这段文字以"民国诗话最初的崛起者和佼佼者"定位南社诗话，此评价与《中国诗话史》对南社诗话的隐而未见判若两人。然循其"不完全统计"的40部南社诗话数字来看，其实仅罗列18部的南社诗话"名目"而已。若再以南社知名诗人如云的现象推估，采论诗及辞，抑或论诗及事等传统诗话模式呈现者，当不止此数②。然，南社诗人虽以支持革命为主体，诗歌创作各有特色，如胡怀琛《海天诗话》、汪野鹤《销魂诗话》、王蕴章《然脂余韵》等诗话，并非都为倡导革命而写，不可简单定调。蔡氏虽曾在 1992 年《诗话学》一书给予南社诗话正面评价，但于 2004 出版《中国诗话珍本丛书》③时，却又再度忽略南社诗话，仍是未及一言。南社成立于 1909 年，属晚清之末，就此溯源，或可于清代诗话选集中找出凤毛鳞爪，但如郑静若《清代诗话叙录》④收录 57 种常见的清代诗话，资料本就单薄，未收南社诗话并不意外；吴宏一《清代诗学研究》⑤则以归纳清代诗学各流派理论系统及评论原理，并深究论诗主张的影响和得失，其附录《清代诗话知见录》，则依作者生年为序，考辨诗话著成年代和版本流传情况，收录清诗话 346 种，亦未述及南社诗话。后继者如杜松

---

① 蔡镇楚：《诗话学》，长沙：湖南教育出版社 1992 年，第 165 页。
② 笔者近几年持续从事南社诗话探勘，已获超过百部的南社诗话文本，实已超过蔡氏所言的 40 部，但因南社诗话散佚各处情况严重，诗话收集仍在持续进行中。
③ 蔡镇楚：《中国诗话珍本丛书》，北京：北京图书馆出版社 2004 年。
④ 郑静若：《清代诗话叙录》，台北：学生书局 1975 年。
⑤ 此乃吴氏台湾大学中文系博士论文，1973 年完成。日后，1977、1986 分别由牧童出版社与学生书局正式出版，更名《清代诗学初探》。

柏《清诗话访佚·初编》、王英志《清人诗论研究》① 仍仅探讨部分诗话大家名著。1995 年，以清代诗话目录形式出版者如：蔡镇楚《石竹山房诗话论稿》② 卷四的《清代诗话考略》收录清诗话 780 种左右、蒋寅于《中国诗学》第四辑发表《清代诗学著作简目（附民国）》，收录 770 种左右；而张寅彭在《上海教育学院学报》1995 年第 3 期发表《清代诗学书目辑考》，亦言及 700 条之多的清诗话。以上述及的诗话数量虽多，但也如收录王夫之等人诗话的《清诗话》、林正三辑录的《清诗话精华》等书一般 ③，各家对南社诗话或如浮光掠影，仅有寥若晨星的简单叙述，事实上，南社诗话几乎是被研究者遗忘的。据此，南社成立后不久即进入民国时期，是以在清代诗话系统去探寻南社诗话的存在，难有所成。至于蔡镇楚《诗话学》给予南社诗话的肯定之语，则是将南社诗话视为"民国诗话"系统始得。

就南社主要运作的 1909 至 1923 年来看，南社虽可分置于晚清、民国两个诗话系统，但应以民国诗话系统为主轴。张寅彭耗费十年主编《民国诗话丛编》，共收录 37 种诗话文本，南社诗话就有 18 种之多，相较在清代诗话系统的零落，南社诗话在此得以现身，占去该丛书的半片江山 ④。张氏《自序》对入选的南社诗话有所界义，其言：

> 现存的民国传统诗学著作……约在百数十种左右。……按其内容性质略可分为三类：一类论评、记事、录诗兼重……另二类则一偏重于记录故实，一偏重于理论品评……林庚白《丽白楼诗话》《孑楼诗词话》……等，记录与品评了晚清民国之际一大批旧体诗人诗作，属于《石遗室诗话》一类；……以论评为主的黄节《诗学》……持论尚囿于旧学，而……胡怀琛《海天诗话》……等作洋溢着西学气息，则略与谈艺录为近；又有……王

---

① 杜松柏：《清诗话访佚·初编》，台北：新文丰出版社 1987 年；王英志：《清人诗论研究》，南京：江苏古籍出版社 1986 年。

② 蔡镇楚：《石竹山房诗话论稿》，长沙：湖南文艺出版社 1995 年。

③ 王夫之等：《清诗话》，上海：上海古籍出版社 1999 年；林正三辑录：《清诗话精华》，台北：文史哲出版社 2007 年。

④ 张寅彭：《民国诗话丛编》，上海：上海出版社 2002 年。此外，谢苍霖：《〈民国诗话丛编〉校点抉疵》，《江西教育学院学报》（社会科学版），2004 年 8 月，则指其有"人名、地名、篇名之误标、漏标""断句不当""文字讹误"等缺失，此说虽提该丛书瑕疵，仍不能抹煞该丛书对民国诗话研究的贡献。

蕴章《然脂余韵》专录妇女诗人等……诸如此类，汇而拢之，可知民国诗话作为古典诗学之殿军，是绝无愧色的。①

就丛编内容观之，所谓"百数十种"的民国诗话，除了《民权素》诗话外，多数是在丛书之林搜索而得。此序言依内容性质将民国诗话略分三类，指出民国诗话的不同类型——延续晚清以降的过渡性诗歌创作现象，换言之，近代诗歌创作与诗话论述的内容有绝对关系。上述引文提及林庚白的《丽白楼诗话》与《孑楼诗词话》，确实对当时旧派诗人进行"记录和品评"，但论及西方人哈代·托马斯（Hardy·Thomas）、日本人驹井等，引介的近现代人物至少在90人以上，论及古代诗家则有李白、杜甫、王安石、黄庭坚等唐宋名人，他不只提出"句欲其重，意欲其广，辞欲其浅"的"三要"写诗原则，也进驻新兴报刊与现代书店（即指《晨报》、开明书店），有其特殊的时代书写策略与价值②。而"囿于旧学"的黄节《诗学》、"洋溢着西学气息"的胡怀琛《海天诗话》、"专录妇女诗人"的王蕴章《然脂余韵》等作，则有近代诗话（亦是南社诗话）新旧杂糅、重视女作家等共通倾向。因此，作为一个跨越晚清民初，以诗歌创作为主体的南社，其诗话应如张氏所言："作为古典诗学之殿军，是绝无愧色的"，也可与蔡镇楚"民国诗话最初的崛起者和佼佼者"之说两相映照。

除此，吴宏一《清代诗话知见录》③以其博士论文附录《清代诗话知见录》为底稿，参酌蒋寅、张寅彭、蔡镇楚等人著作与实际收藏情形扩充而成。吴书依大陆、港、台及韩、日等地实际收藏情况，分别请当地学者核实编成目录，另编清人《诗经》《楚辞》著作书目举要，汇整清朝时期韩国诗话著作目录，以供研究者参考，想当然尔，自然没有提及任何一部南社诗话。至于资料甚丰，收录1419本诗话材料的《清代诗话考述》④，也仅有蒋士超《清朝论诗绝

---

① 见张寅彭《自序》，第5页。除引文提及南社诗话外，第五册尚有蒋抱玄辑《民权素诗话》十四种（收高旭《愿无尽庐诗话》、苏曼殊《燕子龛诗话》、蒋箸超《日日诗话》、蒋抱玄著《听雨楼诗话》，共计7人9种）。

② 林香伶：《"超人"之鉴：林庚白〈孑楼诗词话〉〈丽白楼诗话〉的书写策略与理论价值》，收入香港大学中文学院主编《东方诗话学第七届国际学术研讨会论文集》（下册），台中：文听阁图书公司2012年，第853—893页。

③ 吴宏一：《清代诗话知见录》，台北："中央研究院"中国文哲研究所2002年。

④ 吴宏一：《清代诗话考述》，台北："中央研究院"中国文哲研究所2006年。

句》等 4 种南社诗话而已 ①。清诗话巨著——蒋寅《清诗话考》②，上编"清诗话见存书目"将 967 种清诗话分为："以诗话为名之书""不以诗话为名之论诗笔记""专讲诗格诗律之诗法""专门题材之诗话""丛刊、汇纂诗话"五类。下编"清诗话经眼录"则为作者经眼 464 种清诗话的叙录，仿《四库提要》体例，记载卷数、版本，考证作者生平与诗话写作年月，评介主要内容及观点，摘引前人评论，并揭其疏误不实之处。该书虽以"清诗话考"为名，考虑部分作者由晚清入民国，其材料积累和撰着多在清末的事实，另辟附录"民国诗话"一卷，南社诗话仅有方廷楷《习静斋诗话》、陈栩《栩园诗话》、周实《无尽庵诗话》、傅熊湘《钝安脞录》4 人 4 种。若以发表时间来看，在南社成立之前发表的诗话，诸如：陈栩《蘧盦诗话》、潘普恩《赋江楼诗话》、王钟麒《无生诗话》等，则是乏人问津 ③。

承上所言，南社诗话的收录、研究，至今仍未被重视，尤其南社诗话多数散佚在近代报刊之中，真正结集的"成书"不多，而附于社员个人作品集或清代、民国诗话丛编的套书，也与南社诗话的"实际"数量相去甚远。就笔者所知，南社诗话除了载录于社员个集，有时也被收录至"诗话丛编"之中。因此，由杨玉峰、牛仰山校点的《南社诗话两种》一书④，以南社诗家为议论中心，具"自家人论自家人"的特殊情味，此乃探究南社内部诗论的重要数据。这本书包含二部诗话，一是香港大学杨玉峰收集曼昭于香港《南华日报》、上海《中华日报》《古今半月刊》三份报刊发表的《南社诗话》，依诗话所述人物分目标举、重新整理；二是牛仰山以胡朴安受包天笑与郑逸梅之邀，分别在《小说月报》《永安月刊》两份报刊发表的《南社诗话》为底本进行统整，依其内容再划分为 24 节。受限文本散播庞杂，研究者的欠缺关注，丰沛的南社诗话长期

---

① 该书南社诗话资料有：蒋士超《清朝论诗绝句》、黄节《诗学》及《诗律》、宁调元《太一丛话》及《民族诗话》、陈去病《诗学纲要》、高旭《愿无尽庐诗话》、陈栩《栩园诗话》、傅熊湘《钝安脞录》、蒋箸超《蔽庐非诗话甲集》、曼昭《南社诗话》、周实《无尽庵诗话》、王蕴章《然脂余韵》、蒋抱玄《听雨楼诗话》、柳亚子《磨剑室诗话》、蒋同超《天演阁明诗话》《天演阁清诗话》及《梁溪续诗话》，计 14 人 18 种，而该书编号 1150—1240 列为待考资料，可见清诗话整理收罗不易，南社诗话虽"现名"18 种，但如宁调元《民族诗话》、柳亚子《磨剑室诗话》、蒋同超《天演阁明诗话》《天演阁清诗话》《梁溪续诗话》等内容并未说明文本出处，应入"待考资料"之列。
② 蒋寅：《清诗话考》，北京：中华书局 2005 年。
③ 以上诗话分别发表于《华字日报》《著作林》《民呼报》等处。
④ 杨玉峰、牛仰山校点：《南社诗话两种》，北京：中国人民大学出版社 1997 年。

静寂孤单，实貌自然也不易得见。鉴此，从事南社诗学研究，必须整合散佚各处的南社诗话数据，考其版本，辨其同异，知作者生平、明其写作动机，确定著成年代，再拈出大要，始可深入探究。

三、积累与拓荒：南社诗话研究历程回溯

汪辟疆曾以"有清二百五十年间，使无近代诗家成就卓卓如此，诗坛之寥寂可知"语①，肯定近代诗歌的蓬勃生气，但对近代诗话的繁茂竞丽则未多谈。南社诗话研究有其必要，在于南社自身的研究价值与诗话研究的零星之况，表面看来，南社诗话分置清代与民国两个诗话母系，但就近代诗学独特性而言，实应将南社诗话放在近代诗话的发展史来谈，甚至扩及她们在现代诗话的参与（不少南社诗话发表时间已在五四之后）。因此，为进行南社诗话研究，主要从事的基础工作有二，即：

（一）文本资料的掌握、收集与作者身份的确认

为探讨具有南社社员身份者的诗话作品，考索诗话材料，必须从庞大、散见各地的社员个人著作、清代民国相关诗话丛书、报刊去考索作品所在。因此，除了在社员个人别集与"诗话丛编"等丛书进行初步"成书"诗话的统整，也尝试从纸本、微卷、电子数据库等不同形式的报刊"现场"取得诗话文本。目前完成基本资料建置的南社诗话已超过百部，资料存查状况可分四类，即：

1. 已出版专书可直接查阅者（含丛书）。如：苏曼殊《燕子龛诗话》、方廷楷《习静斋诗话》、潘飞声《在山泉诗话》、宁调元《太一丛话》及《太一丛话补遗》、高旭《愿无尽庐诗话》、周祥骏《更生斋诗话》、周实《无尽庵诗话》、王蕴章《然脂余韵》、蒋箸超《听雨楼诗话》及《蔽庐非诗话甲集》、黄节《诗学》及《诗律》、陈去病《诗学纲要》及《巢南诗话》、曼昭《南社诗话》、林庚白《孑楼诗词话》及《丽白楼诗话》、胡朴安《南社诗话》等。

2. 发表于报刊，报刊有复印件可查阅者。如：于右任《骚心丛谈》、陈栩《栩园诗话》、姚鹓雏《止观室诗话》、胡朴安《解颐诗话》、王钟麒《小奢摩室诗话》、

① 汪辟疆：《汪辟疆说近代诗》，上海：上海古籍出版社 2001 年，第 14 页。

奚囊《绿沉沉馆诗话》、闻野鹤《悧簃诗话》等。

3. 发表于报刊，需藉由微卷查阅者。如：周祥骏《风山诗话》、徐枕亚《鲍家诗话》、范烟桥《无我相室诗话》、陈柱尊《变风变雅诗话》、朱慕家《新新诗话》、胡蕴（石子）《炙砚诗话》等。

4. 待查（仅知作者及诗话名称者）。如：王蕴章《梁溪词话》《吹花嚼蕊庐艳体诗话》《春雨楼词话》；沈太侔《南雅楼诗话》、林庚白《梅花同心馆词话》；胡蕴（石子）《画梅赘语》《松窗琐话》《半兰旧庐诗话》；范君博《蠹园诗话》、奚囊（燕子）《逢云小阁诗话》、孙仲瑛《兰园诗话》、叶楚伧《萨坡赛路诗话》、刘哲庐《红藕花馆词话》、蒋同超《天演阁明诗话》《天演阁清诗话》《梁溪续诗话》、谈溶溶《海盐诗话》、庞独笑《灵菱阁诗话》等。

笔者先考索南社社员作品最集中的《民立报》《太平洋报》《民国日报》三份报刊，逐步扩展至《民权素》《帝国日报》《中华新报》《晨报》《国粹学报》等微卷或复印件取得数据，并同步进行如《永安月刊》《学衡》《春秋杂志》《双星杂志》《玉田季刊》《河南》《小说新报》《小说丛报》《小说新报》《新民丛报》等超过百份的报刊诗话进行检索及建档。其间除拣出所需的南社诗话文本外，亦将非南社诗话一并建档，以为未来扩充近代诗话版图建构之用。然因台湾存藏的近代报刊资料并不齐全，近几年先后至香港、昆明、长沙、周庄、上海等地区考察、收录，委请南社研究专家、后裔等人代为寻找。

南社诗话作者的确认，则以填写过入社书者为优先考虑，部分未填写入社书之社员，则就相关记载，再与南社研究专家、后裔等人请教确认。诗话发表时间虽以 1909 至 1923 年——南社活动时间为主要考虑，但因多数社员实际撰写诗话时间不定，诗话确认不应受南社活动时间限制，则以作者是否为南社社员身分为依据。除此，由于近代报刊作者经常以笔名发表，真实身分不易掌握，南社社员多达一千多人，诗话作者使用笔名也不在少数，实非个人能力可解决，除了透过相关辞书、考证材料求得，仍需持续进行探查、就教学者专家、南社后裔，以获取正确信息。

（二）文本分析、解读与定位

南社诗话取样仍持续进行中，深入的文本分析则建立在逐件编号、建档，再依据数据源分报刊、专书两方比对，以利诗话提要之撰写。

承前所述，报刊与南社关系密切，要追索南社诗话的踪迹，广查报刊是必要的过程。以目前完成《民国日报》①诗话检阅、建档为例，该报于 1916 年 1 月创立于上海，正值"二次革命"失败，孙中山重组中华革命党之际，《民国日报》以高举反袁护法旗帜，反对军阀统治为办报目的，是国民党最具历史的报纸。就发刊辞所言："发扬民国之精神，延长民国之寿算，除民国之恶魔，此民国日报之所由作也"来看，革命党赋予该报在革命宣传上的权力，此乃被视为党报的原由。另外，五四时期《民国日报》开辟"觉悟"副刊，与北京《晨报》副刊、《京报》副刊、上海《时事新报》副刊《学灯》并称当时的"四大副刊"，对新文化运动的影响不容小觑。此报发起人陈英士，主事者邵力子，主笔叶楚伧等人均为南社社员，其与南社关系之密切不言自明。以南社发展史观之，此报是南社内讧、分化的第一战区，南社社员在此争辩唐宋诗高下，最后沦为相互攻讦的意气之争，更加速南社的解体。想要探究南社式微实情，除了透过社员之间往复的公告、书信外，再配合观察《民国日报》在南社活动时期登录的诗话，不仅可一窥社员透过诗话形构的诗学理论，亦可推断南社分化的原委②。

再者，《民国日报》更是载录南社诗话最多的报刊，该报第十二版副刊名为"艺文部"，此乃上海文学评论、创作与交流的重要园地，包含："小说""诗选""词选"等栏目③，其中"旗亭韵语"乃诗论、诗话主要发表的栏目，撰写者也以南社社员居冠④。"艺文部"于 1917 年 3 月 5 日改名"文坛艺薮"，"旗亭韵语"更名"谈荟"；是年 9 月 1 日后，"文坛艺薮"易为"民国艺文"，"谈荟"易为"论诗"；其后，副刊名称、栏名、版面，均有变动，但诗论、诗话仍能持续刊载。自《民国日报》创刊至五四前后（1916—1919）的四年间，计有 25 位撰写者，发表 400 余则诗话。姚鹓雏《赭玉尺楼诗话》于 1916 年 1 月发表，此为该报最早刊载的诗话，刊行时间也最长；1917 年 3、4 月间，姚氏

---

① 《民国日报》于 1932 年 1 月 30 日后曾停刊数月，同年 5 月改名《民报》复刊。抗日战争爆发后，于 1937 年 11 月再度停刊，1945 年 10 月再以《民国日报》为名复刊，其后又在 1949 年春停刊。

② 林香伶：《南社分化之观察——从文学角度切入》，《国际南社学会丛刊》第七期，香港：国际南社学会秘书处 2002 年 12 月，第 3—23 页。

③ 除上述外，尚有收录戏剧论述短文的《江头秋拍》，以及《上天下地》《纵横古今》《列洲丛拾》《无端歌泣》《新思潮》《新泪旧泪》《海外奇闻》《强为欢笑》《大丈夫事》《苌弘碧血》《艺文屑》《沧桑小识》等栏目。

④ 《民国日报》多数投稿者均为南社社员，此报乃南社重要发声地。

发表《懒簃杂缀》，并在 1918 年结束《赭玉尺楼诗话》撰写，改登《宋诗讲习记》数天。除姚鹓雏外，闻野鹤《恦簃诗话》、庞檗子（树柏）遗着《裛香簃诗词丛话》均涉及南社拥宋派的诗论意见。1917 年后，诸如：周芷畦《妙员轩诗话》40 则、叶楚伧《读杜随笔》27 则、成舍我《天问庐诗话》16 则、高君定（高基）《致爽轩诗话》12 则，以及胡怀琛（寄尘）《波罗奢馆诗话》、王大觉《莲禅室余墨》等各抒己见，均有研究价值。1918 年后，除姚鹓雏《宋诗讲习记》4 则、闻野鹤《千叶莲花堂诗话》2 则外，闻野鹤《恦簃诗话》与周芷畦《妙员轩诗话》均持续刊载，其余如：《桐阴丽话》《革命诗话》《绮霞轩诗话》《积渊阁诗话》等，则为《民国日报》刊载诗话的尾声。五四运动结束后，除 1921 年《觉悟》副刊[①] 曾刊载署名"汉胄"的《旧诗新话》2 则外，诗论、诗话几乎绝迹。综合上述，探查《民国日报》收录的南社诗话，不仅可洞悉南社内部的分化问题，亦能与中国诗学史上历史最久的"唐宋诗之争"衔接，成为"贯穿近代诗歌与诗学发展的始终""透视近代诗学与诗歌发展的重要窗口"[②]。

四、南社诗话史之建构与研究现况

（一）建构南社诗话史之意义

蔡镇楚曾言，诗话史乃"诗话学与历史学的一门交叉性的学科"，"又是诗话学的一个重要的组成部分"，"只要理清诗话产生、发展、演发的历史轨迹及其规律性，就算完成了诗话史的研究任务"[③]。李湛渠也曾对中国诗话提出宏观与微观研究的"互为条件"，认为进行诗话史研究必须解决"辨清诗话的源与流""分清诗话的发展阶段""重视开展全方位的研究"三个基本面向，在从事诗话史整体研究时，必须将注意力集中在"诗话的内容类""诗话的理论体系""诗话的基本范畴"——意即诗话史的建构，必须具备诗话的基本体认，始能深入探讨。

---

① 副刊《觉悟》于 1920 年 6 月 16 日后开始刊行，其与原十二版的《民国日报》分开，并以横式直写的方式，独立附在第十二版之后，多以二张发行（偶有四张）。《觉悟》内容诗文并存，另参杂思想与时事评论，但多以白话为主，并附新式标点。

② 详参郭前孔：《中国近代唐宋诗之争研究》，济南：齐鲁书社 2010 年。

③ 蔡镇楚：《诗话学》，长沙：湖南教育出版社 1992 年，第 138—139 页。

　　长久以来，汇聚诸多南社文学的重要材料，由杨天石、王学庄主编的《南社史长编》[①]一书，经常是研究者取资的重要来源，但此书偏向史材收纳，南社文学活动的载录仍嫌不足。过去以南社诗话或南社诗论进行的研究，多数以点为据，不易见出南社诗话发展纵向的轨迹，以白坚《从〈无尽庵诗话〉看周实的诗学观》《简论南社诗人姚鹓雏的诗论和诗作》与朱少璋《〈海天诗话〉中的日本汉诗》[②]三篇论文为例，白坚以"强调社会作用与时代风貌""不屑以诗人自待与对待诗人严格要求""既崇尚鸣钲伐鼓之音，也欣赏温柔和婉之风""以真性情、真面目为依归""论孟郊与陶渊明""论神韵说与性灵说""审美理想与审美情趣"七个子题探析南社前期诗人周实的诗话，既可见周实"鉴古"（指孟郊、陶渊明论）之说，亦涉及"论世"（指王士禛与袁枚论）之见，可为探讨《无尽庵诗话》的重要依据。《简论南社诗人姚鹓雏的诗论和诗作》一文，则探讨于《民国日报》引发唐宋诗之争的关键人物——姚鹓雏《赭玉尺楼诗话》等议题，但白氏仅以杨天石编著《南社史长编》中引用《民国日报》数据进行分析，并未全面考察《赭玉尺楼诗话》，而姚氏在该报还发表《懒簃杂缀》《宋诗讲习记》两部诗话，白氏亦未提及，显见疏漏。朱少璋以胡怀琛《海天诗话》中的日本汉诗为研究对象，是谓南社诗话的"开新"之作。胡怀琛当时任职民国新闻社，约于1913年前后完成《海天诗话》，《序言》载明其创作意旨：

　　　　欧西之诗，设思措词，别是一境。译而求之，失其神矣。然能文者撷取其意，锻炼而出之，使合于吾诗范围，亦吟坛之创格，而诗学之别裁也。……作《海天诗话》，所采辑皆东瀛、欧西之诗，吾国人诗纪海外事者亦隶焉。[③]

　　《海天诗话》触及日本汉诗与中国诗学的关联，开启中、日诗话研究的契机，是谓"吟坛创格""诗学别裁"。除此，诸如：田桐《扶桑诗话》大量引述日人汉诗，郁华《东居诗话》记其游日感怀，可作为南社海外诗话一并探讨；融合《海天诗话》论及潘飞声留德期间所写的《海天词》、蒋智由旅日时所写

　　① 杨天石、王学庄编：《南社史长编》，北京：中国人民大学出版社1995年。
　　② 白坚：《从〈无尽庵诗话〉看周实的诗学观》，《国际南社学会丛刊》第二期（1991年），《简论南社诗人姚鹓雏的诗论和诗作》，《南京理工大学学报》（社会科学版）第21卷第4期（2008年8月）；朱少璋：《〈海天诗话〉中的日本汉诗》，《能仁学报》2004年。
　　③ 张寅彭校点：《民国诗话丛编》第五册，上海：上海书店出版社，第301—316页。

的《居东集》二卷详加考证，或能延展近代诗学含摄西方"新眼光"与"新视界"的观察。简言之，若不以文本考述与个论为基础，径行建构南社诗话史，不仅无法聚焦南社诗话的价值，也难以还原南社文学的实境，对南社诗作倾向的理解、诗论形成、缩合与辩证的认识，仍是片面而单薄的。累积南社文学理论，南社与报刊关系研究等基础实为必要，若能追踪诗话在报刊刊载与传播的情形，建立南社诗话史的脉络，或可对"南社学"的建置产生推波助澜之功。

（二）南社诗话史的分期

近年南社诗话文本资料建置的工作，大体根据已收集的诗话文本，诗话史建构分两条径路进行：一是重要南社社员诗话个论的探讨及主题研究；二是依其发表时间，采编年史方式，建立南社诗话检索系统，以确立"南社诗话史"发展脉络。

依南社诗话出版次第区分为："前南社时期：1909 年之前""南社时期：1909—1923""后南社时期：1923 年之后"三个时间断限，考虑南社时期诗话数目众多与南社历史发展的结合意义，再细分为："南社前期 1909—1912""南社中期 1913—1917""南社晚期 1918—1923"三阶段，以为建构"南社诗话史"的依据。笔者原考虑以 1909—1923 年为限，但因南社酝酿成社当早于 1909 年，社员诗学观在《南社丛刻》中也略有所见，是以 1909 年之前写作、发表的诗话，建构南社诗话史不可略而不谈。以方廷楷《习静斋诗话》为例，此诗话约写于 1905 至 1909 年间，理应有宣统二年（1910）武汉《商务报》排印本，《南社丛刻》收有《习静斋诗话自序》一文，方氏于《民立报》1913 年 7 月 15 日至 9 月 4 日间，以"瘦坡"之名发表 37 则《习静斋诗话摘隽》，因版本和刊载形式有别，分列两种诗话区别之[①]。南社时期写作、发表之诗话，理应为南社诗话史建构的主核心，但考虑民国前后、南社内讧（1917—1919）、新文化运动等因素对南社内部结构、诗观变化的影响，必须再细分之。期间或遇发表时间、地点二出者，则以较早发表者为据，如徐觉（徐枕亚）《快活三郎诗话》虽收入

---

① 别集与报刊各为一种，但以别集、丛书，或经后人整理收入别集者，多数以一种归纳之：如高旭《愿无尽庐诗话》，原散见于《南社丛刻》《民权素》《太平洋报》《天铎报》等处，经郭长海《高旭集》去除重复刊载内容，比对后统一以一部诗话视之，此标准虽不尽完善，但已就教南社学界前辈，仍有一定参考价值。

《枕亚浪墨续集》（1930），但以《小说丛报》第十一期发表最早（1915），是以编入南社中期（1913—1917）。至于 1923 年南社落幕后的诗话作品，考虑社员仍有南社湘集（1924—1937）、湖州南社（1934）、南社湘集两粤支部（1935）、岭南南社（1939）、南社闽集（1945）等诸多连系社员的纪念会活动，以及南社研究范畴意义等考虑①，也必然要纳进南社诗话史的建构之列。

（三）南社诗话的宏观研究

有关南社研究的检讨与展望，笔者曾以《百年有成：论南社研究的传承与新变》一文提供拙见②，是以在诗话史建构之际，也同时进行南社诗话互涉的宏观研究，目前已完成高旭、林庚白、雷铁厓、宁调元等人诗话的个论探究③。再如胡朴安、曼昭、朱剑芒等人均以"南社诗话"命名，内容为南社整体诗作的评述，发表期虽在南社解体之后，此乃建构南社诗话史的重要资产，必须绾合探究。其余如：傅熊湘《钝安脞录》、戚牧《绿杉野屋诗话》、林庚白《丽白楼诗话》等诗话，或为南社旧诗理论的余绪，或可鉴察近人诗歌创作的现象，均陈明南社社员经历新文化冲击后的诗学观，颇具研究价值。若依诗话内容，还可区分：海外诗话、闺秀诗话、诗法诗学诗律、诙谐讽刺诗话、社员诗话、宋代诗话、词话等类型研究，或可拟出南社诗话的共性特征、文学价值及其在近代诗话的地位和研究意义。

笔者整理若干南社诗话的现象，或可扩充近代诗歌史内容，诸如诗词话互混：如林庚白《孑楼诗词话》、庞树柏《褒香簃诗词丛话》等，明显在作品名称上标示"诗词话"，但多以诗话为主，词话为辅，又如王蕴章《然脂余韵》

① 南社研究者多有共识，如王飙、孙之梅等人认为：南社研究当不止于社团内部活动的研究，应以南社社员身份确认为前提，扩充至社员个人在当时社会的表现，以此得见南社影响力。

② 林香伶：《百年有成：论南社研究的传承与新变》，《南京理工大学学报》（社会科学版）第 23 卷第 2 期，2010 年 4 月，第 119—124 页。

③ 林香伶：《〈近代新派诗话的遗珠——高旭〈愿无尽庐诗话〉析论》，《彰师大国文学志》第 21 期，2010 年 12 月第 69—110 页、《"超人"之鉴——林庚白〈孑楼诗词话〉与〈丽白楼诗话〉的书写策略与理论价值》，《诗话学第十一辑：东方诗话学专刊——东方诗话学第七届国际学术研讨会论文集》，第 853—895 页、《革命·离散·诗语：雷铁厓其人、诗话及诗作析论》，昆明：纪念辛亥革命一百周年"辛亥革命与南社"两岸三地学术研讨会会议论文、《创伤记忆与革命召唤——宁调元〈太一丛话〉的时代意涵与写作策略》，长沙："中国近代文学研究三十年回顾与前瞻学术研讨会暨中国近代文学学会第十六届年会"会议论文。以上论文均已收入拙著《反思、追索与新脉：南社研究外编》，台北：里仁书局 2013 年。

则诗词兼采，方廷楷虽有独立的《习静斋词话》，但在《习静斋诗话》中亦有论及朱彝尊、江秋珊等人的词条；中国与外国作品参杂：如胡怀琛《海天诗话》以日本汉诗为主，但间以苏曼殊、马君武、高君平等人的译诗评论，也兼录英国弥尔敦、芬兰亨勤克斯差科、挪威伊布新翁、欧洲多美生、达奥尼雪、非洛克孙等人逸事及诗评，选录孙毅任、王韬、潘飞声、蒋观云等中国人咏海外风物之诗作；词话倾向常州词派之继承：如陈匪石《旧时月色斋词谭》对周济、况周颐、张惠言等人之论多所继承，强力推崇柳永、姜白石、吴文英等人；乡邦意识的突显：如方廷楷《习静斋诗话》收录"吾乡"崔弇山、孙鹬洲、项润民、孙闇如、张碧崖等人；陈去病《巢南诗话》收录"吾邦"黄由轶、丁逊学、王叔承、潘江如、冷士嵋、邢孟贞等乡人作品。未来将持续进行南社诗话内在底蕴的研究，期能拟出南社诗话的共性特征、文学价值及其在近代诗话的地位与研究意涵。

五、尾声：展望南社诗话研究

南社孕生于晚清民初复杂的社会巨变与中西文化交会之际，本身具有地域性、过渡性、政治性与多元性的社团特质[1]，此与近代诗话创作主体的心态、对接受读者的文化期待相互融摄。南社诗话探讨、关注的焦点和写作形式、表达语言等内容，在在提供近代诗学文本与历史文献的双重价值。

从事南社诗话研究不仅是保存南社文献的基本工作，其创作量之多，分布之广，诸多研究议题都等待开发，尤其诗话见证南社诗家的诗观，更可追查南社诗话在语言形式、内容论述上的"鉴古""论世""开新"等三大面向。同时，为因应中国三千年未有之大变局，显示不同于过去诗话"以资闲谈"的随笔形态，南社诗话也具备近代文学夹处新旧文化之间的过渡性特征。有鉴于南社诗话散佚各处和诗话丛书未必收录的现象，身为长期关注南社议题的研究者，统整南社诗话文本责无旁贷。是以，南社诗话目前虽仍属近代诗话的"外一章"，期盼未来经笔者努力下，能裨补近代文学的遗珠之憾，开凿近代诗话一块新沃土。

（作者单位：台湾东海大学文学院）

---

[1] 林香伶：《南社文学综论》，台北：里仁书局 2009 年，第 215—238 页。

新发现《联益之友》刊况周颐《词话》考论 *

彭玉平

　　《词学季刊》创刊号所刊《词学讲义》，乃况周颐绝笔之作，曾以《词话》为名分三期先刊于《联益之友》杂志。联益本前二期与季刊本大体重合，仅有少量文字、个别条目及正附则关系稍有出入，而联益本第三期的内容则为季刊本整体所缺。《联益之友》广征名稿的策略应是催生况周颐撰述《词学讲义》的主要原因。又因该刊在上海开办，主编与苏州因缘甚深，故联益本第三期以苏州地域词学源流为主，此当非况周颐原撰内容，而是他人应杂志所需从况周颐其他著述中择录与吴门词学相关者补缀而成。况周颐虽然没有在联益本《词话》中对其词学进行全新的学术建构，但在对《蕙风词话》进行修订简编的基础上，对词源、词体、词史、词艺以及词之寄托和音乐本体等问题，作了不少新的诠释和体系化的考量，整体上是对其此前词学的重要提升，代表了况周颐词学的终极意义。

一、从《联益之友》之《词话》到《词学季刊》之《词学讲义》

　　民国二十二年（1933）四月，《词学季刊》创刊号出版，其"遗著"栏刊出《词学讲义》一种，题"临桂况周颐蕙风遗著"。末附龙沐勋跋文曰：

　　　　右《词学讲义》，为蕙风先生未刊稿。先生旧刻《香海棠馆词话》，后又续有增订，写定为《蕙风词话》五卷，由武进赵氏惜阴堂刊行。朱彊

　　* 国家社科基金重大项目"民国词集编年叙录与提要"（13&ZD118）、"民国话体文学批评文献整理与研究"（15ZDB066）的相关成果。

邨先生最为推重，谓："自有词话以来，无此有功词学之作。"此稿言尤简要，足为后学梯航。叔雍兄出以示予，亟为刊载，公诸并世之爱好倚声者。二十二年二月一日，龙沐勋附记。

龙榆生此记语言虽简，但将况周颐所撰诸本词话情况及增订之轨迹、刊行以及朱祖谋盛相推崇之语，悉加点出。而关于这部《词学讲义》，则称其"简要"，具词学"梯航"意义。评价自是不低。

龙榆生特别说明此稿乃蕙风先生"未刊稿"，由况周颐弟子赵尊岳提供。步章五《蕙风遗事》也特别提到："及先生之殁，叔雍经纪甚至。"① 这种经纪不仅体现在经济上的资助，也包括对况周颐遗著的整理，这部《词学讲义》便很可能是赵尊岳在整理遗著的过程中发现的。关于《词学讲义》的撰写，步章五《蕙风遗事》追记说："先生绝笔于《词学讲义》一篇，穷数日夜力成之，文成而病，病五日而殁，可哀也已。"②

步翔棻（？—1933），字章五，开封杞县人，号翰青，自号杞人、林屋山人，以诗文驰誉民国年间，尤擅诗名，时人誉为"老杜老步"。袁世凯出任民国大总统时，步章五曾任总统府秘监、清史馆协修等职。二十年代寓居上海时，与朱祖谋、况周颐、吴昌硕等有一定交往，彼此以顾曲为乐。据步章五自述：

> 余来沪即识先生（今已八年），而过从之密自去岁始。先生来访，同至酒市作消夜之饮。回想此乐，不啻天上矣。③

又与况周颐女婿陈巨来"友善"，在交往的八年中，尤其是在况周颐去世前一年，两人过往频繁，故对况周颐晚年情形有所了解，并对其《蕙风词话》评价极高，认为"词家能事，宣泄尽矣"④。作为况周颐身前最后一部著作，《词学讲义》的撰成也带有传奇色彩，按照熟悉况周颐晚年情形的步章五所记：

> 先生殁前，若早自知，检点旧作，分年作束，谓诸子曰："吾殁无有

① 步章五：《林屋山人集》卷十三，转引自林玫仪：《况蕙风研究资料补述》，载《北京大学中国古文献研究中心》第七辑，北京大学出版社 2008 年，第 518 页。

② 同①，第 517 页。

③ 同①。

④ 同②。

庭训，观此亦可增进学问也。"①

这个"早自知"当然未必在十日之内这么精准。这意味着况周颐的这部绝笔之作很可能是临时起意撰写，因为既然已将旧作分年作束，自然基本上应该处于搁笔的状态，何须"穷数日夜力"如此急迫地来写这部《词学讲义》呢？即便有新的感悟新的体会，也应该是从容而精心地结撰才是。所以我很怀疑，况周颐如此集中精力来写，或许是应报刊约稿而写。这个报刊当然不是况周颐去世七年后才创刊的《词学季刊》，而很可能就是上海联益贸易公司出版部主办的《联益之友》。

今检《联益之友》1927 年第 35、37、38 期，果然有题"况蕙风遗作"的《词话》一种，虽未标《词学讲义》之名，但两者内容有相当程度的重合。赵尊岳将《词学讲义》交付龙榆生发表，而龙榆生在跋文中直言此乃"未刊稿"，则之前《联益之友》发表《词话》，很可能连赵尊岳也未必知情。

就现有资料来看，最早注意到《联益之友》发表与《词学讲义》类似内容的《词话》者应是孙克强②。2014 年，浙江古籍出版社出版孙克强辑录的《况周颐词话五种（外一种）》，《词学讲义》被再度收录，在此书前言中，孙克强提到《词学讲义》在《词学季刊》刊发前已经先以《词话》之名，刊于 1927 年之《联益之友》，署"况周颐遗作"，孙克强特地指出："两刊刊出时各则顺序有所不同。""可知此稿乃赵尊岳收藏的况氏遗稿。《词学讲义》共十三则，另有《附录》'词学初步必须之书'"。③ 就上述说明性文字来看，孙克强当时应该并未寓目《联益之友》所刊《词话》。理由是：其一，《联益之友》所刊况周颐《词话》署"况蕙风遗作"，而非"况周颐遗作"。其二，两本刊出差异并非"各则顺序有所不同"，而是《词话》所刊前两期与《词学讲义》顺序基本相同，而《词学季刊》刊出《词学讲义》（以下简称"季刊本"）时并无《联益

---

① 步章五：《林屋山人集》卷十三，转引自林玫仪：《况蕙风研究资料补述》，载《北京大学中国古文献研究中心》第七辑，第 518 页。

② 2003 年中州古籍出版社出版况周颐原著、孙克强辑考的《蕙风词话 广蕙风词话》一书中，在"广蕙风词话"之部，已经收录《词学讲义》一种，孙克强在"前言"中提及此书说："况周颐生前未刊稿。载于龙沐勋主编的《词学季刊》创刊号。"以此可知，孙克强当时应尚未知悉《联益之友》曾刊载与《词学讲义》内容相似之《词话》。

③ 况周颐原著，孙克强辑校：《况周颐词话五种（外一种）》，杭州：浙江古籍出版社 2014 年，第 5—6 页。

之友》所刊《词话》（以下简称"联益本"）的第三部分，整整缺失了三分之一的内容。其三，《词话》前二期虽与《词学讲义》重合度甚高，但彼此文字仍有一定差异。如季刊本与联益本第一则，文字大体相同，但季刊本于"亦至不易"后增一括注："不成何必学。"至于文字差错，两本各具，这当然有手民误植的可能。其四，联益本第二期所刊"白石词有旁谱者"一则，不见于季刊本。联益本第一期"词之兴也"一则，原文并无附则，而季刊本则附录一则"明虞山王东溆"云云。"清初曾道扶"一则，联益本至"抑亦风气使然矣"始结束，季刊中则从中间"金风亭长"至本则末别出另立一则等等。

如此多的条目和结构差异，若果然寓目两本所刊，稍加对勘，当不难辨出。

二、《联益之友》的"广征名稿"、地域特色与
况周颐《词话》之因缘

1927 年，《联益之友》分三期连载"况蕙风遗作"《词话》，分别是《联益之友》第 35 期（中华民国十六年（1927）一月一日），正文七则，附录一则；第 37 期（中华民国十六年（1927）二月一日），正则五则，附则一则；第 38 期（中华民国十六年（1927）二月十六日），正文四则，其中第三则附《餐樱庑漫笔》一则，合共五则。正、附则合共十九则。季刊本正则十则（含将联益本一则析为二则），附则三则，另有附录"词学初步必需之书""词学进步，渐近成就，应备各书"二则[①]。两刊结构、数量差异大体如上。

民国年间，企业办报办刊一度盛行。《联益之友》便是其中颇有影响的一种。此刊创刊于 1925 年 8 月 1 日，由上海联益贸易公司出版部创办，初为半月刊，后改为旬刊。最初由陆企豪主编。陆企豪，字涧石，苏州人，乃吴门画派健将，其画作得明代唐寅神髓。后由赵眠云、郑逸梅合编。赵眠云，原名绍昌，字复初，号眠云，别署心汉阁主，江苏吴江人，他不仅是当时有名的鸳鸯蝴蝶派作家，而且雅擅书法、篆刻。郑逸梅则以擅长撰写文史掌故类文章而驰名。主编的兼擅多能，也意味着《联益之友》虽为商办刊物，却并非在商言商，

---

① 此二则在联益本中皆为正则。孙克强言及季刊本"《附录》'词学初步必须之书'"。按。"须"原文实明"需"。而季刊本从结构上实明确将"词学初步必需之书"与"词学进步，渐近成就，应备各书"分为二则作为附录。特此说明。

而是注重以特殊的文化品位来提升企业的知名度和影响力。如与况周颐《词话》同一版面的便有长篇小说连载、影话、金石印章、笑话（"新谐屑"）、散文、诗词等内容，甚至"最新式汽车"的广告、获赠书画、其他刊物如《上海生活》的订阅信息等也登载其上，另如袁寒云书法、唐寅绘画等亦错落在版面之上。

"广征名稿"是《联益之友》的主要办刊方向，而且每期大致有个主题方向，如首刊况周颐《词话》的第 35 期便预定为"美人香草号"，追求"绮香罗艳，叶靥花嫣"的视觉与阅读效果。这应该与主编赵眠云、郑逸梅均为鸳鸯蝴蝶派作家的身份与兴趣有关。上海当时办刊数量为全国城市之最，很可能"名稿"征之不易，故出刊稽延时日也是常有之事，编者还曾在当期按语中特致说明。大概由于《联益之友》的办刊方针契合时代需求和上海的地域特征，故其销售亦极好。郑逸梅说：

> 在《联益之友》上，他（按，指金季鹤）写了《花海吹笙录》，用六朝词华，述三吴艳迹，最为读者欢迎。[①]

此外，该刊还以连载的方式发表过程瞻庐的《依旧春风》、程小青的《楼上客》、顾明道的《金龙山下》、张春帆的《情毒》等，可见此刊浓郁的"文学性"。第 38 期更应读者之需而特地登出一则启事《征求第一、四期本报》，并承诺回赠以电影明星贺年片、联益笺纸或邮票。其风行的程度也由此可见一斑。

况周颐是一代词人的代表，他的文字当然属于"名稿"的范围。是否因此《联益之友》编者主动向况周颐约稿呢？我觉得这一可能性是存在的。虽然就笔者眼力所及，尚未见主编之一的赵眠云与况周颐有交往的相关材料，但与赵眠云在苏州曾共同组织文学社团"星社"的范烟桥却似与况周颐有一定的交往，其《茶烟歇》一书，便记载了《况蕙风髦年置妾》之事[②]。范烟桥对于词学也颇有兴趣，他不仅曾编选过一本《销魂词选》，略可见其词学趣尚，而且其"烟桥"之号（原名范镛，字味韶），也是因仰慕宋末姜夔，而从其《过垂虹》"回首烟波第四桥"诗句中择取"烟""桥"二字合为号，则其对当时词坛一代祭酒式的人物况周颐倍加推崇，并代《联益之友》约请"名稿"，至少从情理上

---

① 郑逸梅著：《郑逸梅选集》第二卷，哈尔滨：黑龙江人民出版社 1991 年，第 77 页。

② 此事当然也可能范烟桥只是耳闻。参见范烟桥：《茶烟歇》，上海：上海书店 1989 年影印中孚书局 1934 年，第 7—8 页。

是可以作此联想的。

《联益之友》的另一主编郑逸梅自称"予与其令坦陈巨来相友善，每谈叙辄道及老人"①。陈巨来是况周颐长婿，因为他与郑逸梅常常谈及况周颐，故郑逸梅多种著作如《艺林散叶续编》《逸梅杂札》《掌故小札》等皆有谈论蕙风轶事者。则郑逸梅通过陈巨来向况周颐约稿，这个可能性当然也不能轻易否定。

当然，以上推测只是外缘上的考察，一时尚难落到实处。但至少我们可以确定，《联益之友》发表时将此稿简单定为"词话"一名，并非况周颐的意思。因为况周颐既然在数日之间急就此稿，撰成而病，数日后病故，则此稿自不可能况周颐亲自送至《联益之友》，而应是其他人从中联络。这个人也应该不是况周颐弟子赵尊岳，因为赵尊岳将《词学讲义》送付《词学季刊》发表，显然是对龙榆生表达过此稿"未刊"的意思，龙榆生也才有可能在跋文中特地说明此乃"蕙风先生未刊稿"。联想到郑逸梅与陈巨来的关系，我怀疑很可能是在况周颐去世后，两人见面谈及此前约稿之事，陈巨来从况周颐遗著中觅得而交付。

如果我们把《联益之友》刊发况周颐《词话》的因缘暂且放在一边，另外一个值得注意的问题是：既然联益本与及看本所刊都是况周颐的绝笔之作，何以在篇幅、正附则的关系上有如此大的差异呢？是当初《联益之友》编辑接获况周颐稿件，考虑到"讲义"之名不合刊物宗旨，又需与已经通行之《蕙风词话》有所区别而擅改篇名？还是别有他故？凡此一时也难确考。而既然《联益之友》与《词学季刊》所刊文本乃来自同一底本，何以后刊者删去三分之一的篇幅，而且在结构和正附则关系作如此大的变动？是赵尊岳将《词学讲义》的删减稿交付龙榆生，还是龙榆生考虑到内容特点，擅自作了若干增减变动？对这些疑问的彻底解决也有待新材料的发现了。

但对勘联益本与季刊本，两本发表虽有时间前后之差异，但从结构意义上来，与联益本前两部分基本重合的季刊本显然首尾更显完整，第一则言词人修养，强调天分、学力、性情、襟抱的结合，并落实到词乃"君子为己之学"的主旨上来，同则并从词的本体论角度提出雅、厚、重拙大的结合。第二则言词体起源，追溯至诗经楚辞，从古乐府之形制勾勒从诗到词的变化。第三至六则大致梳理词史发展，其中对明词评价较高，而对清代康熙之后词评价偏低。第

---

① 郑逸梅：《梅庵谈荟》，哈尔滨：黑龙江人民出版社 1985 年，第 6 页。

七则从审美艺术上点出填词三口诀。第八则论词曲文体之异，反对"词曲学"之说。第九则言词之寄托，强调寄托须"触发于弗克自已，流露于不自知"。第十则谈词与宫调、嘌唱之关系，与第二则前半所述暗合。第十一、十二则则按照词学进阶开列书目。由以上勾勒的基本内容来看，《词学讲义》虽只有寥寥十余则，但有其自足的理论体系，一方面勾勒诗词曲的文体发展及异同；另一方面注重词人、词体、词史、词艺以及学词进阶。质言之，《词学讲义》其实是况周颐词学高度浓缩的产物，或者说就是《蕙风词话》的简编修订本，只是因为附录两则词学书目，而使《词学讲义》曲终奏雅，将中心落到了指引后学学词的宗旨上来。

由前述可知，联益本的前两个部分（与季刊本基本重合者），已是首尾完整，体系井然。相形之下，联益本的第三部分（即季刊本整体缺如者）主要考述吴中宋元词家及寓居吴中的若干词人词作及其居地。先言吴门风土清嘉，代挺词流。从范仲淹到南渡高、孝之间的范成大，天圣中吴感、熙宁中元绛、吴云公，大观中李弥逊，元代陈深，等等。渐次罗列，以见吴中词学之盛。接下述吴中寓贤，章棨、贺铸、章棨子咏华等。附录一则《餐樱庑漫笔》，通过词题词序词句，略述吴文英寓居苏州的多重证据。末则引《宋平江城坊考》转引《吴郡志》言当地花月楼乃郡守邱密建，而邱有一卷《文定公词》，为吴中寓贤增多一人。值得注意的是，联益本这部分的内容除了考述吴中本土以及寓居词人之外，尤其用了不少笔墨细致考订其当日在吴中所居之地或居地之变化，如考述吴文英"先寓阊门，后寓盘门"，等等。质言之，此第三部分的内容只是注重吴中一地词学，带有简述苏州地域词学源流的意味。这与前两部分所论关乎词体、词艺、词史的综合性、大格局相比，确实显得有些支离，逻辑上也不尽相合了。

何以会形成这样的篇章隔膜呢？我觉得应该与《联益之友》编者陆企豪、赵眠云、郑逸梅皆与苏州有着不解之缘有关。陆企豪、赵眠云皆苏州本地人，郑逸梅虽祖籍安徽歙县，但出生于苏州。上海与苏州两地相邻，彼此认同度极高，近乎地域文化共同体，则《联益之友》带上一些"苏州"的地方色彩，上海本地人有兴趣，寓居上海的苏州人当然就更有兴趣。但这部分内容是况周颐《词学讲义》原撰的，还是他人从况氏著作中择录相关条目补入？这个问题同样不容易精准回答。就我对《词学讲义》逻辑结构的考量来看，应该并非况周颐原撰内容。可能的情况是：当陈巨来（也可能是他人）将《词学讲义》呈送

《联益之友》后，考虑到该刊在沪苏一带受欢迎的程度，编者要求呈送者再从况周颐著述中择录与苏州相关的条目，合为一编，因此而有了这比较突兀的第三部分。而联益本前两个部分与季刊本则因为排版需要，或对况周颐原撰有所调整甚至漏排若干文字，也属正常。如季刊本第二则"词之兴也"后附"明虞山王东溆"一则，不见于联益本，先刊之联益本有"白石词有旁谱者"一则，后刊之季刊本却无此则，也许都可以从这一角度去理解。

三、《联益之友》刊《词话》与况周颐词学之终极意义

对照此前刊行的《蕙风词话》可以发现，联益本《词话》并非以全新的词学观念取胜，但在结构、话语表述、逻辑体系等方面却有了若干明显的变化。具体而言，约有以下几个方面：

其一，表述的综合化。《蕙风词话》在表述词学观念、进行词学批评或考证诸事，往往一则说一则之事，相对而言，内容比较集中，语言也比较简略。而《词话》则往往合多则为一则，如《蕙风词话》第二、三、四、五卷虽然错杂若干则理论表述，但大体是按照词史发展，散论各家词人，择要评述词作，平心而论，其关于词史脉络的梳理其实是松散的、隐性的。而《词话》不过用四则篇幅便将词史描述至清代初年，其中一则更将词从唐代肇始述及明代末年，而且对各时期词风予以扼要概括，如评价南宋遗民此"寄托遥深，音节激楚"，评价明末词"含婀娜于刚健，有风骚之遗音"，等等。而在对词史的判断中，虽然大致认为明词不足当宋元之续，但也不乏庸中佼佼，尤其对明末词的评价一反传统极诋之论，认为有重新认识的必要。凡此都见况周颐晚年词史观值得注意之处。

其二，对清词的贬低倾向。况周颐主张对明词在词史上的地位进行重新评价的同时，对清代以来一直高倡的清词中兴说则颇持异议。虽然述及词史四则中有三则评述清词，但对康熙后词"不必看，尤不宜看"的告诫，可见其基本立场。况周颐除了对曾王孙、聂先合辑的《百名家词》、朱彝尊的《江湖载酒集》评价稍高，认为前者多沉着浓厚、近乎正始元音，后者"气体尚近沉着"，其余便再无好评。譬如认为《倚声集》"词格纤靡"，浙西六家"轻薄为文"、朱彝尊所选《词综》令学词者"初程不无歧误"，实际上从源头上基本否定了清词的发展方向。况周颐的这一论调带着强烈的个性色彩，当然也隐含着其词学

对常州词派的尊崇之意。

其三，注重在诗词曲的文体嬗变中确立词体的独特地位。况周颐把词之源头追溯至"葩经楚骚"和古乐府，只是更多地从"声诗"的角度描述词体的形成路径，故认为诗之和声填以实字以成词体，其所着眼的仍是体制之异。他将元词衰落归于元代曲学代兴，明确主张"词与曲截然两事"，认为曲不能通词，犹词不能通诗，一有交通，则文体不纯。也正因此，况周颐认为并称"词曲学"，乃是不明文体差异的荒谬之说。况周颐的这一番立论显然有着强烈的针砭时代意义，因为合词曲以构建"词曲学"正是晚清以来不少学者积极努力的方向。

其四，体系的逻辑性。无论是一则之中，还是全篇之间，况周颐阐述词学的逻辑意识和体系观念都较以往任何一种词话为强。早期的《餐樱庑词话》和晚年的《蕙风词话》，虽然也都提出重拙大说，但往往比较简略而散漫。《词话》则在继续强调重拙大主体理论的同时，将"自然从追琢中出""事外远致""烟水迷离之致"的填词口诀与重拙大说呼应而成一体之说。全篇从词源、词体、词史、词乐、词集渐次而下，构成稳健而精当的词学体系。即便一则之中的逻辑性与体系性也更为集中。如第一则乃合以前词话数则而成，天分、学力相辅相成而成就词人乃一则，重拙大与雅厚结合为一则，强调词乃"君子为己之学"为又一则。此三则虽可各自独立，而况周颐将其荟于一则，意在表明：先具词人之资，再以雅厚为基，求重拙大之格，始能成就真正君子为己之学。可见一则之中，前后之间乃彼此关联，绾合成说，其逻辑性明显增强。再具体到重拙大之说，此前诸本词话，皆单陈重拙大说，虽然在具体阐释也涉及雅、厚之要求，毕竟没有如此集中地将"雅厚重拙大"五字并提，这也意味着况周颐晚年对重拙大说有虽然细微却颇为重要的调整。而且与此前诸本多正说重拙大不同，这里将"轻者重之反，巧者拙之反，纤者大之反"并举，从反面诠解重拙大三者，这使得在况周颐诸本词话中盘桓已久的重拙大说有了更切实的解释空间。根据赵尊岳《蕙风词话跋》所述，作为况周颐晚年的受业弟子，赵尊岳"月必数见，见必诏以源流正变之道……耳提面命，朝斯夕斯"。这意味着况周颐晚年传授词学与赵尊岳，并非赠其一册《蕙风词话》，嘱其自证自悟，而是在《蕙风词话》之外，别有当面开悟者。赵尊岳将亲聆教诲，默而识之，部分地写入《蕙风词话跋》之中，这其中便包括以轻、巧、纤反说重、拙、大者。

其五，寄托说新解。况周颐在《词话》中对朱彝尊及其浙西词派批评甚力，甚至认为清词之所以自康熙之后无足观者，根源便在浙西词学肇基之倾颓。清代词学大大小小的流派虽多，其大要不过浙西、常州二派而已。况周颐虽没有正面树常州派之词帜，但既如此不遗余力痛斥浙西派词学，则客观上也昭示了其常州词派的基本立场，何况其重拙大之说，也基本可汇入常州词派的流脉之中。值得注意的是：在寥寥十余则《词话》中，在言明词曲关系并反对"词曲学"之说之后，从篇章结构的角度来说，已经首尾完整，可以结篇。但况周颐却突然缀入如下一则：

> 词，《说文》："意内而言外也。"意内者何？言中有寄托也。所贵乎寄托者，触发于弗克自已，流露于不自知。吾为词而所寄托者出焉，非因寄托而为是词也。有意为是寄托。若为吾词增重，则是骛乎其外，近于门面语矣。苏文忠"琼楼玉宇"之句，千古绝唱也。设令似此意境，见于其他词中，只是字句变易，别无伤心之怀抱，婉至激发之性真，贯注于其间，不亦无谓之至耶？寄托犹是也，而其达意之笔，有随时逐境之不同。以谓出于弗克自已，则亦可耳。

而寄托并非况周颐新揭话题。《蕙风词话》卷五已先之有云：

> 词贵有寄托。所贵者流露于不自知，触发于弗克自已。身世之感通于性灵，即性灵即寄托，非二物相比附也。横亘一寄托于搦管之先，此物此志，千首一律，则是门面语耳，略无变化之陈言耳。于无变化中求变化，而其所谓寄托，乃益非真。昔贤论灵均书辞，或流于跌宕怪神，怨怼激发，而不可以为训。为非变化者之变化矣。夫词如唐之《金荃》，宋之《珠玉》，何尝有寄托，何尝不卓绝千古，何庸为是非真之寄托耶。①

虽然况周颐零散表述寄托的言论还有一些，但显然上述《蕙风词话》卷五所论最为集中。对勘这两节论寄托的文字，其相同之处主要在于：都以"寄托"为贵，都主张寄托应"流露于不自知，触发于不克自已"。《蕙风词话》提出的"即性灵即寄托"，其实已经将寄托融入性灵之中，而性灵的最大特点便是因情境不同而处于不断的变化之中，如此，寄托也必然因此而变化。在况周颐的心目中，只有这种跟着性灵而变化的寄托才是真正的寄托，否则，便是假寄托。《金荃》《珠玉》之词，性灵洋溢，未尝见性灵与寄托为二物，故其寄托亦丰富

---

① 况周颐：《蕙风词话》，唐圭璋编：《词话丛编》第五册，北京：中华书局 1986 年，第 4526 页。

而深刻。而屈原只是变换语言或语境，性灵本身仍是一贯的，所以论寄托于屈原未免有缺。这是《蕙风词话》中关于寄托的核心观点。

而到了《词话》，虽然在对寄托说的基本要义方面并没有什么明显变化，但将张惠言引《说文》以"意内言外"说"词"立于此节文字开头，乃直言其常州词派的词学渊源。况周颐并没有从理论上分析性灵与寄托二而一的关系，而是围绕着"触发于弗克自已，流露于不自知"，仔细分析寄托说的表现形态。寄托一有痕迹，便是有意为之，有意为之的寄托都不过类似门面语耳。况周颐以苏轼《水调歌头》为例，说明类似"琼楼玉宇"一般的意境并不新奇，而是背后寄寓着苏轼源自真性的"伤心之怀抱"。虽然"达意之笔，有随时逐境之不同"，但那不过是寄托的表现形态各有差异而已。但无论有怎样的差异，必须是自然而然，"出于弗克自已"才显可贵。由况周颐对寄托说阐释维度的调整，可见《蕙风词话》侧重在理论上演绎其基本内涵，而《词话》则注重从创作角度诠释寄托的形成轨迹，这与其"讲义"的特性颇为一致。

其六，词的音乐本体论。如前所述，从构建词学框架的角度来说，《词话》至"词与曲截然两事"一则便可完篇。何以在增多一则论寄托之后，又增加三则（含附则一则）论词之宫调、吹唱、词谱等，特别讲述词之字声相配、清浊高下等，无非是曲终奏雅，回到词的音乐本体上来。从《词话》本身的体系来看，第二则"词之兴也，托始葩经楚骚"其实已经将词体的音乐特性拈出，从古乐府到唐代旗亭画壁故事，从五言七言诗歌的"声希拍促"到衍以和声、填以实字，追求"悠扬流美"的艺术神韵。几乎完整勾勒了词体与音乐相伴相生的过程。但很可能况周颐并不满足于对这种词体与音乐关系的外围考察，故在体系建构初步完成之后，再揭音乐话题，将词体、词学整体建构在音乐本体之上，显示了况周颐专业、本色的词学眼光。况周颐提出的"词必谐宫调，始可付歌喉"之说，乃是回到词体建立和全盛时的"现场"，此说虽可简化为"填词以实调，则用字必配声"二句，但其实这种实、配颇有讲究。一种方法就是"就喉牙舌齿唇，分宫商角徵羽"；另外一法就是以平声浊者为宫，清者为商，入声为角，上声为徵，去声为羽，而且与宫商角徵羽相配之字，又各自有宫商角徵羽，各自有清浊高下。这样一来，填词的难度便非同一般了。所以填词的过程十分复杂，既有"吹律度声，以声协律"，以合字之清浊高下，也包括"循声改字"等环节。况周颐如此专业地讲述词的宫调声律，一者当然是词体本来就与音乐有着不可分割的关系，故言词自是不可缺少这一环节；另外一个原因则与晚清以来对词乐、词律的隔膜甚至反对之声有关。况周颐一直在为词之"尊体"而努力，甚至以"词之情文节奏并皆有余于诗"来解释词的别称"诗余"，就可见其尊体之初心。

由以上简要之分析，可见作为况周颐撰写的最后一种著作，这部《词话》确实在建构体系、理论表述、学术重点方面都有一些值得注意的调整、修订和提升，把它理解为况周颐词学的新订简编和终极思想，我觉得是符合事实的。这也意味着研究况周颐词学，需要对其过程状态的词学与终极状态的词学有所区别。只有厘清其嬗变轨迹，才能更精准地契入到况周颐词学的具体语境之中。同时，也意味着我们在对其阶段性词学进行界定和表述时，需要更多的前后对勘功夫以及更谨慎的理性表述。混淆了理论研究的阶段性特征，很可能让况周颐本人也无所适从的。

附录：《联益之友》刊况周颐《词话》校订

【校订说明】况周颐撰《词话》（署"况蕙风遗作"）以《联益之友》所刊三期为底本，简称"联益本"。参校《词学季刊》创刊号所刊况周颐撰《词学讲义》（署"临桂况周颐蕙风遗著"），简称"季刊本"。

词于各体文字中，号称末技。但学而至于成，亦至不易。必须有天分，有学力，有性情，有襟抱，始可与言词。天分稍次，学而能之者也。及其能之，一也。古今词学名辈，非必皆绝顶聪明也。其大要曰雅，曰厚，曰重拙大。厚与雅，相因而成者也，薄则俗矣。轻者重之反，巧者拙之反，纤者大之反，当知所戒矣。性情与襟抱，非外铄我，我固有之。则夫词者，君子为己之学也。

【校订】季刊本于"亦至不易"后括注：不成何必学。

词之兴也，托始葩经楚骚，而浸淫于古乐府。昔贤言之，勿庸赘述。唐人朝成一诗，夕付管弦。旗亭画壁，是其故事。其诗七言五言皆有，往往声希拍促，则加入和声，务极悠扬流美之致。凡和声，皆以实字填之，诗遂变为词矣。后世以"诗余"名词，此"余"字，作"赢余"之"余"解。词之情文节奏，并皆有余于诗，非以词为诗之剩义也。

【校订】季刊本于此则下低二格附则云：

明虞山王东溆（应奎）《柳南续笔》："桐城方尔止（文）尝登凤凰台，吟太白诗云：'凤凰台上，一个凤凰游，而今凤去耶？台空耶？江水自流。'曼声长吟，且咏且拍。人皆随而笑之。"按唐人和声之遗，殆即类此，未可以为笑也。

词学权舆于开天盛时，寖盛于晚唐五季，盛于宋，极盛于南宋。至元大德之世，未坠南渡风格。凤林书院《草堂诗余》（元无名氏选），皆南宋遗民之作。寄托遥深，音节激楚，厉太鸿（鹗）以清湘瑶瑟比之。秦惇夫（恩复）云："标放言之致，则怆怏而难怀。寄独往之思，又郁伊而易感。"比方《中兴以来绝妙词选》，无不及，殊有过之。洎元中叶，曲学代兴，词体稍稍敝矣。明词专家少，粗浅芜率之失多，诚不足当宋元之续。时则有若刘文成（基）、夏文愍（言），风雅绝续之交，庶几庸中佼佼。爰及末季，若陈忠裕（子龙）、夏节愍（完淳）、彭茗斋（孙贻）、王姜斋（夫之），词不必增重其人，亦不必以人增重。含婀娜于刚健，有《风》《骚》之遗音。昔人谓词绝于明，讵持平之论耶？

【校订】"殊有过之"，"殊"，季刊本作"殆"。"粗浅芜率"，"率"，季刊本作"牵"，误。"庸中佼佼"，"佼佼"原文误作"校校"，季刊本作"佼佼"。

清初曾道扶（王孙）、聂晋人（先），辑《百名家词》，多沉着浓厚之作，近于正始元音矣。康熙中，有所谓《倚声集》者，集中所录，小慧侧艳之词十居八九。王阮亭、邹程村同操选政，程村实主之，引阮亭为重云尔，而为当代巨公，遂足转移风气。词格纤靡，实始于斯。自时厥后，有若浙西六家，是其流弊所极。轻薄为文，每况愈下。于斯时也，以谓词学中绝可也。金风亭长《江湖载酒》一集，虽距宋贤堂奥稍远，而气体尚近沉着。就清初时代论词，不得不推为上驷。其《历朝词综》一书，以轻清婉丽为主旨，遂开浙派之先河。凡所撰录古昔名人之作，往往非其至者。操觚之士奉为圭臬，初程不无歧误，抑亦风气使然矣。

【校订】邹程村，"村"原文误作"材"，季刊本作"村"。"不无歧误"，"歧"原文误作"岐"。季刊本自"金风亭长"至本则末，别为一则。

清朝人词（断自康熙中叶），不必看，亦不宜看。看之未必获益，一中其病，便不可医也。且亦无暇看。吾人应读之书，浩如烟海。即应读之词，亦悉数难终，能有几许余力闲暇，看此浮花浪蕊、媚行烟视、葍梨祸枣之作耶？

【校订】"亦不宜看"，"亦"，季刊本作"尤"。"余力闲暇"，"闲"，季刊本误作"闰"。

填词口诀：曰自然从追琢中出，所谓"得来容易却艰辛"也；曰事外远致；曰烟水迷离之致。此等佳处，神而明之，存乎其人，难以言语形容者也。李太白《惜余春》《愁阳春》二赋，余极喜诵之，以云"烟水迷离之致"，庶乎近焉。

【校订】"烟水迷离"，"烟"原文误作"盐"，季刊本作"烟"，季刊本"离"误作"难"。

词与曲，截然两事。曲不可通于词，犹词不可通于诗也。其意境所造，各不相侔（各有分际）。即如词贵重拙大，以语王实甫、汤义仍辈，宁非偾乎？乃至词涉曲笔，其为伤格，不待言矣。二者连缀言之，若曰"词曲学"者，谬也。并世制曲专家，有兼长词学者，其为词也，一字一声，不与曲混。斯人天姿学力，逴越辈流，可遇不可求也。

王文简《花草蒙拾》："或问诗词、词曲分界。曰：'无可奈何花落去，似曾相识燕归来'，定非《香奁诗》。'良辰美景奈何天，赏心乐事谁家院'，定非《草堂词》。"

【校订】"乃至"原文作"至乃"，季刊本作"至乃"。"香奁"，"奁"原文误作"颐"，季刊本作"奁"。联益本与季刊本，均将"王文简"至"《草堂词》"作为前则附则，乃引《花草蒙拾》之语申说前则词曲分界。

（以上刊《联益之友》第35期，民国十六年（1927）一月一日。）

词，《说文》："意内而言外也。"意内者何？言中有寄托也。所贵乎寄托者，触发于弗克自已。流露于不自知。吾为词而所寄托者出焉，非因寄托而为是词也。有意为是寄托。若为吾词增重，则是赘乎其外，近于门面语矣。苏文忠"琼楼玉宇"之句，千古绝唱也。设令似此意境，见于其他词中，只是字句变易，别无伤心之怀抱，婉至激发之性真，贯注于其间，不亦无谓之至耶？寄托犹是也，而其达意之笔，有随时逐境之不同。以谓出于弗克自已，则亦可耳。

【校订】"弗克自已"，"已"，季刊本两误作"己"。"见于其他"，"它"，季刊本作"他"。

词必䜌宫调，始可付歌喉。凡言某宫某调，如黄钟宫《齐天乐》、中吕宫《扬州慢》之类，当其尚未有词，皆是虚位。填词以实调，则用字必配声。一法就喉牙舌齿唇，分宫商角徵羽。《韵书》云："欲知宫，舌居中。欲知商，开口张。欲知角，舌根缩。欲知徵，舌拒齿。欲知羽，口吻聚。"大抵合口为宫，开口为商，卷舌为角，齐齿为徵，撮口为羽。一法以平声浊者为宫，清者为商，入声为角，上声为徵，去声为羽，而皆未为尽善者。与宫商角徵羽相配之字，又各自有宫商角徵羽，各自有清浊高下。泥一则不通，欠叶则便拗，所以为难也。填词之人，如宋贤屯田、白石辈，自能嘌唱，精研管色，吹律度声，以声协律。

字之清浊高下，自审稍有未合，则抑扬重轻其声以就之。屡就而仍未合，则循声改字以谐之。逐字各有清浊高下，逐律皆可起宫。字句承接之间，逐处安排妥帖。审一定和，道在是矣。若只能填词，不能吹唱，则何戕、米嘉荣辈，可作邃密之商量，不至于合律不止。唯是词虽可唱，俗耳未必悦之。以其一字，仅配一声，不能再加和声（观白石旁谱可知）。极悠扬之能事，亦只能如琴曲中有词之泛音而已。

琴曲《阳关三迭》泛音："月下潮生红蓼汀，柳梢风急度流萤。长亭短亭，话别丁宁。梧桐夜雨，恨不同听。"词极婉丽。而旁谱一字配一声，无所为"迟其声以媚之"者。非甚知音，难与言赏会矣。

【校订】"填词以实调"，"调"原文误作"词"，季刊本作"调"。"欲知角"，"知"原文误作"如"，季刊本作"知"。"承接之间"，"承"，季刊本作"清"，疑误。"迟其声以媚之者"，"者"字原脱，据季刊本补。"琴曲"至"难与言赏会矣"一则，联益本、季刊本，均将其作为前则附则。

白石词有旁谱者，为十七阕。吾人填此十七调，可无庸守四声，有旁谱可据依也。其他无谱之调，无可据依，唯恪守四声，庶几无误。舍此计无复之，此四声所以非守不可也。

【校订】季刊本无此则。

词学初步，必需之书：

《校刊词律》二十卷，清宜兴万树红友订正，秀水杜文澜筱舫校刊。

附《词律拾遗》六卷，德清徐本立诚庵纂。

《词律补遗》，杜文澜编，共二函十二本。

如此书未易购求（似曾见石印本），即暂时购用万氏《词律》原本亦可。

《词林正均》三卷，清吴县戈载顺卿辑，临桂王氏四印斋刻本（有石印本）。

坊间别本《词韵》，部居分合多误，断不可用。

《草堂诗余》四卷。宋人选宋词，明嘉靖庚寅上海顾从敬汝所刻本最佳，未经明人增屬。

《蓼园词选》。蓼园先生姓黄氏，名侠，临桂人。选词悉依《草堂》，去其涉俳涉俚之作，加以笺评，极便初学。武进赵氏惜阴堂石印本。

《宋词三百首》，归安朱祖谋古微选。

词学进步，渐近成就，应备各书：

《宋六十名家词》，明常熟毛氏汲古阁刻本。沪上石印本，讹舛太甚，不如广东覆刻本较佳。

《词学丛书》，道光间，江都秦氏享帚精舍刻本。

《乐府雅词》三卷，《拾遗》二卷，宋曾慥编。

《阳春白雪》八卷，《外集》一卷，宋赵闻礼编。

《词源》二卷，宋张炎撰。

《日湖渔唱》一卷，《补遗》二卷，宋陈允平撰。

《元草堂诗余》三卷，凤林书院本。

《词林韵释》一卷，菉斐轩本。

《花庵词选》二十卷，宋黄升撰。

《绝妙好词》七卷，宋周密编。

《御选历代诗余》一百二十卷，殿本（有覆本）。

《四印斋所刻词》，临桂王氏辑本。

《宋元三十一家词》，同上。

《彊邨丛书》，归安朱氏辑本。

此外各种词话，如《皱水轩词筌》《花草蒙拾》《词苑丛谈》《金粟词话》之类，亦宜随时购阅。庶几增益见闻，略知词林雅故。（《丛谈》引它家书，不著其名，是其一失。）

又《宋金元词集见存卷目》一册，双照楼校写本。丁未八月，沪上鸿文书局代印。此书传本罕见。词学津逮，至要之书。丁未距今仅二十年。亟访求之，容或尚可得也。

【校订】"《词律拾遗》"，"拾"原文误作"绐"，季刊本作"拾"。"临桂王氏四印斋刻本"，"氏"原文误作"民"，"刻"原文误作"归"。"选词悉依《草堂》"，原文无"悉"字，据季刊本补入。"（有覆本）"，季刊本无括号。季刊本将此则标为"附录"，至此则全稿完毕。

（以上刊《联益之友》第37期，民国十六年（1927）二月一日。）

吴门风土清嘉，水温山赭，夙钟神秀，代挺词流。范文正名德冠时，而有《苏幕遮》（"碧云天黄叶地"云云）、《御街行》（"纷纷坠叶飘香砌"云云）诸作。论者谓公之正气塞天地，而情语入妙至此，是亦贤者不可测耶。南渡高、孝之闲，范文穆退居石湖之上，自号石湖居士。有词一卷，陈三聘和之，词数百首为时所称。又吴应之（感），天圣中殿中丞。有姬曰红梅，因以名其阁。作《折红梅》词云："喜轻澌初泮，微和渐入，芳郊时节。春消息，夜来陡觉红梅，数枝争发。玉溪仙馆，不是个，寻常标格。化工别与，一种风情，似匀点胭脂，染成香雪。重吟细阅，比繁杏夭桃，品流真别。只愁共彩云易散，冷落谢池风月。凭谁向说，三弄处，龙吟休咽。大家留取，时倚阑干，闻有花堪折，劝君须折。"所居在小市桥西南，今吴殿直巷。元厚之（绛），熙宁中，参知政事。有《映山红慢·牡丹》词（"穀雨风前"云云），见《全芳备祖》。所居在乌鹊桥北带城桥，今衮绣坊。顾淡云，别号梦梁词人，为岁寒社诗友，有《梦梁集》。有词，见陶氏（梁）《词综补遗》。所居在今灵芝坊。吴云公，有《香天雪海集》。靖康国难后，披发佯狂，更号中兴野人。所居在城东临顿里。胡《渔隐丛话》云："有称中兴野人，和东坡词，题吴江桥上。军驾巡师江表，过而睹之。诏物色其人，不复见矣。"词云："炎精中否，叹人才委靡，都无英物。戎马长驱三犯阙，谁作长城坚壁。万里奔腾，两宫幽隔，此恨何时雪。草庐三顾，岂无高卧贤杰。天意眷我中兴，吾皇神武，踵曾孙周发。海岳封疆俱效顺，会狂虏，须灰灭。翠羽南巡，叩阍无路，徒有冲冠发。孤忠耿耿，剑芒冷浸秋月。"李似之（弥逊），自号筠溪翁。大观三年进士，官至户部侍郎，以忤和议告归。有《筠溪词》，刻入《宋元三十一家词》。元陈子微（深），自号清全。天历间，屡荐不出。有《宁极斋乐府》，刻入《彊邨丛书》。

【校订】季刊本无此则。"黄叶地"，"黄"原文误作"红"。"《词综补遗》"，"综"原文误作"纵"。

吴中寓贤。章庄简（楶），有《水龙吟·杨花》词（"燕忙莺懒花残"云云），向来脍炙人口。苏文忠和之，李忠定（纲）追和之。庄简寓址，在今桃花坞，越人贺方回（铸）所居企鸿轩，在今升平桥巷（一说徙醋坊桥），又别墅在盘门外横塘，尝扁舟往来。其《青玉案》词云："凌波不过横塘路。但目送，芳尘去。锦瑟年华谁与度。月台花榭，琐窗珠户。惟有春知处。碧云冉冉蘅皋暮。彩笔新题断肠句。试问闲愁都几许。一川烟草，满城风絮。梅子黄时雨。"其为前辈推重如此。有《东山寓声乐府》，入《四印斋所刻词》。

【校订】季刊本无此则。"花残"，"花"原文误作"芳"。"脍炙人口"，"炙"原文误作"灸"。"凌波"，"凌"原文误作"浚"。

章庄简子咏华，侍姬曰碧桃，工诗词，有《微波集》。兀尤陷城时，随咏华殉难。有婢春雪，检二人之骨，归葬西崦山。又《烬余录》云："帘影词人，某氏女，词曲为诸社冠。才命相克，所如非偶，郁悒佗傺以终。"所居在今百口桥。《微波》《帘影》遗词，不知尚可访求否？吉光片羽，为宝几何矣。

附《餐樱庑漫笔》一则：

吴梦窗曾寓苏州，不徒《鹧鸪天》词"杨柳阊门"之句（'吴鸿好为传归信，杨柳阊门屋数间'，梦窗化度寺作）堪为左证也。其"四稿"中，《探芳信》小序："丙申岁，吴灯市盛常年。余借宅幽坊，一时名胜遇合。置杯酒，接殷勤之欢，甚盛事也"，云云。又《六丑·壬寅岁吴门元夕风雨》，又《甲辰岁盘门外寓居过重午》。丙申距壬寅六年，距甲辰九年。此九年中，或先寓阊门，后寓盘门。惜坊巷之名，不可得而详耳。又《应天长·吴门元夕》句云："向暮巷空人绝，残灯耿尘壁"，极似老屋数间景色。《浣溪沙·观吴人岁旦游承天》，句云："街头多认旧年人。"《点绛唇》前段云："明月茫茫，夜来应照南桥路。梦游熟处，一枕啼秋雨。"曰"多认"，曰"游熟"，与《探芳信》序云"吴灯市盛常年"，皆足为久寓苏州之证。又《齐天乐·赋齐云楼》《木兰花慢·陪仓幕游虎邱》，又《重游虎邱》《探芳信·吴中元日承天寺游人》等阕，皆寓苏时所作，梦窗所云南桥，即指皋桥。今蕙风所居，适在皋桥稍北（张广桥下塘润德里）。俯仰兴怀，荃香未沫。素云黄鹤，跂予望之矣。

【校订】季刊本无此则。"《探芳信》"，"信"原文误作"新"。"跂予望之"，"跂"原文误作"跛"。

《宋平江城坊考》引《吴郡志》："官宇门，附市楼下。花月楼，饮马桥东北。淳熙十二年，郡守邱密建，雄盛甲于诸楼守。"按，邱密字宗卿，江阴军人，隆兴元年进士。官至资政殿学士，同知枢密院事。谥文定，有《文定公词》一卷，刻入《宋元三十一家词》。（完）

【校订】季刊本无此则。"邱密"，原文"密"后衍一"密"字。"谥文定"，"定"原文误作"字"。

（以上刊《联益之友》第38期，民国十六年（1927）二月十六日。）

（作者单位：中山大学文学院）

全民国剧话考录（上）*

李 雪

民国 38 年的时间，社会发生了深刻变革，是我国从古代向现代转型的时期。这一时期，戏曲研究逐渐成为一门重要的学科，研究者越来越多，他们以不同的视角和方法对戏剧进行研究，在当时的各大报纸期刊上连续发表有影响力的文章，促成了民国时期戏曲研究的繁盛局面。这些期刊文章除了以"剧话"命名的，还有以"剧谈""剧论"等其他各种方式命名的。以下目录是将全民国分为四个时期，仅选取以"剧话"命名的期刊文章来进行分类整理。

1911—1919 年（凡 37 种）

1.《钏影楼剧话》，笑，《歌场新月》1913 年第 2 期（256—258 页）、第 2 期（259 页）、第 2 期（267—268 页）。

2.《剑气箫心室剧话》，公展，《新剧杂志》1914 年第 1 期（76—78 页）。

3.《负剑腾云庐剧话》，剑云，《繁华杂志》1914 年第 1 期（200—204 页）、第 3 期（225—228 页）、第 4 期（248—250 页）。

4.《蔽卢剧话》，箸超，《民权素》1914 年第 2 期（9—12 页）。

5.《箫心剑气楼剧话》，肝若，《快活世界》1914 年第 1 期（1—3 页）、第 2 期（1—3 页）。

6.《穷庐剧话》，《黄花旬报》1914 年第 2 期（14 页）。

7.《倩影轩剧话》，昔醉，《七天》（上海 1914）1914 年第 3 期（3—7 页）。

8.《忏华室剧话》，《消闲钟》1914 年第 1 卷第 9 期（1—3 页）。

---

* 国家社科基金重大课题"民国话体文学批评文献整理与研究"（15ZDB066）的相关成果。

9.《剧话：伶话星星》，云云，《小说新报》1915 年第 1 期（8—10 页）。

10.《剧话：是非室戏话》，南林井波，《小说新报》1915 年第 9 期（4—6 页）。

11.《剧话：脉脉谈剧》，《小说新报》1915 年第 1 期（1—3 页）、第 2 期（1—4 页）、第 3 期（1—8 页）、第 4 期（1—4 页）、第 6 期（1—5 页）、第 7 期（1—4 页）、第 8 期（1—4 页）、第 9 期（1—4 页）、第 10 期（1—3 页）、第 11 期（1—4 页）、1916 年第 12 期（1—4 页）。

12.《脉脉剧话》，《小说新报》1917 年第 3 卷第 1 期（1—6 页）、第 3 卷第 2 期（1—7 页），第 3 卷第 3 期（1—9 页）、第 3 卷第 4 期（1—6 页）、第 3 卷第 5 期（1—6 页）、第 3 卷第 6 期（1—4 页）。

13.《剧话：春航谭，二十六夜血泪碑二》，越流，《文星杂志》1915 年第 2 期（1—7 页）。

14.《剧话：梨园杂记》，冠吾，《小说新报》1915 年第 2 期（4—7 页）、第 1 期（3—8 页）、第 4 期（5—8 页）、第 5 期（1—6 页）。

15.《粉墨场：剧话》，谔声，《繁华杂志》1915 年第 6 期（260—261 页）。

16.《剧谈：梨园杂话》，重远，《余兴》1915 年第 10 期（133—137 页）。

17.《梨香社剧话》，尘因，《民权素》1915 年第 4 期（7—13 页）、第 5 期（1—7 页）、第 6 期（1—6 页）、第 7 期（1—6 页）、第 8 期（1—5 页）、第 9 期（1—6 页）、第 10 期（1—5 页）、第 11 期（1—6 页）、第 13 期（4—6 页）、第 12 期（1—4 页）、1916 年第 14 期（1—3 页）、第 15 期（3—6 页）、第 16 期（3—8 页）、第 17 期（2—6 页）。

18.《啸虹轩剧话》，《游戏杂志》1915 年第 18 期（1—4 页）、第 18 期（4—5 页）、第 18 期（5—7 页）、第 18 期（7—8 页）、第 18 期（9—11 页）、第 18 期（11—12 页）、第 18 期（12—14 页）、第 18 期（14—15 页）、第 18 期（15—17 页）、第 18 期（17—19 页）、第 18 期（19—20 页）、1916 年第 14 期（1—3 页）、第 15 期（3—6 页）、第 16 期（3—8 页）、第 17 期（2—6 页）。

19.《啸虹轩剧话》，马二，《游戏杂志》1915 年第 18 期（1 页）、1915 年第 19 期（1—16 页）。

20.《柏林剧话记》，《娱闲录：四川公报增刊》1915 年第 19 期（59—61 页）、第 20 期（57—59 页）、第 21 期（65 页）、第 22 期（55—57 页）;《春柳》，1919 年第 7 期（122—124 页）。

21.《蕉窗听雨轩剧话》，醉，《上海》1915 年第 1 卷第 1 期（217 页）。

22.《废物剧话》，《香艳杂志》1915 年第 11 期（6 页）。

23.《剧场百话》，逸庵，《余兴》1916 年第 22 期（110—119 页）。

24.《剧话：顾曲卮言》，《香如丛刊》1916 年第 8 期（1—3 页）。

25.《剧话：西剧谰言》，《香如丛刊》1916 年第 8 期（9—12 页）。

26.《剧话：新剧百话》，《香如丛刊》1916 年第 8 期（3—5 页）。

27.《剧话：旧剧琐话》，《香如丛刊》1916 年第 8 期（7—9 页）。

28.《剧话：新剧界笑话种种》，《香如丛刊》1916 年第 8 期（5—7 页）。

29.《剧谭：黛红戏话》，芙孙，《青声周刊》1917 年第 3 期（11—12 页）、第 5 期（6—7 页）、第 6 期（4—5 页）、第 6 期（5—6 页）、第 7 期（4 页）、第 8 期（2—3 页）;《无愁龛剧话》，陆秋心，《青声周刊》1917 年第 1 期（13—14 页）、第 3 期（12—13 页）。

30.《风花雪月庐剧话》，松声，《青声周刊》1917 年第 5 期（7—8 页）、第 10 期（5—6 页）。

31.《共励轩剧话》，坚忍，《青声周刊》1917 年第 3 期（13 页）。

32.《寄怀阁剧话》，韵叟，《小铎》1917 年第 195 期（0—1 页）。

33.《冰梅剧话》，维钰，《文友社第二支部月刊》1917 年第 2 期（3 页）。

34.《冰梅剧话》，冰梅，《文友社第二支部月刊》1918 年第 5 期（3 页）。

35.《戏迷轩剧话》，郑二郎，《沪江月》1918 年第 2 期（28 页）。

36.《修竹庐剧话》，朱瘦竹，《沪江月》1918 年第 3 期（23—25 页）、第 4 期（21—22 页）;《小报》1923 年第 1 期（43—44 页）、第 5 期（33—34 页）、第 6 期（37—38 页）、第 8 期（19—20 页）;《戏杂志》1923 年第 7 期（45 页）、第 7 期（46 页）、第 7 期（46—47 页）、第 7 期（47 页）、第 7 期（47—48 页）、第 7 期（48—49 页）、第 7 期（49 页）、第 7 期（49—50 页）;《游艺画报》1925 年第 8 期（1 页）、第 9 期（1 页）、第 10 期（1 页）;《京戏杂志》1936 年第 5 期（29 页）、第 7 期（20—24 页）;《戏迷传》1939 年第 2 卷第 5 期（4 页）、第 2 卷第 6 期（6 页）、第 2 卷第 7 期（4 页）、第 2 卷第 8 期（2—3）、第 2 卷第 8 期（20 页）、1940 年第 3 卷第 1 期（2—3 页）;《戏剧画报（上海 1937）》1940 年第 10 期（19 页）;《半月戏剧》1941 年第 3 卷第 5 期（2—3 页）、1942 年第 4 卷第 1 期（1—2 页）;《戏剧年鉴》1941 年一九四〇年度（18）、1941 年一九四〇年度（20—21 页）;《万象》1942 年第 1 期（31—32 页）、第 6 期（11

页);《戏报》1941 年春节特刊（6 页）;《麒麟童特刊》1942 年第 2 月期（1 页）、1943 年第 11 月期（1 页）;《谭富英特刊》1940 年特刊（6 页）。

37.《小水云馆剧话》，越凫，《边声周报》1918 年第 1 卷第 2 期（39—40 页）、第 1 卷第 4 期（36—37 页）、第 1 卷第 5 期（37—38 页）、第 1 卷第 6 期（39—40 页）、第 1 卷第 12 期（38—41 页）、第 1 卷第 15 期（40—42 页）。

1920—1929 年（凡 36 种）

1.《春雨梨花馆剧话》，杨尘因，《游戏新报》1920 年第 1 期（210—216 页）;《新声》1921 年第 2 期（83—85 页）。

2.《斧风室剧话》，舍予，《戏杂志》1922 年创始号（8—9 页）。

3.《端阳剧话》，姚民哀，《快活》1922 年第 6 期（1—3 页）。

4.《剧话：论戏剧之统系》，慕云，《小说新报》1923 年第 8 卷第 5 期（12—16 页）。

5.《黄叶舞秋风馆剧话》，马鞍山樵，《小说新报》1923 年第 8 卷第 4 期（4—6 页）、第 8 卷第 5 期（9—12 页）、第 8 卷第 6 期（4—7 页）、第 8 卷第 7 期（2—6 页）。

6.《伈伈轩剧话》，林呆公，《小报》1923 年第 8 期（43—44 页）。

7.《梅花馆剧话》，梅花馆主，《戏杂志》1923 年第 9 期（43—46 页）。

8.《放庐剧话》，西河主人，《心声：妇女文苑》1923 年第 2 卷第 2 期（1—4 页）。

9.《新年剧话》，舒舍予，《半月》1923 年第 2 卷第 11 期（1 页）。

10.《千里轩剧话》，苏重威，《戏剧周刊》（苏州）1923 年第 1 期（3 页）。

11.《零碎剧话》，蓉湖散人，《鸿光》1923 年第 3 期（67—68 页）。

12.《半椽屋剧话》，郑鹧鸪，《戏剧周刊》（苏州）1923 年第 1 期（1—2 页）、第 2 期（1—2 页）。

13.《剧话：我与林君一夕话》，郑鹧鸪、卓厂，《戏剧周刊》（苏州）1923 年第 3 期（1—2 页）。

14.《鹅池剧话》，王希古，《戏剧周刊》（苏州）1923 年第 4 期（1 页）、第 6 期（1 页）。

15.《放庐剧话》，西河主人，《戏剧周刊》（苏州）1923 年第 6 期（1 页）、第 7 期（1—2 页）、第 8 期（1—2 页）。

16.《剧话：伶人之今昔观》，费化农，《戏剧周刊》（苏州）1923 年第 8 期（1 页）。

17.《剧话：记安舒元》，韩天受，《戏剧周刊》（苏州）1923 年第 9 期（1 页）。

18.《滑稽剧话》，舒舍予，《月亮》1924 年第 2 期（1—2 页）。

19.《春雨梨花馆剧话》，尘因，《梨花杂志》1924 年第 1 期（59—65 页）。

20.《听鹂馆剧话》，涤秋，《梨花杂志》1924 年第 1 期（66—71 页）。

21.《梧桐馆剧话》，铁仙，《梨花杂志》1924 年第 1 期（71—74 页）。

22.《关于"红楼梦剧"的一段话》，王小隐、韦，《戏剧周刊》（苏州）1925 年第 16 期（0—1 页）。

23.《万石厂剧话》，菊屏，《新月》1925 年第 1 卷第 3 期（142—145 页）、第 1 卷第 6 期（170—172 页）。

24.《滑稽历史剧话》，何海鸣，《半月》1925 年第 4 卷第 12 期（1—19 页）。

25.《蓼窗剧话》，秋蓼，《孔雀画报》1925 年第 5 期（1 页）、第 6 期（1 页）、第 7 期（1 页）、第 8 期（1 页）、第 11 期（1 页）、第 13 期（1 页）、第 14 期（1 页）、第 17 期（1 页）、第 19 期（1 页）、第 20 期（1 页）、第 21 期（1 页）。

26.《剧话》，顾一樵，《晨报副刊：剧刊》1926 年第 12 期（3—4 页）、第 13 期（8 页）。

27.《快恩馎馆剧话》，周公旦，《北京画报》1927 年第 1 卷第 6 期（25—27 页）、第 2 卷第 2 期（11 页）；《南金》（天津）1927 年第 1 期（53—54 页）。

28.《绍兴剧话》，徐公仁、王锦南，《红玫瑰》1927 年第 3 卷第 8 期（4 页）、第 3 卷第 9 期（4 页）、第 3 卷第 13 期（5 页）。

29.《澜园剧话》，新玖，《南金》（天津）1927 年第 1 期（39—40 页）。

30.《退思庐剧话》，詹脉脉，《戏剧月刊》1928 年第 1 卷第 1 期（76—77 页）。

31.《蒨蒨室剧话》，张肖伧，《戏剧月刊》1928 年第 1 卷第 1 期（155—156 页）、1929 年第 1 卷第 9 期（61—62 页）；《十日戏剧》1937 年第 1 卷第 2 期（4 页）、第 1 卷第 3 期（9 页）、第 1 卷第 4 期（11 页）、第 1 卷第 6 期（5 页）、第 1 卷第 9 期（2 页）、第 1 卷第 11 期（6—7 页）、第 1 卷第 17 期（11 页）、第 1 卷第 18 期（11 页）、第 1 卷第 30 期（13 页）、第 1 卷第 31 期（8 页）、

第 1 卷第 32 期（15 页）、1939 年第 2 卷第 11 期（5 页）、第 2 卷第 30 期（6 页）;《戏迷传》1939 年第 2 卷第 1 期（15 页）、第 2 卷第 2 期（7 页）、第 2 卷第 3 期（10 页）、第 2 卷第 4 期（7 页）、第 2 卷第 5 期（10 页）、第 2 卷第 6 期（11 页）;《百美图》1939 年第 1 卷第 7 期（1 页）;《戏剧画报》（上海 1937）1939 年第 3 期（13 页）、1940 年第 6 期（4 页）、1941 年春节特刊（1 页）;《戏剧周讯》1942 年第 1 卷第 4 期（1 页）、第 1 卷第 5 期（1 页）、第 1 卷第 7 期（1 页）、第 1 卷第 8 期（2 页）;《立言画刊》1942 年第 177 期（12 页）;《戏剧春秋》1943 年第 2 期（1 页）、第 5 期（1 页）、第 6 期（1 页）、第 7 期（1 页）、第 8 期（1 页）、第 9 期（1 页）、第 10—11 期（3 页）、第 12 期（1 页）、第 13 期（1 页）、第 15 期（1 页）、第 16 期（1 页）、第 20 期（1 页）、1944 年第 41 期（2—3 页）;《半月戏剧》1944 年第 5 卷第 5 期（1—2 页）、第 5 卷第 6 期（6 页）;《大方》1944 年第 1 卷第 2 期（12 页）、第 1 卷第 3 期（13 页）;《万花筒》1946 年第 12 期（10 页）;《艺声》（上海 1944）1944 年第 14 期（1 页）。

32.《碧梧轩剧话》，施病鸠，《戏剧月刊》1928 年第 1 卷第 1 期（187—188 页）、1938 年第 1 卷第 30 期（3—4 页）、第 1 卷第 32 期（7—8 页）、第 1 卷第 33 期（9 页）、第 1 卷第 34 期（7 页）、第 35 期（11—12 页）、第 1 卷第 36 期（7 页）、1939 年第 2 卷第 1 期（5 页）、第 2 卷第 3 期（7 页）、第 2 卷第 4 期（5 页）、第 2 卷第 7 期（12 页）、第 2 卷第 8 期（13 页）、第 2 卷第 10 期（6 页）、第 2 卷第 13 期（14—15 页）、第 2 卷第 14 期（14—15 页）、第 2 卷第 15 期（15 页）、第 2 卷第 16 期（14—15 页）、第 2 卷第 17 期（17 页）、第 2 卷第 20 期（15 页）、第 2 卷第 21 期（13—14 页）;《戏迷传》1938 年第 1 卷第 2 期（3 页）;《上海生活（上海 1937）》1940 年第 4 卷第 11 期（52 页）、1941 年第 5 卷第 1 期（46—47 页）、第 5 卷第 2 期（43 页）;《戏剧周讯》1942 年第 1 卷第 1 期（2 页）、第 1 卷第 2 期（1 页）、第 1 卷第 3 期（2 页）、第 1 卷第 4 期（2 页）、第 1 卷第 5 期（3 页）、第 1 卷第 6 期（3 页）、第 1 卷第 7 期（1 页）。

33.《梅花清梦庐剧话》，半狂，《戏剧月刊》1928 年第 1 卷第 6 期（115—119 页）。

34.《鹅池剧话》，鹅池旧主，《正谊社⋯纪念特刊》1928 年六周（1—3 页）、1930 年七周（8—10 页）。

35.《拾得剧话》，孙浔，《交通大学日刊》1929 年第 80 期（2 页）。

36.《拂琴馆剧话》，邺候，《交通大学日刊》1929 年第 80 期（2—3 页）。

1930—1939 年（凡 82 种）

1.《小补之斋剧话》，秋江（寄），《戏剧月刊》1930 年第 2 卷第 6 期（31—38 页）、第 2 卷第 8 期（83—84 页）。

2.《旧剧新话》，汉屏，《民间旬刊》1930 年第 10 期（19—21 页）、第 11 期（22—24 页）。

3.《新旧剧话》，门外汉，《大亚画报》1930 年第 266 期（2 页）。

4.《剧话一束》，胡苹秋，《中华画报》1931 年第 1 卷第 27 期（2 页）、第 1 卷第 28 期（2 页）。

5.《望翠斋戏迷剧话》，潇洒戏迷，《蜜丝》1931 年第 2 卷第 2 期（28—36 页）。

6.《墨香剧话》，《剧学月刊》1932 年第 1 卷第 1 期（127—130 页）、第 1 卷第 6 期（78 页）、第 1 卷第 6 期（78 页）、第 1 卷第 6 期（78—79 页）、第 1 卷第 6 期（79 页）、第 1 卷第 6 期（79 页）、第 1 卷第 6 期（79—80 页）、第 1 卷第 6 期（80 页）、第 1 卷第 6 期（80—81 页）、第 1 卷第 6 期（81 页）、第 1 卷第 6 期（81—82 页）、第 1 卷第 8 期（86 页）、第 1 卷第 8 期（87 页）、第 1 卷第 8 期（87—88 页）、第 1 卷第 8 期（88 页）、第 1 卷第 8 期（88—89 页）、第 1 卷第 8 期（89 页）、第 1 卷第 8 期（89—90 页）、第 1 卷第 8 期（90 页）、第 1 卷第 9 期（93 页）、第 1 卷第 9 期（93—94 页）、第 1 卷第 9 期（94 页）、第 1 卷第 9 期（94—95 页）、第 1 卷第 9 期（95 页）、第 1 卷第 9 期（95—97 页）、第 1 卷第 9 期（97 页）、第 1 卷第 9 期（97—98 页）、第 1 卷第 9 期（98 页）、第 1 卷第 9 期（98—99 页）、第 1 卷第 9 期（99 页）、第 1 卷第 9 期（99—100 页）、第 1 卷第 9 期（100 页）、第 1 卷第 9 期（100—101 页）、第 1 卷第 9 期（101 页）、第 1 卷第 10 期（93 页）、第 1 卷第 10 期（93—94 页）、第 1 卷第 10 期（94 页）、第 1 卷第 10 期（94—95 页）、第 1 卷第 10 期（95 页）、第 1 卷第 10 期（95—96 页）、第 1 卷第 10 期（96 页）、第 1 卷第 10 期（96—97 页）、第 1 卷第 10 期（97 页）、第 1 卷第 10 期（97—98 页）、第 1 卷第 10 期（98 页）、第 1 卷第 10 期（98—99 页）、第 1 卷第 10 期（99—100 页）、第 1 卷第 10 期（100 页）、第 1 卷第 10 期（100—101 页）、第

1 卷第 10 期（101 页）、第 1 卷第 10 期（101—102 页）、第 1 卷第 11 期（88 页）、第 1 卷第 11 期（88—89 页）、第 1 卷第 11 期（89 页）、第 1 卷第 11 期（89—90 页）、第 1 卷第 11 期（90 页）、第 1 卷第 11 期（90—91 页）、第 1 卷第 11 期（91—92 页）、第 1 卷第 11 期（92 页）、第 1 卷第 11 期（92—93 页）、第 1 卷第 11 期（93—94 页）、第 1 卷第 11 期（94—95 页）、第 1 卷第 11 期（95 页）、第 1 卷第 11 期（95—96 页）、第 1 卷第 11 期（96 页）、第 1 卷第 11 期（96—98 页）、第 1 卷第 11 期（98—99 页）、第 1 卷第 11 期（99 页）、1933 年第 2 卷第 2 期（94 页）、第 2 卷第 2 期（94—95 页）、第 2 卷第 2 期（95 页）、第 2 卷第 2 期（95—96 页）、第 2 卷第 2 期（96 页）、第 2 卷第 2 期（96—97 页）、第 2 卷第 2 期（97 页）、第 2 卷第 2 期（97—98 页）、第 2 卷第 2 期（98 页）、第 2 卷第 2 期（98—99 页）、第 2 卷第 2 期（99 页）、第 2 卷第 2 期（99—100 页）、第 2 卷第 2 期（100 页）、第 2 卷第 3 期（96—97 页）、第 2 卷第 3 期（97—99 页）、第 2 卷第 3 期（99—100 页）、第 2 卷第 3 期（100 页）、第 2 卷第 3 期（100—101 页）、第 2 卷第 3 期（101—102 页）、第 2 卷第 3 期（102—103 页）、第 2 卷第 3 期（103—104 页）、第 2 卷第 3 期（104—107 页）、第 2 卷第 3 期（107 页）、第 2 卷第 3 期（107—108 页）、第 2 卷第 3 期（108—109 页）、第 2 卷第 3 期（109—110 页）、第 2 卷第 3 期（110 页）、第 2 卷第 3 期（110—111 页）、第 2 卷第 3 期（111—112 页）、第 2 卷第 3 期（112 页）、第 2 卷第 4 期（39 页）、第 2 卷第 4 期（42 页）、第 2 卷第 4 期（57 页）、第 2 卷第 5 期（98 页）、第 2 卷第 5 期（99 页）、第 2 卷第 5 期（99—100 页）、第 2 卷第 5 期（100 页）、第 2 卷第 5 期（100—101 页）、第 2 卷第 5 期（101 页）、第 2 卷第 5 期（101—102 页）、第 2 卷第 5 期（102 页）、第 2 卷第 6 期（90 页）、第 2 卷第 6 期（90—91 页）、第 2 卷第 6 期（91 页）、第 2 卷第 6 期（92 页）、第 2 卷第 6 期（92—93 页）、第 2 卷第 6 期（93 页）。

7.《芝厂剧话》，芝泉，《羿射旬刊》1932 年第 2 期（10—11 页）。

8.《剧话：贡献给从事社会教育的人们》，李朴园，《山东民众教育月刊》1933 年第 4 卷第 8 期（87—98 页）。

9.《故都剧话》，弦，《风月画报》1933 年第 2 卷第 24 期（2 页）。

10.《移风簶剧话》，张荫人，《珊瑚》1933 年第 2 卷第 5 期（4—9 页）。

11.《清宫剧话》，颜五，《越国春秋》1934 年第 50—71 期（74 页）。

12.《剧话：关于点唱小曲》，雷，《兰荫集》1934 年第 1 期（156—158 页）。

13.《偎云簃剧话》,香谷,《天津商报画刊》1934 年第 12 卷第 10 期（2 页）。

14.《摩登夫人（剧话）》,希宗,《新人周刊》1935 年第 1 卷第 44 期（8 页）。

15.《艺术与艺人（剧话）》,一零,《汗血周刊》1935 年第 5 卷第 6 期（108 页）、第 5 卷第 7 期（134 页）。

16.《潜庐剧话》,郑菊瘦,《戏剧旬刊》1935 年第 1 期（12 页）。

17.《潜庵剧话》,郑菊瘦,《北平剧世界月刊》1937 年第 2 期（3—5 页）、第 4 期（17—19 页）、第 4 期（25—27 页）;《戏世界月刊》（北平）1937 年第 4 期（25 页）、第 4 期（27 页）;《立言画刊》1938 年第 6 期（8 页）、第 10 期（6—7 页）、第 13 期（9 页）、第 14 期（7—8 页）、第 23 期（9 页）、第 28 期（7 页）、第 29 期（8 页）、第 46 期（7 页）、第 56 期（9—10 页）、第 59 期（8 页）、1940 年第 86 期（6 页）、第 92 期（8 页）、第 105 期（11 页）、第 110 期（10 页）、第 111 期（9 页）、第 112 期（10 页）、第 113 期（13 页）、第 126 期（13—14 页）、第 131 期（10 页）、第 133 期（9 页）、第 139 期（11 页）;《新天津画报》1939 年第 12 卷第 11 期（1 页）;《新民报半月刊》1940 年第 2 卷第 4 期（38—40 页）。

18.《菊花馆剧话》,慕耘,《戏世界月刊》1935 年第 1 卷第 1 期（54—56,5 页）、第 1 卷第 2 期（20 页）、第 1 卷第 2 期（20—21 页）、第 1 卷第 2 期（21 页）;《十日戏剧》1937 年第 1 卷第 12 期（12 页）。

19.《菊花馆剧话》,梅兰芳,《戏报》1936 年第 17 期（3 页）、第 2 期（3 页）、第 3 期（3 页）、第 4 期（3 页）、第 5 期（3 页）、第 6 期（3 页）、第 7 期（3 页）、第 8 期（3 页）、第 9 期（3 页）、第 11 期（3 页）、第 12 期（3 页）、第 13 期（3 页）、第 14 期（3 页）、第 15 期（3 页）、第 16 期（3 页）、1937 年第 18 期（3 页）、第 19 期（3 页）、第 20 期（3 页）、第 21 期（3 页）、第 22 期（3 页）、第 23 期（3 页）、第 24 期（3 页）、第 25 期（3 页）。

20.《罗汉堂剧话》,《京戏杂志》1936 年第 9 期（12 页）、第 9 期（15 页）、第 9 期（18 页）、第 9 期（19 页）、第 10 期（20 页）、第 10 期（20—21 页）、第 10 期（21 页）、第 10 期（21—22 页）、第 10 期（22 页）、第 10 期（22—23 页）、第 10 期（23 页）、第 11 期（15 页）、第 11 期（16—17 页）。

21.《抽水马桶间剧话》,菊人,《复旦同学会会刊》1936 年第 5 卷第 11 期（4 页）、第 5 卷第 12 期（8 页）、第 6 卷第 3 期（9 页）。

22.《诚心斋剧话》,华阳,《半月剧刊》（上海）1936 年第 1 卷第 7 期（5 页）;《京戏杂志》1936 年第 5 期（28—29 页）。

23.《春风馆剧话》，张古愚，《戏报》1936 年第 11 期（2 页）、第 13 期（2 页）、第 14 期（2 页）、第 17 期（2 页）;《十日戏剧》1939 年第 2 卷第 8 期（11 页）、第 2 卷第 10 期（19 页）;《戏剧春秋》1944 年第 41 期（10—11 页）、第 42 期（7—8 页）、第 43 期（7—8 页）、第 44 期（8—9 页）、第 45 期（5—6 页）、第 47 期（11 页）、第 48 期（6 页）。

24.《春风馆剧话》，春风馆主，《十日戏剧》1941 年第 3 卷第 8 期（6—7 页）。

25.《天籁室剧话》，天籁，《戏剧周报》1936 年第 1 卷第 5 期（8 页）。

26.《球国话艳》，球人，《娱乐》（上海 1935，双周刊）1936 年第 2 卷第 6 期（109 页）。

27.《菊樵剧话》，燕山菊樵，《江西梨影丛刊》1936 年第 5 期（8—10 页）。

28.《剧话板眼》，《京戏杂志》1936 年第 9 期（23 页）。

29.《杀黄剧话》，杀黄，《天津商报画刊》1936 年第 17 卷第 9 期（2 页）。

30.《吟雪齐剧话》，愚，《戏剧旬刊》1937 年第 34 期（2 页）。

31.《吹毛求疵斋剧话》，《影与戏》1937 年第 1 卷第 22 期（18 页）、第 1 卷第 23 期（16 页）、第 1 卷第 25 期（16 页）。

32.《天南地址斋戏剧丛话》，《影与戏》1937 年第 1 卷第 24 期（13 页）。

33.《补桐轩剧话》，惜云（主编），《风月画报》1937 年第 10 卷第 4 期（2 页）、第 10 卷第 7 期（2 页）、第 10 卷第 10 期（2 页）、第 10 卷第 13 期（2 页）、第 10 卷第 16 期（2 页）、第 10 卷第 22 期（2 页）、第 10 卷第 25 期（2 页）、第 10 卷第 28 期（2 页）。

34.《知白庐剧话》，惜云（主编），《风月画报》1937 年第 10 卷第 49 期（2 页）。

35.《退醒庐剧话》，漱石，《百代月刊》1937 年第 1 卷第 1 期（27 页）。

36.《翰庐剧话》，叶慕秋，《十日戏剧》1938 年第 1 卷第 23 期（15—16 页）。

37.《彤斋剧话》，予亦，《十日戏剧》1938 年第 1 卷第 18 期（12—13 页）、第 1 卷第 19 期（2 页）、第 1 卷第 20 期（4—5 页）、第 1 卷第 21 期（7 页）、第 1 卷第 22 期（3—4 页）、第 1 卷第 22 期（5 页）、第 1 卷第 23 期（3—4 页）、第 1 卷第 24 期（2—3 页）、第 1 卷第 25 期（5—6 页）、第 1 卷第 26 期（2—3 页）、第 1 卷第 27 期（2—3 页）、第 1 卷第 28 期（6—7 页）、第 1 卷第 28 期（16—17 页）、第 1 卷第 29 期（2—6 页）、第 1 卷第 30 期（14—16 页）、第 1

卷第 31 期（9 页）、第 1 卷第 32 期（3—4 页）、第 1 卷第 33 期（11—14 页）、第 1 卷第 35 期（3—4 页）、第 1 卷第 36 期（11 页）、1939 年第 2 卷第 2 期（12—17 页）、第 2 卷第 4 期（16 页）、第 2 卷第 10 期（4—5 页）、第 2 卷第 13 期（8 页）、第 2 卷第 14 期（10 页）、第 2 卷第 18 期（2 页）、第 2 卷第 25 期（14 页）。

38.《撷英斋剧话》，飞尘，《十日戏剧》1938 年第 1 卷第 36 期（14 页）、1939 年第 2 卷第 10 期（13 页）、第 2 卷第 11 期（9 页）、第 2 卷第 16 期（16 页）、第 2 卷第 29 期（19 页）。

39.《剧话》，《电声》（上海）1938 年第 7 卷第 26 期（1 页）、第 7 卷第 27 期（538 页）、第 7 卷第 28 期（556 页）。

40.《菊话：旧剧戏词四案》，商隔馆主，《立言画刊》1939 年第 18 期（9 页）。

41.《剧话：皮簧剧打渔杀家》，伯龙、不易聚主，《立言画刊》1939 年第 25 期（18 页）。

42.《风云室剧话》，玉郎，《十日戏剧》1938 年第 1 卷第 35 期（16 页）、第 1 卷第 36 期（7 页）。

43.《一本正经斋剧话》，槐荫山房，《舞风》1938 年革新号第 8 期（33 页）。

44.《凌霄汉阁剧话》，徐凌霄，《立言画刊》1938 年创刊号（6 页）、第 2 期（3 页）第 6 期（2 页）、第 6 期（4 页）、第 10 期（2 页）、第 10 期（4 页）、1939 年第 16 期（6 页）、第 17 期（6 页）、第 36 期（6 页）、1940 年第 77 期（6 页）、第 78 期（6 页）、第 79 期（6 页）、第 80 期（6 页）、第 81 期（8 页）、第 82 期（8 页）、第 83 期（8 页）、第 84 期（6 页）、第 85 期（8 页）、第 86 期（4 页）、第 87 期（6 页）、第 88 期（6 页）、第 89 期（6 页）、第 90 期（6 页）、第 91 期（6 页）、第 92 期（6 页）、第 93 期（6 页）、第 94 期（6 页）、第 95 期（6 页）、第 96 期（6 页）、第 97 期（8 页）、第 98 期（8 页）、第 99 期（8 页）、第 101 期（8 页）、第 103 期（8 页）、第 104 期（6 页）、第 105 期（8 页）、第 106 期（8 页）、第 107 期（6 页）、第 108 期（8 页）、第 109 期（8 页）、第 110 期（7 页）、第 111 期（6 页）、第 112 期（6 页）、第 113 期（8 页）、第 114 期（8 页）、第 115 期（6 页）、第 117 期（8 页）、第 118 期（10 页）、1941 年第 120 期（8 页）、第 121 期（8 页）、第 123 期（8 页）、第 124 期（8 页）、第 125 期（8 页）、第 126 期（8 页）、第 127 期（8 页）、第 130 期（9 页）、第 131 期（8 页）、第 132 期（8 页）、第 133 期（8 页）、第 134 期（8 页）、第 135

期（10 页）、第 136 期（8 页）、第 137 期（8 页）、第 138 期（4 页）、第 139 期（9 页）、第 141 期（6 页）、第 143 期（5 页）、第 144 期（8 页）、第 145 期（8 页）、第 146 期（8 页）、第 147 期（6 页）、第 148 期（8 页）、第 149 期（6 页）、第 150 期（6 页）、第 151 期（10 页）、第 152 期（6 页）、第 153 期（6 页）、第 154 期（7 页）、第 155 期（7 页）、第 156 期（4 页）、第 157 期（8 页）、第 158 期（6 页）、第 159 期（5 页）、第 160 期（8 页）、第 161 期（6 页）、第 162 期（8 页）、第 163 期（6 页）、第 164 期（6 页）、第 165 期（4 页）、第 166 期（6 页）、第 167 期（4 页）、第 168 期（6 页）、第 169 期（7 页）、第 170 期（6 页）、1942 年第 172 期（4 页）、第 173 期（6 页）、第 174 期（6 页）、第 175 期（6 页）、第 176 期（6 页）、第 178 期（6 页）、第 179 期（6 页）、第 180 期（6 页）、第 181 期（6 页）、第 182 期（6 页）、第 183 期（6 页）、第 184 期（8 页）、第 188 期（6 页）、第 189 期（3 页）、第 190 期（4 页）、第 192 期（2 页）、第 193 期（3 页）、第 194 期（2 页）、第 195 期（2 页）、第 196 期（2 页）、第 197 期（8 页）、第 198 期（2 页）、第 199 期（2 页）、第 202 期（4 页）、第 203 期（4 页）、第 204 期（2 页）、第 205 期（2 页）、第 207 期（4 页）、第 208 期（2 页）、第 209 期（2 页）、第 210 期（2 页）、第 211 期（3 页）、第 215 期（5 页）、第 216 期（2 页）、第 217 期（2 页）、第 218 期（3 页）、第 219 期（3 页）、第 220 期（2 页）、第 221 期（6 页）、第 222 期（5 页）、1943 年第 223 期（7 页）、第 225 期（6 页）、第 230 期（4 页）、第 232 期（4 页）、第 235 期（4 页）、第 236 期（5 页）、第 237 期（7 页）、第 241 期（4 页）、第 243 期（6 页）、第 244 期（6 页）、第 245 期（5 页）、第 250 期（4 页）、第 251 期（5 页）、第 252 期（8 页）、第 253 期（4 页）、第 254 期（5 页）、第 258 期（5 页）、第 260 期（4 页）、第 261 期（6 页）、第 263 期（4 页）、第 268 期（4 页）、第 274 期（2 页）、1944 年第 277 期（2 页）、第 280 期（4 页）、第 282 期（4 页）、第 286 期（4 页）、第 287 期（6 页）、第 288 期（4 页）、1945 年第 344 期（2 页）、第 345 期（2 页）;《风雨谈》1945 年第 17 期（20—22 页）、第 18 期（22 页）、第 19 期（10—14，22 页）。

45.《侠公剧话》,《立言画刊》1938 年第 6 期（30 页）、第 7 期（30 页）、第 12 期（5 页）、第 13 期（8 页）。

46.《侠公剧话》, 忆时琴香,《立言画刊》1938 年第 9 期（4 页）。

47.《侠公剧话》, 汪侠公,《立言画刊》1939 年第 15 期（7 页）、第 16 期

（12 页）、第 17 期（8 页）、第 18 期（6 页）、第 19 期（10 页）、第 20 期（6 页）、第 21 期（12 页）、第 23 期（6 页）、第 24 期（8 页）、第 25 期（7 页）、第 26 期（4 页）、第 26 期（7 页）、第 27 期（4 页）、第 28 期（6 页）、第 32 期（7 页）、1942 年第 179 期（9 页）、第 180 期（9 页）、第 185 期（7 页）、第 203 期（2 页）、1943 年第 242 期（4 页）、第 258 期（4 页）、第 260 期（6 页）、第 261 期（5 页）、第 263 期（6 页）、第 268 期（6 页）、第 274 期（5 页）、1944 年第 277 期（4 页）、第 280 期（5 页）、第 286 期（7 页）、第 287 期（8 页）、第 288 期（7 页）、第 289 期（4 页）、第 291 期（4 页）、第 292 期（8 页）、第 294 期（7 页）、第 296 期（6 页）、第 297 期（4 页）、第 298 期（7 页）、第 299 期（4 页）、第 300 期（9 页）、第 301 期（7 页）、第 302 期（5 页）、第 303 期（8 页）、第 304 期（9 页）、第 305 期（4 页）、第 306 期（4 页）、第 307 期（8 页）、第 308 期（5 页）、第 309 期（8 页）、第 310 期（6 页）、第 312 期（7 页）、第 313 期（8 页）、第 314 期（6 页）、第 315 期（8 页）、第 317 期（7 页）、第 318 期（5 页）、第 319 期（5 页）、第 321 期（6 页）、第 322 期（2 页）、第 323 期（5 页）、第 324 期（5 页）、第 325 期（5 页）、第 326 期（5 页）、第 327 期（3 页）、1945 年第 329 期（4 页）、第 330 期（6 页）、第 331 期（6 页）、第 332 期（2 页）、第 333 期（3 页）、第 334 期（4 页）、第 336 期（3 页）、第 337 期（5 页）、第 338 期（3 页）、第 339 期（4 页）、第 340 期（3 页）、第 344 期（6 页）、第 345 期（5 页）。

48.《雪庐剧话》，醉雪，《戏迷传》1938 年第 1 卷第 1 期（2 页）。

49.《乐瘖默庵剧话》，瘖默，《戏迷传》1938 年第 1 卷第 2 期（2 页）。

50.《紫枫馆主剧话》，紫枫馆主，《立言画刊》1938 年第 2 期（4 页）。

51.《爱萍室剧话》，爱萍室主，《戏世界画报》1938 年第 5 期（1 页）、第 8 期（1 页）;《十日戏剧》1939 年第 2 卷第 23 期（18 页）、第 2 卷第 27 期（7 页）;《上海生活》（上海 1937）1939 年第 2 卷第 30 期（10 页）、第 3 卷第 1 期（31 页）、第 3 卷第 2 期（31 页）、第 3 卷第 3 期（30 页）、第 3 卷第 6 期（66—67 页）、第 3 卷第 7 期（74 页）、第 3 卷第 8 期（68 页）、第 3 卷第 9 期（44 页）、第 3 卷第 10 期（21—23 页）、第 3 卷第 11 期（29—30 页）、第 3 卷第 12 期（89 页）;《都会》1939 年第 9 期（165 页）;《金刚画报》1939 年复刊 22（1 页）、复刊 23（1 页）;《上海生活》（上海 1937）1940 年第 4 卷第 2 期（36 页）、第 4 卷第 3 期（34 页）、第 4 卷第 4 期（36 页）、第 4 卷第 5 期（32 页）、第 4 卷第 6 期（27 页）、

第 4 卷第 7 期（37 页）、1941 年第 5 卷第 1 期（49 页）;《香海画报》1940 年新春号（11 页）。

52.《爱萍室剧话》，黄玉麟，《上海生活》（上海 1937）1939 年第 3 卷第 5 期（71—72 页）。

53.《爱萍室剧话》，谈净，《上海生活》（上海 1937）1939 年第 3 卷第 4 期（49 页）。

54.《春泥室剧话》，晚翠，《戏世界画报》1938 年第 6 期（0 页）。

55.《玄武室剧话》，本室主人（寄），《十日戏剧》1939 年第 2 卷第 18 期（6—7 页）、第 2 卷第 19 期（6—7 页）、第 2 卷第 20 期（10—11 页）、第 2 卷第 21 期（19 页）、第 2 卷第 22 期（3—5 页）、第 2 卷第 23 期（7—9 页）、第 2 卷第 24 期（2 页）、第 2 卷第 24 期（2—3 页）、第 2 卷第 24 期（3 页）、第 2 卷第 26 期（16 页）、第 2 卷第 26 期（16—17 页）、第 2 卷第 26 期（17 页）、第 2 卷第 27 期（6 页）、第 2 卷第 28 期（9 页）、第 2 卷第 28 期（16 页）、第 2 卷第 29 期（14—15 页）、第 2 卷第 30 期（17—18 页）、第 2 卷第 31 期（8 页）、第 2 卷第 31 期（13 页）、第 2 卷第 32 期（4—5 页）、第 2 卷第 34 期（10 页）、第 2 卷第 35 期（3—5 页）、第 2 卷第 35 期（12 页）、1940 年第 3 卷第 2 期（3—4 页）、1941 年第 3 卷第 3 期（6 页）、第 3 卷第 8 期（2—3 页）。

56.《玄武室剧话》，老佃（寄），《戏剧春秋》1943 年第 32 期（1 页）、第 33 期（2 页）、第 34 期（3 页）、第 35 期（3 页）、第 37 期（3 页）、第 38 期（3 页）。

57.《新亭剧话》，新亭旧主，《十日戏剧》1939 年第 2 卷第 27 期（4—5 页）。

58.《待云室剧话》，郑过宜，《上海生活》（上海 1937）1939 年第 3 卷第 7 期（72 页）、第 3 卷第 8 期（64—65 页）、第 3 卷第 9 期（38—39 页）、第 3 卷第 10 期（22—23 页）、第 3 卷第 11 期（27—28 页）、第 3 卷第 12 期（86 页）、1940 年第 4 卷第 1 期（46 页）、第 4 卷第 2 期（35 页）、第 4 卷第 3 期（35 页）、第 4 卷第 4 期（34 页）、第 4 卷第 5 期（31 页）、第 4 卷第 6 期（28 页）、第 4 卷第 7 期（34 页）、第 4 卷第 8 期（27 页）、第 4 卷第 9 期（33 页）、第 4 卷第 10 期（40 页）、第 4 卷第 11 期（47 页）、第 4 卷第 12 期（104—105 页）、1941 年第 5 卷第 2 期（36—37 页）、第 5 卷第 3 期（42 页）、第 5 卷第 4 期（44—45 页）、第 5 卷第 5 期（46—47 页）、第 5 卷第 6 期（48—49 页）、第 5 卷第 7 期（57—59 页）、第 5 卷第 8 期（54—55 页）、第 5 卷第 9 期（48—49 页）、

第 5 卷第 10 期（44—46 页）、第 5 卷第 11 期（44—46 页）;《戏剧周讯》1942
年第 1 卷第 1 期（1 页）、第 1 卷第 2 期（1 页）、第 1 卷第 3 期（1 页）、第 1
卷第 5 期（1 页）、第 1 卷第 6 期（1 页）、第 1 卷第 8 期（1 页）;《新天津画报》
1943 年第 12 卷第 24 期（2 页）;《艺声》（上海 1944）1944 年第 14 期（2 页）;
《半月戏剧》1945 年第 5 卷第 7 期（1—3 页）;《海光》（上海 1945）1945 年第
1 期（8 页）、第 2 期（5 页）、1946 年第 5 期（11 页）、第 6 期（9 页）、第 8
期（11 页）、第 16 期（9 页）;《万花筒》1946 年第 5 期（9 页）、第 7 期（3 页）;
《新光》1947 年第 1 期（9 页）。

59.《醉戏斋剧话》，思禹，《十日戏剧》1939 年第 2 卷第 5 期（9 页）。

60.《禅翁剧话》，禅翁，《上海生活》（上海 1937）1939 年第 3 卷第 9 期
（40—43 页）。

61.《望昔阁剧话》，望昔阁主，《十日戏剧》1939 年第 2 卷第 17 期（7 页）、
第 2 卷第 19 期（13 页）、第 2 卷第 20 期（3—4 页）、第 2 卷第 26 期（7 页）。

62.《望昔阁剧话》，陈绍基，《十日戏剧》1939 年第 2 卷第 29 期（18 页）。

63.《抗战剧话》，陈家琪，《战干》1939 年第 12 期（19—20 页）。

64.《静心斋剧话》，红叶，《立言画刊》1939 年第 25 期（4 页）、第 29 期
（4 页）、第 30 期（4 页）、第 31 期（4 页）、第 32 期（4 页）、第 33 期（4 页）、
第 37 期（4 页）、第 38 期（4 页）、第 39 期（4 页）、第 43 期（4 页）、第 45
期（4 页）、第 46 期（4 页）、第 49 期（4 页）、第 51 期（4 页）、第 52 期（4 页）、
第 55 期（4 页）、第 56 期（4 页）、第 57 期（4 页）、第 58 期（4 页）、第 62
期（4 页）、第 64 期（8 页）、1940 年第 67 期（4 页）、第 68 期（4 页）、第 69
期（4 页）、第 70 期（6 页）、第 71 期（6 页）、第 73 期（6 页）、第 75 期（6 页）、
第 76 期（6 页）、第 79 期（6 页）、第 80 期（6 页）、1941 年第 129 期（4 页）。

65.《梨香馆主剧话》，《上海画报》1939 年第 4 期（30—31 页）。

66.《梨香馆剧话》，朱雨民，《现世报》1939 年第 79 期（6 页）、第 80 期（7
页）、第 81 期（7 页）、第 82 期（6—7 页）、第 83 期（7—8 页）。

67.《梨香馆剧话》，《乐府》1940 年影舞戏专辑（21 页）。

68.《梨园剧话》，金岂，《康乐世界》1939 年第 1 卷第 5 期（24 页）、第 1
卷第 5 期（25 页）。

69.《梨园剧话》，《康乐世界》1939 年第 1 卷第 6 期（42 页）、第 1 卷第 6
期（42—43 页）、第 1 卷第 6 期（43 页）、第 1 卷第 7 期（36 页）、第 1 卷第 8

期（29页）、第 1 卷第 8 期（30 页）、1940 年第 2 卷第 7 期（22 页）、第 2 卷第 10 期（20 页）。

70.《梨园剧话》，小茱，《康乐世界》1939 年第 1 卷第 8 期（30 页）。

71.《梨园剧话》，明芳，《康乐世界》1939 年第 1 卷第 8 期（29 页）。

72.《梨园剧话》，钊，《康乐世界》1939 年第 1 卷第 8 期（30 页）。

73.《梨园剧话》，信，《康乐世界》1939 年第 1 卷第 8 期（29 页）。

74.《梨园剧话》，《乐府》1939 年创刊号（21 页）。

75.《梨云馆剧话》，梨云馆主，《百美图》1939 年第 1 卷第 3 期（1 页）、第 1 卷第 4 期（2 页）。

76.《亦是剧话》，阿寿哥，《玫瑰》（上海 1939）1939 年第 1 卷第 4 期（65 页）。

77.《后台杂话》，山榴庵主，《现世报》1939 年第 58 期（6 页）。

78.《未名斋剧话》，瑞五，《十日戏剧》1939 年第 2 卷第 5 期（5—6 页）。

79.《鳞爪剧话》，李云影，《十日戏剧》1939 年第 2 卷第 29 期（16 页）。

80.《寄影轩剧话》，郑菊瘦，《立言画刊》1939 年第 31 期（7—8 页）、第 32 期（8—9 页）、第 63 期（12 页）。

81.《寄影轩剧话》，鹧鸪，《立言画刊》1939 年第 22 期（11—12 页）、第 24 期（8—9 页）、第 33 期（10 页）。

82.《孤血谈剧》，景孤血，《立言画刊》1939 年第 53 期（6 页）。

1940—1949 年（凡 86 种）

1.《剧话》，柏正文，《立言画刊》1940 年第 104 期（11 页）、第 107 期（7 页）;《新民报半月刊》1940 年第 2 卷第 24 期（49—50 页）。

2.《剧话：创办一个剧团的困难》，常少白，《戏报》1941 年春节特刊（12—13 页）。

3.《剧话》，松，《三六九画报》1942 年第 15 卷第 14 期（25 页）、第 15 卷第 13 期（25 页）。

4.《剧话：辕门斩子之商讨》，寿春，《新天津画报》1943 年第 6 卷第 13 期（2 页）。

5.《剧话：谈水淹七军》，愚心，《新天津画报》1943 年第 4 卷第 13

期（2 页）。

6.《剧话：谭门的"鼎盛春秋"》，福主，《新天津画报》1943 年第 6 卷第 06 期（2 页）。

7.《剧话》，文载道，《杂志》1944 年第 14 卷第 1 期（33—39 页）。

8.《剧话》，《立言画刊》1944 年第 293 期（15 页）、第 295 期（15 页）。

9.《剧话：国剧讲座》，薛月楼，《天声半月刊》1944 年第 5 期（11 页）。

10.《剧话》，万岳，《新语》1945 年第 2 期（21—22 页）。

11.《剧话（加白利尔、贾尔、罗尔法格）》，《书报精华》1946 年第 13 期（32 页）。

12.《剧话》，虿，《海光》（上海 1945）1946 年第 21 期（5 页）。

13.《剧话》，佛量，《文艺杂志（太行）》1947 年第 2 卷第 6 期（27 卷）、第 2 卷第 6 期（28 页）、第 2 卷第 6 期（29—32 页）。

14.《剧话：平剧中之手语》，子云，《银讯》1947 年第 5 期（7 页）。

15.《梅厂剧话》，田梦轩，《立言画刊》1939 年第 26 期（10 页）。

16.《三层楼剧话》，《中国艺坛画报》1939 年第 33 期（2 页）。

17.《外行剧话》，白羽，《中国艺坛画报》1939 年第 70 期（2 页）、第 73 期（2 页）、第 75 期（2 页）、第 79 期（2 页）。

18.《每月剧话》，郑过宜，《戏剧画报》（上海 1937）1939 年第 2 期（7—8 页）。

19.《梅花馆剧话》，梅花馆主，《戏剧画报》（上海 1937）1939 年第 2 期（5 页）。

20.《幼厂剧话》，《赈学》1939 年创刊号（117 页）。

21.《写在修竹庐剧话打严嵩后》，愚翁，《十日戏剧》1940 年第 2 卷第 36 期（13 页）。

22.《斋公剧话》，斋公，《三六九画报》1940 年第 2 卷第 28 期（16 页）、第 2 卷第 28 期（16—17 页）、第 2 卷第 30 期（19 页）、第 2 卷第 31 期（17 页）。

23.《育禄馆剧话》，利瓦伊勤，《立言画刊》1940 年第 115 期（9 页）。

24.《宿厂剧话》，曲工，《三六九画报》1940 年第 4 卷第 10 期（18 页）。

25.《星期六谈剧》，楚子，《立言画刊》1940 年第 108 期（8 页）。

26.《雪霁轩剧话》，王笑天，《新民报半月刊》1940 年第 2 卷第 3 期（43 页）、第 2 卷第 4 期（42 页）。

27.《觚斋剧话》，过宜，《戏剧画报》（上海 1937）1940 年第 11 期（3—4 页）。

28.《戏墨馆剧话》，戏墨馆主，《大陆》（上海 1940）1941 年第 2 卷第 1 期（46—50 页）。

29.《怀素楼剧话》，陈绍基，《十日戏剧》1941 年第 3 卷第 4 期（12 页）、第 3 卷第 5 期（13 页）、第 3 卷第 6 期（9 页）、第 3 卷第 7 期（13 页）。

30.《剧人的话》，鼎洛、曼娜、丁尼（等），《黄河（西安）》1941 年第 2 卷第 1 期（559—560 页）。

31.《如意馆菊话》，吉羊，《立言画刊》1941 年第 126 期（10 页）。

32.《如意馆菊话》，《立言画刊》1942 年第 220 期（4 页）。

33.《捧红拜月斋剧话》，沈国梁，《越剧画报》1941 年改革扩充号 13（1 页）、改革扩充号 14（1 页）、改革扩充号 15（1 页）、改革扩充号 19（1 页）。

34.《洁之剧话》，《三六九画报》1941 年第 10 卷第 4 期（23 页）、第 10 卷第 15 期（20 页）、第 10 卷第 17 期（21 页）、第 10 卷第 16 期（22 页）。

35.《镜厂剧话》，《三六九画报》1941 年第 9 卷第 15 期（23 页）。

36.《止步室之剧话两则》，止步，《新民报半月刊》1941 年第 3 卷第 20 期（56 页）。

37.《半月剧话》，听塞外史，《新民报半月刊》1941 年第 3 卷第 23 期（47—48 页）、1943 年第 5 卷第 2 期（37—38 页）。

38.《半月剧话》，寒羽，《新民报半月刊》1943 年第 5 卷第 3 期（39 页）、第 5 卷第 3 期（41 页）、第 5 卷第 4 期（39—40 页）、第 5 卷第 5 期（43 页）、第 5 卷第 10 期（33—35 页）、第 5 卷第 12 期（33—35 页）。

39.《半月剧话》，蛰夫，《北极》1944 年第 4 卷第 5 期（41—43 页）。

40.《听雨轩剧话》，在汉，《新轮》1941 年第 3 卷第 2 期（56—57 页）、第 10 期（62—65 页）。

41.《冷灶斋剧话》，大刀，《商钟半月刊》1941 年第 4 期（9 页）。

42.《三雅庐剧话》，丽泉，《半月戏剧》1942 年第 4 卷第 5 期（11—12 页）。

43.《圆缺斋剧话》，李云止，《戏剧周讯》1942 年第 1 卷第 5 期（1 页）。

44.《秋雨楼剧话》，尚今，《戏剧周讯》1942 年第 1 卷第 6 期（1 页）、第 1 卷第 7 期（2 页）。

45.《两不斋剧话》，吕梦臣，《戏剧周讯》1942 年第 1 卷第 7 期（2 页）;《戏剧春秋》1943 年第 2 期（1 页）、第 5 期（2 页）、第 14 期（3 页）、第 27 期（3 页）;《大方》1944 年第 1 卷第 1 期（12 页）;《艺声》（上海 1944）1944 年第 3 期（1 页）;《上海游艺》1946 年第 6 期（5 页）、1947 年第 7 期（10 页）。

46.《小织帘馆剧话》,沈士英,《戏剧周讯》1942 年第 1 卷第 7 期（3 页）。

47.《黑老剧话》,《戏报》1942 年春节特刊票友专号（11 页）。

48.《砚斋剧话》,《三六九画报》1942 年第 13 卷第 15 期（24 页）、第 13 卷第 16 期（24 页）、第 13 卷第 17 期（24 页）、第 14 卷第 1 期（24 页）、第 14 卷第 2 期（24 页）、第 14 卷第 3 期（24 页）、第 14 卷第 4 期（24 页）、第 14 卷第 6 期（24 页）、第 14 卷第 7 期（24 页）、第 14 卷第 8 期（24 页）、第 14 卷第 10 期（32 页）、第 14 卷第 11 期（24 页）、第 14 卷第 12 期（24 页）、第 14 卷第 13 期（24 页）、第 14 卷第 14 期（24 页）、第 14 卷第 17 期（24 页）、第 15 卷第 1 期（24 页）、第 15 卷第 2 期（24 页）、第 15 卷第 3 期（24 页）、第 15 卷第 5 期（24 页）、第 15 卷第 7 期（24 页）、第 15 卷第 11 期（24 页）、第 15 卷第 12 期（24 页）;《南北（北平）》,1946 年第 1 卷第 6 期（15 页）、第 1 卷第 7 期（16 页）、第 2 卷第 1 期（14 页）、第 2 卷第 9 期（9—10 页）。

49.《砚斋剧话》,刘雁声,《三六九画报》1944 年第 28 卷第 15 期（16 页）。

50.《拥羽剧话》,钟声,《三六九画报》1942 年第 17 卷第 7 期（22 页）。

51.《牡丹簃剧话》,燃藜,《三六九画报》1942 年第 15 卷第 3 期（24 页）。

52.《每期剧话》,听寒外史,《新民报半月刊》1942 年第 4 卷第 5 期（52 页）。

53.《剧台秘话》,雷诺,《太平洋周报》1943 年第 1 卷第 73 期（1538 页）。

54.《怀古轩剧话》,孙知庐,《戏剧春秋》1943 年第 26 期（2 页）、第 27 期（2 页）、第 28 期（1 页）、第 29 期（2 页）、第 33 期（3 页）、第 36 期（3 页）。

55.《痴翁剧话》,南来雁,《戏剧春秋》1943 年第 10-11 期（4 页）。

56.《绿萼花馆剧话》,朗如,《戏剧春秋》1943 年第 4 期（2 页）、第 5 期（1 页）、第 6 期（1 页）、第 7 期（1 页）、第 8 期（1 页）、第 9 期（1 页）、第 15 期（2 页）、第 16 期（3 页）、第 18 期（2 页）、第 19 期（2 页）、第 20 期（3 页）、第 21 期（2 页）、第 22 期（3 页）、第 23 期（3 页）。

57.《老副末剧话》,张乙庐,《戏剧春秋》1943 年第 21 期（2 页）。

58.《冰厂剧话》,《三六九画报》1943 年第 22 卷第 4 期（22 页）、1944 年

第 25 卷第 14 期（21 页）。

59.《萱厂剧话》，《三六九画报》1944 年第 25 卷第 12 期（21 页）。

60.《萱斋剧话》，凤梧，《三六九画报》1943 年第 21 卷第 5 期（22 页）、第 21 卷第 6 期（23 页）。

61.《江南剧话》，了，《新天津画报》1943 年第 11 卷第 26 期（2 页）。

62.《强翁簃剧话》，《商钟半月刊》1943 年第 2 卷第 17 期（9 页）。

63.《健厂剧话》，《三六九画报》1944 年第 25 卷第 13 期（21 页）、第 27 卷第 6 期（22 页）。

64.《见微室剧话》，沈苇窗，《半月戏剧》1944 年第 5 卷第 3 期（14 页）、第 5 卷第 6 期（15 页）。

65.《健寿馆剧话》，《三六九画报》1944 年第 26 卷第 2 期（21 页）、第 26 卷第 5 期（21 页）、第 26 卷第 12 期（21 页）、第 26 卷第 18 期（21 页）、第 27 卷第 18 期（19 页）。

66.《大块头剧话》，《三六九画报》1944 年第 29 卷第 3 期（14 页）。

67.《怀雪楼剧话》，《立言画刊》1944 年第 294 期（6 页）、第 297 期（7 页）。

68.《怪石剧话》，怪石，《天声半月刊》1944 年第 9 期（12 页）。

69.《怪石剧话》，《天声半月刊》1944 年第 7 期（12 页）、第 12 期（12 页）、第 17 期（9 页）。

70.《榕孙剧话》，《天声半月刊》1944 年第 14 期（11 页）、第 17 期（10 页）。

71.《剧话谈屑》，yS，《世界周报》1944 年第 3-4 期（13 页）。

72.《静思斋剧话》，王寄庵，《商钟半月刊》1944 年第 3 卷第 5 期（7 页）。

73.《有乐居剧话》，陈德珍，《戏世界》（上海）1944 年第 4035 期（3 页）、第 4037 期（3 页）、第 4039 期（3 页）。

74.《文载道"剧话"读后》，梅花馆主，《半月戏剧》1945 年第 5 卷第 7 期（7 页）。

75.《平凉菜场剧话》，小生，《海燕》1946 年新 5（3 页）。

76.《平凉菜场剧话》，邹志鋐，《海燕》1946 年新 3（3 页）、新 7（3 页）;《上海特写》，1946 年第 12 期（1 页）。

77.《一篇烟雨楼剧话》，《海燕》1946 年新 8（3 页）。

78.《再庵剧话》，绛苏，《半月戏剧》1947 年第 6 卷第 7 期（26—28 页）。

79.《天隐庐剧话》，张肖伧，《上海游艺》1947 年第 7 期（11 页）。

80.《菊坛丛话》,《新影剧》1947 年第 1 卷第 1 期（11 页）。

81.《旧剧新话》, 诸葛,《银讯》1947 年第 8 期（6 页）。

82.《见微室剧话》, 沈苇窗,《半月戏剧》1947 年第 6 卷第 4 期（10 页）。

83.《"不妨小筑"剧话》, 步芳,《戏世界》1947 年第 317 期（6 页）、第 318 期（6 页）。

84.《古今剧话之一: 汉剧与楚戏》, 白文,《幸福世界》1948 年第 2 卷第 7 期（116—117 页）。

85.《白松轩剧话》, 白松轩主,《荀慧生特刊》1927 年特刊（2 页）;《谭富英特刊》, 1940 年特刊（8 页）。

86.《慧观室菊话》, 杨庆五,《中信文艺月刊》1930 年第 1 期（55—57 页）。

（作者单位: 南京师范大学文学院）

《南溪精舍词话》论晚清民国词 *

冯永军

《南溪精舍词话》① 为笔者继《当代诗坛点将录》后又一涉及诗词学的著作。南京曹辛华教授以其中有不少论及近现代词人者，索稿刊发，庶几有利于民国词研究。

一、吾友岭南胡君寅厂谓余："余极喜小山词，纳兰侍卫去小山真有百十里之叹。"窃以为饮水较之小山，未免失之于"薄"。实则其后如忆云词，虽负一时盛名，亦未免失之于"薄"。水、云既薄，其同执才人之笔、为词人之词而不薄者，殆水云楼乎？

二、沈寐叟《渡江云·赠文道希》开篇即云"十分春已去"，可谓力大千钧，工于发端，国事身世，打成一片，当与王、朱诸君争胜一时。晚清以来，填《渡江云》而妙于发端者，尚有谭复堂，其《大观亭同阳湖赵敬甫江夏郑赞侯》一首以"大江·日夜"开端，亦可谓气势雄伟，大笔如椽。其后叶遐厂同调寄黄公渚词亦以"大江流日夜"开篇，未知有意效颦抑或暗合古人，论其全篇，则较复堂有所不逮。

三、词虽小道，亦别有体格，当上不涉诗，下不落曲，不得中行而与之，必也近诗而远曲。词而近曲，则去风雅日远，不复可医。近贤吴瞿安亦未免此讥。

四、吴霜厓《早梅芳·雪中放舟西崦》："蓑笠翁，纶竿手，放目吴波秀。一天金粉，半幅云林画难就。漫寻尘外伴，自结芦中友。正羊裘乍脱，寒意

---

* 国家社科基金重大项目"民国词集编年叙录与提要"（13&ZD118）、"民国话体文学批评文献整理与研究"（15ZDB066）的相关成果。

① 《南溪精舍词话》为作者未刊稿，涉及自唐五代而当代词人、词作的评价是。

上双肘。　　暮天归，胜事有，短楫全家守。荆妻作饭，稚子移樽笑张口。醉来诗胆勇，眼底梅魂瘦。问苹渔，富春人在否？"此阕未免近曲也。又"一天金粉，半幅云林画难"，以李成、郭熙之画移喻世间景色，自是想落天外，神来之笔，久之转成窠臼，反易惹人生厌。"寒意上双肘"，"肘"字未免趁韵。"荆妻作饭，稚子移樽笑张口"一句，用意下语皆过涉俚俗，不得引老杜老妻、稚子句开脱也。

五、王观堂以梦窗"映梦窗、零乱碧"评吴词，以玉田"玉老田荒"评张词，似恶作剧，难餍人意，甚无谓也。

六、周止庵词亦时有佳作，匪惟持论之精也。如《虞美人·晓凉秋雨醒残醉》之下片"人间不种红蒲草，梦也无心好。晕潮枉记夜来痕，留住花枝留不住花魂"，真俊语也。

七、周止庵"问途碧山，历梦窗、稼轩，以还清真之浑化"之说，为后学开启无数门径，然晚清以还，学碧山、梦窗、清真者大有人在，取径稼轩者则甚寥寥，岂果舍筏登岸，泯去旧迹耶？抑或别有曲径，不必此路通幽耶？周氏集中有调寄《水调歌头》者，"浮海欲何向，无乃向咸池。榑桑叶大于屋，其上有天鸡。忽发一声咿喔，唤起千门万户，蔼蔼散春晖。拍手御风去，舟楫快相随。　　君不见，列御寇，骨成灰。童男卯女，头白徐福竟安归。缥缈黄金宫外，摇荡青铜镜里，慧想总缘痴。一点汉槎石，天女要支机。"可谓奇情壮采，足为其师法稼轩之证。

八、止庵《水调歌头》舍"浮海欲何向"外，"江上浪如雪"一首亦是佳制，上片尤佳，"江上浪如雪，几个白鸥闲。稻粱不及蒲稗，天地本来宽。其奈郎家北渚，使妾飘零南浦，古月向人圆。弱腕拥双楫，制泪赴惊湍"。此词为江上船娘而作，通篇哀而不伤。

九、止庵《蝶恋花》"落日胭脂红渐褪"有句云"新月如钩，挂起天涯恨"，语甚新颖别致，不落人后。

十○、或问：周止庵词何篇最佳？则曰：《渡江云·杨花》一首是也。"春风真解事，等闲吹遍，无数短长亭。一星星是恨，直送春归，替了落花声。凭栏极目，荡春波，万种春情。应笑人，春粮几许，便要数归程。"真可谓无一语不佳，而态度娴雅，使饮水、忆云为之，必多断肠语。三复此篇，乃叹东坡不能专美于前也。

一一、小山词中用"旧香"一语盖有两处，一为《鹧鸪天》之"醉拍春衫惜旧香，天将离恨恼疏狂"，一为《阮郎归》之"旧香残粉似当初，人情恨不如"，意皆甚佳。近人陈襄陵殆爱此语，名其词集曰《旧香楼词》，或亦识其瓣香所在也。

一二、王观堂《人间词话》于半塘老人不甚许可，谓"《复堂词》之深婉，《疆村词》之隐秀，皆在半塘老人上"。余尝细读《半塘定稿》及其集外诸词，觉其佳什固多，而可议之篇亦时而有之，定稿时删去诸词尤多可议者，乃知半塘固有自知之明，而今人掇拾坠宫残徵，使王氏词瑕瑜并呈，非老人本意也。

一三、半塘《高阳台》"翠叶招凉，红衣入桨，画船选胜年年"，"翠叶招凉"效法白石"翠叶吹凉"，未见胜蓝。"红衣入桨"一句则似欠通，以与"翠叶"对仗论，"红衣"当指荷花，然"入桨"云云，究当作何解释？

一四、半塘有《清平乐》一首，"露华拂槛，会向瑶台见。云雨巫山肠枉断，省识春风无限。　　一枝红艳凝香，相欢云想衣裳。借问汉宫谁似，可怜飞燕新妆"，檃括太白《清平调》，而不免点金成铁之讥。

一五、半塘《八声甘州》有云"眷风尘，旧欢零落，愿祝君，饱食武昌鱼"，"愿祝君"语不佳，言"愿君"可，言"祝君"亦可，言"愿祝君"则未免欠通。

一六、半塘《三姝媚》"江亭吟思苦"下片"呼妇声中，正荷锄无计，客肠催处"，"客肠催处"一句果何意哉？

一七、半塘《征招·煮茶声里官帘静》一首，上片"送人犹未苦，最苦送，春随人去"，生吞活剥梦窗《忆旧游》开篇名句"送春犹未苦，苦送春、随人去天涯"，而较原作相去何止道里。

一八、半塘《谒金门》："凉恁早，梦冷被池惊觉。瘦影如花羞自照，素娥知不道。　　愁问玉关芳草，何日玉关人到。镜约钗盟言总好，尾生谁是了。"世间花品类甚繁，未必均如黄花而以瘦称，故"瘦影如花"云云，未为道着。而上下两片结句皆甚拙劣，令人笑来。

一九、半塘《探春慢·春草》开篇"离恨题江，梦吟忆谢，萋萋愁满晴野"，用江淹《恨赋》"春草碧色"及谢客梦弟而得"池塘生春草"句故事，然如此用事，不足为法，使王静安见之，不免有隔之又隔之恨。而上片"最怜抽尽蔫红，万千心事如话"，亦不佳。

二〇、半塘《南乡子》"疏雨滴疏更，秋在凉云第几层。此际素娥方耐冷，凄清。敲折瑶钗调不成"，"秋在凉云第几层"一语不愧佳句，板桥有"秋从夏雨声中入"联语，可以参看。"素娥耐冷"云云，自是用义山名句，而素娥指月也，则雨夜何曾有月，未免太过胡扯。

二一、半塘《采绿吟》用周公瑾韵联句，周草窗原词上片结句为"想明珰，凌波远，依依心事寄谁"，况蕙风和韵为"似年时，湖山路，垂杨烟艇欀谁"，为韵所缚，几不成语，不得以倒装解嘲也。

二二、半塘词自有佳处，不以余之搞撼减其声价也，舍传播众口之作外，如《百字令·用江湖载酒集自题画像韵再题》："客何为者，叹不夷不惠，谅非畸士。邓禹笑人知不免，仰屋闭门而已。鸡肋功名，马头尘土，消受浑如此。杉湖烟雨，拏舟端有人耳。　　一例风起云飞，秋心怅触，何必横汾水。寂寞金台残照里，休觅酒人燕市。短发长镵，冬裘夏葛，不少平生事。问谁知我，此公应号亡是。"根柢稼轩，极以文为词之能事。结句压"是"字韵而曰"此公应号亡是"，出人意表，而工稳如此，非斫轮老手莫办也。

二三、半塘造语佳者尚多，试拈数句为例。如《满庭芳》下片之"弹指处，画中人远，梦里春柔"。《西子妆慢》之"杨花吹泪诉春心"。《花心动·花朝》之"无赖东风，底匆匆，催到醉花时候"。《满宫花》之"早知红豆赚人多，多事当阶亲种"。《望江南》之"劫灰身世怯灰飞"。

二四、宋向丰之《如梦令》："谁伴明窗独坐，和我影儿两个。灯烬欲眠时，影也把人抛躲。无那，无那，好个恓惶的我。"近人胡适之亦有《如梦令》："天上风吹云破，月照我们两个。问你去年时，为甚闭门深躲？谁躲？谁躲？那是去年的我！"二词同调同韵，同用口语，胡公倡白话文学之说，向词必已寓目，或为其师法，亦未可知。

二五、黄燮清《卜算子·湖楼》："辛苦为寻春，争奈春归速。流水盈盈不见人，烟雨封帘角。　　别绪总无聊，前梦真难续。芳草垂杨共一堤，各自伤心绿。"结句甚似朱竹垞《桂殿秋》之"共眠一舸听秋雨，小簟轻衾各自寒"及李义山《代赠》之"芭蕉不展丁香结，同向春风各自愁"。

二六、钱仲联《梦苕庵词存》癸未年有《鹊踏枝·落叶》一首，有"摇落秋心谁最苦，哀蝉托命同朝暮"及"宽假霜威天未许，渠自摧残，敢怨风和雨。但使大千归净土，莫辞身作沟红去"之语。此当是其任职汪政府时自述之作，亦不免过于自我粉饰。又，汪兆铭有《忆旧游·落叶》词，传诵一时，钱词同题，持笔当日，心中必有汪词在焉。

二七、吴藻《鬓云松令》下片"醉颜酡，开口笑。丝竹中年，已觉输年少。此境等闲看过了，往后追思，又说而今好"，数语非过来人不能道，余年来愈有此感。

二八、吴藻《祝英台近》云"水西楼，城北路，渔唱起烟浦。楼外青山，山外夕阳补"，"补"字甚切。半山诗有"春风似补林塘破"句，为钱默存先生所称赏，谓其"补"字得力。吴之"补"字，亦堪媲美半山也。

二九、吴藻《虞美人》词有句云"晓窗睡起帘初卷，入指寒如剪"，"剪"字可谓工切之切，睹此字而寒砭入骨之感油然而生，女子敏感，每过于须眉，似此等字，恐非他人所能道，尤非男词人所能到。无他，炼字至此，全不关学力，但由天定也。

三〇、钱默存先生《谈艺录》尝激赏李长吉《春怀引》"宝枕垂云选春梦"一句，谓"选"字奇创，又云纳兰容若妇沈宛有长短句集，名曰《选梦词》。予观曼殊一朝，尚有潼关杨鸾子安者，著有《选梦阁词钞》，亦长短句结集，其名与沈氏词集名甚相近。又王士禄《炊闻词》之《浣溪沙·次少游韵》下片云"选梦正宜衾鸭暖，昵人偏是鬓蝉斜"。陈世祥《含影词》之《沁园春·美人胸》亦有"贴向人怀选梦宜"之语。

三一、王诒寿《迈陂塘·夜检旧箧，得丁仲泉汝谦学博去秋见寄词，感次其韵》："记衔杯，悲歌脱帽，九天飞下风雨。文章纵有昌黎笔，造化须知难补。年未暮，尽心血呕乾，换得惊人句。呼天问取。问天既生才，如何无命，天曰莫非数。　　前番约，访戴同移秋舻。画溪遥认红树。（约同访秋伊于水石庄）银钩纵有蛮笺在，愁唱梅边琴趣。相尔汝，只梦里重逢，蹋臂同延伫。待浇绿醑。把一曲新词，两行痛泪，寄向九原去。"追怀逝者，感慨悲凉，而不肯用直笔，时见转折顿挫，洵佳制也。上片结句，"问天既生才，如何无命，天曰莫非数"，搔首问天，为寻常思路，而"天曰莫非数"则他人不易到。天亦无可奈何，则愈见其沉痛也。

三二、冯蒿庵诗，诸体中七绝颇多别具风神之作。诗余中小令亦颇见功力，佳作指不胜偻。如《江南好》："春去也，极目更何堪。日落孤帆天样远，荒坡冷驿柳毵毵。离思满江南。"《浣溪沙》："何处春残不杜鹃，雨昏烟澹落花前。销魂时节又今年。　　三月东风归似客，一江春水远于天。更无人上木兰船。"《江南好》："青溪曲，稚柳不胜春。独自吹香桥下过，晚莺如梦絮如尘。惆怅更何人。""庭院悄，雨过嫩苔肥。燕子不来帘影暗，绿阴阴里试单衣。独立又斜晖。""三月暮，何事更干卿。草长莺飞春水皱，劳劳亭下五清明。东风不胜情。"诸作情景合一，未可骤分，笔触所至，直可拍肩北宋诸贤。王观堂极喜时贤令词，而《人间词话》似未道及蒿庵，奈何交臂失之。

三三、宋朱淑真《元夜》诗有"但愿暂成人缱绻，不妨常任月朦胧"之句，近人周炼霞名句"但使两心相印，无灯无月何妨"，与之酷肖。而朱语尚蕴藉，周语则大胆直露，不复顾忌。

三四、杨铁夫以笺释梦窗词享誉词坛，自为词颇得彊邨点拨，长调未免一"涩"字，小令如《眼儿媚·和彊师韵》"舞衣收箧罢薰篝，欢事分都休。最无聊赖，瞒伊心绪，辄上眉头。　　嫦娥不管人憔悴，今夕又当楼。人间何世，除非无月，我始无愁"，则甚显豁，结语尤嫌太过直白，无多回味。

三五、铁夫有《卜算子·和水云》："泪眼不曾晴，化作宵来雨。六曲屏山万里程，有梦无寻处。　　羞学倚墙花，分等沾泥絮。愿屑香尘逐马蹄，长傍郎边去。"此词乃和蒋春霖"燕子不曾来"一首而作。首句用吴城小龙女成句，而接以"化作宵来雨"，亦能与之相称而无愧色。上下片两结俱佳，"有梦无寻处"，自见顿挫。而作絮屑尘长逐马蹄，亦可谓巧于取譬。惟"羞学倚墙花"过涉俚俗，与通篇不合。

三六、铁夫《西江月》："流水落花天地，鸢飞鱼跃襟怀。此身死处便堪埋，我是乐天一派。　　转劫生防地狱，皈宗愿向天台。归途大抵即来途，绝妙连环都解。"上片极力写其旷达之怀，而下片接云"转劫生防地狱"，则转见其多有挂碍，非真超旷，去众生亦不过五十步百步之别。"归途大抵即来途"，此语却佳，耐人回味。

三七、张尔田父上龢，字沚莼，曾从蒋鹿潭受词学，词风不近水云楼，而有名当时。余观其词，造语多不通处，如《菩萨蛮》"戍旗乱卷村烟灭"一首，下片前两句谓"冶花红欲泣，楼影娇如雪"，未知楼影者何娇之有，况"娇如雪"乎？其语究何意耶？又如《被花恼·春感》末句云"待说与，故国啼鹃双泪老"，"老"字亦不通，所谓无理而妙者，非此之伦也。又，张氏此词乃和宋人杨缵韵而成，紫霞翁词此处作"蓦忽地，省得而今双鬓老"，"双鬓老"可通，"双泪老"则不通，张氏未免强押"老"韵。

三八、近人黄公度词不多作，舍世所艳称之《双双燕》外，如与梁节厂等同赋之《贺新郎》亦佳，余尤喜其下片"天到无情何可诉，只合埋忧地下"，造语可谓巧于周旋。

三九、陈亦峰《白雨斋词话》于庄中白词极为推重，谓"自词人以来，罕见其匹"，可谓极夸大之能事。然细读中白之词，亦时见可议之处。如因袭前人太过之处，时时有之。若《思佳客·春雨》"一曲歌成酒一杯，困人天气好亭台"之于大晏《浣溪沙》"一曲新词酒一杯，去年天气旧池台"。《梦江南》"红袖满楼招不见，桥边杨柳细如丝。春雨杏花时"之于韦相《菩萨蛮》"骑马倚斜桥，满楼红袖招"及温尉《菩萨蛮》"杨柳又如丝，故园春雨时"。《菩萨蛮》"人人都说江南好，今生只合江南老。水调怨扬州，月明花满楼。 当时年少乐，湖上春衫薄。春水碧于烟，绿阴藏画船"，点窜涂改成篇，于端己未免捃扯太过也。又，韦庄家非江南，故其曰"人人尽说江南好，游人只合江南老"，读者始觉有味。若庄君者，世家江南，亦效此声口，有何意味？

四〇、中白《思佳客·春雨》其一下片"花几簇，锦千堆，落红成阵映香腮"，"映香腮"云云，如此俗调，入曲差可，入词则未免伤格，令人笑来。不意乃见之于中白笔下。

四一、中白《思佳客·春雨》之二上片结句"梁间归燕空留客，叶底流莺解骂人"，词中名篇用"骂"字者尚有陈卧子《江城子·病起春尽》之结句"人自伤心花自笑，凭燕子，骂春风"，然皆不佳，如娉婷红粉队中，杂一戟手詈人之赵姨娘、容嬷嬷。

四二、中白《蝶恋花》"绿树阴阴晴昼午，过了残春，红萼谁为主？宛转花旛勤拥护，帘前错唤金鹦鹉"，未知金鹦鹉与此词有何关涉。

四三、中白《蝶恋花》"残梦初回新睡足。忽被东风，吹上横江曲。寄语归期休暗卜，归来梦亦难重续"，此段甚佳，用意深曲。"寄语归期休暗卜"，此语寻常人亦能道出，后句"归来梦亦难重续"结得不测，非寻常思路能及。

四四、中白《相见欢》云："春愁直上遥山。绣帘间。赢得蛾眉宫样月儿弯。云和雨、烟和雾，一般般。可恨红尘遮得断人间。""深林几处啼鹃。梦如烟。直到梦难寻处倍缠绵。 蝶自舞，莺自语，总凄然。明月空庭如水对华年。"二词笔触空灵，有仙骨姗姗之妙，允为集中压卷。

四五、王观堂《人间词话》极称扬宋子京"红杏枝头春意闹"一句，谓"着一闹字，境界全出"。观堂并世之夏映庵《少年游》开篇为"海棠初放，辛夷未落，花市闹红霞"，未知此"闹"字能得观堂青眼否？又，映庵此词下片甚佳，"采香女伴同归未，门巷日西斜。城北春云，城南春树，相望似天涯"，用老杜怀李白"渭北春天树，江东日暮云"句意，而自成我之境界，篇终结以"相望似天涯"一句，一若云树无情而解含情相望，俱怀不能云树相依之恨，但有"渺渺兮余怀"之叹也。

四六、龙榆生一九四一年赴南京汪伪政府任职后尝填《鹧鸪天》一阕："曾与移根向白门，长条犹带旧烟痕。鸦翻落照归栖急，燕蹴残英软语频。　云黯淡，月黄昏。未须攀折已销魂。西风一夕生离思，孤负灵和长养恩。"借物抒怀，满纸身世之感。鸦翻落照，燕蹴残英，殆其时已有大势将颓之感耶？末句"西风一夕生离思，孤负灵和长养恩"，自怨自艾，其有噬脐之恨耶？

四七、龙榆生词，大体植骨苏辛，与彊邨老人取径梦窗者迥然有别，而与其乡人萍乡文道希转有相近处。其敛才就范时，尚能时时窥见前人堂奥，一旦摆去羁勒，则不中为二刘作仆。如《水龙吟·题高奇峰画〈易水送别图〉》："所期不与偕来，雪衣相送胡为者。高歌击筑，柔波酸泪，一时俱下。血冷樊头，忍还留恋，名姬骏马。问谁深知我，时相迫促，恩和怨，余悲诧。　孤注早拚一掷，赌兴亡、批鳞宁怕。秦贪易与，燕仇可复，径腾吾驾。日瘦风悽，草枯沙净，飘然旷野。渐酒醒人远，要凭寒剑，把神威借。"虽矩蠖尚存，然已转入陈其年一路。一九四九年后所作诸词，则犹多破体之作，时见可删而勿存之篇，如《破阵子·喜得人民解放》《满庭芳·春晚寿冒鹤亭丈八十》《大酺·正月临轩》《临江仙·寒流初退晨起口占》及《水调歌头》与陈仲弘酬酢者，皆此类也。

四八、龙榆生与老辈往还甚多，旧事、秘辛，时有所闻。舍其札记、专文所载之外，亦有见于词集者，如一九六六年所作《鹧鸪天·张牧石收得朱沤尹先生〈落叶词手稿〉索题》："金井梧桐露未干，洞庭波阔水先寒。翩翩肯作回风舞，淅沥愁侵绾臂环。　寻凤管，惨龙颜。旧时双蝶戏花间。深宫事秘凭谁问，云起轩头夕照殷。"自注曰："往闻叶遐翁言，戊戌维新之议虽发自康、梁，而萍乡文廷式与宗室溥侗实在德宗珍妃左右献策，事败妃遭惨死，二氏亦几不免焉。"人多知红豆馆主侗五爷享誉菊坛，而未必知其早年亦有揽辔澄清之志，非天生就之旗下大爷、公子哥也。又如一九五三年所作《鹧鸪天·癸巳夏四月初二日，闻夏映庵丈敬观下世作》："派衍西江此殿军，小园曾与细论文。豫章阴合风频撼（予年二十余时，始于上海与丈相见，承赋《豫章行》为赠，所以期许之者至殷），枳棘声喧酒乍醺（新城陈某与丈交恶，竟狂吠及予，丈恒以恶狗呼之）。　花历乱，思氤氲。豪端常把定香薰。宛陵讴咏清真调，凄断人间不再闻。"自注所谓"新城陈某"者，即陈病树也。陈夏交恶之事，陈巨来《安持人物琐忆》有专文述其始末。

四九、詹安泰《十二时》："十年前事，一回追想，一场歌哭。婆娑树如此，况幽窗人独。　　扶梦高楼伤远目，渺孤欢、海南谁续？清愁漫吩咐，怕心肠狼毒。"前三句何等沉痛，而最后一句忽作此一结，令人瞠目，未免太过俚俗，收刹不住。全篇亦不免为此所累，一瑕而掩百瑜也。

五〇、无庵词多有一篇之中杂以芜句而致终篇不谐者，如《朝中措·重门韵事日阑珊》之"此心欲破，妨伊齿冷，强自怀宽"之"齿冷"，《木兰花》"清明节近毛毛雨，山崦浮烟花着露。傍檐怕见燕雏飞，贴枕如闻雷母语"之"毛毛雨""雷母语"，皆不足为训。

五一、无庵词欲避习见语，遂多生硬、犷野处。如《鹧鸪天》之"似听花魂咒晚风，沉阴江表乱啼红"，《浣溪沙》之"摇膝乍惊风似箭，闭门一笑气如山""徙倚有情长黯惨，觉来无力与狂颠"，《水调歌头》之"昂藏抵掌，如巨野横大江前""大地容伸脚，儿辈漫纷纷"，《玉楼春》之"城外春波山外路，多少行人驮梦去"，《减兰》之"过桥风急，吹水无波吹鼻湿"，皆有不稳处。

五二、无庵词亦尚有炼意琢语皆能妥帖者，如《琵琶仙》之"倚醉敲春，和香煮梦"，洵属工对。《玉楼春》之"算来和酒最宜诗，写向碧天天睡去"，"写向碧天"尚属寻常言语，而接以"天睡去"，则愈见人之不得志，触处皆荆棘，向天写诗，天亦不做理会，无情之天对此亦能睡去，所谓"欲渡黄河冰塞川，将登太行雪满山"者也。《卜算子》"风过叶能啼，月上山如睡。时听钟声到客船，灯火还成市。　　杯酒酹长星，倒泄银河水。诗意空明付与谁，梦外花如醉"，则通篇皆好者也。

五三、岭南陈汜斋丈《汜斋词》多情挚意切之作，余最喜者则为《锯解令》："可怜消受昨宵风，又立尽、今宵冷雨。知君不肯便轻来，更不管、有人最苦。

短书又附。料得明宵又负。明宵纵负我仍来，共路树、悄然尔汝。"山谷序小山词拈出"痴"字，汜丈痴语，有过于小山处。"亦余心之所善兮，虽九死其犹未悔"，惟其有之，是以似之，此之谓也。

编者按：冯永军先生所事专业为工科，然性好文史，素爱吟咏，时与诗友唱和，号咏馨楼主，著有《当代诗坛点将录》《蒹葭馆诗词》等。承蒙赐《南溪精舍词话》论近现代代词人部分，为敝刊增色。

（作者单位：上海交通大学）

旧体文学与批评

裘廷桢《征衫泪传奇》考论

左鹏军

晚清民国时期产生的传奇杂剧剧本数量众多，超出了许多人的想象，形态复杂，传世较少，其中的稿本、钞本、私藏本文献尤为珍贵，加之以往研究不够充分，文献史实基础不够坚实，为该领域文献汇集和整理带来了明显的难度。这种情况同时也反映了近代戏曲与戏曲文献研究深入发展的必要性与可能性。本文所考述的《征衫泪传奇》就是其中一个值得注意的例子。

一、未著录剧本《征衫泪传奇》

剧名《征衫泪传奇》，未见著录。署"蓉湖裘廷桢瘦生填词，从弟观澜海秋校录"。无锡孙氏玉鉴堂钞本，版心标"无锡孙氏玉鉴堂写本"九字。二册。上册封面右上角贴有一长方纸条，上有"玉鉴堂藏书第七一一号"字样。卷首有光绪辛巳（光绪七年，1881）新秋即七月作者所作《自序》，以骈俪文体略述剧情大意，并寄托人生感慨。次有六廷彦《征衫泪传奇题词》二首云："何生豪侠陆生哀，俱是风流侚傥才。两个申韩两名妓，替他分管细评来。""世态炎凉莫细论，梁园沦落黯销魂。欲知离恨伤心事，试看征衫旧泪痕。"对剧中所写人物故事及其寄托的人生感慨俱有所述及，可供了解此剧之有益参考。首出《提纲》页右下方钤"孙祖基"正方形篆书朱印一枚，可知此书原为孙祖基旧藏。

凡二卷，十八出，加《提纲》一出。出目为：上卷：首出《提纲》、第一出《游苑》、第二出《劝别》、第三出《投书》、第四出《赴洇》、第五出《顾曲》、第六出《听琴》、第七出《访云》、第八出《卧云》、第九出《去洇》。下卷：第十出《别云》、第十一出《玩月》、第十二出《离魂》、第十三出《寄缄》、第十四出《听雨》、第十五出《寻踪》、第十六出《哭缄》、第十七出《寺游》、第十八出《梦冥》。

首出《提纲》以【沁园春】二阕述其大意,其一云:"家住西湖,身赴梁园,又来零娄。任萍飘蓬泊,自南自北,谁知到此骨肉难投。红袖情多,青衫人老,离合悲欢不自由。聚还散,叹美人良友,都似浮沤。"其二云:"无端流落中州,遇仗义豪情一姓刘。说马蹄东去,愁牵心上,看柳条西向,恨锁眉头。望月江干,深宵听雨,书到钱塘泪不休。知音者,认征衫泪渍,点点痕留。"标目云:"陆子文梁园空赴,邹更周泅水无情。访秋楼花月牵情,留春院阎罗入梦。"

第一出《游苑》生扮陆士龙以【恋芳春】开场:"草满堤边,波平湖上,又添几树垂杨。多少江山如画,一抹斜阳,勾引游人闲赏。那个似青莲偶傥,细思想,那些花香酒香,半为春忙。"并以【鹧鸪天】词述自己心绪云:"料峭春寒睡起迟,踏青正是冶游时。草堂镇日无人到,弄月嘲风醉不辞。韶光好,景如斯,追怀往事倍堪思。阿侬别有伤心处,填出新词倩个知。"全剧最后二曲为:"【玉胞肚】梦儿醒了,画阑干斜阳反照。试寻思梦境频番,总由俺镇日牢骚。咳,我劝人生世上莫矜骄,事到头来总有报。""【尾声】茫茫世事恨难了,把笔墨痴情一旦抛。倩管弦,且谱出征衫稿。"结诗云:"南北萍踪次第过,挑灯伸纸费吟哦。填将一卷征衫泪,付与梨园缓缓歌。"最末又有题诗一首云:"痛哭文章动鬼神,笔歌墨舞性情真。灯红酒绿无虚夕,月地花天有夙因。扶病弹琴思骨肉,倚窗听雨忆风尘。怜侬一掬伤心泪,洒遍征衫示故人。"

剧写浙江钱塘陆士龙,字子文,年方二十,学富万言,才华出众。父母早逝,娶妻徐兰仙,与祖母为活。陆士龙常与友朋吟诗作赋,结社酬唱,然三次应试,均落第不售。士龙有二位舅父邹人杰(字易周)、邹世倡(字更周)在河南泅水为幕僚,时运亨通,一朝富贵。以家中生计维艰,祖母遂劝陆士龙前往投奔,冀觅栖身之地,以备他日出山。陆士龙到来,邹姓兄弟甚为不快,既担心穷亲戚陆士龙拖累,又嫉妒士龙出色才华,二人决定不收留士龙,准备设法尽快将其赶走。陆士龙显露才华,为多人钦佩,然境况艰难,心中甚为感伤。得朋友何兆金(字邵勤)之介,陆士龙得识烟花女子陈素云,互许知己,遂结情缘。陆士龙终不堪忍受舅父邹人杰、邹世倡百般刁难,不得不离豫南归。乘舟南下途中,曾被阻金山,短暂停泊后终于到家。陈素云思念陆士龙深切,写下《金缕曲》一阕寄往钱塘。陆士龙回乡之后百无聊赖、闷闷不乐,于重阳之日收到素云词笺,深为感动,遂作《满江红》一首以为回赠。陆士龙之妻徐兰仙得知丈夫心事，深识大体，提出寻找机会，接陈素云南来与士龙团聚。归里之后，陆士龙每思往事，辄觉郁郁无聊。一日陆士龙独游自家后花园，仿佛进入阎罗殿，看见阎罗正在审案，中有邹三、邹四二人，邹三供述生前好听老婆说话，帮着大舅子害了些好人，邹四供述生前夺人之妻，不认亲戚。阎王判邹三生前不做好事，惯害好人，托生饿狗，判邹四生前罪业甚重，托生歌妓。忽被风声铃声惊醒，乃是一场春梦，遂悟出人生在世莫矜骄，事到头来终有报的道理，于是将此中感慨谱写成这部征衫泪稿。第十八出《梦冥》中有一副对联，颇能表现作者的人生感慨和剧作主旨："善恶到头终有报，情缘撒手了无难"。

从《征衫泪传奇》所写内容及其表现方式、情感寄托和卷首作者自序、友朋题诗的内容及表达方式来看，可以推测此剧所写人物事件与一般出自虚构或取自古人故事传说、时人或地友朋事迹颇有不同，当是依据作者熟悉的真实本事敷衍而成，且似是作者自述身世经历情感、寄托人生感慨，描写人心不善、世态炎凉之作。但这还只是根据剧作所写内容及其情感表现方式所作推测，由于对此剧作者生平事迹及其情感经历了解较少，尚不能做出进一步判断，姑存此猜测以待进一步考证。

二、作者裘廷桢事迹考辨

《征衫泪传奇》作者署"蓉湖裘廷桢瘦生"，由于文献史料的不足及相关研究的缺乏，有关领域的研究者向来于裘廷桢其人了解无多，其生平事迹材料亦较少或尚未引起更多注意。

此剧卷首有作者以骈俪文所作《自序》，在主要叙述剧情大略基础上，时常语含愤激，时露人生感慨，可见此序并非寻常序文可比，值得予以更多注意。如其中有云："自来人当失志，纵亲朋疏若云泥；士苟乘时，虽秦越亦称骨肉。若陆子文者，才堪倚马，学似雕龙，无如白眼偏多，青衫欲老。感乡关之迢递，孰是赏音；慨琴剑之飘零，谁为知己。幸遇何生者，侠客情多，古人义重，拔剑斫地，代为不平之鸣；搔首问天，徒作牢骚之语。每逢花天月地，劝把酒以贻情；夜雨晨灯，共连床而话旧。曾记数声玉笛，歌成绝妙之词，一曲瑶琴，弹出断肠之意。引入烟花之队，竟为云雨之盟；采来北地胭脂，胜得南朝金粉矣。其奈陆生则文章憎命，邹子则情义乖违，肠剑阴藏，当局则反施巧计，唇枪大动，背地则暗起谗言。……弹指光阴，人生易老；伤心岁月，世事全翻。转绿回黄，近去岁登高之日；啼莺语燕，是今年梦醒时分。嗟乎！官海茫茫，大抵是世态炎凉之会；风尘滚滚，何处非衣冠优孟之场。倘教红豆拈来，绿么低唱，按铁笛铜箫之谱，先看陆子登场；当插科打诨之时，还请周郎顾曲。"此类文字，已难用一般的借古人或他人故事寄予个人情感或感慨的传统写作习惯来解释，当有着更加直接深切的用意，寄托着作者的生活经验、人生感受和世道感慨。

假如注意到此剧作者裘廷桢是江苏无锡人，许多近代文史研究者最容易想到的可能就是同为无锡人的裘廷梁，即创办《无锡白话报》并撰写了那篇提倡白话文的著名论文《论白话为维新之本》的作者。的确如此，以此为线索，经查找相关文献及其他资料，可以对裘廷桢基本情况有所了解，亦可为进一步研究探讨奠定必要的史实文献基础。

关于此剧作者裘廷桢，《江苏艺文志·无锡卷》云："裘廷桢，字漱笙，号瘦生，清末无锡人。幼失怙恃，刻苦力学，工诗善画，尤嗜写兰。为求生计，奔走四方。"[1] 并著录其著作《海棠秋馆尺牍》《弹蕉客语》《与瑶花馆主手札》《诗文词稿》《泪花集》《海棠秋馆诗稿》《海棠秋馆题画》《海棠秋馆联话》《历朝名人韵编》《海棠秋馆词集》《镜缘惆怅词集》《征衫泪传奇》[2] 等。可见其著有诗词、尺牍、联话等多种，反映了其著述颇丰的事实。《清人别集总目》著录裘廷桢著作四种：《海棠秋馆诗稿》二卷（稿本，南京图书馆藏）、《海棠秋馆题画》二卷（光绪活字排印本，天津图书馆藏）、《泪花集》二卷（光绪二年（1876）活字排印本，上海图书馆、南京图书馆、天津图书馆藏）、《海棠秋馆骈文》一卷（钞本，南京图书馆藏），并叙其生平简况云："裘廷桢，字漱笙，号瘦生，无锡人。"[3] 虽未提及其创作《征衫泪传奇》的情况，但该书所披露的材料与所述情况颇有参考价值，有助于对裘廷桢及其著述情况作进一步考察。

孙祖基编《孙氏玉鉴堂藏无锡先哲遗书目》著录裘廷桢著作数种，且具体标明版本形态，于了解裘廷桢著述情况多有帮助。具体情况如下：该书集部别集类著录《镜缘惆怅词集》一卷，钞稿本；《弹蕉客语》一卷，钞稿本；《海棠

---

① 南京师范大学古文献整理研究所编著：《江苏艺文志·无锡卷》，南京：江苏人民出版社 1995 年，第 882 页。

② 同上，第 882—883 页。

③ 李灵年、杨忠主编：《清人别集总目》，合肥：安徽教育出版社 2000 年，第 2318 页。

秋馆诗稿》十一卷，钞稿本；《泪花集》二卷，光绪聚珍本①；集部词曲类著录《海棠秋馆词》集二卷，钞稿本；《征衫泪传奇》二卷，钞稿本②。是书为进一步了解裴廷桢著述及其流传，特别是孙祖基对于裴氏著作的关注提供了第一手资料。

关于裴廷桢生平事迹更直接、更确切的材料，则来自《无锡裴氏家谱》。《无锡裴氏家谱·世系宗派》中云："廷桢字瘦生，国学生，浙江菱溇县主簿，生咸丰四年（1854）五月二十六日，卒民国元年（1912）夏历九月十六日午时，年五十九。"③ 按照家谱体例，相当详细地记载了裴廷桢的生平事迹，尤其难得的是记载了他生卒的具体时间。是书还记载裴廷梁的生平事迹及生卒时间云："廷梁字葆良，一字可桴，光绪十一年（1885）举人，生咸丰七年（1857）正月二十九日，卒于公元一九四三年十二月七日午时，年八十七。"④ 从该谱《直系图》中可知，裴廷桢与裴廷梁为同一曾祖继烈公之从兄弟⑤。从裴氏家谱的性质和提供材料、记载史实的独特性来看，其中关于裴廷桢、裴廷梁及二人关系的记载是可信的，据此可以解决《征衫泪传奇》作者裴廷桢生平事迹的基本问题。

综上可知，裴廷桢，字漱笙，号瘦生，江苏无锡人。其籍里署"蓉湖"，在无锡市北。生于咸丰四年（1854）五月二十六日，即 1854 年 6 月 21 日。年幼失怙恃，刻苦力学。工诗善画，尤嗜写兰。为求生计，奔走四方，曾任浙江菱溇县主簿。著述颇丰，有《海棠秋馆诗稿》《海棠秋馆词集》《海棠秋馆骈文》《镜缘惆怅词集》《海棠秋馆题画》《海棠秋馆联话》《海棠秋馆尺牍》《弹蕉客语》《与瑶花馆主手札》《诗文词稿》《泪花集》《历朝名人韵编》《征衫泪传奇》等。卒于中华民国元年（1912）夏历九月十六日，即 1912 年 10 月 25 日。裴廷桢与《无锡白话报》的创办者、《论白话为维新之本》的作者、近代著名文学理论批评家裴廷梁（1857—1943，字葆良，后更名可桴，江苏无锡人）为同一曾祖之从兄弟关系；从二人生年可知，裴廷桢乃裴廷梁之从兄。

---

① 孙祖基编：《孙氏玉鉴堂藏无锡先哲遗书目》，无锡孙氏玉鉴堂 1941 年自刊本，第 28 页。

② 同上，第 32 页。

③ 裴廷梁等纂修：《无锡裴氏家谱》，《无锡文库》第三辑，南京：凤凰出版社 2011 年影印本，第 14 页。

④ 同上。

⑤ 同③，第 26—27 页。

三、孙祖基与《征衫泪传奇》的传抄

《征衫泪传奇》为未见著录之戏曲作品，其能够被发现并得以以钞本形式流传至今，端赖孙祖基对于乡邦文献之关注并采取抄存等保护传承措施。否则，此剧能否被著录并流传到今日，确是一个难以得出乐观结论的问题。不仅如此，孙祖基对于乡邦文献的关注、热爱和保护流传，绝非仅《征衫泪传奇》一种而已，查阅《孙氏玉鉴堂藏无锡先哲遗书目》可以更全面地了解孙祖基在保护无锡文献方面的执着努力和杰出贡献。

《征衫泪传奇》之原收藏者为"无锡孙氏玉鉴堂"，主人为孙祖基（1903—1957），字道始，江苏无锡人。祖籍山东章丘，清光绪年间，其父佐幕南来，先凭居于无锡城外黄泥桥芋头沿河，后定居城中大河上。孙祖基七岁就读于东林学堂，后就读于江苏第二师范学校、东吴大学法律系，尝在《时事新报》副刊《学灯》《民国日报》副刊《觉悟》上撰文，讨论法律与两性问题。曾任南京特别地方法庭推事、江苏省民政厅第二科科长。1929 年出任无锡县县长，设立县志局、历史博物馆，编印《无锡年鉴》，曾计划建市并担任市政筹备处主任，因故未能实施。两年后赴上海任申新九厂经理。1932 年加入上海律师公会并开设律师事务所，曾任上海律师公会执行委员。后编撰中国第一部法律图书目录《中国历代法家著述考》。1936 年，上海发生沈钧儒、章乃器等救国"七君子"案，孙祖基自愿担任邹韬奋义务辩护人，在各方共同努力下，终于迫使国民党当局于次年 7 月将七人无罪释放。日军侵华战争爆发之初，在上海搜罗无锡乡贤遗书，并分头委托北平、洛阳、南京、苏、杭、九江、安庆诸地之友访购。1941 年夏，编印《无锡先哲遗书总目》四卷行世，所收 590 多种藏本中，当时与无锡图书馆藏本重复者 220 种，图书馆所缺失者 370 多种，内有稿本、孤本、罕见珍本百余种，为孙氏"玉鉴堂"所藏。1942 年，由于种种原因，孙祖基终为日伪政权拉下水，加入汪精卫政权，先后担任实业部保险业管理局局长、淮海省财政厅厅长、内政部民政司司长。1945 年 1 月，调任浙江省财政厅长，旋又改任杭州市长。抗日战争胜利后，与杨翰西、秦亮工等六人以汉奸罪入狱。1949 年赴台湾，研究台湾历史风俗，常在《台湾风物》杂志上发表文章。1957 年辞世。

关于《孙氏玉鉴堂藏无锡先哲遗书目》一书，孙祖基辛巳（1941 年）夏

日所作《跋》中云："及稍长，游学他方，辄欲从卷帙窥途径，期以跻先哲入圣之域，庶无负高山仰止之思。于是慨然以考文征献自任。……顾其时内战方殷，吾邑供应尤繁，实无暇多所建树。承乏两稔，因病得请，浩然去职。遂以其间搜集先哲遗著，奔走南朔，亦稍有所获。箧衍所储，皆置诸伯兄继之所。丁丑战作，吾邑沦陷，伯兄挈雏远离，尽丧所有。……忽忽数年，茹苦海上，无以自遣，遂思勉继往迹，赓事蒐罗。乃遍属友好，分向北平、大梁、金陵、苏州、杭州、安庆、九江诸地求之。鸿羽有便，典册麟集。……广裒益多，遂得录目为斯册。其宏奖斯文与阐扬幽微之盛心，固不仅余家兄弟拜嘉之。先哲灵爽，实式凭焉。辄用先布此目，藉求贤达垂教。傥得集资仿鲍氏知不足斋及伍氏粤雅堂丛书之例，选印若干集，陆续行世，则区区好事为不虚矣。"① 相当详细地描述了于日军侵华战争方殷、国内时局混乱动荡中用心搜集乡邦文献、并动员全国各地亲朋友好襄助之情况，当时孙祖基的心态、处境以及用心于此、传承文献与文化的用意从中亦可分明看出。其中还特别指出汇辑无锡文献的做法和努力目标是以清代乾隆年间安徽歙县籍藏书大家鲍廷博、鲍士恭父子编辑《知不足斋丛书》、咸丰至光绪初年广东南海籍伍崇曜出资、谭莹编订《粤雅堂丛书》的做法为榜样，孙祖基为此所做的文献准备和学术努力从中亦隐然可见。

关于孙祖基汇集所得无锡文献的版本价值和文献价值，中华民国三十年七月二十三日（1941 年 7 月 23 日）所作侯鸿鉴《序》有云："乃避难来沪，晤孙君于玉鉴堂。左图右史，满目琳琅。其尤可敬佩者，乡贤遗籍竟搜罗至五百九十余种，与邑图书馆藏本重复者二百二十余种，不同者三百七十种。内有稿本钞本及罕见印本百余种。此孙君以个人之嗜好及表扬先哲广传遗籍之意，殊为乡人中不可多得之士也。"② 特别值得注意的是这 590 多种文献中，有370 多种是与无锡图书馆藏本不同的版本，其丰富弥补已有文献之不足的版本价值显而易见；其中更有"稿本钞本及罕见印本百余种"，这应当是这些无锡乡邦文献中最为珍贵、最有研究价值和传世价值的部分。仅根据这一点就可以认为，孙祖基为汇集无锡文献特别是珍稀文献、传承文献遗产作出了积极努力和杰出贡献，也为后来更加全面系统地整理、出版无锡文献奠定了重要基础。

---

① 孙祖基编：《孙氏玉鉴堂藏无锡先哲遗书目》卷末《跋》，无锡孙氏玉鉴堂 1941 年自刊本，第1—2 页。

② 同上，第 3 页。

关于孙祖基此举的文献价值和文化用意，辛巳（1941 年）暮春唐文治为《孙氏玉鉴堂藏无锡先哲遗书目》一书所作《序》中有云："同乡孙君道始，精研法律，见善勇为，劬学不倦，兼笃好乡邦文献。历时十数载，费赀万余金，各方蒐采，共得五百余种，其中孤本稿本与夫流传不经见本约有百种，缮目成帙。……向使各省各邑各乡，皆有如孙君者，保存乡土文化，他日诵而传之，扩而大之，吾国庶有豸乎？抑吾闻孙君有言曰：此时征存目录，异时拟精选若干种，集资刊行。然则此五百余种之书，精光不泯，固由鬼神呵护之灵，实赖孙君锲而不舍之精神，贯彻始终。"① 从中可见唐文治从同乡角度对孙祖基汇集保存无锡文献、并以此传承中华传统文献、弘扬优秀文化精神的深刻现实用意与长久人文价值，可谓知己见道之语。令人遗憾的是，孙祖其苦心孤诣、费时无数、费赀甚多的这项事业，在搜求得到五百余种、编成目录予以著录之后，由于战乱频仍、政治动荡、时代艰难以及个人命运、政治处境多变，似没有能够刊行下去，致使这项有可能业在当时、功在后世的文献汇集、文化积累工程没能完成，造成了难以弥补的文化损失。

虽则如此，《孙氏玉鉴堂藏无锡先哲遗书目》对无锡文献的著录，已属于不幸时代中的一件幸事，为后来无锡文献的保护传承、研究利用奠定了必要的基础；而且，虽然孙祖基本人在抗日战争后期及其后十多年间的处境、命运、经历和结局发生了某些根本性的变化，但这批文献中的一部分仍然得以受到较好的保护并留存至今，这又是时代动荡、个人蜕变过程中的一件可以多少弥补遗憾和损失、甚至是值得庆幸的事情。《征衫泪传奇》就是这种时代剧变、个人命运与文献存续、文化传承可能产生的复杂关系、多重变化的一个例证，无论是从近代戏曲文献与戏曲史的角度来看，还是从江苏无锡地方文献、著名人物与文化家族的角度来看，都有必要予以更多关注并进行更深入的研究。

（作者单位：华南师范大学文学院）

---

① 孙祖基编：《孙氏玉鉴堂藏无锡先哲遗书目》卷首唐文治《序》，无锡孙氏玉鉴堂 1941 年自刊本，第 1—2 页。

登楼信美非吾土，东望凄凄百感并

——王家鸿、苏雪林诗中的战间期欧洲生活

陈炜舜

一、引言

民国时期，出国旅居并留下篇什的作者为数不少，其中王家鸿（1896—1997）、苏雪林（1897—1999）的相关诗作目前较少为学界所注意。王家鸿，字仲文，号蓬庐，后改劬庐，湖北罗田人，外交官、诗人、学者。民国十年（1921），王氏于湖北省立外国语专门学校（前清之湖北方言学堂）毕业，先后担任德商捷成洋行为学习员、湖北省立医科大学助教、德文翻译。民国十五年（1926）起，历任国民革命军总司令部参谋处秘书及总政治部国际编译局、南京军事委员会参谋厅翻译员。民国十七年（1928）年10月，国府派蒋作宾为驻德奥公使，王氏成为公使馆主事。抵德后除负责会计、收发、学务、政治旬报等工作外，又至柏林大学经济系攻读博士，指导教授为德国国策顾问舒玛赫教授（Geheimrat Prof. Hermann Schumacher）。民国二十二年（1933），以《中国钢铁经济论》为题获得博士学位。二十五年（1936）返国，供职外交部情报司。抗战爆发，迁居四川，曾任四川大学经济史教授、武汉大学文学院德文教授。胜利后，担任驻瑞士使馆参事。1950年赴台，公余参加春人诗社及六六诗社，多所酬唱。1964年退休，转任中国文化学院德文系教授、系主任。1979年至西德依子定居 [1]，1997年逝世于彼邦。著有《中国钢铁经济论》《中

---

① 见王家鸿：《劬庐自传》，《劬庐杂俎》，台北：商务印书馆1985年，第345—382页。

德文化论集》《第三德意志》《外交诗话》及《劬庐吟草》《劬庐续集》《劬庐三集》《劬庐诗集》《劬庐杂俎》等，译作有赫塞（Hermann Hesse）《玻璃珠游戏》、里德（Georg Ried）《德国诗歌体系与演变》及海法特（H. Herrfahrdt）《孙中山传》，及《德译孔学今义》《德译战国学术》等。

苏雪林，本名苏梅，字雪林，以字行，笔名瑞奴、瑞庐、小妹、绿漪、灵芬、老梅等，祖籍安徽太平，生于浙江瑞安，著名作家、学者。早年先后毕业于安徽省立安庆第一女子师范学校、北京高等女子师范学校，受业于胡适门下。五四时期以散文《绿天》、小说《棘心》成名。民国十年（1921）前往法国留学，先后入读里昂中法学院（Institut Franco-Chinois de Lyon）、里昂国立艺术学院（école Nationale des Beaux-Arts de Lyon），十四年（1925）以母病辍学归国。历任东吴大学、沪江大学、安徽大学、武汉大学教授。武大时期，与凌叔华、袁昌英合称珞珈三女杰。三十三年（1944）起，开始研究屈原，主张楚辞神话来自域外。1949 年后，先往香港公教真理学会工作，再赴法国。1952 年自法至台，历任台湾师范大学、成功大学教授，1973 年退休。1991 年，获颁成功大学荣誉教授证书。遗作有散文、小说、戏剧、故事、传记、翻译、回忆录、研究评论著作多种，如《绿天》《屠龙集》《遯斋随笔》《花都漫拾》《秀峰夜话》《风雨鸡鸣》《蠹鱼生活》《闲话战争》《遯斋随笔》《归鸿集》《灵海微澜》《蝉蜕集》《棘心》《南明忠烈传》《三大圣地的巡礼》《最古的人类故事》《鸠罗那的眼睛》《一朵小百花》《梵赖雷童话集》《犹大之吻》《眼泪的海》《青鸟集》《写作经验谈》《文坛话旧》《我的生活》《我与鲁迅》《浮生九四》《中国传统文化与天主古教》《中国文学史》《诗经杂俎》《屈原与九歌》《屈赋论丛》《楚骚新诂》《天问正简》《九歌中人神恋爱问题》《昆仑之谜》《唐诗概论》《玉溪诗谜正续合编》《辽金元文学研究》《试看红楼梦的真面目》《二三十年代作家与作品》《新文学研究》等多种。

王家鸿、苏雪林皆有旧体诗集传世。王家鸿于 1952 年在台北刊有《劬庐吟草》，内有《江汉吟》《柏林吟》《白门吟》《匡庐吟》《蜀道吟》《瑞士吟》及文存二篇。1954 年于香港大中国印刷厂刊有《劬庐续集》，内含《鲲洋吟》附《台阳送别诗》54 首。1964 年于台北刊印《劬庐三集》，内含《三洲吟》。其后又将《稻香村舍吟》附《春六句存》编为四集，尚未独立印行，即在 1972 年合前三集而付梓于台湾商务印书馆，题为《劬庐诗集》。此外，1985 年又于台湾商务刊印《劬庐杂俎》，其中收有晚年所作《集外诗》《双溪蚕尾集》。《劬庐诗集·自序》云：

> 余服务外交凡三十余年，游迹遍及亚、欧、非、美诸邦，先后历两次世界大战。故旧多促余撰写自传或游记，以示不忘。余应之曰：余之诗即自传也，即游记也。……余之诗叙述世务者居其半，昔人所谓感世诗，近代所谓战斗文艺，皆可于拙诗求之。①

由此可见其对诗作之看中。《劬庐吟草》中《柏林吟》一辑，录诗二十五题二十八首，写作年代为民国十七年（1928）至二十六年（1937）间，即其担任驻德参事并攻读博士学位之际。苏雪林《灯前诗草》于 1982 年由台北正中书局刊印，共八卷，除第八卷后半为其三弟妇紫娟遗诗外，共有《山居之什》《柳帷之什》《燕庠之什》《旅欧之什》《炉星之什》《少作集》及词作《绣春词》。此外，晚年又有《消夏杂咏》，发表于《中国国学》②。《灯前诗草》所收作品之创作时代超过七十年，而以自民国二年（1913）至十四年（1925）的十三年间，为其创作高峰期。其中《旅欧之什》录诗二十五题 53 首（包括集句诗《惆怅词》二十首，写作年代为十一年（1922）至十四年（1925），即其留学法国之际。王氏《柏林吟》、苏氏《旅欧之什》皆作于"战间期"（Interbellum, Interwar years）。所谓"战间期"是一战结束至二战爆发之间的时期，为时约二十年（1919—1939）。当时的欧洲刚从一战的创伤中逐渐恢复，然经济萧条、法西斯主义兴起，导致国际局势仍然动荡。王家鸿《外交诗话》有《劬庐诗中德国风情》一篇，其云："关于德国风情，我国驻德公使如洪钧（号文卿）、许景澄、孙宝琦诸人，均系科甲出身，其在德无诗歌可录。洪因中俄边境地图获谴，许因谏用义和团冤死，孙之著作亦少流传。其他之'欧美派'使节，更无论矣。为了避免在本篇交白卷起见，只好在拙作《劬庐吟草·柏林吟》选录几篇塞责。"③外交官员之外，在德创作诗文者尚有其人，如晚清时在柏林大学任教中文三年的潘飞声即是④。然民国以后，旅德而有旧体诗词传世者，为数诚然戋戋，《柏林吟》之可贵处正在于此。苏雪林《旅欧之什》的情况亦不

---

① 王家鸿：《劬庐诗集·自序》，台北：商务印书馆 1972 年，第 1 页。

② 苏雪林：《消夏杂咏》，《中国国学》第 24 期，1996 年 10 月。

③ 王家鸿：《外交诗话》，台北：商务印书馆 1986 年，第 165 页。

④ 参程中山：《论潘飞声德国时期之文学创作》，载台湾古典文学研究集刊编辑委员会：《台湾古典文学研究集刊》第一卷，台北：里仁书局 2009 年，第 445—492 页。

遑多让①。本文拟以《柏林吟》及《旅欧之什》为中心，考察两位诗人如何通过旧体诗歌来呈现自己在战间期的欧洲生活。

二、王家鸿《柏林吟》

王家鸿先辈于诗书多所究心②，可谓书香世家。自称生于过渡时期，所受为双轨教育，一方面在学校读小学白话课本，一方面在家塾读四书五经、古文诗词③。十岁始学为诗④，终生创作不辍。成惕轩称其"簿书之暇，啸咏自娱，鲛窟珠多，鸡林价重"⑤。李则芬称许其诗："五洲胜迹留鸿爪，万里湖山入妙辞。虎啸龙吟豪气阔，蛟腾凤起曲声随。"⑥此外，由于王氏身为职业外交官，又好吟咏，故编撰有《外交诗话》。张达修于此书题词云："卅载皇华颂使臣。华冈喜晤百花辰。选诗遍采殊方俗，观乐荣陪列国宾。鹿洞传经勤棫朴，鲲瀛结社辟荆榛。他时专对征文献，合算劬庐第一人。"⑦虽不无溢美，然亦可窥见其学诗之涯略。其门人朱文辉回忆，王家鸿能记诵中外诗歌近万首，也常将德文诗歌翻译为诗经体、赋体、近体或长短句⑧。《柏林吟》为王氏平生首辑以国外生活为背景的诗作，第一首《申江寄内》题下自注："民国十七年十一月十二日随蒋雨岩星使赴德内子独留申江临别慨然有作"⑨，知此辑诗之写作始于赴德前夕的十七年（1928）秋冬之际。全辑末三首《旧馆》题下自注："民国二十六年重到柏林使馆作"，其后为《过地中海》《印度洋轮次》两首，则该辑之诗最晚作于二十六年（1937）。

① 如陈寅恪亦有旅法诗作，然为数甚少。参张伟：《陈寅恪首次留欧期间的一首佚诗》，http://www.cciv.cityu.edu.hk/publication/jiuzhou/txt/10-3-243.txt。

② 见王家鸿：《劬庐自传》，《劬庐杂俎》，第348—349页。

③ 同前注，第352页。

④ 王家鸿：《劬庐诗集·自序》，第1页。

⑤ 成惕轩：《劬庐续集序》，载王家鸿《劬庐诗集》，第63页。

⑥ 李则芬：《王家鸿先生见赐劬庐诗集赋谢》，《八十自选诗词》，台北：中华书局1987年，第126页。

⑦ 张达修：《王家鸿词长惠贻外交诗话寄奉》，《醉草园诗集续编》卷十二《健行稿》之二，http://zhangdaxiu.blogspot.hk/1972_08_01_archive.html。

⑧ 高关中：《朱文辉：推理小说翘楚，欧华作协中坚》，《写在旅居欧洲时：三十位欧华作家的生命历程》，台北：秀威信息科技股份有限公司2014年，第46页。

⑨ 王家鸿：《劬庐诗集》，第11页。

王家鸿云："予在德将及九年，德国第一次大战后至第二次大战前之内政发展，由社会民主党至纳粹专政种种变化予均亲经历。"自言在德期间，印象最深刻的大事有三件：一为参加兴登堡总统（Paul Hindenburg）在柏林威廉街总统府举行的园游茶会。此时兴登堡已年逾八十，精神矍铄，站在迎宾处与来宾一一握手为礼，毫无倦容，令人肃然起敬。二为二十二年（1933）元月三十日希特勒（Adolf Hitler）受兴登堡任命为德国内阁总理，王氏在大街上亲睹其由帝国大饭店至总理衙门，走马上任的一幕。三为纳粹党每月在柏林菩提树下街（Unter den Linden）阿德隆大旅馆（Hotel Adlon Kempinski）举行晚餐演说，戈林（Hermann Göring）、戈培尔（Paul Goebbels）等均轮流出席。因王氏以随员经常招待记者，德政府便以其为新闻专员发给出席证[①]。不过，这些回忆的片段皆不见于《柏林吟》诸诗中。直到晚年所作《古稀杂忆》二十四首，才于其九、其十写及：

> 万国衣冠拜将坛，威廉街畔拥千官。生平心折兴登堡，尊俎雍容带笑看。
>
> 叱咤风云大独裁，一时攀附尽多才。二十年纳粹兴亡史，亲听三呼万岁来。[②]

陈平原论抗战时期西南联大教授们的旧体诗作道："要说压在纸背的心情，除了在著述序跋中偶尔流露，更多且更直接的表现，其实是日常吟咏的旧体诗作。……这些诗作不仅仅记录下当事人在特定岁月的艰辛生活，更是那个时代中国读书人的心灵史。"[③]王家鸿于后来抗战之际在大后方担任过教授，而当时并非教员，但身为接受"双轨教育"的读书人，自然亦有通过吟咏来表达心情的习惯。另一方面，碍于机密与身份，不少有价值的素材未必能写入诗中，也可理解。收纳《柏林吟》的《劬庐吟草》刊印于1952年，时隔二十余年，事过境迁，盖王氏写作《柏林吟》时亦未必考虑到持以示人尔。

《柏林吟》诸诗中，以游观为主题的作品占了不少。如《秋日柏林万牲园

---

① 见王家鸿：《劬庐自传》，《劬庐杂俎》，第361—362页。

② 王家鸿：《劬庐诗集》，第191页。

③ 陈平原：《岂止诗句记飘蓬：抗战中西南联大教授的旧体诗作》，《抗战烽火中的中国大学》，香港：中和出版有限公司2015年，第169页。

散步》一诗，大约作于民国十九年（1930）左右：

> 西风渐作十分凉，媚眼云山似故乡。野鸭倦游耽晚睡，美人期客倚新妆。
>
> 斜阳犹恋秋林好，溪柳全非向日狂。节候循环一指弹，片时景物费平章。①

柏林万牲园，当指蒂尔加滕区的城市公园（Tiergarten）。名为"Tiergarten"（即动物花园），乃因此处中世纪时为普鲁士贵族的猎场。1742 年，该园被改造成供大众休憩的公园（Lustpark），景观优美。1844 年，又在此处成立了现代意义上的动物园（Zoological Garten）。王氏此诗除了写到野鸭外，不及其他动物，知其乃是公余到休憩公园散步所作。诗中铺垫着西风、云山、野鸭、夕阳、秋林、溪柳、仕女等意象，营造万牲园的幽静美好，带出岁晚怀乡的轻愁。诚然，王家鸿往往在描写德国风物时注入思乡之情。如《二十四年夏寓居柏林尼可斯湖附近之梵楼克街与屠湖相接湖滨林木茂美朝阴夕霭清远绝俗扁舟容与欣然有作》：

> 五步楼台十步园，松青云白各天然。花街踯躅缘何事，我有河山尚未还。②

在柏林夏日泛舟，虽云欣然，却仍眷恋着远方的故国河山。再观《魏尔墩看花》：

> 风景依稀客未归，六年来此惜芳菲。登楼信美非吾土，遥望神州咏式微。③

魏尔墩即柏林附近的 Wilhelmsruher Damm，王氏每年皆来此赏花。然而，面对美好的柏林春光，诗人却发出王粲"虽信美而非吾土"④的感叹。所谓"式微"，显然挪用了《诗经·邶风·式微》的语典，透发出"胡不归"之意。王

---

① 王家鸿：《劬庐诗集》，第 12 页。
② 王家鸿：《劬庐诗集》，第 14 页。
③ 王家鸿：《劬庐诗集》，第 13 页。
④ （汉）王粲：《登楼赋》，（南朝梁）萧统编，（明）孙钅广评：《昭明文选》，台北：文友书局 1971 年，第 55 页。

氏任职于柏林，乃是只身前往，并未携眷。《柏林吟》所收第一首诗，即为《申江别内》，副题云："民国十七年十一月十二日，蒋雨岩星使赴德，内子独留申江，临别慨然有作。"① 这辑作品思乡念亲的基调，似乎已由此诗底定。故王氏居德期间，希望回国与家人团聚，实乃人之常情。另一诗《德京外魏尔墩看花寄内子申江》曰：

> 破碎河山剩此乡，万千红紫自成行。笑他儿女多情甚，一树新阴作舞场。
>
> 无语看花到夕阳，由来游子怯他乡。武昌官柳江南树，春在愁边易断肠。②

在魏尔墩春游之际，看到青年男女在花间翩翩起舞，多少难免顾影自怜之情。他不禁想到当年求学时代的武昌，以及妻子所居住的上海，也应树色萋萋了。值得注意的还有"破碎河山"一语：一战结束后，《凡尔赛和约》向德国强加了巨大的割地赔款及限制军备条款，将战争责任悉数推给德国，对德国实行条件严厉的经济和军事制裁，德国失去13%的国土和12%的人口，不可不谓"破碎河山"。所幸德国本土也并未太受战火的波及，工业体系保存完整，元气犹在。故王家鸿所谓"剩此乡"之语，亦非虚发。进而言之，当时的中国在北伐后于形式上虽告统一，然东北因九一八事变而成立了伪满州国，边疆诸省皆有外国势力染指。内地各省仍有新旧军阀割据、国共相争，而日本军国主义亦蠢蠢欲动。因此"破碎河山"一语，盖亦言在此而意在彼乎！

当时蒋中正主持的国民政府在日本的侵略威胁下，迫切需要实现军备和国防工业现代化，以图自卫。而希特勒掌权后的德国，则颇为倚重中国南方出产的钨、锑等战略物资的稳定供应，以维持其扩军备战路线。在德国帮助下，国府进行了军队改良，开始建立现代国防工业。因此从北伐胜利至抗战爆发期间，两国关系甚为密切。王家鸿的《民国二十四年八月由爱省至杜色多夫参观德国煤铁工业区旅次书怀》即作于中德蜜月期，其诗云：

> 一路浓烟送客行，道旁争看亚东人。劳生初饮来茵酒，衣袖犹沾爱

---

① 王家鸿：《劬庐诗集》，第11页。
② 王家鸿：《劬庐诗集》，第12页。

省尘。

　　　　故国农桑原要政，此邦煤铁粒蒸民。临渊真有思鱼意，望望神州谁
与论。①

　　全诗可分为两部分。第一部分描写了初饮莱茵酒的经验，以及德人对东
方面孔感到好奇的情形。"爱省"当指纳粹时代行政区划下的埃森州（Essen），
从爱省到杜色多夫（Düsseldorf）的"一路浓烟"，当为工厂烟囱所喷，点出了
当时德国西部工业化的面貌。第二部分则指出，德国人多以从事工业维生，中
国却仍以农桑为本，工业化严重不足。诗人殷切期望，远方的神州大地能见贤
而思齐。

　　日耳曼诸邦的统一和德意志帝国的建立，铁血首相俾士麦（Otto von
Bismarck）当居首功。有趣的是，王家鸿在观览俾士麦纪念塔时，所作诗歌却
并未道及其事功；对于当时的元首威廉一世（Wilhelm I），却不止一次作诗咏
叹。如《游嘉色尔之威廉峰》：

　　　　名山曾系降王颈，片纸能裁百万兵。青史一篇低首读，石泉呜咽作
哀声。

　　诗人自注曰："相传拿破仑被俘于此。威廉一世曾来兹山谊暑。欧战后，
兴登堡于此签署裁兵令。德国历史上胜地。"② 考威廉峰今称威廉高地公园
（Wilhelmshöhe），为嘉色尔（Kassel）名胜。威廉高地是欧洲最大的依山而建
的公园，始建于 1696 年，耗时一个半世纪方才竣工。1870 年色当战役后，法
国拿破仑三世被囚禁于威廉高地城堡，其后流放英国。1899 年，威廉二世以
此处为夏宫。随后二十年间，威廉高地成为欧洲政治中心之一。兴登堡签署裁
兵令，则在一战结束的 1918 年左右。威廉一世打败拿破仑三世后，在凡尔赛
镜宫登基成为德意志皇帝。"名山曾系降王颈"一句，正点出其一统德国的功
绩。对于德国一战的失败，则以"石泉呜咽作哀声"烘托之。德意志帝国的兴
衰，令王氏联想到中国的命运，这在另一首诗作《德意志角吊威廉第一铜像》
中可进一步了解。该诗题下注云："德意志角在科布仑兹，为摩色尔河与来茵

---

① 王家鸿：《劬庐诗集》，第 15 页。
② 王家鸿：《劬庐诗集》，第 16 页。

河会流处。有威廉第一铜像，挥刀跃马，奕奕如生，低徊凭吊。"其诗则曰：

> 威廉英武世无双，铜像巍峨古道旁。一角荒寒余霸气，两河浩瀚送
> 斜阳。
>
> 挥刀跃马人安在，众志成城国不亡。东望乡关渺无际，且随佳客醉
> 壶觞。

第六句又自注："铜像刻威廉遗言云：忠诚一致，国决不亡。"[①] 考威廉一世于 1888 年去世后，全国萌发出了为其建造纪念雕像的想法，以纪念其统一全德的功绩。新皇威廉二世最终决定将雕像建于科布伦茨（Koblenz）摩泽尔河和莱茵河的交汇处的德意志角（Deutsches Eck），雕像于 1897 年 8 月 31 日揭幕。底座刻有诗人申肯多夫（Max von Schenkendorf，1783—1817）所作《给祖国的春天问候》（Frühlingsgruß an das Vaterland）的末二句："忠诚一致，国决不亡。"（Nimmer wird das Reich zerstöret，/Wenn ihr einig seid und treu！）王家鸿称其乃威廉遗言，当为一时误记[②]。笔者以为，王氏深受传统儒家思想熏陶，仍有尊王意识在焉，因此对威廉一世的推崇更甚于俾士麦。结合当时中国群雄竞起的局面，王氏作为国府外交官，自然期盼中央政府能有效治理全国。被他视为威廉遗言的"众志成城国不亡"写入诗歌，未尝没有鼓舞国人之意，参后文"东望乡关"之语，尤可得知。故此，尽管在德意志帝国覆亡后，这尊雕像被批评为对君主制度和军国强权的象征，王家鸿却依然"低徊凭吊"之。

王家鸿诗中记述德国风物时，每每与中国景色相扣合。如《二十三年七月逭暑于德国东海之亚尔伯格海滨有猎山俾士麦克纪念塔在其上海色山光迸入望眼忽动归思》一诗：

> 一半山光半海光，纵堪留恋是他乡。登临乐事从头记，黄鹤晴川咏
> 夕阳。[③]

面对俾士麦克纪念塔前的山光海色，王氏依然认为最佳的登临经验，是在当年求学武汉时在黄昏中造访黄鹤楼与晴川阁。又如《哈兹布诺铿绝顶民国

---

① 王家鸿：《劬庐诗集》，第 15 页。
② 按：此像其后毁于二战美军之手，至两德统一后方才重建，1993 年 9 月 2 日落成。
③ 王家鸿：《劬庐诗集》，第 13 页。

二十四年七月十六日作》云：

> 不下牛山泪，能甘鸡肋餐。登临犹小劫，儿女报平安。
> 飞鸟依人静，天风拂面寒。四围皆沃野，真作蜀中看。

题注云："布诺铿高出海面一千一百四十二米达。哈兹最高峰也。"[1] 作为哈兹山（Harz）最高峰的布诺铿峰（Brocken），座落于威悉河（Weser）和易北河（Elbe）之间。诗人将山峰四周的沃野与蜀中相比拟，盛赞其为天府之国。再如七古《游哈兹山宝带谷歌》云：

> 我家鄂罗多云乡，于岩叠嶂蛟龙藏。少时攀跻竞勇健，往往履险惊高堂。十年读书客江汉，登高临水游汗漫。呼朋时蹑龟蛇巅，寻春或上宝通观。一年行役游金陵，清凉锺阜皆跻登。楚狂寻山小天下，西来何意观峻嶒。哈兹山势殊峥嵘，亚陣以外莫能京。菁华更荟宝带谷，千岩瘦削相逢迎。土人说鬼忘怪诞，云有烈女之精英。逃婚跃马踰千寻，悬崖隐约留蹄痕。帝子追奔不得过，坠马谷底余冤魂。下有宝带呜咽之湍流，上有妖魔舞蹈之层墩。鬼城鬼桥鬼磨翻云根，阴森不辨昼与昏，惜无两峰丹青笔。清人罗两峰工作鬼趣图，图写鬼趣留山门。西人说鬼不信鬼，邱壑惨淡郁经营。肯将羊肠化周道，能使游子忘长征。吁嗟兮，愚公移山固多幻，华山痛哭何贪生。中邦文人怯冒险，千秋文苑皆平平。君不见太白咨嗟蜀道行。[2]

先以湖北、江南山水为铺垫，继而带出宝带谷（Grünes Band）的奇瑰景色和神话传说，洋洋洒洒。最有趣者，他还在篇末指出，德人富于进取精神，故能将险峻的宝带谷建设为开扬大道；而国人却怯于冒险，故文学作品鲜有奇崛之气。玩其言外之意，似亦对国人保守畏难、导致国力衰弱的状况不无批评。复观《舟行来茵即事》：

> 好山片片都堪画，新酿家家可解愁。若把来茵比扬子，小姑罗奈各风流。

[1] 王家鸿：《劬庐诗集》，第15页。
[2] 王家鸿：《劬庐诗集》，第14页。

自注曰："扬子江之小姑，来茵河之罗奈，皆娟秀。德诗人海勒有句云：'余不解何故，朝朝如许愁。'盖为罗奈而作也。"① 查宋欧阳修《归田录》卷二云："江西彭泽县南岸有澎浪矶，隔江与大、小孤山相望，俚因转'孤'为'姑'，转'澎浪'为'彭郎'，云'彭郎者，小姑婿也'。后遂以此相传。"② 后世传说小姑为龙女云云，皆耳食之言。而罗奈（Lorelei）则为莱茵河中游东岸的礁石，附近山岩险峻，水流湍急，不少船只在此触礁。故民间传说有位美少女因情困于罗蕾莱山顶投水自尽，死后化为女妖，以美妙歌声诱惑船只，使之遇难。著名诗人海涅（Heinrich Heine）曾有诗吟咏③，后被谱成歌曲，广为流传。小姑、罗奈皆是水中小山，又被民间故事叙述为美丽的仙女、妖女。王家鸿此诗不仅将莱茵河与长江相提并论，还拈出了小姑与罗奈的相似性加以比较，颇具慧眼。

当然，王家鸿在德游观诸作，也有较为怡然畅朗者。如写于民国二十四年（1935）九月四日的《由嘉色尔南行入纽仑堡》云：

> 田畴如画水萦回，车走雷声眼倦开。行遍来茵又南德，万山如马送青来。④

嘉色尔是黑森州的大城市，以田园风光著称。纽伦堡（Nuremburg）在巴伐利亚州，地处嘉色尔东南。诗人笔下的山水一片绿意，绵绵不绝，赏心悦目。自然景观如此，人文景观亦然。如《谒歌德故居》：

> 陋巷斜阳古意多，百年车马盛经过。王侯第宅尊词客，风雨山城有浩歌。
>
> 四壁图书余手泽，一生烦恼奈情何。卫麻墓道堂堂在，终古诗人气不磨。

诗序云："德人崇敬诗家，可以风矣。"⑤ 推崇歌德之余，亦有希望国人效法之意。

---

① 王家鸿：《劬庐诗集》，第 16 页。
② （宋）欧阳修：《归田录》，北京：中华书局 1981 年。
③ 按：兹移录海涅原诗、王家鸿译文及笔者试译之作，见附录。王家鸿译文见《劬庐诗集》，第 138—139 页。
④ 王家鸿：《劬庐诗集》，第 16 页。
⑤ 王家鸿：《劬庐诗集》，第 17 页。

抑有进者，王家鸿在德国的求学经历，鲜有入诗。唯一相关的作品，盖为《某德教授以张文襄画像拓本见惠敬题短章》：

> 儿时识公名，不识公可贵。读书走江汉，佩公富经纬。抱冰思沼吴，布衣图霸魏。楚人被遗泽，甘棠犹蔽芾。蛇山拜遗像，清高起敬畏。眼球右棱炯，霜髭磔如猬。先民逝不作，抚事增嘘欷。西来得清照，精神逅仿佛。静对获师承，慕公有正气。①

张之洞为晚清洋务运动重要推手之一，长期担任湖广总督，驻节武昌，对于华中地区的近代化进程影响至巨。湖北人怀其遗泽，于光绪三十四年（1908）在武昌蛇山建造奥略楼以纪念其政绩。王家鸿求学武汉时，年纪尚幼，故诗中自云徒识张之洞之名而不识其可贵。王氏在自传中回忆负笈柏林大学时，导师舒玛赫教授于清末时去过中国，考察过汉阳铁厂。他询悉王氏为湖北人，又曾在汉阳读书，于是鼓励他写中国钢铁经济论文。舒玛赫说，要建设中国，当从重工业入手，汉冶萍公司在武汉，初学经济政策，当以此大企业为目标②。王家鸿博士论文遂以《中国钢铁经济论》为题。而汉阳铁厂的设立，正是张之洞当年湖北新政中的重头戏。故王氏诗云"佩公富经纬""精神逅仿佛"，不仅由于张氏政绩彪炳，更因为与自己的研究有直接关系。进而言之，这位馈赠张之洞画像拓本的德国教授，或许正是舒玛赫，因其清末曾造访武汉；他将拓本送给王家鸿，显然具有勉励之意，也激发了王氏的乡邦之思。王氏诗云"静对获师承"，无乃兼舒玛赫与张之洞而言乎！

再者，王家鸿在德时期尚有几首寄赠父母、妻子之作。如《以德儿宜女小照寄呈二老媵之以诗》二首，其二曰：

> 强凭图画慰双亲，久客真惭孝子心。去国几年沧海换，思家万里白云深。
>
> 晨昏定省劳予季，儿女平安当好音。豺虎如麻归不得，梦魂飞逐故山禽。③

---

① 王家鸿：《劬庐诗集》，第13页。
② 见王家鸿：《劬庐自传》，《劬庐杂俎》，第363页。
③ 王家鸿：《劬庐诗集》，第13页。

将一双小儿女的近照寄给乡间的父母，代报平安，聊慰长辈思念，复叮嘱其弟代为照顾双亲，足见其孝心。又如《德意志角寄内》：

> 小别还相忆，音书转累人。迢迢小儿女，日日问来茵。
> 明发难成寐，高歌若有神。昨宵传语后，魂梦更相亲。①

所谓"传语"，盖指长途电话。与妻儿通话后，益觉魂牵梦萦，此自为羁留他乡者的实况。

附带一提，王氏晚年侨居德国，亦有诗作。如 1979 年所作《毕士麦墓园及博物馆》云：

> 合肥访毕郊居日，是我呱呱坠地年。八十三年谈世事，百千万劫似云烟。
> 九原可作吾谁与，一世之雄孰并肩。丞相祠堂仍好在，森森松柏尚依然。

自注："李合肥于光绪二十二年（1896）访毕相，余于是年出生，相隔八十三年。"② 俾士麦因与嗣皇威廉二世不合而于 1890 年下野，一直隐居在家乡腓德烈庐（Friedrichsruh，在汉堡附近）庄园，八年后去世，遗体安葬于园中。据德国史料记载，李鸿章此次访德，汉堡商会主动邀请洽谈商务，不虞李鸿章主动要求拜会俾士麦，令德皇颇为不快，但又无可奈何，而俾士麦则高兴异常③。李鸿章当时有"东方俾士麦"之称，两雄相会，称为历史佳谈。王家鸿以生年恰是两人相见之年，似乎冥冥中注定自己毕生投入中德交流之事业；而展眼八纪过去，回顾自身、国事，不禁感慨万千。

三、苏雪林《旅欧之什》

苏雪林祖父于清末曾任县令，父亲受过高等教育，母亲出身仕宦之家。苏雪林七岁起，随叔伯兄弟在祖父衙署的书塾里跟读。其后辍学，自读《西游记》

① 王家鸿：《劬庐诗集》，第 15—16 页。
② 王家鸿：《双溪蚕尾集》，《劬庐杂俎》，第 109 页。
③ 关愚谦：《李鸿章曾私访俾斯麦，推心置腹谈中国变革》，《视野》，2004 年第 1 期。

《水浒传》《三国演义》《封神榜》及《聊斋志异》《阅微草堂笔记》等书。又通过在上海新式中学或大学求学的叔叔、哥哥们借来新旧图书报刊，挑选阅读。凡《史记》《汉书》、历代别集、诗词传奇及《天演论》《茶花女遗事》等译作，皆广为涉猎，为她后来的创作及学术研究打下坚实基础。十一二岁间，一位王姓表叔来其祖父县署当幕友，祖父请他带苏雪林和堂妹爱兰读书。表叔叫苏学林读《唐诗三百首》，先从五绝读起，再读七绝、五言乐府、七言古风，前后大半年。苏氏作诗亦始于此时 [1]。民国三年（1914），入读安庆一基督教小学，亦曾继续试作古典诗词。次年，在向家人强烈争取后考入安庆省立初级女子师范，在校期间能诗善画，引人注目。民国八年（1919）毕业后，留在母校附小教书。《灯前诗草》中《山居》《柳帷》二什，即作于此时。此后两年负笈北京高等女子师范学校，多有窗课之诗，结为《燕庠之什》。《灯前诗草·自序》云："五四后，倡导新文学诸公痛诋旧诗为落伍，以为无一顾之价值，余颇以为然，遂亦不屑为旧体诗，窗课所迫，勉强缀句聊以塞责，既为应付之作，自亦不能出之以性灵。" [2] 可见当时受到五四思潮影响而不屑为旧诗的心态。然其自述旧诗根柢则云："我的诗并不专学杜，后来又弄了李太白、韩昌黎、白香山、苏东坡、陆放翁、邵青门各人诗集来诵读抄录，作诗时，不知不觉又带着他们气息。" [3] 足见其转益多师。民国十年（1921），苏雪林考入吴稚晖、李石曾在法国里昂创办的海外中法学院，先学西方文学，后学绘画艺术，十四年（1925）回国。《旅欧之什》即作于此时。《灯前诗草·自序》云："余一生中，兴会之淋漓，意气之发扬，精神之悦乐，以郭城之游为最。以后虽亦游览名山胜水，诗兴则罕有所动。性灵类桎梏之者，其故不能言也。"吴姗姗阐述道："其生活所乐在游览名山胜水时，兴会顿起而作，性灵桎梏则不作；《旅欧之什》内容亦以与友人偕游、记录欧游山水景观为主。" [4] 实则除游观之诗外，苏雪林此时还有不少其他主题的作品。

　　苏雪林居留法国前后四年，时代略早于王家鸿。根据张晓筠的梳理考证，苏雪林于民国十年（1921）九月从上海赴法，次年三月，中法大学开学。夏季

---

① 苏雪林：《我与旧诗》，《我的生活》，台北：文星书店1967年，第161—180页。
② 苏雪林：《灯前诗草·自序》，台北：正中书局1982年。
③ 苏雪林：《我与旧诗》，《我的生活》，第161—180页。
④ 吴姗姗：《苏雪林之旧诗创作与新诗评论》，《东华人文学报》第十七期（2010年7月），第91页。

得知伯兄逝世，入里昂医院治疗，初秋前往都龙（Thonon-les-Bains）养病，并就读当地女子师范学院约四个月。十二年（1923）年初到里昂女子中学（Lycée de Jeunes Filles de Lyon）上法文课、历史课。暑假结束前搬入檀乡别墅，又与同学共游郭霍诺波城（Grenoble）。九月底注册国立里昂美术学院。十三年（1924）八月，受洗入天主教。十四年（1925）四月，接到母亲并重之信，辍学返国。回国前夕先至巴黎、瑞士游览。五月自马赛乘轮船返国[①]。苏雪林之居留纯为求学性质，所居又非巴黎，生活较为平静简单。在法期间，由于水土不服，经常抱病。加上故乡兄长逝世、母亲生病，以及婚恋问题，令她精神颇为困扰。她变得敏感而脆弱，性格孤僻，沉浸在十七、十八世纪浪漫主义文学的幻梦中。因此，尽管苏氏在法时间仅为王氏一半，诗作数量却较多。就题材而言，除游观、怀古、思乡外，亦有平居、感事、赠友之作。苏雪林回忆道："民国十年我赴法留学，为想专心学习外国的东西，故意不多带中国书籍，且亦真的无暇弄中国文学，诗炉的火真的熄灭了。第二年与几个男女同学共游法国名胜郭城（Grenobe），看犹丽亚齐（Uriage）的有名古堡，又游览卢丹赫山（Lautaret）。数日清游，诗兴忽然大发，长歌短咏，一共做了三四十首。"[②] 由此可见，游观题材的诗歌，就苏学林之旅法作品来说应为大宗。然而今本《旅法之什》所见全部作品亦未及三四十首之数，可见当时所作并非悉数收纳。苏雪林于民国十一年（1922）郭霍诺波城一行留下的诗作中，最为显眼的当属《犹城访古堡》《往看卢丹赫山》及《卢丹赫山游记》三首七古。《卢丹赫山游记》一诗云：

> 看山不到卢丹赫，如入宝山空手别。白峰（le Mont Blanc）曾说阿卑尔［尔卑］，卓立万古景奇绝。我驱汽车往访之，群峰飘缈云中列。丹崖千尺拥玉台，紫气排天银阙开。世间人迹难到此，止有仙子来徘徊。星冠霓裳了难睹，但闻环佩风中来。山巅积雪皆绿色，物理难格群惊猜。我知仙人点金亦复能种玉，手掷蓝田玉苗高成堆。或者吴刚奋斧倒丹桂，广寒一旦成飞灰。八万四千明月户，零落遗弃兹山隈。混和当年桂叶色，所以苍翠如琼瑰。出洞复入洞，直到维亚崖。六月霜霰飞，白昼阴霾埋。松柏

① 张晓筠：《探析苏雪林1921—1925年的留法历程》，载王伟勇主编：《苏雪林及其同代作家国际学术研讨会》，台南：成功大学2015年，第133页。

② 吴姗姗：《苏雪林之旧诗创作与新诗评论》，《东华人文学报》第十七期（2010年7月），第91页。

虽有岁寒骨，尺土未敢此地阶。虽无谢朓惊人句，已上汉武通天台。杜老
踏冰殊未敢，元［云］英饵霜空复哀。山麓园林大半亩。瘦石当庭花映牖。
大书阿崩博物馆，荆布光洁一妇守。神鹰奋翅如欲飞，野牛断角粗如斗。
破铜烂铁认犁头，断瓦残砖辨酱瓿。浑疑身入有巢居，古色斑斓未觉丑。
游兴已足驱车归，千山万山苍烟微。山灵送别无他物，白云满袖月满衣。①

苏氏自谓："民国十九年我到安徽省立安大教书时，曾把这首长歌，送给
杨铸秋先生看。杨老师读了赞赏不置，赐评道：'写绿雪，奇情壮采，可抵缑
山仙吹！'"她对于所呕称的卢丹赫山顶端浅绿积雪，作了精致的刻画。她将
积雪想象成仙人所种的玉屑，与吴刚所伐的桂枝混合一处，因此"苍翠如琼
瑰"。苏氏又云，蓝田种玉故事出《三国志·吴志·诸葛恪传》，种玉典故则出
干宝《搜神记》，后人每混合为一。蓝田之玉并未说明颜色，然固要形容绿雪，
因此借"蓝"字以射"绿"，遂有"我知仙人点金亦复能种玉，手掷蓝田玉苗
高成堆"②的二句诗。构思可谓巧妙。后段"山麓园林大半亩"起，一变前文
的空灵缥缈感，颇有岑参七古雄杰之风。如"亩""牖""守""斗""瓿""丑"，
连续用六个上声有韵字，尤其令人联想起岑参《走马川行奉送封大夫出师西征》
中"轮台九月风夜吼，一川碎石大如斗，随风满地石乱走"三句。篇末描写驱
车离别、峰回路转、群山渐远的景象，又似《白雪歌送武判官归京》中"轮台
东门送君去，去时雪满天山路。山回路转不见君，雪上空留马行处"之收结。
然"山灵送别无他物，白云满袖月满衣"二句转为平韵，又回复前段之空灵缥
缈，且略有《九歌·河伯》依依惜别之感。整体而言，绿雪的意象在传统诗歌
中并不多见，苏氏着意描摹，倒营造出一定的异国风情，且与蓝田种玉、吴刚
伐桂等传统典故融合无迹。杨铸秋称赏备至，良有以也。又如写于同时的《犹
城访古堡》，虽同为七古，却更侧重于内心感受的书写，如：

> 电车蜿蜒谷底行，岚光映面生寒绿。安车当步亦复佳，何必一筇行
> 踯躅。一峰已尽一峰来，坐把青山当书读。

苏雪林旅法既为求学，"坐把青山当书读"正是读万卷而行万里之意。

---

① 苏雪林:《灯前诗草》，第 84—85 页。
② 苏雪林:《我与旧诗》，《我的生活》，第 161—180 页。

又如：

> 豆棚瓜架一山庄，小坐且复疗饥肠。牛乳赭和咖啡汁，面包红映樱桃浆。
>
> 山蜂与客争宾主，纷纷饴糖相劫攘。我欲扑之心不忍，怜他足带花蕊香。

山蜂被饴糖的味道所吸引而言，苏雪林却因其为花间之客而不忍驱赶，情态绝佳。复如：

> 座中清谈有意媛，翩翩玉貌金闺彦。自言少小爱风流，情海波涛悲屡变。
>
> 一帘斜日泣蘼芜，三载秋风怨纨扇。花笑鸟啼迹已陈，旧爱重提犹眷恋。

自注云："意大利女文学家某同游，自言少时爱某人，竟为所弃，言之犹不胜眷恋。"苏雪林当时亦为婚姻问题困扰，诗中以八句的篇幅写及这位意大利女文学加的情事，盖亦有自怜之思（后详）。对于郭城的全貌，苏雪林亦有一首五古纪之，其诗有云：

> 兹城在山中，形势如覆盎。山籁和林涛，耳听常潺潺。夹梨与逗麻，双峰互俯仰。岚光日灭变，云气时摩荡。圆景齐林端，氤氲生万象。巍巍楼台高，荡荡街衢广。飞瑛激喷池，群花环石像。车马亦往来，爽洁少尘块。山城小如斗，公园竟三两。飞亭隐奇石，清泉带林莽。胜迹丛如林，考古发慨慷。当时巴将军，勇名慑魈魍。碧血埋桥端，英风垂天壤。俨俨都丹碑，千秋明胪玺。文人与墨客，流风缅偶傥。结伴三日游，饱把烟霞享。身随云鸟逝，心与山川朗。明朝驱车归，魂梦留余爽。

对于当地的地貌、天气、建筑、历史叙述得有条不紊。巴将军者，苏氏自注："巴雅为中世纪勇将，号无敌无过将军。"[①] 巴雅原名为 Pierre Terrail，封为 Seigneur de Bayard，生于距离郭城三十公里的小镇 Pontcharra 的一个贵族家庭，善于骑马和击剑，参加了对抗意大利的所有战役，阵亡于意大利罗马尼亚诺塞

---

① 苏雪林：《灯前诗草》，第 86 页。

夏（Romagnano Sesia）战役，被视为骑士精神的象征。此外又有《雷蒂句堡吊拿破仑》，其序曰：

> 拿氏自爱伯岛遁归，曾经此堡，旧屋为拿氏驻跸处。门悬铜牌书云："嗟尔多士，当尚识予。然苟欲劘刃予胸者，则某在斯。"盖拿氏对军士演说之语，欲以试军心之尚否属己也。

其诗则云：

> 摩挲铜狄一凄然，犹想雄风百载前。海水群飞龙去矣，玄黄喋血祸依然。
>
> 兴元诏苦三军泣，瓦剌车回万口传。从古穷兵总无益，怜君遗骨葬荒烟。①

据记载，拿破仑于1815年由放所爱伯岛（Elba）潜回法国，取道郭城时遇见复辟法王路易十八的兵团。拿破仑走向士兵，打开外衣道：

> S'il est parmi vous un soldat qui veuille tuer son empereur，me voilà.（If there is among you a soldier who wants to kill his Emperor，here I am.）

士兵们深受触动，纷纷投诚。因此拿破仑说："吾前此尚为冒险者，归为王者，自郭城始。"②雷蒂句堡为拿破仑在郭城时所宿，故大门铜牌镌有此语。苏雪林虽称许其为一世之雄，却仍将他比拟为唐德宗（兴元诏）、明英宗（瓦剌车），对其穷兵黩武导致生灵涂炭颇有微词。这趟郭城之行，满足了苏雪林对自然与人文景观的追慕之心，可谓一趟疗愈之旅。对于"耳听常潺湲"的山籁林涛，苏雪林另有一诗：

> 树梢飒飒夜凉侵，枕畔潇潇杂苦吟。终古空山响灵雨，无边幽恨到秋心。
>
> 天涯鸿雁添愁泪，海国波涛想远音。谁过软红尘里住，也闻清籁似山林。③

---

① 苏雪林:《灯前诗草》，第86—87页。

② Félix-A. Vernay: 'Petite histoire du Dauphiné'（Paris：Ed. Des Régionalismes，2015），p120.

③ 苏雪林:《灯前诗草》，第88页。

诗中提到因天涯鸿雁所添的愁泪，由海国波涛所想的远音，足见她内心深处由家书、情书所引发的烦闷，依然挥之不去。

除游观之作外，苏雪林亦有若干平居之诗。如《同女主人闲话》一绝：

> 买屋溪山未五年，手栽青桧已齐眉［肩］。夕阳爱看弥耶画，几点乌犍下碧川。

自注曰："弥耶（Millet），法国十九世纪大画家，惯写田庄风景。"[1] 首联大约是女房东自道，尾联则是诗人的发挥。斜阳余晖中，庄园远方的几头青牛从碧川缓步归来，一如弥耶画意。又如《檀乡溪上》《溪行》等诗，虽以写景为主，亦皆作于校区。《檀乡溪上》云：

> 断霞红漾碧溪天，紫蘮青林隐暮烟。高柳一行斜照里，晚凉负手听鸣蝉。

此诗篇幅虽小，却色、声、温兼具。其色除红霞、碧溪、紫蘮、青林，还有夕阳中金色的垂柳。其声则蝉鸣，令黄昏的乡间更显宁谧；其温则晚凉，令离乡的诗人渐觉寂寥。来法国学习文化艺术，一直是苏雪林的梦想。如今一偿所愿，身处画图之中，自然心旷神怡。再如《日本大地震回忆是夜方静坐阁中》：

> 小鼎瓶花坐晚风，道心寂寂契冥蒙。东瀛海水争飞立，石破天惊此夜中。[2]

诗题所言大地震即 1923 年（大正十二年）9 月 1 日的关东大地震。是次地震规模高达黎克特制 7.9 级，影响范围包括了东京、神奈川、千叶及静冈，对东京、横滨造成毁灭性破坏，死亡人数超过十万。苏氏此诗并非表达对震灾的哀悼，而是看到新闻后回忆当晚正在静坐冥想。冥想之寂静、地震之喧腾，室内小鼎瓶花之水、东瀛争相飞立的海水，在诗中构成鲜明的对比。复如《高柳》一诗，小序曰：

> 暑假期满，寓檀女郎纷作归计。有怜金弱者，代携行李，而以野花一

---

① 苏雪林：《灯前诗草》，第 79 页。按：首联出句"眉"当为"肩"之讹，否则失韵。
② 苏雪林：《灯前诗草》，第 77—78 页。

束使负之。

其诗则云：

> 高柳日晴莺出谷，海棠春近燕忙归。黄蜂翅小弱无力，驮着残花细
> 细飞。[①]

将就读檀蒂的女学生比喻成莺燕，虽似俗套，但将候鸟习性扣合暑假返校，
饶有兴味。进而言之，又将搬运者比喻成黄蜂，驮花细飞，盎然意趣中不无幽
默之感。此时，苏雪林所作也偶有咏物诗。如《蜥蜴》一首：

> 蜥蜴浴日光，蠢然不避人。如何此微物，亦复爱阳春。[②]

蜥蜴外表不佳，历来鲜有入诗者。然苏雪林却抓住它变温动物的特征，就
其晒太阳的举动引发出"爱阳春"的感叹，展露了内心对光明幸福的渴望。

然而如前文所言，由于种种原因，导致苏雪林居法时的情绪时起波折，如
此心境也折射其诗歌中。如《夜静土山上作时在法国里昂》：

> 鬼境忽从人境生，浩然风定夜三更。枯枝映月若无影，凉露着人如
> 有声。
>
> 异域羁迟忽二载，故乡云水犹千程。神京群盗如毛满，东望凄凄百
> 感并。

独居两年，身体多病，举目无亲，午夜梦回之际顾望月影枯枝，一如鬼境。
这无疑是她久居法国后的心情写照。作为五四一代的青年，苏雪林对国事依然
挂心。然此时的中国南北对峙，军阀混战，于己于国皆茫然不见前路，自然有
东望凄凄之感。又如《夜失眠晓起揽镜失容怆然有作》：

> 离愁日日浓如酒，酿到新秋味更醇。镜里朱颜不常好，客边岁月易
> 催人。
>
> 沧桑阅世都成感，哀乐年来渐觉真。万里烟波身独寄，海天东望涕

---

① 苏雪林：《灯前诗草》，第 90 页。
② 苏雪林：《灯前诗草》，第 77—78 页。

沾巾。[①]

苏雪林自幼便好李商隐诗，此作即从"晓镜但愁云鬓改"一句衍伸而来，对于岁月催人、朱颜易老深有感慨。根据苏雪林自传性小说《棘心》所言，当时她虽早因父母之命与张宝龄有婚约，却与一位在美术史研究上有所造诣的秦风过从甚密。而张晓筠指出，苏雪林于民国十年（1921）抵达里昂，十一年三月中法大学开学，四月苏氏即与秦风结识，期间历经两个多月"恋爱的迷惘"[②]。秦风早年曾与一位富家小姐相爱，女方家长嫌弃他出身寒门，无官无学，逼迫女儿再嫁。秦风受此打击后一蹶不振有十年之久。后来秦风在中法学院与苏雪林认识，对其文笔非常钦佩，两人初次见面便留下好感，此后逐渐熟悉起来。秦风告白后，苏雪林虽然动情，却觉得自己对秦风怜悯多于爱，必须慎重对待。尽管她开始避免和秦风单独接触，却无法放下这份情感，为此茶饭不思，寝食难安，无心读书，几乎打算要求解除与张宝龄的婚约。最后在潘玉良等友人的帮助下，才斩断情丝，以免后悔[③]。这两首失眠之作，当即处于这段迷惘之时所写。此后在父母安排下，留学美国的未婚夫张宝龄开始与她通信，一则缓解寂寞，二则增进了解。张宝龄遵从父命，主动写了第一封信，文字简洁，字迹秀美，使苏雪林陡生好感。然而张宝龄生长于小商人之家，养成冷漠、褊狭的性格，大男子思想较重。故两人书信往来，却让苏氏困扰不已。张宝龄的信函不温不火，不带热情，他不赞同苏雪林的宗教观，对于旅行、电影、跳舞、茶会等一概不喜欢，让人气恼又无从指责。在最后离开法国的前夜，苏雪林独自在旅馆集龚自珍诗句而作出二十首绝句，题为《惆怅词》，讲述留法的这段心路历程。其中第九、十首即与秦风及张宝龄有关：

> 一例春潮漫汗声，天风鸾鹤怨三生。悲欢离合本如此，万一天填恨海平。
>
> 忽向东山感岁华，吟鞭遥指即天涯。惺惺蝴蝶谁家宿，身世依然是落花。

① 苏雪林：《灯前诗草》，第 75 页。
② 张晓筠：《探析苏雪林 1921—1925 年的留法历程》，载王伟勇主编：《苏雪林及其同代作家国际学术研讨会》，第 133、123 页。
③ 见苏雪林：《棘心》，《苏雪林文集》第一卷，北京：北京燕山出版社 1998 年，第 167 页。

自注云："二诗第一首尚有破镜重圆之盼。第二首又将以'落花'身世终之。"落花的意象，似乎预言了诗人日后的不幸婚姻。

《旅法之什》中还有一些怀亲赠友之作。怀亲方面有民国十一年（1922）年夏天所作《哭伯兄》五首，对长兄的去世表达了深深的哀悼之情。其三云：

> 剑瘗丰城蚀土沙，一棺宝气郁光华。遗编检点依然在，忍泪重歌梨白花。（兄有梨花诗）①

苏雪林少年即与伯兄一起作诗，其《涧底松并序》云："余年十四读汉魏人诗若干首。一日，伯兄戏以涧松命题，限作五古，援笔立就，父兄皆诧，谓有天禀。"如今兄长一旦辞世，想到他留下的遗作，含泪吟哦，悲不自胜。伯兄的辞世令苏雪林身心遭受严重打击，入里昂市医院治疗月余②。其后她到郭城游览，即有散心之意。赠友方面，如《闻杨雪可女士旅行回寄诗代柬》四首，其三、四云：

> 手持玉杖飘然去，一笑湖山眼底春。五岳寻山不辞远，清狂羡汝楚狂人。
>
> 六日遨游兴未遄，湖山小住亦魂销。丹枫白柏江南路，梦到吴淞第几桥。

其四小注："雪可虽楚人，然居江南久。"雪可即杨润余，祖籍苏州而出生于长沙，为苏雪林的闺中密友，其兄长杨端六与吴稚晖私交甚笃③。盖因雪可个性活泼，故苏雪林将她比拟为"楚狂人"，又化用李白《庐山谣寄卢侍御虚舟》"我本楚狂人，凤歌笑孔丘。手持绿玉杖，朝别黄鹤楼。五岳寻仙不辞远，一生好入名山游"几句，浑然无迹，却也洋溢着女伴间戏谑的天真意态。又如前文所言郭城之行，乃应同学罗芳玉之邀，故苏雪林行前归后赠罗氏诗共四首，分别为五律、七绝、七古、七律，体裁多样。如《枕上怀罗芳玉同学游山之约》即作于行前：

---

① 分别见苏雪林：《灯前诗草》，第 93 页、第 77 页。

② 苏雪林：《浮生九四：雪林回忆录》，台北：三民书局 1991 年，第 58 页。

③ 张晓筠：《探析苏雪林 1921—1925 年的留法历程》，载王伟勇主编：《苏雪林及其同代作家国际学术研讨会》，第 121 页。

> 夜凉风寂寂，残月半窗明。白露亦已降，秋虫方乱鸣。
>
> 楼空惊客梦，乡远怯离情。尚有游山约，来朝趁早行。

罗芳玉知道苏雪林因恋爱、丧兄而长期身心失调，故相邀至郭城一行，正中其下怀。诗中的夜风、残月、白露、秋虫、空楼、惊梦、离情，似乎皆为苏雪林亟欲摆脱的束缚，因此末联所言游山约，令她期待不已。归时所作《回檀乡芳玉国材送至车站》则云：

> 翩翩巾帽扬车前，宛宛征轮向晚烟。四野桑麻青到槛，一峰云雪白兼天。
>
> 游山康乐真成贼，纵酒青莲便是仙。待到明年春事近，与君更醉杏花前。

畅游过后，依然意犹未尽，希望明春可以重来。在苏雪林心中，郭城就是一处可以避开世事纷扰的桃花源。郭城归来，收到友人李季子从德国寄来的新著，于是作七绝四首代柬，诗中依然洋溢着郭城之行的愉快心情：

> 故人著书北海曲，贻我瑶章胜琼玉。鸿雁衔书不敢投，伊人渺渺秋江绿。（先生以书来，余适在郭城，学校阒人无从转寄。）
>
> 百丈屝颜俯郡城，阿卑一脉势峥嵘。谢公买取游山屐，要向灵湖绝顶好。（郭城之山皆与阿尔卑山同脉，闻山顶有湖景极清幻。时方购得爬山鞋一双，欲往观之。）
>
> 下惟季子近如何，兀兀穷年为著书。知否青林三百里，有人卷幔坐征车。（自里昂至郭城数百里，林峦奇绝，游山之乐，遂以相骄。）
>
> 看山看水一秋忙，溪鸟林猿与我狂。故人书来懒不答，新诗远寄两三行。①

"鸿雁衔书不敢投，伊人渺渺秋江绿""知否青林三百里，有人卷幔坐征车""故人书来懒不答，新诗远寄两三行"诸联，不无一种自得的淘气，意态可掬。此外，值得注意的还有《送马沙吉修女还里昂》一首：

> 柳底残蝉噪久晖。飚轮望眼去如飞。离怀廓落了无着。自拗野花溪

---

① 相关引文依次见苏雪林：《灯前诗草》，第80页、第89—90页、第80—81页。

上归。

苏雪林回忆求学法国时："宿舍中有几个女工，都是修女，有一个名叫马沙吉者家境富有，其父是一个矿公司主者，玛沙吉原是一位千金小姐，却来这寄宿舍执贱役，每当她清除厨房及各寝室，常弄得灰头土脸，而她并不以为苦，我于是渐渐认识了天主教的精神与其价值。"① 邓利则指出，苏雪林从马沙吉修女处获得母亲一样的关怀，被她的牺牲精神所感动，更觉得公教的信仰之可贵，认识到天主教信仰有三个特点，即虔洁、热忱和"神乐"（天主教讲求的博爱无私，是人类真爱的表现，具有真正的道德之美，领略了这个美，自然心满意足，也就能获得"神乐"）②。在与未婚夫的互动中受到挫折后，苏雪林便在民国十三年（1924）六月于里昂的福卫尔大教堂接受洗礼，正式加入了天主教。由此诗所见，与玛沙吉修女道别后，苏雪林满怀离绪无处凭依，只好折下一束野花，聊作慰藉。她与玛沙吉的情谊，可以窥知。附带一提，入教后的繁文缛节、清规戒律，使崇尚自由的苏雪林甚以为苦。她在《棘心》中写道："这正如一个人置身洪炉之侧，热不可耐，忽然看见前有一个积水潭，便不顾水的深浅，踊身向潭里一跳。初入水的时候，万热皆消，浑身清凉，原像换了一个世界。但过了一些时候，便觉得潭里的水太冷，冷得沁肌透骨，非爬出来，便有生命的危险似的。这时候他又觉得宁可受洪炉的熏灼，不愿再在水里存身了。"③ 进而言之，皈依天主教的举动，使中法学院的同学视苏雪林为"五四思潮的叛徒""帝国主义的帮凶""为金钱而出卖人格的无耻者"，老师同学皆与她疏远，此时她甚至还收到匿名信威胁。《惆怅词》其六、七云：

百年心事归平淡，其奈樽前百感何。只说西洲清怨极，秋风张翰计蹉跎。

无故飞扬入梦多，夜思师友泪滂沱。春烟阁断天涯树，红豆年年掷逝波。（余在欧洲心绪极劣，然终恋恋不忍言归。此二首盖指此。）

---

① 见苏雪林：《浮生九四：雪林回忆录》，第48—62页。

② 邓利：《民国才女苏雪林的天主教情缘》，"中国民族宗教网"，http://www.mzb.com.cn/html/report/1504215338-1.htm。

③ 苏雪林：《棘心》，《苏雪林文集》第一卷，第167页。

足知其在法难以合群的苦闷。此时，苏雪林得知母亲病重，遂放弃十至十五年的留学计划，于民国十四年（1925）五月返国。离法前夜所作《惆怅词》二十首虽为集句诗，却完整反映了苏雪林留法三年半之际的情感与思想。如前引六、七首呈现了留学生活的不愉快，九、十首表露对婚姻的忧心，兹举其余各首为例而补述之。整体而言，除第三首记游凡尔赛宫、第四首谈歌剧、第五首论女名优色拉裴娜夫人（Madame Sara Bernhardt）外，大体可分为两类，其一关乎天主教信仰，其二关乎学术研究。兹先论前者。如第八首云：

> 分与臙脂一掬汤，温柔不住住何乡。偶逢锦瑟佳人问，悔慕人天大法王。

自注曰："余在枫丹白露离宫拿破仑皇后浴室中，偶与一游人闲话。女问返国将何作，答以或将入院潜修。女笑曰："君似为多情善感之人，此事非可轻于尝试者。"余为爽然，自此隐修念绝。我教中谓耶稣基督，具人神二性，为万王之王，故诗云然。"当苏雪林受洗时，已有出家修行的念头。尽管其后与天主教的生活方式仍处于磨合期，但修行的念头却并未消失。这位游人的笑言，使苏氏对自身个性有了进一步的理解。故第十二、十三首即有"少年哀乐过于人""万一禅关蓦然破，胸中海岳梦中飞"之句，自注曰："二首自悟丰于情感，非适宜修道之人。"纵然如此，第十一首为"在巴黎圣心院行献烛礼时作"，第十四首则为复活节而作，可见她并未因为打消出家修行的念头而放弃天主教。苏氏回国后，天主教信仰久而弥笃，此故为后话。再观第十五至十七首，有云"幸有兰台聚秘文""请肄班香再十年""至竟虫鱼了一生"等语，自注则云："自猿鹤至此三首。决终身著作之志。"可见其投身学术，意志已决。第十八首自注曰："希腊神话多花神水仙，余夙所爱好，将研讨焉。二希思潮，未尝不可调和，余将试之。"[1]此后苏氏研究于中西神话颇为着力，于此可溯渊源。值得注意的是最末的第十九、二十首：

> 空山徒倚倦游身，歌泣无端字字真。百事翻从阙陷好，只容心里贮秾春。
>
> 词家原不觅知音，银烛秋堂独听心。未免初禅怯花影，欲求缥缈反

---

① 苏雪林:《灯前诗草》，第93页、第94页、95页。

幽深。

自注曰："余身世将以阙陷终之。然读书写作，以足慰情，何必更有所求哉！"[①] 无法收获爱情，也无法修道终生，学术事业于是成为苏雪林终生的慰藉与寄托。吴姗姗论《灯前诗草》云："这一部诗集也说明了苏雪林旧诗创作生涯中，从求学时期之情感丰富，旅欧时期接触西方文化，一直到回国专心著述，由少年痴狂而修道心虔而坚决著述，是一段段热情换热情的纪录。作者心灵流溢的情感是《灯前诗草》之主体精神。"[②] 而此主体精神，正具体而微地呈现于《惆怅词》二十首中。

四、综论

王家鸿、苏雪林之诗集，一名《劬庐诗集》，一名《灯前诗草》。王氏别号本为蓬庐，《劬庐杂俎·自序》云：

> 先妣于二十七年二月逝世罗田原籍，予之斋名，沿蓼莪诗意，改名劬庐，永念吾母也。[③]

而苏雪林亦自言诗集以"灯前"题名是为了纪念母亲，集中有《灯前》二首，描述的正是母女之间的亲情以及不论岁月流逝、人事变迁，对母亲的不尽思情：

> 灯前慈母笑，道比去年长。底事娇痴态，依然似故常。
> 岁月虽飞逝，难泯赤子心。百年应不变，莱梦总相寻。[④]

亲恩之思，溢于言表。王家鸿、苏雪林两人毕生交集不多，然年龄仅差一岁，皆享寿百龄，成长于传统家庭、留学欧陆、执教上庠（在大陆时更曾先后于武汉大学工作）、长于吟咏，颇有类似之处。然而，性别的差异、不同的经历，

---

① 苏雪林：《灯前诗草》，第 95 页。
② 同前注，第 92 页。
③ 王家鸿：《劬庐自传》，《劬庐杂俎》，第 1 页。
④ 见吴姗姗：《苏雪林之旧诗创作与新诗评论》，《东华人文学报》第十七期（2010 年 7 月），第 95 页。

导致两人思想颇成对比。

王家鸿回忆，清末时自己就读初级小学，一面采用新式课本，一面照旧式教学进度，讲读四书五经、诗、古文辞，到了十二岁，四书五经已经读毕。而"旧制高小五年毕业，甲等称廪生，乙等称增生，丙等称附生，统称秀才。余毕业恰逢辛亥革命，秀才头衔就此革掉了"。五四运动时，王家鸿正就读于湖北省立外国语专门学校，他后来有《散人行·悯学潮》一诗，表达了对五四运动的同情心[①]。不过，他赠诗浠水遗民陈尚贤，又有"忠孝轮胥乔木在，竹林凄绝义羲诗"[②]之句，对于陈氏的道德气节称许不已。此外，王氏传统宗族观念浓厚，一直以东晋乌衣王姓后裔自居，对于家中先辈遗训亦奉行不疑。如前文所言，旅德后由于撰写博士论文，他对张之洞有了更深刻的了解，而张氏"中体西用"之观念也正与王家鸿相契。晚年将张其昀《孔学今义》翻译成德文，故因华冈学院之渊源，然亦反映出其文化取向。相较之下，苏雪林身为生长于旧派家庭的女性，童年几乎被剥夺了就学的权利。无论是随叔兄们就读私塾，还是在祖父官衙随表叔学诗，都是暂时性的。正因如此，她才能游走于儒家教育体系之外，私下博览四书五经以外的子史诗词小说。在北京高等女子师范读书期间，正值五四运动发生不久，苏雪林受教于胡适、周作人、陈衡哲等人，身边又有庐隐、冯沅君、石评梅等追求女性解放的女性同学，思想深受震动。她开始用白话文写作，发表政论性文章，参加社会问题的论争。正如其晚年自言："我便全盘接受了这个新文化，而变成一个新人了。"[③]民国十年（1921）秋，她为了留学法国顺利成行，甚至瞒着家庭，直到临行当晚才告知母亲。留法之时，苏雪林向父亲写信提出要解除与张宝龄的婚约，遭到严厉斥责，以致一向孝顺的她大为光火，骂父亲是老顽固、礼教的奴隶，矢志抗争到底。不久母亲来信哀求，又令她不知所措，只好皈依天主教，以求慰藉。然而一如张昌华所言，苏雪林一生充满矛盾，双重人格现象严重，包括评判他人和检讨自己，甚而对宗教的态度也是如此：在恋爱困惑时笃信天主教，在里昂受洗，一时做弥撒甚殷，后渐淡之，但丝缕未绝。张氏引苏雪林晚年日记两则，其一谓苏雪林九十八岁时吴某拜访，"询余信仰天主教事，提出三个问题，我实告自

---

① 王家鸿：《劬庐诗集》，第 8—9 页。
② 王家鸿：《劬庐诗集》，第 3 页。
③ 苏雪林：《己酉自述：从儿时到现在》，《国语日报》，1969 年 4 月 15 日。

己是挂名教友，立身行事一如世俗人，并不受教规约束，譬如星期五照样吃肉，星期日照样工作，惟不美满之婚姻，尚能照教规不仳离而已，但此节我未言。"（1995.1.27）后当教友们畅谈教徒生活之幸福，她则写道："我生平唯有忧郁，不知快乐是何滋味？而天主教朋友，每以快乐为言，不知我为宗教信仰，受过绝大之精神痛苦，有何快乐可言？"（1995.5.30）[①]

其次，两人虽然同样在战间期的欧陆深造学业，但情况颇不相同。苏雪林赴法年代较早，距离五四运动较近，当时北方仍为北洋政府执政，皖、直、奉系争端不断，局势极不稳定。而法国此时逐渐摆脱一战后的经济衰退，至 1924 年后经济开始起飞，因而被称作"黄金二十年代"。可见苏雪林旅法三年半期间，法国局势整体而言是稳定的。她先后负笈里昂中法学院和里昂艺术学院，虽有留学十至十五年的打算，但家庭、婚恋、信仰以及师友所带来的困扰，令她心情一直不佳。其临别时云"余在欧洲心绪极劣，然终恋恋不忍言归"，洵非虚语。王家鸿居德时，中国已由国民政府通过北伐达成形式上的统一，王氏本人即以国府外交官的身分前往柏林。其自传云："予自上海抵达柏林后，工作范围加多，负担加重，除兼任会计、收发、学务外还担任每月对外交部政治旬报，每日须阅报纸及其他参考书籍。经过此一艰苦途程后乃专任文化及接待记者，因此认识不少中德知名之士。当时华侨社会，不啻为国内政治圈之缩影，颇不易应付。予在德将及九年，德国第一次大战后至第二次大战前之内政发展，由社会民主党至纳粹专政种种变化予均亲历。"[②] 王家鸿于民国十八年（1929）抵达柏林，当时尚是兴登堡在位的威玛共和国时代。次年经济大萧条来临，失业率激增，凡尔赛条约严酷的条款令德人难以承受，民族主义于焉兴起，希特勒与纳粹党遂于民国二十二年（1933）开始掌政。王家鸿晚年诗云"生平心折兴登堡"，除了威玛、纳粹两个时代相去霄壤，比对判然，盖亦由于直选产生总统的兴登堡虽为前帝国将领及保皇党，对威玛共和国持怀疑态度，却因对国家的责任感而决定参选，以解决政治腐败、民生凋敝的问题。其后国民政府以德为师，也导致王家鸿不得不与纳粹政府多所接触。王家鸿赴德前已经成婚，在德工作虽繁重却稳

---

① 张昌华：《岁月的书签：苏雪林日记中的七七八八》，《故纸风雪：文化名人的背影》台北：秀威信息 2008 年，第 175 页。参见苏雪林《苏雪林作品集·日记卷》，台南：成功大学 1999 年。

② 王家鸿：《劬庐自传》，《劬庐杂俎》，第 361 页。

定，并能在柏林大学攻读博士学位，如此景况与苏雪林在里昂的无依无靠诚然不可同日而语。

王家鸿、苏雪林于外国之诗，固不止于《柏林吟》及《旅欧之什》。如王家鸿此后仍以外交官身份前往他国，有《瑞士吟》《三洲吟》；苏雪林于1951年第二次赴法时作《白壤即事》，其后收入《炉星之什》。然此皆二战胜利、乃至国府迁台后所作，且写作之时间、地点、数量皆差异颇大。王家鸿终生不废引咏，而苏雪林则自言："我自十二三岁做旧诗起，为了生性奇懒无比，兴趣又太多端，这样搞一下，那样试一下，不能把心血完全贡献给诗神，诗既做不好，也做不多。民国十四年（1925）自法邦返国，便把旧诗这劳什子决心丢开，既不再讽诵抄录古人诗，也不再练习做。偶尔也做几首绝句，题题画，送送朋友，只能说打油体而已。"① 由此更可见《柏林吟》与《旅欧之什》的可比较性。由于家庭环境、教育背景、思想面貌、留学性质乃至国际局势的不同，苏雪林《旅欧之什》与王家鸿《柏林吟》的诗作内容便异同互见了。就两辑中比例最为突出的游观诗来说，苏雪林之作大率为应友人之邀前往郭城休养时而成，王家鸿相关作品的背景则有公务出访、个人旅行、公余散心等不同情况。由于旧诗的体式和措辞限制，两人的游观诗都运用了不少传统典故。但相较而言，苏雪林更倾向将典故与法国景色的描写融合无迹，王家鸿则不时将德国与中国风物相扣合。其次，苏雪林当时是全职生，收入极为有限，不可能如王家鸿般前往各地观览。因此，苏氏的平居诗在数量上亦较王氏为多。这些诗并非由于环境转变所带来的新刺激而作成，而是描绘寻常生活的心绪，故而情致甚为细腻。再者，王家鸿怀亲诗多而赠友诗少，苏雪林则相反。此盖因王氏每日社会活动甚多，与人接触多为工作性质，非万不得已则不以诗相赠（如题教授所赠张之动画像拓本即是）。繁忙的工作中，对父母妻儿的思念自然与日俱增。苏雪林赠友人杨雪可、罗芳玉、李季子之诗直接间接都涉及旅行，赠马沙吉修女诗则关乎宗教信仰，可以想见她在里昂生活之抑郁。家人方面，除了《哭伯兄》五首外，无一写给父母兄弟，更无赠予未婚夫张宝龄之作，足见家庭问题对她产生的困扰之深。至于其离法前夜集句而成的《惆怅词》二十首，更可谓其留法时期思想情感的总结。

不过整体而言，或由于王家鸿工作之性质，或由于苏雪林自身之"疏懒"，

---

① 苏雪林：《我与旧诗》，《我的生活》，第161—180页。

或由于旧诗形制之局限，或由于当时处境之考虑，两人有不少经历并未在诗作中体现出来。如前所言，王家鸿亲赴兴登堡、目睹希特勒就任，当时却并无诗作。此外如纳粹党之举措、中国国内之政局，亦很少见于《柏林吟》之文字。苏雪林当时为留学生，里昂距离政治中心巴黎较远，时政自然更鲜呈现于其《旅欧之什》。不过，即便其个人生活，亦方方面面皆以旧诗形式出之。苏氏与父母的通讯，于诗作中几乎找不到痕迹。与未婚夫或追求者不惬意的互动，也只是非常隐晦地由一两首平居诗中透露出来。再如苏雪林在里昂中法学院时，曾参与一次大事件。中法学院乃吴稚晖四处奔波筹措资金而办，让中国的平民子弟有留学海外的机会。法方租出废弃的赫里欧炮台，由中方改为校舍，中国象征性缴一法郎年租。当时孙中山在广州任非常大总统，广东资助 42 万法郎，粤省生因而在学杂费上享受优待，此亦别省生当初所认可者。然而来法后，别省生不服气，要求校方一视同仁，撒传单、贴标语，拒不缴费，并把矛头直指吴稚晖，罗织许多罪状，并将事件经过撰文发往国内各大报纸。风波平息后，吴稚晖全家赴英国伦敦，不再过问校事。苏雪林晚年回忆："勤俭同学把弄他们到外国来的吴先生当做大冤家大仇人，可说太不知好歹。"[1] 此事始末于《旅欧之什》也不见痕迹。总观如此情况，固与王家鸿、苏雪林两人当时的环境与心境关系甚大。

两位诗人在欧陆期间始终以游子自居，并未将目下的德国、法国视为自己永久定居之地。此后苏雪林返国后在武汉大学执教十八年，王家鸿抗战时亦曾短期担任武汉大学德文教授。1949 年后，苏、王先后前往台湾，晚年分别在成功大学及文化大学任教。1998 年 5 月，苏雪林终于以一百零二岁的高龄，在门人唐亦男的安排下重访安徽故乡。而王家鸿没有苏雪林幸运，自 1979 年移居德国后便鲜有回台，遑论至大陆一行。当他眼见两德合并时，不知年迈的心中是否又有一番起伏的波澜？"信美非吾土""凄凄百感并"，这固然是两位诗人早年旅欧时期的感触，却也预言了他们如何度过那漫长的、与生命原乡割裂的后半生。

---

① 苏雪林：《吴稚晖先生与里昂中法学院：一个五四时代青年的自白》，张昌华编：《苏雪林散文》杭州：浙江文艺出版社 2001 年，第 176—183 页。

附 录

Ich weiß nicht，was soll es bedeuten，	忧心悄悄，	不知道究竟是为何
Daß ich so traurig bin，	莫知其由。	我心如此悲伤
Ein Märchen aus uralten Zeiten，	言念古事，	有一个远古的传说
Das kommt mir nicht aus dem Sinn.	使我心愁。	我始终不能忘
Die Luft ist kühl und es dunkelt，	莱茵汤汤，	已黄昏，微风渐清洌
Und ruhig fließt der Rhein；	暮霭苍苍。	莱茵河在潺湲
Der Gipfel des Berges funkelt，	江上有峰，	群山巅辉光正明灭
Im Abendsonnenschein.	映彼斜阳。	于夕阳残照间

Die schönste Jungfrau sitzet	有美一人，	天壤间最美的少女
Dort oben wunderbar，	宛在中央。	高坐在山头上
Ihr gold'nes Geschmeide blitzet，	佩玉锵锵，	梳理着金色的发缕
Sie kämmt ihr goldenes Haar，	晞发金黄。	头饰闪闪发亮
Sie kämmt es mit goldenem Kamme，	言栉其发，	手拿着澄黄的金梳
Und singt ein Lied dabei；	言咏其歌。	双唇在唱着歌
Das hat eine wundersame，	美哉音调，	歌声里仿佛有妙术
Gewalt'ge Melodei.	既谐且和。	教人一听着魔

Den Schiffer im kleinen Schiffe，	招招舟子，	那歌声掳获了船夫
Ergreift es mit wildem Weh；	泛彼扁舟。	他疯狂又苦恼
Er schaut nicht die Felsenriffe，	念彼佳人，	不断地仰望着高处
Er schaut nur hinauf in die Höh'.	履险忘忧。	忘了水中暗礁
Ich glaube，die Wellen verschlingen	滔滔江水，	我相信，浪涛把扁舟
Am Ende Schiffer und Kahn，	言覆其舟。	和船夫都吞没
Und das hat mit ihrem Singen，	声色诱之，	罗蕾莱用她的歌喉
Die Loreley getan.	其又谁尤。	造了这场灾祸

（作者单位：香港中文大学）

《孟宪彝日记》的价值及其整理

彭国忠

孟宪彝（1863—1924），字秉初。顺天永清（今属河北廊坊）人。关于孟宪彝的生年，向有 1864、1866 之说，皆不实。考日记民国二年（1913）三月二十八日："为彝五十一岁生日。"前推五十一年，为同治二年（1863）。民国四年（1915）四月五日："彝值五十三岁生日，向母亲大人叩头。将军及军政均来道贺。以时局艰难，先时谢客，竟辱诸君惠临，留吃早面。下晚，稍备酒食，非敢云宴客，聊为欢聚也。"民国五年（1916）三月二十四："本日为彝五十四岁生日。设香案遥为母亲大人叩头，一堂欢聚，殊为快事。"民国十一年（1922）一月二十八日："彝则今年六十岁矣。修名不立，老大增惭，特是儿女满堂，虽无富产，聊可饱暖自娱，亦属可为喜悦之事。"亦为同治年（1863）。其生日，日记历年所载，皆为阴历二月二十一日，如宣统三年（1911）二月二十一日："本日，为彝生辰。设桃面为母亲大人叩头。家中极当欢会一日。此间署中无人知为我生日者。"民国十二年（1923）四月六日阴历二月二十一日："五时回寓，亲友来者甚多。彝本日诞辰，故来相贺，初不敢当也。"

孟宪彝的仕宦经历，可以用其五十二岁时，被任命为巡按使，自己撰写以供呈报的履历概括之：

> 清光绪十四年（1888）戊子科优贡知县；
>
> 二十一年（1895）投效奉天，因获盗出力，保俟得缺后在任，以同知直隶州升用；
>
> 二十三年（1897），以知县留奉补用。嗣经中式丁酉科举人；
>
> 二十四年（1898）到省；
>
> 二十五年（1899）一年期满甄别；

二十六年（1900）六月檄委署理奉天铁岭县知县，十二月交卸回省；

二十七年（1901）丁父忧，回籍守制，服满照例起复，回省候补；

三十年（1904）十一月，试署开原县知县；

三十一年（1905）六月，檄委代理锦县知县，九月调署承德县知县；

三十二（1906）年四月，调署西安县知县。五月，因剿灭巨匪出力，案内保准，开缺免补，同直隶州以知府仍留原省补用；

三十三年（1907）四月，在辽西防军，获盗出力，案内保准，候补缺后，以道员用。是月委署海龙府知府；

三十四（1908）年九月，调署吉林长春府知府；

宣统元年（1909）五月，调署双城府知府。六月，补授黑龙江呼兰府知府；

（宣统）二年（1910）正月，调署奉天府知府。七月，甄别属员，保准嘉奖。八月，调补奉天府知府。十二月，升署吉林西南路兵备道；

（宣统）三年六月，在办理防疫出力，案内保准嘉奖；

民国二年（1913）一月二十六日，奉大总统令，任命孟宪彝署吉林西南路观察使。嗣因造获党匪，案内先后蒙给予三等嘉禾章，并五等文虎章；

（民国）三年五月，改任吉林吉长道道尹。七月十五日，奉大总统策令，任命孟宪彝署理吉林巡按使，此令。七月二十二日，交卸吉长道道尹篆务。八月一日，接署吉林巡按使任。

民国四年（1915）八月被弹劾卸职，五年（1916）元月十日命令"褫职夺官，非六年不得开复"，八月开始办理家乡永清水灾赈，民国六年（1917）五月为省候补参议员，经曹督军、孟督军、李督军呈请为之销去处分、量予起用；九月奉大总统令办理，特派督办永定河河工事宜。民国八年（1919），入政治组织安福俱乐部。民国十年（1921）九月，获大总统授予一等士绶嘉章。民国十三年（1924）病逝于天津，享年六十二岁。

《孟宪彝日记》记载了宣统二年（1910）至民国十二年（1923）间，其任职、罢职、办理河工赈济、经营煤矿铁路等实业情形，以及十数年间中国社会、家庭、人民精神面貌所经历的种种变化。可以说，《孟宪彝日记》较全面地反映了清末民初这十余年间，这段中国历史上最为风云变幻、波谲云诡的历史时期，政治、军事、外交、经济、医学、社会各方面的镜像。

政治方面，诸如清帝逊位、袁世凯任总统、张勋复辟、南北议和、五四运动各地学潮，孙文、黄兴革命，北洋政府等等，在日记中，如走马灯似的演绎着中华近现代的纷乱、混乱和革新、进步。而多省督军驱逐省长而自代，如同军队中的师长驱逐督军而自代一样，是那个特定时代的烙记。清廷振贝勒出访受辱于英人，被视为三等弱国，刺痛的不只是一个贝勒。还有安福俱乐部的集会、活动，参众议院开会多因议员不到场达不到法定人数而罢，反映出议会制在中国的存在状态。如关于张勋复辟，民国六年（1917）七月一日载："早九时，由家起身，后二时到廊坊。四时，搭车入都。下车，见街市龙旗飘扬，□为骇怪。问之车夫，云宣统又作皇上。当即到寓，觅报纸一□，多系张勋伪造之上谕，为之心悸不止。草草一饭，即到树村□，知树村因病痊愈，急拟旋吉，□到总统处禀辞。又晤两□长，谈之时间甚长，未免疲□，旧疾复作，为之焦急者久之。"二日的相关事件是：树村将军"又受宣统上谕为吉林巡抚，真有进退不得之势"；三日全文为："早，快车回津。津市上亦挂龙旗。朱家宝已授民政部尚书，其归心帝制也可知矣。"四、五、六无，七日为："王枢辰自（永）清来，言乘车到故城，闻官军派车逐返，由水路来津。姚荚村来访，谈永固设银行事。下午，庆徵儿自北京归来，北京已两日不通车，言车上插英人旗帜；车到丰台，正值两军开战，客人多下车避之，迨车行时，妇女有不及上车者。凄惨情形不能名状。车后不远，由飞艇上抛下一炸弹。真无人道主意者。车上一日人，腿上受弹伤。此行诚危险也。徵儿之来，洵可喜也。"八日相关事件为："又致亦云信，问树村督军可以微服出都否？午后，上南京冯大总统电，贺依法即任之喜。"其实是冯国璋代替黎元洪为临时大总统。九日无，十日全文为："辅廷、柳丞来访。绣章来访。敬宜自京来访，言张勋经英法两公使调停，令其兵队解除武装，乃忽变卦，令兵队在永定门内开挖战壕，不惟民国所不容，亦外交团之公敌等语。张镇芳、雷震春，助逆者也。前日，亦获之于丰台车站，冯德麟获于津站。溯自张勋来津之初，警岗清道，气焰不可一世，今几何时，一败涂地！倡乱之雷、张两伪尚书，亦身名俱裂，为天下笑。冯德麟无逆迹，当释出矣。下晚，约伯玉、豁然、药生、申甫便饭。"见当时人对帝制、对张勋复辟的态度。十一日无，十二日日记全文为："早起。访敬宜，同吃牛肉馆。到车站，知早间所开之车只到丰台永定门。两军已开战。又闻铁路局云：张勋兵已投降，张勋已入英使馆。果尔，北京三五日内可平定也。闻孟树村督〔军〕已于昨晚回吉。写寄一信，附入二弟信内转交。下晚，伯玉约吃便饭。"中国现代史上很重要的一段插曲，就这样草草告罄，其于百姓日常生活之影响，亦不过"骇怪""心悸""凄惨""无人道"，附从张勋者被称为"公敌""助逆""倡乱""伪""身败名裂"等，整个复辟过程如同一场闹剧，而百姓（孟宪彝当时已经赋闲）则是为朋友（树村将军）焦急，为儿子平安归来喜，照常约朋友便饭，复辟只成为百姓宴会相聚时的谈资而已。

军事上，辛亥革命爆发时东三省的助清，蒙旗的叛乱，俄罗斯、日本对中国的虎视眈眈，列强对中国的干涉、瓜分，直奉之战、南北之争，还有政客与军人错综复杂的关系，在《孟宪彝日记》中都有一定记载。如收藏在故宫博物院的赵尔巽全宗文档，有宣统三年（1911）七月二十七日、宣统三年（1911）十一月初二日，东三省总督赵尔巽致吉林西南路分巡兵备道孟宪彝的电稿两封，又有作为吉林西南路分巡兵备道的孟宪彝，于宣统三年（1911）九月二十一日、十月初一日、十月初八日、十二月十三日，民国元年（1912）二月十九日、二月二十一日、五月十四日呈给东三省总督赵尔巽稿和函件多达七封，被作为"东三省辛亥革命史料"；还有民国元年六月十一日、六月十六日、七月一日、七月六日、八月十二日，吉林西南路分巡兵备道孟宪彝致赵尔巽的函五件，被作为"蒙旗叛乱及私运枪械史料"。这些史料，倘结合孟宪彝日记中宣统三年（1911）、民国元年（1912）的相关记载对读，便可见当时吉省的乱象，孟宪彝频繁地向督宪、抚宪报告，督宪、抚宪不断地接见、指示他的情形。

外交上，《孟宪彝日记》主要记载了他在吉省时，与俄国、日本，尤其与日本的职事往来。"弱国无外交""外交无道德"是他感触最深的体验，日本人的蛮横无理，中国兵、警、民的无知颟顸，往往使事件变得复杂，处理不易。在他与日人的交往中，他总结出应该据理力争、不卑不亢、坚决抵制日人无理要求的经验，这颇与日本国民性格一致。他还关注日人对东人（朝鲜）的奴役和侵略，并对天津日租界现代景象、日人的团结爱国，日本人的国民性非常羡慕，如民国四年（1915）十一月七日，阴历十月初四日，天气微阴有风，他已经免职在天津作寓公，日记记载："本日为日本天皇加冕之期，日界旭街及公园各处街口高搭彩棚，悬灯庆祝，商户居留民提灯志贺。其国家气象真有蒸蒸日上之势。我国家何日方能到此地步？为之翘盼不已。下晚，到瑞蚨祥吃晚饭。归时，电车至东南城角停驶，以日界游人观光者异常拥挤，不准行车也。"同样，他涉及外交的日记，也可以与一些外交呈文、咨文相互参照，如据《中日"二十一条"交涉史料全编（1915—1923）》载，民国四年（1915）六月三十日，

《外交部发奉天巡按使张元奇、吉林巡按使孟宪彝电》；孟宪彝的呈文，则有《外交部收吉林巡按使孟宪彝咨陈》（1915 年 7 月 12 日）;《外交部收吉林巡按使孟宪彝呈》（1915 年 6 月 7 日）;《孟宪彝为吉省财政困难拟向中国银行借款等事致徐世昌函》（28 日）;《孟宪彝报告吉省与日俄关系之现状并为德奥俘虏治冻疮事致徐世昌函》（29 日）;《孟宪彝就中日二十一条关于东三省行政事务问题之意见致徐世昌函》（18 日）等。

经济上，孟宪彝在吉省改革金融币制，大力发展林业、矿业（铜矿），清丈土地，经营商埠地，招商引资，邀请实业巨子张謇来考察，成立兴业公司，设立戏院、当铺、客栈，鼓励旧城商人迁入商埠地开办工厂、商店，甚至将分散的妓院也迁到商埠地，办成一条街；铺设大马路，成为长春最早的现代化大马路。这些措施，有的成为他被弹劾、遭人诟病的口实，如办妓院，但他对吉林地方经济发展的贡献，功不可没。去职后，他自己又经营煤矿、铁路、盐业等等，见出其经济思维和经济能力。

至于受命扑灭鼠疫一端，确为孟宪彝生平中光辉的一页，值得大书特书，它广泛涉及中日不同的卫生观念、中医西医之异及其优劣之争、现代医学人才的培养等多方面，因已经引起学者关注，兹不赘述。

日记中还有大量的观剧的内容，记载他在北京、天津大都市的观剧，及在地方乡村所见带有民俗色彩的演剧活动，其中记载的演员姓名就有梅兰芳、王蕙芳、王凤卿、吴彩霞、谭鑫培、盖叫天、杨小楼、刘喜奎、余叔岩、于振廷、孟小如、胡素仙、刘鸿升、林翚卿、黄天坝、赵云、杨瑞亭、李吉瑞、三麻子、李连仲、马连良、郭仲衡、恩禹之、李绍儒、小于三盛、吴少霞、吴铁庵、松介眉、王君直、贾洪林、王佑宸等数十名之多，戏剧种类则有传统戏、文明新戏，表演则有专业演出与票戏。这些日记，内容非常丰富，反映了当时戏曲演出的盛况，演员生存状况，传统戏曲与现代电影的竞争等等。难得的是，孟宪彝往往还对演员的表演做出评论，有时发表他对戏剧的认识，体现了他的戏剧观念。

孟宪彝"九岁时入学，先严督责之甚严，以为己之学不成名，望之于子也。学字，教之以柳帖，口讲指画，一笔一画皆手书以示之。宪彝十四岁读《十三经》讫，乃为文受业于李明吾、朱浣思、朱子宾、宋敬甫诸先生，每于下学归来，先严日日必命题，或令为试帖诗，或为时文数段。尝告以韩子所谓'业精于勤'者在此。彝十八岁入邑庠，先严督教有加，间日命为制艺一篇；作字不善，尝切责之，并罚跪，令改作……二十三岁，乙酉乡试报罢后，先严令随常醴若孝廉入都求学。宪彝二十六岁举优贡生，明年朝考，以知县用，屡赴乡试不售。先严令出关，以知县投效于盛京将军依诚勇公，充文案委员，翌年来京赴行，就便乡试，中丁酉科举人。"（民国七年撰《清封通奉大夫孟诚叔公行述》）故虽是政客，兼为书生，其十四岁时读完《十三经》，以及幼习柳字的学历，对他的一生都产生重要影响，其日记文字的书卷气，不俗的书法，大量的对联、挽联、书画名目，以及诗歌作品，无疑都增加了日记的文化含量。

孟宪彝与民国总统、副总统、国相曹锟、黎元洪、徐世昌等有一定私交，如他称曹锟为仲珊（曹锟字）三哥；与当时的军政要人、各省督军、省长，以及各部门长官、议员等，也有交往，故《孟宪彝日记》，可以毫不夸张地说，以一个亲历者的身份，记载了清民之际中国社会政治、军事、经济、外交、民风民俗等方面所发生的鲜活的事件、事情，反映了中国社会所发生的各方面的变化、变革，中国社会走出封建制迈向近代的艰难步履和可喜、可惜的历程。

日记中还涉及近现代一些名人，虽然这些人出现的次数不多，但对研究这些人，补充其年谱或者编年事迹，故依然有一定价值。如章太炎（1次）、梁启超（5次）、傅增湘（2次）、张謇（10次）、张伯苓（3次）等等。其中一些记载，如傅增湘在肃政史任上曾经密告弹劾孟宪彝等，为了解历史人物增添了一些可资参考的细节和新的角度。

国家图书馆所藏《孟宪彝日记》稿本二十三册，可称巨制。因年代及入藏前保存条件等原因，致使日记时有漫漶不清，且第二十二册已经无法装订。同时，令人遗憾的是，这部重要的日记并不完整，虽然时间跨度从宣统二年（1910）至民国十二年（1923），但并非这十四年间全部都有记录，有的年份内容较少，有的月份完缺，有的日期无内容。具体列表如下：

	一月	二月	三月	四月	五月	六月	七月	八月	九月	十月	十一月	十二月	闰月
宣二												3 天	
宣三	√	√	√	√	√	√			√	√	√		√
民一	√	√	√	2 天					10				
民二			19 天										
民三									22 天	√	√	√	
民四	22 天	√	√	√	√	√	√	√	√	√	√	√	

续表

	一月	二月	三月	四月	五月	六月	七月	八月	九月	十月	十一月	十二月	闰月
民五	√	√	√	√	√	√	√	√	√	√	√	√	
民六	√	√	√	√	√	√	√	√	√	14 天			
民七									1 天				
民八		√	√	√	√	√	√	√	√	√	√		
民九	√	19 天											
民十					22 天	√	√	√	√	√	√	√	
民十一	√	√	√	√	√	√	√	√	√	√	√		
民十二	√	√	√	√	√	√	√	√	√	√	8 天		

整个民国七年，无日记。惟有署时为"戊午旧历八月初五日草"的《清封通奉大夫孟诚叔公行述》。戊午为民国七年，旧历八月初五，为阳历九月九日，原次于民国六年七月廿九日后，今移于民国六年十月一日至十四日之后，聊补一年之缺。其他几篇文件一起移动。

日记存在的另一问题是严重错简，具体按年月排比如下：

宣统三年（1911）一、二、三、四月，五月二十二日，六月，闰六月十八天，十月，十一月，十二月；

民国元年一月，二月，三月十八,四月初一、初二（无内容）；

民国二年三月十日至二十九日；

民国三年十二月五日至三十日（无内容）；

民国四年一月十日至卅一日，二月，三月一至九日；十二月九日至卅一日

民国五年一月至七月，八月一日至十三日；

民国四年七月，八月，九月，十月，十一月，十二月一日至八日；

民国五年八月十四日至卅一日，九月，十月，十一月，十二月；

民国六年一月，二月，三月，四月，五月，六月，七月一日至二十九日；

民国七年旧历八月初五日草拟《清封通奉大夫孟诚叔公行述》；

民国六年七月卅日、卅一日，八月，九月，十月一日至十四日；

民国八年二月至十二月；

民国九年一月，二月一日至十九日；

民国四年三月十日至卅一日，四月，五月，六月；

民国三年九月九日至卅日，十月，十一月，十二月一日至四日；

民国十年五月十日至卅一日，六月至十二月；

民国十一年全年；

民国十二年一月至十月，十一月一日至八日；

民国元年九月一日至十日。

其混乱状况可见一斑，阅读时令人经常生疑。如孟母在民国七年（1918）已经去世，而日记的最后部分，民国十二年（1923）十一月之后了，却有关于其母健在的记载，如"初十　二十九日己丑"载："本日为母亲大人寿辰，绅商各界均来称祝，设酒面款待。"这实际是民国元年（1912）的事情，若不理顺，实在不合情理。以上排列，是经过考证、整理而排比的，不少日记并无具体年份甚至月份，笔者为此耗费大量时间和精力，反复阅读数遍，在通盘认识、全面掌握的基础上，参考有关历史年表，为每一天的日记确定其年、月，最后一一标出，使每篇日记都有具体的年月归属。今即按照厘定后的次序，重新排列。至于日记中穿插的呈文、尺牍，日记后总附的文件，一仍其旧，即使时间排列有误。

由于稿本手书，文字写法不一，同一人名会有两种、三种甚至更多的异文，如"敬宜"与"敬一"，"饱帆"与"保帆"，"拉甫洛夫"与"喇甫洛夫""拉甫劳夫"，"侗伯"与"桐伯"，"董佑丞"与"董佑成""董右丞"，"朱侠黎"与"浃黎"，"高子占"与"高子詹"，"朗昆"与"郎昆"，加上人称接近，如"程桐伯（侗伯）"系其妹丈，而另有"郭桐伯""郭诇伯"司使、省长，还有"叶勤唐"与"柴勤唐"，一旦省称，就不易区分。地名如廊坊，有时写作"郎坊"。根据整理的一般惯例，也是尊重日记作者，这些不同写法予以保留，不做强行统一。而明显笔误，则径改或随文加符号标识。

（作者单位：华东师范大学文学院）

曹亚侠：革命诗潮弄潮儿[*]

胡全章

1903 年前后，一场以民族民主革命为主旋律的革命诗潮悄然兴起。是年章士钊主持的《国民日日报》和次年蔡元培主持的《警钟日报》，刊发了一大批知名青年革命诗人数百首新诗章，成为近代革命诗潮在上海的报刊重镇。这批知名革命诗人，包括高旭、高燮、陈去病、章炳麟、邹容、刘师培、章士钊、陈独秀、黄宗仰、苏曼殊、马君武、柳亚子、王钟麒、杨毓麟、包天笑等，可谓阵容豪华，群星灿烂；他们中的大多数其后都成就了一番可圈可点的事业，乃至建立了不朽的事功，成为中国近代革命史、思想史、学术史、文学史、报刊史和文化史上的名人。然而，令人遗憾的是，其中有一批至今仍搞不清其真实姓名和身份者，如亚侠、灵石、剑豪、梦飞、太愿、莱庵、竞安、文啸、汉侠、烈公等；他们的诗歌创作成绩及其在近代革命诗潮中的贡献，至今仍被尘封在发黄变脆的旧报刊之中，等待着后人打捞、发现和阐释。曹亚侠就是《国民日日报》《警钟日报》诗人群中创作成绩较为突出的一个典型个案。本文拟以其见诸《国民日日报》的诗作为中心，对这位被世人遗忘了一个多世纪的新派诗人的创作面貌与文学史地位做出初步考察与估量。

一、亚侠：《国民日日报》骨干诗人

1903 年 8 月 7 日问世于上海的《国民日日报》，由章士钊创办和主持，陈独秀、张继等是其重要编辑和撰稿人。该报继刚刚被查封的《苏报》而起，继续宣传排满革命思想，发行时颇为风靡，时人咸称"《苏报》第二"，成为革

* 国家社科基金重大招标课题"报刊史料与 20 世纪中国文学史"（11&ZD110）的相关成果。

命党人在上海创办的又一重要宣传阵地。至是年 12 月 8 日停刊，存世四个月。1903 年 12 月至 1904 年 10 月，上海东大陆图书译印局分批将该报文字分类汇编，先后刊印了《国民日日报汇编》一至四集。

《国民日日报》设有"社说""外论""中国警闻""政海""学风""实业""短批评""来文""南鸿北雁""谭苑""文苑"等专栏，并推出随报附送的《黑暗世界》附张；其"文苑"栏和《黑暗世界》附张辟出的"最新诗片""惨离别楼诗选"等栏目，属于诗歌专栏。

《国民日日报》诗歌专栏延揽了高旭（天梅、剑公、秦风、慧云）、高燮（慈石、吹万）、章炳麟（西狩）、邹容（丹威）、刘师培（申叔）、黄宗仰（中央）、王钟麒（毓仁、一尘）、曹亚侠（亚侠）、庞树柏（剑门病侠）、马君武（君武）、金嗣芬（想灵）、马一浮（马浮）、剑豪、灵石、蒋同超（振素）、柳亚子（呱呱生）、包天笑（天笑）、杨毓麟（蹈海生）、毕亚奇等六十余位诗作者，自然也包括主编章士钊（青桐）和陈独秀（陈由己），刊发了约 350 首新诗作品。其中，高旭（45 题 88 首）、曹亚侠（18 题 26 首）、黄宗仰（7 题 8 首）、高燮（7 题 16 首）、剑豪（7 题 11 首）在诗题数量上位列前五，成为该报主力诗人。排名第二的曹亚侠，毫无疑问成为《国民日日报》诗人群中的骨干成员。曹亚侠见诸该报的诗歌，承继了"诗界革命"的革新精神，既可视为此期仍蓬蓬勃勃的诗界革命运动的有机组成部分，亦汇入了同期兴起的革命诗潮的时代大"潮音"之中。

曹亚侠熟读过谭嗣同的著作，其思想观念和人格精神受谭氏影响颇深。其《题谭浏阳旧学四种》云：

> 灵均一去三千年，楚人百读湘累篇。沅澧芷兰今暧寄以慕，浩歌能作金石声渊渊。尔来神州时事不堪问，遂令志士悲愤胸膺填。望洋兴叹吾谋失，考据词章外人哐。丈夫带剑走天涯，胡虏头颅斩何日？遍纸淋漓嚼血喷，一腔侠烈呕心出。吁嗟乎！竖子龌龊兮，无知懵懵，男儿不能报国非英雄。弄权宵小满宫府，鸣珂学士仍雍容。严墙雅步讳灾难，饮迷熟睡沉舟中。过江名士都年少，来日大难走相吊。河山破碎陆将沉，陈涉辍耕石勒啸。壮哉浏阳万人豪，意气直薄昆仑高。汨罗投句化苌血，血流川赤通骨潮。妖狐白日出空屋，山魅毒燐竞驰逐。老鸦穴栋燕处堂，中原骐骥吞声哭。新亭坐对南冠囚，无言相顾增烦忧。彷徨泣下独谁语？"支那"钧

党祸清流。腥风吹冷金台月，白骨黄沙渍幽碧。惊魂不定恐难招，洒洒残淋血犹热。愁红惨绿污尘埃，疑经湿雨生阴苔。塞云垂幕尽深黑，头颅五六沉蒿莱。黄昏射面青魑舞，髑髅起立诉苦辛。夜深提首逐人飞，眸子炯炯发森竖。忽然涕雨掐脸酸，反顾高丘痛无女。①

长歌当哭，对谭浏阳的报国之志和牺牲精神充满崇敬之情，通篇充溢着任侠尚武精神，隐隐流露出民族革命立场，诗风亦似谭氏之雄健豪放。

亚侠《独立小影》诗云："虫声四万八千户，佛外何尝有我魂？直觉群山皆仆从，上天下地我为尊。"②联系谭嗣同《晨登衡岳祝融峰》诗中"身高殊不觉，四顾乃无峰"③之句，不难看出两者之间的精神关联，曹诗显然受到了谭诗的熏陶与启迪。套用梁启超对谭诗所下"浏阳人格，于此可见"④断语，这篇《独立小影》，亦可言"亚侠人格，于此可见"。

亚侠《哭烈士》一诗，题咏的可能是烈士唐才常，诗云："漫天杀气不成春，当道豺狼乱啮人。热血斑斑红似火，宝刀烂烂白于银。愿倾肝胆酬知己，不爱头颅赠国民。强侠野心闲未得，要将生命赌微尘。"⑤谭浏阳的思想人格，唐浏阳的献身精神，对曹亚侠影响至深；两位烈士的遇害，不仅没有吓到这位年轻的革命志士，反而给了他继续前行的思想动力与勇气。

曹亚侠写有一批赠友诗，即是寄勉知友，又是自励与自期，从中可见其思想情感和精神气度。其《赠秋庐》诗云："问天生我胡为者？亡国逢君大恨人。如此风云太多事，无端歌哭喜相亲。劫灰未死血犹热，吾党安归世不春？各有忧民无限意，几回望气上昆仑。"《赠葬梅》诗云："拿云怒叱天龙起，跃跃骅骝万首东。开幕文明春夏气，现身流转马牛风。肝肠团炙日球火，眼孔撑开帝纲空。独顾中原泪难咽，伤心凉血可怜虫。"亡国之痛，忧民之情，报国之志，跃然纸上；哀国人灵魂之麻木，喜吾党同志血犹热，可谓诗外有事，诗中有人。《赠友》诗其二云："眼光高似伊符塔，脑电灵于轻气球。六大洲

---

① 《国民日日报汇编》第3集，上海东大陆图书译印局，约1904年6月。
② 《国民日日报汇编》第3集，上海东大陆图书译印局，约1904年6月。
③ 谭嗣同：《晨登衡岳祝融峰二篇》，《清议报》第9册，1899年3月22日。
④ 饮冰子：《饮冰室诗话》，《新民丛报》第29号，1903年4月11日。
⑤ 《国民日日报汇编》第3集，上海东大陆图书译印局，约1904年6月；下文所引《赠秋庐》《赠葬梅》《赠友》《箴志士》诸诗，均为同一出处，兹不一一加注。

中立脚定，男儿要出万人头。"巴黎埃菲尔铁塔、轻气球、六大洲，可谓放眼世界；从"男儿不能报国非英雄"，到"上天下地我为尊"，"男儿要出万人头"，这位以谭浏阳、唐浏阳为榜样的热血青年，已经决然地投身到民族革命和民主革命事业当中。

寄身海上的曹亚侠，对上海滩形形色色的"革命志士"有着冷眼的观察和辛辣的嘲讽；其《箴志士》诗云："陌头车马悠悠过，我自无心冷眼观。入市青年屠狗党，骄人白昼沐猴冠。龙蚯逐逐飞扬急，蜂蝶纷纷醉梦欢。且命小红且低唱，不关异族逼涡盘。"①对这批过着花天酒地生活的"维新志士""革命志士"的穷形极相的描摹与嘲讽，本是晚清新小说家们的强项，李伯元《文明小史》、吴趼人《上海游骖录》均写到这类人物。亚侠《箴志士》亦为此类"志士"画像，从中可见这位革命诗人的道德操守和民族立场。

20 世纪初年，学界风潮日益高涨，对民族主义和民主主义革命思想的传播起到了推波助澜的作用。置身这一时代风潮的曹亚侠，有感于晚清学界怪现状，创作了歌行体长诗《苦学生》，诗云：

> 苦学生，活地狱，到处学堂堪痛哭。痛哭无泪将奈何？泪尽继之以长歌，歌声未终举世莫能容。青年几辈倡革命，不能破坏非英雄。献身愿作国民公奴仆，论才谁是中国主人翁？息分闻铃肠断声，食分上堂饭后钟。古文史论诵不足，新书不肯埋头读。文明思潮未梦见，野蛮压力甘屈伏。去年南洋起风云，前倡后起殊纷纭。大江南朔佼如鲫，学界而今多异闻。劝君休道学生苦，听我为言学生乐。唾手举人太容易，乐莫乐分学生乐。学生不知亡国恨，归来乡试实奇谑。君不信但看高襟秃袖满乡闹，咨免录遗狂欲飞，得则居然是孝廉，失则学生仍依然。人生此乐亦何极，终南山上真神仙。吁嗟乎！人心死尽已无血，欲救神州嗟何及！片言寄语苦学生，达观勿效楚囚泣。②

前半部分倡言革命，鼓动学潮；后半部分讽刺学界怪现状，其题旨可用柳亚子诗句"第一伤心民族耻，神州学界尽奴风"③来概括。

---

① 《国民日日报汇编》第 3 集，上海东大陆图书译印局，约 1904 年 6 月。
② 《国民日日报》，1903 年 11 月 8 日。
③ 亚卢：《十月十日虏中所谓万寿节也，纪事得二绝》，《复报》第 3 期，1906 年 7 月。

亚侠《近事（黄莺儿）》五章，是一组反映时局和政界怪现状的讽刺诗；其二、三首云：

> 俄日又商量，老佛爷却着忙，圣明也上外人当。练兵要铁良，外部那替王，到今才晓谈开仗，召袁张，从长计较，奏对太仓皇。亡国恨，无穷恨，国民忍相容？可怜凌虐惟心痛。去年扬子通，今年谭锦镛，非刑杀我汉家种，太不公。看操侍立，气煞丁华荣。

> 可笑是康梁，假保国，真保皇，谁算这本糊涂账？辛苦走南洋，运动结华商，钦差大臣勾当。莫猖狂，捉拿会党，结果戴梅香。①

前者关怀时局，讽刺当道者昏聩误国和丧权辱国，上至慈禧太后，下至王公大臣，都在其批判和嘲弄之列。后者将矛头指向保皇党领袖康有为和梁启超，揭露其"假保国，真保皇"及其在海外招摇撞骗的面目。

晚清时期，龚自珍诗文受到许多新派文人追捧；那情形，确如梁启超《清代学术概论》中所言："晚清思想之解放，自珍确与有功焉。光绪间所谓新学家者，大率人人皆经过崇拜龚氏之一时期。初读《定庵文集》，若受电然。"②柳亚子称龚诗为"三百年来第一流"③，很多革命派诗人以集龚句成诗为雅。曹亚侠也是一位龚诗发烧友。其《阅〈女界钟〉集龚定庵句》诗云："女儿魂魄完复完，笃信男儿识字难。塞上似腾奇女气，镜中强半尚红颜。香兰自判前因误，情话缠绵礼数删。青史他年烦点染，我无拙笔到眉弯。"④借龚氏诗句表达了朦胧的女权意识。

二、《今别离》与新艳体诗

1903 年 9 月，亚侠的好友剑豪有感于"黄公度作《今别离》咏汽船、汽车、电线、照像及两半球昼夜相反事，四诗绝工，爱广其义而谱之"⑤。剑豪《今别

---

① 《国民日日报汇编》第 3 集，上海东大陆图书译印局，约 1904 年 6 月。
② 梁启超：《清代学术概论》，上海：上海古籍出版社 1998 年，第 75 页。
③ 松陵柳弃疾安如：《定庵有三别好诗，余仿其意作论诗三绝句》，《南社丛刻》第 2 集，1910 年夏。
④ 《国民日日报汇编》第 3 集，上海东大陆图书译印局，约 1904 年 6 月。
⑤ 剑豪：《今别离》，《国民日日报》，1903 年 9 月 29 日。

离》系列有《留声机》《电话》《窥远镜》三篇，其《窥远镜》篇云：

> 登高望君行，行处黄尘起。尘起不见君，君行当几里。知君重离别，中道行远止。行止妾不知，此恨谁能已？凄凉理区箧，有物不盈尺。虽无千里目，此物颇可持。恃作管中窥，见君妾心喜。所苦妾见君，君不见妾耳。呼君不应声，招君不停轨，但见路转时，矫首君回视。岂君知妾望，故此频从倚？妾望有穷时，君行无定趾。愿君绕地球，一匝宁归此。①

亚侠承其意绪，创作了《蜡人》《自来水》《地球仪》《新闻纸》《南北半球寒暑相反》诸篇，其《蜡人》篇云：

> 西邻有妇人，新自西洋至。昨来畀锦囊，署名谂君寄。解囊欣相看，杂然陈百戏。百戏亦寻常，就中有奇器。既非蜡丸书，陈箧讨缄秘。取置镜台前，颇与君颜类。俨具傀儡形，微显丰彩异。端坐澹无言，索索寡生气。离心久成灰，那有惜别泪？持以示娇儿，娇儿不解事。呼爷乃弗应，牵衣诘三四，道是刻烛成，抚视亦何济？对此恨转生，作俑谁阶厉？使妾增烦忧，人反为物细。徒以供摩挲，不如竟捐弃。②

咏《自来水》诗云：

> 忆君临别时，言驾沧海航。海水深难测，不及离情长。闻君惜分手，念妾心神伤，望洋每兴叹，涕泗常淋浪。妾自君之出，懒起梳新妆。门前被除水，来自大西洋。此水不可盟，中有泪双行。妾泪与君俱，流入洋中央。煣日蒸为雨，滴到君衣裳。相思泪合并，两地徒凄凉。安得铁线桥，万里成津梁。③

咏《地球仪》诗云：

> 大陆太无情，误煞小儿女。明月本团体，恨被地轮阻。轮转一周天，相隔不相睹。况君更远行，思之倍酸楚。对月独徘徊，有谁亲笑语？月圆得几回，地园自终古。缺陷有情天，那见娲皇补？放眼览千秋，遗憾满寰

---

① 《国民日日报》，1903 年 10 月 1 日。
② 《国民日日报》，1903 年 10 月 2 日。
③ 《国民日日报》，1903 年 10 月 2 日。

宇。地或悲陆沉，月不常三五。但识团乐欢，畴知别离苦？聚散本靡常，成毁何足数？人生几良宵，何时共居处？愿学费长房，缩地与月距。光明无缺点，普照神州土。①

题咏《新闻纸》云：

君名震寰球，踪迹遍五洲。自与君离别，一日如三秋。不识君行止，安用通书邮。今晨读朝报，色喜忘忧愁。知君去非澳，游历及美欧。伦敦暂栖息，纽约逍遥游。家山未恝置，海岛时句留。及时且行乐，人生贵自由。感君不忘妾，爱恋形诗讴。中外竞传送，报纸称殊尤。远闻汽笛声，疑是君归舟。②

题咏《南北半球寒暑相反》云：

君行知几许？远在天南端。遥遥万余里，节候非所娴。君衣狐貉厚，妾著絺绤单。君畏骄阳热，妾惧严霜寒。天时既颠倒，人意徒相关。去冬寄君衣，刀尺停更阑。裁衣伤妾指，血冻重棉殷。万期君服此，寒暖心同安。谁知衣到日，挥汗无时干。此衣亦安用，弃置空箱间。区区妾手制，着体犹艰难。昨宵得君书，读罢先长叹。书言更行役，路极南溟宽。南溟不可极，极处冰漫漫。冰凝路亦绝，君去何时还？③

以别离之苦写新事物、新理致，“以旧风格含新意境”，可谓深得人境庐《今别离》况味，洵为新派诗中的翘楚之作。

20世纪初年的新诗坛出现了一批“新艳体诗”，高燮、剑豪、亚侠等均是此体写手。不过，同样是以香艳之笔写男女情事，晚清新艳体诗却透露出不同于传统的情爱旨趣，近代气息和时代色彩浓郁。1903年秋，亚侠创作了一组《新体艳诗》；其诗云：

不是楚宫女，如何竞瘦肥？效颦西子态，腰细不胜衣。
生小谙西俗，忙中礼数全。纤纤金约指，握手示殷拳。

---

① 《国民日日报》，1903年10月2日。
② 《国民日日报》，1903年10月3日。
③ 《国民日日报》，1903年10月4日。

东体中依窄，禁郎几倚偎？内重珠钮密，妥贴可身材。

妾喜西洋画，相看总是春。入深还出显，弄色太撩人。

妾绣回文锦，郎翻西字书。书中有花体，相较妾难如。①

诗中那位上海时髦知识女性，效仿西方美女追求苗条的身材，以至于"腰细不胜衣"，男主人公则谙熟西方礼节，颇有绅士风度，接下来就属于香艳之笔了，可见两人已进入热恋状态。作者叙述人的生活理想，已不是传统的"红袖添香夜读书"，而是"妾绣回文锦，郎翻西字书"，恋爱双方可说是达到了进行平等的精神交流的程度。虽然诗中的女郎还赶不上梁启超《纪事二十四首》中所云"红袖添香对译书"②的理想境界，但如此心灵手巧且能欣赏品评西洋画的时髦女郎，已足可匹配学贯中西的郎君了。

三、诗界革命与革命诗潮交错处

1903 年，随着拒俄运动的上演，邹容《革命军》和章炳麟《驳康有为论革命书》等革命文章的风行，一批具有民族革命思想倾向的近代报刊的兴起，以及"《苏报》案"的发生与持续发酵，近代民族民主革命思潮在这一年蓬勃发展。1903 年前后，许多此前曾是康梁信徒的新派诗人，如高旭、马君武、黄宗仰、柳亚子等，纷纷转向革命派阵营；一场以革命报刊为主阵地，以民族精神、民主意识和反清革命思想为主旋律的革命诗潮迅猛兴起。继承《苏报》遗志而起的《国民日日报》，正处于是年兴起的革命风潮的中心地带，引领着时代潮流。而《国民日日报》诗歌则与此前此后行世的《浙江潮》诗歌、《江苏》诗歌、《警钟日报》诗歌等一道，构成了此期形成的革命诗潮的主流与主体部分。作为《国民日日报》第二主力诗人的曹亚侠，与该报第一诗人高旭一样，正逢其时地成为这场如火如荼的革命诗潮中的弄潮儿。

与此同时，梁启超依然依托《新民丛报》"文苑"栏，继续弹奏着"诗界革命"的主旋律；作为 20 世纪初年兴起的诗歌革新思潮的诗界革命仍然处于高峰期。1903 年 4 月，饮冰主人有感于新诗坛流行的"以堆积满纸新

---

① 《国民日日报汇编》第 4 集，1904 年 10 月。

② 任公：《纪事二十四首》，《清议报》第 64 册，1900 年 11 月 22 日。

名词为革命"的不良倾向，基于"革命者当革其精神非革其形式"的指导思想，遂将其 1900 年 2 月在《汗漫录》提出的"新意境""新语句""古风格"三长兼备的"诗界革命"创作纲领，调整为"能以旧风格含新意境"①。继"诗界革命"而起的革命诗潮，从中国诗歌近代化变革思潮脉络中来看，实与诗界革命思潮有着诸多交错之处；许多革命派诗人创作的大量符合"诗界革命"指针的新诗作品，亦可视为此期蓬勃发展的诗界革命运动的重要组成部分。1903 年下半年行世的《国民日日报》诗歌，正是处在这一交叉地带的典型个案；其骨干诗人曹亚侠的大部分诗作，更是处于这一交叉地带的典型作品，见证了晚清革命诗潮与诗界革命运动之间你中有我、我中有你的历史交融形态。

1903 年 9 月 23 日，王钟麒在《国民日日报》附张《黑暗世界》"惨离别楼诗话"专栏中称："任公谓诗界革命必须有旧词章而兼新意义者，乃可谓复复独出。"②对梁启超是年春提出的"以旧风格含新意境"的修正版"诗界革命"创作纲领深表赞佩，见证了《国民日日报》部分同人在诗学主张方面与饮冰主人的一脉相承之处。曹亚侠见诸《国民日日报》的大部分诗歌作品，与王氏称赞的饮冰主人此番诗学见解高度吻合。亚侠约写于 1903 年夏秋时节的《赠友》诗其一云："血海浴为新世界，思潮淘尽古英雄。轰轰铄地震天业，又见青年满亚东。"③如果说此类诗作差可作为此期新诗坛"三长"兼备的"诗界革命体"新诗样板的话，那么，他模仿黄公度《今别离》笔意而创作的《蜡人》《自来水》《地球仪》《新闻纸》《南北半球寒暑相反》系列诗章，则算得上此期新诗坛符合"以旧风格含新意境"创作标准的"诗界革命体"新诗典范。曹亚侠和他的那帮志向不凡的青年革命诗人创作的大量新诗作品，较好地贯彻了"诗界革命"的创作纲领，实可视为此期诗界革命运动之延展。

曹亚侠诗词有着鲜明的民族革命立场和民主革命思想倾向。1903 年 10 月 29 日《国民日日报》附张《黑暗世界》"新诗片片"栏所刊亚侠《豚尾奴》云：

> 豚尾奴，无奈何，黄发垂垂脑际拖。胡儿制度工象形，能令犬马奴伏

---

① 饮冰子：《饮冰室诗话》，《新民丛报》第 29 号，1903 年 4 月 11 日。
② 㒖：《惨离别楼诗话》，《国民日日报》附张《黑暗世界》，1903 年 9 月 23 日。
③ 《国民日日报汇编》第 3 集，上海东大陆图书译印局，约 1904 年 6 月。

多。汉儿太无耻，竞道三百年来祖宗遗。一毛不敢拔，尽人都如斯。但求
薙发免罪戾，堂堂王朝猪尾宾。岂知丑态留人世，贻笑邻封寔污秽。仁人
志士心不平，纷纷断发自成队。

豚尾奴，也向外洋去出现。区区一发辫，奈何不能变？君不见，建房
之法善杀人，一手缠辫牵全身，世上无如发辫苦，头颅落地发辫存。我告
新国民，快刀去割豚。即以其法还相治，欲杀胡儿纠辫子。

一针见血地指出汉人留发辫的历史就是一部奴隶牛马史和三百年屈辱史，
号召人们"快刀去割豚"，对"建房"以其人之道还治其人之身，血债要用血
来偿。

1904 年 5 月 5 日《警钟日报》所刊亚侠《贺新凉·感愤》词云：

人海纷挐急。痛无家、欲归何处，匈奴未灭。死到人心哀莫大，蓦地
轰天霹雳。陡惊起，神州伏蛰。直抵黄龙先杀贼，与诸君痛饮胡儿血。赵
帜拔，汉帜立。

宝刀霍霍仇人殪。诃中原、膻腥未扫，欧风又逼。到处民权呼万岁，
但祝苍生暖席。独忍受，漫天霜雪。九世复仇张大义，更十年血战恢吾业。
语同志，齐努力！

"与诸君痛饮胡儿血"，表现出鲜明的反清排满立场，民族主义情绪可谓
强烈而偏狭；"膻腥未扫，欧风又逼"，则将民族主义指向欺凌侵略中国的西
方列强。

四、寻找曹亚侠

大约在 1903 年秋，剑豪《赠山阳曹君亚侠》诗云："一室静无事，八方争
未平。乾坤漫兵气，草木惨秋声。论世惜豪杰，合群期左生。艰难吾辈分，
珍重莫相轻。"① 这是时人留下的关于亚侠身份的极为有限的史料线索。据此，我

① 《国民日日报汇编》第 3 集，上海东大陆图书译印局，约 1904 年 6 月。

们方才知晓亚侠姓曹，江苏淮安府山阳县（今淮安市）[①]人。

20 世纪初年，亚侠《将之沪留别诸同志》诗云："去矣北山谁得忍，蹈亡东海怕难清。百无聊赖花时别，一破愚迷眼识明。地发杀机悲惨淡，人随声伎颂承平。几年跌宕江湖志，揽辔中原赢马鸣。"[②]剑豪《和亚侠留别原韵即送其之沪》诗云："几载闭门谈著述，今朝揽辔说澄清。奇思吞海漏鲸小，巨眼观书如月明。漂母祠前新草碧，春申江上暮潮平。行行且秘黄钟调，一任喧阗瓦缶鸣。"[③]从中可见其书生救国的青云之志。至少在 1903 年上半年，曹亚侠已经离开故乡和书斋，来到风气开通的上海，依托《国民日日报》《警钟日报》等革命报刊，将胸中的郁愤和救国的热情化为笔底的风雷，投身于革命宣传活动。

1904 年 4 月，亚侠《编〈中国十二女杰演义〉成，题诗殿之》诗云："谁知抹粉调脂客，能作掀天揭地人。举世须眉愧巾帼，即今宙合正荆榛。坦沙但筑明妃冢，咏絮难留谢女春。应有婵娟绍前轨，齐挥皓腕扫烟尘。"[④]可知他 1904 年编有《中国十二女杰演义》一书，宣扬妇女解放和女界革命思想。1905 年 3 月，丁初我主编的《女子世界》第 11 期转载了亚侠那组体洋气扑鼻的《新体艳诗》；如此看来，曹亚侠还是 20 世纪初年中国妇女解放运动的先驱人物。

从亚侠见诸《警钟日报》《国民日日报》的赠友诗来看，剑豪、秋庐、葬梅、江都梁慕韩[⑤]、汉上刘青士[⑥]等，都是其要好的知友，其中尤以同乡剑豪关系密切。然而，与亚侠一样从山阳来到大上海闯荡的化名剑豪的革命诗人，其真实身份至今也是个谜。亚侠是谁？这位来自江苏淮安府山阳县的曹姓激进知识青

---

① 晚清时期有两个山阳县，一是江苏淮安府山阳县，一是陕西商州山阳县。民国元年淮安府裁撤，民国三年山阳县改称淮安县；而陕西山阳县至今仍存。从剑豪《和亚侠留别原韵即送其之沪》诗中"漂母祠前新草碧，春申江上暮潮平"句来看，曹亚侠无疑生活在淮安府山阳县。

② 《警钟日报》，1904 年 3 月 30 日。

③ 《警钟日报》，1904 年 4 月 22 日。

④ 《警钟日报》，1904 年 4 月 22 日。

⑤ 亚侠《次和江都梁慕韩作》云："人群似海蛟龙聚，空气为虹天地清。人世难将垢衣卸，看星突过大珠明。落花浪藉春方老，枕剑呻吟梦不平。饱受椒辛更监苦，古愁莽莽忽哀鸣。"载《警钟日报》，1904 年 3 月 30 日。

⑥ 亚侠《寄刘青士汉上》云："恫纬忧周亦自哀，此身字国不须媒。精丝血缕缠绵甚，绣出江山似锦来。"载《警钟日报》，1904 年 4 月 22 日。

年，到底有着怎样的身世？何时缘何奔向上海投身革命事业？当时主要从事什么活动？其后又有着怎样的遭际与命运？这些历史谜团的解开，有待有心人进一步挖掘与探研①。

（作者单位：河南大学文学院）

---

① 1923 年《民国日报·妇女评论》第 95 至 98 期连载的《我底三角恋爱解决法》一文，署名"曹亚侠"；1925 年《沪江大学月刊》第 14 卷第 9 至 12 期连载的《贫穷原因之研究》一文，亦署名"曹亚侠"；但不知是否与山阳曹亚侠为同一人。如果是，曹亚侠 20 年代有可能执教于上海沪江大学。

新旧文学比较研究

俞平伯佚文辑说 *

刘　涛

　　笔者在阅读民国报刊时，发现几篇俞平伯的散佚诗文和讲演，失收于《俞平伯全集》，亦不见于孙玉蓉编纂的《俞平伯年谱》及其他研究文章。它们是：《"宣传""党"这两个词你怎么看法？》，刊北平《知识与生活》1947 年第 6 期；《民主与佛学》，刊《时代批评》1947 年第 4 卷第 89 期；《文章自修说读》，刊北平《国民杂志》1943 年第 3 卷第 5 期；《儿歌》，刊上海《儿童世界》1922 年第 3 卷第 9 期；《孔门的教学法：俞平伯在北平电台讲》，刊北平《世界日报·教育界》1948 年 9 月 4 日第 3 版。鉴于这些散佚诗文对俞平伯研究有重要价值，故笔者将其中几篇整理出来，并作简要说明。

一、《"宣传""党"这两个词你怎么看法？》

　　《"宣传""党"这两个词你怎么看法？》（以下简称《"宣传""党"》）全文 5200 余字，署名"俞平伯"，文后标注写作日期为"三十六年二月二十一日"，即 1947 年 2 月 21 日。俞平伯认为"宣传""党"两词多为时人所误解，故写文章阐发两词之真意。在他看来，宣传本身无善恶可言，善恶主要在其内容。宣传须具备两个要件方为正确，一为要说好话，二为所说好话要合乎事实。为了救世，既须物质方面之改进，又须精神方面之启蒙；而启蒙民众，则分"教诲"与"宣传"两途："教诲渐进而务本，宣传急起以治标，如鸟之两翼，人

　　* 本文为 2013 年度教育部人文社会科学研究规划基金项目"'边缘报刊'与现代作家佚文的发掘、校勘及阐释"（13YJA751028）、2012 年度河南省哲学社会科学规划项目"'边缘报刊'与现代作家佚文校勘及阐释"（2012BWX020）的阶段性成果。

之两足，不可偏废也。宣传实是教诲的扩音器。"因此，心存淑世之人，一定要利用好"宣传"的大喉咙把自己的主张宣扬出去，对民众进行启蒙教育。宣传不一定都出自"党"，但"宣传"与"党"的关系却非常密切，且一般人误解与惧怕"党"尤甚于"宣传"，因而，俞平伯认为一般人更应了解"党"的真意。从这点出发，他对于"党"一词所应有的含意，做了更为详尽的阐发。

俞平伯首先从一般人对"党"产生误解的缘由说起。"党"之受到误解，是因为在中国古代"党"非佳名，历朝历代的无谓党争和宗派斗争所带来的政治动乱与巨大灾祸，更加深了人们对它的误解。俞平伯认为，时移世异，世异理异，"安得以昔之在朝之朋党与在野之会党比今日之政党乎？"党分"坏人结党"与"君子结党"。坏人结党自不值一提，那么，君子结党呢？俞平伯从孔子的言论和行为来证明君子结党的合理性与必要性："照他的说法，君子应该合群的，其所以合，为道义的。其如何合是异而谐和的，非同而专一的。更据史实，他本人的行动是为政的，教人的至于救世的。他的精神是积极的，明知其不可也要干的。"俞平伯进而认为"究竟君子为什么要党，为什么要联合，这些都很容易明白的，不联合就孤立，孤立亦无碍，看你处世的态度如何，假如只想独善其身，你又何必栖栖皇皇，但假如你想兼善天下，有时候不能不联合甚而至于结党。"结党的目的其实很简单，就是为了团结起来力量大。百人社会中若只有十个好人，其他人结为一党，这十人孤立，则他们必被九十人的集团个个击破；若他们联合为一党，虽仍不免为地道的少数党，但情况要好多了。俞氏的结论是：君子不但可以结党，而且，唯有君子能够结党。

俞平伯自称"我压根儿不见得懂什么政治"[①]，"……我是向不谈政治之流的"[②]，"书生论政，本可笑怜"[③]，但他却从未停止过对政治、对时局、对社会现实的关怀，并由此而发为文章。这类议论时政或影射现实的文章，在俞氏文集中，数量虽不算多，且远不如他的小品散文影响大，但却颇能见其真性情。从这些文章中，我们能看出俞平伯和传统知识分子一样具有非常深沉的忧患意识。俞平伯发表这些文章有几个比较集中的时段，第一时段为1919至1925年，

---

① 俞平伯：《〈苦果〉序》（1929年1月21日），《俞平伯全集》第2卷，石家庄：花山文艺出版社1997年，第312页。以下所引《俞平伯全集》皆为此版本。

② 俞平伯：《一息尚存一息不懈》，原刊《京报副刊》第181期（1925年6月20日），见《俞平伯全集》第2卷，第562页。

③ 俞平伯：《雪耻与御侮——这是一番闲话而已》，《俞平伯全集》第2卷，第18页。

第二时段为 1931 至 1933 年，第三时段为 1947 至 1948 年。第一时段他论政的关键词可归纳为"自克"。《雪耻与御侮》认为"被侮之责在人，我之耻小；自侮之责在我，我之耻大；雪耻务其大者，所以必先'克己'。""勇者自克；目今正是我们自克的机会。我主张先扫灭自己身上作寒作热的微菌，然后去驱逐室内的鼬鼠，门外的豺狼。"[①] 在给孙伏园的信中指出："我们的正路，是自己先站得笔挺，然后把人家推出。这方是正义与强权合体，有出息的孩子们干的事。"[②] 为了与外国对抗，必须先强中国之内政："其实经济绝交，也还是治标的方法；根本的治理终在整顿内政上。"[③] 第二时段他论政的关键词可归纳为"去私"。写于 1931 年 12 月 21 日的《救国及其他成为问题的条件》认为"舍己从人总是高调，知道自己以外还有别人的这种人渐渐多起来，只知道苟生独活的家伙渐渐少起来，那就算有指望了。然而又谈何容易呢！"[④] 发表于 1932 年的《贡献给今日的青年》一文认为"中国人的第一毛病是'私'。……私足以亡中国！要救国，须团结；要团结，须去私。"[⑤] 第三个时段俞平伯论政主要围绕知识分子的岗位意识和责任担当而展开，其关键词可归纳为一句话"各思以其道易天下"。此语出自俞平伯 1947 年 2 月写的《为〈中外文丛〉拟创刊词》一文。这篇文章对了解俞平伯 1947 年至 1948 年的思想非常重要。俞平伯从当时国运危殆的大势出发，提出知识分子应远溯先秦诸子之流风余韵，"各思以其道易天下"，即知识分子应学习"处士横议"之精神，认真积极地干起来，发言著文，"从现实的观察里提出问题来。这些问题不必都有答案，有答案不必都对，但它们的重要性却不容否认的。因此引起公众的注意和讨论而得到较正确的回答，那当然更有意思了。"[⑥] 这就是策划《中外文丛》的初衷所在。从文章看，俞平伯等人策划《中外文丛》的目的，还是着眼于启蒙："再试从根本上说，治乱本诸善恶，善恶先于人心。人好，世界自然好。但人如何能自然会

---

① 俞平伯：《雪耻与御侮——这是一番闲话而已》，《俞平伯全集》第 2 卷，第 19 页、第 21 页。

② 平伯：《咱们自己站起》，原刊《京报副刊》第 187 期（1925 年 6 月 22 日），见《俞平伯全集》第 2 卷，第 568 页。

③ 俞平伯：《一息尚存一息不懈》，《俞平伯全集》第 2 卷，第 564 页。

④ 俞平伯：《救国及其他成为问题的条件》，《俞平伯全集》第 2 卷，第 263 页。

⑤ 俞平伯：《贡献给今日的青年》，原刊《中学生》第 21 期（1932 年 1 月 1 日），见《俞平伯全集》第 2 卷，第 586 页。

⑥ 俞平伯：《为〈中外文丛〉拟创刊词》，原刊 1947 年 2 月 12 日《大公报》，见《俞平伯全集》第 2 卷，第 692 页。

好呢，有时须得同伴们去提醒他，这是'淑世'方法之一。我们何敢以此自欺，但懔于'匹夫有责'之义，又不忍缄默；故由衷之言，如实而语，更出之以叮咛，申之以强聒。事功不必为我所成，风气不妨由我而开。"从中既可看出俞平伯拳拳爱国之心，又可看出他们创办《中外文丛》时怀着很大抱负。可惜《中外文丛》最后并没有创刊，但俞平伯写于此段时期的一些文章，如《闲谈革命》①《知识分子今天的任务》等文，包括他此前系列议论时政的文章，都可看作是知识分子"各思以其道易天下"的产物。而《"宣传""党"》一文，同样是他面对危局所发的"处士横议"。

《"宣传""党"》一文的核心观点"君子应结党"，在他早年的文章如1922 年写的《东游杂志》及建国前夕如 1948 年写的《知识分子今天的任务》中，都曾以直接或间接的形式出现过。《东游杂志》认为历来从事政治经济活动的仁人志士很多，但效果并不理想，其原因有两条：一是他们没有联合起来；二是他们以个人为目标，不是为自己，就是为一个首领、一个党的私利。"所以现在最要紧的是联合（人才集中），更要紧的，是有主义的联合，不是私人的联合。我们不当忠于一个人，应当忠于一个主义。"②这句话中"有主义的联合"，其实就暗含"君子结党"的意思，只是所指还不很明确罢了。文中虽提到"党"，但对其态度却是否定的，认为"为一个党的私利"也是"私"。这说明他主张"有主义的联合"，但并不主张联合而成的"党"或"组织"可以有自己的特权和私利。1948 年写的《知识分子今天的任务》，就知识分子"今天的任务"提出两点，一点为"讲气节"，一点为知识分子如何联合的问题："在过去所谓士大夫有两种情形，一种是散漫、孤立，所谓君子不党；另一种是朋党之争，这两种极端情形都不大好，党争在历史上没有好的例子。古代先贤所提倡的思想，不讲争只讲让，他不曾定下争的规则，礼让不成，必致混乱。现在民主政治离不开政党，而政党的竞争，必须有规则，古书上讲争的道理很少，在《论语》上只有'君子无所争，必也射乎'这一句。党争在中国历史上表现得很坏，正因为不知道守君子之争的规则。知识分子的如何联合，同这个是很

---

① 俞平伯：《闲谈革命》，《论语》第 134 期（1947 年 8 月 1 日）。

② 俞平伯：《东游杂志》，原刊《时事新报·学灯》1922 年 8 月 2 日、3 日、19 日、20 日和 9 月 2 日，见《俞平伯全集》第 2 卷，第 542 页。

有关系的。这是我想到的第二点。"① 很明显，就知识分子如何联合问题，《知识分子今天的任务》与《"宣传""党"》两文间存在着互文关系。《知识分子今天的任务》否定"君子不党"与"朋党之争"，《"宣传""党"》则正面论证"君子结党"的必要性与合理性。对于知识分子的联合问题，《知识分子今天的任务》只是欲言又止，而《"宣传""党"》则有颇为详尽的阐发。所以，该文对了解和研究俞平伯及一般知识分子建国前夕的思想动向，具有重要的思想史价值。

俞平伯称"我是很保守的，我觉得古代有许多地方仍然很好"②。这种"保守"既体现在思想层面，如坚持传统知识分子的"气节"，把自己和与己同类的"保守分子"微言大义地名命为"君子"③，有时又落实到其行文层面，在阐发自己观点时，喜欢大段引用古人特别是孔孟学说，用他自己的话说，这叫"编新不如述旧，陈古所以讽今"④。之所以"旧"可出"新"，"古"可讽"今"，是因为"今所遭遇，苦难似乎崭新的，其实倒是顶老顶去（'顶老顶去'四字疑有误）的问题"⑤。这种"编新不如述旧，陈古所以讽今"的行文风格与运思方式，在《"宣传""党"》得到淋漓尽致的发挥。文章多处引用《论语》《孟子》《左传》《史记》与欧阳修《朋党论》，虽是"述旧陈古"，但目的却是为了"编新"以"讽今"，有着鲜明的思想指向和强烈的现实关怀在里面。从这个角度看，俞平伯一些有关《论语》的纯学术文章，背后也透露出他对孔子之尊崇，包含有讽今的现实动机。这一点，只有通过把这些纯学术文章与他的政论文章如《"宣传""党"》对照着读，才能明白。

"陈古所以讽今"的"讽"字，还揭示了俞氏论政文章的另一特点：对现实之批判多用旁敲侧击方式，不是直说，而是曲说，有时则是"正言若反"⑥。所以，读俞氏此类文章，不但要读其纸面意思，还要读出其纸面背后的微言大

① 俞平伯：《知识分子今天的任务》，原刊《中建》第 1 卷第 2 期（1948 年 8 月 5 日），见《俞平伯全集》第 2 卷，第 739 页。

② 同上。

③ 俞平伯：《智人愚人聪明人》，原刊《论语》第 160 期（1948 年 9 月 16 日），见《俞平伯全集》第 2 卷，第 742 页。

④ 俞平伯：《戊子元旦试笔（谈孟子）》，原刊《论语》第 148 期（1948 年 3 月 1 日），见《俞平伯全集》第 2 卷，第 720 页。

⑤ 同上。

⑥ 俞平伯：《智人愚人与聪明人》，《俞平伯全集》第 2 卷，第 740 页。

义。就《"宣传""党"》一文说，开篇说自己所谈的"宣传""党"两词，必合于正常的含义，方有价值，而"若为非经常的，非正规的，非典型的，变态的，病态的，都不在本篇范围内，如宣传，而歪曲违反了事实，结党则营私病国之类。"矛头隐隐指向"歪曲"的宣传和"营私病国"的结党。结尾有这样一句话："君子可以有党似乎没有问题了，然而为什么竟会成问题呢，至今还成为问题呢，有些人正标榜着'无党无派''超然'与'中立'？这决不能没有原故，这原故假如有，或者很严重的。孩子气的话总不值一笑的。"这句话也大可玩味，隐含着对标榜"无党无派""超然"与"中立"者的讽刺与评判。细读《"宣传""党"》全文，纸面的意思是宣扬君子结党的合理性与必要性，宣传的正当性，但纸面背后却隐含着对现实的"宣传"与"党"的尖锐批判。

《"宣传""党"》写于 1947 年，当时中国正处于时局危难、政局动荡之时，知识分子"各思以其道易天下"，纷纷以结党的方式采取政治活动。而俞平伯自己也于 1945 年经许德珩介绍加入九三学社，并在九三学社中央于 1946 年 8 月迁到北京后，积极参与九三学社的工作和活动①。另据许宝骙回忆，"抗战末期，平兄经余介绍参加中国民主同盟（即'小民革'）北方地下组织……是为平兄一生政治中之大事。抗战胜利之后三年革命战争期间，'小民革'在北平文教界中展开民主活动，每次扩大征集签名，平兄无役不与。"②与之前文章的闲适和生活上的散淡无为相比，俞平伯在抗战后的文章中开始强调"天下兴亡，匹夫有责"③，强调"要干就干，不要干算了，不必踌躇。一边走着一边瞧，上一回当学一回乖，冒失或者无妨；等着，待着，过于把细，反而会误事的。"④这时的俞平伯确实开始行动起来，积极参与到当时的政治活动中去，如 1947 年 2 月 22 日，与朱自清、许德珩、汤用彤、向达等九三学社十二位同人就北平市政府发动警宪夜入民宅以清查户口为名肆行搜捕事件，提出抗议，并拟定《保障人权同盟》，发表于 1947 年 3 月 8 日《观察》第 2 卷第 2 期⑤。参与政治

---

① 参见孙玉蓉编纂：《俞平伯年谱》，天津：天津人民出版社 2001 年，第 230 页、第 234 页。

② 许宝骙：《俞平伯先生〈重圆花烛歌〉跋》，见孙玉蓉编：《古槐树下的俞平伯》，成都：四川文艺出版社 1997 年，第 7 页。

③ 俞平伯：《知识分子今天的任务》，《俞平伯全集》第 2 卷，第 738 页；又见俞平伯：《为〈中外文丛〉拟创刊词》，《俞平伯全集》第 2 卷，第 691 页。

④ 俞平伯：《为〈中外文丛〉拟创刊词》，《俞平伯全集》第 2 卷，第 692 页。

⑤ 参见孙玉蓉编纂：《俞平伯年谱》，天津：天津人民出版社 2001 年，第 230 页、第 236 页。

活动之外，还就知识分子以何种方式参与政治建言献策。他的这种积极态度与行动，可能与他身边存在的九三学社同仁、净友如朱自清之激励有关①。当然，其根本原因还是俞平伯思想深处对自己作为一个"现代士大夫"的认同。这是此文产生的时代背景。俞平伯宣称君子应该结党，这话在当时就触犯时忌，到后来则显得更加不合时宜。所以，文章最终没有被作者收集也自在情理之中。

二、《民主与佛学》

《民主与佛学》3600 字左右，刊《时代批评》1947 年第 4 卷第 89 期。此文与俞平伯另一篇佚文《今世如何需要佛法》为同一文本而略有不同。孙玉蓉《俞平伯年谱》在 1947 年 7 月 6 日有如下记载："在北平居士林演讲《今世如何需要佛法》，由阿妲女士记录，经修改后，发表在本年 7 月《时间解》月刊第 1 期，署名平伯。"②《民主与佛学》与《今世如何需要佛法》文本大略相同，《今世如何需要佛法》发表早于《民主与佛学》。笔者把两篇文章作了对勘，发现俞平伯对《今世如何需要佛法》的修改，主要着眼于去掉该文的演讲口吻及在居士林讲演的背景，把它变为一篇一般意义上的文章。

《今世如何需要佛法》文后有这样一段解释性的话：

> 最后我说，我对佛学的知识太浅薄，又是外行，只该在这里听讲的，不配在这里发言，谨向诸位居士，致惶谦之意。
>
> 这是三十六年七月在北平居士林的讲稿，由阿妲女士笔记。七月十日平附识。

这两段话在《民主与佛学》一文中没有了。另外，《今世如何需要佛法》一文开始的"今天的讲题，我想把它分作两点来讲"一句，在《民主与佛学》中被修改为"这个题目我想把它分作两点来说"。这样删改之后，《民主与佛学》就成为一篇普通意义上的文章了，演讲口吻淡化许多。

有意思的是，俞平伯在修改《今世如何需要佛法》之后，又在文后标注了"八月五日，北大"几个字。这几个字，指的应该是他修改此文的时间和地点，

---

① 见俞平伯：《净友》，《俞平伯全集》第 2 卷，第 744—748 页。

② 孙玉蓉编纂：《俞平伯年谱》，天津：天津人民出版社 2001 年，第 239 页。

时间为"1947 年 8 月 5 日",地点为"北京大学"。但是否有另一种可能呢？即这是他另一次讲演的时间和地点。因为《民主与佛学》虽经修改，但还保留了讲说口吻。所以，文后注明的"八月五日，北大"，也极有可能是他在北京大学所做的一次讲演。同一内容，讲两次是极有可能的。

《民主与佛学》的中心意旨为现今虽为科学时代、民主时代，但科学只能作为推进文明之工具，科学之外还须宗教作为文明之本体。"科学与宗教并不会冲突，科学的终点，即是宗教的起点，所以须要把唯物与唯心配合起来，得到谐和，方是近代文明的开始。"俞平伯认为科学的时代需要佛学（佛法），民主的时代也需要佛学。就科学来说，人心的趋向决定一切，科学如失去好的管理方法，不但不能给人类造福，反足以毁灭人类。要防止科学带来的诸种流弊，就需要佛学。而就民主来说，西方所谓的民主在思想上指"自由、平等、博爱"。而佛学的教义，比之中国孔子与西方的基督教，更符合民主的要义。"自由、平等、博爱"三点中，自由最重要，而佛学对自由问题作了最好的解决："心的解放，乃是真正的自由：佛经所谓无挂碍是也。心的束缚，便是私欲，佛所谓三业贪、嗔、痴。不克制这个，人永远得不到自由的。"因此，俞平伯认为"佛教可以在根本上消除恶业，可以引导近代物的文明趋于正轨，它若配合了政治生计的措施，即可以渐渐达到理想的改革，在这娑婆世界上建设民主的极乐园。"

俞平伯在一系列文章中多次提到"大时代"一词。俞氏所谓的"大时代"并非指"光明时代""伟大时代"，如《随笔四则》有这样的话："那真的大时代就到了。是革命，不好听点也就是乱。"[①] 由此可见，俞氏所谓的"大时代"包含有"动乱时代""革命时代"的意思。他反对激进的"革命"，而主张渐进的"改良"，他隐约显露自己的这种观点是在《闲谈革命》一文中。俞平伯对"大时代"的隐忧还包括了他对科学无限发展的担心，这一点从他多次提到"原子弹"可约略看出。《随笔四则》说到："有人说，以机关枪打来，我们以机关枪打回去[②]，这不错了罢。却也难说，推而言之，原子弹来，必以原子弹往，你

---

① 俞平伯:《随笔四则》,《俞平伯全集》第 2 卷，第 721 页。
② 蒋光慈《血祭》诗中有一句诗为"顶好敌人以机关枪打来，我们也以机关枪打去！"见《蒋光慈文集》第 3 卷，上海：上海文艺出版社 1985 年，第 425 页。俞平伯所谓的"有人"指的应该是以"蒋光慈"代表的革命文学者。

意以为如何？这问题牵涉得太广，离题亦太远，不好再拉扯了。"① 在另一文中
又再次提到："如相竞甲兵，必以坚利为贵，甲坚兵利之极，必相竞以原子弹
者势也。彼以原子弹来，此以原子弹往，理则合矣，奈人类何？"② 原子弹为
科学高度发达之产物，他对原子弹毁灭人类之担忧，其实就是对科学无限发展
而得不到控制的前景之担忧。这种担忧，在以上文章中俞氏只是以其惯有的比
较婉曲的方式表露出来，而在《民主与佛学》一文中，他则毫不含糊地直接提
了出来。针对单纯发展科学的弊端，俞平伯掂出"宗教"作为应对，并就此作
过题为《谈宗教的精神》的专题演讲③。而在宗教中，他更为重视"佛学"的
救世作用，认为西方的基督教与中国的孔子学说，皆无法与佛教相比。佛学是
否能拯救人类，暂且不说，俞平伯认为科学之外人类还需要宗教与信仰，唯物
还要辅以唯心，"物的改革必与心的改革相配合，方是近代文明的开始"，这种
观点，应该还是有一定道理的。当然，他对科学之担忧，对"原子弹"之害怕，
在当时科学还不发达的中国，显得有点过于超前，但知识分子的良知和智慧，
就是在这种不合时宜的超前中见出。

三、《文章自修说读》

《文章自修说读》是俞平伯的一篇重要文论，文刊北京《国民杂志》1943
年第 3 卷第 5 期。文章开篇为："尝拟作文章四论，曰文无定法，曰文成法立，
曰声入心通，曰得心应手。以病懒放，迄未成也。"这说明作者曾有写作《文
章四论》的打算，这一点也可由其他人的文章得到证实。俞平伯私淑弟子吴小
如在回忆其师的文章中写道："先生在 1985 年的那次谈话，也提到了写文章的
经验。他归纳为四句话：'文无定法，文成法立；声入心通，得心应手。'这四
句话我在四十年代初谒师门时即已听说，可以说是先生一生创作理论的一个总
纲。先生对两位青年朋友说：'这四篇文章我并没有作成，而且恐怕永远也作
不成了。'我则以为，这十六个字已经把写文章的道理概括无遗，根本不需要

---

① 俞平伯:《随笔四则》,《俞平伯全集》第 2 卷，第 701 页。

② 俞平伯:《戊子元旦试笔（谈孟子）》,《俞平伯全集》第 2 卷，第 72 页。

③ 参见陈子善:《"历历前尘吾倦说"——琐忆俞平伯先生及其他》，见《古槐树下的俞平伯》,
第 146 页。

另费笔墨了。"① 吴小如提到俞平伯关于创作理论的十六字诀与《文章自修说读》提到的十六个字一字不差。吴小如指出俞平伯最早提到这十六字创作理论的时间是四十年代初，《文章自修说读》恰好发表于 1943 年，正可印证吴小如的说法是可信的。俞平伯在 80 年代还反复向弟子谈他总结的十六字创作理论，说明他对自己总结的这套创作理论的重视。吴小如认为这十六字创作理论"已经把写文章的道理概括无遗"，虽有点夸大之嫌，但他说这十六字代表了俞平伯一生创作理论的一个总纲，"如果我们根据这十六个字掉转头去仔细研究先生的创作道路，并总结先生对文学的贡献以及他的成就、业绩，我想一定会得出更新、更深、更切合先生创作实际的结论来的。"② 这种说法则是有一定道理的。

俞平伯自己也说过："我曾想做一组文章，谈谈做文章的问题，就叫《文章四论》。"③ 四论虽没写成，但他在 1985 年发表的《关于治学问和做文章》一文中对这四论的内涵有所阐释。其中，他认为十六字理论中的后两句更为重要，对这两句的阐发也更为详尽。这说明他对于这十六字中的后八字即"声入心通，得心应手"更为重视。现今发现的这篇佚文《文章自修说读》阐发的主旨正是四论之一的"声入心通"。笔者之所以这样认为，是因为文章第二段第一句话就是："读，声入心通之谓"。《文章自修说读》的关键词为"读"，而他对"读"的解释就是"声入心通"，这说明他这篇文章所谈的正是"四论"之一的"声入心通"问题。

俞平伯认为只有通过"读"的途径才能达到"声入心通"。读"有二焉，曰朗，曰熟，不朗，声何由入，不熟，不通于心矣。"④ 这是他对"读"的两个最基本要求。"朗"指朗诵，即大声阅读；"熟"指熟读，反复阅读，千百遍的阅读，最终达到出口成诵的地步。只有如此，才能"声入心通"，自然而然了解文章的思想和韵味，并由此而揣摩到作者的创作技巧，就如他文中所说："于古来名著背诵如流，斯有左右逢源之乐，而文章之事亦思过半矣。"这里的"文章之事"不但包含文章欣赏，而且还包含文章写作，而这些都要通过反复讽诵之后的"声入心通"来达到。

---

① 吴小如：《追忆俞平伯先生的治学作文之道——为悼念平伯师而作》，见《古槐树下的俞平伯》，第 333 页。

② 同上。

③ 俞平伯：《关于治学问和做文章》，1985 年《文史知识》第 8 期。

④ 俞平伯：《文章自修说读》，北京《国民杂志》1943 年第 3 卷第 5 期。

　　为什么要反复诵读才能达到对文章的真正理解并进而掌握创作的门径呢？《文章自修说读》对此没有进一步阐发。后来在 1979 年发表的《略谈诗词的欣赏》一文中，俞平伯对此有所解释："作者当日由情思而声音，而文字，及其刊布流传，已成陈迹。今之读者去古已遥，欲据此迹进而窥其所以迹，恐亦只有遵循原来轨道，逆溯上去之一法。当时之感既托在声音，今日凭借吟哦背诵，同声相应，还使感情再现。虽其生也至微，虚无缥缈，淡若轻烟，阅水成川，已非前水，读者此日之领会与作者当日之兴会不必尽同，甚或差异，而沿流讨源终归一本，孟子所谓'以意逆志'者，庶几近之。反复吟诵，则真意自见，笺注疏证亦可广见闻，备参考。'锲而不舍''真积力久'，即是捷径也。"[1]1985 年发表的《关于治学问和做文章》又重新申说了他的这种观点。各类文体中，诗与声音的关系最为密切，因此，俞平伯更为重视"诵读"在诗的学习与创作中的重要作用，如认为："诵读，了解，创作，再诵读，诗与声音的关系，比散文更为密切。杜甫说，'新诗改罢自长吟'，又说，'续儿诵文选'，可见他自己做诗要反复吟哦，课子之方也只是叫他熟读。俗语道：'熟读唐诗三百首，不会吟诗也会吟'，虽然俚浅，也是切合实情的。"[2]

　　重视诵读在诗文学习、欣赏与创作中的作用，是古典诗文论的精华和重要内容之一。现代作家对此也多有论述，俞平伯之外，叶圣陶特别是朱自清等人对此有颇为深入细致的探讨和研究。如朱自清认为学习文言文乃至欣赏文言，吟唱固然有益，但诵读也许帮助更大，强调"诵读总得多读熟读，才有效用"[3]，"经典文字简短，意思深长，要多读，熟读，仔细玩味，才能了解和体会。"[4]在古典诗文论和现代文论中，对于诵读及与此相关的吟唱等方面的研究和史料很多，总结这方面的经验，建构起现代诵读学不但可行且非常必要。从这个意义上说，《文章自修说读》自有其重要价值。

（作者单位：河南大学文学院）

① 俞平伯：《略谈诗词的欣赏》，《文学评论》1979 年第 5 期。
② 俞平伯：《关于治学问和做文章》，1985 年《文史知识》第 8 期。
③ 朱自清：《论诵读》，《朱自清全集》第 3 卷，南京：江苏教育出版社 1993 年，第 188 页。
④ 朱自清：《论百读不厌》，《朱自清全集》第 3 卷，南京：江苏教育出版社 1993 年，第 227 页。

革命与重构：论胡适的《白话文学史》

陈岸峰

一、前言

1921 年，胡适（适之，1891—1962）应教育部之邀，在第三届国语讲习所讲授 "国语文学史"，他将中国文学史分为两个时期，从汉到北宋为第一期，自宋以后为第二期；1922 年 3 月，他到南开大学作同一课题的演讲，便将两期的划分改为三期：汉魏六朝、隋唐、宋及以后；1922 年暑假在南开及同年 12 月在第三届国语讲习所，他都是用 1922 年 3 月的删改本，油印成册，发给学生。1927 年春天由北京文化学社出版《国语文学史》，乃未经胡适允许之下由北京师范学校的学生私自影印出版。后经修改，他终于在 1928 年易名为《白话文学史》，由新月书店正式出版①，反响巨大，影响深远②。这是第一部从 "白话" 角度撰写的文学史，为新文学运动的发展奠下了基础。历来有关此书的论述甚多，而真正深入阅读此书者却寥若晨星，至于评价则又褒贬不一：朱自清（佩弦，1898—1948）认为此书乃 "有识" "有见" "有史观"，甚至乃 "一以贯

---

① 有关从《国语文学史》至《白话文学史》的过程及两者之异同，详见胡适《白话文学史·自序》（北京：东方文化出版社 1996 年，第 1—7 页）、曹伯言《〈从国语文学史〉到〈白话文学史〉》（《学术界》1993 年第 2 期，第 33—35 页）。

② 胡适的《白话文学史》的影响巨大，仿者众多，例如：为白话文作史的有凌独见于 1922 年由上海商务印书馆出版的《国语文学史纲》；而以治 "汉学" 的方法治文学史的，有谭正璧于 1929 年由上海光明书局出版的《中国文学进化史》；而刘大杰分别于 1941 年（上册）与 1949 年（下册）由上海中华书局出版的《中国文学发展史》，则更是对胡适的《白话文学史》亦步亦趋，甚至有抄袭成分（详参戴燕《文学史的权力》，第 75 页、第 151—154 页）。朱自清《林庚〈中国文学史〉序》，见林庚：《中国文学史》，厦门：国立厦门大学出版社 1947 年，第 1 页。

之"的中国文学史；朱光潜（孟实，1897—1986）则惊讶于其中颠覆性的选评标准及不合常理的侧重比例[①]；而夏志清则认为这是一部"偏见极深的书"[②]。究竟此书是创见，还是偏见？在面对只有"上卷"而没有下卷而却又无法绕开的《白话文学史》，我们必须理解胡适的撰写动机，厘清其中的关键概念，分析整部书的具体例子及其论证过程，以至于将其置于当时的历史环境中作观照，方能获得整体的把握以认识其存在的意义。

二、文学史的革命

新文学运动，又称"文学革命"[③]，胡适便曾这样为新文学冠上"革命"的旗帜并阐释如下：

> 历史进化有两种：一种是完全自然的演化；一种是顺着自然的趋势，加上人力的督促。前者可叫做演进，后者可叫做革命。[④]
>
> 这几年来的"文学革命"，所以当得起"革命"二字，正因为这是一种有意的主张，是一种人力的促进。[⑤]

过去的文学发展只是默默的"演进"，而胡适要做的是"人力的促进"以达至"革命"。从"文学"而"革命"，在当时可谓振聋发聩，石破天惊；而从"人力的促进"达至的"文学革命"，则又可圈可点。如此的令人疑惑，在以下关于其《白话文学史》的具体例子及其论证过程的分析中，将得到印证。

在当时，胡适竖起新文学革命大旗的原因在于：

> ……一千多年的白话文学史种下了近年文学革命的种子；近年的文学革命不过是给一段长历史作一个小结束：从此以后，中国文学永永脱离了

---

① 朱光潜：《替诗的音律辩护——读胡适的〈白话文学史〉后的意见》，见《诗论》，武汉：武汉大学出版社 2008 年，第 174—175 页。
② 夏志清：《人的文学》，台北：纯文学出版社 1984 年，第 236 页。
③ 见陈独秀：《文学革命论》，胡适：《胡适文存》第 1 集，台北：远东图书公司 1953 年，第 17—21 页。
④ 胡适：《白话文学史·引子》，第 4 页。
⑤ 胡适：《白话文学史·引子》，第 4 页。

盲目的自然演化的老路，走上了有意的创作的新路了。①

"有意的革命"与"有意的创作"，基本上是胡适《白话文学史》的基本立场。从胡适的《白话文学史》看来，传统以来公认为重要的文学家及文学思潮的影响可谓荡然无存，因为他决意另辟蹊径：

> 中国文学史上何尝没有代表时代的文学？但我们不应向那"古文传统史"里去寻，应该向那旁行斜出的"不肖"文学里去寻，因为不肖古人，所以能代表当世。②

既然说白话文学较古文学更能代表当世，又何须"向那旁行斜出的'不肖'文学里去寻"呢？既是"旁行斜出"，便非主流，又何足以代表那一时代的文学呢？然而，胡适自己并没有意识到这种逻辑上的矛盾，进而大力鼓吹白话文学的"中心"地位：

> 我要大家都知道白话文学史就是中国文学史的中心部分，中国文学若去掉了白话文学的进化史，就不成中国文学史了，只可叫做"古文传统史"罢了。③

从"旁行斜出"一下子便跳到"中心"，速度惊人。既要鼓吹以白话文学为中心，就必须攻击古文传统：

> "古文传统史"乃是模仿的文学史，乃是死文学的历史；我们讲的白话文学史乃是创造的文学史，乃是活文学的历史。因此，我说：国语文学的进化，在中国近代文学史上，是最重要的中心部分。换句话说，这一千多年中国文学史是古文文学的末路史，是白话文学的发达史。④

在此，他从中国文学史中划分出"古文文学"与"白话文学"两部分，古

---

① 胡适：《白话文学史·引子》，第5页。

② 胡适：《白话文学史·引子》，第3页。胡适以"不肖"论文学，日后便招致批判。详见程俊英、郭豫适《应该把作家文学视为"庶出"吗？——"民间文学正宗说"质疑》（原载《解放日报》1959年3月9日）。

③ 胡适：《白话文学史·引子》，第2页。

④ 胡适：《白话文学史·引子》，第3页。

文文学与白话文学除了"模仿"与"创造"之别外，前者是"死文学"，后者则为"活文学"。"模仿"与"创造"，并没有绝对的必然，假如古文传统都是模仿，何以解释历代诗歌与古文体式的演变？又何以解释历代才人辈出，各擅胜场？又如何解释不同时期的文风改革的出现？若古文传统已是"死文学"，白话文又何以仍是"旁行斜出"的地位？如白话文学已是"中心"，又何须革命？诚如梅光迪（迪生，1890—1945）对胡适《白话文学史》所作出的反驳：

> 诚如彼等所云，则古文之后，当无骈体，白话之后，当无古文，何以唐宋以来，文学正宗，与专门名家，皆为作古文或骈体之人。此吾国文学史上之事实。①

无论如何，其逻辑不堪一击，我们只能视之为革命话语，一如一开始他所宣称的"文学革命"。胡适白话文学史观的建立，基本上乃承清末以降的疑古思潮而对传统文学的"重整"。胡适亟待的是将处于无意识状态、"旁行斜出"的白话文，有意识地引导上革命之途，以推翻传统文学的主导地位，成为新时代之主流。

三、白话文学的定义及范围

既是白话文学史，就是白话文源流的书写，故此胡适为"白话"，做出如下的三种定义：

> 一是戏台上说白的"白"，就是说得出，听得懂的话；二是清白的"白"，就是不加粉饰的话；三是明白的"白"，就是明白晓畅的话。依这三个标准，我认定《史记》《汉书》里有许多白话，古乐府歌辞大部分是白话的，佛书译本的文字也是当时的白话或很近于白话，唐人的诗歌——尤其是乐府绝句——也有很多的白话作品。这样宽大的范围之下，还有不及格而被排斥的，那真是僵死的文学了。②

---

① 梅光迪：《评提倡新文化者》，见孙尚扬、郭兰芳编：《国故新知论——学衡派文化论著辑要》，北京：中国广播电视出版社1995年，第72页。

② 胡适：《白话文学史》，第8页。

三种定义，简单而言，白话即是清楚、直接、简单的语言，即如他所说的"大众语"：

> 用一个字，不要忘了大众；造一句句子，不要忘了大众；说一个比喻，不要忘了大众。①

为进一步说明"白话"的特征，胡适又这样厘析"白话"与"文言"的关系：

> 中国这二千年何以没有真价值真有生命的文言的文学？……这都是因为这二千年的文人所做的文学都是死的，都是用已经死了的语言文字做的。……自从三百篇到于今，中国的文学凡是有一些价值有一些儿生命的，都是白话的，或是近于白话的。其余的都是没有生气的古董，都是博物院中的陈列品。②

在此，也只是简单的"生"与"死"的宣判而已，并没有真正深入分析。"文言的文学"既是死的，于是他便发明了一个新的传统——白话文的传统，其源流及范围如下：

> 我要大家知道白话文学不是这三四年来几个人凭空捏造出来的；我要大家知道白话文学是有历史的，是有很长又很光荣的历史的。……一千八百年前的时候，就有人用白话做书了；一千年前，就有许多诗人用白话做诗做词了；八九百年前，就有人用白话讲学了；七八百年前，就有人用白话做小说了；六百年前，就有人用白话的戏曲了；《水浒》,《三国》,《西游》,《金瓶梅》，是三四百年前的作品；《儒林外史》,《红楼梦》，是一百四五十年前的作品。我们要知道，这几百年来，中国社会里销行最广、势力最大的书籍，并不是四书五经，也不是程朱语录，也不是韩柳文章，乃是那些"言之不文行之最远"的白话小说！③

用白话讲学也可作为例证，则无异于说自古以来中国的日常言谈都是用白话文了，由此逻辑而推论而得出白话文的传统及其应用范围比古文及其他文类

---

① 胡适：《大众语在那儿》,《胡适文存》第4集，第534页。
② 胡适：《建设的文学革命论》,《胡适文存》第1集，第57页。
③ 胡适：《白话文学史·引子》，第1页。

更广的结论。无论如何，胡适既首倡白话文学，更剑及履及，其《国语文法概论》①，乃从理论、音韵以及例子示范作出论述，细腻深入，真可谓用心之作。

虽则如此，胡适还是承认白话文的发展资源有待后天的补充，故而指出"国语"的成熟还得靠吸收"方言的文学"②。他亦坦白地指出他所发明的白话文乃边缘的"方言"，并非原来作为中心的"国语"，但"中心"已腐朽，而"边缘"正是活力所在，由此白话传统便由此而"被发明"③，便这样取替了原有以文言文为中心的传统。白话文代表文明与进步，文言文则是腐朽与落后，前者迅速取缔后者，成为建构白话文学史的过程至关重要的一环。

在胡适建构白话文学史的过程中，民族主义在此扮演了历来为研究者所忽略的重要位置，纪尔兹（Clifford Geertz）说过：

> 民族主义不仅仅是社会变迁的附产物，而是其实质内容；民族主义不是社会变迁的反映、原因、表达、甚而其动力，它就是社会变迁本身。④

这句话对于五四时期的中国而言，是最为贴切不过的了。杜威（John Dewey，1859—1952）便认为五四运动的意义相当于"民族/国家的诞生"⑤。余英时亦曾指出，民族主义是百年来中国一个最大的动力⑥。

在胡适眼中，白话文的推行、白话文学的创作以及白话文学史的建构，其实就是"传统的再发明"（invention of tradition）⑦与崭生的中华民族的诞生。因此，古代白话文学的历史成了导向现代文学史叙事的一部分⑧。白话文学之从

---

① 胡适：《胡适文存》第 1 集，第 443—499 页。

② 胡适：《〈吴歌甲集〉序》，《胡适文存》第 3 集，第 659—660 页。

③ 见霍布斯鲍姆（Eric Hobsbawm）、兰格（Terrence Ranger）编；顾杭、庞冠群译：《传统的发明》，南京：译林出版社 2004 年，第 5 页。

④ Clifford Geertz，"After the Revolution: The Fate of Nationalism in the New States"，*The Interpretation of Culture: Selected essays*（New York: Basic books，1973），pp.251—252.

⑤ "John Dewey from Peking"，June 1，1919，in John Dewey and Alice Chipman Dewey，*Letters from China and Japan*，ed. Evelyn Dewey（New York: E.P. Dutton，1920），pp.209.

⑥ 余英时：《中国近代思想史中的激进与保守》，《历史月刊》1990 年第 28 期（6 月）第 144 页。

⑦ 参见霍布斯鲍姆（Eric Hobsbawm）、兰格（Terrence Ranger）编；顾杭、庞冠群译：《传统的发明》，第 5 页、第 13—15 页。

⑧ 宇文所安（Stephen Owen）著；田晓菲译：《他山的石头》，南京：江苏人民出版社 2003 年，第 310 页。

边缘走进中心的意义，在于将传统以来属于一小撮人的文人集团所享有的知识权力下放到普罗大众，而知识分子则以通俗、易懂的白话文推行"启蒙运动"。作为五四遗产一部分的白话文学史的建构，既带有"启蒙"的目的，同时亦蕴含胡适所寄予的"文艺复兴"：

> 其时由一群北大教授领导的新运动，与欧洲的文艺复兴有惊人的相似之处。该运动有三个突出特征，使人想起欧洲的文艺复兴。首先，它是一场自觉的、提倡用民众使用的活的语言创作的新文学取代用旧语言创作的古文学的运动。其次，它是一场自觉地反对传统文化中诸多观念、制度的运动，是一场自觉地把个人从传统力量的束缚中解放出来的运动。它是一场理性对传统，自由对权威，张扬生命和人的价值对压制生命和人的价值的运动。最后，很奇怪，这场运动是由既了解他们自己的文化遗产，又力图用现代新的、历史地批判与探索方法去研究他们的文化遗产的人领导的。①

他一直强调的是"自觉"，而且将新文学运动比附欧洲的"文艺复兴"，甚至认为他自己及新文学阵营中人一直的努力就是在"复兴"一个在传统中已存在的白话文学传统②。胡适、陈独秀为首的新文学阵营中人之所以反传统③，实出于民族主义的关怀，建构白话文学史便是其中具体实践之一④。故此，我们不能将《白话文学史》孤立地视为文学史，唯有将其置于胡适等新文学阵营中所亟于推动的中国文艺复兴的理想与五四思潮中，方能突显此书的真正意义。

---

① 见胡适著；欧阳哲生、刘红中编：《中国的文艺复兴》，北京：外语教学与研究出版社 2001 年，第 181—192 页。

② 罗志田对从清末至民国的所谓"文艺复兴"的曲折过程有深入详细的探讨，详见罗志田：《中国文艺复兴之梦：从清季的古学复兴到民国的新潮》（《汉学研究》2002 年第 1 期，第 277—307 页）；另可参阅唐德刚：《胡适与"中国文艺复兴运动"》（《胡适研究丛刊》1995 年第 1 辑，第 16—24 页）；高大鹏：《传递白话的圣火：少年胡适与中国文艺复兴运动》（板桥：骆驼出版社 1996 年）。

③ 相关论述可参阅 Lin Yu Sheng, *The Crisis of Chinese Consciousness*: *Radical Anti-traditionalism in the May Fourth Era*（Madison, wl: University of Wisconsin Press, 1979）, 85, 89, 91—92.

④ 见罗志田：《民族主义与近代中国·序论》，台北：东大图书股份有限公司 1998 年，第 17 页。胡适虽曾对友人说过整理国故与"发扬民族精神"无关，见胡适《胡适致胡朴安》（《胡适来往书信选》上册，香港：中华书局 1983 年，第 499 页）。事实并非如此，相关论述可参胡明：《胡适"整理国故"的现代评价》（《传统文化与现代化》1995 年第 2 期，第 84—85 页）。

四、重构的跋涉及其不足

胡适说过，研究历史的关键在于对史料作何种解释，他在对早期文学研究的分析中也曾指出：

> 国内一班学人并非不熟悉中国历史上的重要事实，他们所缺乏的只是一种新的看法。①

《白话文学史》的构成，很大程度上靠的就是胡适这种对古代文学的"解释"之功：

> 历史家须要有两种必不可少的能力：一是精密的功力，一是高远的想像力。没有精密的功力不能做搜求和评判史料的工夫；没有高远的想象力，不能构造历史的系统。②

"高远的想象力"与"构造历史的系统"的意识，故以"建构"一词形容其《白话文学史》的诞生，并不为过。胡适关于新文学的革命话语豪情万丈，态度坚决，而真正考验他的实际论证，却一点也不容易。以下，我们将逐一检阅胡适在《白话文学史》中所论及的各个时期中的白话文学，以深化对其《白话文学史》的了解，并就其中的观点、选择的作品以及论述逻辑，作出商榷。

（一）先秦至两汉

胡适这样谈及文学的源头《诗经》：

> 其实古代的文学如《诗经》里的许多民歌也都是当时的白话文学。不过《诗经》到了汉朝已成了古文学了，故我们只好把他撇开。③

简单一句话便撇开了《诗经》，而如《诗经》是白话文学的话，何以到了

---

① 胡适：《〈中国新文学大系〉第一集·导言》，见欧阳哲生编：《胡适文集》第 1 册，北京：北京大学出版社 1998 年，第 127 页。
② 胡适：《北京大学国学季刊发刊词》，《胡适文存》第 2 集，第 14 页。
③ 胡适：《白话文学史》，第 7 页。

汉朝却成了"古文学"？他并没有解释，亦没有谈及《楚辞》，很快便跳到
汉朝。他认为刘邦（季，前256—前195）及其臣下很多都是"无赖"出身，
因此便臆断："这一个朝廷之下，民间文学应该可以发达？"①"无赖"与"民
间文学"，似乎没有必然的逻辑关系吧？民间文学难道是刘邦及其臣下这批
人创造的吗？就以刘邦的《大风歌》而言，也未必就是刘邦所作，况且此
诗并非"民歌"，按胡适的思维，此诗应该属于维持封建统治的目的。他又
举《史记·项羽本纪》中项羽与刘邦的对话由《汉书》改写的例子②，《汉书》
的《外戚传》中的审阅口供，王褒的《僮约》，汉文帝的遗诏，昭帝、王莽
的诏令，王充的文字，崔寔的《政论》，仲长统的《昌言》等等，作为白话
文学的例子，这些例子，随便、孤立而且牵强。然而，他就此便作出以下的
判断：

> 从此以后，中国的文学便分出了两条路子：一条是那模仿的，沿袭的，
> 没有生气的古文文学；一条是那自然的，活泼泼的，表现人生的白话文学。
> 向来的文学史只认得那前一条路，不承认那后一条路。我们现在讲的是白
> 话文学史，正是那后一条路。③

接着，又论及民歌与文人及乐府三者的关系，指出李延年、司马相如、杨
得意：这班狗监的朋友组织的"乐府"便成了一个俗乐的机关、民歌的保存
所④，由此论定"俗乐民歌"影响力之大⑤。这本是可以在白话文学发展上大作
发挥的地方，但他没有深入讨论，便匆匆掠过。至于西汉的民歌，东汉民间文
学的"影响已深入了，已普遍了""文学史遂开一个新局面"⑥。这一切，都是
在胡适的"颇像"与"大概"⑦的前提下，推演出来的。

---

① 胡适：《白话文学史》，第8页。

② 胡适：《白话文学史》，第26，28，30—33页。

③ 胡适：《白话文学史》，第11页。

④ 胡适：《白话文学史》，第21页。

⑤ 胡适：《白话文学史》，第22页。

⑥ 胡适：《白话文学史》，第39页。

⑦ 胡适：《白话文学史》，第24页。关于胡适《白话文学史》中对汉代文学的书写的商榷，可
参阅王运熙：《汉代的俗乐和民歌——兼斥胡适〈白话文学史〉对乐府诗的歪曲和污蔑》，《复旦学报》
1955年第2期，第1—19页。

（二）魏晋南北朝

三曹中，胡适虽肯定曹操（孟德，155—220）与曹植（子建，192—232）的天才，然却没提及其诗与白话文学的关系。而他更肯定的是曹丕的《上留田行》与《临高台》，分别称之为"纯粹的民歌"与"绝好的民歌"①。匆匆略过三曹后，转谈"建安七子"，"建安七子"中只提及阮瑀（元瑜，165—212），胡适引用其《驾出北郭门行》，还来不及讨论，便转而论述繁钦（休伯，？—218）的《定情诗》，称之为"笨拙的白话诗"与"笨拙浅薄的铺叙"。如何"笨拙"？胡适举了张衡（平子，78—139）的《四愁诗》《有所思》及繁钦的诗作之后便说：

> ……可以明白文学的民众化与民歌的文人化的两种趋势的意义了。②

假如又是"文学的民众化"，又是"民歌的文人化"，那早就是白话文学的天下了。类似这样的结论性的判断很多，而一般都是随意而又没根据的。胡适又举应璩的诗，却又指有些诗："是通俗格言的体裁，不能算作诗"，勉强像诗只有《三叟》，可算是一首"白话的说理诗"③。他又大力揄扬阮籍（嗣宗，210—263），称之为"第一个用全力做五言诗的人""诗的范围到他方才扩充到无所不包的地位。"④然而，却又认为其"咏怀诗"增加了五言诗"文人化"的程度⑤。按理而言，阮籍的五言诗如增加了"文人化"，便是白话文的敌对势力，应受批判，但他不但没有这样做，而且矛盾地予以揄扬。

在第六章"故事诗的起来"，胡适从傅玄（休奕，217—278）的《秦女休》而论断秦女休的故事在民间，由流传的母题而论断流传越久，枝叶添的越多，描写的越细碎详细。这一观念，便诱发了顾颉刚（铭坚，1893—1980）从事孟姜女故事的考察与资料搜集⑥。

接着谈《孔雀东南飞》，胡适的重点在于反驳梁启超（卓如，1873—1920）

---

① 胡适：《白话文学史》，第 44 页。
② 胡适：《白话文学史》，第 49 页。
③ 胡适：《白话文学史》，第 50 页。
④ 胡适：《白话文学史》，第 51 页。
⑤ 胡适：《白话文学史》，第 51 页。
⑥ 相关论述可参阅陈岸峰：《疑古思潮与白话文学史的建构：胡适与顾颉刚》，济南：齐鲁书社 2011 年，第 127—131 页。

与陆侃如（衍庐，1903—1978）关于此诗受佛家思想影响的观点，以至于诗中夫妇下葬的地点以及此诗产生年代的推论①。这种假设与考据，令他忘乎所以，大书特书，完全忽略了此诗的实际内容分析及其在白话文学史上的意义。无疑，在第七章"南北新民族的文学"中，胡适如鱼入深渊，发现了渴望已久的民间文学的资料。这一章的材料，如《子夜歌》几百首、《华山畿》几十首、《敕勒歌》《木兰辞》以及其他南北民歌②，本应详细深入、梳理其发展源流及说明其对唐代文学的影响，可是胡适又匆匆掠过，这跟他在推论《孔雀东南飞》时的兴头很不一致。

在第八章"唐以前三百年中的文学趋势——300—600"，胡适先是批评陆机（士衡，261—303）的骈偶的恶劣诗句，而左思（太冲，约250—约305）的骈偶"却不讨人厌"，为什么有此分别呢？他再引述左思的《娇女诗》、程晓（生卒年不详）的《嘲热客》，然后下论断说：

> 大概当时并不是没有白话诗，应璩、左思、程晓都可以为证。但当日的文人受辞赋的影响太大了，太久了，总不肯承认白话诗的地位。后世所传的魏晋时人的几首白话诗都不过是嘲笑之作，游戏之笔，如后人的"打油诗"。③

由此，王褒（子渊，约513—576）的《僮约》、左思的《娇女诗》及程晓的《嘲热客》几乎成为胡适《白话文学史》中的白话文学的典范之作，一再引以为证。这就是他所推崇的"打油诗"，品味比较独特④，相信无论当时还是现在，能认同其品味的人并不会太多。

东晋期间，另一可以进入胡适法眼的只有郭璞（景纯，276—324），他认为郭璞的四言诗也不免犯了"抽象的毛病"，但其五言的《游仙诗》便不

---

① 胡适：《白话文学史》，第60—74页。
② 胡适：《白话文学史》，第77页。
③ 胡适：《白话文学史》，第88—89页。
④ 胡适大概是以学生在进入大学前，就读过相当数量的作品为前提的，因为在1920年讨论中学的国文课程时，他竭力反对上文学史课，认为"不先懂得一点文学，就读文学史，记得许多李益、李顺、老杜、小杜的名字，却不知道他们的著作，有什么用处？"见胡适《中学国文的教授》（《胡适文存》第1集，第221页）。戴燕由此便认为胡适是以短篇小说的阅读方式阅读整个中国文学传统，从而打破小说与诗、文间的界限，把韵文、散文统统归纳到同一个短篇小说系统。见戴燕著《文学史的权力》，第141页。

同了，因为这些诗里固然也谈玄说理，却不是抽象的写法。"抽象"便背弃离了白话文学，但"谈玄说理"又怎能不抽象呢？无论如何，结论却几乎否定了两晋文学，除了左思、郭璞少数人之外，其他的都只是"文匠诗匠"而已。胡适又误将出身门阀之第的陶潜视为生于民间，既是属于民间的陶潜（元亮，约365—427），自也少不了引其《田园诗》。又抨击颜延之（延年，384—456）是一个庸才，他的诗"毫无诗意"，推崇鲍照（明远，414—466）的《行路难》末篇的"但愿樽中九酝满，莫惜床头百个钱"。然而，这样的诗又有什么诗意？至于他挖出的僧人惠休（生卒年不详）与宝月（生卒年不详），无论是当时还是现在，又有多少人认识他们？难倒他的是下面的一句："至平上去入，则除病未能；蜂腰鹤膝，闾里已具。（末四字不可解）。"胡适所说的"末四字不可解"，其实钟嵘（仲伟，468—518）即已指出声律虽在他眼中是"病"，但却不但未除，且已在文人以至于民间创作中普及起来了，即是说注重四声，已成潮流。事实上，胡适所慨叹的永明文学中的"大劫"，指斥沈约（休文，441—513）、王融（元长，467—493）的声律论在文学史上造成了不少劣恶影响，造成律诗与骈文的"严格的机械化"，却正是日后盛唐诗歌臻于巅峰的准备时期。反讽的是，他又认为萧梁一代几个帝王仿作的乐府是文学史的新趋势，这也是其独创。如按胡适对萧梁文学的评价，陈子昂（伯玉，约661—702）以及初唐四杰的文学革新又有何意义？至于胡适称陶弘景（通明，456—536）的《答诏问山中何所有》为严格的绝句，益证明前面钟嵘记述四声格律在文人间普遍实践之论乃真实情况，而胡适却在此不自觉地罗列出来并作评论，既是无法自圆其说，亦可谓是论证上的失误。此外，陈叔宝（元秀，553—604）与宫廷与狎客所作的艳体诗，胡适认为"应该有民歌化的色彩"。一个在深宫妇人堆中的风流皇帝，如何作得了"很有民歌的风味"的诗呢？其《三妇艳词》《舞媚娘》《自君之出矣》《乌栖曲》《东飞伯劳歌》，这些作品，又何以见得具有民歌风味呢？胡适说：

> 有天才的人，在工具已用的纯熟以后，也许也能发挥一点天才，产出一点可读的作品。正如踹高跷的小旦也会作回旋舞，八股时文也可作游戏文章。有人说的好："只是人才出八股，非关八股出人才。"

以上的文字，不正好说明了格律确实在唐代被一批才子写得出神入化而传播海内外吗？但为了抨击律诗，胡适又如此扭曲杜甫（子美，712—770）

的本意：

> 其实所谓盛唐律诗只不过是极力模仿何逊、阴铿而得其神似而已！杜甫说李白的诗道："李侯有佳句，往往似阴铿。"①

盛唐律体的玄妙不过尔尔，不过如杜甫说的"恐与齐梁作后尘"而已。杜甫以阴铿（子坚，511—563）为典范，主要是为了推崇李白（太白，701—762），而并非真的指李白乃阴铿的影子。除了胡适之外，我们都知道李、阴二人风格绝不一样，李白更为出色的是古诗而非律诗，至于盛唐律体之妙，更非胡适的文学品味所能领略的了。

（三）翻译的佛经

胡适在合共十六章的《白话文学史》中，以第九、十两章的篇幅，罗列了很多他称之为"捣乱分子"的翻译的佛经故事②，作为那时期白话文学的证据，可谓煞费苦心。"佛教的翻译文学"，即外来的文学（如果是"文学"的话），算得上是中国文学或白话文学吗？以其所举例子为证：

> 心坚强者，志能如是，则以指爪坏雪山，以莲华根钻穿金山，以锯断须弥宝山。……有信精进，质直智慧，其心坚强，亦能吹山而使动摇，何况除嫭怒痴也！③

以上文字，算是白话文学吗？我们要质疑的是：一、无论在当时还是现在，无论是王公贵族、文人士大夫或他所谓的"愚夫愚妇"（白话文的主流读者）④，会将这些翻译的佛经视为文学吗？二、翻译的佛经，即使算是文学，亦非"中国文学"，更非由中国民间发展出来的白话文学；三、当时崇信佛教的又有多少人？"愚夫愚妇"最多也只是到寺庙参拜、求福而已，怎会捧读这些翻译的佛经？翻译的佛经与之前提及的打油诗、儿歌、民歌又何其的不同，而读者群又属于不同范畴，如何解释他们均是白话文学史的推动力量？简而言之，胡适

---

① 以上引文分别见胡适：《白话文学史》，第 91 页、第 92 页、第 93 页、第 93—95 页、第 97 页、第 101 页、第 103 页、第 104 页、第 104—105 页、第 109 页、第 111 页、第 113 页。

② 胡适：《白话文学史》，第 114 页。

③ 胡适：《白话文学史》，第 122 页。

④ 胡适：《白话文学史》，第 114 页。

花了八分之一的篇幅罗列翻译的佛经作为白话文学的组成部分①，可谓枉费心血，益令人觉得白话文学在当时的匮乏。原因很简单，他并没有搜集足够的白话文学的资料以作充分的论证，这还得等待后来其学生顾颉刚孜孜不倦地搜集民歌、民谣②。从这两章的文字，以及第十一章"唐初的白话诗"中以禅宗的偈作为白话文学的一部分，我们不得不怀疑这些资料，很可能是胡适研究禅宗或佛学的副产品而已③。

（四）唐代

在各种体式的诗歌大放光彩、诗艺臻于巅峰造极的唐代诗歌，胡适却作出以下宣言：

> 我近年研究这时代的文学作品，深信这个时期是一个白话诗的时期。故现在讲唐朝的文学，开篇就讲唐初的白话诗人。
>
> 白话诗有种种来源。第一个来源是民歌，这是不用细说的。一切儿歌，民歌，都是白话的。第二个来源是打油诗，就是文人用诙谐的口吻互相嘲戏的诗。

经其研究，我们才知道唐朝的诗也是白话诗。而他所罗列的儿歌与打油诗，作为唐代的文学作品，可谓震惊学界，几乎全是"拿来主义"，可用即用。为了扩充白话文的范围，他又将歌妓的歌与佛学故事一并收编。应该是说，歌妓的歌词很可能就是来自民歌，这跟她们的出身或有密切的关系，而她们的歌唱或许便影响了流连其间的文人才子的创作，但这传播的过程也太曲折了，亏他想得到。至于佛学故事，已是旧调重弹。在论及唐初的王绩，又说他的诗像陶潜，既只是"像"便作为白话诗人，就连论证也省掉了，只罗列

---

① 关于"佛教的翻译文学"所占的巨大篇幅，李长之也提出质疑。见李长之：《胡适〈白话文学史〉批判》，《人民文学》1955 年第 3 期，第 111 页。

② 相关论述可参阅陈岸峰：《疑古思潮与白话文学史的建构：胡适与顾颉刚》，第 123—139 页。

③ 胡适在佛学与禅宗的研究包括《禅学古史考》《从译本里研究佛教的禅法》《菩提达摩考》《论禅宗的纲领》《白居时代的禅宗世系》《神会的语录》《维摩诘经唱文的作者与时代》；《楞伽宗考》《楞伽师资记序》《荷泽大师神会传》《神会和尚遗集序》《坛经考之一》《坛经考之二》分别见《胡适文存》第 3 集，第 255—274、275—292、305—309、310—318、353—355 页；《胡适文存》第 4 集，第 194—235、236—244、245—288、289—291、292—301、302—318 页。

了《初春》《独坐》《山家》及《过酒家》便草草了事。胡适在前面大力抨击骈文，但碰上也作骈文的初唐四杰，于是他又不得不改口说他们虽也用骈俪文体，而文字通畅，意旨明显，故作品能"传诵一时，作法后世"，因为这种文字都是通顺明白的骈文。如此一来，还该否定骈文吗？还该否定其所抨击的主流文学吗？胡适接着又再仔细罗列诗僧寒山（约691—793）、拾得（生卒年不详）的禅偈与禅诗①。事实上，那些禅诗与他推为典范的民歌、儿歌及打油诗完全不一样，与老百姓的情感与日常生活毫无关系，如何称得上白话文学？寒山、拾得的读者群在哪里？

可以说，从唐代诗歌开始，胡适便失去逻辑的论证，思维混乱，诗人的次序颠倒，充塞篇幅的大多是诗人的生平以及大段的引录《大唐新语》《全唐新话》《隋唐嘉话》《太平广记》《全唐诗话》《开天传》《信记》《旧唐书》等书籍。这些数据庞杂，整整一章，我们看不出乐府如何产生白话，以及其引用的作品中的白话特征，更遑论白话文学发展的论证。在论及唐代乐府的发展时，竟将王维置于高适（达夫，706—765）、岑参（715—770）、贺知章（季真，约659—约744）、王昌龄（少伯，698—756）之后，然后论及李白。我们很难理解这是怎样的"发展"？至于在文学史上占重要地位的李白，胡适认为他是白话诗人的原因在于：第一、李白有意用"清真"来救"绮丽"之弊，所以他大胆地运用民间的语言，容纳民歌的风格，很少雕饰，最近自然；第二、李白奔放自由的想象能充分发挥诗体解放的趋势；第三、李白多方面的尝试使乐府歌辞的势力侵入诗的种种方面。故此，两汉以来无数民歌的解放作用与影响，到此才算大成功。胡适便这样将"诗仙"李白收编为白话文学阵营的一员。

在第十三章"歌唱自然的诗人"，胡适大量的罗列孟浩然（689—704）、王维（摩诘，701—761）、元结（次山，719—772）、司马承祯（子微，647—735）的作品，指出王维、孟浩然的律诗具"解放的趋势""倾向白话化"，而这种倾向，经过杜甫、白居易，再及晚唐，"律诗几乎全部白话化了"。众所周知，律诗是在唐代才形成并臻于巅峰，王维与杜甫均为个中高手。令人难以信服的是，如何能说杜甫的律诗也倾向白话化？在第十四章"杜甫"的前半部分几乎就是杜甫的传记，及至下半部分才转入论及杜甫诗的诙谐，竟然说杜甫

① 以上引文分别见胡适：《白话文学史》，第155页、第156页、第170—171页、第174—180页。

的诗是"打油诗"的风趣。在评《茅屋为秋风所破歌》时，称之为"穷困里的诙谐风趣"？强将杜甫诗涂上"打油诗"色彩，实际也就为了强将"诗圣"收编为白话文学中的一员。又宣称："律诗是条死路，天才如老杜尚且失败，何况别人？"①难道是说杜甫在律诗方面失败了，不得不走向"打油诗"的方向？杜甫晚年的律诗，特别是其《秋兴八首》可谓将律诗推展至极致的典范之作②，胡适没有顾及历史评价，亦缺乏欣赏的能力③。更为荒谬的是，胡适花了整整一章论述杜甫，本想将他收编为白话文学发展史中的一员，而最终却又变卦并将他打入失败者之列。杜甫如失败了，何以被称为"诗圣"？而《白话文学史》又何以为他独辟一章？

在第十五章"大历长庆间的诗人"中，胡适以元结、顾况（逋翁，约725—约814）、孟郊（东野，751—814）、张籍（文昌，768—830）、卢仝（约795—835）、韩愈（退之，768—824）等诗人作为论述中心，又逐一为以上这些诗人的生平作了大篇幅的详细介绍，这是他在《白话文学史》中的一贯做法，而同时不忘提醒读者，王褒的《僮约》、左思的《娇女》、陶潜的《自责》《挽诗》在白话文学上的影响。当然，这只是他一厢情愿的想象而已，实际上我们并看不出王褒、左思以及陶潜那些作品在其所讨论的这些诗人的作品中有任何的影响痕迹。他这样评元结的诗：

> 《闵荒诗》《治风诗》《乱风诗》，这也是作诗讽谏，但诗太坏了，毫没有诗的意味。

除了打油诗，还有什么是好诗呢？讽谏也是诗的功能，如这样的诗没有"诗的意味"，那打油诗、禅诗又何尝有"诗的意味"？至于卢仝，只是一个"大

---

① 以上引文分别见胡适：《白话文学史》，第 208—209 页、第 220 页、第 245、247 页、第 256 页。

② 胡适在《尝试集自序》中说："我初做诗，人都说我像白居易一派。后来我因为要学时髦，也做一番研究杜甫的工夫。但是我爱读杜诗，只读《石壕吏》《自京赴奉先咏怀》一类的诗，律诗中五律我极爱读，七律中最讨厌《秋兴》一类的诗，常说这些诗文法不通，只有一点空架子。"（欧阳哲生编：《胡适文集》第 9 册，第 70 页）关于胡适《白话文学史》论及律诗而抨击律诗并不提及其集大成的《秋兴八首》，戴燕亦颇为不解并援引了不少论著以示胡适选评之不当（详参戴燕著：《文学史的权力》，第 139 页）；另可参阅陈岸峰：《江湖满地一渔翁：杜甫〈秋兴八首〉中的凋伤意识及政治批判》（《诗学的政治及其阐释》，香港：中华书局 2013 年，第 155—208 页）。

③ 李长之便对胡适对诗歌的"欣赏能力"与"理解能力"以及其对杜甫律诗的贬抑做出批评。详见李长之：《胡适〈白话文学史〉批判》，《人民文学》1955 年第 3 期，第 116 页。

胆尝试的白话诗人，爱说怪话，爱做怪诗"，胡适重申卢仝的《走笔谢孟谏议寄新茶》是打油诗，乃白话诗的来源，又再次指出此诗受了王褒《僮约》及左思《娇女》的影响①。评韩愈的《山石》为"韩诗的最上乘"，上承杜甫，下启宋朝的苏轼（子瞻，1037—1101）、黄庭坚（鲁直，1045—1105），开创了"说话式"宋诗风气。若按胡适的打油诗的标准，像韩愈的《山石》此诗的文人思维与情调，又何以是"最上乘"，甚至成为风气而开启宋诗？就在前两页大力推崇韩愈后，两页后又批评他"总想作圣人""喜欢掉书袋"，文学却要古雅，押韵又奇僻隐险，于是走上了一条"魔道"，而最终韩愈的下场却是："终于作一个祭鳄鱼贺庆云的小人。"这样苛刻、武断的评价，实令人难以理解。

在第十六章"元稹白居易"，胡适先叙述两位诗人的生平以及文学主张，及至中间部分，终于论及白居易（乐天，772—846）的作诗要使老妪也明白的主张，又以新发现的敦煌石室的俗文学以说明元、白的七言歌行乃受了俗文学的影响②。而此章后面的十三页，均是罗列元、白的诗歌，并没有任何的总结，便由此而终结了《白话文学史》的"上卷"。

胡适《白话文学史》中的具体论证过程中，没予以各个他所认为的关键时代以及体式之更迭以至于文学现象之传承或因果关系做出系统而连贯性的诠释。更有甚者，其叙述态度轻率，结论武断，对于整体的白话文学史的资源并没有做出深入的挖掘或就仅有的资源做出梳理，其进程几乎是信手拈来，随笔之所至而随时在版图上任意标签，其攻城略地之快感与优越的姿态，显而易见，而这一切均暴露其对文学史认知的缺陷及盲区，亦是其白话文学史的建构存在的弱点，而这正是此书日后招致众多攻击之所在。有人"病其偏不全，时多武断之语"；有人对其偏向白话文学不以为然。郑振铎（西谛，1898—1958）则指出《白话文学史》落入了旧文学的本质上的发展，而追逐于文学所使用的语言那个狭窄异常的一方面的发展"魔障"，例如只能引用杜甫集子中几篇带诙谐性的小诗而舍弃其典范性的作品，即是"魔道之一"③。游国恩（泽承，1899—1978）则认为胡适对于文学形式看得太重，"像王梵志的打油诗并没有

---

① 以上引文分别见胡适：《白话文学史》，第260页、第291页、第292页。

② 以上引文分别见胡适：《白话文学史》，第302页、第303页、第326—327页。

③ 郑振铎：《中国文学史的分期问题》，《郑振铎文集》第7卷，北京：人民文学出版社1985年，第70页。然而，郑振铎的文学史观及其治学方法基本是受了胡适的影响。相关论述可参阅徐雁平：《胡适与整理国故考论——以中国文学史研究为中心》，合肥：安徽教育出版社2002年，第198—215页。

什么思想性，只因为比较通俗，就在《白话文学史》里大捧而特捧"①。余冠英（1906—1995）更总结出胡适《白话文学史》的五个问题：第一是割截历史，汉高祖以前的文学史都不提；第二是抹煞事实，否定了古文、骈文、律诗，还有《史记》《汉书》、唐人传奇等；第三是隐蔽精华，对诗人中的陶渊明、李白、杜甫评价都不够高；第四是搬运糟粕，王褒"戏弄侮辱劳动人民"的《僮约》、王梵志"宣传颓废思想"的打油诗反倒进了文学史；第五是捏造或歪曲"公例"，公例之一是文言和白话的长期对立不断斗争说，之二是文体进化论，之三是一切新文学的来源都在民间②。王瑶则认为胡适"想尽办法把一切的作品都说成是白话的"③。以上种种批评，十之八九皆是中的之言。当然，我们必须考虑的是《白话文学史》原为胡适的演讲稿，同时亦是"有意"为之的革命话语。故此，套用任何的理论对胡适此书做出解读，终将是方凿圆枘的枉然。

虽然关于胡适《白话文学史》的批评不绝，质疑不断，然而，随着赵家璧（1908—1997）在1935年所主编的《中国新文学大系》的出版，白话文学已成为现实，胡适与新文学阵营中人以至于其论敌，均看见了这一不可逆改的事实，殆无可疑。

五、"上卷"之外的补缺

胡适在其《白话文学史》的"上卷"一书中所列出的具体民间文学作品可谓寥若晨星，而且论据亦难以令人信服④。随着胡适声望愈隆、地位愈高，就更无暇于继续《白话文学史》"下卷"的撰写工作了。本来最值得发挥的宋诗以及元、明戏曲，他只撰写了《词选自序》《词的起源》以及《元人的曲子》⑤

---

① 游国恩：《批判胡适的资产阶级唯心的学术观点和他的思想方法》，载《光明日报》1954年12月22日。

② 余冠英：《胡适对中国文学史"公例"的歪曲捏造及其影响》，载《文艺报》1955年第17期。

③ 王瑶：《辟胡适的所谓"历史进化的文学观念"》，《关于中国古典文学问题》，上海：古典文学出版社，1956年版，第81页。

④ 在当时，严既澄便曾多番对胡适的白话文学史做出质疑，而其质疑亦促使胡适觉察其理论上的不周之处，从而一再修订其白话文学史观。相关论述，可参罗志田：《整理国故与文学史研究——跋胡适的一封信》，《中国社会历史评论》2002年第4卷，第465—472页。

⑤ 分别见《胡适文存》第3集，第630—636、637—650、651—658页。胡适于1928年由上海新月书店出版的《白话文学史》的《自序》中有"新纲目"，此中便包括宋词、元曲以及明清小说。

三篇文章，便没作深入挖掘。至于明、清小说的考证，也可视作明、清部分的补缺①。由此串连起来，大致可见胡适的白话文学史的蓝图。

为了进一步深化其《白话文学史》的文学革命，胡适作了大量的小说考证。胡适将白话小说捧为白话文学的正宗，并称之为文学史上的"哥白尼的天文革命"②。其小说考证乃从《水浒传》开始，最初他只是为了上海亚东图书馆用新式标点分段点读出版的《水浒传》写序言，即《〈水浒传〉考》，不料该书一出版即畅销，两年之间即发行了八版，共一万一千余册。因此，亚东图书馆又在胡适的指导下陆续出版了一系列新式标点的传统小说，包括《儒林外史》《红楼梦》《三国演义》《西游记》《镜花缘》《水浒续集》《老残游记》《海上花》《儿女英雄传》《三侠五义》《官场现形记》《宋人话本八种》《醒世姻缘传》《今古奇观》以及《十二楼》，再加上之前出版的《水浒传》，一共出了十六种。其中，前十四种均有胡适的考证、传序或引论。胡适大量的白话小说考证工作，其过程实际上就是将白话小说作为新典范的经典化（canonization）过程，从而提高白话文学、民间文学的地位，确立新的文学观念③，更为重要的是为其《白话文学史》的"上卷"作了补缺④。

六、疑古思潮与白话文学史的建构及其影响

（一）疑古思潮与白话文学史的建构

主流文学不能代表当世，而不为人熟知的诏令、口供、僮约、打油诗、佛典、帝王及其妃嫔的诗句却成为典范，这一切的截然不同于传统以来的文学史

---

① 黎锦熙曾一一列举胡适的这些文章，指出："他这种考证的工作和成绩，称得起'前无古人'；我们把这些文章依次看完，尽够国语文学史中近代小说专史大部分的资料了。"见《胡适〈国语文学史〉代序致张陈卿、李时、张希贤》（欧阳哲生编：《胡适文集》第 8 册，第 15 页）。

② 胡适：《中国新文学大系建设理论集·导言》，赵家璧主编：《中国新文学大系》第 1 集，香港：香港文学研究社 1972 年，第 21 页。

③ 同上，第 345 页。

④ 陈平原亦认为"胡适在明清小说研究上的突出成就，可补《白话文学史》没能如愿修订的不足。"见陈平原：《胡适的文学史研究》，见王瑶主编：《中国文学研究现代化进程》，第 214—215 页。

书写与勉强的论证^①，均为胡适的白话文学史建构烙上话语霸权的色彩，对此他亦曾坦白承认：

> 胡适当时承认文学革命还在讨论的时期……故自取集名为《尝试集》，这种态度太和平了。若照他这个态度做去，文学革命至少还须经过十年的讨论与尝试。但陈独秀的勇气恰好补救这个太持重的缺点。……当日若没有陈独秀"必不容反对者有讨论之余地"的精神，文学革命的运动决不能引起那样大的注意。^②

胡适的态度其实一点也不"和平"，至于陈独秀"必不容反对者有讨论之余地"的言论，则更是专横。胡、陈的这种态度，既非寻找代表时代的文学真象，明显流露出为推翻"传统"而产生的叛逆态度，正如宇文所安（Stephen Owen）所指出：

> 在中国文化的进程里，五四学者和批评家们对传统的判断代表了一个新的正统传统的产生，而这正统传统的规模是前所未有地宏大。它和古典传统的结束及其盖棺论定紧密相关。古典传统现在已经成为中国文化的"遗产"，不再是中国文化的媒介了。学校系统将要教授大的意义上的文学，而不是少数几个经过选择的高雅文学体裁。老师们会告诉学生什么是好的、进步的，什么是坏的、落后的。既然学生们将是五四的肖子——还有肖女，那么在这场革命的基础上，一个新的正统经典传统就此诞生。^③

胡适的《白话文学史》及其白话文学史观之所以能产生巨大的影响^④，就

---

① 李长之指出："……胡适的《白话文学史》里所津津乐道的王褒的《僮约》，便只能说是当时官僚士大夫的应用文，佛经翻译也只能说是翻译技术的例证，而王梵志的诗歌实在是佛教的偈语，都很难划入文学范围的。"见李长之：《胡适〈白话文学史〉批判》，《人民文学》1955年第3期，第112页。

② 胡适《胡适文存》第2集，第249—250页。

③ 宇文所安（Stephen Owen）著；田晓菲译：《过去的终结：民国初年对文学史的重写》，《他山的石头》，第318页。

④ 尽管《白话文学史》存在种种争议性的问题，但它却不失为书写文学史的一种典范，故此"大中学校的文学史课程中采此书为参考书或课本者，不计其数"；而胡适此书实际上也影响了后来的文学史书写，如郑振铎的《俗文学史》《插图本文学史》与陆侃如、冯沅如的《中国诗学》都是在不同的层面上受了胡适的《白话文学史》的影响。见陈改玲：《胡适与文学史学科——评〈白话文学史〉》，《胡适研究》2000年第4期，第175页、182—184页。

是他以"革命"的思维建构起来的"新的正统经典传统"在激烈的疑古思潮之氛围下 ①，从而深刻地影响到自五四以降的文学史书写，以及近百年以来的文学发展路向等等的大问题。

胡适在文学史上的最根本的治学方法，就是他大肆宣传而为世人所熟悉的看家本领——"大胆的假设，小心求证"。在《白话文学史》中，胡适提供了一种写作文学史的方法。他设想现在占主导位置的文学现象是文学史发展的必然趋势，并寻找史料来证明这一设想。这里所谓的"设想"，就是由"疑古"而作的想象。在《白话文学史》的序言中可看到，他二易提纲，对假设的一次次变动，都是由于发现新的"孤本秘籍的发现" ②，使他不断推翻以前的假设，同时也扩大了他的研究视界，例如，他对佛教文学的大量介绍和研究，让这些材料第一次在文学史中呈现出来，而他在每一章之后所做的补充说明，都显示出新史料的发现所引起的假设上变化。如此种种，均是疑古方法的体现。

胡适重考证而轻视形上义理 ③，是很明显的事实，故而他在《白话文学史》中极少对于罗列的作品在白话文学史进展中的作用做理论上的阐释，在章节之间也缺少连贯的说明，甚至整体上也不见有一个有步骤的演化过程的叙述。这无疑是《白话文学史》众多缺陷中的致命伤。

（二）"整理国故"的意义

胡适在反传统之余，倒过头来又提倡"整理国故"，在当时确实令很多人相当疑惑。例如，钱基博（子泉，1887—1957）便就此而指责此举与其倡导文

---

① 相关论述可参阅陈岸峰：《疑古思潮与白话文学史的建构：胡适与顾颉刚》，第 14—39 页、49—54 页、158—159 页；路新生：《中国新三百年疑古思潮研究》，上海：上海人民出版社 2001 年，第 495—588 页。

② 1932 年 8 月 15 日，鲁迅写信给台静农说："郑君治学，盖用胡适之法，往往恃孤本秘籍，为惊人之具，其为学子所珍赏，宜也。我法稍不同，凡所泛览，皆通行之本，易得之书，故遂孑然于学林之外。"见鲁迅文集全编编委会编：《鲁迅文集全编·南腔北调集》，北京：国际文化出版公司 1995 年，第 1989 页。

③ 有关胡适轻视形上义理而侧重考证，一方面与他本人的个性有关，另一方面亦是与他的学术训练有关，余英时便指出："胡适从考证学出发，上接程、朱的'穷理致知'的传统，因而对陆、王不免有排斥的倾向。"（见余英时：《中国近代思想史上的胡适》，台北：联经出版事业 1994 年，第 73 页）；有关胡适对陆、王思想的排斥，可参胡适：《戴东原的哲学》（见姜义华编：《胡适学术文集·中国哲学史》下册，北京：中华书局 1998 年，第 1103 页）。顾颉刚正亦是在学术性格上的取向的类同而能与他在学术上契合无间。

学革命乃言行不一致的表现①。胡适及新文学阵营中人的进入"传统",其实亦在于向旧学中人证明他们不忘传统,并且拥有熟谙旧学的实力,更重要的是他们反传统只是一个空洞的概念,只有在切实的进入"传统"的内部,并对其作出"整理"后方才展开具体而深入的"传统的再发明"的进程。这种构想,其实胡适早已表达得很清楚,只不过不为旧文学阵营所理解而已。胡适在《新思潮的意义》一文中提出了"整理国故"的构思:

> 我们对于旧有的学术思想,积极的只有一个主张,——就是"整理国故"。整理就是从乱七八糟里面寻出一个条理脉络来;从无头无脑里面寻出一个前因后果来;从胡说谬解里面寻出一个真意义来;从武断迷信里面寻出一个真价值来。②

在胡适眼中的"国故"原来是"乱七八糟""无头无脑""胡说谬解""武断迷信",正如他所说的:"国故"包含"国粹",但它又包含"国渣"③。经过整理,"国粹"与"国渣",判然立现,胡适早已说得很明确,"整理国故"就是"重新估定一切价值"④,而其最终的目的在于"再造文明"⑤。这种再造文明其实又早已存在,便是他们设定的目标,故而他说:

> 在历史的眼光里,今日民间小儿女唱的歌谣,和诗三百篇有同等的位置;民间流传的小说,和高文典册有同等的位置;吴敬梓、曹沾和关汉卿、马东篱和杜甫、韩愈有同等的位置。⑥

因为胡适、顾颉刚的"整理国故"的关系,顾炎武(宁人,1613—1682)、颜元(易直,1635—1704)、戴震(东原,1724—1777)、吴敬恒(稚晖,1865—1953)这些被他们视为反理学的思想家纷纷出土⑦,而代表白话小说典范的如《水浒传》《红楼梦》《西游记》等亦纷纷进入世人的视野,并登堂入

---

① 钱基博:《现代中国文学史》,(长沙)岳麓书社,1986年,第475、492页。
② 胡适:《新思潮的意义》,《胡适文存》第1集,第735页。
③ 胡适:《〈国学季刊〉发刊宣言》,《胡适文存》第2集,第7页。
④ 胡适:《新思潮的意义》,《胡适文存》第1集,第728页。
⑤ 胡适:《新思潮的意义》,《胡适文存》第1集,第736页。
⑥ 胡适:《〈国学季刊〉发刊宣言》,《胡适文存》第2集,第8页
⑦ 胡适:《几个反理学的思想家》,《胡适文存》第3集,第53—108页。

室，纳入大学文学教程。同时，因为胡适及其学生顾颉刚对疑古思潮的传承，姚际恒（立方，1647—约 1715）、崔述（武承，1740—1816）、郑樵（渔仲，1104—1162）以及王柏（会之，1197—1274）这些敢于疑经的学者及其著述才得以重新面世，而《诗经》之作为民间文学的源头才得以具体确立，孟姜女的故事流变以及吴歌的丰富的内容，亦成为白话文学的重要组成部分[1]，从而进入世人的视野。对于胡适的文学革命的提出及其实际的"整理国故"的行动，余英时便指出：

> 胡适思想的全面性主要由于它不但冲击了中国的上层文化，而且也触动了通俗文化。[2]

胡适传承了疑古思潮，既在思想层面打开新天地，又具体地建构了白话文学史，并为白话小说的挖掘，作出了革命性的贡献。

七、结论

由此可见，胡适的《白话文学史》乃革命之举措，在其论述中，上下二千年的文学，任其挪用。故此，胡适的《白话文学史》并非纯粹的文学史书写，而是作为整个新文学运动的关键一环，既是文学革命，亦是文化革命，此中所蕴含的是胡适等所寄予的"文艺复兴"的期待。胡适认为他自己及新文学阵营中人一直的努力就是在"复兴"一个在传统中已存在的白话文学传统，这也就是从白话文学革命、整理国故，以"再造文明"。由此脉络作理解，方能突显胡适《白话文学史》的存在意义。

（作者单位：香港大学进修学院）

---

① 相关论述，可参阅陈岸峰：《疑古思潮与白话文学史的建构：胡适与顾颉刚》，第 14—16、49—54、79—103、123—140 页。

② 余英时：《中国近代思想史上的胡适》，台北：联经出版事业公司 1994 年，第 29 页。

《诗苑》所收王国维诗词十首考述

萩原正树

　　王国维（1877—1927）于清宣统三年（1911）十二月至民国五年（1916）二月约四年时间居于京都。期间和铃木虎雄、狩野直喜等为首的中国学研究者及居住关西的文人们曾有密切的交流。关于此段时期王国维的事迹及其学问、创作活动等，很多研究书籍和论文等中已有明确论及，并且王国维旅居京都这一期间对他整个生涯的意义亦已有详细论述[①]。但是，王国维访日期间，当时在东京发行的汉诗杂志《诗苑》中刊载其诗词十首，而这点迄今无人留意。

　　《诗苑》是由森川竹磎（名键、字云卿。号竹磎、鬓丝禅侣、听秋仙馆主人等）所主办的鸥梦吟社的月刊志。《诗苑》第一集始刊于大正二年（1913）十月十五日，随着竹磎去世（大正六年（1917）九月七日），终刊于第四十八集（大正六年九月十五日刊）。森川竹磎作为词人声名显赫，《诗苑》中设"词"一栏，每期必刊载数首词作，亦连载竹磎自身所编词谱《词律大成》[②]，作为当时的汉诗文杂志，颇具特色。

　　现在并未调查到有关王国维和森川竹磎之间直接交流的资料。但是，王国维来日后的早期阶段，他是有机会听闻竹磎之名号的。铃木虎雄在壬子（1912年）五月八日信（铃木虎雄《追忆王君静庵附静庵书牍》所引，《芸文》第十八年第八号所收，1927）中云："本日下午，只候门墙，不能奉承高诲，慊

---

　　①　有关王国维的文献资料数量庞大，薛宇飞编：《王国维研究资料要目》（武汉：崇文书局 2011 年）一书较得要领，使用便利。

　　②　关于《词律大成》，请参照拙著：《森川竹磎〈词律大成〉本文和解题（立命馆大学文学部人文学研究丛书）7》，日本：风间书房 2016 年。

焉何已。（中略）槐南集近者上木，谨呈一本，叱留为幸。"五月八日 ① 下午铃木虎雄拜访王国维而不得见，而将《槐南集》留置王宅中。对此，翌日王国维回信（铃木虎雄同文所引）云："昨承枉驾，在图书馆未返，致使迎逅，甚歉之。承惠槐南集并辱手书，均拜收。（中略）槐南集卷帙甚富，敝国近代诗人，无此巨帙。容缓缓细读，专此奉谢。"言收到《槐南集》，惊讶于其"卷帙甚富"的同时，并云此后会缓缓细读。

此《槐南集》为明治四十四年（1911）三月七日去世的森槐南的诗集。全八册二十八卷，收录古今体诗 2621 首，词 96 阕和曲（小令二阕、南北曲二套），诚可谓"巨帙"。据同书底页，此集于明治十五年（1912）三月五日由东京文会堂书店发行，刊行后两个月左右便到了王国维手中。槐南是森川竹磎的妻兄（妻子的哥哥），而编集《槐南集》之际功不可没的也是竹磎，《槐南集》卷二十八末尾记"森川键校字"。另外特需提及的是，卷二十八所收槐南词的小序中竹磎的名字屡屡出现，而入手此集的王国维借此也有可能知晓森川竹磎的名号。

至于王国维的诗词十首如何会刊载于《诗苑》，这一问题在现阶段亦不明确。只是，先前所引的壬子五月八日信函中，铃木虎雄就王国维的《颐和园词》云："仆欲以斯篇，转载敝邦一二丛报纸上，传诸通邑大都。未知高明许之否。"而王国维亦回函云："拙词，尊意拟转载贵邦杂志。毫无不可。"因此，也不排除经铃木虎雄介绍的可能性。《颐和园词》先刊载于同年六月刊的《艺文》第三年第六号，后又刊载于《诗苑》第六集（大正三年（1914）三月刊）。

除铃木虎雄之外，亦不排除通过木苏岐山（名牧、字自牧。1857—1916）介绍到《诗苑》这种可能性。竹磎和木苏岐山是旧知，岐山的诗也常常发表在《诗苑》上，而且岐山的《五千卷堂诗话》亦从《诗苑》的第二集开始一直连

---

① 袁英光、刘寅生编：《王国维年谱长编》（天津：天津人民出版社，1996 年），王德毅编：《王国维年谱（增订版）》（台北：兰台出版社，2013 年）等，多数年谱和研究中认为书信的日期为阴历，将"五月八日"理解为阳历的"六月二十二日"。但是，钱鸥氏已在《京都罗振玉和王国维的寓居》（《中国文学报》第四十七册所收，1993 年）注⑥云："但是，王国维在生涯中基本都用阴历，甚至于最后的遗书中也用阴历。而这未必表明他在日期间也一定用阴历。例如给铃木虎雄的书信中所用日期可以认为是阳历。"如钱鸥氏所指摘，此处"五月八日"当为阳历日期。谢维扬、房鑫亮主编：《王国维全集》第十五卷（杭州：浙江教育出版社、广州：广东教育出版社 2009 年，以下简称《全集》）中就注明"与铃木虎雄往来书信用公历"。

载到第三十五集。木苏岐山当时居住在大阪，与王国维亦有交流。后文将有言及，《诗苑》所刊载的王国维诗中附有岐山的评语，其中岐山高度称赞王国维诗，因此亦有可能是经他推荐给竹碛。

能具体表明岐山和王国维进行交流的，是大正二年（1913）六月二十九日（日），王国维和铃木虎雄、木苏岐山一同拜访罗振玉寓居的这一资料。诸种王国维的年谱中并未言及此事，在此进行介绍。

木苏岐山的诗集《五千卷堂集》（小仓正恒刊，1935）卷十五中，收录以下诗作：

> 豹轩拉余，过王静庵东山神乐冈寓，三人联襼，访罗叔言净土寺坊寓，赋七古一章赠之（括号内为自注）
>
> 罗先生，今之蔡中郎，仓沮籀斯左右逢〔叶〕。
>
> 剞又说文一万六百字，胸罗象纬作有芒。
>
> 笔端挽得千钧起，怒猊抉石肉倔强。
>
> 君不见六朝南北楷行草，独于篆科未精讨。
>
> 阳冰石经楚金蟠，都是孩提在襁褓。
>
> 日居月诸历千祀，金石之学始振起。
>
> 完白山民经韵楼，谁与健者难鼎峙。
>
> 先生晚出与邓段成邻，会当六经勒石鸿都门。
>
> 无如家国板荡末，衣冠甲族多崩奔。
>
> 乃剩一苇帆东海，不问绁屿何处津。
>
> 东山林下缔书屋，绕篱溪水漱鸣玉。
>
> 白云绿树秀可餐，不惟薇蕨足采录。
>
> 王侯古心古貌山泽臞，独抱遗经味道腴。
>
> 新诗廿首黍离情〔王见贻壬癸集〕，一字一泣鲛人珠。
>
> 若使斯人遇昌代，黼黻王度瘳民愈。
>
> 五月清和袷衣适，来访净土寺坊宅。
>
> 如入欧阳集古斋，峋嵝石鼓峄山卢琅玡纷满壁。
>
> 先生安坐道莫哗，缟纻相投如旧识。
>
> 伊余久厌人间斗筲窄，欲问东家谢尘迹。
>
> 未必卖书宁忍贫，赏析奇疑共晨夕。

如诗题所示，铃木虎雄（号豹轩）携岐山先拜访了王国维的位于吉田神乐冈町的住宅，之后三人同行去拜访了位于净土寺的罗振玉的住居。此首诗于《五千卷堂集》中系年癸丑（1913），又云："五月清袷衣适，来访净土寺坊宅。"据此可知是 1913 年五月的作品。不过，此处所言五月当是阴历，按阳历应是六月。《五千卷堂集》卷十五此首"豹轩拉余"诗前收录一首次韵诗：

> 宿铃木豹轩京都寓斋，豹轩有诗见馈，次韵
> 多才豹轩子，廿岁少于余。
> 三馆书容借〔豹轩文学士，为京都大学助教授〕，千篇意自如。
> 根峰揽岚翠，神苑狎龟鱼〔豹轩寓西邻上御灵神社〕。
> 北土见亲俗，似君还有诸〔豹轩越后人，为余亲宗〕。

铃木虎雄的原诗载于《豹轩诗抄》（弘文堂，1938）卷六：

> 木苏岐山〔牧〕过庐赋赠〔六月二十八日岐山后酬以诗云多才豹轩子，廿岁少于余。三馆书容借，千篇意所如。根峰揽岚翠，神苑狎龟鱼。北土亲亲俗，似君还有诸〕
> 苏子今诗老，惠然来顾余。
> 长材怜寂寞，佳句法何如。
> 风骨论唐宋，希微及鸟鱼。
> 文章千古事，宜更惜居诸。

即木苏岐山留宿铃木宅当为六月二十八日，也即阴历五月二十四日。

据钱鸥氏介绍，王国维曾于六月二十七日寄信给铃木虎雄（钱鸥《京都时代的王国维和铃木虎雄（附：收件人铃木虎雄之王国维未发表书简）》，《中国文学报》第四十九册所收，1994）。信中① 云：

> 手书敬悉。久不奉教，渴想殊深。日曜午后当在舍奉候台驾并木苏君。罗君处此日想亦无事，可以同往也。维昨今二年之诗，古今体共得二十首，已属山田圣华房以木活字排印，次月上旬可以装成，再行呈教。

即星期日（六月二十九日）下午，铃木虎雄和木苏岐山拜访王国维住居，

---

① 《全集》第十五卷亦收录。

并相约一同拜访罗振玉宅。有可能是铃木虎雄写信给王国维，云六月二十九日（日）下午同木苏岐山拜访王国维住居，而后三人同往罗振玉宅，询问王国维方便与否。对此，王国维的答复便是上述六月二十七日的信函。按约定，六月二十八日（土）木苏岐山宿铃木宅，翌日二十九日（日）下午木苏、铃木二人拜访位于神乐冈的王国维寓所，之后三人同往净土寺的罗振玉宅。

据钱鸥氏等人的研究可知，京都时代的王国维和日本学者间的交流情况已相当明确。但是，王国维和木苏岐山等文人、诗人等之间的交流仍然留有研究的余地。

《诗苑》所收诗词十首，后都收录于《观堂集林》中，并非难得一见的珍贵作品。但是，在考虑到王国维在日本的活动及其作品在日本的传播等方面，亦可谓贵重资料。而且每首作品都附有日本人的评语，借此可窥当时日本人对王国维作品的受容情况之一斑。再者，《诗苑》所载作品中的文字与通行文字有异，这点也为校勘王国维作品提供了资料。

以下，诗六首和词四首均以《诗苑》刊载的原有文字录出，附评语，和陈永正所校注的《王国维诗词全编校注》（广州：中山大学出版社，2000 年，以下简称《全编》）及《全集》第八卷（底本为密韵楼二十卷本《观堂集林》）间的异同将在后文揭示。关于诗六首，将揭示和《壬癸集》（《雪堂丛刻》本）的异同，又《颐和园词》《癸丑三月三日京都兰亭会诗》《送狩野博士奉使欧洲》三首，将揭示和《艺文》的异同。另如有必要将附按语以备后考。

一、诗六首

○颐和园词《诗苑》第六集（大正三年三月十五日刊）所收

汉家七叶钟阳九，頯洞风埃昏九有。南国潢池正弄兵，北沽门户仍飞牡。

仓皇万乘向金微，一去宫车不复归。提挈嗣皇绥旧服，万几从此出宫闱。

东朝渊塞曾无匹，西宫才略称殊绝[1]。内殿频闻久论思，外家颇惜闲恩泽[2]。

六王[3]辅政最称贤，诸将专征捷奏先。迅归欓抢回日月，八荒重睹中兴年。

联翩方召升朝右，北门独附元臣[4]手。因[5]治楼船凿汉池，别营台沼追文囿。

西直门西柳色青，玉泉山下水流清。新锡山名呼万寿，旧疏湖水号昆明。

昆明万寿佳山水，中间宫殿排云起。拂水回廊千步深，冠山杰阁三重[6]峙。

嶝道[7]盘纡凌紫烟，上方宝殿放祈年。更栽火树千花发，不数明珠彻夜悬。

是时朝野多丰豫，年年三月迎鸾驭。长乐深严苦敞神，甘泉爽垲[8]宜清暑。

高秋风日过重阳，佳节坤成启未央。丹陛大陈三部伎，玉卮亲举万年觞。

嗣皇上寿称臣子，本朝家法严无比。问膳曾无赐坐时，同裹[9]罕讲家人礼。

六王[10]小女最承恩，远嫁归来奉紫宸。卧起每偕宁[11]寿主，笑谈[12]差喜缪夫人。

尊号珠连[13]十六字，太官加豆依前制。别启琼林贮羡余，更营玉府搜珍异。

月地[14]云阶敞上方，宫中习静夜焚香。但祝时平边塞静，千秋万岁未渠央。

五十年间天下母，后来无继前无偶。却因清暇话平生，万事何堪重回首。

忆昔先皇北狩年[15]，属车常是受恩偏[16]。因看批答亲教写，为制[17]金章特与钤[18]。

一朝铸鼎降龙驭，后宫髻绝不能去。北渚方深[19]帝子愁，南衙复迓丞卿怒。

手夷端肃反京师，永念仲人[20]未有知。为简儒臣严豫教[21]，别求名族正宫闱。

无端[22]白日西南驶，一纪恩勤附流水。甲观曾无世嫡孙，后宫并乏家人[23]子。

提携犹子附黄图，劬苦还如同治初。又见法宫凭[24]玉几，更劳武帐坐珠襦。

国事中间几翻覆，近年最忆怀来辱。草地闲关下泽[25]车，邮亭仓卒芜蒌粥。

上相留都拥[26]大牙，东南诸将翊[27]王家。坐令佳气腾金阙，复道都人望翠华。

自古忠良能活国，于今母子仍玉食。宗庙[28]重闻钟鼓声，离宫不改池台色。

一自官家静摄频，含饴无冀弄诸孙。但看腰脚今犹健，莫道伤心迹已陈。

两宫一旦同绵惙，天柱偏先地维折。高武子孙复几人，哀平国统仍三绝。

是时长乐正弥留，茹痛还为社稷谋。已遣伯禽承大统，更扳公旦觐诸侯。

别有重臣升御榻，紫枢元老兼[29]黄阁。安世忠勤自始终，本初才气尤腾踏。

复数同时奉语言[30]，诸王刘泽号亲贤。独总百官称[31]冢宰，共扶孺子济艰难。

社稷有灵邦有主，今朝地下告文祖。坐见弥天戬玉棺[32]，独留末命书盟府。

原庙丹青俨若神，镜奁遗物尚如新。那知今日[33]新朝主，却是[34]当年[35]顾命臣。

离宫一闭经三载，绿水[36]青山不曾改。雨洗苍苔石兽闲，风摇朱户铜蠡在。

云韶散乐久无声，甲帐珠帘即渐[37]倾。岂谓先朝营暑殿[38]，翻教今日作[39]尧城。

宣室遗言犹在耳，山河盟誓期终始。寡妇孤儿要易欺，讴歌狱讼终何是。

深宫母子独凄然，却似滦阳游幸年。昔去会逢天下养，今来翻受[40]属[41]人怜。

虎鼠龙鱼无定态，唐侯已在虞宾位。且语王孙慎勿疏，相期黄发终无艾。

定陵松柏郁青青，应为兴亡一㧑臂。却忆年年寒食节，朱侯亲上十三陵。

岐山曰：笔意沈着，字句深重，而家国黍离之感，铺陈始终，有余恫焉，余谓吴娄东诗，沈郁悲凉，恻恻动人处，逼真少陵，若夫此篇，无论为杜为吴，惟为诗史读之面可也，那知今日新朝主，却是当年顾命臣。十四字，真是董狐诛心笔。

［1］"殊绝"，《全编》《全集》作"第一"。［2］"内殿频闻久论思，外家颇惜闲恩泽"二句，《全编》《全集》作"恩泽何曾逮外家，咨谋往往闻温室"。［3］"六王"，《全编》《全集》作"亲王"。［4］"元臣"，《全编》《全集》作"西平"。［5］"因"，"艺文"作"方"。［6］"三重"，《壬癸集》《全编》《全集》作"三层"。［7］"嶝道"，"艺文"作"磴道"，《壬癸集》《全编》《全集》作"隧道"。［8］"爽垲"，《壬癸集》作"爽嶂"。［9］"同襄"，《壬癸集》《全编》《全集》作"从游"。［10］"六王"，《全编》《全集》作"东平"。［11］"宁"，《壬癸集》《全编》《全集》作"荣"。［12］"笑谈"，《全编》《全集》作"丹青"。［13］"珠连"，"艺文"作"连珠"。［14］"月地"，《壬癸集》《全编》《全集》作"月殿"。［15］"北狩年"，《全编》《全集》作"幸朔方"。［16］"常是受恩偏"，《全编》《全集》作"恩幸故难量"。［17］"为制"，《壬癸集》作"为赐"。［18］"因看批答亲教写，为制金章特与钤"二句，《全编》《全集》作"内批教写清舒馆，小印新镌同道堂"。"钤"，《壬癸集》作"镌"。［19］"方深"，《全编》《全集》作"何堪"。［20］"仲人"，"艺文"《全编》《全集》作"沖人"。［21］"豫教"，《壬癸集》《全编》《全集》作"谕教"。［22］"无端"，《全编》《全集》作"可怜"。［23］"家人"，《壬癸集》《全编》《全集》作"才人"。［24］"凭"，《壬癸集》《全编》《全集》作"冯"。［25］"下泽"，《全编》《全集》作"短毂"。［26］"拥"，《全编》《全集》作"树"。［27］"翊"，《壬癸集》《全编》《全集》作"奉"。［28］"宗庙"，《全编》《全集》作"九庙"。［29］"兼"，《全编》《全集》作"开"。［30］"语言"，"艺文"《壬癸集》《全编》《全集》作"话言"。［31］"称"，《壬癸集》《全编》《全集》作"居"。［32］"玉棺"，"艺文"作"素棺"。［33］"今日"，"艺文"《壬癸集》《全编》《全集》作"此日"。［34］"却是"，《全编》《全集》作"便是"。［35］"当年"，《全编》作"当时"。［36］"绿水"，《全编》《全集》作"渌水"。［37］"即渐"，《全编》作"取次"。［38］"暑殿"，《壬癸集》《全编》《全集》作"楚殿"。［39］"作"，《全编》《全集》作"恨"。［40］"翻受"，《全编》《全集》作"劣受"。［41］"属"，"艺文"《壬癸集》《全编》《全集》作"厉"。

按:《全编》中所示的是和罗振玉壬子二月手录本的异同,而罗振玉壬子二月手录本与此《诗苑》所收本相近。《颐和园词》为壬子(1912)二月的作品,即罗本当为最近于初稿的本子。后又经几番变更刊载于《艺文》《诗苑》。

○癸丑三月三日京都[1]兰亭会诗[2]《诗苑》第七集(大正三年四月十五日刊)所收

大挠以还几癸丑,纪年唯说永和九。人间上巳何岁无,独数山阴暮春初。

尔来荏苒经几年,岁星百三十周天。会稽山水何岑寂[3],谒来异国会群贤。

东邦风物留都美,延阁沈沈连云起。翻砌非无勺药花,绕门恰有流觞水。

此会非将禊事修,却缘禊序催清游。信知风俗与时易,唯有翰墨足千秋。

忆昔山阴典郡日,郡中流寓多嘉客[4]。会稽山水固无双,内史风流复第一。

兰亭修禊序且书,书成自谓绝代无。一朝茧纸昭陵入[5],人间从此无真迹。

后来并失唐人摹,近世犹传宋时石。此邦士夫多好事,古今名拓争罗致。

我来所见皆瑰奇,二十八行三百字。开皇响拓殊未工,犹是当年河朔风。

后代正宗推定武,同时摹本重神龙。南渡家家置一石,流传此日[6]犹珍[7]惜。

偏旁考校徒区区,神采照人殊奕奕。行书斯帖称墨皇,况有真草相辉光。

小楷几通越州帖,草书三卷澄清堂。古来书圣推内史,但有赞扬绝言议。

我今重与三摩挲,请[8]为世人嗣[9]真秘。昔人论书以势名,古文篆隶各异型。

千年四体相禅[10]代，唯尽其势体乃成。汉魏之间变古隶，体虽解散势犹未。

戈戟[11]尚存[12]八分法，茂密依稀两京制。墓田数帖意独殊，流传仍[13]出山阴摹。

永和变法创[14]新意，世间始有真行书。由体生势势生笔，书成乃[15]觉体势一。

相斯小篆中郎隶，后得右军称三绝。小楷法度尽黄庭，行书斯帖具典刑。

草书尺牍尚百数，何曾一一学伯英。后来鲁公知此意，平生盘礴[16]多奇气。

大书往往爱摩崖，小字麻姑但游戏。真行钜细无间然，先后变法王与颜。

坐令千载嗟神妙，当日只[17]自全[18]其天。我论书法重感喟，今年此地开高会。

文物千秋有废兴，江河万古仍滂沛。君不见兰亭曲水埋[19]荒烟，当年人物不复还。

野人牵牛亭下过，但道今是牛儿年。

岐山曰：论议真确，体势娴雅，视诸一孔之论，应声之虫，分床上下，世人临禊帖也，斤斤然惟貌似之力，而不知体势俱失，毫无生气，何异于双钩填廓哉，由体生势势生笔。书成乃觉体势一。使此辈读之，庶足以当晨钟一唤，东坡谓，颜鲁公书，雄秀独出，一变古法，如杜子美诗，格力天纵，奄有汉魏晋宋以来风流，后之作者，殆难措手，后来鲁公知此意，当是本此，余有论书绝句二首，录以乞是正，鲁公健笔变羲之，天马行空不可羁。快写握拳穿爪语，老坡醉墨是肩随。千古一人大才子，文章忠义重于山。此公卧笔妙天下，欧怪褚妍偕等闲。

[1]"京都"，"艺文"作"京都图书馆"。[2]"诗"，"艺文"作"作"。[3]"寂"，"艺文"作"寐"。[4]"嘉客"，《全编》《全集》作"簪绂"。[5]"昭陵入"，《全编》《全集》作"閟幽宅"。[6]"此日"，"艺文"作"今日"。[7]"珍"，"艺文"作"堪"。[8]"请"，"艺文"作"清"。[9]"嗣"，《全编》《全集》作"阐"。[10]"禅"，《全编》《全集》作"嬗"。[11]"戈戟"，《全编》《全集》作"波磔"。[12]"存"，"艺文"作"仍"。[13]"仍"，《全编》作"犹"。[14]"创"，《全编》作"刱"。[15]"乃"，《全编》作"始"。

[16]"磗"，"艺文"作"薄"。[17]"只"，《全编》作"祇"。[18]"全"，"艺文"作"完"。
[19]"埋"，"艺文"作"委"。

※ 与《壬癸集》无异。

按：《艺文》中本诗题作《癸丑三月三日京都图书馆兰亭会作》，如诗题所示，此诗是为大正二年四月十二日、十三日两日于京都府立图书馆举行的兰亭会所做的作品。十三日的下午南禅寺天授庵举行修祭，并且当时将从上海长尾雨山运来的绍兴兰亭之水供奉于王羲之的神位前。据神田博士《大正癸丑之兰亭会》（神田喜一郎《敦煌学五十年》所收，筑摩书房，1970年），王国维的本诗也同诸家诗文一起被披露，"兰亭会当日最引人瞩目的，是当时为避辛亥革命动乱而流寓京都的清朝遗民王静庵先生的七古大长篇，诚可谓当日压卷之作。"《诗苑》中亦刊载当时作品，木苏岐山《兰亭会诗》四首，《南禅禊筵，敬赠犬养木堂老丈》二首，铃木虎雄《天授庵曲水集诗》一首。而袁英光、刘寅生编《王国维年谱长编》（天津：天津人民出版社，1996年）和王德毅编《王国维年谱（增订版）》（台北：兰台出版社，2013年）等多数年谱中，都以为兰亭会举行时间为癸丑阴历三月三日即对应的阳历四月九日，此为误。

《王国维年谱长篇》《王国维年谱（增订版）》两书，四月九日条记："参加京都兰亭诗会。京都大学诸教授原田两山等及罗振玉共约先生各以所藏王右军羲之兰亭帖佳本展览，且以诗以记其事。"（据《王国维年谱长编》。《王国维年谱（增订版）》所述几近相同。）此处称"原田两山"（《王国维年谱（增订版）》中为"原田、两山"）的人名不知所出何处。两书中的记事出典都引自《王忠悫公遗墨》。此《王忠悫公遗墨》当指昭和三年（1928）七月由原田悟朗所出版的书籍，而书中并未发现上述记事。《王忠悫公遗墨》一书是王国维所相识的日本人搜集所藏遗墨并进行影印的书，其中"大阪原田氏藏"收兰亭会诗。民国十二年（1923）九月，原田大观（庄左卫门。大阪书肆博文堂的主人）访问北京。王国维应原田大观之邀作兰亭会诗和《丁巳送内藤博士诗》两首，末尾有王国维的识语云："原田大观翁居大阪，时至西都。（中略）兰亭会，翁之所赞助，博士亦翁之挚好也。"《王国维年谱长篇》等或据此得"原田"之名。但是，原田大观并无"两山"之号，"两山"抑或是"长尾雨山"之"雨山"之误。如王国维所云"兰亭会，翁之所赞助"，癸丑兰亭会的《兰亭会缘起及章程》（陶德民编《大正癸丑兰亭会的怀古和继承——以关西大学图书馆内藤文库所藏品为中心》，关西大学出版社部，2013 年刊载原本写真）中作为"会干""油谷博文堂（当时原田大观的次男油谷达为主人，因此称'油谷博文堂'）"之名可见。须羽源一《大正癸丑的京都兰亭会》（陶德民编前揭书所收）中所见《兰亭会展览目录》"所藏者"名字有犬养木堂、内藤湖南、罗振玉、长尾雨山等，油谷达之名亦见，可知所展为博文堂的所藏品。

○送狩野[1]博士奉使[2]欧洲[3]《诗苑》第九集（大正三年六月十五日刊）所收

君山博士今儒宗，亭亭崛起东海东。平生未拟媚邹鲁，肸蚃每与沂泗通。

自言读书知求是，但有心印无雷同。我亦半生苦泛滥，异同坚白随所攻。

多更忧患阅陵谷，始知斯道齐华嵩[4]。夜阑促坐闻君语，使人气结回心胸。

颇忆长安昔相见，当时朝野同欢宴[5]。百僚师师学奔走，大官诺诺竞圆转。

庙堂已见纲纪弛，城阙还看士风变。食肉偏云马肝美，取鱼坐觉熊蹯贱。

观书韩起宁无感，闻乐延陵应所叹。巾车相送南城[6]隅，岁琯甫更市朝换。

赢蹶俄然似土崩，梁亡自古称鱼烂。干戈满眼西风凉，众雏得意稚且狂。

人生兵死亦由命，可怜杜口心烦伤。四方虆虆终[7]安骋，幡然鼓棹来扶桑。

扶桑风物由来美，旧雨相逢各欢喜。卜居爱住春明坊，择邻且近鹿门子。

商量旧学加邃密，倾倒新知无穷巳。幸免仲叔累猪肝，颇觉幼安惭龙尾。

谈深相与话兴衰，回首神洲剧可哀。汉土由来[8]贵忠节，至今[9]文谢安在哉。

履霜坚冰所由渐，麋鹿早上姑苏台。兴亡原非一姓事，可怜烁谍京与垓。

此邦曈曈如晓日，国体宇内称第一。微闻近时尚功利，复云小吏乏风节。

疲民往往困鲁税，学子稍稍出燕说。良医我是九折肱，忧时君为三太息。

半年会合平安城，只君又作西欧行。石室绅书自能事，缟带论交亦故情。

离朱要能搜[10]赤水，楚国岂但夸白珩。坐待归来振疲俗，毋令后世羞儒生。

勿携此诗西渡海，此中恐有蛟龙惊。

岐山曰：变雅之遗，言言刺骨，令读者掩卷兴叹，至其论吾邦今时弊窦，则抉摘无遗，谁不赧颜，结处挚语反覆，是古人赠言之体，抑亦辅唇相依之谊也。

[1]"送狩野"，《壬癸集》《全编》《全集》作"送日本狩野"。[2]"奉使"，《全编》《全集》作"游"。[3]"欧洲"，"艺文"作"欧洲长句"。[4]"华嵩"，《全编》《全集》作"衡嵩"。[5]"欢宴"，"艺文"作"欢燕"。[6]"南城"，《全编》作"城南"。[7]"终"，"艺文"作"竟"。[8]"由来"，"艺文"作"从来"。[9]"至今"，"艺文"作"只今"。[10]"搜"，"艺文"作"探"。

○孝定景皇后[1]挽歌辞九十韵《诗苑》第十一集（大正三年八月十五日刊）所收

先帝将亲政，旁求内助贤。宗臣躬奉册，天子自临轩。

长女爰迎渭，元妃凤号嫄。未央新受玺，长乐故承欢。

问寝趋西苑，从游在北园。大官分玉食，女史进银镮。

璧月临华沼，明河界液垣。铜龙宵咽漏，香兽晓喷烟。

礼数元殊绝，恩波自不偏。螽斯仍[2]辑辑[3]，瓜瓞望绵绵。

就馆终无日，专房抑有缘。齐纨虽暂弃，汉剑固[4]难捐。

家国频多事，君王企改弦。亲臣用安石，旧学重甘盘。

调护终思皓，危疑伫得韩。东朝仍薄怒，左卫且流言。

玉几陈朝右，珠襦出殿前。求医晨下诏，训政暮追班。

宣室从今罢，长门自昔闻[5]。事虽西掖秘，语已内家传。

闻疾然疑作，瞻天去住难。翻因朝鹤禁，暂得望[6]龙颜。

憔悴凭谁问，忧虞只[7]自怜。妾身甘薄命，官里愿加餐。

别殿春巢燕，离宫夏听蝉。王家犹靴兀[8]，国步遂迍邅。

象魏妖氛逼[9]，钩陈杀气缠。轻装同涕出，下殿但衣牵。

豆粥芜亭畔，柴车易水边。终然随玉辇，幸免折金鞭。

去国诚多感，回銮更永叹。乾坤重缔造，母子尚防闲。

去梦[10]瀛台近，量愁[11]勃[12]海宽，枯桐根半死。古井水长寒。

掩抑长生祝，仓皇末命宣。号天唯鹄首，堕地但龙髯[13]。

先后同危慑，升真各后先。绍衣[14]迎济北，负扆仗河间。

孺子垂裳日，亲王摄政年。谦冲如昨日，悲感每无端。

泪与湘流竭，恩唯鸾[15]子单。起居调甲观，游幸罢甘泉。

篝火俄张楚，传烽忽到燕。大臣唯束手，小吏或弹冠。

阃外无卢植，山中有谢安。庙谟先立帅，廷议尽推袁。

洒落捐前隙，低回[16]忆后艰。方令调鼎鼐，不独捻师干。

反斾从江浒，衔恩入上阑[17]。君臣同涕泪，殿陛尽潺湲。

礼自群僚绝，权教一相专。坐令成羽翼，不觉变寒暄。

鄂渚宽穷寇，金陵撤外援。虚张江表势，都散水衡钱。

国论归操纵，军心任控抟。嗣宗因劝进，祭仲自行权。

大内更筹转，中宵禅草颁。令原宣德降，名免道清金[18]。

帝制仍平日，宫僚俨备员。鹭飞今作客，龙亢昔乘乾。

城阙罘罳坏，园陵草露溥。黄图余禁籞，赤子剩中涓。

寂寞看冲主，欷歔对讲官。晓音缘室毁，忍死为巢完。

属者逢天寿，佳辰近上元。诸王仍入内，故相愿交欢[19]。

煇赫生辰使，凄凉上寿筵。陪臣称上客，拜表易通笺。

御殿心如噎，移宫议又喧。乾清[20]才受贺，宁寿遽升仙。

侧听弥留耗，传从子夜[21]阑。嗣皇居膝下，太保到帘前。

母子恩无极，君臣分俨然。指天明寄托，视日但汍澜。

前殿繁霜重，西垣落月圆。寺人缠玉柙，园匠奉金棺。

畴昔悲时命，中间值播迁。一身元濩落，九庙幸安全。

地轴俄翻覆，天关倏转旋。腐心看社屋[22]，张目指虞渊。

此去惭[23]先帝，相将诉昊天。秋荼知苦味，精卫晓沈冤。

道路传乌喙，宫廷讳马肝。身[24]原轻似叶[25]，死要重于[26]山。

举世嫌濡足，斯[27]人识仔肩。补天愁石破，逐日恨泉乾。

心事今初[28]白，精诚本自丹。山河虽已异，名节固难刊。

累[29]德词臣少，流言秽史繁。千秋彤管在，试与诵斯篇。

岐山曰：滴泪濡墨，泪尽以血，孤臣憔悴，耿耿故主之思，形诸诗词，雄健而踔厉，清刚而激越，悲凉苍莽，沈郁慷壮，令人饮泣吞声，不禁卒读，非深乎浣花者，不著得个中只字。

[1]"孝定景皇后"，《全编》《全集》作"隆裕皇太后"。[2]"仍"，《全编》《全集》作"宜"。[3]"辑辑"，《壬癸集》《全编》《全集》作"揖揖"。[4]"固"，《全编》作"故"。[5]"闻"，《壬癸集》《全集》作"闲"，《全编》作"闲"。[6]"望"，《全编》《全集》作"对"。[7]"只"，《全编》作"衹"。[8]"魭兀"，《壬癸集》作"杌陧"，《全编》《全集》作"陧杌"。[9]"逼"，《全编》作"别"。[10]"去梦"，《壬癸集》《全编》《全集》作"梦去"。[11]"量愁"，《壬癸集》《全编》《全集》作"愁来"。[12]"勃"，《全编》作"渤"。[13]"号天唯鹄首，堕地但龙犜"二句，《全编》《全集》作"鹤归寒有语，龙去迥难攀"。[14]"绍衣"，《全编》《全集》作"委裘"。[15]"鬻"，《壬癸集》《全编》《全集》作"鞠"。[16]"低回"，《壬癸集》《全编》《全集》作"低徊"。[17]"阑"，《壬癸集》《全编》《全集》作"兰"。[18]"令原宣德降，名免道清金"二句，《全编》《全集》作"琅琅宣德令，草草载书编"。[19]"欢"，《全编》作"懂"。[20]"乾清"，《全编》作"长春"，《全集》作"（乾清）〔长春〕"，校记云"《乾清》，王国维后改作《长春》，遗书本同"。[21]"子夜"，《壬癸集》《全编》《全集》作"丙夜"。[22]"社屋"，《壬癸集》《全编》《全集》作"夏社"。[23]"惭"，《壬癸集》《全编》《全集》作"朝"。[24]"身"，《全编》《全集》作"生"。[25]"轻似叶"，《全编》《全集》作"虚似寄"。[26]"于"，《全编》作"如"。[27]"斯"，《全编》《全集》作"何"。[28]"初"，《壬癸集》《全编》《全集》作"逾"。[29]"累"，《全编》《全集》作"诔"。

○观红叶一绝句《诗苑》第十五集（大正三年十二月十五日刊）所收

漫山填谷涨红霞，点缀残秋意太奢。若问蓬莱好风景，为言枫叶胜樱花。

※《壬癸集》《全编》《全集》无异同。

○壬子岁除即事《诗苑》第十五集（大正三年十二月十五日刊）所收

又向殊方阅岁阑，梦华旧事记应难。缁尘京洛浑如昨，风雪山城特地寒。

可但先人知汉腊，定闻老鹤话尧年[1]。屠苏后饮吾何憾，追往伤来自寡欢。

岐山曰：文心凄绝，结响遒雅，此乃由衷之语，异乎空言，所以动人也。

[1]"定闻老鹤话尧年"，《全编》《全集》作"定谁军府问南冠"。

按：本诗如《全编》校中所指摘，收件人为缪荃孙的书信中所见为初稿，初稿中云："又向殊方阅岁阑，早梅舒蕊柳笼烟。岁时荆楚浑难记，风雪山城特地寒。可但先人知汉腊，定闻老鹤语尧年。屠苏后饮吾何憾，追往伤来自寡欢。"（《全集》第十五卷所受缪荃孙宛一九一三年二月四日书简）

二、词四首

○浣溪沙《诗苑》第四集（大正三年一月十五日刊）所收

已落芙蕖[1]并叶凋，半枯萧艾比[2]墙高。日斜孤馆易魂销。

坐觉清秋归荡荡，眼看白日去昭昭。人间争度渐长宵。

竹礀曰：寓意深远，非浅人所能梦见。

[1]"芙蕖"，《全编》《全集》作"芙蓉"。[2]"比"，《全编》《全集》作"过"。

按：以下四首词均收录于一九二三年刊的《观堂集林》卷二十〈长短句〉中。本词之外的三首收录于一九〇六年四月至一九〇七年十一月的杂志《教育世界》〈人间词乙稿〉一文中。本词新增于《观堂集林》，抑或初次刊载于《诗苑》。

○蝶恋花《诗苑》第八集（大正三年五月十五日刊）所收

袅袅鞭丝衔[1]落絮，归去临春，试问春何许。小阁重帘天易暮，隔帘阵阵飞红雨。

刻意伤春无说处[2]，闷拥罗衾，动作经年度[3]。已恨年华留不住，争知恨里年华去。

附竹礀和作："水逐落花泥化絮。赢得青青，芳草空如许。天又黄昏春又暮。销魂时候销魂雨。帘幕低垂香灺处。独自思量，怎把今宵度。只管伤春情不住。词愁争得随春去。"

[1]"衝"，《全编》作"沖"。[2]"无说处"，《全编》《全集》作"谁与诉"。[3]"年度"，《全编》《全集》作"旬度"。

○蝶恋花《诗苑》第九集（大正三年六月十五日刊）所收

窗外绿阴添几许。剩有朱樱，留得残红住[1]。老尽莺雏无一语，飞来衔得樱桃去。

坐看画梁双燕乳。燕语呢喃，似惜人迟暮[2]。自是思量渠不与，人间总被思量误。

竹磎曰：余曾填胜州令，有云："思量到底奈何，奈何思量苦。毕竟奈何，独自思量处。奈何思不住。这暗愁又助。"此只是懊恼语，而此词末二句，则作达语，简而能尽，我今叹不及远矣。

[1]"留得残红住"，《全编》作"尚系残春住"，《全集》作"尚系残红住"。[2]"迟暮"，《全集》作"迟莫"。

按：森川竹磎的评语中所见《胜州令》为："不多好节序。霏微连日，一天春雨。杏花谢、海棠无力，似梦绿杨千缕。黄鹂藏影，画梁燕子双慵语。只得意，芳草青如许。和云水满浦。山似悭眉妩。　　阑干一角，向者番、无人倚，紧将画帘低护。小庭院、一种无聊，厌厌闷闷意绪。思量到底奈何，奈何思量苦。毕竟奈何，独自思量处。奈何思不住。这暗愁又助。　　回首故人故。大都天涯海角梦阻。阻十里、百里千里，绕楚尾吴头去。如今销魂，管甚影事前尘，怎肯问出，意中人何许。欲问为底事。把旧欢记取。　　香篆烬、琴丝润也，暖鹅笙、亦未选谱。是谁蓦地道，阳春有脚，画廊鹦鹉。可怜九十春光，冷清清，容易啼杜宇。怕看到新树。"

此词有竹磎的和韵词：

蝶恋花　次王静庵韵

人欲除愁天不许。烟景阑残，愁里留人住。蝶守余花莺禁语。风前燕子空来去。

漫劝一瓯茶泼乳。小倚阑干，道近斜阳暮。把好时光提起与。伊家未解青春误。

○点绛唇《诗苑》第十集（大正三年七月十五日刊）所收

屏却相思，近来知道都无益。不成抛掷。梦里终相觅。

醒后楼台，与梦俱明灭。西窗白。纷纷凉月。一院丁香雪。

竹磎曰：戈氏《词林正韵》，"益掷觅白"四字，与"灭月雪"三字，各属别部，然宋人既有通叶之例，未必为失，恐世上或有难之者，故聊辨之，以代评。

※《全编》《全集》，均无异。

按：如森川竹磎评语所云，《词林正韵》中"益掷觅白"为第十七部，"灭月雪"为第十八部，虽各属别部，但宋代作品中已有通叶之例。如南宋赵长卿的《念奴娇（小春时候）》词（《全宋词》第三册一七六九页）："小春时候，见早梅吐玉，裁琼妆白。点点枝头光照眼，恼损柔肠情客。暗里芳心，出群标致，经岁成疏隔。如今风韵，何人依旧冰雪。冷艳潇洒天然，香姿肯易许，游蜂狂蝶。夜半黄昏担带了，多少清风明月。宋玉虽悲，元超虽恨，见了千愁歇。东君还许，有情取次攀折。"韵字为"白客隔雪蝶月歇折"，第十七部的"白客隔"与第十八部的"雪蝶月歇折"通叶。

（作者单位：日本立命馆大学文学部）

民国旧体文学文献

蔡嵩云著述考 *

张 响

　　蔡嵩云是晚清民国时期著名词学家，词人。早年就读于两江师范学堂，为教育家李瑞清入室弟子。初治博学农物科，后转向中国文学，尤其是词学，取得了较为可观的成绩。然其价值在当代并没有得到彰显。究其原因，文献的湮没当属首因。近年来，随着民国词研究的深入，一些著名词学家的著述也得到了学界的更多关注。在此背景下，全面考察蔡嵩云著述，不仅为其个人的深入研究打好文献基础，也是研究整理民国词学文献应有之内容。蔡嵩云著述可分为词学和博学农物两大类。词学类包括《词源疏证》《乐府指迷笺释》《柯亭长短句》《柯亭词论》《柯亭词评》《作法集评唐宋名家词选》及论词书信若干，博学农物类著作则有《家庭细菌学》《矿物之观察及实验》《自然科学研究校外教授实施法》《自学辅导化学实验法》等。下面详而述之。

一、词学著述考

　　蔡嵩云词学著述《词源疏证》《乐府指迷笺释》《柯亭长短句》《柯亭词论》等已于民国时期刊行，除《柯亭长短句》外，其他于新中国成立后均有再版。《作法集评唐宋名家词选》为抄本，目前藏于南京图书馆。《与逸庐词人论词书》则见于民国杂志《集成》1947年第1卷第2期上。蔡氏还有若干首集外词，散见于民国期刊上。下面就其版本、内容、特点诸方面，考述如下。

　　* 国家社科基金重大项目"民国词集编年叙录与提要"（13&ZD118）、"民国话体文学批评文献整理与研究"（15ZDB066）的相关成果。

（一）《词源疏证》

《词源疏证》目前有两个版本，一是金陵大学中国文化研究所 1932 年排印本，为《金陵大学中国文化研究所丛刊甲种》之一。二是北京中国书店 1985 年影印本。另外，唐圭璋先生编《词话丛编》①所收《词源》二卷，为蔡嵩云校对本，即蔡氏《词源疏证》之《词源》正文。近来葛渭君先生又辑蔡氏疏证部分，作为一种词话，收入其编《词话丛编补编》②，已由中华书局出版。

《词源疏证》是宋人张炎《词源》的注本。《词源》分上下二卷，上卷论词乐，下卷主要谈作法。给《词源》作注者，前有郑文焯《词源斠律》，但仅限《词源》上卷，后有陈能群《词源笺释》，夏承焘《词源注》，仅注卷下，郑益津、吴平山《词源解笺》则专注词乐。蔡嵩云《词源疏证》为《词源》全本注本。

蔡嵩云疏证本，取材以掇拾旧文为主，版本上将南海伍氏、仁和许氏二刻对勘，并参以盋山图书馆善本书室所藏之精钞元善起斋本，凡律吕宫调各图表及燕乐谱字有讹阙者，悉据郑文焯《词源斠律》改正，并参以《声律通考》诸书。于论词各条后，附以古今各名家词论，以补玉田之说。疏证之文，属于总释者，以大字低二格书于各节之后，属于分疏者，用双行小字书于各行各段之下。书前有吴梅及吕徵二人序二篇，《四书未收古书提要·词源二卷》一篇，书后附有《词源》原跋六篇。蔡嵩云的《词源疏证》，不仅对《词源》本身的研究意义重大，对《词源》的传播，以及广大的词学爱好者，都提供了诸多便利。"全书之结构，异常佳妙，诚研究诗词者，不可不阅之书也"③。

（二）《乐府指迷笺释》

《乐府指迷笺释》由中华书局 1944 年出版。1963 年，人民文学出版社将其收入《中国古典文学理论批评专著选辑》，与夏承焘《词源注》一起点校出版，后又于 1981、1998 年两次重印。张璋等编纂《历代词话》④收有蔡氏《乐府指迷笺释引言》一文（按：其云录自《花草粹编》附，误）。

《乐府指迷笺释》是蔡嵩云为宋人沈义父《乐府指迷》作释。沈氏所著，

---

① 唐圭璋编：《词话丛编》，北京：中华书局 1986 年。
② 葛渭君编：《词话丛编补编》，北京：中华书局 2013 年。
③ 《中华图书馆协会会报》1932 年第 8 卷第 3 期。
④ 张璋等编纂：《历代词话》，郑州：大象出版社 2002 年。

在词学史上意义重大，然此书由于篇幅短小，向无单行本，更无注本。虽著录于《四库全书》，后又有《四印斋所刻词》本、《百尺楼丛书》本、《词话丛编》本，流传仍未甚广。有鉴于此，蔡嵩云"取是编逐条笺释，以阐扬宋贤词说，而谋初学治词者人人得手是编"①。蔡嵩云笺释本，以明刊《花草粹编》本及清代金氏评《花仙馆聚珍本》为底本，其中字句，间有讹夺费解者，则参以《晚翠楼丛书》《百尺楼丛书》《四印斋所刻词》诸校本，略有修正。

全书计二十九则，每则有一标题，如"论词四标准""清真词所以冠绝"等，为蔡嵩云所加。封面署有"崔然"，书名为叶恭绰题。书前有吴梅序一篇，并有石凌汉、林鹍祥、夏敬观、仇埰、唐圭璋等题辞。又有《乐府指迷笺释提要》一篇，蔡嵩云自作《乐府指迷版本考略》《沈义父小传》《引言》三篇。书末附天都散人洪汝闿、周树年跋二篇及原书序跋。蔡嵩云所作，旨在引申其义，其间亦有"借题发抒己见者"②。蔡嵩云笺释《乐府指迷》，对《乐府指迷》的研究及传播，都起到了一定的积极作用。吴梅称此书"为初学者端趋向"③，大有功于词学。

（三）《作法集评唐宋名家词选》

《作法集评唐宋名家词选》，抄本，凡三卷，现藏南京图书馆。据书后跋语，知其原为蔡嵩云30年代初在河南大学教授词学时所用讲稿，后应友人哈蓉村之请，"略加诠次，删节以成是编"④，书成于1948年。

词选以时代编次，所选唐五代两宋词人词作凡75家211首。所选词人，首列小传，次举词作。所举词作，均附有古今各名家评骘，如谭献、陈廷焯、陈洵、况周颐、郑文焯、陈匪石、吴梅、任二北等，而以其《柯亭词评》缀于末。《柯亭词评》论词，重在词之作法，但与《柯亭词论》不同。其评词之作法，均能切中肯綮，体现其独到之词学见解。其评词方式，亦与陈洵《海绡翁说词》、陈匪石《宋词举》一道，开后世词作鉴赏之先河，为我们更全面地了解蔡嵩云

---

① 蔡嵩云：《〈乐府指迷笺释〉引言》，《乐府指迷笺释》，北京：人民文学出版社1963年，第42页。

② 同上。

③ 吴梅：《乐府指迷笺释·序》，蔡嵩云：《乐府指迷笺释》，北京：人民文学出版社1963年，第92页。

④ 蔡嵩云：《作法集评唐宋名家词选跋》，抄本。

的词学思想与民国词学评点提供了有益的文献。因其价值不容忽视，笔者遵曹辛华师命，将其中的《柯亭词评》全部辑出，发表于《词学》第三十辑。

（四）《柯亭词论》

《柯亭词论》一卷，由中华书局 1944 年出版，附于《柯亭长短句》后。后收入唐圭璋先生编《词话丛编》。又有张璋等编纂《历代词话续编》[①]本。

《柯亭词论》作于 1939—1941 年间，此时蔡嵩云避难扬州。据其自跋："时予则遁迹竹西江邨，亦以读词遣日。诸友以予治词有年，或寄篇章以相酬和，或举疑义以相商兑，缄札月必数至，每次作答，累千百言不能尽，所论者莫非词也，长女宜随侍在侧，为录而存之……暇日检点函稿，爰摘其论词之言。略加诠次，构成是编以贻来学，初非有意于著述也。"[②] 观此可知其成书经过。

《柯亭词论》凡 47 则，主要涉及词的创作、体制、流派，名家词品评等方面，具有一定的理论深度。词的创作包括守四声，创意，造辞，小令与慢词作法之别，以及字法、句法、章法等问题，均能要言不繁。蔡嵩云论清词派别，分为三期：浙西派与阳羡派同时，前者倡自朱竹垞，后者倡自陈迦陵，此为第一期，常州派倡自张惠言，为第二期，桂派创自王半塘，为第三期。对于古今名家词的品评，如柳永，周邦彦，朱祖谋，况周颐等，大多能简明扼要，切中肯綮。刘梦芙先生称其为"近代词话中的精品"[③]。

（五）《柯亭长短句》

《柯亭长短句》凡三卷，中华书局 1944 年版。上卷原名《昨非剩语》，中、下卷原名《竹西鸱唱》，词作计 138 首。

蔡嵩云词，题材多样，思想内容也很丰富。大凡记游、写景、咏物、咏怀、怀古、时事等题材，均有所涉猎。追师念友、叹景咏怀、感时伤事是蔡嵩云词中的主要思想。尤其是国难词部分，记载日本侵略者的无耻行径及山河破

---

① 张璋等编纂：《历代词话续编》，郑州：大象出版社 2005 年。

② 蔡嵩云：《〈柯亭词论〉识语》，唐圭璋编：《词话丛编》，北京：中华书局 1986 年，第 4917 页。

③ 刘梦芙：《五四以来词坛点将录》，《二十世纪名家词述评》，合肥：安徽文艺出版社 2006 年，第 358 页。

碎，人民流离失所之惨象，可谓词史。蔡嵩云词在当时即为人推重。如洪泽丞称其词"能自出手眼，开径独行，才与学相资，声与文并懋，不附和今人，又不全依傍古人"①，叶恭绰云："嵩云邃于词学……，自填词，亦当行出色，无愧作者。"②今人刘梦芙先生亦云："宗法清真、梦窗，密丽幽窈，间取白石之清峭，工力颇深。"③唐圭璋先生云："十年贼中稿，辛苦扬州老。"可谓沉痛。蔡嵩云除《柯亭长短句》138首词外，还有一首见《如社词钞》。《凤凰台上忆吹箫·秋夜闻蕙风老人耗和公展介子原韵》见于《申报》1926年9月14日。

（六）论词书信

蔡嵩云常与同好书信往来，其中多与词有关。如夏敬观曾云与其"驰书论词"④，周树年亦有"端居多暇，唱酬往复"⑤之语。惜这些书信大多没有流传，或藏于某处，尚未发现。只于《集成》《中央日报》等报刊上觅得四封。《集成》所载，题为《与逸庐词人论词书》（1947年第1卷第2期）。逸庐为柳肇嘉，为蔡嵩云同学。此信件内容以探讨词之声律为主，涉及词人贺铸、苏东坡、辛弃疾、吴文英、朱祖谋等人，主张以全面之眼光评价词人之得失。《中央日报》所载三封，题为《与洪泽丞先生论词书》（1948年11月8日），内容涉及词之声律等。又今人杨万里先生有《蔡嵩云藏友朋书札》一束，计114页，收词人13，词作117首。所收词人多为当时词学名流，如夏敬观、仇埰、吴梅、陈匪石等，词末多署"嵩云词宗教正""柯亭词宗教正"，起自1930年10月，终于1944年4月，皆如社、潜社、午社唱和之作⑥。

二、其他著述考

除词学著作外，蔡嵩云还有多种关于化学、自然方面的著作。如《家庭细

---

① 洪泽丞：《〈柯亭长短句〉序》，蔡嵩云：《柯亭长短句》，北京：中华书局1944年。
② 叶恭绰选辑，傅宇斌点校：《广箧中词》，北京：人民文学出版社2011年，第243页。
③ 刘梦芙：《五四以来词坛点将录》《二十世纪名家词述评》，合肥：安徽文艺出版社2006年，第358页。
④ 夏敬观：《〈柯亭长短句〉序》，蔡嵩云：《柯亭长短句》，北京：中华书局1944年。
⑤ 周树年：《〈乐府指迷笺释〉跋》，蔡嵩云：《乐府指迷笺释》，北京：中华书局1944年，第2页。
⑥ 详见杨万里：《跋〈蔡嵩云藏友朋词札〉》，《词学国际学术研讨会论文集》，2008年。

菌学》《矿物之观察及实验》《自然科学研究校外教授实施法》《自学辅导化学实验法》《校外观察教材集览》等。蔡嵩云就读于两江师范学堂时期，所学专业为博学农物，毕业后从事中学教学工作，曾任江苏省立第一女子师范学校理科教师。对蔡嵩云理科著作的考述，有利于我们更全面地了解其思想，为更好地进行文学研究打下基础。兹将著作考述如下。

（一）《家庭细菌学》

是书由文明书局于 1926 年出版，据书前序言及蔡嵩云自识，知其为应宁一女师学生之需要而编辑。脱稿后，由东南大学教授朱君毅博士，介绍东大生物学教授戴芳澜硕士校阅。全书共十三章，分别为："第一章　细菌与人生之关系、第二章　细菌及细菌学、第三章　细菌学发达略史、第四章　细菌之形态及构造、第五章　细菌之营养及繁殖、第六章　细菌之生活现象、第七章　细菌之生活作用、第八章　细菌之分类、第九章　细菌在自然界之分布、第十章　发酵及其应用、第十一章　食物之保存及消毒、第十二章　衣服器物住宅之保存及消毒、第十三章　病原菌与免疫。"书前有朱君毅序一篇，书末附参考书。本书取材以引起读者兴味为主，其繁琐而不切于日常应用者，概从省略，前半所述为关于细菌之基本知识，后半所述则与细菌有关之种种事项。所论细菌作用与家庭健康之关系备极详晰，而其所述种种方法又多切于实用，洵为中国此类书籍之嚆矢。

（二）《矿物之观察及实验》

是书脱稿于 1929 年，经竺可桢博士校阅一过后，由上海商务印书馆于 1931 年 2 月初版。是书之编辑，旨在引起学者研究矿物之兴趣，从而起从事矿业之兴趣。本书分上下两篇，主要内容为讲解对一般矿物的观察和实验器具药品的运用方法，金属及非金属矿物的鉴别方法等。其具体章节如下："第一篇　总述、第一章　观察事项、第二章　实验事项、第二篇　分述、第一章　非金属矿物、第二章　金属矿物、第三章　岩石及土壤。"是书相较于其他同类著作，最大的特点就是特别重视观察与实验。于器具及药品介绍，务求简易。于观察法，则条列其观察顺序，观察要点及观察时应注意之事项等，于实验法，则缕述其实验顺序、实验因果及实验时应注意之事项，洵为一部简明通俗之教学参考书。

（三）《自然科学研究校外教授实施法》

是书由吴县吴和士阅订，由上海商务印书馆于 1922 年 9 月出版，1931 年 4 月再版。校外教授指在田园、原野、河畔进行自然教学。是书分总论、方法论、教案三篇，讲述校外教授的意义、材料选择、场所选择及措施、校外教授例案 40 例。具体章节如下："第一编　总论：第一章　校外教授之意义、第二章　校外教授之价值、第三章　校外教授之必要、第四章　校外教授之目的、第五章　校外教授之材料及其选择。第二编　方法论：第一章　校外教授应注意之事项、第二章　教授场所之选择及路程之远近、第三章　教授时间、第四章　实施前之预备、第五章　实施之方法、第六章　实施后之措置、第七章　与实施有关之一切事件、第八章　救急疗治法。第三编　教案：甲　国一校外教授例案、乙　国二校外教授例案、丙　国三校外教授例案、丁　国四校外教授例案、戊　高小校外教授例案。"

（四）《自学辅导化学实验法》

是书由上海中华书局 1927 年 12 月出版，1936 年 12 月增至 5 版，可见其普及程度。自学辅导化学实验书多矣，然只述实验方法，不详实验顺序，颇不利于初学。蔡氏有鉴于此，特著是书，本其多年之经验，就方法、手续、器具、药品等，一一详细说明，丁宁恳切，并及其可供参考之事项，以使学者知所应用，以解决日常种种问题。全书分无机之部和有机之部两篇，无机之部讨论玻璃细工，软木塞及橡皮管之处置，氯、氧、空气之成分，化合分解及化合物与元素，燃烧、氢、水、无水炭酸、氯化炭、炭素、食盐、安母尼亚、硝酸、硫黄、硫酸、磷、酸类碱类及盐类、金属及非金属、金、银、铜、铁、锌、锡、铅、铝、玻璃等内容，有机之部讨论含水炭素、脂肪及油、蛋白质、酒精及酒、煤油等内容。手此一编，可保证：（一）方法周至，（二）手续井然，（三）不致损伤器具，（四）不致浪费药品，（五）不致发生危险，（六）不致半途失败，（七）可得圆满结果，（八）增进研究兴味。[①]

（五）《校外观察教材集览》

是书有上海商务印书馆 1925 年版。自然科之教学，重在校外观察，蔡嵩

---

① 　见《申报》1928 年 1 月 25 日。

云前有《自然研究校外教授实施法》一书，此书即为补充前书而作，以四季为纲，环境为目，所选材料，以与人类生活有重要关系，及我国各地常见者为标准，以供高小初中自然科校外教学参考之用[①]。

三、小结

文学研究当以文献为基础，全面的文学研究必然要有全面的可靠的文献作为基础。蔡嵩云的学术价值之所以没能得到彰显，与文献有着很大的关系。通过考察，我们对蔡嵩云的著作情况有了大概了解，也大体反映了蔡氏的学术概貌。然而，这还不是蔡氏的著作全貌。例如文中提到的今人杨万里先生所藏《蔡嵩云藏友朋词札》，就给了我们一个提醒：到底还有多少这样的书札是我们还不知道的？又如发表于期刊上的文章及词作，还有多少没有进入我们的视线？进一步的整理工作只能有待于将来进一步的文献发掘。除著述外，蔡嵩云的生平资料的匮乏也是其名不显的重要原因。对蔡嵩云著述作全面梳理，还有许多工作要做。

（作者单位：南京师范大学文学院）

---

① 杨家骆：《图书年鉴》上册，词典馆 1935 年。

朱祖谋诗词辑佚 *

陈建男

一、目前朱祖谋诗词整理概况

晚清四大家之中，王鹏运（1850—1904）在校勘词籍上实有首倡之功，又提点况周颐"重、拙、大"之论，虽与朱祖谋（1857—1931）皆少有论词之文章或著作留下，但王氏所辑《四印斋所刻词》与朱氏之《彊邨丛书》，二者之校记、跋语可见论词之只字片语。王、朱二人的创作，以往由于所见数量有限，虽极受称赏而少有人研究，近年林玫仪先生整理王鹏运诸词集，其词作数量远超过《半塘定稿》《半塘剩稿》①，广西师范大学出版社亦刊印《王鹏运集》二大册，影印王鹏运作品十一种，虽非全帙②，已提供研究者偌大帮助。除了《樵风乐府》，郑文焯（1856—1918）之《大鹤山人诗稿》已由《清代诗文集汇编》印出，然诗词均尚未有较完整之点校本，郑氏之论词资料则有孙克强、杨传庆辑校之《大鹤山人词话》，将郑文焯手批诸词集之批语整理出版，是目前最为详备者③。况周颐（1861—1926）的诗词作品经由郑炜明的搜集与辑考，目

---

　　* 国家社科基金重大项目"民国词集编年叙录与提要"（13&ZD118）的相关成果。

　　① 林玫仪先生《王鹏运词集考述》，《中国韵文学刊》第 24 卷第 3 期，2010 年，第 26—44 页；《王鹏运早期词集析论》，《中国文哲研究通讯》第 20 卷第 1 期，2010 年，第 127—179 页；《三种〈四印斋词卷〉之汇校及其版本源流》，《中国文哲研究通讯》第 20 卷第 4 期，2010 年，第 125—165 页。

　　② 《王鹏运集》所收十一种作品为《半塘定稿》《半塘剩稿》《味梨集》《鹜翁集》《蜩知集》《校梦龛集》《庚子秋词》《春蛰吟》《梁苑集》《和珠玉词》《皇朝谥法考》，然尚非全文，如《四印斋词卷》即未收入，可参照林玫仪《王鹏运词集考述》。

　　③ 郑文焯著，孙克强、杨传庆辑校：《大鹤山人词话》，天津：南开大学出版社 2009 年。孙克强、杨传庆《大鹤山人词话》已将郑文焯批校诸多词集整理，近又出版（宋）吴文英著，郑文焯批校：《郑文焯批校汲古阁初刻梦窗词》，北京：人民文学出版社 2014 年，则为孙克强、杨传庆整理《大鹤山人词话》时未见。

前已有详尽的篇目，更有翔实的《年谱》可供参考①，词集则有秦玮鸿的校注本②，而《蕙风词话》经由屈兴国、孙克强二位先生的辑录，合而观之，虽然有瑕疵与不足，然此文本有助于学界整理况周颐之词学观点③；朱祖谋的诗词作品，生前已刊行《彊邨词前集》《彊邨词别集》《彊邨词》与《彊邨语业》前二卷，身后由弟子龙榆生（1902—1966）整理，《彊邨遗书》收有诗集《彊邨弃稿》与词集《彊邨语业》三卷本、《彊邨词剩稿》《彊邨集外词》，然除《彊邨语业》较为人所知，朱祖谋尚有《彊邨词前集》《彊邨词别集》《彊邨词》数种，另《庚子秋词》《春蛰吟》中也有多篇未收入《彊邨语业》与《彊邨词剩稿》者。其中，《彊邨语业》已有梁惠蓉与白敦仁为之笺注，为晚清四大家的诗词作品中首先被笺注者④，虽是如此，二书只笺注《彊邨语业》，仍有很大的不足。

以上梳理晚清四大家之著述整理概况，即可见朱祖谋处于重要之地位，然其著述被关注的情况却略少于其他三人，整理其诗词作品为首要之务。笔者共辑得四十二首诗（含一残句）、十九首词（含一残句），多为前行研究所未见，希冀藉由整理诗词，俾能对研究朱祖谋的创作有更多进展。

---

① 郑炜明、陈玉莹：《况周颐年谱》，济南：齐鲁书社 2015 年；香港：香港大学饶宗颐学术馆 2011 年。郑炜明：《况周颐研究论集》，济南：齐鲁书社 2011 年。况氏年谱蒙郑炜明先生所赠，谨致谢忱。

② 况周颐著，秦玮鸿校注：《况周颐集校注》，上海：上海古籍出版社 2013 年。按：秦玮鸿校注本漏收况周颐词作，可据《霜杰集》补《水龙吟·壬戌赠程郎》（年年海上清秋）、《五彩结同心》（凤占宜室）二首；《惜秋华·题赠程郎》（梦绮春明）一首，郑炜明《况周颐散佚词辑考》与秦玮鸿校注本虽都有收，但皆依据上海图书馆藏《餐樱词》所夹剪报，《霜杰集》收入此词，词题与内文稍异。参见金兆梓编：《霜杰集》，《中华历史人物别传集》第 89 册，北京：线装书局 2003 年。又，《赵凤昌藏札》中收有况周颐致赵尊岳信件，其中《清平乐》（人间何世）、《江城梅花引》（一声长笛怨江梅）、《春风袅娜》（尽华鬘劫换）、《五彩结同心》（凤占宜室）、《高阳台》（锦瑟华年）、《洞仙歌令》（朣波只赤）等六首为秦玮鸿校注本失收。参见国家图书馆善本部编：《赵凤昌藏札》第 2 册，北京：国家图书馆出版社 2009 年。除去重复的《五彩结同心》，笔者共辑得况周颐佚词七首。

③ 况周颐撰，屈兴国辑注：《蕙风词话辑注》，南昌：江西人民出版社 2000 年；况周颐原著，孙克强辑考：《蕙风词话　广蕙风词话》，郑州：中州古籍出版社 2003 年。郑炜明曾指出二书与其他七种《蕙风词话》整理本的缺失，并提出整理的建议，参见郑炜明、陈玉莹：《论〈蕙风词话〉的文献整理》，《止善》第 9 期，2010 年，第 23—53 页。又，《蕙风词话辑注》《蕙风词话　广蕙风词话》《词话丛编补编》与《词话丛编二编》所收况周颐所撰序跋，都失收况周颐为林鹍翔《半樱词》所写的序。上海师范大学图书馆藏林鹍翔《半樱词》，托东海大学中国文学研究所硕士陈木青学兄协助，特此志谢。又，新近出版况周颐著，孙克强校注：《况周颐词话五种（外一种）》，杭州：浙江古籍出版社 2014 年，亦可补上述二书之不足。

④ 梁惠蓉：《彊邨语业笺注》，台北：中国文化学院中国文学研究所硕士论文，李渔叔指导，1971 年；朱孝臧著，白敦仁笺注：《彊邨语业笺注》，成都：巴蜀书社 2002 年。

二、朱祖谋佚诗辑考

朱祖谋早年的诗集有《玉湖跌馆诗存》，后经朱氏晚年手定删汰，只余今所见《彊邨弃稿》，存诗一百一十八首。龙沐勋跋《彊邨弃稿》云："先生自庚子秋与半塘翁以歌词相切磋，遂竭力倚声之学，不复措意于诗。原有《玉湖跌馆诗存》，删汰几半，辛亥革命后所作尤少。题曰〈弃稿〉，意谓诗不足存也。"然朱祖谋早年以诗闻名，诗大抵是受到宋诗派的影响，如陈三立（1853—1937）在《清故光禄大夫礼部右侍郎朱公墓志铭》中云："公始能以诗名，蹊径蹈涪翁，顾自诡非所近。"陈衍（1856—1937）《石遗室诗话》亦云："向只知朱古微工词，直逼梦窗，近乃知其工诗，有《和远根乞米曲》云：'……远追春海、子尹，近友伯严、右衡，又诗中之梦窗也，可以药近日之枵然其腹者矣。'"① 高拜石（1901—1969）评其诗"幽奥清苍，则又承同光风尚，与闽赣派沆瀣一气"②，从以上评语均可知。朱氏诗作所存理应不少，然现今所见较完整者即为《弃稿》，近年何泳霖辑其佚诗七首③，笔者则自报刊辑得四十二首（含一残句），并考论如下。

1. 赋得花开鸟鸣晨得晨字五言八韵

> 鸟啭花浓际，芳园入望频。开添明媚景，鸣趁艳阳晨。铃语随风软，琴音破晓新。径应忙蝶使，筹似报鸡人。韵细丛偏护，香深听未真。繁华千种话，红紫一声春。燕醒初窥幕，莺多不隔邻。何如温树近，鹓鹭侍枫宸。

按：此首录自《清代朱卷集成》④，为会试之作，故系于光绪九年（1883）。考官评语："诗有新色。"⑤

---

① 陈衍著，郑朝宗、石文英点校：《石遗室诗话》卷九，北京：人民文学出版社2004年，第149页。
② 汪国垣著，高拜石校注：《光宣诗坛点将录校注》，收于《清代传记丛刊》第19册学林类27，台北：明文书局1985年，第139页。
③ 何泳霖：《朱彊邨先生年谱及其诗词系年》，收于饶宗颐主编《华学》第6册第九、十辑，上海：上海古籍出版社2009年，第2105—2239页。
④ 顾廷龙主编：《清代朱卷集成》第55册，第291页。
⑤ 同上，第278页。

2. 偕金祓青过何唁公民园（四首之二）

河汲论交晚，琴尊间日开。兴移无屐齿，诗罢点墙落。机息林香发，天清塔影来。不须风扇拂，真气辟飞埃。

按：《彊邨弃稿》只收第一、三、四首，此首据孙雄（1866—1935）《道咸同光四朝诗史》补①。何唁公即何鋆（生卒年不详），金祓青即金绶熙（1857—？），此二人皆与朱祖谋过从甚密，《彊邨弃稿》有不少诗作提及，如《东城联句》《佛青、唁公偕过薄饮，噗园丈亦至，次前韵》《唁公以宿佛青斋中诗见示，再迭前韵，兼怀狄文子汝阳、黎太初邓州》《送金佛青归桐乡》等。民园在河南，应是作于居汴梁时，约为光绪十年（1884）。

3. 和缪柚岑花之寺看海棠作

时禽窥檐聒春昊，怪我深居倦幽讨。九衢日日吹黄沙，坐惜勾芒去草草。城西小桃落无端，堕珥零玑不堪埽。却愁回风糁香径，倾城颜色失其宝。汝南碧玉焉肯嫁，生性婵娟仍自好。只宜锦障双凭栏，狼籍觞盘恐花恼。勾漏丹砂损年寿，季子黄金衔妻嫂。吁嗟人苦不自闲，明膏坐煎焦谷槁。衔杯行乐非左计，灼灼花枝照人老。

按：此首据夏孙桐（1857—1941）《观所尚斋诗存》补②。夏孙桐诗题《花之寺看海棠，为壶碟会，至者十三。缪柚岑诗成，次韵酬之》，《观所尚斋诗存》附有缪佑孙（1851—1894）原作，与朱祖谋、秦树声（1861—1926）和作。《观所尚斋诗存》依编年排序，此诗作于辛卯，即1891年。《观所尚斋诗存》卷二尚有《自题〈花之寺看海棠图〉》，诗前小序云："曩与缪柚岑、朱古微、秦右衡唱和诗犹在尘箧，检出装册，乞俞阶青绘图纪之，感赋三首。"③按秦树声为朱祖谋同年，缪佑孙为光绪丙戌（1886）年进士，夏孙桐为光绪壬辰（1892）年进士，此时夏氏正准备应试。

4-7. 题王息存藏蓝谢青《竹坨图》直幅四绝句

南坨修竹北坨莲，发兴靖泓似辋川。输与丹青曹霸手，新词百字照琅玕。（锡鬯词乃索秋厓画而作）

---

① 孙雄：《道咸同光四朝诗史》甲集卷五，收于《续修四库全书》，集部总集类第1628册，第429页。

② 夏孙桐：《观所尚斋诗存》卷一，"中央研究院"傅斯年图书馆藏民国二十八年（1939）刊本，第4页。

③ 夏孙桐：《观所尚斋诗存》卷二，第26页下—27页上。

并时曹李稀缣墨（秋岳《倦圃图》、武曾《灌园图》并不知流落何许），此是鸳湖掌故图。为问归耕烟雨里，几人亲钓小长芦。

联娟双璧照书龛，持似南丰更不廉（以卷中题记求之，得并见二图者，惟曾宾谷一人耳）。副墨倘从君乞与，双垞公案一重添（息存先得是图于武昌，曾倩钱塘汪洛年摹副）。

史局金门绊几春，翩然鸥性故难驯。明朝载酒挐音去，我亦江湖汗漫人。

按：此四首诗据《彊邨词剩稿》之《念奴娇》（曝书人老）词后记语所补。《竹垞图》有蓝深与曹岳所绘二本，蓝深所绘为直幅，曹岳所绘为横福，皆画于康熙十三年（1674）。据顾修《读画斋偶辑·竹垞图》所录朱彝尊《百字令》（杜陵老矣）[1]，词后题跋云："康熙甲寅春，客通潞，填《百字令》索曹秋岳补图，二十一年矣。秋岳久逝，小楼墙角至今未添，而予衰愈甚。展对此图，不胜迟暮之慨。因付装池，并书前阕，以要和者。岁在甲戌五月，竹垞老人。"[2] 蓝深所绘，后世并不多见，少有记载，曹岳所绘，则因朱彝尊（1629—1709）广邀友朋题咏而广为人知。后阮元（1764—1849）抚浙时，重建曝书亭，属周瓒、方熏重摹，并追和《百字令》二首，当时相率而和者三十余人[3]。王秉恩（1845—1928）先得到蓝深所绘之图，请汪洛年（1870—1925）摹副，朱祖谋即题此四诗；后王秉恩又得曹岳所绘之图，再次请朱祖谋题词，朱氏题《念奴娇》记之。词作于光绪三十四年（1908）五月，诗无作年，系于此年之前。

8-9. 瘿公属题唐道士索洞玄所书《真一本际经》

蜡样无文墨似猪，转轮真见瘦金书。欲知万物皆刍狗，且向迦音讯蠹鱼。

三洞真灵何好奇，银函金字想见之。儒童迦叶不足数，我欲配以追魂碑。

按：此二首据《庸言》第1卷第14号补。《庸言》同期另载有陈三立（1853—1937）《题瘿公所藏唐道士写经》、陈诗（1864—1943）《澄意南归，为瘿公索题唐人写〈本际经〉》、温肃（1879—1939）《瘿公属题唐开元道士所书道经，时余将还山》、梁启超（1873—1929）《瘿公以唐道士索洞玄所书〈本际经〉属题》，此期出刊时间为6月，因此二诗作于1913年6月之前，殆无疑问。而陈

---

① 此词收于集中，词题作《索曹次岳画〈竹垞图〉》。

② （清）顾修：《读画斋题画诗附读画斋偶辑》，哈佛大学哈佛燕京图书馆藏清嘉庆刻本。

③ （清）吴衡照：《莲子居词话》卷四，唐圭璋编《词话丛编（附索引）》第3册，北京：中华书局2005年第二版，第2476页。

三立之诗作于超社第三集与第四集之间，即三月十八日至四月八日之间，朱祖谋之诗或亦作于同时。

10. 题《叶天寥戴笠遗像》

晚饭瓶拂垂垂老，早避貂珰念念灰。尽以悲欢阅桑海，让皇家法力能回。

按：此首据《小说月报》第9卷第7号补。同期亦刊载俞樾七绝一首、郑孝胥五绝一首、叶德辉七绝八首、沈曾植五古一首[①]，据此期出刊时间，诗作于1918年7月之前。又，郑孝胥作于戊申（1908），沈曾植此诗作于癸丑（1913）八月三日（《八月初三日樊山和白韵见示，余亦和一首》）至八月二十日（《寿缪艺风七十》）间，钱仲联校注按语云："诗为长沙叶奂彬德辉题。"[②] 缪荃孙《题〈明叶天寥先生遗像〉》、吴庆坻《〈叶天寥画像〉为奂彬吏部题》亦作于癸丑年，瞿鸿禨《题〈叶天寥画像〉》作于甲寅年（1914）[③]，朱祖谋或亦作于同时。

11–12.《俞雪岑先生诗稿》题辞

墨佩儒鎣不可羁，鬒参老去祗论诗。繁台烟柳梁园雪，想见狂歌痛饮时。

巾山朴学君家冠，别有雄奇张一军。欲补吴兴耆旧传，喜从燕坐得邦闻。

按：此二首据《北洋画报》1930年8月28日补。俞雪岑即俞耀，顺天大兴人，原籍浙江德清，约生于道光七年（1827），光绪十二年（1886）有诗贺徐世昌考取进士，光绪十三年（1887）亦有诗作，应卒于光绪十三年（1887）后[④]。晚年多滞留在河南一带，有《俞雪岑诗稿》稿本十二卷，九百二十余首诗，旧为朱启钤（1871—1964）于1942年所购藏，今藏于上海图书馆，朱启钤有《梅隐山房诗稿书后》详记收藏过程[⑤]。徐世昌曾辑《雪岑残稿》，为民国三年（1914）退耕堂刊铅印本，六十余首诗，《晚晴簃诗汇》亦收入其诗。朱祖谋之题辞未知是否题于《雪岑残稿》上，俟查，姑且系于1914年。

---

① 按这些作品可补叶德辉著，印晓峰点校：《叶德辉诗集》，上海：华东师范大学出版社2010年，佚诗八首，俞樾《春在堂诗编》佚诗一首，参见《春在堂全书》，南京：凤凰出版社2010年。

② 沈曾植著，钱仲联注：《沈曾植集校注》，上海：上海古籍出版社2001年，第645—646页。

③ 缪荃孙：《艺风堂文漫存》卷一，《清代诗文集汇编》第756册，第759页；吴庆坻：《梅余生诗》卷二，《清代诗文集汇编》第770册，第330页；瞿鸿禨：《超览楼诗稿》卷四，《清代诗文集汇编》第772册，第497页。

④ 邢端：《俞雪岑诗稿编年小记》，《中和月刊》第4卷第1期，1943年，第12—14页。

⑤ 朱启钤：《梅隐山房诗稿书后》，《中和月刊》第4卷第1期，1943年，第9—11页。

13-14. 题胡憘仲《金光明胜经》卷子

妙伽偈谛绝传衣，花雨香中旧捷扉。一逝翻如黄鹄子，刺天海水又群飞。

江左一流今日尽，诗篇连卷共谁论。不知自拨炉烟坐，饶舌丰干已不言。

按：此二诗刊于《东方杂志》第 14 卷第 5 期，为 1917 年 5 月，故系于此年左右。钱基博《现代中国文学史》亦录入此二诗，题为《题胡憘仲〈金光明胜经〉卷子》，字句略有不同，"捷"作"捷"，"翩"作"翻"[1]。

15-16. 赠汪鸥客

谈麈元方一座倾，黄垆重忆廿年情。从知风帻含豪意，中有惊寒断雁声。

一世蜩螗圣得知，闭门盘礴耐长饥。却嫌社酒成多事，一笑君真杜德机。

按：此二诗刊于《小说月报》第 10 卷第 11 号，时间为 1919 年，或作于此年。同期尚有沈曾植、郑孝胥、陈衍、冯煦、王乃征、胡嗣瑗、杨钟羲、王国维之作。汪鸥客即汪洛年（1870—1925），辛亥后寓沪。

17-18. 雪桥诗话

数典称诗妙入神，豪端肝鬲写轮囷。羚羊挂角沧浪意，自是南中汐社人。

流离寂寞子家羁，刘稻风光忆灤西。梦绕先庐雪桥畔，金台残照总凄迷。

按：此二首据陈夔龙等撰《花近楼逸社诗存》补[2]。此为逸社第四集之作，同题杨钟羲《雪桥诗话图》，此图为刘之泗（1900—1937）所绘，社集时间在庚申年五月十九日（即 1920 年 7 月 4 日），与会者有陈夔龙、杨钟羲、冯煦、沈曾植、余肇康、邹嘉来、王乃征与朱祖谋。杨钟羲著有《雪桥诗话》，有《初集》《续集》《三集》《余集》，分别刊刻于 1913、1917、1919、1926 年[3]。此诗并非写于逸社社集，而是写于《三集》完成之后，据《来室家乘》所记，此诗作于己未年（1919），诗题为《柬杨芷姓》，王乃征亦有诗《赠俪山前辈》，故二人于《花近楼逸社诗存》皆题作《雪桥诗话》，而非题《雪桥诗话图》[4]。

---

[1] 钱基博著，傅道彬点校：《现代中国文学史》，北京：中国人民大学出版社 2004 年，第 258—259 页。

[2] 陈夔龙等撰：《花近楼逸社诗存》，收于南江涛选编《清末民国旧体诗词结社文献汇编》第 2 册，北京：国家图书馆出版社 2013 年，第 485 页。又，陈夔龙《花近楼诗存五编》卷一亦有附诗，然无诗题，参见王伟勇主编《民国诗集丛刊》第 1 辑第 36 册，第 761—762 页。

[3] 雷恩海：《杨钟羲与〈雪桥诗话〉》，杨钟羲著，雷恩海、姜朝晖校点：《雪桥诗话全编》第 1 册，北京：人民文学出版社 2011 年，第 29 页。

[4] 《来室家乘》收于《雪桥诗话全编》时，易名为《雪桥自定义年谱》，参见杨钟羲著，雷恩海、姜朝晖校点：《雪桥诗话全编》第 4 册，第 2922—2923 页。

19—20. 题庸庵尚书旧藏宋牧仲《红树秋雅图》

点笔居然老画师，捣烟有客寄西陵。高天独鹤归何处，落日寒云又一时。

并几沧浪照眼新，平林霜霰已无春。催诗火急诚何意，断肠迟庵负手人。

按：此二首据陈夔龙《花近楼逸社诗存》补[①]。此为逸社第五集之作，题陈夔龙所藏宋荦（1634—1713）《红树秋雅图》，时间在庚申年8月27日（即1920年10月8日），与会者有陈夔龙、杨钟羲、冯煦、沈曾植、余肇康、邹嘉来、王乃征、章梫、陈夔麟、王秉恩与朱祖谋。据陈夔龙诗题《庚申八月，逸社第五集，题宋牧仲尚书〈红树秋雅图〉。旧为济宁孙莱山师斋中物，仁和王小坞大令持赠。余先赋此诗，并希同社诸老作诗张之》，知图旧为孙毓汶（1833—1899）所藏，后归陈夔龙。

21. 奉题西农先生《亦有秋斋词》，以应其孙君宜明经之属

乡国论词：伯严九能朱，立斋旧见称。青衫百僚底，白石几人能。坐揽天都秀，如传慧日灯。诸孙工洛诵，参录愧吾曾。拙纂《湖州词录》登先生词八章。

按：此为钮福畴《亦有秋斋词钞》题词，录自冯乾编校《清词序跋汇编》[②]。《亦有秋斋词钞》原为道光二十三年（1843）刻本，后重刊行于民国十年（1921），朱祖谋题词之前有王蕴章题词，提及围炉，诗末小注提及《湖州词录》，朱祖谋《国朝湖州词录》刊于民国九年（1920），此诗于潘飞声诗后，潘飞声诗作于民国十年春季，故系于1921年。钮福畴（1801—1856），字叔彝，号西农；钮家鲁（1865—1934后），字君宜，号退密。

22. 金磷叟先生七十寿诗集陶

愚生三季后，履运增欷然。高操非所攀，聊亦凭化迁。问君何能尔，一盼周九天。诗书敦夙好，桃李罗堂前。奇文共欣赏，灵府良独闲。尘爵耻虚罍，池鱼思故渊。道丧向千载，路迟无由缘。醉醒还相笑，日昃不遑研。常恐霜霰至，百世当谁传。君情定何如，脊力岂未愆。君其爱体素，彭祖寿永年。

---

① 陈夔龙等撰：《花近楼逸社诗存》，收于南江涛主编：《清末民国旧体诗词结社文献汇编》第2册，第495页。又，陈夔龙《花近楼诗存五编》卷一亦有附诗，然无诗题，收于王伟勇主编：《民国诗集丛刊》第1辑第36册，第777—778页。

② 录自冯乾编校：《清词序跋汇编》第3册，南京：凤凰出版社2013年，第1063—1064页。

按：此诗辑自《澹静庐赠言》卷二。据陈三立《金磷叟先生生圹志铭》[①]，金士衍，字允升，晚号磷叟，浙江镇海人，有《澹静庐诗稿》四卷，多散佚，目前仅见沈尹默书《澹静庐诗剩》与《景宁杂诗》。陈诗《静照轩笔记》有《金磷叟广文诗》一则[②]，知其卒于辛未（1931）仲夏，年八十，则其生年为1852年。此诗写于1921年。

23. 题《郑叔问尺牍》

> 未绝成丝已罢弹，十年头薰几丛残。多君收拾珍珠字，抱向空斋掩泪看。

按：此首据桥川时雄编《文字同盟》第12号补[③]，此期为郑文焯纪念专号，发行于1928年3月。《郑叔问尺牍》为辛亥之后郑文焯写给赵养矫的书信，赵养矫将之印行，为民国十年（1921）上海震亚图书局影刊石印本，有沈曾植、李瑞清、曾熙、朱祖谋、谭延闿、冯煦等跋、诗。李瑞清之跋《书郑大鹤山人尺牍册子后》已收入《清道人遗集》[④]，沈曾植《郑叔问手札》诗作于民国八年己未（1919）[⑤]，朱祖谋之诗应作于1921年之前。

24.《晴窗读书图》题词

> 高馆停云不可求，□头精鉴剧风流。梦回帘幕凉于水，便是沧江虹月舟。宗派分曹见别裁，摩挲并几亦多才。桓家寒具何尝浣，莫惜忓厨为客开。

按：此首据屈兴国《蕙风词话辑注》补，出于《餐樱庑漫笔》[⑥]。图为顾树炘（景炎，1895—1970）请人所绘，上有沈曾植、朱祖谋、况周颐、赵尊岳（1898—1965）等人题词。郑炜明系况周颐此词于1921年秋[⑦]，沈曾植《题〈晴窗读画图〉》二首系于壬戌（1922）[⑧]，朱祖谋此诗应作于1921—1922年左右。

---

① 陈三立：《散原精舍诗文集》，上海：上海古籍出版社2003年；潘益民、李开军：《散原精舍诗文集补编》，南昌：江西人民出版社2007年。皆失收此文。

② 《静照轩笔记》引自《澹静庐赠言》末附。参见金贤案编：《澹静庐赠言》，民国二十年（1931）刊本。

③ 桥川时雄主编，今村与志雄编：《文字同盟》第2卷第12号，东京：汲古书院1990—1991年，第82页。

④ 李瑞清著，段晓华点校整理：《清道人遗集》，第64—65页。

⑤ 沈曾植著，钱仲联校注：《沈曾植集校注》下册，第1236—1237页。

⑥ 屈兴国辑注：《蕙风词话辑注》，第505页。

⑦ 郑炜明、陈玉莹：《况周颐年谱》，第428页。

⑧ 沈曾植著，钱仲联校注：《沈曾植集校注》下册，第1480—1481页。

25. 郭母节孝诗

　　亭亭孤根松，枝叶何蓁蓁。风霜不改色，郁为岁寒姿。岭峤古要荒，练江清且弥。灵淑所磅薄，杞梓未足奇。笃生礼义宗，矫矫扬芳规。光裔出中乡，习礼而明诗。中闺协爱玩，那意成仳离。邪衾谨视敛，韦编勤课儿。飘摇风雨中，大厦一木支。竟回蔗境甘，孙曾光门楣。贤者必有后，履正行益奇。存宗任洛重，徇节徒尔为。遗徽彬芳馥，永永无绝衰。

按：此诗录自《郭节母廖太夫人清芬录》①。朱祖谋未有文集传世，《郭节母廖太夫人清芬录》尚有朱氏《郭节母廖太夫人清芬录序》一文，兹录于下：

　　昔者士衡作赋，首述先芬。灵运摛辞，亦陈祖德。孝且所系，纂录斯繁。若夫门崇绰楔之风，家显松筠之节。幽光一集，罗群雅之训词。乔木百年，敦粪本之微意。如郭君若雨斯录之辑，尤可嘉焉。若雨家世参华，袯服古昔，标识通尚，修名淑邮。饮水笃寻源之旦，数典识含冰之掺。汇彼阐幽之作，存为诏后之规。拳拳懿烈，薪与终古。盖其曾王母廖太夫人者，闺禧之义肆，州间之女宗。高问蕙风，移孝及所。㛹姿兰石，袭耀初年。琴瑟甫调，环填奄撤。灵兰殷其泪点，卷蓘脆其孤根。沫泣则摽擗亡生，对影而嫛婗尚藐。遗孤在腹，祝孺子之生男。私谥阖棺，勤令娴之告奠。停辛仡苦，锻月炼年。旦无越畔，殷勤卜望岁之功。子复生孙，孤卓等移山之志。昆仍继武，并协坤珍。贞义表闾，亦辉天语。枕荣终祐，绵祀雍休。逮及若雨，盖已三传矣。曩在粤中，备闻行谊。轺轩奉使，式崇义之里间，黉舍横经，识宣文之后裔太夫人曾孙文为余视学时所得士。以藏心写，廿稔于兹。比与若雨同客淞滨，猥以兹编属为弁首。窃谓会稽刻石，首重廉清。成国流誉，亦标节鄂。古今不殊，遭际匪一。抚孤未易，而处约为尤艰。摩笄良艰，而存宗为逾重。漂摇家室，赖闽内之程婴。光大门闾，媲海东之希孟。以视皮金入剪，骨香委尘。蛺蝶双飞，魂化韩陵之路。鸳鸯并命，心盟古井之波。虽曰难能，犹为小谅。而若雨数奕世之家，珍等韦编于庭诰。俯仰乱世，伯山系肘之旦。宣权同岑，颍叔锡类之意，胡士修之展卷，蟫胠潜通。潘安仁之诵先，音尘未沫。惇袭世风，附庸史传。又微直作郏

---

　　① 此诗原出自《郭节母廖太夫人清芬录》，笔者未见，蒙郭大宁先生寄示《汾阳郭氏铜钵盂次房二十二世祥山公族谱》，此谱将《郭节母廖太夫人清芬录》收入其中，内有朱祖谋诗文各一，皆为珍贵资料，特此志谢。

握之专觥，称随掌之独耀已也。丙寅冬十有一月归安朱祖谋。

廖太夫人（1790—1864）为郭若霖之曾祖母，光绪乙未（1895）准予建坊崇祀节孝，然遇鼎革，直到丙寅年（1926）方择地鸠工，成节孝之坊。郭若霖发启征诗，郑孝胥、胡适等人皆有诗在其中。朱祖谋之文作于1926年冬，诗应作于同时。

26-27. 题《朱文肃遗墨》

把臂蒲州与福清。元黄朝局费撑撑。布帆一夕翻然去，赢得邪人两字评。

遯地浮生亦有涯。涌幢属笔几梳爬。故人舩到黄杨岸，泉水清于顾渚茶。

按：此二诗辑自北京匡时国际拍卖有限公司网页，题为笔者所拟①。周庆云旧藏明人朱国桢（1557—1632）信札二封，分别得于甲寅年（1914）与丙寅年（1926），将其裱褙，引首"文肃遗墨"，并请白中磊录《南浔镇志》中《乌程朱文肃公传》，书札除有周庆云二跋，另有金蓉镜题记、吴士鉴题二诗、朱祖谋题二诗、徐定戡题跋。朱国桢为湖州人，是周庆云、朱祖谋的乡邦先贤，又以刚直著称，朱祖谋为此题诗可以理解。朱祖谋题款云"丙寅腊月题"，故系于1926年。

28-29. 题寐叟画山水

兵气弥年塞天破，捷户何方娱独坐。诗心不与江流东，一笑解衣盘礴赢。

胸吞云梦气如山，小笔崎崟见一斑。谁信文章掣鲸手，也能辛苦作荆关。

按：此二诗据《来复》第380期补，刊于1926年，应作于此年或之前。本为一首，然格律上应作二首，故径析为二首。

30-31. 题吴缶庐画《山水册》

八首之二

听话郭南山水佳，冷斋相对拨炉灰。薄田黄竹今何似，消尽江南独客怀。

八首之七

并无一片云来去，略有三间屋退藏。水渐清泠山渐瘦，几人消受好秋光。

---

① 参见北京匡时国际拍卖有限公司网页网址：http://www.council.com.cn/PaiMaiJieGuo/pmwp.php?ppcd=art0022540274&pzid=PZ2014592（2016年5月5日检索）。

按：此二诗录自吴昌硕《壬戌山水八纸》[①]，凡八首，其中六首已见《彊邨弃稿》，今据以补此二诗。上海书画出版社编《吴昌硕山水八纸卷》依题款顺序将此八首系于壬戌（1892），然朱祖谋并未落款年月，恐非题画之时。朱氏与吴昌硕结识于海上，诗作据《彊邨弃稿》排列顺序，应作于壬子（1912）之后，也符合二人相交时间。而吴昌硕卒于丁卯（1927）冬季，诗末虽未标注作年，然仍称缶庐先生，故应作于吴昌硕生前。

32-33. 槐瘿以近影寄赠感赋，并寿其七十生日

执手春明路，惊心劫火催。袖中新谏草，座上旧官醅。遂把一麾去，何期双屐来。青州老从事，应识使君才。

天意终成悔，民劳亦可怜。窜身犹蓬累，留眼看桑田。士道神明宰，人知曩铄年。貌丰须须黑，持问定超然。

按：二诗辑自《青鹤》第 1 卷第 24 期，诗后有按语："古老遗诗二首，不见本集，当为集外稿。"查槐瘿即黄曾源（1858—1935），字石孙，号立午，晚号槐瘿。黄曾源为黄孝纾之父，鼎革后长居青岛，亦为遗老。朱祖谋寿其七十岁生日，故系于 1927 年。

34. 菊生仁兄馆丈属题《涉园图》

不蹋黄门旧置园，似闻乌夜尚啼邨。即令林木坚多节，在昔心肝奉至尊。度厄唯余嵌壁记，传家况有读书孙。封章见说能绳武，剩拂残缣忆梦痕。

按：辑自《涉园图咏》[②]。《涉园图》为清张脂属王补云绘成长卷，后其孙张柯（1724—1800）请查昉摹成缩本。曾流落他方，1927 年夏，由张氏后人张元济赎归，遍征友朋题识，1939 年将此图捐赠合众图书馆，今藏上海图书馆。张柯侄子张鹤征曾辑《涉园图咏》一卷，张元济复辑《涉园题咏续编》二卷补遗一卷，然赎归后所征题咏均为收录，今人郭立暄整理并刊于《历史文献》第 11 辑[③]。朱祖谋所题之诗，于张宗祥戊辰四月所作二诗与王秉恩戊辰八月所作诗之间，故系于 1928 年夏日作。

---

① 上海书画出版社编：《吴昌硕山水八纸卷》，上海：上海书画出版社 2010 年。托国家图书馆雷强兄协助查阅，特此志谢。

② 郭立暄整理：《涉园图咏》，上海图书馆历史文献研究所编：《历史文献》第 11 辑，上海：上海古籍出版社，2007 年，第 17 页。

③ 同上，第 11—12 页。

35. 题陈向元《泰宁去思图》

人道久凌迟，乾坤入晚晚。飘沫安所届，盍尔及其本。陈君剑佩士，卓绝翘关选。偏师戍沫易，三月有余善。西陵资保障，松楸成伐剪。抱器纵无归，忍视鼎彝散。尊亲溯血气，挈刀陂诚款。泠然上之风，何草有不偃。民生苦爬梳，君来庶其免。堂堂送君去，无策挽使返。愿筑山上台，讴思渺无限。王孙报大德，滴泪写图卷。回肠增感激，展画得奇暖。东瞻胜水峪，彼戈罪曷逭。

按：此首据《北洋画报》1930 年 4 月 8 日补，《北洋画报》所刊为朱祖谋手稿，后于《天文台》第 32 期重新排版刊登。陈向元即陈孝威（1893—1974），为著名军事家，1926 年任泰宁镇守使，曾保护清陵，与郑孝胥政治立场虽不同，然 1927 年起学诗于郑氏。此图由溥忻（1893—1966）所绘，郑孝胥作记。陈三立题咏之《题陈向元〈泰宁去思图〉》。泰宁人为筑台立碣，榜曰捧日〉作于己巳（1929）[①]，陈曾寿《题陈向元〈泰宁镇去思图〉》作于庚午（1930）八月之前[②]，朱祖谋所作虽无法确定时间，至少应不得晚于 1930 年 4 月。陈孝威曾刊印《泰宁去思图题咏集》，惜未见[③]。

36. 题仇实甫《汉宫春晓》卷子

玉碗金鱼总劫尘，披图媵赋汉宫春。衰兰摇落咸阳道，泪尽携盘独出人。

按：此首据国风社编纂《采风录》补[④]，原刊于《国闻周报》第 7 卷第 26 期，时间为 1930 年 6 月。仇实甫即仇英（1498—1552），其所绘《汉宫春晓图》于台北故宫博物院今藏有二幅，然未有相关题词。李瑞清亦有《题〈汉宫春晓图〉三首》，然未系年，未能知晓确切时间，只能确定作于 1920 年之前。故未有其他线索之前，先将朱祖谋之诗系于 1930 年 6 月之前。

37. 题刘翰怡《希古楼勘书图》

---

① 陈三立著，李开军校点：《散原精舍诗文集》下册，第 689 页。
② 陈曾寿著，张寅彭、王培军校点：《苍虬阁诗集》，上海：上海古籍出版社 2009 年，第 198 页。
③ 据程中山《香江诗话：壮怀激烈陈孝威》一文之介绍，陈孝威与遗老来往，该《题咏集》中有陈宝琛、朱祖谋、杨钟羲、陈三立、樊增祥、丁传靖、章太炎、王式通等人题咏之作，见 http://paper.wenweipo.com/2005/01/18/WH0501180001.htm（2016 年 5 月 5 日检索）。又，陈宝琛七古与樊增祥之作，皆为《沧趣楼诗文集》（上海：上海古籍出版社，2006 年）、《樊樊山诗集》（上海：上海古籍出版社 2004 年）所失收。
④ 国风社编纂：《采风录》诗类卷 7，天津：天津国闻周报社 1932 年。

举世皆骛新，斯人嗜稽古。委怀惟琴书，乐志匪场圃。吾皇信圣人，一怒天下睹。谁知毫翰间，犹足想神武。白头卧沧江，岁晚惊臣甫。整襟一登楼，飞白传天语。宛委知荒唐，二酉亦尘土。庶几比天禄，青藜照夜午。

按：此诗录自夏敬观《忍古楼诗话》，夏氏云："归安朱彊邨侍郎祖谋，生平专力于词，为诗极寡。其遗集中有诗一卷，亦不尽为自作。兹从刘翰怡《希古楼勘书图》录得一篇，是其亲笔。"[①]图今未见，况周颐《餐樱庑漫笔》曾记此图征题咏，该文刊于1924年9月4日，此诗或作于此年。

38—39. 题红薇老人《百花手卷》

向来饮酒读离骚，荃蕙无端变艾萧。一笑披图重认取，春兰秋菊久相要。

南田老去说清于，杀粉调铅足自娱。想得永嘉偕隐日，岁寒松竹又成图。

按：此二诗录自《客观》第4期，此刊1945年发行。红薇老人即张光（1878—1970），字德怡，亦作静仪，浙江温州人，章献猷（味三，1866—？）之妻。宣统元年（1909），张光随夫宦游粤东，历时三年绘成《百花图卷》。朱祖谋与章献猷来往甚早，1903年朱氏在粤即与其往来[②]，此诗未能系年，然由"向来饮酒读离骚，荃蕙无端变艾萧"句，知作于辛亥年后。朱祖谋亦与张光外甥郑曼青（1902—1975）熟稔，若能进一步查阅张光与郑曼青之别集，或可考得一二。又，"无端"之"无"字本缺，据忆依《薇雪庐读画记》补，惟忆依所录第二首"子"作"于"，盖取杜诗"雏凤清于老凤声"，符合诗意，故从之[③]。

40—41. 题《双辛夷楼填词图》

词笔苍凉寄恨深，虚房寂寞暗尘侵。云鬟玉臂都吟遍，难写佳人窈窕心。

展卷依稀泪点盈，旧欢如梦若为情。秋风昨夜凉初透，凄绝哀蝉落叶声。

按：此二诗录自李宗祎《双辛夷楼词》所附《双辛夷楼填词图题辞》，诗题为笔者所拟。诗后题"辛未九月朱孝臧题"，知作于1931年。

42. 戏赠诸宗元诗（残句）

可怜绝代诸真长，赢得江湖七字诗。

按：此二句录自诸宗元《大至阁诗》，此诗题为笔者所拟。句下小注云："二

---

① 夏敬观：《忍古楼诗话》，《民国诗话丛编》第3册，上海：上海书店出版社2002年，第27页。
② 温州博物馆编：《宋恕师友手札》，杭州：浙江摄影出版社2011年，第57—58页。
③ 见《上海申报》1930年5月14日。

语为沤尹翁见赠。"据《大至阁诗》诗题《纪十年前沤尹先生戏赠句》，此诗作于吴昌硕过世后，其后为元夕之作，当作于1928年初，往前推十年，则约为1917年。

此外，《赵凤昌藏札》收有编者判断为朱祖谋之诗七首，分别为《广宁道中望医巫闾山怀辽太子倍》《辛亥秋兴二首》《辛亥十二月二十五日书事》《次苾罗苏木汉言经棚恭读行在罪己诏有感》《客大同有人劝赴行在不果》《连类有伤一首》①，此七首诗并非朱祖谋之作，理由有三。字迹非朱祖谋之笔，此其一也。《次苾罗苏木汉言经棚恭读行在罪己诏有感》《客大同有人劝赴行在不果》《连类有伤一首》三首言庚子事，然朱祖谋并未赴行在，经棚与大同均非朱祖谋生平行踪所到之处，此其二也。《辛亥秋兴二首》《辛亥十二月二十五日书事》三首诗旁注明："此三诗勿视遗老。"显见作者非朱祖谋，且诗中"九世春秋大复雠""共和日月破天开""人间已入华胥梦，陛下犹称孺子王"句，全不类朱祖谋之语，此其三也。

本节辑佚朱祖谋诗四十二首，并考辨被误认为朱祖谋的诗七首，其诗由原有之一百一十八首，加上辑佚之四十二首，共一百六十首，可以补充其生平数据，更可进一步探讨其内容。

三、朱祖谋佚词辑考

朱祖谋生前于光绪三十一年（1905）曾刻《彊邨词》三卷，复增刻卷四。并依王鹏运信中所言，将光绪二十五年（1900）以前的作品刊为《前集》，将《庚子秋词》和《春蛰吟》部分作品刊为《别集》②。民国十三年（1924）并合各集为《彊邨语业》二卷。朱氏死后，龙榆生将其卷三手稿补刻，即今所见三卷本《彊邨语业》，并为其辑《彊邨词剩稿》与《彊邨集外词》，收入《彊邨遗书》。笔者汇集诸本如下表：

---

① 国家图书馆善本部编：《赵凤昌藏札》第10册，北京：国家图书馆出版社2009年，第377—378页。

② 《彊邨词》叙言照刊王鹏运的信，信云："公词庚辛之际是一大界限，自辛丑夏与公别后，词境日趋于浑，气息亦益静。而格调之高简，风度之矜庄，不惟他人不能及，即视强邨己亥以前词，亦颇有天机人事之别。鄙意欲以己见《庚子秋词》《春蛰吟》者，编为《别集》，己亥以前词为《前集》，而以庚子《三姝媚》以次，以汔来者为《正集》。各制嘉名，各不相杂，则后之读者亦易分别。"

名　　称	数　　目
彊邨语业	269
彊邨词剩稿	243
彊邨集外词	122
庚子秋词	192
春蛰吟	44

其中《庚子秋词》有七十四首、《春蛰吟》有七首已收入《彊邨语业》与《彊邨词剩稿》，删汰重复，得其词作总数为七百五十九首。何泳霖辑得佚词十二首，本文在何泳霖的基础上，删去重收的《千秋岁引》，共辑录佚词十九首（含一残句），则朱祖谋的词作应有七百七十八首。

（一）新辑词作十九首

1. 眉妩　戏叔问，用石帚均连句

　　正春归芳榭，梦觉银屏，凄绝看花眼。（古微）细雨芹泥皱，巢痕冷，栖梁还妒新燕。（叔由）落红乍歇。话彩笺、门巷增感。（半塘）镇赢得，点滴东风泪，对芳醑慵暖。　　（古）何限。江湖萧散。倚水云芦笛，空写柔翰。（由）知否鸥盟在，三山北，年时曾系吟缆。（半）去鸿数点。算后期、携手人远。（古）怕重过城南，肠断处、蓦相见。

2. 绕佛阁　送梦湘，用清真均连句

　　烛华夜敛。孤客待发，愁动荒馆。（由）吟趁宵短。渐看晓色、稀微上虚幔。（半）玉尊酹满。扶醉上马，花外人远。（古）羌笛凄惋。渭城罢唱，依依绿杨岸。　　由落寞念行色，郑重征衫慈母线。半回首故人、风花空湿面。古定梦绕觚棱，银漏催箭。（由）旅怀谁见。怕注目神州，丝鬓零乱。（半）待归来、翠笺重展。

按：此二首连句录自王鹏运《蜩知集》，未入朱祖谋与易顺豫之词集。词作于戊戌年（1898），此时郑文焯与王以敏均将出都，王以敏有《绕佛阁·戊戌夏始，南行将发，幼遐、古微、由甫三君子以迭清真韵联句词飞骑传示。晚待潮海上，吟讽凄断，依调赓此。维时海山杳冥，刺船径去，先生殆真移我情矣》（《檗坞词存》卷四），即此事。在王鹏运《蜩知集》的顺序则在《丹凤吟》

四月二十七日雨霁之作前。

3. 瑞龙吟　听枫园即席，用清真韵

苏台路。才见暗水笼烟，细萝牵树。（发）回思三十年前，小桥画舫，清游处处。（余杭褚成博伯约）　旧吟伫。多少翠香云乱，唾绒窗户。（归安朱祖谋古微）而今倦说春愁，谢堂燕子，依稀梦语。　（汉军郑文焯叔问）间度珍丛消睡，好花开晚，迎人犹舞。　空想醉枫残红，门巷非故。（江夏张仲炘次珊）风灯雾幕，题遍吴襟句。（发）还留照、娥池镜里，蹁跹回步。倒影云来去。（微）瘦尘乍浣，重温旧绪。吟鬓添霜缕。（约）年事换、凄凄空帘听雨。晚阴漫阁，一江萍絮。

按：此首录自陈锐（1861—1922）《裛碧斋诗话》，其言"联词难于联诗"[1]。此联句词未收入朱祖谋、陈锐、郑文焯、张仲炘等人词集中，从陈锐《裛碧斋集》中《瑞龙吟·春光向尽，古微先生邀同张次珊、褚伯约、郑叔问诸君集于听枫园，拍照联词，极客中之清致。余方有俗役，未终席辄去。越日赋此奉酬，仍用清真韵》（吴园路）[2]一词词题可知，此次饯春宴集由朱祖谋招集，此即为席上联词之作。陈锐"越日赋此奉酬，仍用清真韵"，朱祖谋有和词《瑞龙吟·寓园饯春，伯发和清真韵见贻，率酬一解》（吴皋路），张仲炘词作未见，郑文焯亦有和词，郑文焯之作为《瑞龙吟·听枫园饯春席上和清真》（寻诗路），后陈锐与郑文焯又有续作，分别为《瑞龙吟·和叔问饯春》（平江路）、《瑞龙吟·裛碧先生和清真是阕见示，怀古伤春，高健处不减耆卿风格，继声报之》（西桥路）。而除了上述诸人，张上龢似亦为受邀友人，有《瑞龙吟·沤尹听枫园饯春，用清真韵》（横塘路）[3]，而其子张尔田亦有《瑞龙吟·古微丈以饯春词见示，率和一解，用清真韵》（横塘路）。朱祖谋《瑞龙吟》收入《彊邨语业》，系于戊申（1908），则此联句词亦应作于同时。

4. 百字令　赋云无心以出岫

乾坤清气，被伊人占取，等闲丘壑。非雾飞烟秋一片，长伴吟心寥阔。润覆松身，间飘梨梦，去住机忘却。不堪持赠，山中新句谁索。　一笑世

---

① 陈锐：《裛碧斋诗话》，葛渭君编：《词话丛编补编》第4册，第2603—2604页。

② 邓辅纶、陈锐撰，曾亚兰校点：《白香亭诗集　裛碧斋集》，长沙：岳麓书社2012年，第137—138页。

③ 此词同见于《广箧中词》卷2与《全清词钞》卷37。

界微尘，白衣苍狗，万事风鸣铎。未肯从龙霄汉去，何况阳台漂泊。长揖青山，烂炊白石，对酒还慵酌。垂天双翼，卷舒应共孤鹤。

按：此词录自《何氏灵璧山房所藏朱陈词翰》[①]，未详作于何时。然词中"万事风鸣铎"句出自王鹏运《念奴娇·迭韵酬渔公》（《半塘定稿》卷二），"长揖青山，烂炊白石"二句，出自王鹏运《摸鱼子·寒夜不寐，率意倚声，得〈摸鱼子〉后半，莫知词之所以然也。明日畣泉倚是调见寄且征和作，因足成之。同声之应，有如是夫》（《半塘剩稿·虫秋集》）。此外，"山中新句谁索""对酒还慵酌"，与王鹏运《念奴娇·迭韵酬渔公》中"满前新句慵索""对酒浑忘酌"亦十分相似。朱祖谋少以王鹏运之句入词，此亦非集句，初意以为作于1905 至 1907 年间，朱祖谋以疾辞官，自广东归苏州，词题"云无心以出岫"为陶潜《归去来辞》句，其原文下句为"鸟倦飞而知还"，是以有此推测。然"孤鹤"句又似有其事，朱祖谋觅得鹤一只，学白居易养鹤，后赠郑文焯，则此句似亦可解，因此笔者推测此词或作于宣统元年（1909），朱祖谋推辞特诏征召事，"未肯从龙霄汉去"句，或为其意。

5. 水调歌头　隤堪索词，为赋此解

夫子惠收我，诏我谱新腔。我词比肩曹邻，蕞尔不成邦。公乃斯文元气，荆楚浃浃大国，吐纳浩湖江。镗鞳洪声发，敢以寸莛撞。　五经郭，诸子学，世谁双。金膏丽体龙文，百斛笔能扛。诗卷柴桑一老，年谱金源二妙，余藻发兰茊。急起问奇字，载酒满春缸。

按：此首据《学衡》第 30 期补。此期出刊时间为 1924 年，则词应作于1924 年之前。隤堪为孙德谦（1869—1935），著有《稷山段氏二妙年谱》，收入《求恕斋丛书》。刘承幹 1915 年为此年谱撰序时说他："喜读陶公诗，欲订正其年谱未成，成《稷山段氏二妙年谱》，以其皆逸民也"[②]。又，孙德谦曾作《南窗寄傲图记》（1912），《南窗寄傲图》现为杨儒宾先生收藏，上有朱祖谋、郑文焯、叶昌炽、刘世珩、金武祥、况周颐、王国维、吴庆坻、刘承幹、吴昌硕、章梫、杨钟羲、劳乃宣等人题咏，朱祖谋、郑文焯、叶昌炽未有题识纪年，刘

①　何曼庵：《何氏灵璧山房所藏朱陈词翰》，香港：何曼庵 1994 年，第 29 页。此书托东吴大学中国文学系博士班学妹吴嘉慧与香港浸会大学中国文学系博士班学妹林怡劭协助查阅，特此志谢。

②　北京图书馆编：《北京图书馆藏珍本年谱丛刊》第 35 册，北京：北京图书馆出版社 1999 年，第 405—406 页。

世珩题诗为乙卯（1915）[①]，因此将词系于 1912—1915 年间。

6. 清平乐　题宋梦仙女士遗画

　　玉骢嘶定。晴缕摇烟暝。风约一套波似镜。中有伤春心影。　　离鸾独倚琴台。高楼明月徘徊。话取十洲残泪。佩环昨夜归来。

按：此首辑自《香艳杂志》第 9 期，出刊时间为 1915 年，有冯煦、郑文焯和作刊于同期。冯煦《清平乐·幻园先生属题，用沤尹均》，幻园先生即许嵩（1878—1929），字幻园，以字行，上海华亭人。与李叔同为"天涯五友"。其妻宋贞，字梦仙，能诗工画，宋贞过世之后，许幻园整理宋贞作品为《天籁阁四种》，为光绪二十七年（1901）刊本。

7. 荔枝香近

　　倚扇翻襟欢事，成弹指。旧时黄篾吟心，清照琅玕字。瑶华一杯飞绪，梦语重泉底。花外、会有秋魂背镫起。　　双燕子，漫窥向、尘梁垒。细雨堂梨，花发马塍无地。鸣咽筝弦，怨入春声影娥水。数语桂堂闲泪。

按：此首据庞树柏（1884—1916）《庞檗子遗集》题词补[②]。朱祖谋晚年于上海亦与南社中人如王蕴章（1884—1942）、邵瑞彭（1887—1937）、庞树柏等人来往，并结春音词社。此词是朱祖谋为庞树柏《玉玲珑馆词》所写之题词，词中"梦语重泉底""细雨堂梨，花发马塍无地"等句均指人亡，该词集由朱祖谋删定，与诗集合刊于 1916 年为《庞檗子遗集》，故将词系于此年。

8. 蓦山溪

　　野鹃啼后。寒食他乡又。梦里说留春，镇年年、蝶偎蜂傻。高楼花近，斟酌倚阑时，才坠雨，又飘风，芳意如中酒。　　酒酣研地，此恨人人有。聊复一尊同，黯江关，几回搔首。红桑阅尽，湖海老元龙，从拔剑，更搴帘，吟望依南斗。

按：此首据陈衍龙《花近楼诗存》补[③]。此为逸社社集，时间在丁巳年花朝后三日，二月十五日（即 1917 年 3 月 8 日），与会者有陈衍龙、杨钟羲、冯煦、

---

① 郑炜明：《况周颐研究论集》，第 115—116 页；罗惠缙：《民初遗民诗词的同题群咏研究》，《东南学术》2012 年第 1 期。

② 庞树柏：《庞檗子遗集》，收于《清代诗文集汇编》第 797 册，上海：上海古籍出版社 2010 年，第 4 页。

③ 陈衍龙：《花近楼诗存三编》卷二，收于王伟勇主编：《民国诗集丛刊》第 1 辑第 36 册，第 566 页。

沈曾植、缪荃孙、陈三立、沈瑜庆、王乃征、林开謩、张彬、胡嗣瑗、陈夔麟
与朱祖谋，而王仁东与瞿鸿禨未赴会，仍有诗。

9. 百字令题《古檗山庄图》

佳城郁郁，有奇峰南峙，清江东注。眼底青芜青不断，想象他年青树。
似木枝分，如川派别，总返根源处。魂招楚些，九京长此团聚。　伦教谁
为扶持，者回桑海，绝续真如缕。莫谓死生虚诞耳，各自料量千古。荷锸
师伶，著书嗤璞（郭璞著《葬书》），干净宁无土。义庄丙舍，昔贤贻我高矩。

按：此首据《古檗山庄题墨选萃》补①。古檗山庄为旅菲华侨黄秀烺
（1859—1925）于1913年在福建晋江所营筑，到1916年竣工，内有名人题咏
石刻，朱祖谋词作即题于上头。时间署"丁巳五月"，故系于此年。

10-11. 菩萨蛮　集鱼玄机句

鸳鸯帐下香犹暖。一双笑靥才回面。神女已相和。禅心笑绮罗。　清
词欢旧女。驻屐闻莺语。惊梦复添愁。相将不到头。

珠归龙窟知谁见。暂持清句魂犹断。未起蕙兰心。清风开短襟。　殷
勤重回首。笔砚行随手。几度落梁尘。相思又此春。

按：此二首据《学衡》第32期补，此期出刊时间为1924年8月，词应作
于1924年8月之前。二首《菩萨蛮》为吴梅（1884—1939）《无价宝》杂剧题
词，同期亦刊载孙德谦之序，与曹元忠②、王德森、叶德辉、朱锡梁、邵瑞彭、
陈世宜、罗惇曧等人之题词。吴梅自序《无价宝》作于丙辰除夕（1917），诸
题咏应同孙德谦之序作于丁巳（1918）年间。

12. 太常引

旧巢同扫十年痕。相望玉京尘。无恙梦中身。似存问、沧江故人。
虫沙无劫，湖山有美，翙作几家春。身世一灵均。忍杯酒、期君降辰。（时
客花港蒋氏湖楼，仙蝶亦至，适予初度日也。）

按：此首据屈兴国《蕙风词话辑注》补③，然屈氏未写明出处，实应出自《餐
樱庑漫笔》，况氏记此事甚详："彊邨先生云：曩寓都门屡见太常仙蝶，花间尊

---

① 李灿煌、粘良图编：《古檗山庄题墨选萃》，厦门：厦门大学出版社2005年，第166—168页。
② 《学衡》误作"曹忠元"。
③ 屈兴国辑注：《蕙风词话辑注》，第515—516页。又，何泳霖据《旧月簃词》1921年刊本录
此词。

前，每祷辄至，若夙契然。其后督学五羊，告归苕雪，亦复如是。辛亥以还，赁庑沪渎。戊午七月薄游西泠，寓花港蒋氏湖楼，甫卸装，过陈氏苍虬阁，偶谈次及仙蝶，仅时许，报蝶至，集窗棂间，黑质黄章，五彩悉备。仙蝶凡二，彩章略同，一翎微破损，一穿一小孔。此翎微损者，彊邨直故人视之，觞以酒则就饮，殊从容。饮已，稍回翔，复来集，咂且咽，俯仰至再三，舒其翎者数，意微醺矣。复翔，又集，以须微蘸染而已。客曰：是非彊邨之言，信立致仙蝶也。仙蝶之灵，于其将至，默诏彊邨以言也。明日，值彊邨初度，蝶见于蒋庄。又明日，彊邨复诣陈，蝶亦与谐。"况周颐亦有《太常引》（翩然便出软红尘）和朱祖谋词。据陈曾寿《太常引·戊午七月，太常仙蝶来苍虬阁中，二日始去。时病山、彊邨二老适来，约同人赋词记之，龠庵作图》二首（铢衣翩影堕轻埃、朝盟烟水暮清都）词题而观，此词即作为戊午（1918）年，而朱祖谋生日为七月二十一日，则时间更加明确。图为李孺所绘，同时尚有程颂万《太常引·太常仙蝶降陈仁先湖庄之好秋轩，为图属题》之作。又，朱祖谋寓居蒋庄，尚有词作《好事近·灵隐夜归蒋氏湖庄作》（湖气郁衣巾），蒋庄、蒋氏湖楼位于杭州西湖，原为小万柳堂，廉惠卿转售给蒋国榜（1893—1970）[①]。

13. 解红　宋媛《妳阑花样图》题词

兜月影，熨香时。绣床新样夗央丝。一袜描成合欢字，同心应和晚春词。

按：此词原题于蔡哲夫旧藏宋媛《妳阑花样图》，见《淳浩 2005 首届艺术品拍卖会之中国近现代书画图录》[②]。图上有十七人题词，如沈宗畸、陈家庆、陈洵、王蕴章、徐珂、况周颐、朱祖谋、黄栩园等，其中况周颐《减兰》与陈洵《闲中好》均为佚词，况周颐之作，郑炜明《蕙风散佚词辑考》与秦玮鸿《况周颐词集校注》已收，陈洵之词，今传世词集与《海绡词校注》均未收，兹录如下："闲中好，惆怅晚春词。待引同心绣，□□双凤知。"图上所题多为己未年（1919）所作，出版于 1919 年之况周颐《织余琐述》亦记载此事，故郑炜明将况周颐词系于此年，朱祖谋之作位于况周颐旁，推测应作于同时，暂先系于 1919 年。

---

① 　郑炜明：《况周颐散佚词辑考》，《况周颐研究论集》，第 113—115 页。

② 　《淳浩 2005 首届艺术品拍卖会之中国近现代书画图录》，香港：淳浩拍卖有限公司 2005 年，第 256 页。引自郑炜明：《况周颐研究论集》，第 116—117 页。

14. 浣溪沙

林下风期善气多。悦门时节正清和。被阶萱草绿成窠。　珠履成行称
兕侣，金经翻谱救鱼歌。一天花雨洒曼陀。

按：此首辑自《晨风庐唱和诗存续集》，祝周梦坡夫人寿，朱祖谋作二首词，
另一首即收于《集外词》之《浣溪沙》（毳采澄鲜片玉词）。

15. 虞美人《缶庐小像》题词

平生三绝诗书画。占断闲声价。江南一月宰官身。拂袖归来、真作义
熙人。　醉中无复逃名地。薇葛余清泪。本来身命甲辰雄。才信江山、尘
土对清空。

按：此首据屈兴国《蕙风词话辑注》补①。况周颐记此事云："丙寅元日，
白龙山人为缶庐绘小像。"则词当作于民国十五年（1926）丙寅。白龙山人为
王一亭（1867—1938），经商致富，亦为画家。

16. 南乡子

采采欲遗谁。手把瑶华夜款扉。深处幽篁天不见，空悲。修到湘累独
醒非。

奇字结烟霏。野史亭中心事违。端的草堂灵不愧，栖栖。北去南来总
白衣。

按：此首据《沧海遗音集·遯盦乐府》补②。张尔田云辛亥后的词作补录于
此，并以朱祖谋题词弁首，此记作于己巳（1929），因此将词系于1929年或之前。

17. 鹧鸪天

开到梅华春满林。雨飞双鹤更鸣阴。新声合谱庄椿岁，旧梦难回澧芷心。

青玉案，紫霞斝。高怀消与越人吟。何当比翼朝天去，高会南华有嗣音。

按：此词辑自《海光》第2卷第11期《庄得之先生介寿诗词汇录》，时间
为1930年，同作者甚多，与朱祖谋较常往来者有陈夔龙、陈夔麟、王乃征、
秦炳直、吴炯然、章梫、余肇康、王恩、汪诒书、林开謩、袁思亮、王震、狄
葆贤、徐乃昌等。庄得之即庄录（1869—1939），江苏武进人，为中国红十字
会理事长。

18. 鹧鸪天　陈母施太夫人六十寿

---

① 屈兴国辑注：《蕙风词话辑注》，第516—517页。

② 朱孝臧辑校编撰，夏敬观手批评点：《彊邨丛书附遗书》第9册，第7818页。

窈□□花正□春。□闻家□锦同□。兰□□□门子□。□□□□寿人。

森凤羽，郁龙文。斑斓舞彩簇芳茵。年年□庆堂前月，来照长生酒百巡。

按：辑自《中华画报》1931 年 6 月 2 日，朱祖谋为陈向元所写。字不甚清晰，不敢妄自猜测。

19. 浣溪沙（残句）

恨不将身变叫花（彊邨）。天蟾咫尺隔天涯。可怜你我不如他（蕙风）。

按：此半阕据张尔田《词林新语》与赵尊岳《人往微风录：朱祖谋》补。张尔田《词林新语》："梅畹华演剧，一时无两。尝搬演《彩楼配》于海上之天蟾舞台，彊邨、蕙风联袂入座。时姜妙香饰薛平贵，褴褛得彩球，彊邨忽口占云：'恨不将身变叫花。'蕙风应曰：'天蟾咫尺隔天涯。'转瞬成《浣溪沙》一解，曰：'不足为世人知之。'"[1] 赵尊岳《人往微风录：朱祖谋》所记稍异：前句为况氏所作，后句为朱氏所作，第三句再由况氏接续[2]。郑炜明《况周颐研究论集》将此词系于 1916 年，从之。

以上共辑得佚词十九首（含一残句），此外，何泳霖辑有四首词归于朱祖谋名下，分别为《十六字令》三首与《齐天乐》一首，实为他人之作，兹考辨如下。

（二）何辑有误者四首

十六字令

梅。真向百花头上开。琼枝秀，只合在瑶台。

兰。旧约湘皋澧浦间。花枝否，得似素心离。

芳。非雾非花枉断肠。东风里，唱彻意难忘。

按：何泳霖据《粤西词载》补此三首[3]，赵尊岳《蕙风词史》云，此为香南雅集，"彊邨翁每会必至，先生（按：即蕙风）属以填词，翁曰：'吾填《十六字令》，而子为《戚氏》可乎？'于是先生赋《戚氏》，翁亦赋《十六字令》三

① 唐圭璋编：《词话丛编（附索引）》第 5 册，第 4370 页。
② 赵尊岳：《人往风微录（五）：朱祖谋》，《古今半月刊》1943 年第 27、28 期，第 10 页。
③ 曾德珪编：《粤西词载》，桂林：漓江出版社 1993 年，第 931 页。

首,合书卷端。"① 然此三首已收入况周颐自定之词集《秀道人修梅清课》中②,故应为况氏所作。

齐天乐

旧家池馆追凉地,伤心十年前后。去燕空帘,疏萤小扇,难道寻常时候。阑干似旧。算花下黄昏,几回垂手。满院筝尘,翠阴门掩数行柳。

江南赋情最久。俊游零落早,欢事希有。丝竹凋年,湖山费泪,消与西风词酒。园居半亩。笑双鹤栖依,占人清瘦。见月登楼,过秋知健否。

按:何泳霖据《宪法新闻》第 20 期补此首,然此为郑文焯词,收于《冷红词》,不知是否为《宪法新闻》误植作者之故。

除以上所述,尚有朱氏已作,然集中未收,今亦未见之作,兹胪列存目词如下,题为笔者所拟。

(三)新辑存目词十一首

《垂杨·本意,用日湖韵》(存目词 001)

按:王以敏有《垂杨·本意,用日湖韵,集韵珊复斋,次珊、幼遐、朱古微前辈同赋》(《檃栝词存》卷四),张仲炘有《垂杨·拟陈君衡本意并用原均》(《瞻园词》卷一),裴维侒亦有《垂杨·本意,用陈君衡韵》(《香草亭词草》),知此词应为咫村社集时作。

《夜飞鹊·双星渡鹊砚,限星韵》(存目词 002)

按:张仲炘《拜星月慢》其词题云:"余家藏双星渡鹊砚,林欧斋外舅所卑也。砚长盈尺,厚寸许,质细而润,色微赭,石坚。发墨上端鹦鸲眼大小以数十计,其最大而形如半珪者,为月彩云承之圆,如豆者为双星,余皆小如黍粒,镂作鹊形,目睛灿灿相对,飞翔姿态生动,刻极精致,而纹不深一,若恐伤研材也。者虽未知较玉兔朝元何如,而厂肆骨董家皆无,其比享之千金矣。爰赋其意,并详纪之"(《瞻园词》卷一)记此砚甚详,而王以敏《夜飞鹊·双星渡鹊砚,限星韵,为次珊前辈赋。集次珊瞻园,韵珊、幼暇、再云、古微、庞臞庵给谏前辈同赋》(《檃栝词存》卷四)、王鹏运《新雁过妆楼·分调赋瞻园所藏双星渡鹊砚,拈均得"双"字》(《蜩知集》)、裴维侒《解连环·咏双星

---

① 孙克强辑考:《蕙风词话 广蕙风词话》,第 496—497 页。
② 郑炜明:《况周颐研究论集》,第 271 页。

渡鹊砚，限"石"韵》（《香草亭词草》）则记此次社集，知此词为叩村社集时作。

《长亭怨慢·铁路》（**存目词 003**）

按：王以敏有《长亭怨慢·铁路。集古微宅，次珊、韵珊、白香、高理臣给谏前辈同赋》（《檗坞词存》卷四），裴维侒亦有〈《法曲献仙音·铁路》（《香草亭词草》），知此词为叩村社集时作。

《木兰花慢》（**存目词 004**）

按：此次叩村社集由王鹏运招集，咏京华胜迹，郑文焯《木兰花慢·半塘前辈举叩村词社，咏京华胜迹，分题得天宁寺，赋韵天字》（《比竹余音》）、王以敏《木兰花慢·崇效寺，限崇字韵。幼遐招集江右万文敏尚书叩村，次珊、古微、叔问、由甫、子蕃同赋》（《檗坞词存》卷四）、易顺豫《木兰花慢·幼霞大招，同次珊、韵珊、紫蕃、小坡、古微、梦湘词集叩村，分题得极乐寺，限棠字韵》（《琴思楼词》）、张仲炘《木兰花慢·极乐寺看海棠》（《瞻园词》卷一）[1] 都是同时之作。

《珍珠帘·咏帘》（**存目词 005**）

按：王以敏《珍珠帘·咏帘，用草窗韵。集古微宅，次珊、幼遐、叔问、由甫、夏润芝编修同赋》（《檗坞词存》卷四）、易顺豫《珍珠帘·古微招同幼霞丈、次珊、小坡、梦湘、润芝词集，用梦窗咏玻璃帘韵咏帘》（《琴思楼词》）、裴维侒《珍珠帘·赋帘，用草窗韵》（《香草亭词》）、张仲炘《真珠帘·咏帘，用草窗均》（《瞻园词》卷一），知此词为叩村社集时作。

《西河·燕京怀古》（**存目词 006**）

按：王以敏《西河·燕都怀古，再用待制韵。集次珊宅，幼遐、古微、润之、叔问、由甫同韵》（《檗坞词存》卷四）、易顺豫《西河·次珊招同词集，用美成金陵怀古韵写燕京怀古意》（《琴思楼词》）、王鹏运《西河·燕台怀古，用美成金陵怀古韵》（《半塘定稿》卷一）、郑文焯《西河·燕京怀古，用美成金陵怀古韵》（《比竹余音》），知此词为叩村社集时作。

《惜余春慢·新绿》（**存目词 007**）

按：王以敏《惜余春慢·新绿，限荫字韵。集叩村，次珊、幼遐、韵珊、古微、润之、叔问、子蕃、由甫同赋》（《檗坞词存》卷四）、易顺豫《惜余春慢·梦湘招集叩村，同赋新绿，分韵得翠字》（《琴思楼词》）、张仲炘《惜余

---

[1] 张仲炘之作，词题未写明，却是棠字韵，应为唱和之作。

春慢·赋新绿》（《瞻园词》卷一），知此词为悃村社集时作①。

《秋思耗·中秋》（**存目词 008**）

按：左绍佐《秋思耗·中秋，用梦窗韵和朱彊邨侍郎》（《竹勿斋词钞》）此词与《月华清·中秋，依韵和王半塘给谏》并列，后者所和为王鹏运《月华清·己亥中秋》（夜泠蛩疏），则朱祖谋应于己亥中秋有《秋思耗》之作。

《齐天乐》（**存目词 009**）

按：陈曾寿《齐天乐·和彊邨老人》（《旧月簃词》）与刘肇隅《齐天乐·步彊邨老人韵赠苍虬先生，时大水初发江汉》（《阚伽坛词》卷一）二词韵脚相同，可知所指皆同，然朱祖谋现存词中无押同韵脚之《齐天乐》。

《解语花·樱花》（**存目词 010**）

按：曹元忠《解语花·樱花，和彊邨》（《凌波词》），朱祖谋现存词中未见《解语花》。

《烛影摇红·集宋人句题〈松柏独秀图〉》（**存目词 011**）

胡嗣瑗《丁卯岁阑，奉怀彊邨前辈旧作，因检〈校词图〉寄归海上，辄录于后方》诗末注语云："公年前画《松柏独秀图》见贻，并集宋人词为《烛影摇红》题其上。"

以上辑佚朱祖谋之词并考其系年、辨析何氏所辑四首非朱祖谋之作，此外，原文不存，然有题目可稽，亦一并录之如上，作为存目词。凡此，都是在整理朱祖谋诗词的基础上进一步有所发明，使与朱祖谋诗词相关的文献能更加被注意，也能相互对照朱祖谋的作品与生平。

四、结语

本文在何泳霖《朱彊邨先生年谱及其诗词系年》一文辑佚的基础上，辑考朱祖谋未刊之集外诗词，得诗四十二首（含一残句），词十九首（含一残句），其中仍有存疑或俟考者。笔者所见有限，难免有所遗漏或疏失，尚祈就正于方家。

（作者单位：台湾"中央研究院"文哲研究所）

---

① 按：《沧海遗音集·香草亭词》收《惜余春慢·新绿》，实为鲁逸仲词。

新见郑文焯与陈锐书札十二通[*]

李开军

近检孙克强、杨传庆辑校《大鹤山人词话》^①及杨传庆著《郑文焯词及词学研究》^②，想起从前长沙访书时，于湘图所见郑文焯与陈锐书札若干通，孙、杨二著似未提及。细为检校，知其中一通因《裒碧斋词话》节录，得以收入《大鹤山人词话》，其他十一通则未见引录。今特为录存标点，并略予笺释，明其时地，以贡献于究心晚清词学之大雅君子，并致敬于前贤之风义也。书存《裒碧斋箧中书》，民国铅印本。

一

伯弢道兄先生侍者：沪上别后，无日不思归来。方写赠诗一纸，将寄京口，以不审杜使君驻军之所，恐付殷洪乔，遂尔迟迟，度知己当有以慰羁望也。今果得手告。一行作吏，仍复结习未忘，盖所谓非不爱作热官，但思之烂熟尔。入贽何职？意者同、通一流。既属向宁藩道地，岂已指省江苏？则吴中亦必来者，尚可作十日饮。能步湘绮清尘，偕游五湖，效皮陆唱和，亦一济胜具也。十年前，走亦有仕情，曾口占一绝报中实同年云："一官着尔不能弃，我更求官未有方。同是中年闲不得，沧江烟月好风光。"强名欲仕仍无出，概近则世变及身，逃生不皇，无从殉国。自分不为褚渊生，亦不能为袁粲死。罗昭谏咏

---

* 国家社科基金重大项目"民国词集编年叙录与提要"（13&ZD118）、"民国话体文学批评文献整理与研究"（15ZDB066）的相关成果。

① 孙克强、杨传庆辑校：《大鹤山人词话》，天津：南开大学出版社 2009 年。
② 杨传庆著：《郑文焯词及词学研究》，天津：南开大学出版社 2013 年。

松有云："陵迁谷变须高节，莫向人间作大夫。"其志甚可悲已。杭州赐书，迄未之见，流落人间，异日当增一考据。洪刑部来，适卧病西楼别墅。其词以读未终卷，重以月旦在前，未敢加墨复赞一词，复其简尺，略明心迹。偶误题字，实以心绪烦冤，致此一舛，其实书报非有他也。更乞寄声，为我谢过。《冷红词》续印百本，记存有十部在案头，前为洪君大索不得，乃知为奴子卖出。浙人颇嗜之，有以番泉交易者。今仅搜得一帙，即奉左右。至《瘦碧词》，本悔孟浪付锲，拟烦删定，更名之，不必袭《握兰》《金荃》之偶号也。近因吴仲怿廉使欲印取二百本，索《瘦碧》板不获，诘之书局，知戊戌年为德中丞裁局时已失所在，且俟刻《比竹余音》时再删存若干，庶免识者齿冷。如何如何？走近以缵事治生，甚得生计，亟欲作海上画隐，苦无佳室端居足用，且住，秋凉必有此行，不知能更与官家相会无？一笑。前作四首，中微寓讽。今既为赏郎，正宜行，意勿为鹤料所饵。大凡入幕，最忌故人。苟非湘阴故侯一流人物，鲜不为黄祖之于祢生。鄙人之郁郁久居此者，正以府主无一旧识，无一真赏。落寞相遭，宾主各如传舍，斯两无所负。况尺寸之禄，取诸公中，更无所用其辟言辟色。若贫贱之交，至富贵不相忘，风义相高，动多责备，我卑视之固近诌，即平视之已近骄，此际至难处。匪惟高谊之鲜有令终，抑以知己之报称多憾耳。壬老尝言京江行营辕门投谒一事，遂望望然去，终身不复为幕客。贤如文正，犹叹末路之难，况相去万万者哉？至宁藩却号雅旧，且系葭莩，为二十年前同社之交，其南来仅一通书问，比岁两得其百朋之助，亦彼此不具一字，可云疏略而有味。既承諈诿，即当与志仲鲁使君力图之，以副拳拳之雅。缘仲鲁毕竟在官，易为官言，且近极为布政使所推服，必有宏济也。志家在苏，不时往来。最妙探其来此，君亦见访，稍得快晤，商榷推毂，洵善谋也。忽忽复布，不尽愿言。敬承道履，凭书有怀。七月朔日。弟郑文焯再拜。

案：书中所言"吴仲怿廉使"即吴重憙，他于光绪二十六年（1900）闰八月三日由江安粮道迁福建按察使，光绪二十七年（1901）九月二十八日迁江宁布政使，光绪二十八年（1902）四月改直隶布政使。戴正诚《郑叔问先生年谱》云"（光绪二十五年）冬，吴仲怿摄苏省布政来吴门"，不知何据。郑文焯既称吴为"廉使"，知其仍任按察使，则此书所署"七月朔日"当在光绪二十七年，郑居苏州。陈锐《莺啼序》"春江送愁更阔"小序所云"辛丑之岁，余在京口防幕"（曾亚兰校点：《抱碧斋集》，岳麓书社2012年，第91页），即此时也。故而文焯此书开篇有云"方写赠诗一纸，将寄京口"。所谓"杜使君"，当是湖南湘乡人杜俞。"步湘绮后尘"指王闿运光绪十五年苏州之行。"中实"即易顺鼎，"十年前"应在光绪十七年（1891）前后，易顺鼎有苏州之游，相与唱和。"洪刑部"即湖南宁乡人洪汝冲，本年春曾至京口，寓居北固寺，与陈锐"时相过从"，《莺啼序》即为和洪之作。（《抱碧斋集》第91页）而陈锐"月旦"其词，或亦即在此时。光绪二十七年七月时，"宁藩"为恩寿。

二

伯涛道兄先生侍者：损书有哀断怨抑之音，使人读之如听雍门琴也。诗笔直是老杜入蜀后境界，盛气撝斥，而兀傲自喜，凉凉高躅，又深为斯人悲矣。夫怀道协灵之士，暗修为上，其次蜚遁。至于漂泊沉沦，与世俯仰，洁其身而污其名，穷苦终身而不悔，又其次也。士曰尚志，百可志，独不可志于仕。矧兹无道已久，虽不得隐，亦乌可以见国有大耻，主有大辱，为人臣者几几求一死不得矣。辛丑和约既定，乃鳃鳃焉与官民为仇。自督抚迄于州县，益为朝廷不甚爱惜之官，吾君视之如土芥，敌国役之如犬马。苟慕富贵者当之，既不自爱，又安能爱人？贤而在下者，望望然投劾去耳。君固天才，本不宜官，更不宜今日之官，将忍诟以求尺寸之禄乎？虽执鞭，吾亦为之，将藉手以报一日之知乎？则今日故人，明日州督，虽一顾亦与有荣焉。不佞少为贵游，生长华膴，中更丧乱，既壮飘零，廿余年间，匪无遇合，而绝意进取，栖贫自淡，宁为冷客，不慕热官，盖已思之烂熟耳。犹忆昨年相逢海上，觇君出概，曾切切言仕世之情，救贫非计，复寓谏于诗，意悟斯旨。窃谓当今之世，并势利亦无足倚，何有才望？悲夫！君子远辱，贤者辟言，刺促一官，如堕溷厕。仲实同年昔闻下走将纳赀为道员，书来诮让，谓蹈亡秦覆辙。又云不能买山，亦当买花，十斛珠不胜五斗米耶？鄙意不得已而仕，至微亦须一守。试观近岁各行省所举奇材，皆属道府，州县候补者，百无二三焉。故西人尝疑中国道员多材，甚可闵笑。今君既不克得道而肥，又不能效张融求郡，徒尔郁伊居此，以仙才而尪于官鬼，能无欷歔？尚未若校官之得也。何日赴引？所费当复不资。然部例迫促，未可太迟。如何如何？新词清夷之致以眇窕出之，不捉搦便尔飞去。新刻《比竹余音》三集中，亦尝和柳、吴二曲，极难合拍，容晤对再陈细趣，兼以续刻就正紫霞翁也。下走近以畏寒，少缓之沪，至迟上巳前亦必到，不过十日留。想从者行色料简，亦在此时，幸无相失。经年良会，如之何勿思？湘绮翁作退院僧，是何气象？《冷红辞》中有寄忆之作，却不曾寄，乞为致拳拳。求叙辞集，不必见词而后叙，但得其一言概吾生平，便足为他日小传即文字缘。此老亦海内知己，曾见其在沽上日记，述及下走，有云操履高洁，性亦敦朴，不似廖张之所为云云。在吴中治墨家言，又书谓斠墨数条，具见精确，使同案累月，必尽得之，惜奉教之日浅，行将别矣。朱竹石廉使曾询以二文学境孰优，壬老对以道希务博，叔问有门径善悟，往往心得。此老不轻以言议假人，下走生平服膺无间然者，亦惟此老，恨不获时与讨论，然每见必得其益。今则久别。七十老翁，未必再作南游，吾道将为天下裂，微斯人，其孰与归？小诗十年前所得已不下千余篇，曾浼壬翁删定，存得半之数，近读之，直觉吾学土梗，可观者不过百首，暇当乞君选定，无异壬翁重为斧削也。诗词不得其一词之赞，无以自信，故求叙汲汲，恃大贤达此私淑之忱耳。感甚感甚！夜尽欲眠，愿言未尽此纸，相见不遐，鹤跂曷已。忽忽冗复，不罪不罪。祇承道履。寒食日。郑文焯状。

案：书中既云"辛丑和约既定"，知此书作于光绪二十七年（1901）七月之后；又云"新刻《比竹余音》"，事在光绪二十八年（1902）；而"汲汲"所求之序，即后来光绪二十八年四月五日王闿运所撰《比竹余音序》。则此书应作于光绪二十八年"寒食日"，即二月二十七日也。郑文焯对王闿运极其推重，所云"沽上日记"及"吴中治墨家言"事，在光绪十五年。今检湘绮日记，是年六月九日云："汤伯述来，同郑文焯小坡来访，苏抚客也，汉军举人，易、郎、张、羊友也，开朗有性情，非文、廖之比，留饭而去。"与文焯此书中所述略异。待八月初王闿运至苏州，至十月末返湘，文焯陪侍前后，几乎无一日不见，故而王氏赠别诗中称为"新知"。书中所言"小诗""曾浼壬翁删定"事，应亦在此时，王氏日记十月二十一日云："小坡请阅其少作。"二十四日云："晨送诗还小坡。"或即此事。

三

伯涛道兄先生侍者：海上射鲭之游，忽忽五十余日，惟与君暨中实同年邂逅相遇，乐数晨夕，是为不负此行。廿二日返棹吴中，摆脱俗韵，行将赴石楼老僧之约，饱餐枇杷，且求树艺之学。意此时吾贤若见访石芝西堪，当偕往邓尉山中作小乘禅坐。正郁陶思君，忽得一封题，见君笔迹，为之狂喜。亟启三复，不忍出口，既悲故国，益怀故人，拳拳于中，恨不能复如戊戌年在京师与古微、半塘诸贤倡酬为乐。春明门外，隔世成尘。今之朝士，自堕三里苦雾，昏瞀益甚，求如从前之顽固而不可得，亦可哀已。中实谓君颇工作吏，殆别有所见，匪我思存。渠寄存之书籍，已交沪上大马路德仁里归安沈研传暂置，一俟杨诚之星使到来，即托其寄京转致，谅无迟误。明日即致书中实，如来示住址。但长安似弈，识时隽杰何可久留？甚盼其南还，谋在沪作刻书生事，亦市隐之一乐也。昨湘绮翁忽自长沙发一封角，中无书，有一词叙，文古澹可诵，已付锓，十日内当印出奉寄，因少稽答壬老耳，乞君先为道感念，幸甚！天荆地棘中犹有吾党同志二三文字之助，洵如韩子所云若肌肤性命之不可易也。承索为师曾画扇，即落墨寄上，比思效《货殖传》孙卿子一流以技自给，故欲旅沪上扩充生计。此次尚未招徕，而医诊书画所得者已二百余饼，果能此道，胜似赁庑从人求生活远已。彼以册金门子苞苴干谒时贵，造膝有词，不过同是求阿堵物，求用钱与为钱所用者，自予观之，皆一蚊一虻之劳者也，于我何有？悲哉！匆匆辄尽四纸。敬承道履，临楮不尽愿言。四月廿八日。文焯顿首。

案：书中所言"湘绮翁"词叙，即王闿运所作《比竹余音序》，署"光绪壬寅夏四月五日"，则此书当作于光绪二十八年（1902）"四月廿八日"，郑文焯时居苏州。"戊戌年在京师与古微、半塘诸贤倡酬为乐"事指光绪二十四年（1898）郑文焯会试京师，与集咫村词社事，见戴正诚《郑叔问先生年谱》。"中实"即易顺鼎，"师曾"当是陈衡恪。

<h2 style="text-align:center">四</h2>

伯弢先生侍者：损书，怪叹不置。半塘及叔由既莅止沪渎，胡不来苏？又必假书墨于贤者，由杭展转而递，致有浮沉之变，是可异也。顷即伤人向邮局追问，不知是函由何局所发，幸示及。半塘诸贤当仍在水月庵道暑，盍速致书询其踪迹，坚其趋向，俾即到此，同发游舸，或于西崦湖山深处，觅一安身立命之地，亦乱世王孙大卿、樊少翁一流人物也。史迁谓贤者不危身以治生，正得斯义。望君一为搜致，勿令蚩逋，是在善为道地焉。至祷至企。鄙人开径以望三益。去年曾复半塘翁书，有招隐之赋。六月间忽闻吴兴人得京友书云：其已飘忽而南。意者其见访于吴下。今果南游，万无失之交臂，有万斛渴尘待伊洒淡。生平于文字心性之交，如韩子所谓有若性命肌肤之不可易者，矧兹离乱

身世，更宜相依为命乎？承教《永乐好太王碑》，三字精确，匪夷所思，愿更订之。至日本房家言，率多粗俚，不足辅容成旧义。然西学言形似详于中土。此编附图确有妙旨，其言阴阳二具，互能适合，翻转内外之向，便为反对之形，是乃古言古义，未经人道。开卷有得，勿谓谫说无与精谊也。敬谢敬谢！特其值不赀，甚愧厚贶，容当报以拙画，何如？复译来章，有新词钞示，大索缄题底里，俱不一见，岂忘之耶？冀赐金箴，庶获佩省。至拙撰诗集，自惭疏阔，虽经湘绮叟用墨圈选定二百首，虑尚多芜杂，吾斯未信。君无食肉相，欲挟万金为校刊一集，则覆瓿久矣。一笑。此上。敬承动定安稳，伫闻还驿，以慰渴瑯。七夕。文焯和南。

案："半塘"即王鹏运，"叔由"乃易顺豫。王鹏运庚子后"南游"在光绪二十八年（1902），十月即受扬州仪董学堂之聘。则此书当作于是年之"七夕"。《永乐好太王碑》即朱之榛于光绪二十六年（1900）为郑文焯所刊之《高丽国永乐好太王碑释文纂考》，大概是文焯将此书寄请陈锐订正。

五

伯弢道兄先生侍者：三月不复得手毕，正尔结辀，适奉八月廿五日告，开题三复，深触离忧，兼以丧我鹜翁，同此痛毒。词客身世，萧瑟江关，本无聊之极致，天又不慭遗此老，吾道大衰，辍弦之哀，其能已乎？挽诗不欲即作，以近悲濡削，辄不成声，于邑之怀，与君同也。至其病由，盖以西湖之游，触冒暑湿，到此小休，神思尚爽。六月十三日抵两广馆，即招下走晤谈，索其湖上新词，则无一字。孤往本乏趣，所遇又无雅人。至十八日始诣陶斋尚书，欣聚达旦，秉烛游园，时有迅风，明朝即扶病去，遂致书于走，谓有暑疾，急属切脉。当即趋问，脉无恶象，见其案几已有药方，似已服者，因语以病状在气滞，湿痰上壅，慎勿妄投，遂进霍香正气丸加厚朴煎服。又次日得其手札，言服之颇效，初不意其阿侄已代倩李君疗治，多投表剂，亡汗伤中，连日未得饮食。走自廿日为苦雨间阻，欲往问疾，恒中辍，然无一日不作书写词，以达款款。迨廿二日薄暮，况葵生同年来，欲与半塘翁商一枝之借，先至敝斋夜谈，与葵生夜谭之际，正鹜翁属纩之顷。悲夫！约次晨会于鹜翁处。不图二十三日黎明，忽有趣足报其噩耗，惊起痛哭，都不知涕之何从也。距相见不过两日半，忍此须臾，相与终古，能无泫然？当时亟走函于陶公，浼其为之经纪附身。陶公助白金三百。幸获文石使君，均同志，精密料简，靡不妥周。其嗣子既不更事，自汴中来，惟取其遗箧，率鹜翁老妾数日便去，亦未赴告其殡期。及走知之，遣使存问，则已一棺萧寺，不及践斗酒只鸡之约，腹痛又何如耶？承问殷殷，用以觎缕。中实在此，游燕兼旬。六月中得陶公书，径入魏幕。但闻胡研生云：到金陵不数日，即赴章门省亲舍。孰知此间政局又大变，又李代恐难与言，中实亦无尺一来，不知漂泊何许，吁可欷也。犹忆在沪得君书时，曾与渠合作一纸奉复，交局寄邗上，不知此书得上尘高听否？走才朽命剥，江皋旧游，零落殆尽。尺波电谢，悲逝自悲，如何如何？新府主虽金石旧契，而显晦异途，又兼阿谀者众，多口为憎。弹指二十七年，遇主一十有四，盖未尝有刮目相看者。栖贫自澹，夫复何尤！每读壬老《思归引》叙，诚足遁世无闷已。明年且拟移家山居，省此劳费。尝语中实：于己少一欲，即于人少一求，省却无数烦恼。魏文谓年寿有时而尽，未若文章之无穷。愿共勖哉！匆匆。复承动定，临书酷思，何由一握？恃此聊次詹对。文焯顿。八月晦日篝灯写。

案：书中"鹜翁"即王鹏运，其卒在光绪三十年（1904）六月，则此书即作于是年"八月晦日"。"陶斋""陶公"即端方，时为江苏巡抚。"中实"即易顺鼎，四月于太平思顺道任上被劾罢官，时正流寓苏沪。"文石"即李葆恂，时在端方幕府。"魏幕"指两江总督魏光焘幕府。

六

伯弢道兄先生侍者：去春得奉书教，并见诒公羊一部，感荷之下，当即报谢，邮寄高邮，度已早达清听。忽忽经年，正深悬企，以为此间大府屡代，胡不闻嗒然一寻五湖沤梦耶？每念龙蛇岁谶，词客凋零，吴皋旧游，一别如雨，独君以吏隐，浮湛江湖，又旷岁不复一握，如之何勿思？今春雨雪暴沍，逾旧腊下走衰病颓侵，无复清狂故态。愁因时亟，人事音书，但有荒哽。忽奉手毕，宏篆遥颁，兼获新词《瑞龙吟》一曲，深美洪约，晻映前修，读之泠然如击哀玉。时沤尹侍郎方寓吴城，置酒招邀，开题三复，共相叹赏，盛口不置。比来有触技痒，亦粗有短咏，少选当录一纸就正。沤尹悬流勇退，匪有仙骨，曷克臻此？下走自去秋卜筑苏之竹楄桥西墅，颇有荒远之致。地为吴东城旧址，高冈迴复，清漪一衣，虽居近市，已若绝尘。香山所赋东城桂，即是地也。茆栋三椽，园隙五亩，惟自经始迄今，煞费救度。又无王十二司马寄办草堂之资，致使畏人小筑，幽独寔营。顷甫稍稍补葺，编篱种竹，略成老圃，移家犹未定也。然以视老杜浣花里经营三年，尚觉其断手速耳。此客中差堪告慰者。乃巢痕俶落，府主旋更，仲怿侍郎新擢仓台，将分良袂，从此春申残客，剑履漂零，垂老靡依，怅惶曷已。近情之恶，有非丝竹所能陶写，虽以盛藻连篇，徒增惜别伤春之感，且为奈何？湘绮翁往日书报所云思如十年前狂客豪谈，便难一二。其言哀断，往复于怀。年来是翁想尚矍铄？章门讲席闻已辞去久矣，倘通寸素，切为寄声，历述悃款。前年由芸子使君见惠新刊《湘绮集》，苦无文稿，不审近又付锓无？其旧著所得者，仅《公羊》《庄子》及《墨子注》写本，即《湘军志》之久在人口者，且为昔年魏槃仲窃取，其他则大索不得。新学竞鸣，吾道大戮，益思此老敻绝千古，有若性命肌肤之不可易者。诗教惟大贤得之最深。斯文未坠，必有英桀领袖之者。微斯人，其谁与归？每念吴会昔游，邈若星汉，能无雷叹？君若有人便，得以其前后所刻经史纂纪赐寄数册，以慰积年私淑之忱，感企何可言状？尊况有无孟晋？必获尺寸之柄，方可小休。近卜居何许？幸示其详。乌衣夕阳，犹可重觅故栖无？念念！载译来翰，始叹昨年往牍竟付浮沉。此间邮政腐败甚于他省，平日寄沪，咫尺且多隐沦，可恨可恨！后日封题，并由局递较妥。并以附闻。下走暮春拟赴秣陵一游，缘家兄炳新迁江西盐法道，行将赴引，须先谒玉帅，约作金陵会晤也。汇复冗草，敬承道履，凭书怀仰。二月十五日。弟文焯再拜。

案：书中所云"仲怿侍郎新擢仓台"，指光绪三十二年（1906）正月二十五日吴重熹迁仓场侍郎事，则此书作于是年"二月十五日"无疑。郑文焯光绪三十一年秋卜筑苏州乐桥南孝义坊竹楅桥西墅，即此书中"去秋卜筑"一事。"沤尹"即朱祖谋，光绪三十二年病乞南归，卜居吴门。"府主旋更"指正月二十四日江苏巡抚陆元鼎解职，二十五日陈夔龙由河南巡抚改苏抚。"芸子"即宋育仁。"家兄炳"指文炳，光绪三十二年擢升江西盐法道。"玉帅"即周馥，时为两江总督。

七

伯戣道兄先生侍者：一昨旅沪，晤陈哲甫，盛述高踪，其意以得遇名士为荣，下走亦藉以愿闻动定。既望归吴门，乃读二月晦日手告，长言嗟叹，往复胸臆。旷居执海，每奉来翰，辄恨太简，今春获诵累篇，素分绸缪，切情怊怅，出入怀袖，穆如清风，不啻鸿宝枕秘矣。下走渴思一游白门，纵吾胸次所欲言，奈家兄久无报书，何日由南昌沂江北发，自浔而宁，而皖而汉，踪迹并未可知，亦无由函诘，是用将进而咨趑者屡已。承询继布政素履，曩在都门，诗文社友中之至契，且为下走乡举同年。近刊有《左庵词》，颇以自鸣，前年见寄，曾一读之，殆瓣香朱、厉者，非吾侪所谓词也。然求之近今膴仕中，讵可数觏？闻其拟乞休沐一月，不知受代已订期否？切望预示，届期必为游扬徽盛。然令闻广誉固已洋溢东南，奚待一词之赞？矧要津竿牍，强权优势更相左右之，则鄙言其犹豪末之在马体乎？昨晤岑公上客邹生，使酒纵论时杰，谓当世惟三人权力相抗并有展布，各不相下。世谓南皮则有学无术，临桂则不学无术，项城则无学有术。自来学与术斗，则术未有不胜者。《庄子》杂篇论天下之治方术者多矣，而彪列墨翟、老聃诸家，皆各为其所欲以自为方，是故内圣外王之道暗而不明，郁而不发，此即学与术之所由判升降也。聊述近闻，质诸有识，匪放言也。至茅栋新营，近已落成，在乐桥直南孝义坊巷竹㮟桥西偏。墙外环以翠阜，以旧名高冈，见之志乘，夷考其地，盖吴之小城，香山诗有《访东城桂》，即其遗址。拟鸠赀补栽桂树百丛，覆以亭栏，便足旌古迹矣。君能以佳什张名胜兼志吾庐之一得，它日来过山幽，同赋招隐，亦济胜具耳。迟之迟之！春来听雨多感，粗有啸歌，苦无暇晷任笔写上，少间当作一小卷奉寄，用报高义。兹出一解就正，亦略见倦味已。新章定有佳想，幸示一二，无閟金玉焉。匆匆再报，敬颂道履。三月十九日。文焯白疏。

案：书中既云文炳赴引之期未定从而自己南京之游"将进而咨趑"事，则知此书承接上录光绪三十二年（1906）二月十五日第六函而作。书中提及之"继布政"即继昌，光绪三十二年二月十日由湖南按察使迁江宁布政使。既然陈锐请郑文焯"届期"为其"游扬"，则亦可知此书应作于继昌迁任不久，即同年"三月十九日"也。"陈哲甫"即天津人陈恩荣，陈锐诗《送别陈喆甫观察吴雁舟太守》有"三月雨多春渐损"之句（《抱碧斋集》第110页），大概所述即此书开首所言之"游踪"。而陈锐《郑叔问竹㮟桥西宅落成奉寄》一诗（《抱碧斋集》第112页），当即是应郑文焯"君能以佳什张名胜兼志吾庐之一得"之请而作。

八

伯弢道长先生侍者：春余夏始，载奉佳讯，素分绸缪，旷若复面。兼拜龙泉茝饼之赐，高赀霈逮，厚渥裴裹。惟公遐路倾囊，惠而好我，陈露肝膈，何幸遭仁逢神！三复来告，乃叹古之大侠，诚出于文章有道之交，能施于不报之域，感誓肌骨，隐心德念者久矣。苟非上恃知爱之深，自维衰疾之甚，三辱手命而报谢阙然，虽懒放如不肖，敢遽出此，以滋大惑耶？昨再损书，有茂陵秋雨之思。江天绵邈，而通魂交梦，顾如是耶？走自蒙惠，乃度及肩之墙稍稍增高，又西益宅辟为专室，即榜曰发箧，所以志良友之赐也。并和大什一首，方欲濡削细陈，卒卒牵于人事，且朝夕护作，巨细躬操，劳费兼至，杂以沪役触热风眩，四支蒸湿，槁卧逾月。适家仲兄赴引南下，淹留浃旬，强事征逐，凉燠亏摄，复暴下不支，苶然言归，杜门操药。洎六月既望甫起宿疾，匆匆料检移家，又多烦绪，近始定巢，稍延清致。稽之吴郡旧志，敝庐所在门外清渠，即锦帆泾故迹。墙头秋色，见吴小城一隅。今吴人谓此河道为濠股，盖指子城濠之一股而名之。谓小城为高冈子，明初犹有坏堞，作楼其上，以司官鼓。万历中御史邱道隆始毁之。至今冈峦迤逦其东南隅，屹然耸翠，即秦时守吏烛燕窟烬余之焦土也。五亩之居，据兹两胜。采香访丽娃之径，看山凭残霸之城。公其发思古幽情，相与问吴宫而歌小海乎？悬榻以待，何日忘之！兹写上奉酬七言律一首，唯诲其婘陋，幸甚！小词待芟后当就正。余事详别疏。附纳不次，迟答为罪。敢下发谢，敬承起居。临书轧轧，不尽愿言。七月望。文焯顿白。

案：书中所言"家仲兄赴引南下"即承上录光绪三十二年（1906）三月十九日第七函而作，指郑文炳擢补江西盐法道进京引见事，则此书当作于光绪三十二年"七月望"。所谓"大什一首"，当即陈锐《郑叔问竹桷桥西宅落成奉寄》一诗。

九

伯弢词掌侍者：前日甫驰缄报《湘绮文集》之赐，并縢以奉怀一解，想已上尘高听。顷复得诲帖洎《西平乐》新阕，幽艳通峭，益征骨力。所订韵拍具见孤进心苦，能无钦同志之雅，启予之深？清真词叙自述生平，岁月可稽。只此一曲，间尝究心，颇矜俛得。以为第七八句"尽""晚"，本自为韵中夹叶，例所恒见，如《渡江云》下阕之"下"字与"嗟"叶，亦然。是类为夥，梦窗词可证，已载在拙撰《清真词集》校本。独过片"楚""野"二字用古音谐切，未之参悟，但知《吴词》"市""水"确是暗叶，赖大贤发所未发，感服无已。

至"楚""野"古均本合,在《毛诗》"言刈其楚"数韵可证,不须据歌麻通转例也。词中入声字律綦严,近学但谨上去,已自鸣知音,如戈氏,真巨缪耳。两宋大家如柳、周、吴、姜四作者,靡不墨守。入声字例,空积勿微,辨于幼眇,下走能历陈其细趣,以为独得之奥悟。然宋人自此四家外,等诸自灌,虽有名作,不能无所出入。其以妥溜为工者,且胸驰臆断,古节陵夷,汔元益伧,靡而不可纪。居恒以为此事匪才力雄独,不克竟其绪,江浙词人断难与语。今吾子余力所造,已精邃乃尔,继自今不患孤诣己愿似此旨,求大文为《樵风乐府》弁叙,当与虚谀阿好者迥异已。感甚幸甚,勿屏绝之。此复。敬承道履,临书草蹙,不尽百一。三月十五日。郑文焯再拜。

案:关于与陈锐论《西平乐》叶韵之事,郑文焯曾在《与朱祖谋书》中谈及:"封题临发,忽忆伯弢昨书至,商榷清真《西平乐》词中来协韵例两条……顷已函致金陵,并拙词寄去,辱示附及,不更词费。伯弢学识精健,才力雄独,甚可畏也。"(《大鹤山人词话》第 270 页)与朱书末署"丁未三月",则此书亦当作于"丁未"即光绪三十三年(1907)"三月十五日"。陈锐《西平乐》一词见《抱碧斋集》第 130 页,乃"登鸡鸣寺眺古伤今之作";接郑氏"奉怀一解"后所作,可能即《烛影摇红》,小序中有"并和叔问《见怀》词"数语(《抱碧斋集》第 136 页);郑氏所求《樵风乐府》叙,未见,不知是否未作。陈锐有《水龙吟·题大鹤山人樵风乐府》一词(《抱碧斋集》第 143 页)。

一〇

伯弢老兄词掌:前得古微侍郎书,极述尊状陆沉,迸数人之力,不能博一管権。贤者无聊,一至于此,可叹可叹!旋又闻文石力赞,乃获鸡栖,此湘绮翁所谓名士吃干修,类江湖行乞平生,望望然去者。今下走知耻弗格矣,且为奈何?当今危象,大有厌世之心。然吾曹奄化,必不死于疫,与路鬼相揶揄,以生无媚骨,可决无夏畦之病也。或骑鲸化鹤,或梦兆龙蛇,聊浪乎大莫之国,其魂馨逸,养空而游,独与天地精神往来。庄生所谓无怛化者,岂无谓哉?三复来书,骚骚自固,用反复其词以广之。沤尹前钞题沽上词卷及鹤砖拓册二作见示,讽不去口。兹又得手写,弥用珍啬。江邮多便,幸寄勿忘。比因钩党叫号,关津大索,行李戒严,众志脊脊,且妖言至于八月有凶。坐是裹足,衰懒日甚,浔阳之游,须重九前后耳。知念附及。近闻吴渔川言,壬老有新刻尺牍,湘中盛行，想当见之，能搜致否？至企至企。芸子、中实诸公今并不知沦落何许。尝笑昔人言名士如画饼，今且以画饼食名士矣。南皮有入枢密消息，灼见有何妙识，愿探月旦，果尔则归政不远焉。勿勿。敬承起居，临题不尽百一，惟为道自重。不宣。七月廿五日。文焯再拜。

案：书中"南皮"指张之洞，张氏光绪三十三年（1907）六月十四日授大学士，七月二日电召陛见，所谓"有入枢密消息"当即在此时，后果于七月二十七日与袁世凯同时授为军机大臣。则此书应即作于光绪三十三年"七月廿五日"。因本年五月二十六日安庆发生徐锡麟枪杀巡抚恩铭之事，六月四日绍兴又发生秋瑾案，江南官场一片紧张，此即书中所云"比因钩党叫号，关津大索，行李戒严，众志脊脊。且妖言至于八月有凶"。"文石"即李葆恂。"吴渔川"即吴永。陈锐"题沽上词卷及鹤砖拓册二作"，分见《抱碧斋集》第134、131页。戴正诚《郑叔问先生年谱》云光绪三十四年（1908）文焯有浔阳之行，乃是因本年重九浔游未果，次年始成行。可参观下录第十一函。

———

伯弢先生道案：久不得告，想无好怀。岁晚江空，但有遐睇。时九月晦日奉手毕，兼示新词，抽绎数日，讽不去口。伏维骨力奇高，怨深文绮，犹东坡以余事托之倚声，恢恢乎自游刃有余。而于字律之微妙，胥能融会，不少宽假，又非深于词者末由陈其细趣也。乃挹冲襟，谬逮清问，自维寡闇，皇迫万端，敢贡謏闻，冀效壤助，侏儒一节，庶有取焉。兹所商榷，谨露条于左案。《夜飞鹊》清真"辉"字均，似六字连作一句，此调无短协促拍例也。证以陈西麓和作，益信。又结处"变狗"宜酌，"苍狗"或可用。词家取字举典，未可太古与过新尔。又《还京乐》"牛李"二字，亦坐是病。"日"字宜以上去字易之。《红林檎近》发端雄特，是大好诗五言，若词只宜澹澹写景炼句，不须高古。是解曲拗短折，最难合拍，其下阕则稍稍放笔为直干，故煞处作长句硬盘，第四字必用入声，与《忆旧游》同例耳。公固天才，犹屑小道，又复务臻精要，声文克谐。三复近制诸篇，气概挥绰，正由醇入肆之一境。小雅怨以排，楚骚幽而芳，皆诗乐之变，确与尊旨千古同揆。辱附光诵之末，用以皇似契之深，不觉求之苛也。惟恕狂简，有以裁之，幸甚！下走浔阳之役，今年恐不能作健远行，即沪江亦濡滞累月而未果游。今准月之初五日单装一行，或兴至浮江南下，亦期乎券内者耳。秋来触节气辄病支离，渐累文事，奈何？前求题卷册既获嘉藻，苦思珍庋，人便络绎，幸一付之，至感。中实闻有岭南之幕，芸子有直北之游。营魂弥天，何日息邪？然则天借一间，婆娑老我，如何如何？此上。敬承起居，临题怀仰。十月三日，郑文焯顿。

案：此书既云"浔阳之役，今年恐不能作健远行"，当是承上录光绪三十三年（1907）七月二十五日第十一函而作，则此书即作于光绪三十三年"十月三日"。陈锐《夜飞鹊》《还京乐》《红林檎近》三词，分见《抱碧斋集》第133、134、133页。

一二

伯弢先生道案：去月之昔，驰翰述慊慊之诚，度不为书邮浮沉也。相念既切，再诣不值，想当文墨填委之余，一旦释此，藉游观一销愁寂，匪徒与物接构，顿睽生平。此意特难为俗人言耳。比来剑丞既沉困府事，沤尹复以贾折阅，狂走江上，索其亡赀，并文章小道亦几无可语者，遑及学问之精旨？坐是思君，弥若饥渴，诚以天地雾塞，吾道畸零，不能无鸡鸣风雨之思。吁可悲已！前诵《褒碧斋词话》，感君真知，实异世士之延誉增重者。且独于下走论及品格，益叹数十年来朋契之深微，无以逾是。毕生获一知己，可以无憾矣。即以词言，觉并世既鲜专家，求夫学人之词，亦不可得，宜吾贤自况，以能诗余力为诗余，如欧苏诸贤，皆恢恢有余。柳三变乃以专诣名家，而当时转述其俳体，大共非訾，至今学者，乃相与咋舌瞠目，不敢复道其一字。独梦华推为北宋巨手，扬波于前，又得君推澜于后，遂使大声发海上，亦足表微千古。凡有井水饮处，庶其思原泉混混，有盈科后进之一日乎？下走自去春奉教于君子，沉毅以求之，为岁已积，百读不倦，极意玩索，自谓近学，稍稍有获。复取曩时所斠定私辑柳词之深美者，精选三十余解，更冥掸其一词之命意所注，确有层折，如画龙点睛，其神观飞越，只在一二笔，便尔飞去也。盖能见耆卿之骨，始可通清真之神，不独声律之空积勿微，以岁世绵邈而求之至难，即文字之托于音、切于情，发而中节，亦非深于文章贯穿百家，不能识其流别。近之作者思如玉田所云妥溜者，尚不易得，况语以高健耶？其故在学人则手眼太高，不屑规规于一艺。不学者又专于此中求生活，以为豪快可以气使，哀艳可以情喻，深究可以言工。不知比兴，将焉用文？元明迄今，迷不知其门户。噫！亦难矣。近略有妙悟，惟君可以折中。兹先写上新制一解，切乞海音，幸有以和之。犹记十年前在京师连句，和美成此曲，未审君曾存稿无？勿勿一纪，世变纷歧，恍若昨梦，仍为江南词客，相与寂寞终老耳。思之泫然。听雨寄声，聊次詹对。郑文焯顿白。己酉重阳前一日。

案：书末所署"己酉"即宣统元年（1909），"重阳前一日"即九月八日。此书自"前诵《裒碧斋词话》"至"聊次詹对"一大段，初载于陈锐《裒碧斋词话》，亦收录于孙克强、杨传庆辑校的《大鹤山人词话》，略有异文。为显全貌，今亦全文录存。此书所言"独于下走论及品格"，指《裒碧斋诗话》言郑文焯"其人品亦与白石为近"（《抱碧斋集》第 169 页）。书中对近之学人和不学者之批评，亦发于致朱祖谋书中（《大鹤山人词话》第 280、281 页）。

（作者单位：山东大学文学院）

赵尊岳《珍重阁词话》汇辑（一）*

孙克强　聂文斐

　　赵尊岳（1898—1965），字叔雍，斋名珍重阁、高梧轩，自号珍重阁主人、高梧轩主人，江苏武进人，是民国时期著名的词学家、诗人、词人。毕业于上海南洋公学，是晚清四大家之一况周颐的入门弟子，能传况氏之学，词学造诣颇深，著有词学论著多种，如《蕙风词史》《词总集提要》《汇刻明词提要》《珍重阁词话》《玉田生〈讴歌要旨〉八首解笺》等。晚年移居海外后，曾撰写《填词丛话》，《词学》杂志 1985 年第三期起分期加以刊载。《珍重阁词话》发表于1941 年《同声月刊》第一卷第三、四、五、六、八号中，为赵尊岳早期著作。赵氏晚期之《填词丛话》乃于《珍重阁词话》基础之上修订增删而成，文字、内容均有较大变化，比较两种词话，可以探寻赵尊岳词学思想的变化。张璋《历代词话续编》（大象出版社 2005 年版）[①] 刊载之《珍重阁词话》乃据《同声月刊》第一卷第三号加以整理，共计 111 则，不知何故遗漏了第四、五、六、八号中的内容，以至造成学界关于这部词话的错误认识[②]。今据《同声月刊》补全，凡 334 则。序号乃整理者所加。

一

　　作词首贵神味，次始言理脉字句。神味佳则胡帝胡天，亦成名作，而神来

　　*　国家社科基金重大项目"民国词集编年叙录与提要"（13&ZD118）、"民国话体文学批评文献整理与研究"（15ZDB066）的相关成果。

　　①　张璋：《历代词话续编》，郑州：大象出版社 2005 年。
　　②　如谭新红《清代词话考述》："是书凡一卷，111 则词话。……有《同声月刊》第一卷第三号本。"（《清代词话考述》第 356—358 页，武汉大学出版社 2009 年版）按：谭氏所述乃沿袭《历代词话续编》本《珍重阁词话》之误。

之笔，又往往在有意无意之间，其中消息，最难诠释。

二

作词之神味云者，盖谓通体所融注，所以率此理脉字句，而又超于理脉字句之外。若以王阮亭所谓神韵释之，但主风韵，则或失之俳浅，非吾所谓神味矣。

三

神可自至而不可强求。求致力于神味，但当就常日性习问学为陶镕，若谓每日整掣其神，协之声律，万无此理。

四

神来之作，不假理脉，而理脉自得，不假句字，而句字自润，是在平日涵养学力兼尚。若徒有神来，而学力不足以济之，亦徒负慧心耳。

五

词有不得不作之一境。不得不作之词，其词必佳。盖神动乎中，文生乎外，是即神来之笔也。文人慧心，当风嫣日媚之际，灯昏酒暖之时，辄有流连不忍之意。此流连不忍之至，发为文章，即所谓不得不作者矣。词心既萌，词笔随至，若稍纵者，亦复即逝。此境在一刹那间，试加体会，词家当必以为过来人之言当也。词笔易学，词心难求，词心非徒属诸词也。文人慧心，发乎中而肆于外，秉笔则为黄绢幼妇，在词则谓之词心。所以涵养之者，要在平日去俗远而接书勤。读书之际，时时体贴书中之情味，使即于读时之景物，久久书与物也，与读者也，融成一片，庶几近之。若读时但知有我书，而不以景物情致介于境中，亦不易得。

六

作者往往完篇之后，自以为名章俊语，而读者每患索然，此作者不能以情馈之读者也。慧心所托，知之者乌能无动于中？是以完篇之后，越日当循回读之，觉情致嫣然在纸，积月以还，更不少减，知读者于此词，必入彀中矣。其别有所寄，或语格迥殊，或自是名篇，但惬欣赏，为它人所莫辨其甘苦者，又当别论。

七

情有数种，其以浓为深者最肤浅，以淡为深者最至挚。特以淡为深，笔须苍劲，非一蹴所易几。譬如斜阳芳草，至足流连。其言人之流连者，可作浓语，情实非深。其言风物之流连者，差胜一筹。其言风物之常存，而人之不能常自流连也，情较深而语亦不能过浓。若但风物言风物，人言人，而有机括以杼轴其间，则此中正有一彼此依依而不能常接，不如听之任之之意。作此等语，情最挚至，而其言则非苍劲冲淡，不易曲达矣。

八

词有题境绝窄者，若徒就题立言，虽极敏妙，骨干必柔。若言纤芥而能拓其情理于极大，使就中有可通之理，即言虽纤而寄托大，情味自必并茂。反之，言极大者，充其分际，必为粗率犷暴，则亦宜约之使纤，使语纤而意境不失其大，是在锤炼之深。

九

学词但能学章句理脉，发纤使之广，约博使之微，则在常日多读，多涵养观摩，与求词心同，盖有不能招之即来者在。

一〇

命题之词，主者于起拍即以数语笼罩全题，不必犯，不必避，而题意已在其中。此后或演绎之，或泛澜之，率在作者。其次，先于题之前后，瞻顾回环，而不见斧斤之迹。又其次者，始就题以立言，步骤井井。若求深周纳，随意放过，似有所指，而绝无真意，斯为下著。

一一

词有质朴之境，语极冲淡，思绪罩然，不为惊才绝艳之言，而令读者一例颠倒，此最不易为者。

一二

词有新颖之语。或意本平庸，而出之吾手，便成妙语；或撷拾一事，未经人道；或偶押险韵，特地生色；或本旧意而新之；或别立一境界以张之；要在作者之狡狯。此固非词之正规，但能偶致以炫才，不足以此增重也。

一三

浑成之境，更非一日所可几。纤巧或为浑成之害，而语纤者意固可以浑成也。语贵直贵圆，意体贵浑成，消息至微，不可不辨。

一四

填词构思，有预定之步骤。然走笔之际，又往往随笔更易，愈操胜诣，或博或约。有时又以求协律韵，汰旧出新，是在有慧心者随意为之。在未举笔前，每似意冗而难就。走笔之后，简括为数语，复似患意少矣。

一五

名作辄于融情入景，融景入情时，微微以一二字画龙点睛，俾成绝唱。

一六

言情愈挚，炼字愈细，字面愈淡，此第一胜著也。

一七

词固不易为，词序尤不易为。感怆之情，于以为楔子，又与词不得相犯。若词语尽入序中，则何尚乎词？白石道人，最擅胜场。

一八

绮丽字为词中所必需，而用之不得其当，但觉累赘，失其真气。至有智慧者，虽用质实之字，亦可出以清空之思。

一九

一词之意固不可叠，而一题作数调、数阕者，亦不宜相犯。其能并前人所言而澄汰之为尤妙。

二〇

词中用字，宜有一二处用响字。此在定例阴阳四声之外，于沈潜中见其摇曳，足以振挈全篇。然在善用者用之耳，不可强求。

二一

词有层次，而不重勾勒，所谓意方而笔圆，及其至也，意圆而笔方。

二二

词中宜有浓艳之字，如布金沙，眩人眼目，顾非陆辅之所谓词眼。辅之所说，拙极无是处。

二三

词中用经史成语，须先锤炼，使就我范围。其用之也，须人一见知其意在言内，情融言中，而无从见其斤斧为要。

二四

典丽语易犯伧俗。北宋人用之得当，见其气度；南宋以还，均嫌纤卑。康伯可虽一代名手，未能脱俗。

二五

北宋未尝不择字而用，特认定淡为第一义。无论何语，均简炼之，使淡泊而情深。此在笔端灵活，前后呼应。花间择字主浓，而笔端机括，足以胜之。后此以饾饤为择字者大误。

二六

隽永之笔，决不可稍稍芜杂。一乱即无隽永之可言。

二七

字面字里，各具方圆，初学者但求用之不失其规矩。及其至也，以笔力、意境随分驱遣之，使更见精采。

二八

填词有二语貌似相连，而其中细味之却少一关键者，由于运思之未挚，用笔之不熟。关键固可明转、暗转，却不能省略。太明则味浅，太晦则词断，须在迷离中有一径可通，方为悟入。

二九

词中固有迷离之妙境，然迷离中正有一真是非在，须理本可通，而姑为迷离之词，使人迂道以赴之，犹焚香斗室，香篆云袅，而烟云中正有碧纱青玉掩映其间。若但尚迷离，而无一真境，则似迷离而忘其本，词气惝恍，将使人不知所指。好学为迷离语者，宜省识之。

三〇

一词一语，均有一合宜之字，先求合宜，再求精审，最后始以神胜。所谓合宜，指其分际而言之也。其或不获合宜之字，则不以学者见之不广，即造诣有所未至耳。

三一

宋词风度佳胜，亦各有偏重。小山华贵而取境不大，淮海艳宕而或失之轻俊，梅溪摇曳，敏于词令，事理实拙，方回肤廓，玉田谐婉而中空，草窗花外，但敷藻作貌似之说。此在读者能各取其精，各避其失。

三二

清初人词，专矜风度，而每失之纤靡，盖并其骨干而摇曳之也。于字面求摇曳时，于骨干宜特求重拙，使铢两相称于相反之中。若并其骨干而摇曳之，焉得不轻不靡？

三三

风度最不易求致，须在日常涵养，频蓄于心，时上诸口，久之遂似位置其身于花明柳暗之间，偶拈韵语，风度必佳。若但在读书上求之，必并致骨干纤柔之弊。语之苍润，各有风度。白石语最苍而风度亦最胜，风度固不徒训侧艳者也。

三四

调之谐涩，亦各有风度。特于谐婉中求风度易，于促拍中求风度难，亦惟促拍中有风度，乃臻其妙。

三五

风度之外，别有气度，消息至微，不可不察。风度指体态，而气度指神情，其最胜者，无论语之苍润，气度必雍容和缓，珠光剑气，不足抗其明；红英翠锦，不足喻其艳；玉堂金带，不足方其豪贵；清歌妙舞，不足方其英华。有风度之词，间尚得见，气度雍容之作，尤为罕觏。

三六

风度随语意而占胜者，为苍为腴，一视其词，气度则苍劲中亦宜出之以雍容。白石晚年诸作，具此胜处。

三七

辨词先尚浑成工稳，进求成就，各各不同。有以性情胜，有以新颖胜，有以精灿胜，有绝不修饰，自见风度，有刻意藻饰，英华独绝，有艳在骨中，有苍在言外，或一家兼数者之长。此须各就所作，逐首逐句推敲之，始可体会。

三八

言词无非情景，而言情为尤难。有二三虚字中，便蕴无穷之转应者；有情深而繁，多言莫罄，转藉一二字以达之者；有委宛语炼锤简易，转见深刻者；有字面拙大，而内实俳丽者；有以一二虚字振挈全篇者；有一二语中暗转四五，而立言之意，更在暗转之外，特其消息非于转应中莫达者；有言极肤浅，而实蕴蓄深厚者；有言此而实不指此者。但标纲领，已不胜言。至于关节所在，当在读者随意体会之。

三九

情语迷离直质，各有胜处。然迷离当致力于字面，直质当致力于骨干。

四〇

情语宜有含蕴，有含蕴，便令人回咏无穷。其以斩截语言情，而仍使人回咏者，是最大笔力。

四一

凄苦之音，出以华贵，为作词第一要义。

四二

说景须使灵活。若于灵活外更尚风度，则为尤胜，盖灵活方能融情入景。此理或可通之于丹青，而灵处丹青或不及尽之。

四三

说景之妙，范围不尚大小。幽花纤草，亦可寄天地寥廓之情。

四四

清真不以俳语说情，而委婉自见，最为难能。

四五

柳七说景最宽，无论何物何事，一一摭拾入词，均能位置熨帖，使传胜情，具妙景。宋人正法，殊不易几。

四六

词有极凄怨而绮丽者，但言时花美女，已著春老秋衰之感，此等语易为而不易传神。此在性情襟抱中，当先怀此无可奈何之苦心，又复遇艳阳芳物，怅然为感，不能无言，然后行之于笔，深之以学力，始成名篇。否则满纸均词家口头之语，真意索然，何必有作？

四七

冲淡一境，不易铨次。大约随意说一事一物，使事物之情致宛然者，初乘也。不必有择于事物，信笔言之，而情致不减者，中乘也。并吾所以言之者亦不加意，事物寻常，情致转深者，上乘也。

四八

长调易患质实。质实之作，纵珠玉并陈，不过瑰丽如入五都之市。若参以疏秀清空之气，则位置得当，始足移人，此在得力于风度以济之。

四九

词须知雅入而厚出，则无轻纤之弊。雅入由外而内，用文字以写吾心于外，谓之词藻。厚出由内而外，寓吾心于文字，谓之骨干。不雅入，其失在表，不厚出，其纤在骨，尤犯大忌。

五〇

词无非言情言景。言情者婉约以达意，词之正规也。言情多半得力于天分，天分不高，作者之情，何由而达？能有妙语，其次赋景，流连风物。赋景者但撷取耳闻而目见之事，停匀位置，天分稍逊者，犹可以学力拯之。

五一

有天分者作妙词，非词笔胜也，词心之慧，百倍词笔，信手拈来，直不自知其何自而得之。其徒以学力胜者，则同于苦吟矣。

五二

善为词者，信手所得，与求之而得者，少有差第。盖学养均深，信手而得者，先之以涵索，智慧日增，词心日利，一触即发，召之亦即来。其仅仅得力于学力者，自不若得力于涵养之妙。

五三

禅宗有机锋语，词家亦有机锋语，似入顿教，便成圆觉，拈花心印，无从明言。惟此机锋之中，正有可以证入之道，特凡夫下愚，不能知之耳。词中机锋语，固不难作，惟机锋语之求得证入者，正自不易。然不能证入而作机锋者，将谓之何？故欲一试词家南宗者，尚须先自参悟证入。

五四

词有最高之境，言烟云花月，而真意不在焉。非不在也，吾心可以驱策烟云花月也。盖吾心之高超，更在此天机活泼之外。此何等景界，求之要在作者之胸襟耳。

五五

词中有必不可能之语，必无之事，然信为妙词，且一见知有妙谛在者，此亦南宗语也。

五六

词亦有言花月，而别立一意，以重言之者（并非寄托）。譬如风月移人，实则风月不能移人，风月中正有移人者在，即持此以言风月，其所造诣，必较高矣。言时花美女，舍花女而言其所以时，所以美者，意更深远，即藉所以时，所以美者，而推衍其意，亦必多妙谛。此舍其躯干而标举其神会，文字而通于哲理矣。

五七

风度流露，往往于疏秀语见之。风度固不仅主疏秀，特于疏秀处易见耳。言风度者，固不能离文字以求之，然亦不能泥于文字。字面可求者，则假手于字面，字面不可求者，则假手于神会。譬如言景则贵生动，奇花瑶草，当使于凌风浥露时，见其风度。至风露之明言与否，则在作者之驱策耳。

五八

质实语一例可见风度。若淮海词中，触目即是金玉琳琅，字面堆砌，虽质实之语，同具风度。彼专以"东风里、朱门映柳，低按小秦筝"为风度者，是仅知疏秀之风度，而不知质实之风度，一间犹有未达。

五九

词笔佳则文字胜，词心佳则风度胜。就词笔以求词心，不如舍词笔以求词心，泥文字以言风度，不如舍文字以言风度。其不获于词心，而仅于文字上求风度者，学为生动之语，必趋纤滑一流，转见其弊。

六〇

欲求学为风度，不如学觅词心，二者均不易求得者也。学为风度，当取古人名作，风度绝胜者，吟回久久，最后词语难忘，而风度犹在，似我已著身为词中之人，然后行文走笔，以词中之人，写词中之情景，词心自然涌现，词笔亦必有风度可见矣。

六一

读词之法，首窥作者之性情襟抱。盖词本抒写性灵之物，而性情襟抱，既不易悬鹄以求，且或有转足以限制人之学力者。读词能首加致意，则积久之后，性情可以陶融，襟抱可以开朗，自进益于不自知之中。

六二

就词言词，当先研考其体制、品格、风度、气度。体格，即章法也，品格则辨其高下，为厚为佻，风度求其雅洁摇曳，气度求其雍容和粹，然后更及炼字琢句，起应承合。词之工拙，于此尽之。

六三

词气能疏秀见风度，则字面虽精金美玉，不嫌其七宝楼台。言情之作，每长风度，又辄失之空泛。须堆砌而能疏秀，摇曳而不见空泛，始为允作。

六四

言情之空实，不可强求。盖情本吾心所发，蕴诸寸衷，磅礴弥漫，然后登之楮墨，挥转自如，自然佳胜。其强求之者，心本无情，貌为情语，纵笔力可胜，句字停匀，是哲匠耳，何名为情？

六五

言情须含蓄之情，多于文字，似以吾满心所蕴蓄，寄托于此数十百字之间，回环而不能尽之，为事正不易易。其胸无所有，以强填一调者，必失之空，殆无疑义。

六六

词之空质，在文字谓之泛，谓之实，在吾心谓之真，谓之伪。情真则所蕴自深，情伪则本无所蓄，谓之泛实，无宁谓之真伪。

六七

言景之作，亦有一境一物，往复流连，布置停匀，亦为名作者，特能品耳，未足为神品也。

六八

言景之作，有以目中所睹者，并两三语为一语言之，此语自已妙胜。此外或更因景及情，或并情语超而空之，能用极拙之笔，而不觉其枯寂，字画冲淡，而字字对景以发，不落泛套，斯为名作。

六九

情景杂糅之作，所见者景，所思者情。以有所见，方有所思，以有所思，遂似更有所见，遂似所见者益生感会，此中正有不少回环。故此等语，言景质实，言情清空者，初乘也。言景清空，言情质实者，中乘也。清空质实，蕴之于字里行间，而不见诸文字者，更上乘也。并二者而超空之，言景不嫌其实，言情不嫌其空，所语不在情景，而实合二者于一体，最上乘也。

七〇

用质实字而不见其质实者，法有数端：一、字里行间有清空之气，吾能运用之，而不为所滞。二、风度摇曳，遂不觉其字面之质实。三、笔端有力足以制之。四、位置停匀，令人莫察其为质实。

七一

用经史成语之法，须择与题面合者用之，厥有四法：一、撷取其字面吻合者用之，人且浑不见其类经史语。二、因其原文稍为穿插，使就词笔。三、用其一二字，人人知其为经史之字，而以造句得法，遂不嫌其方刚。四、取经史之意镕铸之，此在先能熟览，使供驱策，便成活著，随意位置，无往不合。总之，无心用者，胜于有心，一有心，便患斤斧之有痕迹。

七二

词固有谱、有腔律，可以叶而歌之，是以宜参以气度，使幽蒨雍容，各极其致。盖晓风杨柳之作，一登氍毹；黄河远上之词，旗亭画壁。在歌者必济之以体态，始极其妙。倘无气度，则词虽佳，若泥塑美人，毫无生气，拍歌者将何从济之以体态耶？美人之美，歌者之歌为一事，体态为又一事。通乎此者，始知词中之必需风度。风度与词，如影随形之至理，于此可证。

七三

幽蒨绝顶，华贵绝顶，哀怨绝顶之作，均不易为。常人辄一涉幽蒨，便成衰颓；一涉华贵，便成俗劣；一涉哀怨，便成诽乱。此中消息，不可不慎。

七四

词有精金美玉之能品，有天然情致之神品，一在学力，一在天分。在学力者有蹊径之可通，在天分者无可希冀于万一。

七五

言情言景，均宜立言重大。重大者易流于拙，须语重大而情有至理。至理所存，自然智慧。怀智慧以言重大必佳，舍智慧以言重大多拙。

七六

词固重拙，然拙宜于无字处位置之。若能以拙语申慧思，或语情并拙，而词则特佳，此最难事，非深于学者，不可妄冀。

七七

用新颖纤冶之语，貌似婉约者，往往转成拙讷。拙固有二境，最佳者求拙，最劣者亦拙，拙于此而长于彼者佳，其训笨伯者为劣境矣。梅溪或蹈此失。故婉约之笔，宜以真智慧出之，不能徒乞灵于字面。

七八

隽语当有真情，否则流为佻荡，其境至不易别。盖即以真智慧强作隽语，亦且多佻，遑论其他。

七九

词面求拙，拙而能成就，则已届炉火纯青之候矣。拙与方不同，拙者情拙，方者言方。方中亦有优劣，语方则须意圆，语圆则求意方，其并行者，且两失之。

八〇

辛、刘并称，辛实高于刘。盖辛以真性情发清雄之语，足以唤起四坐靡靡，别立境界，其失或疏或犷，则为雄之所累。有辛之清，抒辛之雄，不免此失，无其清而效其雄者可知。实则清根于性情，雄由于笔力。综览全集，亦有〔祝英台近〕等不雄之作，而无不清之作，斯实由于真性情所寄托。彼貌为狂放者，当知所鉴矣。

八一

一词既成之后，必加循诵，至于数四。往往填词之际，按声循律，意绪稍紊。或专尚华艳，而失清真之趣；或过于饾饤，而无贯通之力。则于词成后细诵之，可谋改定。其诵之也，当如读前人之词，以己身设想入于词境，玩索久久，则某字失黏，某字不工，某字不贯，其病灼然可见矣。

八二

设身入词境，设想循词脉，境真而脉顺，大体粗备矣。但在循诵已作时，必须视之如前人之作，不假丝毫私意于其间，则症结始可毕露。

八三

选词之法，选昔贤名作，必须将其全集玩索一过，知其专精所在，学力所造，依此门径，而取其尤胜者。然专工艳冶者，其饾饤纤靡之作，亦固不能入选。大抵主其所长，而又不废其所兼备者，斯为合格。主于中者，当先立吾个人之准则。如言风度，须先知以何者为极风度之胜，某家词有类此者，则辑录之。如言沈着，须先知以何者为极沈着之能，某家词有类此者亦辑录之。至于操选政者，在中流以下，或虽填词比附风雅，而拙讷木强，莫窥词中之消息，则讯以何者为风度，或不能答。或以轻佻为风度焉，或以少骨干而但尚摇曳者为风度焉，或以貌似清空之语为风度焉。凡此本人尚不能知之，胡能论列前人之作？其所选自不足观。好事操觚者，其知所慎乎。

八四

备家数之词选，在存一邦之文献。或以人名而存词，或以词名而存人，或人词并不著于当世，而前辈硕学，故交风雨，当为少留其鸿爪。凡此之类，但当取其人全集观之，酌录其佳胜者。其次但检其首尾完整，少有趣味，偶有合式之作，便为搜罗。更其次者，降格以求，则取无显见之劣处，首尾匀净者辑之而已。盖语务高深，则此辈率遭摈弃，又将安得以传其人耶？

八五

往往有一时硕彦，博通经籍，出其余绪，以拈词律，舛讹百出。其最佳之作，但摭取前人吐弃之第一义而引申之，花明柳暗，能不失其位置，已称停匀。

其次者师辛、刘则暴涉于犷，师周、王则纤及于薄。似此纵积至三十、五十卷，亦糟粕之尤。此盖不知消息之过，似日日邅回门宇，而不得其户庭，则登堂入室，无论如何，终隔一尘矣。选此辈之词，最难着手。

八六

乡里士人，辄有所作词，外表甚讷，而骨干殊强，语亦疏秀者。或用字极重极拙，虽笔力不足回旋，而通体尚有真情者。大抵此等文字，情胜于词。以情发乎灵府，通乎襟抱，无往不可。若词笔则须学力、天分兼到，非信手拈来者所易致。

八七

有清自王阮亭以疏秀取胜，风度均近纤懦，重拙之妙，无复偶见。人人涉想于清空中作绮情语，摇曳为主，雍容为用，末流之弊，不可胜言。既而又有以辛、刘为宗者，遂出粗犷之语，自谓起八代之衰，盖视阮亭，矫枉过正，其失遂等。于是清词不归绮靡，便归雄犷。至张茗柯出，而寓疏秀于清雄，曲遂流畅之美，而不使之涉于纤佻，其道稍重。然常州词人，自兹以后，犯阮亭者几已绝无，而犯粗犷者犹复不免。今就此以操选政，亦甚矣其惫矣。

八八

词于文字，一代有一代之成规。唐主蕃艳，南唐因之。北宋尚骨干清遒，南宋尚丽密雕饰。元承南宋，又少少间以疏朗。明最靡陋。清初主绮靡，既尚雄犷。茗柯出则推北宋，发事外言内之旨。其后至于半唐，冲淡沈着，力规于古，差复两宋之旧观。此可以论列者也。至于并世歧途，各极其胜。二主真率，韵味深长。耆卿缛绣，东山秀逸，白石苍劲，天籁遗山，各以雄胜。明季二陆，沈着可诵。饮水弹指，庶几北宋。彊邨、蘷笙，并师半唐，一以精金美玉，方规梦窗；一以天才逸思，自矜北宋。此则在一时风会之中，别寓独标奇帜之志，不可例以朝代而推定者矣。

八九

说迷离语而就中影射一事一物者，颇不易为。盖即须切此事物，又须特作迷离，二者消息，并存不背。求工者但当以智慧之笔，运空灵之思，使其如梦如影，无所沾滞，而又不失黏，庶乎得之。

九〇

改定初稿，见有未尽善者，当别辟新意，或别造新语以易之。然此新立之语意，亦更未妥，则亦当急摈无少惜。倘必刻舟以求剑，其所失且更大。有时一字一语，屡经改易，自见精采，掉以轻心，庶必失之。

九一

说迷离事，不宜出以质实之字面。然质实字正亦不妨间用，但当于意境中求其妥洽，为不易耳。

九二

词中风度，大抵主骞举高尚，沈刻雄潜。若字面过求摇曳，或故加琢饰，流弊所及，真气泊如。北宋名作，与南宋之相隔一尘者，正在于此。初学词者，尤切忌引用新颖摇曳之字面，或纤或伪，不可不慎。

九三

雕琢之弊，必为纤脆。即一字之微，消息各异，太过与不及，即不相称。北宋之高，在清，在浑成，于此可知。

九四

凡词中二语下贯以一语，则此一语必包举前二语，始能串贯，万不可使偏废。

九五

梦窗之炼字，在炼形容事物之字，有时从苍劲中锤炼得之，有时从艳冶中锤炼得之，有时从明媚中锤炼得之，各极其胜。然苍劲者难，雕琢者易。

九六

智慧所及之句易学，苍劲中见趣味之语难学。寓智慧之心于苍劲之内，使笔力沈潜而重大者，更无可学，当徐徐以襟抱学力鼓济之。

九七

词立境之奇特，立意之新颖，或奇艳温馨，或婉妹秀丽，或雄放豪举，均在骨干而不在字面。故可以骞举之笔，写温丽之情，艳极之笔，寓怅感之致。若作艳词而必饾饤于香奁之字，作豪放之词而必托情于江风山月，已为下乘。其更下者，但有艳词而无艳骨，但有犷语而无雄境，立词奚为？

九八

词一句中有转折，然上下必须贯串方得，非但谓字面之贯串也，当重于意识之贯串也。意识之贯串，有外转、内转，而字面亦必求其上下可连续者。仅有意义贯串而字面不协者，置之词中，终碍人眼。

九九

词主清而不主瘦，清腴是用笔第一要义。清而瘦，寡然无味。清而腴，则厚永之音，回翔篇幅，清在字里，腴在行间。运腴语于清思，庶极文章之妙手。

一〇〇

北宋词于清腴之外，兼备重淡，淡当在笔底着意。盖清、腴、淡三者不可偏举，必于一句、一拍、一节、一奏之际，时时加意，始极造语之能事。惟骨干之说，犹不预焉。

一〇一

词之奇特，当在意境，不在字句。奇于字句，便患突兀。若意境奇而字句不奇，则平浅之笔，写奇险之情，深思之愈得其妙。

一〇二

词笔不可不拂拭而勾勒之，不可少过，少过则近于雕琢，且伤词笔之浑厚。词于厚重拙大，为最要义，少失之即差以千里。

一〇三

词中有倜傥语，倜傥在风度婉转，能使唤质实者为生动，以无情者为有情。倜傥之笔，偶一用之，全词为之生动。若数用之，则恐流于飘忽。

一〇四

词中转折，固以暗转为上乘。然第一义语，转折得圆转之妙，亦即流利可诵，不可尽废。

一〇五

四字一句者，设用三实字一虚字。实字虚字，亦有疏密之辨。倘实字疏则虚字密，实字轻则虚字重。反此亦然，否即有沾滞空疏之弊。推之至于全词，一时疏则一时密，一时实则一时空，当使无意求得停匀。

一〇六

诸词以四字对句起者，最易质实，不炼则轻，炼之则晦涩，或不能合于全首。不若〔水龙吟〕、〔征召〕等之神来入手，可以妙句天成。

一〇七

换头处最宜将笔提空。若能二三语或一节奏后，再提空之，则尤灵跃纸上。

一〇八

大处、重处不可学，不可不学。作忠贞珉墨等词，尤不可无此等语。所贵在以重大之笔，出以闲雅之词，使不方滞，则为上乘。

一〇九

质实语、叙事语，不易见工，则在领句之字，适得其度。字面不在新颖，即极通常之字，位置得度，亦足唤起有情，楚楚生致。

一一〇

词不忌方，方见笔力，但圆中不可著以方也。

一一一

词之摇曳，无关调之长短。但观唐人诸拗体小令，可以知之。

一一二

词忌空，忌浅，又忌质实。平心论之，古人所谓名作，"杨柳岸、晓风残月"，亦不免空纤。"芳草有情，夕阳无语"，则亦空语，"雁横""人倚"，又似质实。名作之重风度，于此可知。

一一三

古人名句，或取眼前道得者为之。至于今日，则所为名语名句，眼前光景，大都已为古人道尽，必加微汰，于以知后之胜昔，求工为难也。

一一四

词最尚风格高骞，不妨侧艳。然侧艳语宜有分际，少逾即便伤格。

一一五

贻赠之作，不问所致之何人，但当高其声，盖高人正所以自高。迦陵全不谙此，殊为可异。

一一六

词之绝妙语，神来之笔，不可强致。若强致之，貌合即神离矣。

一一七

作词宜由胸中发出，一气呵成。若就心目所思者，强为雕琢，无论如何工练，终少真气。近人之以词名者，未尝不中此弊。

一一八

一气呵成之作，未尝不可精研字面。盖零玑碎锦，酝酿胸中，但有真情，便可驱策，随意运用，不致板滞。然成词之后，字字琢磨，改易再三，以求妥洽，又恐因改易而失全体之神，违全体之格，不可不将慎也。

一一九

作词贵将笔提空。若泥题为之，无论如何，必板必滞。

一二〇

咏景之作，贵将眼前光景，瞑思体会，得其一点之灵机，又于此灵机既动，光景绝佳之际，著之以我。所著非我也，我之灵机也。我之灵机，使与光景之灵机相合，其身已飘然而不自持。撷此灵机以为词，必臻妙谛，然斯境非易致也。

以上见《同声月刊》第一卷第三号

一二一

词之为道，意内言外，虽格调不可不严，而含蓄尤贵得当。此盖极戛玉敲金之能事，鸾笺翠管之匠心者。有志于是，则远取诸物，近窥乎情，运实于虚，潜浮于沉，要当以大块之文章，肆其词笔。彼由词求词，但窃前人精胜之语者，固非上乘，而但就文字以求词，不先陶冶其性灵者，亦何足语于词之极精耶？

一二二

史汉唐宋，魏晋六朝，佳篇名构，但以神会，无一非黄绢幼妇，而又无片言成句，可参之词中。然熟读深思，则条理风骨，自见精进，又宁止典雅而已哉？

一二三

欲学填词，不能不先学读词。读词首在流诵谐适，使其音节停匀，谐适闲雅，久玩之自渐生其神味。待神味充鬯，似读者即会心为作者，然后再因其理脉段落，而观其擒词敷藻之所在，则思过半矣。

一二四

词中浓淡、隽永、清腴、渊穆之辨为最难。盖于中之消息至微，可以意会，不可以言宣，惟多读斯能知之。

一二五

作词之前，当先认定作词之意。纵随意漫吟，亦宜有所本而发之，斯为不空。若徒以藻采黻饰，则穷其工极，不过麒麟楦，乌足以云意内而言外耶？

一二六

词有格局，有字面。格局取观于通体，字面求工于推敲。格局贵紧密停匀，充其极则胡帝胡天，自有妙造。字面贵适当，无论工否，须适合其分际，使后来竞胜标新，而仍不得少为移易。进于此二者，则当取径于气息。或标一家之长，或兼诸家之胜，造诣所得，盖各随其学力天分之所至矣。

一二七

词中用字，名贵为上，隽永次之，但以新颖藻饰者，殊不足尚。

一二八

吐属贵俊雅，不独词为然也，而词尤尚之。俊雅非求诸古人不可得，是又在读名作时加之意矣。

<h1 style="text-align:center">一二九</h1>

格局之外，别尚气机。盖格局犹有蹊径之可寻，而气机则在慧心之所极。气机首在通灵，少失之滞，便索然寡味。以有形停匀之局，寓无形灵神之机，则庶几其为传作。

<h1 style="text-align:center">一三〇</h1>

词应有拙语，应有谐婉语。拙语须出之至灵之境，否则流为木讷。谐婉语须出之清疏之境，否则流为轻滑。两者消息，正不易辨。

<h1 style="text-align:center">一四〇</h1>

缘情之作，当有一二主要语，本其至情而发之，或深刻，或秾挚。其泛作情语，实无深入者，拾芥遍地，何贵之有？

<h1 style="text-align:center">一四一</h1>

词中驱遣字面，端仗一二虚字。首贵适如其分际，宛转贯串，而使面面均能顾到。

<h1 style="text-align:center">一四二</h1>

词有宜直起直落者，若明若昧者。直起直落，不失之方；若明若昧，不失之浮。若于烟水迷离之中，而仍有理脉可寻，使读者不能迳指，而自玩其妙，为最上乘。

一四三

词贵襟抱。此各人所独秉于天，而未易强求者。求其进则在涵养于冲淡朗逸之中，而以书济之。次贵学力，此专在读书。读书之功候，愚者未尝失，而智者亦不能侥幸致之。

一四四

词境与词心相为表里，亦或相反以想成。斗室之中，可以盘旋寥廓。山川之大，可以约之芥子。妙境慧心，初无限制。

一四五

词中回顾响应，顿挫转折，不但在长调中须求其精诣，即短调亦不可少忽。

一四六

深入与暗转，二诣可通。盖所谓深入之义，自是味厚，耐人寻思。然数层意义，可纵之为一阕，约之为一语。纵为一阕，则潜机内潜，理脉宛然。约为一语，则意深语警，情厚致浓。而字面务求其平浅，以平浅语写深入之义为最厚。其暗转于中而研炼于外者，梦窗合作，所以别辟蹊径，独传千古者在此。

一四七

短调流咏，全在神味。一点词心，便成一首绝唱，初不必光景事实，以为之煊染。至神味当使淡于笔而挚于情，其情笔并淡，而绵邈移人者为尤上。至所以能淡，端在词心，初不能固立鹄辙以求之也。尝自思之，于风光明媚之中，偶然观感，有所触发，慧根一动，词意自生。即随意讽咏，为此大好风光写照，但有好笔，自博佳词。词心词笔，惜不易合一人之力以兼之耳。造诣各别，有所短长，佳词遂不可数见。

一四八

词笔就学力为进退，尚有迹象之可寻。词心则发乎天分，系诸襟抱，但能陶冶而加以培植，非学力所可成就。

一四九

词有四患：浅、俗、佻、薄。浅者，肤廓之语，一读便已了了，无可下转，此人人所能者，特当引以为戒。俗有情性之俗，字面之俗，或所举之典实，不登于大雅；或所造之意境，无当乎风入。佻者貌似清华，吟风月而莫见风月之真情，言中无物，漫自剽窃一二儇薄之词，以自鸣其得意。薄者，绝无含嗜，此与浅略异。盖浅指词，薄指意，均不可不加以经意者。古来名家之作，犹或不免有此缺失，其病人之深可知。湔伐不易，慎之慎之！

一五〇

词又有粗乱生窳之患。粗者，不择语，不炼字，不辨音节，不整章法，漫事掇拾，摇笔即来。文无理脉，境无远近，情无亲疏，均乱也。生者，腕力、笔力，不足以达欲言之隐，虽具篇幅，而不能气局完整，音节谐叶。窳者，腕底字少，胸中书少，遂致纵有佳意，莫得令辞。此四患者，视前为易辨，亦复易改。所以改之，在多陶写，多读书。性灵瑰慧，益之学力，珠玑咳唾，无往不工矣。

以上见《同声月刊》第一卷第五号

（作者单位：南开大学文学院）

《中书君诗初刊》: 鲜为人知的钱锺书早年的一部诗集

杨萌芽

一、《中书君诗初刊》由来

钱锺书 1933 年毕业，8 月到上海光华大学任教。1934 年 3—4 月间，时值春假，他与众师友结伴北游，经山东至京拜访师友兼见杨绛，创作了 22 首七绝，总名《北游纪事诗》。后来钱锺书将这组诗与另外 22 首诗（其中《红柳曲》一首仅有存目）汇刻成诗集《中书君诗初刊》（未收入《槐聚诗存》）。这本诗集由他自己出资油印，赠与部分师友。数年前笔者在上海图书馆看到这本小书。由于份数较少且作者悔其少作，因此传世不多。笔者看到的本子是钱先生赠给李拔可（李宣龚，近代诗人）的油印本。这本诗集前有自序，后有跋语。其自序云：

> 二十二年秋七月，始乞食海上。三匦无依，一枝聊借；牛马之走，贱同子长；凤凰之饥，感比少陵；楼寓荒芜，殆非人境；试望平原，蔓草凄碧；秋风日劲，离离者生意亦将尽矣！境似白太傅草原之诗，情类庾开府枯树之赋。每及宵深人静，鸟睡虫醒，触绪抽丝，彷徨反侧，亦不自知含愁尔许也！偶有所作，另为一集，吴市箫声，其殆庶乎尔？"二十二年中秋前一日（自二十二年秋至二十三年春，得诗六十余首，凄戾之音，均为付印。此集所载，断自二十三年春至二十三年秋，择刊若干首）。

其跋语云：

> 陈君式圭、张君挺生怂恿刊拙诗，忍俊不禁。因撰次春来诸作为一编，仍以旧序冠其首而付手民。来海上前亦有诗数十首，写定乞石遗诗

老为序，则留以有待。譬之生天先者，成佛反后耳。旧作《答颂陀丈》有云："不删为有真情在，偶读如将旧梦温。"《秋杪杂诗》有云："漫说前贤畏后生，人伦诗品擅讥评。拌将壮悔题全集，尽许文章老更成。"逝者如斯，忽焉二载，少年盛气，未有以减于畴昔也！二十三年重阳后十日锺书记尾。

可见，钱锺书此诗集刊刻于 1934 年年尾，而且还有请陈衍写序的打算。陈衍（近代文学家。字叔伊，号石遗老人。著有《石遗室诗话》32 卷，《续编》6 卷）《石遗室诗话续编》对此事也有记载："钱默存近作，余以（已）略话一二，兹得其所印今年初刊诗一小册，有甚工者数首。《北游纪事》云'百年树木迟能待，顷刻开花速其（岂）甘。各有姻缘天注定，牵牛西北雀东南。'中有本事，可谓文章天成，妙手偶得。'七万二千分内粮，秀才闻请意皇皇。叩门乞食陶元亮，与我一般为口忙。'（自注：诸师友排日招邀，饮食若流，宋饶德操诗云：'百年七万二千饭。'）恐乞食者闻之，将流馋涎也。'寝庙荒凉法器倾，千章黛色发春荣。最宜杜老惊人句，变雅重为《古柏行》。'与余《扬州绝句》：'最宜中晚唐人笔，此地来题绝句诗。'貌同而心不异。好句如：'干卿底事一池水，送我深情千尺潭''几番来雨兼新旧，一样飞花判溷茵''为爱六朝容小住，偶吟五字得长城''风定涵天平妥贴，波摇浴月碎零星。'皆可书作楹联（帖）。《苦（哭）徐管略》云：'待哺诸儿黄口小，丧明一老白头初'。《无题》云：'传言玉女未全讹，各蓄相思孰最多。人定金环深院印，梦回珠履曲廊过。身无羽翼惭飞鸟，门有关防怯吠过（猧）。'才思在玉溪、冬郎之间"。（《石遗室诗话续编》卷四）陈衍在诗话中谈及的这几首诗，都是《中书君诗初刊》中的作品。

二、才子佳人，伉俪情深

钱锺书是一个才子，他与杨绛的爱情更是为人所称道。自古诗歌多说情。在钱锺书自己整理的这部诗集中，包括了他写给杨绛的情诗。《北游纪事诗》则更烙上了两人爱情的印痕，其中有不少如前引陈衍所谓有本事者，颇耐人寻味。兹将全诗引录如下：

北游纪事诗

某山某水愿能酬，敝舍焦唇沆小休。乞取东风晴十日，今年破例作春游。（以春假赴平三月三十日行，四月一日至）

春浅群花勒未开，便知身已过江来。泰山如砺河如带，凭轼临观又一回。

有地卓锥谢故人，行尘乍涣（浣）染京尘。如何欲话经时别，鴂舌南蛮意未申。

七万二千分内粮，秀才闻请意皇皇。叩门乞食陶元亮，与我一般为口忙。（诸师友排日招邀，饮食若流，宋饶德操诗云：百年七万二千饭）

风云气盛讳多情，物果难求失亦轻。铲削爱根如铲草，春风吹着回（会）重生。（调大千）

执手灯前制泪垂，低回一语郁千悲。性情学说原无涉，林老云往说与谁。（申甫师方遭太翁之丧，林老谓畏庐翁《孝友镜序》也）

惟庸故妄昔曾闻，妙语恰如我欲云。计字索慊（缣）沽善价，詅痴符抵送穷文。（夫己氏）

同门堂陛让先登，北秀南能忝并称。十驾难追惭驽马，千秋共勖望良朋。（初识张君荫麟于雨僧师许）

诸先生莫误司迁，大作家原在那边。文苑儒林公分有，淋漓难得笔如椽。（源宁师为雨僧师作英文传，或疑出予手，故引《卢氏杂记》王杂语自解）

百年树木迟能待，顷刻开花速岂甘。各有姻缘天注定，牵牛西北雀东南。（雨僧师示《空轩诗》十二首，予尤爱其"未甘术取任缘差"一语，以为未经人道）

毁出求全辨不宜，原心略迹赖知。生平一瓣香犹在，肯转多师谢本师。（答公超师）

娇娇出群爱此才，鹤凫长短世疑猜。过江名士多于鲫，争及济南名士来。（道大千于公超师）

亦居魏阙亦江湖，兔窟营三莫守株。且执两端开别派，断章取义一葫芦。（公超师谈海派京派之争，余言生从海上来，请言海上事。有马戏班名海京伯者，大观也。我曹执两用中，比于首鼠，便借名定义，拔载自成

一队，可乎？师为莞尔）

遥山一角抹微云，日暖风迟水欲纹。只少花迎柳与送，江南春色可平分。（玉泉山中道）

松涛云片句神奇，眼处生心历历追。举似少游春日作，底人知是女郎诗。

庙寝荒凉法器倾，千章黛色发春荣。最宜杜老惊人句，变雅重为古柏行。（游太庙万柏森森，余谓溪山粉画，宜中晚唐人绝句。若此，非得杜陵野老为七古，不能尽兴亡转烛、勿剪勿伐之感）

欢子慏侬略已谙，嬉春女伴太痴憨。干卿底事一池水，送我深情千尺潭。（泰台所遇）

话到温柔只两三，薄情比勘弥增惭。任卿投笔焚书后，注定全神学定庵。（羽琭山民诗云：整顿全神注定卿）

最厌伤多酒入唇，看人斟酌亦酩酊。自惭蕉叶东坡量，众醉休嗤学独醒。（采之盛宴送行，特为置密酒强饮）

朝朝暮暮日旋过，世世生生事不磨。临别爱深翻亦恨，恨时怎比爱时多。（四月九日行，留平七日）

纷飞劳燕原同命，异处参商亦共天。自是欢娱常苦短，游仙七日已千年。

溪流薄涨柳舒新，春味醺醺如饮醇。却恋江南归去也，风光如此付何人？

这些诗是钱锺书 1934 年春节到北京看望在清华大学读书的杨绛，两人结伴游览北京的名胜时写下的。他虽然也在清华读过书，但是，很少出门，大部分时间都用来读书做学问了，所以，北京的景点他很多都没有去过。杨绛是一个喜欢新鲜事物的人，很喜欢逛北京这些充满历史韵味的景点。这次钱锺书来北京，陪着杨绛走了好几个地方，这可是十分难得的事情。其实对钱锺书来说，景色并没有什么吸引力，倒是和心上人一起游玩是他喜欢的事。在北京游玩几日之后，他要回上海了。与爱人相聚的时光总是很快，如白驹过隙一般。临别时，依依惜别，留下了这些缠绵的诗句。

（作者单位：河南大学新闻传播学院）

年谱·传记

夏承焘传略

施议对

夏承焘，字瞿禅，晚年改字瞿髯，永嘉（今浙江温州市）人。清光绪二十六年（1900）阴历正月十一日出生在温州市一个普通的商人家庭里。不是书香门第，没有家学渊源，从十九岁开始，于温州师范学校毕业，就走上了独立生活的道路。他刻苦自学，多方师承，在词业上多所建树，终于成为名扬四海的"一代词宗"。

一、生平事迹

夏承焘从事教育工作至今已六十五年，他在十几岁时就对词学有了兴趣，在治词道路上，经历了艰难的过程。

（一）求学阶段（1914—1920）

夏承焘六岁时随大哥就学蒙馆，课余时间曾到布店学习商业。小学期间，郑振铎是夏承焘的同窗好友，他俩一个班，一块学习，并经常跟随黄筱泉老师出游。夏承焘从小就有强烈的求知欲望。戊戌之后，孙诒让在温州创办师范学校，温州人第一次见到洋房。夏承焘曾与邻童一起进此学校玩耍，看到孙诒让校长在校园里走动。当时，夏承焘多么渴望能到师范学校读书。十四岁时小学毕业，夏承焘报考温州师范学校。这是个五年一贯制的中等师范学校，师资力量强，设备也较完善。当时签名报考的共两千余人，体检淘汰后尚有千余人，招收生额只四十名。夏承焘以第七名进入了温师。据夏承焘回忆，那时的作文考题是《学然后知不足，教然后知困》（这是《礼记·学记》里的两句话）。夏承焘在试卷上写道："凡是自以为学问已经足够了的，那是没有学过的人；说教学没有什么困难的，那是没有做过教学工作的人。"虽然这是一个十四岁孩子所说的话，但却对夏承焘一生治学产生了很大的影响。

夏承焘曾说："十四岁到十九岁，是我学习很努力的时期。"温师课目甚多，有读经、修身、博物、教育、国文、历史、人文地理、几何学、矿物学、化学、图画、音乐、体育以及英文、西洋史等十几门课程。夏承焘曾因为一开始就潜心于古籍之中，对于英、算等学科，常常是临时抱佛脚，采取应付的态度，绝大部分的自修时间，都用于读经、读诗文集子。那几年，每一书到手，不论难易，必先计何日可完功，非迅速看完不可。他每认为：自己是一个天资很低的人，必须勤奋。因此，一部《十三经》，除了《尔雅》以外，他都一卷一卷地背过。记得有一次，背得太疲倦了，从椅子上直扑向地面。夏承焘说："我从七、八岁起就爱好读书，一直读了几十年，除了大病，没有十天、半月离开过书本。现在回忆起二十岁以前这段时间的苦读生活，我了解了'读书百遍，其义自见'这句话是有道理的。不懂的书读多了，就能逐渐了解它的语法、修辞规律，贯穿它的上下文，体会其意义。随着读的遍数的增加，思考次数的增加，全文就读懂了。"①

师校五年，夏承焘把全部精力用以勤奋攻读。他从图书馆和同学朋友处借阅了大量古书。学习过程，常与师友磋商，获益不浅。在他即将步入社会、走上工作岗位之时，曾在日记中为这段攻读生活作了小结。曰："始入校尚童心未除，懵不知为学，迨二三载后方稍稍知书中趣味耳。同学李仲骞（骧）君每对予津津谈古籍及诗学，遂大悟。后数载皆沉研于旧书堆中，自四书，而《毛诗》，而《左传》，各相继读完。无余暇习英文、数学，民国七年以第十名卒业。"李骧是夏承焘中学时代的同班同学，曾将《随园诗话》及黄仲则的《两当轩诗集》等借给夏承焘阅读，并"日以此道（吟咏之道）相研究"，夏承焘因此"大受其益，乃稍稍知津"。在旧体诗词的学习与创作方面，夏承焘也是在这段时间里打下基础的。夏承焘自幼爱好诗词，进师校之前，已学作五、七言诗。但是，他之所以一生与词学结下了不解之缘，还应当从他的第一篇词作《如梦令》说起。据夏承焘回忆，他学做旧体诗，每句要先记好平仄声，但并不知"填词"。他在一位同学那里第一次听到"填词"二字，同时又在另一位同学那里见到一

---

① 参见夏承焘讲、怀霜整理：《我的治学经验》，《治学偶得》，杭州：浙江人民出版社 1962 年，第 1 页。

本《词谱》，才产生了填词的兴趣。他的填词处女作《如梦令》，得到了国文教师张震轩（棡）的赞赏。这首词末二句写道："鹦鹉。鹦鹉。知否梦中言语。"张震轩曾用浓墨在句旁加了几个大密圈。夏承焘说："这几个浓墨大密圈，至今对我仍有深刻印象，好像还是晃耀在我的眼前。"并说："我能够走上治词的道路，与师友的启发是分不开的。"

五年师校，夏承焘在学业上收获甚大。但是，他也绝非"两耳不闻窗外事"。一方面，他平生好游，间有佳山水，即欣然往。课余时间，经常与同学"掩书外出"，同游飞霞洞、卧树楼，共登驻鹤亭，并在日记中留下了纪游佳篇。另一方面，他关心国事，读《西洋史》，因美国南北之争，联想到南洋、北洋两派分立的现实。常慨叹："安得大总统有如林肯者出，一定党见，扫清国步，有若美利坚之上等国乎？"他读《龙川文集》，不禁掩书三叹。曰："嗟夫！大丈夫平生抱天下志，达则兼善天下，穷则独善其身，此平世明时之论也；若夫天下当板荡之秋，生灵倒悬，为士者义不可默居高蹈、效隆中抱膝长吟矣！"本世纪一二十年代，中华民族正在大动荡、大变革当中，生当其时，夏承焘时时刻刻将自己的前途命运与整个国家民族的前途命运紧紧联系在一起。他总是希望自己所从事的工作，能够有益于国家民族，有益于振兴中华的伟大事业。

1918年，夏承焘于温州师范学校毕业。国文教师张震轩临别赠诗。曰：

> 诗亡迹熄道论胥，风雅钦君能起予。一发千钧唯教育，三年同调乐相于。
> 空灵未许嗤黄九，奔竞由来笑子虚。听尔夏声知必大，忍弹长铗赋归欤。

张震轩研究《史记》，但对于诗词，仍慧眼独具。他的奖励，给夏承焘巨大的推动力量。所谓"夏声必大"，果真亦承其贵言，令得于诗道沦丧之际，凭借自己的天分和学力（夏自称笨功夫），风雅起予，以尽展其才。这是即将步入社会所得到的奖励。所谓深相期许，乃终生不忘。

离开师校，夏承焘到温州任桥第四高小任教职。就这样，夏承焘怀抱着对祖国河山无比热爱的满腔激情和国家民族命运无穷忧虑的深厚情感，结束了自己的学生生涯，并开始了他一生所从事的文化教育工作和词学研究工作，以毕生精力努力做出贡献。

（二）探索阶段（1920—1930）

夏承焘说："二十岁至三十岁是我治学多方面探索的阶段。"师校毕业后，夏承焘更加觉得学生生涯的短促和宝贵，更加渴望有深造的机会。1920 年，南京高等师范开办暑假学校，夏承焘和几位同学前往旁听。教师如胡适、郭秉文等，皆新学巨子，当时都亲自为暑假学校开课。一个多月里，他们听了胡适的《古代哲学史》《白话文法》、梅光迪的《近世欧美文学趋势》以及其他许多新课程，大开眼界。本来，夏承焘想于七月间乘机投考高等师范，由于家庭经济困难，加上自己平时不注重科学，英、算甚生疏，临渴掘井，恐无把握，便决定在教师岗位上边工作边自学。

返回温州后，苦于失去进修机会，无名师指点，时时感到困惑。但是，在自学过程中，夏承焘也找到了许多老师，其中包括"不会说话的老师"。比如，他看了李慈铭《越缦堂日记》，就以李氏为榜样，坚持写日记，锻炼自己的意志力；又比如，读《龙川文集》，便为陈亮平生抱天下志的大丈夫气概所感动，以为"作诗也似人修道，第一工夫养气来"，对于陈亮之为人，着意加以效法。同时，夏承焘还经常与师友同学一起探讨，互相请益。在温州任教期间，他参加了当时的诗社组织——慎社及瓯社，社友中如刘景晨、刘次饶、林鹍翔、梅雨清、李仲骞等，于诗学都有甚高造诣，经常与他们在一起谈论诗词，论辩阴阳，收获很大。由此，夏承焘于旧体诗词，渐识门径，并开始发表诗词习作，初露才华。

1921 年秋，夏承焘应友人之招，到北京任《民意报》副刊编辑，得到了北游的机会。当时，他曾写下了一首《登长城》诗。曰：

> 不知临绝顶，四顾忽茫然。地受长河曲，天围大漠圆。一丸吞海日，九点数齐烟。归拭龙泉剑，相看几少年。

登高望远，四顾茫然。但地和天，都在自己的视野当中。一丸、九点，海日、齐烟，气象万千。诗篇生动地体现了这位年青诗人的胸襟和气魄。

此后，夏承焘转向西北，到西安中学任教，并于 1925 年春兼任西北大学讲师。五、六年间，夏承焘奔走四方。往返北京、西安、温州之间，广泛接触了社会，并在西安实地考察古代长安诗人行踪，为其诗词创作及研究工作，提供了丰富的感性知识；在治学道路上，夏承焘步入了多方面探索的阶段，开始了做学问的尝试。

起初，夏承焘对王阳明、颜习斋的学说发生了兴趣。在西北大学讲授章学诚的《文史通义》，准备治小学。他的设想很多，计划十分庞大。他曾发愿研究宋代历史，设想重新撰写一部《宋史》，看了不少有关资料，后来知道这个巨大工程决非个人力量所能完成，方才放弃。但是，他又想编撰《宋史别录》《宋史考异》以及《中国学术大事年表》等等。

二十五岁时，夏承焘回到浙江，曾在温州的瓯海公学、宁波第四中学及严州第九中学任教。夏承焘回到温州时，瑞安孙仲容先生的玉海楼藏书及黄仲弢先生的篆绥阁藏书已移藏于温州图书馆，他将家移至图书馆附近，天天去借书看，几乎把孙、黄两个"阁"的藏书本本都翻过，并将心得札入日记。不久，夏承焘到严州第九中学任教。这里是一个美丽的风景区，严子陵钓台就在这个地方。严州九中原来是严州州府书院，里面有州府的藏书楼。夏承焘一到学校，校长就带他四处察看。他拿了钥匙，一个房间一个房间打开看，结果发现一个藏书间，里面尽是古书，真是喜出望外。尤其是其中有涵芬楼影印二十四史、浙局"三通"、《啸园丛书》等，在严州得此，如获一宝藏！校长交代把这些古书整理出来，他就在此扎扎实实地看了几年书。四、五年期间，许多有关唐宋词人行迹的笔记小说以及有关方志，他全都看了。

但是，对于如何做学问，夏承焘还经常处于矛盾状态当中，早晚枕上，思绪万千。他有时欲为《宋史》，为《述林清话》，为《宋理学年表》，有时欲专心治词，不旁骛，莫衷一是，常苦无人为一决之。经过反复思索，夏承焘发现了自己"贪多不精"的毛病，根据平时的兴趣爱好和积累，决定专攻词学。

十年探索，不仅使夏承焘认定了治学的方向，而且为他转向创作阶段准备了充分的条件。夏承焘所撰《唐宋词人年谱》《唐宋词论丛》等重要著作，以及姜白石研究资料，都是在这个阶段积累下来的。

（三）之江治词生涯（1930—1937）

1930 年，夏承焘三十岁，开始在之江大学任教，一直到抗战爆发，都住在钱塘江边的秦望山上。在《月轮山词论集》的前言里，夏承焘说：从三十多岁到六十多岁，"这三十年间，我两次住在钱塘江边的秦望山上，小楼一角，俯临六和塔的月轮山。江声帆影，常在心目。现在就把我的集子取了这个名字"。之江治词生涯指的是夏承焘第一次居住秦望山的时光。

夏承焘到之江，标志着一个重要转折，即由探索期向创造期的转折。夏承焘说："我二十岁左右，开始爱好诗词，当时《彊邨丛书》初出，我发愿要好好读它一遍；后来写《词林系年》，札《词例》，把它和王鹏运、吴昌绶诸家的唐宋词丛刻翻阅多次。三十岁左右，札录的材料逐渐多了，就逐渐走上校勘、考订的道路。"三十岁是一个重要转折，夏承焘就是三十岁前后着手做专门学问的。夏承焘说："刻苦读书，积累资料，这是治学的基础。但是，究竟何时试手做专门学问较为合适呢？从前人主张，四十岁以后才可以著书立说，以为四十岁之前，'只许动手，不许开口'。这虽是做学问的谨严态度，但是四十岁才开始专，却几乎太迟了。我自师校毕业后，因为家庭经济等各方面条件的限制，未能继续升学，苦无名师指点，才走了一段弯路，花费了将近十年的探索时间。我想，如果有老师指导，最好二三十岁时就当动手进行专门研究工作。要不，一个人到五十岁以后，精力日衰，才开始专，那就太晚了。我见过一些老先生，读了大量的书，知识十分渊博，但终生没有专业，这是很可惜的。因此，在刻苦读书的基础上，还必须根据自己的情性、才学，量力而行，选定主攻目标，才能学有专长。"

在之江大学，夏承焘所教授课程主要有《词选》《唐宋诗选》《文心雕龙》《文学史》《普通文选》五门，每周共十六课时。虽纷繁不得专心，但做学问的条件总比以前优越。刚到之江，夏承焘心情甚愉快，曾写下《望江南》（自题月轮楼）四首，其中第三首曰：

> 秦山好，面面面江窗。千万里帆过矮枕，十三层塔管斜阳。诗思比江长。

面面面江，风景美好。千万里帆，十三层塔；通过矮枕，管领斜阳。诗思比钱塘江水还要长。环境、心境和词境，都那么协调。

之江期间，夏承焘写作了大量词学研究文章。其中，值得一提的是《白石歌曲旁谱考辨》。这是夏承焘第一篇词学研究文章，也是他的成名之作。白石旁谱历来被视为一门绝学，《四库全书总目提要》说它是无法求其音节的。夏承焘年少气锐，在严州九中时就着手做这一工作，到了之江大学写成了这篇《考辨》。当时，山居偏僻，写了文章就往书架上搁。有一回，顾颉刚到之江大学，发现了这篇文章，觉得不错，就带走了，并在《燕京学报》上登了出来。不久，汇来稿费银元一百多块。之江同事知道了，都很为惊动：原来写文章还有这么多稿费。于是，便大大激发了大伙写稿的兴趣。此后，《词学季刊》出版，夏承焘的《唐宋词人年谱》就在《季刊》上连载。那时，夏承焘与龙榆生，一个编撰年谱，一个著作词论，每期各登一篇，成了《季刊》的两大台柱。《词学季刊》出版了十一期。在《季刊》上，夏承焘还发表了不少词作。

之江大学时期是夏承焘从事专门研究的一个丰产时期，也是他做学问用力最勤的时期。几年当中，他连续发表了《温飞卿系年》《韦端己年谱》《冯正中年谱》《南唐二主年谱》《张子野年谱》《二晏年谱》《贺方回年谱》《周草窗年谱》《姜白石系年》《吴梦窗系年》等十余种词人年谱，撰写成《石帚辨》《姜白石词考证叙例》《白石词觏律》等文章，此外，还札《词例》。研究工作全面铺开，头绪繁多，甚殚心力，但他却常在辛勤搜辑中得到自我安慰。1935年3月20日，夏承焘在日记中写道：

> 校正中谱毕，午后邮还榆生付印，年来著书虽甚琐细，皆能句斟字酌，不敢轻心，镜中白发日多，不以为悔也。

正当夏承焘认定目标，走上全力治词的道路之时，九一八事变爆发了。时局十分紧张。9月20日，夏承焘闻知日本兵突于昨早六时侵占沈阳及长春、营口，惊讶无已。他一方面潜心力于故纸，继续勤奋地读书、做笔记，一方面念国事日亟，却深感陆沉之痛。9月24日，学生出外宣传，停课，夏承焘也参加教职员组织的"抗日会"。9月27日，夏承焘在日记中写道："予发誓今日始不买外货。国货日用品已足用，必求奢侈，便是亡国行径。"为"尽我本分以救国"，夏承焘很想放弃词学，想改习政治经济拯世之学。11月19日，夏承焘从报纸上闻知"嫩江捷讯"，十分振奋，随即谱写一首《贺新郎》。词曰：

> 沉陆今何说。看神州、衣冠夷甫，应时辈出。一夜荒郊鹅鸭乱，坚垒如云虚设。这奇耻，定须人雪。空半谁翻天山旆，比伏波、铜柱犹奇绝。还一击，敌魂夺。　边声陇水同鸣咽。念龙沙、头颅余几，阵云四合。梦踏长城听战鼓，万里瓦飞沙立。正作作，天狼吐舌。待奋刑天干戚舞，恐诸公、先夏楸坪劫。歌出塞，剑花裂。

神州沉陆，奇耻须雪。正当国家民族面临着生死存亡的紧要关头，边声陇水，阵云四合，颇欲奋起刑天干戚，为诸公助阵。由于捷讯的鼓舞，歌词充满着英雄气概。

此刻，回顾世局，夏承焘觉得，自己坚持日钻古书，夜作《词例》，乃无益之务。几度考虑，中途辍笔。但又想，"非如此心身无安顿处"，真是欲罢不能。在这具体的社会环境中，夏承焘的思想进入了难以摆脱的困境。1938年7

月 16 日，夏承焘曾在日记中写道："日本开发华北志在必行，黄河泛滥将至苏北，长江灾象亦近年所无。内忧外患如此，而予犹坐读无益于世之词书，问心甚疚。颇欲一切弃去，读顾孙颜黄诸家书，以俚言著一书，期于世道人心得俾补万一，而结习已深，又不忍决然舍去。日来为此踌躇甚苦。"这就是夏承焘当时的真实思想状况。

（四）抗战爆发后清苦的教师生涯（1938—1945）

在之江大学，夏承焘任讲师、副教授、教授，至 1938 年，还兼任无锡国学专修学校和太炎文学院教师。抗日战争爆发后，夏承焘随之江大学搬迁到了上海。1942 年，上海沦陷，夏承焘回到温州，温州沦陷，即入乐清雁荡山。以后，应浙江大学龙泉分校之聘，前往龙泉教书，直至抗战胜利，方才出山，重新返回西子湖畔。

抗战七八年间，动荡不安，夏承焘饱尝战乱风霜。但是，在各个关键时刻，他都保持着高洁的民族气节。

1938 年，夏承焘目睹国民党反动派于"八一三"纪念日，在上海租界，大捕爱国青年的事实，谱写《点绛唇》一词。曰：

> 招得秋魂，断筇先送斜阳去。惊鸟飞处。南北山无数。　打尽霜红，迢递伤心路。长亭树。无声最苦。夜夜风兼雨。

词作以惊鸟比喻爱国青年，对他们受摧残，遭打击，深表同情；同时对于白色恐怖中人人钳口结舌、"夜夜风兼雨"的现实，表示不满和抗议。

1940 年寓沪，西邻一汉奸伏诛，东邻一抗战志士殉难。夏承焘作《贺新郎》，赞颂志士，斥骂汉奸。词曰：

> 余气归应诧。旧门庭、雀罗今夕，鹤轩前夜。依旧梅梢团圆月，来照翠屏幽榭。却不见、淡蛾如画。三十功名空自负，负灵山吩咐些儿话。屋山雀，叹飘瓦。　东邻客祭栾公社。听夜夜、羽声慷慨，微声哀咤。同洒车前三步血，或落沟渠飘泻。或化作、飞霜盛夏。最苦西家翁如鹯，过街头蒙面愁无帕。君莫问，翁欲哑。

揭露汉奸，谓其"负灵山吩咐些儿话"，背叛国父孙中山遗嘱，罪当伏诛。并以对比手法，将东邻与西邻的不同结果，予以呈现。谓东邻志士之死重于泰山，人民永远怀念；西邻汉奸之死轻如鸿毛，连自己的老父都为之感到羞愧。两相对照，表现出强烈的爱憎感情。

在上海期间，知识分子处境十分艰难。由于政府腐败，通货膨胀，学校里经常发不出工资。当时，有些意志薄弱者就投奔南京汪伪政权。夏承焘的个别好友，也在此时投奔南京。但是，夏承焘的立场是十分坚定的。他在《鹧鸪天》词中写道：

> 万事兵戈有是非。十年灯火梦凄迷。南辛北党休轻拟，雁荡匡庐合共归。　持涕泪，谢芳菲。冤禽心与力终违。衔山填海成何事，只劝风花作队飞。

词作表明，汪伪政权违背民族利益，"心与力终违"，其追随者必然身败名裂。夏承焘为去南京的友人感到惋惜。此时，夏承焘已抱定归志，决心以南宋爱国词人辛弃疾为榜样，以雁荡、匡庐为自己的归宿，决不屈膝求荣。

夏承焘有一位词坛好友，投奔南京后来信招邀。说："汪先生知道你。"夏承焘复信，对他进行严厉批评，并正告他："你说到南京是为了吃饭，那就只许你开吃饭的口，不许你说别的话！"为此，夏承焘曾写《水龙吟》（皂泡词）以皂泡之上"夭斜人物"，比喻投奔汪伪政权的人。指出此辈依仗日本侵略者，如同皂泡，"乍明灭，看来去"，片时即破，而中华民族，终将如东升皓月，"一轮端正"，永远照耀祖国山河大地。

在艰难困苦的岁月里，夏承焘始终注重自己的出处大节，并且常常以此与友人共勉。1940 年在上海，送一位女词友归扬州（当时扬州已沦陷），写了《惜黄花慢》赠别。其中，"荷衣耐得风霜，谢故人问讯，湖海行藏"，明确表明自己的态度，热切地希望词友保持气节。

"野获新编据乱成，年来有泪为苍生"。在忧国忧民的艰难岁月里，夏承焘过着清苦的教书生活，始终保持着清贫自守的高贵节操。七八年间，夏承焘一刻也离不开教育事业，孜孜不倦地工作，发奋著述，为发展中华民族的教育文化事业做出了贡献。

（五）二次居住西子湖畔（1946—1965）

夏承焘十分留恋之江治词生涯，对于美丽的西子湖已产生了深厚的感情。抗战胜利后，他又回到杭州，担任浙江大学文学院副教授、教授，从事其教学及词学研究工作。1949 年，中华人民共和国成立，夏承焘在浙江大学任教。1952 年，院系调整，夏承焘担任浙江师范学院中文系教授，代主任。1958 年，浙江师范学院改名杭州大学，夏承焘为中文系教授，1961 年起兼任语言文学研究室主任。浙江省作协分会成立，夏承焘被推选为理事，并曾出席第三次全国文代会。中国科学院文学研究所（现属中国社会科学院）聘请夏承焘为特约研究员和《文学评论》编委。1964 年，夏承焘到北京参加全国政治协商会议第四次会议。夏承焘对于社会主义新中国充满着信心和希望，十分盼望能把自己的知识和才华奉献给祖国的伟大事业。

1949 年，杭州解放，夏承焘作《杭州解放歌》。曰：

> 半生前事似前生，四野哀鸿四塞兵。醉里哀歌愁国破，老来奇事见河清。　　著书不作藏山想，纳履犹能出塞行。昨梦九州鹏翼底，昆仑东下接长城。

杭州解放，河清有日。毕生著作，无须作藏山之想；纳履出塞，昆仑、长城都在自己脚底。诗篇表达了对于新中国的信心和愿望。

1950 年 12 月，夏承焘随浙江大学中文系师生一道，前往嘉兴、皖北等地参加土改。"居乡见闻，皆平生所未有"。因而，写下了不少优秀诗篇。夏承焘关心劳动大众，热爱新农村。1949 年以后，一有机会下乡，他就报名参加。1964 至 1965 年间，夏承焘先后两次到诸暨县利浦公社，参加社会主义教育，居住了四五个月时间。"要与农民共感情"，夏承焘写作了不少独具风格的田园诗词。

中华人民共和国成立之后，在教育事业和科研工作方面，夏承焘都有不少建树。他所指导、培养的几届研究生、进修生，已陆续走上工作岗位；他的十余种词学研究著作也相继出版。同时，他还发表了数十篇有关古典文学的研究论文。在教育界和学术界，得到了好评。

在词学研究方面，夏承焘努力开拓新境。他在 1949 年以前一二十年所作校勘、考订的基础之上，开始撰写评论文章。诸如《李清照词的艺术特色》《评李清照的〈词论〉》《论陆游词》《辛词论纲》《论陈亮的〈龙川词〉》等等，都是在这一期间写成的。同时，为了适应社会主义文化事业蓬勃发展的需要，夏承焘还着手词学研究方面的普及工作，写作了大量有关歌词的欣赏文章。直到"文革"前夕，夏承焘曾与怀霜合作，先后以《唐宋词欣赏》《湖畔词谭》《西溪词话》《月轮楼说词》为题，在报刊、电台发表赏析文章，颇为广大读者所欢迎。

夏承焘做学问，严格要求，精益求精。1960 年六十岁生日，他作《临江山》词自寿。曰：

> 安得鲁戈真在手，重挥夕日行东。书城要策晚年功。江山支枕看，千丈海霞红。　自插梅花占易象，如何报答春工。儿童休笑嗫嚅翁。新词哦几首，鼻息起长风。

鲁戈在手，夕日行东；江山支枕，千丈霞红。眼前所呈现的景象，为当时所处的环境，亦为当时的心境。在这一情景当中，怎么办？如何报答春工？他想好啦，"书城要策晚年功"。他知道，要令夕日行东，将失去的年华追回来，就靠晚年的努力。这句话，夏承焘将它看作治学的"座右铭"。六十非为老，儿童休笑。充分体现其乐观、积极的精神和态度。

为了攀登高峰，发展社会主义文化、科学事业，夏承焘还十分重视国外学者的汉学研究成果，热心地致力于中外文化交流活动。1957 年，夏承焘发表《我对研究古典文学的一些感想》。说：有几位外国学者，他们研究中国古典文学的精神对我有很大启发。比如日本京都大学的吉川幸次郎、神田喜一郎、清水茂教授等，像他们这种研究精神，不能不使作为中国古典文学研究者的我们感到惭愧。1961 年，在《我的治学经验》中，夏承焘说：我看见过苏联列宁格勒大学研究中文的论文题目，有些是很专、很深的，如对韩非子的篇目研究等等，这些却不为中国大学生所注意。又如日本研究中国学问的，像林谦三的《隋唐燕乐调研究》、桑原骘藏的《蒲寿庚考》等，他们卓越的成就，也都使我国人自愧不如。夏承焘常用外国人的钻研精神鞭策自己，勉励年青人。

"文革"前夕，日本友人水原渭江寄赠武田竹内所著《毛泽东诗人和他的一生》，夏承焘赋《临江仙》一词答谢。曰：

> 蓬岛吟坛谁健者，笔端浩荡东风。一轮画出晓礁红。照开天雾雨，烛海起蛟龙。　并世夔牙家学盛，天涯梦听笙钟。何时握手日华东。晴晖我

能写，海岳万芙蓉。

一轮画出，如早晨刚刚升起的红日；并世虁牙，从天边传来笙钟的乐曲。什么时候，握手日东，一起观赏海岳芙蓉。歌词热情赞颂毛泽东诗词，赞颂中日文化交流，表达了自己历年来希望访问日本，与日本汉学家欢聚的夙愿。

（六）"文革"十年（1966—1976）

几十年来，夏承焘在教育和词学研究工作上，获得了巨大的成就。但是，"文革"开始，一夜之间，这一切马上变成了"罪行"。

1966 年 6 月 2 日清晨，杭州大学校园，一夜东风，到处贴满了大字报。在学校大门口的入口处，不知哪个系的学生，贴上一幅漫画：绞死牛鬼蛇神夏承焘！画的是夏承焘的头像。最是使人惊心动魄。这是省委组织的"林夏战役"的第一幕。林淡秋作为"党内资产阶级"的代理人，夏承焘是"党外资产阶级""反动学术权威"。两人被推将出来，代表斗争的大方向。

夏承焘从未经历过这样的场面。他在漫画前站了一会，便转向各处看大字报。

> 敢想容易敢说难，说错原来非等闲。一项帽子飞上头，搬它不动重如山。

"啊！——"夏承焘大吃一惊！这是他于 1958 年 12 月间写的一首打油诗。据"文革"初期《解放军报》揭发：这首打油诗曾被旧中宣部某处长用来批评文艺界和教育界的领导干部，以为对老专家政策不落实。大字报称：这是一首反对教育革命和学术批判的黑诗，是对党进行的疯狂反扑！夏承焘掏出笔记本，认认真真地把有关"罪行"摘抄下来。

当天晚上，全校揪斗林淡秋，夏承焘和其他"牛鬼蛇神"一起上台陪斗。"打倒林淡秋！打到林淡秋！"会场上口号声此起彼伏，震耳欲聋。

先党内、后党外，夏承焘心中有数。知道林淡秋被打倒后，就轮到自己了。回到家里，夏承焘就亲自书写了一幅大标语：打倒夏承焘！方方正正地贴在自己家的门墙上。这时候，"也无风雨也无情"，东坡的达观思想还能帮助他解脱困境。在牛鬼蛇神的一次坦白交代的小组会上，夏承焘交代：他曾经这么想，下次轮到揪斗时，就事先准备好棉花，把两只耳朵塞紧。夏承焘认为：只要心中平静，就不怕外界风雨。

但是，"林夏战役"并未按计划打下去。没过多久，省委工作组撤退了。原先组织批斗"牛鬼蛇神"的人，自己也变成了"牛鬼蛇神"，和夏承焘他们一起，同被关进"牛棚"。从此，新老"牛鬼蛇神"就天天让两边的造反派，轮着揪出去触灵魂和触皮肉。经过反复训练，夏承焘终于心定地过惯了"牛棚"生活。

有一次，夏承焘被送到老家温州批斗。经过长途跋涉，心力交瘁，他中了风，几乎一命呜呼。但他仍然很达观，日诵语录："既来之，则安之。"表示愿意以正确的态度对待疾病。因此，尽管医生断定，"不是死，就将是半身不遂"，他却居然完好地活了下来。

夏承焘一生治词，特别推崇苏东坡，也赞赏东坡思想。他曾说：东坡贬官到海南，并不感到痛苦，所谓"日啖荔枝三百颗，此身长作岭南人"，相反却心满意足了；秦观就不同，才到郴州，便忧郁至死。"文革"十年，夏承焘就以东坡思想作为自己的精神支柱。

"文革"初期，夏承焘看大字报十分认真。有的学生揭露："不是棋边即末边，好风如扇月如镰。菜根滋味老逾美，蔗境光阴梦也甜。"这是攻击人民公社敬老院的黑诗。又揭露："相逢都在湖风里，白鹭东飞我向西"，以为夏承焘不满社会主义制度，向往西方资本主义社会。夏承焘看了便以"牛鬼蛇神"的名义，写了《说我几首旧诗词的原意》一文，进行答辩。说：

> 《临安人民公社敬老院》诗，第三句用古语，"咬得菜根则百事可做"。院里老人都在阶下种菜佐餐，我用此以喻滋味好。第四句用顾恺之吃甘蔗，从末梢吃起，吃到根，说是"渐入佳境"。我的意思是说敬老院里的老人老年过美好的生活。有人解作：蔗境（佳境）只在梦里，说我讥院里生活不好。我以为原诗是"梦也甜"，而非"只梦甜"，此说可商。

又说：

> "湖上杂诗""相逢都在湖风里，白鹭东飞我向西"。那时我住在浙大西湖宿舍（平湖秋月隔壁的罗苑），这诗是从断桥经白堤归家时作，故云"我向西"（平湖秋月在断桥之西），无他寓意。

后来，纲越上越高，触皮肉重于触灵魂，诸如此类的所谓"学术批判"已是不在话下。因此，十年"牛棚"生活，夏承焘没有牢骚，也不写这方面题材的诗词。

"有峰满眼不待寻,有诗满口不敢吟。"在"牛棚"里,夏承焘被剥夺了一切权利,身不由己,但诗人的心却无所阻碍。1970 年,夏承焘写了一首《玉楼春》(神游)。曰:

> 灯前挂壁双芒屩,不碍神游周九域。山河谁画好风光,圣佛自憎乾矢橛。 灵妃皓齿如霜雪,梦里殷勤求短阕。吟成电笑过千江,挥手西湖风和月。

芒屩挂壁,不碍神游。美好山河,有谁能够描画;灵妃顾我,殷勤乞求短阕。

吟成电笑,挥手西湖,照样周游九域。歌词抒发作者对于祖国河山,对于西子湖的情感,也表达他重上征途的热切愿望。

十年间,夏承焘于批斗之余,将自己全部心力都放在历代词人身上;他的《瞿髯论词绝句》,八十首中,一大部分是在"牛棚"里吟成的。此书付印时,笔者偕夏承焘游北海公园,夏承焘感到无比快慰。说:这是他一生中感到比较满意的一部著作。

(七)"四人帮"覆灭以后(1976—　)

"四人帮"覆灭,夏承焘再次获得了新生。消息传来,无比兴奋,他即写了《筇边和周(谷城)苏(步青)二教授》一诗,表达自己的观感。曰:

> 筇边昨夜地天旋,比户银灯各放妍。快意乍闻收吕雉,论功岂但勒燕然。冰消灼灼花生树,霞起彤彤日耀天。筋力就衰豪兴在,谁同万里着吟鞭。

筇边昨夜,地转天旋。比户银灯,光彩鲜妍。快意乍闻,收伏吕雉。论功岂但,勒石燕然。灼灼冰消,彤彤霞起。筋力就衰,豪兴犹在。问谁同我,驰骋万里,快着吟鞭。诗篇为和作,叙说内心感受,恳切、真挚,令人鼓舞。

为了庆祝这一历史性的伟大胜利,为繁荣社会主义文化事业多做贡献,夏承焘又开始重操旧业,将他旧时的书稿、日记,又搬到书案上来,更加顽强地进行工作。随着党的政策的进一步落实,夏承焘的许多著作,所谓"大毒草",重见天日;在政治上,他自己也得到了平反。1978 年 11 月 26 日《浙江日报》登载题为《把事实作为落实政策的根本依据》的报道中,公开为夏承焘平反。称:"夏承焘在全国解放后,热爱党和毛主席,拥护社会主义,找不到他有什么勾结帝修反的言行。为此，党委专门作了决定：推倒原来强加在夏承焘教授头上的一切诬陷不实之词，恢复名誉，彻底平反。"杭州大学党委委派专人晋京，亲自向夏承焘宣布这件大事。在夏承焘头上整整压了十三年的"资产阶级反动学术权威"的帽子，才被摘掉。

1979 年，夏承焘八十岁。10 月，他十分高兴地出席了全国第四次文代会。他还先后担任了中国古代文学理论学会顾问、《词学》主编和《文献》顾问。

近几年来，夏承焘出版的词学著作十余种。在吴闻协助下，他一生的积稿，除了《词例》外，都已整理出来。他写了六十年的日记，也已交付出版。

二、词学观点、治词门径及主要成就

夏承焘学诗从陆游、元好问、黄景仁三位诗人入手，兼采杜甫、韩愈、王安石、苏轼、黄庭坚、陈师道、姜夔、杨万里、范成大诸家之长，以实现其"三唐两宋都参遍，着力还须魏晋前"的目标；学词则喜豪亢一路。这与他的性情、襟抱、学问密切相关。有关诗学观点及治诗门径，笔者在《〈天风阁诗集〉跋》（载《河北大学学报》1982 年第三期）中已经阐述，本文着重叙说其词。

夏承焘治词，如果从 1920 年加入瓯社算起，至今已六十五年。瓯社诸子所作，曾由林铁尊直接请质于朱彊邨、况蕙风二大家。夏承焘的诗词习作第一次在社刊上问世。夏承焘初学作诗，每苦无元龙百尺气概。十八岁时，他曾试作闲情诗十首，托名梦栩生寄投《瓯括日报》，其一曰："淡罗衫薄怯轻寒，无赖闲情独倚阑。昨夜东风今夜雨，催人愁思到花残。"但是，十九岁时，他曾作六绝句以自警。其一曰："落花长鲸跋浪开，生无豪意岂高才。作诗也似人修道，第一工夫养气来。"他十分强调"养气"的工夫。认为：哀易入靡，诗境卑下，"非少年所当作也"。初学词，与初学诗一样，夏承焘经常"好驱使豪语"。他认为：中国词中，风花雪月，滴粉搓酥之辞太多，词风卑靡尘下，只有东坡之大、白石之高、稼轩之豪，才是词中胜景。平时所作，专喜豪亢一路，而不喜周清真，以为风云月露，甚觉厌人。经过师友切磋及自身的刻苦"参""炼"，夏承焘对于自己的词学观点，不断加以修正，逐渐领悟词中真旨。

1931 年 7 月 3 日，夏承焘在日记中写道：

接榆生信，谓予词专从气象方面落笔，琢句稍欠婉丽，或习性使然。

此言正中予病，自审才性，似宜于七古诗，而不宜于词。好驱使豪语，又断不能效苏、辛，纵成就亦不过中下之才，如龙洲、竹山而已。梦窗素所不喜，宜多读清真词以药之。

三十岁前后，这是夏承焘治学道路上的一个重要转折时期，也是他的词学观点趋向于成熟的一个关键时期。龙榆生的告诫，对于夏承焘词学观点变化、发展，产生过一定的影响。1942 年，夏承焘记其学词经历时曾说："早年妄意合稼轩、白石、遗山、碧山为一家，终仅差近蒋竹山而已。"可见，他已从专喜一路，转而注重兼采众长。因此，夏承焘治词不为某家、某派所局限，而能够在前人成就的基础上另辟新镜。

1949 年以后，夏承焘开始写评论文字，有意识地阐明其词学观点。夏承焘论词崇尚苏、辛，贬斥柳、周，鼓吹"向上一路"。夏承焘指出，诗化、散文化，是词体的扩大、加深、提高和解放（《唐宋词叙说》，载《浙江师范学院学报》1955 年第 1 期）。他批判李清照的"别是一家"说，提倡"合诗于词"（《评李清照的词论》，《光明日报》1959 年 5 月 24 日），并批判周邦彦，谓其"气短大江东去后，秋娘庭院望斜河"，把词的路子搞狭窄了（《瞿髯论词绝句》）。但是，夏承焘的具体论述，却与时贤之重豪放、轻婉约，简单的"二分法"，有所区别。夏承焘论苏轼，谓其"开始把封建意识和市民意识调和起来"，"拿市民文学的形式来表达封建文人的意识"，以为"由于苏轼放宽了词的门路，在词里增添了士大夫阶层的生活内容，于是宋词才有在士大夫阶层作进一步发展的可能。"（《唐宋词叙说》）这是十分中肯的，也是符合宋词发展的实际情况的。夏承焘论辛弃疾，除了赞颂其英雄气概外，对于辛词的风格特点及其成因也有独到见解。他将辛词风格特点概括为八个字：肝肠如火，色笑如化。说：豪放是其人的本色，婉约是其词的本色，合此二者，成为辛词的特色（《谈辛弃疾的〈摸鱼儿〉词——纪念辛弃疾逝世七百五十周年》，《浙江日报》1957 年 10 月 13 日）。并指出：辛弃疾刚强的性格，豪迈的气概和锐意北伐的长图大略，在当时是必不能见容于怯懦偷生的统治集团的。辛弃疾既不甘同流合污，又不能施展抱负，不得畅所欲言，只有收敛锋芒，化百练刚而为绕指柔。历史环境和身世遭遇，是辛弃疾词特殊风格形成的原因（同上）。夏承焘论苏、辛，颇能得其"佳处"，因此，他之所谓"唤起龙洲斗豪语"（《谢刘海粟画家赠墨荷》），切不可简单地视之为一般的豪言壮语，或者英雄语，更不可视之为粗疏浮嚣之语。夏承焘论词，并未忽视其"本色"，而是力图推举其地位。

六十多年来，夏承焘全力治词，他的长短句填词及有关词学研究论著，堪称艺苑典型，足以流传千古。

（一）关于《瞿髯词》

六十多年来，夏承焘歌词创作极为繁富，他的作品，大多保存在日记当中。1942 年，夏承焘词曾由逸群、怡和夫妇集中抄录，这是第一次结集，但未付刻。1976 年，夏承焘避地震客居长沙三月，曾将所作词编集为《瞿髯词》（油印本）二卷。卷上录词七十四首，为 1951 年至 1976 年所作；卷下录词七十八首，为 1921 年至 1949 年所作。二卷收词计一百五十二首。无闻注释。《瞿髯词》于是年冬油印成册，这是夏承焘词的第一个刻本，共印行五百册。1979 年冬，应湖南人民出版社之请，在油印本《瞿髯词》基础之上，略事扩选，共得词三百首，为《夏承焘词集》六卷，于 1981 年 3 月出版。这是夏承焘词的第一个公开发行的集子。《夏承焘词集》断自 1921 年，直至 1980 年，依作品编年。卷一至卷五，十年合为一卷；卷六收 1973 年至 1980 年作品。《夏承焘词集》六卷，1981 年 3 月初版，印行八千四百册；1982 年 8 月修订本，印行一万册。至此，夏承焘所作词，已经第三次结集。六卷三百首，虽非全部，却已可见一斑。彭靖论瞿髯词，谓其作风与朱彊邨早年异趣，晚则同调。说："夏先生之于朱先生，亦可谓善于扬其长而避其短，故能从理论和实践上远承苏辛之业，变词史上的变调为正鹄，其有功词学，当代实罕其匹。"（《〈夏承焘词集〉书后》）彭靖所说乃体会有得之言，符合瞿髯词实际情况。

（二）关于《唐宋词人年谱》和《唐宋词论丛》

这是夏承焘的两部力作。《唐宋词人年谱》（上海：古典文学出版社，1955 年出版），计十种十二家。即：韦端己、冯正中、南唐二主、张子野、二晏、贺方回、周草窗、温飞卿、姜白石、吴梦窗。十二谱中，尤以温飞卿、姜白石、吴梦窗三系年，最见功力。朱祖谋曾称赞其梦窗事迹考证。说："梦窗系属八百年未发之疑，自我兄而昭晰，岂非词林美谭。"（《词学季刊》创刊号）日本学人清水茂，也曾撰专文评介，表示高度赞赏。认为："作者对各词人之行实，作甚周详仔细之探索，使读者引起甚深长之兴味；许多讹误之传说，亦于此得到纠正。"（见《光明日报》1957 年 10 月 6 日）《唐宋词人年谱》已成为治词业者，人人案头必备之书。《唐宋词论丛》（上海：古典文学出版社，1956 年版）是一部有关词乐及声律问题的专著。全书收入论文十二篇及附录五篇，内容包括：唐宋词声韵问题，词乐、词谱问题以及作家作品行实、本事和词书整理考订方面的问题。其中有关白石歌曲的考证文字，是夏承焘的成名之作。近代词学大师朱祖谋曾亲予审阅指正。夏承焘还依据近人陈澧有关白石谱译法，将白石十七谱用今工尺全部译出，对于理解、接受姜白石所遗留下来的宝贵词乐财富，做出了贡献。此外，书中有关字声、音韵的考辨，也极为精细。夏承焘的考辨，立足于具体词例，立足于作家创作实际以及词体演变的实际，而不是脱离内容的空谈。这是夏承焘多年研究的集成之作。王仲闻说："（此书）对于唐宋词之声律，剖析入微，前无古人。"（新版附录《承教录》）

（三）关于《姜白石词编年笺校》

夏承焘《姜白石词编年笺校》（上海：上海古籍出版社，1981 年新一版），全书凡五卷，又不编年一卷，外编一卷，对于姜白石八十多首词，加以笺校。卷首有《论姜白石的词风》为代序，还有《辑传》与《白石词编年目》；卷后有《辑评》《版本考》《各本序跋》《白石道人歌曲校勘表》《行实考》等为附录。笺校者几乎将所有关于白石词的资料汇于一编，这是词学研究中的有益之举。

姜夔为宋词一大家，后世对他的重视，不仅是因为他的词清刚疏宕，在两宋词坛独树一帜，而且还因为他留下了十七个歌曲旁谱，在某些词作小序中，记录下有关词的乐律资料，成为宝贵的词乐文献。夏承焘对于白石词中所涉及的问题，诸如宫调律吕以及"蠲指""住字""落腔"等专门术语，一一进行考订和笺释，此编可为白石声学之小百科全书。

夏承焘治词六十余年，著作等身，现在虽已八十五高龄，脑力日衰，但仍手不离书卷，日以吟咏之事为乐，并仍热情导引后进，为诸生修改填词习作。其人其词，其文章德业，为学界共敬仰。

及门晋江施议对敬撰

附记：此为未刊稿。撰写于 1984 年 5 月，在北京中国社会科学院文学研究所。时，瞿师仍健在。文稿撰成，曾获审订。

（作者单位：澳门大学文学院）

民国词人赵尊岳简谱（上）*

郝文达

  赵尊岳（1898—1965）原名汝乐、志学，字叔雍，江苏武进人，斋名高梧轩、珍重阁，常自号珍重阁主人、高梧轩主人，晚清民国时期著名诗人、词人、词学家。其父赵凤昌是中国近代史上一位颇有影响的传奇式人物，在一些历史事件如南北和谈、民国政府成立皆起到重要作用，与当时政界、商界、教育界等高层人士有着密切往来。赵尊岳师从况周颐治词达十年之久，这为他的诗词创作与研究打下了坚实的基础。20 世纪二三十年代，赵尊岳先后与夏承焘、龙榆生、唐圭璋等人定交，互相砥砺，交流体会。但抗战期间，赵尊岳失节投靠汪伪政权并屡就高位，成为汉奸。抗战结束后，他被判入狱。1949 年 2 月释放后远赴南洋，再移居香港。1958 年应邀任新加坡大学词学教授，1965 年病逝。

1898 年（光绪二十四年　戊戌）1 岁

10 月 4 日（农历八月十九日），赵尊岳出生[①]。

1900 年（光绪二十六年　庚子）3 岁

本年，王季淑出生[②]。

1908 年（光绪三十四年　戊申）11 岁

本年，惜阴堂落成于上海市南阳路 10 号（今上海南阳路 154 号，已毁

  *　曹辛华教授主持的国家社科基金重大项目"民国词集编年叙录与提要"（13&ZD118）的相关成果。

  ①　赵尊岳著：《珍重阁词集》，新加坡：东艺印务公司 1981 年，第 65 页："先祖妣周太夫人在一八九八中秋后四日得先父。先父讳尊岳，字叔雍。"

  ②　赵尊岳、赵文漪：《和小山词·和珠玉词》，上海：上海古籍出版社 2004 年，插图三按语。

不存 ）^①。

1910 年（宣统二年　庚戌）13 岁

约于本年，赵尊岳与章士钊初识^②。

1911 年（宣统三年　辛亥）14 岁

10 月 10 日，武昌起义爆发。

12 月 18 日，赵尊岳之父赵凤昌约唐绍仪与黄兴在惜阴堂相见，南北议和正式拉开帷幕^③。

12 月 26 日，孙中山造访惜阴堂，向赵凤昌征询对当前时事的看法^④。

本年前后，赵尊岳就读南洋公学^⑤。

1912 年（民国元年　壬子）15 岁

1 月中旬，孙、袁南北议和在赵凤昌的上海寓所惜阴堂举行^⑥，订下清帝退位后拥袁世凯为大总统的密约，同时决定由唐绍仪加入同盟会后担任国务总理^⑦。

1914 年（民国三年　甲寅）17 岁

11 月 2 日，郑孝胥前来拜访赵凤昌，听说赵尊岳"以忤教习故"被南洋公学斥退事，称赞赵尊岳为文有才气^⑧。

12 月 24 日，赵尊岳完成译著《哀情小说·玉楼惨语》并撰写序言《玉楼惨语弁言》^⑨。

---

① 《和小山词·和珠玉词》，插图一按语。

② 星桦撰：《谈赵叔雍》，《东方早报》2009 年 1 月 11 日。

③ 朱信泉、宗志文主编：《民国人物传》（第七卷），北京：中华书局 1993 年，第 123 页。

④ 《民国人物传》（第七卷），第 122 页。

⑤ 赵尊岳撰：《庄蕴宽传》。出自卞孝萱、唐文权编：《辛亥人物碑传集》，北京：团结出版社 1991 年，第 459 页："宣统三年，任商船学校校长。……余方从学南洋，时时望见，辄往返校舍，督课监操。"

⑥ 赵尊岳著：《珍重阁词集》，新加坡：东艺印务公司 1981 年，第 65 页（以下简称《珍重阁词集》）。

⑦ 刘厚生著：《张謇传记》，上海：上海书店出版社 1985 年，第 197 页。

⑧ 中国历史博物馆编，劳祖德整理：《郑孝胥日记》（第三册），北京：中华书局 1993 年，第 1537 页："1914 年 11 月 2 日记：过赵竹君，其子志学被南洋公学斥退，以忤教习；所为文颇有才气。"（以下简称《郑孝胥日记》）

⑨ 赵尊岳译：《哀情小说·玉楼惨语》，上海：商务印书馆，第 3 页："时民国三年十二月，距岁除之七日，叔雍赵尊岳笔于高梧轩中。"

1915 年（民国四年　乙卯）18 岁

1 月 6 日，赵凤昌将赵尊岳所译《玉楼惨语》示郑孝胥①。

1 月 12 日，郑孝胥题《玉楼惨语》二绝②。

8 月 23 日，赵尊岳邀请郑孝胥、王仁东等人到新舞台厅叫天演《空城计》③。

12 月 16 日，赵尊岳为其译著《大荒归客记》写成序言④。

1916 年（民国五年　丙辰）19 岁

4 月 5 日，赵凤昌到王仁东家送庚帖，并邀请孙衡甫和郑孝胥做媒，两家结为姻亲⑤。

1917 年（民国六年　丁巳）20 岁

1 月 12 日，赵尊岳迎娶王季淑，孙衡甫及郑孝胥为大媒人⑥。

9 月 25 日，赵凤昌前去拜访郑孝胥，并请其品评其子赵尊岳、媳王季淑所作《游杭诗》⑦。

1918 年（民国七年　戊午）21 岁

2 月 26 日，郑文焯（叔问）卒，年六十三岁。

3 月中旬，赵尊岳于高梧轩中为其所译英国威连勒格克司原著小说《重臣倾国记》一书写成《译余剩语》⑧。

6 月 25 日前，赵尊岳岳父王仁东去世⑨。

---

① 《郑孝胥日记》，第 1545 页："1915 年 1 月 6 日记：竹君来，示其子所译小说，名《玉楼惨语》。"

② 同上，第 1546 页："1915 年 1 月 12 日记：题《玉楼惨语》二绝，题《填词图》《汉江秋望图》各二绝。"

③ 同上，第 1575 页："1915 年 8 月 23 日记：至旭庄寓，共宴李梅庵，在座者何诗孙、吴昌硕、沈爱苍、左子异、洪鹭汀、林怡书、余及旭庄，八主一客。赵叔雍邀至新舞台听叫天演《空城计》。"

④ 赵尊岳译：《大荒归客记》，上海：商务印书馆 1916 年，第 2 页："乙卯十一月十日尊岳序于高梧轩中。"

⑤ 同①，第 1603 页："1916 年 4 月 5 日记：旭庄之五女与赵竹君之子叔雍结姻，是日送庚帖，请衡甫及余为大媒。"

⑥ 同①，第 1641 页："1917 年 1 月 12 日记：旭庄之女五妞与赵叔雍结婚，余与衡甫为大媒，是日迎娶。"

⑦ 同①，第 1684 页："赵竹君来，示叔雍、王季淑所作《游杭诗》。"

⑧ 赵尊岳译：《重臣倾国记》（上册），上海：商务印书馆 1919 年，第 3 页。

⑨ 同①，第 1733 页："1918 年 6 月 25 日记：闻旭庄卒，即往哭之，王氏昆仲遂成一梦。"

6 月 27 日，郑孝胥前往视王仁东大殓①。

7 月 7 日，赵尊岳持旭庄哀启请郑孝胥改定②。

7 月 11 日，赵尊岳拜访郑孝胥，言王氏家人欲请其点主③。

7 月 24 日，郑孝胥前往凭吊王仁东之寓，午后，再去点主④。

7 月 25 日，郑孝胥往送王仁东之殡⑤。

10 月 13 日，赵尊岳经募浙江省立医学专门学校，并捐银三十元⑥。

本年冬，为梅兰芳来沪登台演出作《国香慢》词一首⑦。

11 月 5 日，赵尊岳与其父赵凤昌应郑孝胥之邀前往会宾楼会面⑧。

1919 年（民国八年　己未）22 岁

1 月 4 日，赵尊岳参加环球中国学生会第八次征求会⑨。

4 月 30 日，赵凤昌、赵尊岳父子参加丹徒马湘伯今年八十寿辰⑩。

7 月 20 日，赵尊岳与其父同选为中国银行商股股东之一⑪。

8 月 10 日，赵尊岳译著《罗京春梦影》在上海各地商务印书馆发售⑫。

1920 年（民国九年　庚申）23 岁

3 月 23 日，赵尊岳得朱祖谋引见，前去拜谒况周颐先生，况周颐赠以《织余琐述》及旧作《香东漫笔》各一册⑬。

---

① 《郑孝胥日记》，第 1734 页："1918 年 6 月 27 日记：晴。过（姚）赋秋。遂往视旭庄大殓。"

② 同上，第 1736 页："1918 年 7 月 7 日记：赵叔雍来，持旭庄哀启请余改定。"

③ 同上，第 1736 页："1918 年 7 月 11 日记：赵叔雍来，言旭庄家人欲请余点主。"

④ 同上，第 1738 页："1918 年 7 月 24 日记：往吊旭庄之寓，午后，复往点主。"

⑤ 同上，第 1738 页："1918 年 7 月 25 日记：往送旭庄之殡，至白克路遇之，遂与执绋者俱行，约四五里抵江宁公所丙舍，俉既至，拜而去。"

⑥ 据《申报》1918 年 10 月 13 日第 11 版《职业学校募金团消息》："赵叔雍君经募浙江省立医学专门学校同人捐银三十元。"

⑦ 《珍重阁词集》，第 5 页："曩寒岁戊午，梅畹华君奏技沪滨，蕙风师屡有所作，今复重来赋，此为嚆引。"

⑧ 同①，第 1752 页："1918 年 11 月 5 日记：邀金湉生、赵竹君父子，孟莼孙、余希澄饭于会宾楼。"

⑨ 据《申报》1919 年 1 月 4 日第 11 版《学生会第八次征求成绩》。

⑩ 据《申报》1919 年 4 月 30 日第 10 版《马湘伯门人为师祝寿》。

⑪ 据《申报》1919 年 7 月 20 日第 10 版《中国银行商股股东联合会》。

⑫ 据《申报》1919 年 8 月 10 日第 1 版《赵叔雍译罗京春梦影出版》："先生尤以敏妙之笔译之，足与茶花女遗事后先媲美。全书十五万言，三巨册，定价一元五角。上海各地商务印书馆发售。"

⑬ 郑炜明著：《况周颐先生年谱》，上海：上海古籍出版社 2009 年，第 299 页："先生赠赵尊岳之《织余琐述》及《香东漫笔》封面衬页下，皆见有赵氏之手书题识云：'庚申二月四日，侍丨沤尹丈往谒丨夔笙先生丨惠此本丨高梧识。'"

4月27日，沈昆山在林宅宴请梅兰芳，赵尊岳与其师况周颐参加。席上，况周颐介绍康长素为梅兰芳题香南雅集手卷①。

本年，梅兰芳在沪，两次在赵尊岳家中聚会。赵尊岳作词二首《疏影·题香南雅集图卷》和《清平乐·再题香南卷子》②。

5月2日，庚申二月赵尊岳重刊况周颐所藏《蓼园词选》一书，本日况周颐为其作《蓼园词选序》③。

5月7日晚，赵尊岳在陶乐春宴请梅兰芳，同席有缀玉轩诸阁员④。

5月10日，《申报》本日刊载赵尊岳《清平乐》词四阕。况周颐赠梅兰芳《暖红室刻本西厢记》并题词卷端⑤。

10月27日，赵尊岳获老师况周颐赠《鸳音集》一书⑥。

1921年（民国十年　辛酉）24岁

1月，赵尊岳拜谒况周颐先生，况先生提及四印斋刻本《梦窗词》之三校本精审事⑦。

1月22日，况周颐先生赠给学生赵尊岳手题之《修梅清课》⑧。

庚申二月，赵尊岳正式跟随况周颐学习词学，时先生六十一岁，后五年内，每月数见先生随侍左右⑨。

10月，赵尊岳向况周颐先生借《宋元三十一家词》并开始抄录⑩。

---

① 春醪主笔：《梅讯（十四）》，《申报》1920年4月28日第18版："昨日沈昆山宴畹华于林宅。畹华二时与玉芙妙香同往，座中有王雪丞、况夔笙、王病三、赵叔雍、康长素诸君。"

② 《珍重阁词集》，第6、7页。按王国维词《清平乐·况夔笙太守索题〈香南雅集图〉（庚申）》一首，即注明此次集会当在庚申年。出自王国维著，《人间词　人间词话》，北京：人民文学出版社2009年，第123页。再按赵尊岳《蕙风词史》云："畹华（即梅兰芳）去沪，越岁东来，先生（指蕙风）属吴昌硕为绘香南雅集图，并两集余家，一时裙屐并至。"出自赵尊岳著：《蕙风词史》，《词学季刊》，1934年第1卷第4号。及梅兰芳自述"一九二〇年，我又去上海天蟾舞台演出，也演出了《天女散花》。"出自梅兰芳口述，许姬传记录：《舞台生活四十年》，北京：中国戏剧出版社1987年，第537页。

③ 《况周颐先生年谱》，第300页。

④ 据《申报》1920年5月8日第18版《梅讯（二十四）》："晚间应赵叔雍的便饭陶乐春。同席大抵缀玉轩诸阁员也。"

⑤ 据《申报》1920年5月10日第14版《梅讯（二十六）》。

⑥ 同③，第307页。

⑦ 同③，第309页。

⑧ 同③，第308页。

⑨ 同③，第311页。

⑩ 同③，第314页。

10 月 15 日，赵尊岳任江苏武进县商会代表，并在总商会议事厅参加全国商教联席会议上发表关于商教两界有共同利害关系之提案①。

11 月 14 日，赵尊岳抄录完《宋元三十一家词》并撰识语②。

本年，赵尊岳请苏州画师顾麟士为其在杭州所筑之高梧轩绘《高梧轩图卷》，有况周颐、陈石遗、陈三立、陈宝琛、孙德谦、朱祖谋、李释戡、冯君木、周梅泉九人之题咏③。

1922 年（民国十一年　壬戌）25 岁

本年，赵尊岳赴杭州，曾往参观西溪词人祠④。

10 月 17 日，赵竹君邀请况周颐用午餐，赵尊岳、郑孝胥、程砚秋、罗挼东等同席⑤。

11 月 21 日，沈曾植卒，年七十三岁。

本年赵尊岳《和小山词》一卷写成⑥。

1923 年（民国十二年　癸亥）26 岁

癸亥五月，赵尊岳请老师况周颐审定所作《和小山词》一书并作《和小山词序》⑦。

本年，赵尊岳开始从事搜辑明词的工作。

1924 年（民国十三年　甲子）27 岁

8 月 7 日（七夕），赵尊岳为况周颐先生刊《蕙风词话》并撰跋⑧。

1925 年（民国十四年　乙丑）28 岁

3 月 15 日，赵尊岳绘《高梧轩图》征集题词，况周颐为其题《百字令》（倚

---

①　据《申报》1921 年 10 月 16 日第十四版《商教联席会议开会记》。

②　《况周颐先生年谱》，第 314 页。

③　蔡登山撰《雏凤清于老凤声——也谈赵叔雍》。原文出自刘瑞林主编：《温故（十九）》，桂林：广西师范大学出版社 2010 年，第 139 页（以下简称《温故·十九》）。

④　《珍重阁词集》，第 50 页："壬戌赴杭州，曾迁道往游，苹风荻雪犹在心目间也。"

⑤　《郑孝胥日记》，第 1926 页。

⑥　《和小山词·和珠玉词》，第 147 页。

⑦　同上，第 1 页，《况周颐序》："癸亥五月，叔雍《和小山词》成，属为审定……蕙风词隐况周颐书于沪滨赁庑之天春楼。"

⑧　况周颐著：《蕙风词话》，《惜阴堂丛书》1924 年刻本，台北：世界书局影印本，1979 年 10 月第 5 版，赵尊岳《蕙风词话跋》："先生旧有词话未分卷，比岁鬻文少暇，风雨篝灯，辄草数则见际，合以旧作，自厘订为五卷，尊岳受而读之。……甲子双莲节，受业武进赵尊岳。"再据赵尊岳《蕙风词跋》："乙丑闰四月下沐，受业武进赵尊岳谨跋。"

云撑碧）①。

乙丑闰四月，赵尊岳为先生况周颐刊《蕙风词》并撰跋②。

10月8日，赵尊岳与先生况周颐、郑让于同聚在苏州李氏南墅③。

11月4日，况周颐将为陈运彰手书所题之《洞仙歌》词稿赠学生赵尊岳④。

1926年（民国十五年　丙寅）29岁

5月26日，赵尊岳发表《戏学汇考序（下）》⑤。

入秋，赵尊岳筑高梧轩于西湖，邀友人绘图题词，朱祖谋作《清平乐题赵叔雍高梧轩图》。

8月25日，赵尊岳恩师况周颐先生在上海病逝，享年六十六岁⑥。赵尊岳为其筹办丧事。

10月19日（丙寅九日），赵尊岳得知恩师归樣道场山讯后作词《梦横塘》悼念⑦。

1927年（民国十六年　丁卯）30岁

丁卯三月，赵尊岳撰写《西郊笑端词跋》⑧。

1928年（民国十七年　戊辰）31岁

"五三惨案"（也称"济南惨案"）后，赵尊岳代表《时事新报》参加国际新闻记者调查团，前往济南实地调查，揭露日军凶残真相，并与金雄白订交。

---

① 况周颐撰：《餐樱庑漫笔》，《申报·自由谈》1925年3月15日："西湖山水，明秀窈深，词境也。叔雍筑高梧轩于湖上，绘图征题。"

② 况周颐著：《蕙风词》，《惜阴堂丛书》1925年刻本。

③ 况周颐撰：《餐樱庑漫笔》，《申报·自由谈》1925年10月20日："中秋后六日，同郑让于、赵叔雍，集李氏南墅，日将夕矣，霜欲侵鬓，风来袭裙，皆曰：苏州城里何其寒也。蕙风曰城外亦何尝不寒？"

④ 况周颐撰：《况蕙风手书词稿真迹》（赵叔雍先生藏本），《词学季刊》1935年第1卷第2号插图："飞尘不到，甚云闲如我。放鹤归来见深坐。有松岚合并，幽涧鸣泉，风动处，依约宫商迭和……乙丑重九后九日，蕙风写于思无邪垒之北窗下。"

⑤ 据《申报》1926年5月26日第17版《戏学汇考序（下）》。

⑥ 署腹痛撰：《况周颐先生外传》，《申报·自由谈》1926年8月28日："七月暑溽，遽然微疴，甫三日，委顿不能堪；每作谵语，医者危之。遽于十七日寅刻谢世，寿六十有六。"

⑦ 《珍重阁词集》，第37页：《梦横塘·丙寅九日得蕙风师归樣道场山讯》。

⑧ 柳向春著：《徐乃昌致赵尊岳函解读》，《上海文博论丛》2013年第2期，第39页（以下简称《上海文博论丛》）。

1929 年（民国十八年　己巳）32 岁

1 月 29 日，梁启超卒，年五十九岁。

熊秉三六十大寿，赵尊岳为作《念奴娇·熊秉三丈六十自寿，属赋和韵》词①。

己巳仲冬，赵尊岳撰写《凭西阁长短句·跋》，又回忆起与恩师况周颐学词之事而泪下②。

1930 年（民国十九年　庚午）33 岁

农历九月，夏敬观、黄孝纾等倡词会于沪上，名曰沤社，每月一会，题各写意，调则同一，赵尊岳参加为社员。词社前后集会二十次，填词二百八十四阕③。

1931 年（民国二十年　辛未）34 岁

12 月，郑孝胥离沪赴东北伪满洲国政府任职④。

12 月 30 日，朱祖谋逝于上海寓所，年七十五岁。逝前将遗稿及校词朱墨双砚赠龙榆生，并托夏敬观绘《上彊邨授砚图》（辛未十月绘成）⑤。

本年，唐圭璋先生开始编纂《全宋词》。

1932 年（民国二十一年　壬申）35 岁

1 月 7 日，赵尊岳任国民政府铁道部参事一职⑥。

1 月 10 日，赵尊岳参加宪政促进会第一次谈话会，并担任临时筹备员⑦。

1 月 11 日，赵尊岳任南京国民政府铁道部参事，1932 年 4 月 16 日去职⑧。

约 4 月起，夏敬观、叶恭绰、易大厂、赵尊岳等人帮助龙榆生筹办《词学季刊》，并准备首先出版《彊邨专号》⑨。

1933 年（民国二十二年　癸酉）36 岁

4 月 5 日，赵尊岳资助龙榆生刊行《彊邨遗书》。书于 4—8 月间在南京姜

---

① 《珍重阁词集》，第 52 页。

② 《上海文博论丛》，第 39 页。

③ 张晖著：《龙榆生先生年谱》，上海：学林出版社 2001 年第 1 版，第 30 页。原据《沤社词钞》（以下简称《龙榆生先生年谱》）。

④ 同上，第 35 页。

⑤ 同上，第 35 页。

⑥ 《要闻》，《申报》，1932 年 1 月 7 日第 15 版："决议铁道部……章祜、赵尊岳、俞揆为参事。"

⑦ 据《申报》1932 年 1 月 11 日第 9 版《孙洪伊等发起宪政促进会》。

⑧ 刘寿林等编：《民国职官年表》，北京：中华书局 1995 年，第 592 页。

⑨ 同③，第 40 页。

文卿处雕版并陆续出版，分内外编，共三百部①。

4月10日，赵凤昌、赵尊岳父子联名号召"全国同胞一致奋起，挽兹危局"②。

4月，龙榆生主编的《词学季刊》创刊，由民智书局出版，同时成立"词学季刊社"，并由叶恭绰出任董事长③。

6月2日，赵尊岳拟任北平政务整委会第三科科长，负责管理对外交际情报④。

6月9日，赵尊岳正式任职平政整委会第三科科长⑤。

6月17日，平政整委会成立后，赵尊岳任职整委会参议兼第三科科长⑥。

6月18日，赵尊岳姐夫杨杏佛被国民党军统特务暗杀。

8月13日，赵尊岳与董康、傅增湘等联名发表《董康等对筹印四库全书意见》，广泛征求意见和支持⑦。

8月，《沤社词钞》出版发行。

9、10月间（癸酉秋日），赵尊岳在北京写成《明词汇刻提要》并撰弁言⑧。

11月17日（癸酉九月晦日），赵尊岳完成《蕙风词史》一书⑨。

12月4日，赵尊岳调任北平政务整委会顾问⑩。

1934年（民国二十三年　甲戌）37岁

1月，赵尊岳为赵君豪《游尘琐记》一书写成序言⑪。

5月10日，《申报》内有赵君豪《游尘琦记》一书之推介，并提到赵尊岳、

---

① 《龙榆生先生年谱》，第46页。

② 据《申报》1933年4月10日第12版《程起陆谈秦皇阵地稳固》赵凤昌、赵尊岳父子联名号召"全国同胞一致奋起，挽兹危局"。

③ 同①，第45页。

④ 据《申报》1933年6月3日第3版《平政整委会下周可告成立　重要职员已决定》。

⑤ 据《申报》1933年6月10日第3版《平政整委会　定十五日成立　黄郛电邀韩复榘参加》。

⑥ 据《申报》1933年6月19日第7、8版《平政会正式成立　察事解决办法答题确定》。

⑦ 据《申报》1933年8月13日第18版《董康等对筹印四库全书意见》。

⑧ 赵尊岳著：《惜阴堂汇刻明词提要》，《词学季刊》1933年第1卷第3期，第50页："癸酉秋日，武进赵尊岳撰《明词汇刻提要》于京师逆旅成，并赘弁言。"

⑨ 赵尊岳著：《蕙风词史》，《词学季刊》1934年第1卷第4期，第105页。

⑩ 据《申报》1933年12月4日第7版《平政整会改组　增设调查处及建设讨论会》。

⑪ 赵君豪著：《游尘琐记》1934年4月版，第17—18页。

叶恭绰等人为本书作序①。

本年夏，赵尊岳与蒋叔南同游雁荡山，后作词有《扫花游》（艳阳炫碧），作诗有《雁荡纪游留示东道主蒋叔南》。

7月29日，《申报》刊载一则消息《蒋叔南逝世》，内有赵尊岳所写之"兹悉蒋氏于前日（二十七日）因病逝世，此后游山者将少一导引矣。"②

8月1日，《旅行杂志》第8卷第8号中刊载赵尊岳所作《东南交通周览会第一线游览日记》一文，描述了赵尊岳的雁荡之游。

甲戌九月间，赵尊岳为吕景蕙所撰书《纫佩轩词草》写成《纫佩轩词草序》③。

10月1日，赵尊岳所作《追悼蒋叔南先生》一文刊登于《旅行杂志》第8卷第10号上。

10月8日，黄侃（季刚）卒于南京中央大学。

11月，《申报》总经理史量才遭国民党军统特务暗杀，赵尊岳撰写《哀悼史量才先生》。

12月15日，赵尊岳为追悼史量才撰写的纪念文章发表于《申报月刊》十二月号上④。

1935年（民国二十四年　乙亥）38岁

本年暮春时节，赵尊岳微恙，应熊秉三邀请，到其香山欢喜园，作词有《翠楼吟·乙亥暮春病起》⑤。

6月5日（端午），赵尊岳从徐乃昌处得《休庵词》撰写跋语后并将之授梓⑥。

6月18日，上海成立同人词社，名曰声社，于沪西康家桥夏映庵宅成立，

---

① 据《申报》1934年5月10日第13版《赵君豪著〈游尘琐记〉出版》："为此书作序者有……赵尊岳、周瘦鹃、叶秋原等，并有汪精卫氏之题字，封面由叶恭绰署签……"

② 肖伊绯撰：《1934：雁荡山中的两位"大叔"——赵叔雍、蒋叔南交游琐谈》，《温州晚报》2011年11月5日。

③ 冯乾编校：《清词序跋汇编》（第四册），南京：凤凰出版社2013年，第2138页："甲戌九月，武进赵尊岳书。"

④ 据《申报》1934年12月17日第9版《申报月刊十二月出版》："申报月刊十二月号已于十五日出版，该刊为追悼创办人史量才先生，特于该期卷首增加纪念特辑十六面，内有张蕴和、马荫良、赵尊岳、瞿绍伊、俞颂华诸君纪念文计七篇……"

⑤ 《珍重阁词集》，第54页。按：原书词序时间误为"己亥"，结合熊秉三生卒年为1870—1937年，应改为"乙亥"。

⑥ 《上海文博论丛》，第38页。

夏敬观、叶恭绰、吴湖帆、赵尊岳、龙沐勋等十二人为主事①。

孟夏，赵尊岳撰写《十赍堂集·跋》，感慨先师况氏之殁已过十年而悲从中来②。

1936 年（民国二十五年　丙子）39 岁

1 月 2 日（腊日），赵尊岳为《古今词汇二编》撰写跋语③。

清明，《自娱集》将近杀青，赵尊岳又重校一遍④。

6 月 23 日天中节，赵尊岳将收集到的《徐卓晤歌》迻录授梓并撰写跋记⑤。

初秋，陈乃乾为《清名家词》征集题词，赵尊岳、龙榆生、唐圭璋、陈运彰等皆有题辞⑥。

丙子七月，赵尊岳为唐圭璋所著《南唐二主词汇笺》作序⑦。

本年重阳节，赵尊岳与叶遐庵、吴湖帆、子青、伯明诸君相约去灵岩山登高，并写图记胜，作词《八声甘州》赋景⑧。

1937 年（民国二十六年　丁丑）40 岁

2 月 11 日（元日），赵尊岳到南京，适逢大雪作《三部乐》词一首⑨。

4 月 25 日，赵尊岳参考原刊本校对《徐卓晤歌》⑩。

7 月 7 日，卢沟桥事变，抗战全面爆发。

8 月 12 日（七夕），叶恭绰召集冒广生、夏承焘、龙榆生、赵尊岳等人为李后主作千年忌日，皆有词作。赵尊岳填《虞美人》词⑪。

9 月 14 日，陈三立（散原）绝食卒于北京，年八十五岁。

---

① 《龙榆生先生年谱》，第 62 页。

② 《上海文博论丛》，第 39 页。

③ 同上，第 38 页。

④ 同上，第 38 页。

⑤ 同上，第 39 页。原据《明词汇刊》中《徐卓晤歌》卷末有叔雍跋曰："明季选家所好如此，收名有余，定价不足，无可为讳。岁在丙子天中节迻录授梓并为跋记，珍重阁。"

⑥ 同①，第 78 页。

⑦ 赵尊岳撰：《南唐二主词汇笺序》。出自施蛰存主编：《词籍序跋萃编》，北京：中国社会科学出版社 1994 年，第 13—14 页："丙子七月，武进赵尊岳序。"

⑧ 《珍重阁词集》，第 55 页。

⑨ 同⑧，第 56 页。

⑩ 同②，第 39 页。原据《明词汇刊》中《徐卓晤歌》有墨笔手批云："丁丑三月十五日，据原刊本校，高梧。"

⑪ 同⑧，第 56 页。

1938 年（民国二十七年　戊寅）41 岁

本年，谭泽闿五十寿辰，赵尊岳作贺词一首《祝英台近》①。

本年，赵凤昌于上海逝世，终年 82 岁②。

1939 年（民国二十八年　己卯）42 岁

7 月，汪精卫在上海召开干部会议并报告赴日谈判经过及准备召开伪国民党代表大会，成立中央政府的预定步骤，赵尊岳到会参与③。

1940 年（民国二十九年　庚辰）43 岁

1 月 5 日，赵尊岳、张素民前去同周佛海商谈事情。赵尊岳时任伪《中华日报》总编辑、汪伪国民党中央执行委员④。

2 月 4 日，赵尊岳到周佛海寓所与其商谈会面⑤。

2 月 6 日，赵尊岳赴岑德广家，并与周佛海交谈⑥。

2 月 12 日，汪精卫派周佛海、梅思平、林柏生在上海召集国家社会党代表诸青来、陆鼎揆和中国青年党代表张英华、赵毓松等人会议，报告汪日谈判成立中央政府的经过及青岛会谈情况，赵尊岳参加会议⑦。

2 月 18 日，赵尊岳赴心叔家，与周佛海等晤谈⑧。

2 月 29 日，赵尊岳与周佛海商谈各项问题⑨。

3 月 12 日，赵尊岳、傅式说（筑隐）与周佛海谈财政情形⑩。

3 月 19 日，赵尊岳以无党无派人士身份参加汪精卫组织的伪中央政治会议⑪。

---

① 《珍重阁词集》，第 57 页。

② 《民国人物传》（第七卷），第 126 页："1938 年逝于上海，终年 82 岁。"

③ 蔡德金、李惠贤编：《汪精卫伪国民政府纪事》，北京：中国社会科学出版社 1982 年，第 24 页。（以下简称《汪精卫伪国民政府纪事》）

④ 《周佛海日记》，第 221 页："叔雍及素民来，分别有所商谈。"

⑤ 同上，第 240 页："返寓后，叔雍、筑隐来谈。"

⑥ 同上，第 241 页："晚，赴心叔家，约叔宣［萱］谈，劝其就参军长，并表示力荐心叔为赈务委员会委员长；旋叔雍亦来，谈至深夜始返。"

⑦ 同③，第 45 页。

⑧ 同④，第 249 页："晚赴心叔处，与叔雍、厚生、思平、筑隐晤谈，始知筑隐不能参加政治会议，不欲担任铁道部。"

⑨ 同④，第 255 页："厚生、叔雍先后来，谈各项问题。"

⑩ 同④，第 263 页："筑隐、叔雍来，与谈财政情形。"

⑪ 同③，第 50 页。

3月22日，汪伪国民政府召开伪中央政治会议第三次会议，通过《华北政务委员会组织条例》《实施宪政》等案及伪国民政府各院部会人选，赵尊岳任伪铁道部政务次长。①

3月24日，汪精卫公布伪中央政治委员会委员名单，汪精卫任主席，赵尊岳为聘请委员。②

3月29日，汪精卫伪国民政府于南京成立，汪精卫及各院、部、会主要人员宣誓就职。汪精卫在就职典礼上宣读了《还都宣言》。

4月8日，赵尊岳随同伪行政院长汪精卫到北平巡视。③

4月11日，赵尊岳赴周佛海约请，与筑隐、厚生、心叔一起用晚餐，边谈各种问题。④

4月中旬，龙榆生任汪精卫伪国民政府立法院立法委员，南京中央大学文学院教授。

4月16日，赵尊岳与陈公博、岑德广一起拜访周佛海，并商谈。⑤

本年初夏，赵尊岳和汪兆铭词一首《虞美人·庚辰初夏和双照楼》。⑥

5月23日晚，赵尊岳前去拜访周佛海。⑦

6月15日晚，赵尊岳与周佛海、陈公博、梅思平等谈汪伪政内部问题，涉及职员腐化，党部及特工素质不一问题。⑧

6月18日，赵尊岳参加汪兆铭的晚宴后，与周佛海、梅思平、陈公博、心叔到周寓所，商谈南京问题，众人提出由赵任市长。⑨

7月，龙榆生开始筹办《同声月刊》，以为《词学季刊》之继。

---

① 《汪精卫伪国民政府纪事》，第52页。

② 同上，第54页。

③ 同上，第58页。

④ 《周佛海日记》，第284页："晚，约筑隐、叔雍、厚生、心叔晚饭，便谈各种问题。"

⑤ 同④，第287页："晚，公博、心叔、叔雍来谈。十二时寝。"

⑥ 《珍重阁词集》，第57页。

⑦ 同④，第309页："晚，心叔、叔雍来谈。十二时就寝。吾侪处境困难，前途荆棘重重，内部不仅不健全，且各怀私心，鲜有为国家打算者，殊悲观也。"

⑧ 同④，第320页："晚与公博、叔雍、思平等谈最近情形，觉政府职员中之腐化、恶化者颇多，而党部及特工人员尤甚，良莠不齐，足损政府威信，今后非努力整饬不可也。"

⑨ 同④，第322页："晚，应汪先生之宴。散后，与思平、公博、心叔、叔雍来寓，谈南京问题，咸主叔雍任市长。"

9 月 6 日，赵尊岳、陈公博、周佛海三人闲谈①。

9 月 16 日（庚辰中秋），赵尊岳和汪兆铭词一首《满江红·庚辰中秋和双照楼韵》②。

9 月 27 日，赵尊岳、梅思平、人鹤先后来与周佛海会面交谈③。

庚辰九月，赵尊岳为董康所编之《广川词录》作序④。

10 月 8 日，赵尊岳与周佛海闲谈⑤。

10 月 9 日，赵尊岳作《霜花腴》词一首⑥。

11 月 29 日（庚辰十一月朔日），赵尊岳仿遗山作《鹧鸪天》八首⑦。

12 月 20 日，《同声月刊》由龙榆生创办并出版，以"联声气之雅，期诗教之中兴"与"通上下之情，致中华于至治"为目标⑧。

12 月 31 日，赵尊岳晚与周佛海、梅思平、岑德广、君强闲谈⑨。

1941 年（民国三十年　辛巳）44 岁

辛巳春季，赵尊岳作《高阳台》词一首⑩。

2 月 5 日晚，赵尊岳与周佛海商谈恢复京沪杭铁路管理局等问题⑪。

2 月 18 日，赵尊岳与周佛海商谈⑫。

3 月 11 日晚，赵尊岳与周佛海商谈至十一时半⑬。

3 月 21 日晚，赵尊岳与周佛海商谈⑭。

---

① 《周佛海日记》，第 367 页："晚与公博、叔雍闲谈。"

② 《珍重阁词集》，第 59 页。

③ 同①，第 380 页："返寓后，思平、人鹤、叔雍先后来，谈话甚多。"

④ 《清词序跋汇编》，第 2154 页："庚辰九月，邑后学赵尊岳。"

⑤ 同①，第 387 页："晚，与思平、叔雍、心叔闲谈。"

⑥ 同②，第 59 页。

⑦ 同②，第 59 页："庚辰十一月朔日仿遗山宫体八首。"

⑧ 《龙榆生先生年谱》，第 107 页。

⑨ 同①，第 437 页："晚与思平、心叔、君强、叔雍闲谈，深觉各院部会上中下人员，大部人人为私，其忠心为国、努力奉公者，实不可多得。"

⑩ 同②，第 60 页："辛巳酬春。"

⑪ 同①，第 459 页："揆一来商购买军器，叔雍来商恢复京沪杭铁路管理局等问题。旋心叔、思平、士群来，谈至深夜始散。"

⑫ 同①，第 466 页："晚，思平、叔雍、朴之来谈。"

⑬ 同①，第 477 页："旋思平、叔雍、厚生来谈，十一时半各散。"

⑭ 同①，第 483 页："晚，勃勃、思平、仲云、叔雍来谈。十二时寝。"

4 月 11 日，赵尊岳与周佛海商谈①。

4 月 14 日，赵尊岳晚与周佛海、陈公博、梅思平、勃勃议事②。

4 月 24 日，赵尊岳与周佛海所谈问题甚多③。

5 月 1 日，赵尊岳与周佛海谈事④。

5 月 5 日，赵尊岳应约赴岑德广处，与周佛海商谈盐务⑤。

5 月 6 日，赵尊岳与岑德广、周佛海参加友人宴会，并略观电影⑥。

5 月 9 日，赵尊岳到周佛海寓所谈事⑦。

5 月 29 日，赵尊岳在周佛海寓所等候多时，后与其商谈华北及各项问题，约一小时始散⑧。

6 月 5 日，赵尊岳与周佛海谈重要问题数种⑨。

7 月 25 日，赵尊岳与周佛海谈盐务问题⑩。

7 月 31 日，赵尊岳与梅思平、周佛海、岑德广闲谈⑪。

8 月 12 日晚，赵尊岳与陈公博、周佛海、君强等闲谈⑫。

8 月 13 日下午，赵尊岳到周佛海家会面⑬。

8 月 15 日晚，赵尊岳到岑德广家吃饭，在座有周佛海、陈公博、勃勃等人⑭。

8 月 16 日，汪伪中央政治委员会举行第五十八会议任赵尊岳为行政院政务委员⑮。

---

① 《周佛海日记》，第 495 页："晚，兰江来谈河南军务，并与公博谈最近政情；旋叔雍、勃勃亦来。"

② 同上，第 497 页："公博、思平、勃勃、叔雍来谈。"

③ 同上，第 502 页："晚，思平、心叔、叔雍、兰江、勃勃先后来，所谈问题甚多。"

④ 同上，第 483 页："返家后，思平、叔雍来谈。"

⑤ 同上，第 508 页："五时赴心叔处，约叔雍来商盐务。"

⑥ 同上，第 509 页："旋偕心叔、叔雍，赴友人处宴会，并略观电影。"

⑦ 同上，第 510 页："晚，叔雍、厚生来谈。"

⑧ 同上，第 521 页："返家，叔雍久候，谈华北及各项问题，约一小时始散。"

⑨ 同上，第 525 页："晚，叔雍、思平来，谈重要问题数种。"

⑩ 同上，第 554 页："叔雍来谈盐务。"

⑪ 同上，第 557 页："返家后与思平、心叔、叔雍闲谈。"

⑫ 同上，第 563 页："晚，与公博、思平、叔雍、君强等闲谈。"

⑬ 同上，第 564 页："下午，在家接见白凤翔司令之代表张某、安徽省主席倪道烺、孙济武、田跃龙、苏成德、刘星辰、赵叔雍。"

⑭ 同上，第 565 页："晚赴心叔家便饭，公博、思平、叔雍、勃勃、君强等在座。"

⑮ 《汪精卫伪国民政府纪事》，第 126 页。

8月17日晚，赵尊岳应邀到周佛海寓所谈事①。

8月19日晚，赵尊岳与周佛海谈事②。

8月20日晚，赵尊岳到周佛海家中谈事，十一时半离去③。

8月21日晚，赵尊岳与周佛海闲谈④。

8月27日晚，赵尊岳到周家中闲谈，十时辞去⑤。

9月17日晚，赵尊岳与周佛海谈全面和平问题⑥。

9月23日，赵尊岳到周家谈事至十一时方散⑦。

10月9日，赵尊岳为傅增湘作《思嘉客·寿傅沅叔七十》⑧。

10月21日，赵尊岳到周家谈事，论及目前国际形势，说莫斯科陷落后日本将有大动作⑨。

10月27日晚，赵尊岳到周家中谈事，十二时离开⑩。

10月28日，赵尊岳与李释戡、龙榆生、西神、彦通等人遥集莫觞，后至北极阁登高，作词《台城路》（断篱残甃斜阳外）⑪。晚，赵尊岳到周家中谈事，十二时前离开⑫。

10月31日晚，赵尊岳在岑德广家中，后周佛海亦来⑬。

11月7日晚，赵尊岳和何亚农一起到周佛海家中，谈到美国正利用中国

① 《周佛海日记》，第566页："晚月思平、心叔、春圃、炳贤、君强、叔雍来，分别有所商谈。"

② 同上，第567页："晚，思平、心叔、叔雍、炳贤来谈。"

③ 同上，第568页："旋思平、心叔、叔雍来谈，十一时半辞去。"

④ 同上，第569页："晚与叔雍、思平、心叔闲谈。"

⑤ 同上，第571页："晚，思平、君强、叔雍来谈，十时辞去。"

⑥ 同上，第582页："晚与叔雍谈全面和平问题。余谓此时日方欲和，而渝方不愿，既有今日，何必当初！日方其知悔悟耶？"

⑦ 同上，第585页："旋公博、思平、叔雍亦来，谈至十一时方散。"

⑧ 《珍重阁词集》，第62页："思嘉客·寿沅叔七十。"称"寿傅浣叔七十"，据考傅增湘字沅叔，应为刊误，已改正。

⑨ 同①，第595页："晚倦甚。叔雍来，谈世人均谓日将北进，盖以莫斯科陷落，日必动作也。余谓日不动则已，动必南进，盖其目的在得资源。海参崴及西伯利亚无煤油等物资，日即占领，亦无所得。故如动，必南进而占领荷印也。"

⑩ 同①，第598页："晚，公博、叔雍来谈，十二时辞去。"

⑪ 赵尊岳：《今词林·珍重阁词一首》，《同声月刊》1941年第1卷第5期。

⑫ 同①，第599页："晚与公博、叔雍闲谈。十二时寝。"

⑬ 同①，第600页："晚饭后赴心叔家略坐，叔雍亦在，谈至十二时始返。"

牵制日本不会积极调停中日战争之事①。

11 月 8 日晚，赵尊岳、陈公博、梅思平、何亚农到周佛海家中谈事②。

11 月 10 日晚，赵尊岳、岑德广、何亚农在周佛海家中闲谈，都对目前局势持悲观态度③。

11 月 25 日晚，赵尊岳参加周佛海宴会后有略谈④。

12 月 4 日下午，赵尊岳偕老友张子羽⑤来见周佛海，谈论国际形势、中国前途及宁渝相处之道，约有两小时⑥。

12 月 12 日晚，赵尊岳、周佛海、岑德广三人谈上海形势，周劝赵就任伪上海市政府秘书长一职⑦。

（未完待续）

（作者单位：南京师范大学文学院）

---

① 《周佛海日记》，第 604 页："晚，叔雍偕何亚农来谈，告以美正利用中国以牵制日本，岂肯积极调停中、日战争，使日本得拔出泥足？故对日、美谈判，不抱乐观也。"

② 同上，第 604 页："晚，公博、思平、叔雍、亚农来谈。"

③ 同上，第 605 页："晚与心叔、叔雍及亚农闲谈，对于当前局势，咸抱悲观也。"

④ 同上，第 611 页："晚，宴殷汝耕，并与叔雍、心叔略谈。"

⑤ 同上，第 617 页："张子羽，名振鋆，又名允明，字叔平。清朝末年管学大臣兼礼、刑、吏、户各部尚书张百熙之子。曾任南京中央军校政治训练部秘书等职，时以国民党第三战区司令长官驻沪代表名义，利用早年与周佛海相识之关系，开始于周佛海等接触。此后，获得了不少关于日、伪等方面有用的情报，对抗战做出了贡献。"

⑥ 同上，第 617 页："叔雍偕与所谓蓝衣社有关之张子羽来见，老友也；与纵谈国际形势、中国前途及宁渝相处之道，约两小时。吾辈为国家、民族之苦心，借此可以稍白于故人也。"

⑦ 同上，第 621 页："晚与心叔、叔雍谈上海情形，劝叔雍就上海市政府秘书长职。"

陈匪石简谱（上）[*]

仇俊超

传　略

陈匪石，原名陈世宜，字小树，号倦鹤，江苏南京人。同盟会成员、南社成员、如社成员、中央大学（现南京大学）中文系教授。清光绪九年三月初三（癸丑，1883 年 4 月 9 日）生于南京。父亲陈道南，号树之，以开塾授徒为业。陈匪石幼时，启蒙于父亲陈道南和岳父高柳溪。1901 年，就学于省中尊经书院，所做文章为当时山长张仲炘赏识。1906 年，自费远渡日本学习法律。1908 年，归国，任江苏法政学堂教员。结识任江苏法政学堂督导的朱祖谋，随朱祖谋研究词学。1909 年，加入南社。1911 年，辛亥革命，参与江苏独立谋划。1912 年，远赴南洋（今马来西亚），任《光华日报》记者。1913 年，归国，任上海《民权报》《生活日报》记者。1914 年，任上海中学教员。1916 年，入北京，任《民信日报》《生活日报》记者。1923 至 1927 年，任北洋政府商务部秘书，期间兼任华北大学中文系教授。在此期间，开始创作，完成《宋词举》。1928 年，任江苏省建设厅秘书，不久转任工商部、实业部、经济部参事。1934 年至 1937 年，结"如社"，与吴梅、汪东、林鹍翔、仇埰、唐圭璋等词人相互唱和。1938 年，随南京国民政府内迁重庆。1946 年，随南京国民政府迁回南京。1947 年，任国立中央大学（今南京大学）中文系词学教授。1948 年辞职退休，脱离政界。1949 年，因次女陈茞生病，入重庆探望，后因交通堵塞，未能回到南京。这段时间，任重庆南林学院中文系主任。1950 年，创作完成词学著

　　* 基金项目：曹辛华教授主持的国家社科基金重大项目"民国词集编年叙录与提要"（13&ZD118）。

作《声执》。1951 年，归上海，就养于长女陈芸。1952 年，上海文物管理委员会聘请陈匪石为通信编纂。1959 年 3 月，病逝于上海，享年七十七岁。

陈匪石是享誉盛名的词人、学者。其词集《倦鹤近体乐府》、诗集《旧时月色斋诗》雅正精工。学术著作《宋词举》《声执》在我国词学研究史上占有重要学术地位。其弟子霍松林、胡念贻、李敦勤在学界享有盛誉。在编订此年谱之前，柳定生先生、霍松林先生、隋璧分别著有《金陵词坛名宿陈匪石传略》《怀念匪石师》《陈匪石传略》①，但大都较为简略。因此，笔者在参考三位先生资料的基础上，加以收集整理新的相关资料，进行了年谱的编订。

光绪九年 1883（癸未） 一岁

阳历四月九日，阴历三月初三，陈匪石出生。虽在襁褓，其父陈道南为其订婚，妻子是高柳溪女儿高氏。

朱祖谋二十七岁。林鹍翔十三岁。石凌汉十三岁。仇埰十一岁。叶楚伧生。

光绪十年 1884（甲申）两岁

吴梅生。庞树柏生。

光绪十二年 1886（丙戌）四岁

弟弟陈世宣生。邵瑞彭生。

光绪十六年 1890（庚寅）八岁

汪东生。

光绪十七年 1891（辛卯）九岁

曹经沅生。

光绪十八年 1892（壬辰）十岁

乔大壮生。

光绪二十七年 1901（辛丑）十九岁

入邑庠，所作制艺之文，见赏于凤池书院山长秦伯虞，被列入《凤池书院课艺》，为当时应试者所诵习。其后肄业尊经书院。山长张仲炘亦赏识其文。

唐圭璋生。

光绪三十一年 1905（乙巳）二十三岁

陈匪石受聘任江宁幼幼学堂教员。教学期间，陈匪石勉励学生勤奋学习，振兴华夏。为此，前辈中守旧派攻讦其为"离经叛道"。但他不恤人言。

---

① 均刊于《文教资料》，1989 年第 3 期，第 23 页。

光绪三十二年 1906（丙午）二十四岁

陈匪石向亲友借贷，自费赴日本留学，修习法律。妻子高氏脱簪珥为助[①]。

江苏政法学堂创办，朱祖谋五十岁，应聘为江苏政法学堂监督[②]。

吴白匋生。

光绪三十四年 1908（戊申）二十六岁

光绪、慈禧相继去世。溥仪继位改明年为宣统元年（1909）。

陈匪石归国，任江苏法政堂教员。结识朱祖谋，随朱祖谋研究词学。

宣统元年 1909（己酉）二十七岁

十一月十三日，柳亚子、陈去病、高旭、庞树柏等十九人集会于苏州虎丘张公祠成立南社[③]。

宣统三年 1911（辛亥）二十九岁

十月十日，武昌起义。革命党在南京建立临时政府。

陈匪石参与江苏独立谋划。

民国元年 1912（壬子）三十岁

一月一日，中华民国成立，孙中山被选为临时大总统。二月十二日，宣统帝宣布退位，中国长达两千余年的封建统治结束。袁世凯在北京就任临时大总统。孙中山辞去临时大总统。

陈匪石赴南洋槟榔屿（今马来西亚），任光华日报记者。

乔大壮于北京任北洋教育部佥事[④]。

民国二年 1913（癸丑）三十一岁

袁世凯就任总统。

二月四日，邵瑞彭填写南社如社书加入南社，介绍人高旭、陈去病、张一鸣[⑤]。

---

① 陈芸在《先父陈匪石生平二三事》："先父东渡留学时，先母曾脱簪珥为助，先父常以此情为难忘。"（《文教资料》，1989 年第 3 期第 23 页）

② 《行状》云："乙巳年，（朱孝藏）以修墓请假离学政任回籍，次年遂以病乞解职，卜居吴门。既而江苏创立法政学堂，聘为监督。"（马兴荣：《朱孝藏年谱》，《词学》第 14 辑）

③ 《南社纪略》。（柳无忌：《柳亚子文集》，上海：上海人民出版社 1983 年第 1 版，第 11 页）

④ 黄墨谷《先师大壮先生遗事》（《乔大壮手批周邦彦片玉集》，济南：齐鲁书社 1985 年影印本）。

⑤ 《南社史长编》："一九一三二月四日，邵瑞彭填入社书，介绍人高旭、陈去病、张一鸣。"（王学庄、杨天石：《南社史长编》，北京：中国人民大学出版社 1995 年第 1 版，第 316 页）

陈匪石由槟榔屿回国，任上海《民权报》《生活日报》记者。作《水调歌头·寥廓此天地》①。

民国三年 1914（甲寅）三十二岁

三月二十九日午后一点，南社第十次集会于上海愚园。庞树柏、叶楚伧、陈匪石等十八人与会②。

五月二十四日午，南社为欢迎柳亚子重新加入南社，临时雅集于上海愚园云起楼。陈去病、柳亚子、庞树柏、叶楚伧、陈匪石等三十人与会③。

八月，南社临时雅集于上海徐园，陈匪石、俞剑华、邵力子、胡朴安等十六人与会④。

十一月二十七日，南社成员姚锡钧编辑小说杂志《七襄》第一期出版。该刊物至一九一五年二月止，共出版九期。作者有姚锡钧、叶楚伧、庞树柏、陈匪石、王蕴章、胡朴安等⑤。

不久任上海公学教员。

民国四年 1915（乙卯）三十三岁

日本强迫袁世凯承认二十一条不平等条约。袁世凯称帝，改明年为洪宪元年。

二月四日，南社成员庞树柏、陈匪石、王蕴章、叶楚伧、吴梅、姚锡钧、

---

① 《水调歌头·寥廓此天地》序："癸丑春，自海外归，檗子赋词相劳，次韵酬之。越十余年乃克改定，檗子已不及见矣。"（陈匪石：《倦鹤近体乐府》卷一，合肥：黄山书社 2012 年第 1 版，第 47 页）

② 《南社纪略》："一九一四年（民国三年）三月廿九日午后一时，第十次雅集在愚园举行，到会者十八人：陈巢南、叶楚伧、庞檗子、俞剑华、冯心侠、汪兰皋、蒋万里、朱少屏、周芷畦、胡朴安、胡寄尘、林一厂、吕天民、沈怀北、陈匪石、程心丹、张君默、萧韵珊。"（柳无忌：《柳亚子文集》，第 61 页）

③ 《南社纪略》："五月廿四日正午，又在愚园云起楼召集临时雅集，算是欢迎我复社的表示，到者三十人：陈巢南、柳亚子、陶神州、宋诒于、叶楚伧、庞檗子、汪兰皋、蒋万里、王西神、周人菊、朱少屏、陈匪石、陈布雷、林一厂、吕天民、蔡冶民、陆子美、金兰畦、宋痴萍……"（柳无忌：《柳亚子文集》，第 64 页）

④ 《南社纪略》："在八月某日，寓沪社友又在徐园举行了一次临时集会，我（柳亚子）没有参加，到者十六人：俞剑华、汪兰皋、朱少屏、陈匪石、朱宗良、徐只一、胡朴安、张默君、林一厂、曾梦鸣、吕天民、郑仄尘、邵力子、吕碧城、黄篑孙、申眠观。"（柳无忌：《柳亚子文集》，第 66 页）

⑤ 《南社史长编》："十一月二十七日，社员姚锡钧编辑的小说杂志《七襄》第一期出版。该刊至一九一五年二月止，共出版九期，作者有姚锡钧、叶楚伧、王蕴章、庞树伯、陈世宜（匪石）、胡朴安等。"（王学庄、杨天石：《南社史长编》，第 380 页）

徐珂、白炎、叶玉森等在上海组织春音词社，推举清末常州词派朱祖谋为长 ①。

五月九日，南社第十二次雅集于上海愚园。陈去病、柳亚子、叶楚伧、陈匪石等四十二人与会 ②。

十月十七日，南社第十三次雅集于上海愚园。蔡冶民、陈匪石、叶楚伧等二十七人与会。

秋初，同朱孝臧游沪西园林，作《瑞龙吟·长堤路》③。

十二月二十五日《民信日报》在上海创刊。该报副刊《艺林》，发表小说、诗词、丛谈、译著。主要作者有南社成员黄侃、叶楚伧、柳亚子、邵元冲、陈去病、沈尹默、胡怀琛、陈匪石等。

不久任《民国日报》记者。

民国五年 1916（丙辰）三十四岁

袁世凯被迫废除帝制，废止年号。袁世凯死，黎元洪就任总统。

四月四日，农历三月初三，上巳节，作《甘州·洗淞波醉眼向天涯》④。

六月四日，南社第十四次雅集于上海愚园。柳亚子、庞树柏、叶楚伧、姚锡钧、白炎、陈匪石等五十六人与会 ⑤。

九月二十四日，南社在北京成员临时集会于徐园。胡朴安、高旭、邵瑞彭、陈匪石等二十九人与会 ⑥。

九月三十日，庞树柏卒于上海。陈匪石作《水龙吟·挽檗子》悼念 ⑦。

---

① 《南社史长编》："（一九一五年）二月四日，社员庞树柏、陈世宜（匪石）、王蕴章、徐珂、白炎、叶玉森、吴梅、叶楚伧、姚锡钧等在上海组织春音词社，推举清末常州词派人朱孝臧为长（《民国日报》，1916 年 10 月 18 日）。"（王学庄、杨天石：《南社史长编》，第 382 页）

② 《南社纪略》："第十二次雅集是五月九日在愚园举行的，到者四十二人：陈巢南、柳亚子、郑佩宜、蔡冶民、叶楚伧、余天遂、姚石子、高吹万、冯心侠、汪兰皋、王西神、宋痴萍、朱少屏、陈匪石、李一民……"（柳无忌：《柳亚子文集》，第 69 页）

③ 《瑞龙吟》序："乙卯秋初，陪彊邨翁游沪西园林，和清真同檗子作。"（陈匪石：《倦鹤近体乐府》卷一，第 49 页）

④ 《甘州》序："丙辰春禊，是日余初度。"（陈匪石：《倦鹤近体乐府》卷一，第 50 页）

⑤ 《南社纪略》："六月四日举行的第十四次雅集在愚园，到者五十六人：柳亚子、郑佩宜、叶楚伧、陆澹盦、庞檗子、余天遂、杨了公、姚鹓雏、狄君武、顾旦平、汪兰皋、朱少屏、陈匪石……"（柳无忌：《柳亚子文集》，第 77 页）

⑥ 《南社史长编》："一九一六年，南社在北京社员于徐园举行临时雅集，到凌毅、俞剑华、彭昌福、李作霖、李基鸿、宋大章、李伦、张维城、宋琳、殷仁、狄膺、陶牧、邵瑞彭、胡朴安、陈世宜（匪石）、高旭……"（王学庄、杨天石：《南社史长编》，第 433 页）

⑦ 《水龙吟》序："悼檗子。"（陈匪石：《倦鹤近体乐府》卷一，第 51 页）

十月三十日，黄兴卒。

不久，入北京。先任《民苏报记者》。不久任上海《中华新报》《民国日报》驻京记者。并先后兼任《申报》《商报》特约通讯员，在此期间，猛烈抨击袁世凯，使用笔名"匪石"，取义于《诗经·柏舟》篇之"我心匪石，不可转也；我心非席，不可卷也"，以示自己革命意志坚定①。

十一月十二日，南社举行临时雅集于北京中央公园。陈匪石、陈去病、高旭、吴修源、宋大章等十九人与会②。

民国六年 1917（丁巳）三十五岁

张勋复辟失败。

民国七年 1918（戊午）三十六岁

徐世昌就任北京政府总统。

民国八年 1919（己未）三十七岁

五四运动爆发。

夏，任北京中国大学中文系教授③。

十二月二十五日，作《霜叶飞·蓟门寒早》④。

民国九年 1920（庚申）三十八岁

三月，作《齐天乐·番风过尽春如梦》⑤。

民国十年 1921（辛酉）三十九岁

暮春，作《曲游春·驻马城南路》⑥。

---

① 刘梦芙《陈匪石先生诗词综论》："撰文时笔名'匪石'，取义于《诗·邶风·柏州》：我心匪石，不可转也；我心匪席，不可卷也。以示反袁意志之坚定，后遂以此为名。"（陈匪石《陈匪石先生遗稿》，合肥：黄山书社 2012 年，第 2 页）

② 《南社史长编》："（一九一六年）十一月十二日，南社举行临时雅集于北京中央公园，到社员吴修源、茅祖权、田桐、陈世宜（匪石）、吕志伊、张浩、陈去病、冯自由、田侨、张修爵、白逾桓、高旭、李作霖、宋大章、吴清庠、杨随庵、周亮、俞剑华、李中一等十九人。"（王学庄、杨天石：《南社史长编》，第 433 页）

③ 柳定生：《金陵词坛名宿陈匪石传略》："一九一九年夏，任北京中国大学中文系教授。"（《南京史志》，1984 年第 3 期，第 21 页）

④ 《霜叶飞》序："己未长至后二日，驱车近郊。天阴人精，林梢挂雪，一白无垠。《公羊》曰'木冰'《释名》曰'分'，其实一也。"（陈匪石：《倦鹤近体乐府》卷二，第 56 页）

⑤ 《齐天乐》序："庚申三月，重过象坊桥。"（陈匪石：《倦鹤近体乐府》卷一，第 58 页）

⑥ 《曲游春》序："龙树院与江亭一水相望，瞻园师尝讲学其中。师庚子出都，半唐诸老饯之于此，有日望楼饯别图。今改抱冰堂矣。辛酉春暮独游感赋。"（陈匪石：《倦鹤近体乐府》卷二，第 60 页）

民国十一年 1922（壬戌）四十岁

孙中山下令北伐。

加入思误社（后改思辨社）。与陈垣、徐鸿宝、杨树达等学者集会论文，交游日广，学识亦日进。

十月二十八日，重阳节，集会于邵瑞彭寓所，作《木兰花慢·记牛首山绝顶》①。

民国十二年 1923（癸亥）四十一岁

秋，李根源任农商部部长，聘陈匪石为北洋政府商部秘书。兼任华北大学中文系教授。

九月九日，独游琼岛，作《紫萸香慢·照回漪》②。

民国十四年 1925（乙丑）四十三岁

孙中山在北京逝世。

春，作《绛都春》③。

民国十五年 1926（丙寅）四十四岁

八月，乔大壮因声援鲁迅，离开教育部。

民国十六年 1927（丁卯）四十五岁

中华民国政府在南京成立。

春，辞去北洋政府商务部秘书一职，陈匪石离开北京，南归上海④。担任持志大学中文系教授⑤。

五月，《宋词举》完稿，并写自序⑥。

乔大壮离开北京，南下为周恩来秘书。南昌起义失败，乔大壮因家累滞留上海。

---

① 《木兰花慢》序："壬戌展重阳，集次公寓园。"（陈匪石：《倦鹤近体乐府》卷二，第 64 页）

② 《紫萸香慢》序："癸亥重九，独游琼岛。"（陈匪石：《倦鹤近体乐府》卷二，第 65 页）

③ 《绛都春》序："米市胡同我园，清同治初乡先正许海秋所居。乙丑春，偶经其地，感赋此解。仲可见之，戏谓余为海秋后身云。"（陈匪石：《倦鹤近体乐府》卷二，第 66 页）

④ 《绛都春》序："有咏社稷坛芍药者，率同其调。计余丁卯出都，正值花时。今二十五年矣。"（陈匪石：《倦鹤近体乐府》续集，第 125 页）

⑤ 刘梦芙：《陈匪石先生诗词综论》："一九二七年南归上海，任持志大学中文系教授。"（陈匪石：《陈匪石先生遗稿》，第 2 页）

⑥ 《自序》："中华民国十有六年五月，江宁陈世宜。"（陈匪石：《宋词举》，南京：金陵书画出版社 1983 年，第 3 页）

民国十七年 1928（戊辰）四十六岁

六月十六日任国民政府工商部参事①。任江苏省建设厅秘书，不久任工商部、实业部参事，商标局局长。

民国十八年 1929（己巳）四十七岁

妻子去世②。

民国二十年 1931（辛未）四十九岁

九月八日，日军进攻沈阳。不久，日军占领东北。

十一月二十二日，朱祖谋卒于上海寓庐，享年七十五岁。吴白匋毕业于金陵大学历史系，留校任教。

五月二日，由工商部参事转任实业部参事③。

民国二十一年 1932（壬午）五十岁

一月二十八日，日军进攻上海。十九路军奋起抵抗。三月，伪满洲国在日本操纵下成立于长春。

冬，朱祖谋去世一周年，作《木兰花慢·鹧鸪声不作》悼念④。

民国二十三年 1934（甲戌）五十二岁

十一月，唐圭璋陪夏承焘访陈匪石⑤。

一月二十日，乔大壮出任南京国民政府实业部秘书⑥。陈匪石与乔大壮结识，为忘年交。

---

① 《中国国民党百年人物全书》："陈匪石，字小树，江苏江宁人。1928 年 6 月 16 日任国民政府工商部参事。1931 年 5 月 2 日任实业部参事。1938 年任经济部参事。1946 年免职。"（刘国铭：《中国国民党百年人物全书》，北京：团结出版社 2005 年，第 1395 页）

② 陈芸：《先父陈匪石生平二三事》："先母于一九二九年因病逝世，先父悲痛欲绝。"（《文教资料》，1989 年第 3 期（总第 13 期），第 26 页）

③ 《中国国民党百年人物全书》："陈匪石，字小树，江苏江宁人。1928 年 6 月 16 日任国民政府工商部参事。1931 年 5 月 2 日任实业部参事。1938 年任经济部参事。1946 年免职。"（刘国铭：《中国国民党百年人物全书》，第 1395 页）

④ 《木兰花慢》序："强村翁下世一年矣，追念成赋。"（陈匪石：《倦鹤近体乐府》卷二，第 71 页）

⑤ 《唐圭璋年谱》："十一月二十四至二十八日，夏承焘侍父游南京，唐圭璋陪夏承焘访陈匪石、汪辟疆、陈公铎、汪旭初、蔡嵩云、曹襄衡等，并导游雨花台、莫愁湖、灵谷寺、中山陵、明孝陵等名胜古迹。"（马兴荣：《唐圭璋年谱》，《词学》第 25 辑，第 206 页）

⑥ 杨荣庆：《台湾大学中文系主任乔大壮之死》（《中国现代文学论丛》，2013 年第 2 期）。

民国二十四年 1935（乙亥）五十三岁

十二月九日，北京学生举行抗日救国大示威，掀起遍及全国的反日高潮。

三月一日，吴梅、林铁尊访陈匪石商议成立如社之事①。

三月九日，如社第一次集会于南京美丽川菜馆。参加成员为廖恩焘、林鹍翔、石凌汉、仇埰、沈士远、陈匪石、吴梅、汪东、乔大壮、蔡嵩云、唐圭璋。此次集会课题为《倾杯·依耆卿木落霜洲格》②。陈匪石此次集会作《倾杯·璧月帘虚》③。

四月五日，农历三月初三，上巳节，五十三岁生日，作《瑞龙吟·城西路》④。

五月三十一日，如社第三次集会。参加成员为廖恩焘、林鹍翔、石凌汉、仇埰、陈匪石、乔大壮、吴梅、程龙骧。石凌汉、仇埰值课。课题为《绮寮怨》⑤。陈匪石应此次课题作《绮寮怨·缥缈仙山何处》⑥。

六月二十日，如社第四次集会于南京夫子庙老万全酒店，参加成员为林鹍翔、

---

① 《吴梅全集·日记卷》："铁尊来，为词社事，同访匪石，至吴园食点心。社事粗有头绪，定下月初六请客，再商量一切。"（吴梅：《吴梅全集·日记卷》，石家庄：河北教育出版社2002年，第532页）

② 《吴梅全集·日记卷》："初五日（西九日）……余应铁尊召，至美丽川菜馆，为词社第一集也。到者列下，以齿为序。廖恩焘：字凤书，广东惠州人，年七十一；林鹍翔：字铁尊，浙江吴兴任，年六十五；石凌汉：字云轩，又字残素，安徽婺源人，年六十五；仇埰：字亮卿，江苏江宁人，年六十三；沈士远：以字行，浙江吴兴人，年五十四；陈世宜：字匪石，江苏江宁人，年五十二；吴梅：字瞿安，又字霜崖，江苏吴县人，年五十二；汪东：字旭初，江苏吴县人，年四十六；乔曾劬：字大壮，四川□□人，年四十四；唐圭璋：以字行，江苏江宁人，年三十八。"（吴梅：《吴梅全集·日记卷》，第536页）初六日（西十日）。晴。昨夜社集议定，月举一集，集必交卷，由值课者汇录成帙，分赠同人。此次题为《倾杯》，倚耆卿"木落霜洲"一首格。因昨晚未记，为补录之。（吴梅：《吴梅全集·日记卷》，第537页）

③ 《倾杯》序："市楼会客，约为长短句"。（陈匪石：《倦鹤近体乐府》卷三，第74页）

④ 《瑞龙吟》："乙亥元巳，禊集乌龙潭景陶堂。潭侧旧有绰禊。曰"何必西湖堂"，即惜阴书舍，今为国学图书馆。余游牛渚未至，翼某代拈"舞"字均，和清真报之。"（陈匪石：《倦鹤近体乐府》卷三，第75页）

⑤ 《吴梅全集·日记卷》："四月廿九日（西五月三十一）赴校三课毕，颇倦。下午作《换巢鸾凤》词。如下：花发雕阑……晚赴如社之约，为仇亮卿、石云卿作东，余与木安同去。木安止得半阕，未能交卷。同集者为廖凤书、林铁尊、陈匪石、乔大壮也。尽欢而散。三集题为《绮寮怨》。"（吴梅：《吴梅全集·日记卷》，566页）

⑥ 《绮寮怨》（陈匪石：《倦鹤近体乐府》卷三，第76页）。

石凌汉、陈匪石、乔大壮、吴梅、吴白匋、唐圭璋①。乔大壮、唐圭璋值课②。此次集会课题为《玉蝴蝶》③。陈匪石应此次课题作《玉蝴蝶·转眼素秋时序》④。

九月二十八日，如社第六次集会，课题为《水调歌头》，限和东山体。参加成员为陈匪石、廖凤书、吴梅等。陈匪石值课⑤。陈匪石应此次课题作《水调歌头·陈迹渺江浒》⑥。

十一月三日，如社第七次集会于南京沁心居⑦。课题为《高阳台》⑧。陈匪

———————

① 《吴梅全集·日记卷》："乙亥五月二十（西一九三五年六月二十）……又应如社之约，往夫子庙老万全，则铁尊、仲坚、凌汉、伯匋及主人大壮、圭璋、匪石后至。亮卿以家人有恙，凤书有他约，皆未至。八人一席，甚适。"（吴梅：《吴梅全集·日记卷》，第575页）

② 《吴梅全集·日记卷》："乙亥五月十八（西一九三五年六月十八）……接乔大壮、唐圭璋请帖，知如社第四集，在老万全。"（吴梅：《吴梅全集·日记卷》，第574页）按：如社集会，社员轮流值课，值课者负责在集会前通知所有社员地点时间。据此可知这次集会是乔大壮、唐圭璋值课。

③ 《吴梅全集·日记卷》："九月初一日（西一九三五年九月廿八）。晴。早起作《玉蝴蝶》一词，应如社课。录下。《玉蝴蝶·残秋重过玄武湖》……晚赴陈匪石约，读社作若干卷，偕廖凤书坐汽车归。"（吴梅：《吴梅全集·日记卷》，第620页）按：乙亥五月二十（西一九三五年六月二十）第四次集会后，至九月初一（西一九三五年九月二十八）之间，根据吴梅这段时间的日记，没有发现如社进行过集会。又在九月一日晚上集会之前，吴梅不可能知道此次集会课题是什么。所以推断九月初一（西一九三五年九月廿八）这天早上所写的《玉蝴蝶》应该是上次集会的课题。

④ 《玉蝴蝶》（《陈匪石先生遗稿》，第77页）。

⑤ 同注释5。按：可知参加成员为吴梅、陈匪石、廖凤书等。另如社集会，社员轮流值课，值课者负责在集会前通知所有社员地点时间。吴梅言赴陈匪石之约，据此可知这次集会是陈匪石值课。

⑥ 《水调歌头》序："金陵怀古，拟东山。"（陈匪石：《倦鹤近体乐府》卷三，第78页）

⑦ 《吴梅全集·日记卷》："乙亥十月初八日（西一九三五年十一月三日）。雨。早与汪旭初至同乡会，已在整理剧务。取同乐券六十张。以十五张致吴颂皋，以十二张致谭万先，又十二张致王伯雷，六张致刘三夫妇，其他吴舜石、程禹年、程木安、唐圭璋、吴伯匋各三张，分拨已完，遂至陶冷月处观画。又至沁心居应如社之约。晚冀野邀至小饮，又与木安、伯匋往仙霓观剧。……社课《水调歌头》。录下。《水调歌头·对菊倚东山格》：丛菊才酒……"（吴梅：《吴梅全集·日记卷》，第637页）按：吴梅《水调歌头》应该是上一次集会的课题。而不太可能是在此次集会的宴席上直接写出的。

⑧ 《吴梅全集·日记卷》："乙亥十月二十九日（西一九三五年十一月廿四）……唐生圭璋来，示我近作《高阳台》，不佳。"（第649页）吴梅《吴梅全集·日记卷》："十月三十日（西十一月廿五）……铁尊书至，商量《高阳台》词，易稿至四次，此老真不耻下问，近人所难也。余亦作一首，尽删芜杂，自谓颇佳。如下。《高阳台·访媚香楼遗址》：乱石长街……（第649页）《吴梅全集·日记卷》："乙亥十一月初一（西一九三五年十一月廿六）。阴。早改昨词，如右录，分致诸社友。"（第649页）《吴梅全集·日记卷》："乙亥十一月三日（西一九三五年十一月二十八）……铁尊、嵩云皆有函至，颇以拙词《高阳台》为佳。"（第650页）《吴梅全集·日记卷》："乙亥十一月七日（西一九三五年十二月二）……得小树（陈匪石）《高阳台》至，廖凤老作不及也。"（第652页）据上可知《高阳台》是乙亥十月初八日（西十一月三日）的课题。

石应此次课题作《高阳台·鹃血啼春》①。

十二月二十一日，如社第八次集会②。课题为《泛清波摘遍》③。陈匪石未参加此次集会。陈匪石在上海应此次课题作《泛清波摘遍·烧痕野草》④。

（未完待续）

（作者单位：南京师范大学文学院）

---

① 《如社词钞》第七集载：《高阳台》限访媚香楼遗址题，倦鹤（陈匪石）作：鹃血啼春，莺声媚晓，是乡曾贮温柔。生小倾城，帘前玉坠争投。淋浪满壁诗书画，有崇兰、九畹香稠。证同心，一曲琵琶，雪苑归舟。灯船影里兴亡梦，共轻烟淡粉，雨歇云收。夜色笼纱，秦淮依旧西流。何人解唱桃花扇，尚依稀、燕锁空楼。想当年，开遍辛夷，长板桥头。（曹辛华：《民国人选民国词之二》，郑州：河南文艺出版社 2015 年，第 139 页）

② 《吴梅全集·日记卷》："乙亥十一月廿六日（西一九三五年十二月二十一）……晚如社第八集未往。"（第 658 页）

③ 《吴梅全集·日记卷》："乙亥十一月廿七日（西一九三五年十二月二十二日）……木安来，知社课题为《泛清波摘遍》。"（第 659 页）

④ 《如社词钞》第八集载倦鹤（陈匪石）《泛清波摘编》序："沪滨中度岁，寄怀同社诸友。"（陈匪石：《倦鹤近体乐府》卷三，第 79 页）《吴梅全集·日记卷》："丙子二月廿五（西一九三六年三月十八）……前调（《倚风娇近》），倦鹤自沪寄示《泛清波》词，因拈此调率赠。"（第 691 页）

顾随词创作年表（上）*

闵　军

顾随（1897—1960），本名顾宝随，字羡季，笔名苦水，别号驼庵，河北清河县人。中国韵文、散文作家，理论批评家，美学鉴赏家，讲授艺术家，禅学家，书法家，文化学术研著专家。笔者曾为其年谱[①]，今将其词作系年，以享大家。

1924 年

7 月

《蝶恋花·海上书怀寄呈屏兄》。1924 年夏，顾随接受青岛新成立的胶澳中学的聘请执教于此。顾随在给卢伯屏信中说："此间气候湿润"（7 月 8 日）；"青岛多雨，极似江南"（7 月 12 日）；"青岛阴雨连绵"（7 月 15 日）。与词中"开窗又见帘纤雨"可互相印证。

8 月

《浣溪沙·红是相思绿是愁》。顾随在 1924 年 8 月 6 日给卢伯屏的信中曾抄录此词，并说："前寄《南乡子》，曾缩作为《浣溪沙》。"

《临江仙·送君培北上》。1924 年 8 月 12 日，顾随邀请冯至去青岛度夏。冯至 6 月 22 日到济南。7 月 2 日，一起到青岛。8 月 12 日，冯至离青晋京。顾随作此词送之。

《临江仙·三载光阴东逝水》。顾随 1924 年 8 月 23 日给卢伯屏的信中未谈及自己的词作，在 8 月 26 日给卢伯屏的信中说："日前曾有小词记我近中情怀，

---

*　基金项目：曹辛华教授主持的国家社科基金重大项目"民国词集编年叙录与提要"（13&ZD118）。

①　闵军：《顾随年谱》，北京：中华书局 2006 年。

今录出寄出。"所录者即此词以及后一首《江城子》。

《江城子·一年好景去匆匆》，《顾随全集》在此词下有说明：此词有另稿：留春不住怨天公，去匆匆，恨重重。昨宵寒雨，今夜落花风。我替海棠愁欲死，无计奈，可怜红。年华二十似衰翁。梦成空，水流东。邯郸道上，仆仆老尘中。屠狗卖浆真事业。诗酒债，不英雄！此稿是顾随 1925 年 10 月 18 日晚 12 点"独坐无俚，因将旧作断句足成之"。并抄录在寄给卢季韶信里的。

秋

《生查子·当年血战踪》。顾随在 11 月 30 日给卢伯屏的信中抄写了所作《如此江山·青社第四次例课》词，其序说："秋间与友人游太平湾一带，见德人所筑战垒炮台，遗迹犹有存者。欲以小令赋之，久而未就。会社课题为'咏青岛战迹'，乃填此阕，仍书旧游所感也。"顾随在秋间游玩后，实际上已经写了小令，就是这首《生查子》。《如此江山·青社第四次例课》中的"匝地枪林，惊天炮火，试问而今谁见"与此词中的"当年血战踪，试问谁曾见"可以互相阐释，也正如顾随在词序中所说："仍书旧游所感也"。

《南歌子·倦续黄粱梦》。

10 月

《少年游·饱尝苦酒》。顾随在 1924 年 10 月 24 日给卢伯屏的信中只谈到自己的小说《海上斜阳》，而未及所作词。在 10 月 27 日给卢伯屏的信中则有"近作二首，寄呈"，即此词以及后一首《惜分飞》。信中抄录的《少年游》词与《顾随全集》所收词有文字上的不同，信中词为："鼾鼾浓睡，醉尝苦酒，此意有谁知。海水温柔，天魔冶艳，吾将老于斯。 鳞伤遍体疤痕在，剩有命如丝。休矣先生，几茎短髭，卖却少年时。"

《惜分飞·赞倭女肉美》《定风波·潮声入户，败叶敲窗，秋宵独坐，填此自遣》

11 月

《破阵子·飘荡满林黄叶》。顾随在 1924 年 11 月 14 日给卢伯屏的信中抄有此词，文字稍有不同。

《蝶恋花·前意不畅，再赋此即寄荫君》。

《如此江山·秋间与友人游太平湾一带，见德人所筑战垒炮台，遗迹犹有存者。欲以小令赋之，久而未就。会社课题为"咏青岛战迹"。乃填此阕，仍书旧游所感也（青社第四次例课）》《顾随全集》注：青岛市中学同人有青岛诗社，简称"青社"。顾随在 11 月 27 日给卢伯屏德信中曾抄录此词。

《临江仙·石佛、樗园对神仙对。石佛出"海上一孤鸿"，樗园得"天边无伴月"。余甚爱之，因赋此阕》。《顾随全集》注：友人王石佛、孟樗园。

《采桑子·重来携酒高歌地》《西江月·自题小影》。

1925 年

3 月

《八声甘州·春日赋寄荫君》。顾随在 3 月 24 日至 4 月 8 日之间给卢伯屏的信中抄录了此词以及下一首《钗头凤》（两首均有个别文字不同）。并说："近十日中，共得词伍首，本拟名为《浴海词二集》，以寄荫庭此调之故，命名曰《簪樱词》。"

《钗头凤·登临废，雄心退》。

《鬲梅溪令·得屏兄书，谓"久不出门，闻人言杏花已残，桃花将放矣。"不禁怅然，赋此答之》。顾随在 1925 年 4 月 8 日给卢伯屏的信中录呈此词。

《贺新凉·海上春无主》《好事近·几日东风暖》《浣溪沙·真是归期未有期》。

4 月

《高阳台·客里高歌》。顾随在 1925 年 4 月 20 日给卢伯屏的信中曾录呈此词并说："此种词，亦殊少佳趣。"信中录词与《顾随全集》录词有文字上的不同。

5 月

《浣溪沙·行尽山颠又水涯》。顾随在 1925 年 5 月 6 日给卢伯屏信中曾录呈此词，信中录词与《顾随全集》录词有文字上的不同。

《木兰花慢·蓦青山翠敛》。

8 月

《踏莎行·已撤冰壶》。

《忆少年·读曹无咎别历下词，不禁黯然，即步其韵》。1925 年 8 月。顾随暑假自青岛返家，来去都要经过济南，推测此词写于自家返青途中。词中所写情景与顾随在 8 月 21 日返青途中在县城停留 4 天写的诗意境颇相似，其诗如下：不上此城十五载，旧游聊复迷遗踪。苍茫野水连残照，零乱归鸦背断虹。风景不殊人已老，心情无着泣何从！年年来往邯郸道，争及卢生一枕中。推测词诗应该为同时所作。

《一萼红·静无尘》《望远行·寄荫君》《祝英台近·夏初阑》《婆罗门引·咏美人蕉》。

10 月

《采桑子·题溥仪夫人小照》。1925 年 10 月 20 日晚。顾随在 1925 年 10 月 21 日给卢伯屏的信中抄录此词，并说："昨晚十点半，解衣就寝，忽思填词。因即以溥仪夫人小照为题，成《采桑子》一阕。"

《梦扬州·旅魂惊》。

《促拍满路花·萧萧叶乱鸣》。顾随 1925 年 10 月 24 日给卢伯屏的信中说："词一首，昨宵所成，原稿附上。"即此词。

《蝶恋花·重阳寄君培》（二首）。1925 年 10 月 26 日为重阳节。顾随在 10 月底给卢伯屏的信中说："自重阳日起，一雨三日，甚腻人。"第一首顾随自注：重阳前一日，登太平山，扑得草虫一，携归至所供菊花上，虫竟驯不他去。"颜上愁纹深几许？"用君培语。

《丑奴儿慢·群山睡去》《醉花间·题叶上寄君培》。

11 月

《还京乐·旧负笈京华，寓居北河沿一带。每值深秋，小桥流水，疏柳挂枝，城墙上缀路灯，点点如萤火磷光。车尘马足间，日落月升时，散步河畔，别有风趣。一别三载，梦魂萦系。海上秋夜兀坐，填此自遣》。顾随在 1925 年 11 月 7 日给卢伯屏信中抄呈此词，文字稍有不同。

《梦扬州·旅魂惊》《渡江云·去岁园西池畔霜枫如锦，今岁重阳雨过独往访之，则陨黄满地，非复昔时胜观，赋此吊之》《蝶恋花·时序恼人秋已暮》《蓦山溪·述怀戏效稼轩体》。

《圣无忧·以红叶两片寄屏兄，覆书以诗索词，因有君培前例，填此却寄》。顾随在 1925 年 11 月 20 日前后给卢伯屏信中抄呈此词，有个别文字不同。

《定风波·改旧作寄君培》。顾随原稿自注：改旧作寄君培，其实并未寄。戏注。在 1925 年 11 月 20 日前后给卢伯屏信中曾抄呈此词，信中词与《顾随全集》所收词有个别文字不同。

《望海潮·无边枯草》。

《唐多令·秋叶总堪伤》。顾随在 1925 年 11 月 27 日给卢伯屏信中抄呈此词，信中词与《顾随全集》所收词有个别文字不同。

1926 年

1 月

《南乡子·岁暮自青岛赴济南，欲归无计，小住为佳》（二首）。词中小序中所云"岁暮"应指阴历岁暮，顾随 1926 年 1 月 19 日自青岛赴济南，参加寿潜的婚礼，并与刘培翁先生和刘汉锡先生商谈刘剑霞与卢继韶的亲事。在济南停留了一段时日。据词序，此词应写于 1 月 19 日以后。

《行香子·三十初度自寿》（三首）、《清平乐·孤眠况味》。

4 月

《鹧鸪天·午睡醒来觉微寒》。

《临江仙·君培书来，劝慰殷勤，以词答之》。顾随 4 月 24 日接君培自京来书。

5 月

《蝶恋花·昨夜宿醒未醒》。

《浣溪沙·真是归期未有期》。顾随在 1929 年 7 月 5 日给卢伯屏信中录呈此词，并说："昨日收拾书籍，得旧岁在青岛所作《浣溪沙》一阕，惆怅不能自已。吾生有涯，俗累日甚，奈何，奈何？……计其时当在四年前春夏之交，词自不恶，不知何以当日并未留稿。将来再出集，当加入。"

6 月

《临江仙·尽把中年哀乐事》《木兰花慢·又他乡聚首》。

8 月

《浣溪沙·高树吟蝉过别枝》《采桑子》（二首）、《归国谣·如梦里》。

9 月

《水调歌头·拄杖去东海》。

11 月

《临江仙·廊下风吹败叶》。顾随在 1926 年 11 月 5 日给卢伯屏信中抄录此词，信中词与《顾随全集》所收词有个别文字不同。

《鹧鸪天·记得飘零碧海滨》。顾随在 1926 年 11 月 8 日给卢伯屏信中抄录此词，信中词与《顾随全集》所收词有个别文字不同。

1927 年

1 月

《踏莎行·岁暮晤君培、继韶京师》。顾随在 1927 年 1 月 4 日给卢伯屏的信中说："季弟今日上午九点一刻特别快车晋京。此刻想早已与剑霞及君培欢聚大半日矣。季弟并邀我这一个礼拜五下午晋京，弟尚未拿定主义也。"在 1927 年 2 月 2 日给卢伯屏的信中又说："今晚得季弟自大名中学廿七日所发明片，谓已由邯郸坐大车到校，一路尚无不适，亦殊令人高兴也。"以此推断，顾随在京会晤君培与继韶应该是在 4 日继韶晋京与继韶离京往邯郸之间的这段时间，正是腊月，季节又值大雪，与词中所写"岁暮情怀，天寒滋味"正好吻合。

《忆秦娥·次日同至北海看雪》。

3 月

《浣溪沙·恻恻轻寒似早秋》《浣溪沙》（二首）。

《鹧鸪天·灯火楼台渐窈冥》。顾随在 1927 年 3 月 16 日给卢伯屏信中抄录此词，有词题：夜雪。并自注："自兄去后，此间降雪两次，最近一次，尤大。"

《夜飞鹊·津门晤樗园》。

《百字令·屋山起伏》。顾随在 1927 年 3 月 16 日给卢伯屏信中抄录此词，并说明：《百字令》一名《念奴娇》，又名《酹江月》。东坡一首题为赤壁怀古，首云："大江东去，浪淘尽，千古风流人物"，云云，最为有名。此调有平仄二韵。东坡一首，系仄声韵；余此作则平声韵也。又，起句乃宋人词中未有之景。

《满江红·与樗园夜话》。顾随在 1927 年 4 月 9 日给卢伯屏信中曾说："前曾寄兄小词数首，不知中可有《满江红》否？该词系送书元东下者，亦甚有味，但恐重复，不再录呈矣。""前曾寄兄小词数首"估计是指 1927 年 3 月 16 日顾随在给卢伯屏信中录呈的三首词，无此词，但顾记不清了。书元即樗园，信中所说《满江红》应即此词。

4 月

《鹧鸪天·向晓阴阴向晚晴》。顾随在 1927 年 4 月 9 日给卢伯屏信中说："此间植树节放假一日，与二三同事到南开大学附近一游。但臭沟萦回，荒凉满目而已，殊无可观。昨日轻风细雨，天气寒不可当。"词中所写情景应为这一段时间的感受。

《采桑子》（二首）。

《汉宫春·梦里神游》。顾随在 1927 年 4 月 9 日给卢伯屏信中录呈此词，并做了详细说明：弟近来填词，似又是一番境界。填长调较昔尤为长进。即如此词，步骤极其清晰，亦原先所不能办者：第一先说晓眠，忆旧。第二说被军号（画角）惊醒。第三说起来之后，别有感慨，便风雨轻寒，都复忘却。下半起句，亦宋人中所未有。长杨即是白扬，春来垂穗，如毛毛虫，兄在一中，居室外亦有此种大叶杨树，然否？诗人词人向来不注意此花，被弟轻轻取来，填入词中，何种便宜？！"垂杨……秋千"，即取欧公词中"绿杨楼外出秋千"

之句，而反用之。末句文意自明，兄当能领略之也。（不说燕子不归，而说尚住江南，即是曲笔）

《青玉案·秾桃艳李春犹浅》《玉楼春·效六一琴趣体》《雨中花慢·哀乐中年》《菩萨蛮·春江鱼浪空千里》《清平乐·春归何处》《天仙子·万丈游丝心不定》《御街行·春光九十成婪尾》。

5月

《鹧鸪天·月影银灰更淡黄》《临江仙·题纳兰〈饮水〉〈侧帽〉二词》《青玉案·阴晴寒暖无凭准》《木兰花慢·正东风送雨》。

《临江仙·继韶屡有书来却寄》。顾随在1927年5月26日给卢伯屏信中录呈此词，信中词与《顾随全集》所收词有个别文字不同。

《绮罗香·旧日豪情》。顾随在1927年5月28日给卢伯屏信中录呈此词，信中词与《顾随全集》所收词有个别文字不同。并在此后说明之："此昨夜所填。虽不甚佳，颇具哲理，亦宋人词中所无之境也。廿八日晨。"

《高阳台·戏咏榴花》。

6月

《水调歌头·佳节届重五》《望海潮·夕阳楼阁》《浣溪沙·咏马缨花》。

7月

7月16日，《无病词》词稿已交北大出版部，决定印500部。印费须八九十元。由北京大学红楼地下室的印刷所排印，冯至先生为词集题写书名，并负责设计装帧，宣纸线装，书页上下两端留有较多的空白。先生从词集里摘取"也有空花来幻梦，莫将残照入新词"两句，以为可以概括全书的内容，作为题辞，朱印在扉页上。

8月

《南乡子·送君培赴哈埠，继韶赴吉林》。顾随在1927年8月14日给卢伯屏信中录呈此词，信中词与《顾随全集》所收词有个别文字不同。

《鹧鸪天·一阵潇潇正打窗》。顾随在1927年8月14日给卢伯屏信中录呈此词，信中词与《顾随全集》所收词有个别文字不同。

《鹧鸪天·夏日游北海，时见空中有虫如蜻蜓而色黑。问生兄云：保定谓之黑老姆。秋雨竟日，追记前事，赋此自遣》。顾随大约是6月15日到北京，住朋友李问生处。在7月15日给卢伯屏信中说："我到问生这儿来已经一个月了，好容易才安下心去，似乎仍以不动为妙；一动怕又心浮起来，好些时沉不下去也。我现在打算那一个人蹲在问生屋里不出门,十分闷了时,便一个人到公园北海等处去走走,君培也要不常来往。"在 7 月 16 日给卢伯屏信中说:"今晚与君培逛北海登山望月,甚畅快!"

《木兰花慢·卜者午夜吹笛,怆然有触予怀也》《临江仙·君培书来,颇以寂寞为苦,赋此慰之》。

《浣溪沙·余喜朝眠,而牵牛花晨开,余兴而花萎矣。秋蝶飞来,盖与余同有苍茫之感也》

《玉楼春·马缨别我初生萼》《十拍子·别京友。起二语乃出都时所得,兹足成之》。

9 月

《台城路·梦中醒后迷离甚》《鹧鸪天·说到天涯事可哀》《汉宫秋·底事悲秋》。

10 月

《浣溪沙》(四首)。顾随 10 月 8 日自天津乘车南下,回老家河北清河。约 10 月 10 日到家。参阅顾随 1927 年 10 月 7 日给卢伯屏信。在 1927 年 11 月 6 日给卢伯屏信中也说:"弟来时遇雨,一路感受风寒,到家即发热,加之咳嗽,甚觉不适。"四首皆写乡间风物以及词人感受。第三首在 11 月 18 日给卢伯屏信中曾录呈,信中第一句为"自笑衣冠似沐猴";最后一句为"黄昏无伴独登楼"。

11 月

《鹧鸪天·万事销磨是此生》。顾随在 1927 年 11 月 18 日给卢伯屏信中曾录呈此词,信中词与《顾随全集》所收词有个别文字不同。

《南歌子·北上途中吟寄君培》。顾随于 11 月 7 日离家北上回天津,此词即写于北上途中。

《渔家傲·楼外红桥桥下水》《踏莎行·放眼楼头》。

12 月

《金人捧露盘·雪漫漫》。顾随在 1927 年 12 月 15 日给卢伯屏信中说:"此间日昨又降雪;今日天色暗淡如铅也。曾几何时,又值天寒岁暮之期,思我良朋,云胡能已!"按词中有"雪漫漫,声寂寂,夜悠悠。"之句,故推测作于12 月下雪之日。

《瑞鹧鸪·安心还是住他乡》《贺新郎·天远星飘渺》。

《西河·夜梦晤伯屏，颜色惨澹，作别无语，遗书案头，飘然竟去。余亦惊寤，心犹怦怦动。逾数日，梦境时时往来心目中，因倚声纪之》。顾随在 12 月初给卢伯屏信中说："昨晚忽梦兄失踪——又似是投水，弟与季韶在案上发现遗书；两人窘急，至不可名状。醒知是梦，心犹怦怦！拟为诗纪之，俟心思稍修治。当着笔。"又 12 月 5 日给卢伯屏信中说："天津前日亦有雪。"结合信中语以及词序、词中文字来看，此词大约作于 12 月 3 日左右。

《清平乐·知交分散》。顾随在 12 月初给卢伯屏信中说："问生来，礼拜二日曾同游一日；礼拜三日上船，弟懒去送；此时想正在大洋中矣。知交多随鸿雁远去，中心怅而匪可言宣，如何，如何！"信中文字与中词"知交分散。尽过江南岸。夜夜梦魂飞去远。落日旌旗满眼"之词义相似，作期应该相近。

《踏莎行·与安波夜谈，赋此》。顾随在 1927 年 12 月 5 日给卢伯屏信中说："近中弟并未接得舍下信及临清函；君培亦无只字。但校中有安波、炜谟两人谈笑饮食，尚不寂寞耳。"结合词序，可以认定此词当写于 12 月初。

《夜游宫·得伯屏书》。顾随 1927 年 12 月 5 日给卢伯屏信中说："弟外面生活甚平静，其实内心之纷扰，亦不下于吾兄；所差者弟有嗜好，有寄托，有发泄，较胜兄一筹而已。"从这些文字看，伯屏来书曾诉说了自己内心之纷扰与痛苦，才引发顾随回信中的安慰之语。

《踏莎行·天压楼低》。1927 年 12 月 23 日（冬至日），此日入九。

《生查子·身如入定僧》《念奴娇·读诸家词，多恨春怨春之语，因赋此解》《侧犯·赋水仙》《鹧鸪天·佳人》（四首）。

1928 年

1 月

《水调歌头·留别》。顾随在 1928 年 1 月 11 日给卢伯屏信中说："在京小住十日，意长言短；昨日东站作别，甚为怅怅！"细玩此词，颇多感慨之意，故推测为此次晋京与友人离别之作。

《蝶恋花·丁卯除夕过半，手抄《味辛词》上卷竣，听爆竹四起，掷笔怅然，吟此即寄伯屏》。1928 年 1 月 22 日。此日为丁卯除夕。

2 月

《蝶恋花·独登北海白塔》（二首）。第一首应为 1928 年 2 月 2 日作。顾随在 1928 年 2 月 2 日给伯屏和季韶信中说："今日公纯出为其令兄拜年；下午我一人独游北海，甚乐。"由此可知词中所写为此次独游北海登白塔时之情景。

第二首词中有"我爱天边初二月，比着初三，弄影还清绝"句，以此句推测，此词应写于 1928 年 2 月 22 日，此日为阴历二月初二，顾随见初二"清绝"之月有感而作词。

3 月

《蓦山溪·年年客里》《临江仙·莫恨诗书自误》《添字采桑子·朝来方寸都何物》《浣溪沙·真个今年胜去年》。

《浣溪沙·郁郁心情打不开》。在 3 月 7 日给卢伯屏的信中，顾随抄写了这首词。

《定风波·朱敦儒词有云："谁闲如老子，不肯作神仙。"吟诵再三，觉有未尽之意，赋此聊当下一转语》。

《添字采桑子·劝君莫问春来未》。在 3 月 7 日给卢伯屏的信中，顾随抄写了这首词。玩词意，与添字采桑子（朝来方寸都何物）相似。一写外在环境之清冷寂寥，一写内在心境之焦虑无聊。

《庆清朝慢·梦又还醒》《永遇乐·夜读〈大心〉不能寐，因赋》《唐多令·春雨只销魂》《摸鱼儿·梦游海滨，醒后遂不成眠》《木兰花慢·宵深归来，独过桥头，戍兵呵夜，冷风挟沙扑面，飒飒然疑非人世也》。

4 月

《清平乐》（四首）、《最高楼·送友人南游》。

《减字木兰花·狂风甚意》。顾随在 1928 年 4 月 12 日给卢伯屏信中曾抄呈此词，"杏花开了"信中词为"清明到了"。其余文字全同。顾随在 1928 年 4 月 12 日给卢伯屏信中说："事事令人灰心。所幸看惯经惯，尚能置之；否则真活不下去矣。"

《蝶恋花·谁道聪明天也妒》。顾随在 1928 年 4 月 12 日给卢伯屏信中曾抄呈此词，并说明之："何如？太偏于哲理，使 F 君（冯至）见之，将谓我不艺术化矣。其实老顾填词，只要以词之形式，写内心的话，不管艺术化与否耳。"

《忆帝京·木棉袍子君休换》《壶中天慢·旁人笑我》《朝中措·有索近作者，赋此示之》。

《鹧鸪天·点滴敲窗渐作声》《清平乐·白天黑夜》《贺新郎·又到三春矣》《意难忘·纪梦》。

5 月

《八声甘州·哀济南》（二首）。顾随在 5 月 10 日和 5 月 12 日写给卢伯屏的信中，报告了当时情形及自己的心情："校中已驻兵。所幸院落隔断，另开旁门出入，与全校无涉，仍觉天下太平。刻尚有廿几个学生住在校内。其余除返里者外，泰半皆移入租界矣。内心摇摇无主，既不欲在津久驻，又苦于入京糜费，返里又不能。大约短时期内，仍须在此寄生耳。""函件往来，当更迟滞。弟亦不得舍下消息，只好听之。杜老诗云：'烽火连三月，家书抵万金。'今兹烽火不只三月，则家书之值，更逾万金矣。如何可之？"

《八声甘州·忽忆历下是稼轩故里，因再赋》《浣溪沙·再和》。

《浣溪沙·因百索近作，即用其咏春枫韵却寄》。《顾随全集》注：友人郑骞，字因百。

《浣溪沙·赤日当头热不支》。顾随在 1928 年 5 月 31 日给卢伯屏信中抄呈此词，信中词与《顾随全集》所收词有个别文字不同。

《浣溪沙·赤日当头热不支》。顾随在 1928 年 5 月 31 日给卢伯屏信中抄呈此词，信中词与《顾随全集》所收词有个别文字不同。

6 月

《惜分钗·熏风动》。顾随在 1928 年 6 月 3 日给卢伯屏信中抄呈此词，《顾随全集》"些许温柔"信中为"些子温柔"，其余文字相同。并说明之："昨儿下午睡午觉不成，填了一首词，抄去使见近中心情之一斑。"

《蝶恋花·飞絮随风蚁转磨》。顾随在 1928 年 6 月 3 日给卢伯屏信中抄呈此词。

《风入松·隔窗日影下层檐》《灼灼花·旧地重来到》《采桑子·年时梦到江南岸》。

《浣溪沙·京津道中》。1928 年 6 月，顾随曾晋京，主要为第二部词集《味辛词》的付印事由。

8 月

1928 年 8 月，《味辛词》出版。设计装帧与《无病词》相同，宣纸线装，书页上下两端留有较多的空白。先生从词集里摘取"愁要苦担休殢酒，身如醉死不须埋"两句，以为可以概括全书的内容，作为题辞，朱印在扉页上。

9 月

《卜算子·荒草漫荒原》。

《采桑子》(二首)。顾随在 1928 年 9 月 19 日日记中（《寻梦词》）记载："日间睡了一大觉，所以晚间虽在十二点以后才躺下，也终于睡不着。枕上填了两首词"，并抄呈了两词，与《顾随全集》所收词稍有文字上的不同。第一首，"栏杆倚到无言处"为"江北江南何处好"，其余文字相同；第二首，"水边点点光明灭"为"楼外水边光点点"，"细思三十年间事"为"细想身前身后事"，"一个流萤"为"不及流萤"，"自放微光暗处明"为"犹放微光暗处明"。并说明之："依旧脱不掉伤感得味儿，大概我是永远不长进的了。"

《浣溪沙》（二首）。顾随在 1928 年 9 月 21 日的日记（《寻梦词》）中记载："下午躺下想睡午觉，因为二首未成的词，颠来倒去的想，终于睡不成。爬起之后，到教务课室中小坐，抓起笔来胡画，却顺手把未成的词写了出来。"

《鹧鸪天·说到天涯自可哀》。顾随在 1928 年 9 月 22 日日记（《寻梦词》）中抄录此词。

《玉楼春·效六一琴趣体》。顾随在 1928 年 9 月 22 日日记（《寻梦词》）中抄录此词。

《菩萨蛮·今年人比去年老》。顾随在 1928 年 9 月 25 日日记（《寻梦词》）中记载："得 A 君函。"在 1928 年 9 月 26 日给卢伯屏信中也说："萼君有信来，已就职。"A 君、萼君均指顾随学生曹淑英。

《凤栖梧·我梦君时君梦我》。

10 月

《清平乐·故人好意》。顾随在 1928 年 10 月 2 日日记（《寻梦词》）中记载："上午季韶上课之后，独自出去登山。一路上摘了许多黑枣儿吃。走着吃着，想出一首词来，不值得录在《再青词》上，纪在这儿吧。"日记中词与《顾随全集》所录词在文字上有不同。

《采桑子·双肩担起闲哀乐》《菩萨蛮·将去西山赋》《小桃红·烛焰摇摇地》《鹧鸪天·百尺高楼万盏灯》。

《踏莎行·万屋堆银》。顾随在 1928 年 11 月 9 日给卢伯屏信中说："日昨大雪，今日甚寒冽。"

《采桑子·如今拈得新词句》《鹊桥仙·早晨也雾》《浣溪沙·花自西飞水自东》《踏莎行·当日桃源》《蝶恋花·谁道聪明天也妒》。

1929 年

1 月

《减字木兰花·人间无路》。顾随 1929 年 1 月 21 日给卢伯屏信中录呈此词，与《顾随全集》所录词在文字上有不同。

《破阵子·却笑昨宵祝祷》。

3月

《鹊踏枝·过了花朝寒未退》。

《浣溪沙·三日春阴尚不开》。此词抄在顾随1929年3月20日至4月8日间给卢伯屏信中，信未署日期，《顾随全集》编者推断为写于三月末四月初。

《思佳客·纪返里时心情》。顾随在1929年4月8日给卢伯屏信中录呈此词。顾随1929年2月2日（辞灶日）返里，3月4日回到天津校中。在家乡过春节。详见顾随1929年1月30日和1929年3月7日给卢伯屏的信。

4月

《思佳客·说到人生剑已鸣》。顾随在1929年4月8日给卢伯屏信中录呈此词，在此前有一段说明文字："我近来似乎发现了一个真理：享乐现在。人永远是惋惜着过去，而不会利用现在的。譬如说吧：我们在济南时，羡慕在青州时的生活。待到你去曹州，我去青岛的时候，却又都回忆济南了。我们试一回想，在我们过去生活的某一断片中，即使说最不愉快的一断片吧，那里面也正有着值得深深地玩味的事物在。然而我们受了外物的牵掣与蒙蔽，却将那值得玩味的事物轻轻放过；事过境迁，又把印在脑子里的影子，零残破碎的东西，拿来当作珍品，细细地咀嚼与欣赏，有时且深悔把尔时的境遇轻轻地放过，这够多么傻啊！现在我想把眼前的生活，过得切实一点，丰富一点，即使为将来的回忆打算，这也是值得过的事情哩！为了以上的原故，填了下面的词。""下面的词"即此词。

《灼灼花·不是豪情废》。顾随在1929年给卢伯屏信中录呈此词，词牌为《小桃红》，《小桃红》为《灼灼花》异名。并有说明文字："我近中的思想，是在那首《小桃红》里充分地表现出来。我最得意的是后半阕；后半阕中我最得意的是：'待举杯一吸莫留残，更推杯还睡'两句。我的意思是说：好好地爱惜我们的生命，好好地生活下去，有如把一杯好酒，一气喝干，待到青春已去，生命已完，我们便老老实实地躺在大地母亲的怀里休息，永远地，永远地。"在7月1日给卢伯屏的信中又说："我永远是厌故喜新。我永远在追求或幻想出新的东西。然而我的环境与我的追求的所得却永远是陈腐。我既没有过人的精力去奋斗，又没有石一般的沉默去忍受。我，于是，只有感到生活的疲乏与生命的倦了。'甚年来诅咒早心烦，也无心赞美'，我是寻不出那诅咒与赞美的对象来了。"

《踏莎行·天气难凭》《临江仙·西沽看桃花》《清平乐·怕看风色》。

《贺新郎·赋恨终何益》。顾随在 1929 年 7 月 1 日给卢伯屏信中录呈此词，《顾随全集》编者注说："此词收入《荒原词》时略有改动。"据词中"春已去，三之一"语可知，此时为仲春。

《千秋岁·独来独往》《渔家傲·梦里春光何澹宕》《木兰花慢·赠煤黑子》《行香子·效樵歌体》《鹊桥仙·试舒皓腕》。

6 月

《江神子·去年此际两心知》。《顾随全集》编者注：此词原有词序："去岁此际，曾填《风入松》一阕，有句云：'夜短两人同梦，日长各自垂帘。'流光一瞬，又到重五。尘老浮生，此身可虑。何必回首前尘，始兴慨叹！倚声赋此，寄之天涯。"顾随在 1929 年 7 月 1 日给卢伯屏信中录呈此词并词序，与《顾随全集》所录词文字上稍有不同。

《浣溪沙·享受宵来雨后凉》。

7 月

《思佳客·记返里时心情》。

10 月

《浣溪沙·一带高城一带山》。1929 年 10 月 11 日为重阳节。

《鹧鸪天·又是重阳叶落时》。

《浣溪沙·卧病伤离次第过》。顾随在 1929 年 10 月 1 日给卢伯屏信中说："弟泄疾已大愈，勿念。惟胃中似仍小不舒，如能戒烟卷，当有益。"可知 9 月底顾随曾得泄疾，故词中及之。

《眼儿媚·拟将愁绪托杨枝》。顾随在 1929 年 10 月 15 日给卢伯屏信中录呈此词，并说："昨日下午上课二小时，倦极。课罢返寓，四时入睡，直至晚饭时方醒。饭后独坐灯下，得词一首。"

《浣溪沙·且对西山一解颜》。顾随在 1929 年 10 月 15 日给卢伯屏信中录呈此词，并说："'同情不值半文钱'者，亦鲁迅先生之论调。今人辄谓'我对君甚表同情'云云，其实有甚用处？不能解衣与人，不问人之寒暖；不能推食与人，不问人之饥饱。何则？引起其痛苦，而又无以救济之，徒令人难堪而已。"

《鹧鸪天·壮岁功名两卷词》《定风波·仿六一把酒花前之作》（五首）。

《临江仙·游圆明园》（二首）。1929 年 10 月 11 日重阳节。词中有"眼看重阳又过，难教风日清和"句。

《临江仙·皓月光同水泄》。

《沁园春·踏遍郊原》，作于1929年10月12日。词中有"正檐端雀语，空庭残照，篱边菊笑，昨日重阳"等句。

《虞美人·更深一盏灯如豆》。顾随1929年10月20日给卢伯屏信中说："昨餐后归寓，小斋中伊灯荧然；因念吾兄此时或亦正在馆中灯下进食也。同居一市，犹有音容缅邈之叹，况一城之隔乎？不禁惘然。"词中所写意境与信中所述相似。

《破阵子·南园看枫》《破阵子·此日重游再赋》（二首）。

11月

《南乡子·游西山》（二首）。顾随在1929年11月5日给卢伯屏信中说："上礼拜六日（11月2日）……第二日（星期）弟被此间学生赵君邀游香山。仅至甘露旅馆及双清别墅一带。有提议游碧云寺及卧佛寺者，弟拒绝。不欲走马观花一气游尽以至再来时索然无味耳。采取红叶许多，拟寄往天津。"

《好事近·灯火伴空斋》。顾随在1929年11月13日给卢伯屏信中说："昨日又至清华，为浦江清君送词去。……出清华园时，已是傍晚，西山落日，映平原衰草，荒凉萧瑟之气，直逼心头。返寓后，益觉无聊。乃提前吃晚饭，不意饭后仍觉空虚。私心以为'糟矣！数年来未发之心情，今日乃复发耶？！'直至九时以后，出户小解，见满庭月色，心始畅然。返室即检谱填词，词成，心益释然，如放下重担者。得词共两首，亦尚无抑郁不能自聊之气。录博一粲。《好事近》：'灯火伴空斋，恰似故人亲切。无意搴帏却见，好一天明月。忻然启户下阶行，满地古槐叶。脚底声声清脆，踏荒原积雪。'此调殊不易填，须有清淡萧闲之意，音节方调叶。弟此词尚得此意，惟稍觉不自然耳。后半，弟甚满意，脚踏落叶，瑟瑟有声，因忆起冬日行积雪上之情形。非在静中，不能有此等笔墨也。"

《浣溪沙·不是眠迟是梦迟》。顾随在1929年11月13日给卢伯屏信中录呈此词并评说之："小巧而已，较第一首（指《好事近》）似稍逊也。"

《沁园春·涧猗以诗来索近作，适谱此调未就，后阕因述近日生活，既以自慰，且用相劝》。

12月

《浣溪沙·课罢归来一盏茶》《贺新郎·又是寒冬矣》《三字令·愁塞北》。

《东坡引·柔肠愁不断》。顾随在 1929 年 12 月 3 日给卢伯屏信中说："此刻校中电气匠人正在弟寓安置电灯。叮叮当当使弟不得安宁。然思及明后日室中便可有电灯供夜读，不禁一喜。"在 1929 年 12 月 8 日给卢伯屏信中说："电灯至昨夜始大放光明。"词中所写为未安置电灯前之情景。

《鹧鸪天·真个先生老酒狂》。顾随在 1929 年 12 月 9 日给卢伯屏信中录呈此词，以《思佳客》为词牌（《思佳客》与《鹧鸪天》为同调异名），文字有不同：谁道先生老酒狂？已无伤感与悲凉。明年花比今年好，抽得新芽一尺长。　花在眼，月当窗。闲中滋味是穷忙。长江后浪催前浪，作弄长江尔许长。在词后，顾随写道："此词重押'长'字，俟改。"果然，在《荒原词》中，"抽得新芽一尺长"改作"底事今年欲断肠"，避免了重押"长"字。

（未完待续）

（作者单位：《泰山学院学报》编辑部）

民国文献数据库研究

《字林洋行中英文报纸全文数据库》简述

彭 梅 马 瑶

一、字林洋行概论

依托便利的地理优势，近代上海在开埠之后发展迅速，成为近代中国的商业和贸易中心，是远东地区重要的通商口岸，"其繁盛不亚于英之伦敦，法之巴黎，美之纽约，德之柏林等处。"[①] 在这样的背景下，租界人口迅速增长，通讯业和印刷技术也为近代新闻事业的发展创造了条件。为了向侨民传递商情和中国国情，洋商率先开始发行报刊，其中英商在上海独占鳌头，"至 1859 年发展到 50 家，占上海洋行总数 62 家的 80.65%"[②]，字林洋行即是其中的佼佼者。

字林洋行是 19 世纪英商在上海创办的最主要的新闻出版机构，也是当时英商在华最大的报业印刷出版集团，旗下的一系列中英文报纸，如《北华捷报》《字林西报》《上海新报》等，具体详尽地记载了近代中国百年的社会场景，从不同视角解说了曲折的历史进程，具有不可替代的学术价值和史料价值。

有鉴于此，上海图书馆《全国报刊索引》作为一个在近代报刊数字资源数字化领域耕耘多年的服务品牌，在相继挖掘出版《晚清时期期刊全文数据库》（1833—1911）、《民国时期期刊全文数据库》（1911—1949）的基础上，以字林洋行为主题，历时 5 年，于 2015 年 5 月隆重推出了《字林洋行中英文报纸全文数据库》（1850—1951），收录《北华捷报》《字林西报》《上海新报》《沪报》

---

① 林震编纂：《上海指南》，上海：商务印书馆 1930 年，"凡例"第 1 页。
② 编纂委员会编：《上海对外经济贸易志》（上册），上海：上海社会科学院出版社 2001 年，第 57 页。

《汉报》《消闲报》《字林西报行名录》等中英文报纸，让这个跨越百年的出版集团的资源重获新颜。同时，上海图书馆的珍稀馆藏资源也以数字化形式，得到最大程度的保护与开发再利用，为海内外读者提供服务。下文即就该数据库的内容与重要意义予以简述。

二、字林洋行出版中英文报纸简述

《北华捷报》由洋商亨利·奚安门于 1850 年 8 月 3 日在上海创办，是近代上海出版的第一份英文报纸。该报周六出版，每期四版，主要刊登各行业广告、新闻评论、船期广告和进出口贸易统计信息等重要信息。

随着上海开埠之后的迅速发展，特别是与远洋航运的联通，使得长江航运、沿海航运和欧亚航运等汇集上海，使上海成为国际性港口。基于如此明显的区位优势和贸易需求，每周一次的船期和进出口贸易统计信息显然不能满足实际需求，因此，《北华捷报》报馆开始刊行日刊，主要报道航运信息和市场消息。因此，1864 年 6 月 1 日，报馆将之前已经在出版的《每日航运与商业新闻》更名为《字林西报》（ *The North-China Daily News* ），以适应不断扩大的航运与贸易需求。至此，字林报馆形成了一份日报《字林西报》和一份周报《北华捷报》的稳定性的出版格局。

1941 年 12 月 8 日，受太平洋战争影响，《字林西报》被迫停刊，于 1945 年 10 月 8 日复刊，此后一直发行到 1951 年 3 月 31 日停刊，创造了长达 87 年的刊行历史，成为"重要英文日刊之领袖"[1]，是近代中国出版的最具影响力的报纸。

除了报纸之外，字林洋行还于 1865 年开始发行《字林西报行名录》（ *The North-China Desk Hong List* ）[2]，刊载上海和全国各大城市商行、企业、机构的信息，以及西人名录索引、上海路名索引等重要资讯，在近代上海名录中独占鳌头。

随着外侨与华人关系的日益密切，字林报馆的业务范围也逐步扩展，除

---

① 戈公振：《中国报学史》，长沙：岳麓书社 2011 年，第 75 页。
② 《字林西报行名录》及其修订本名称几经变更，在此文中，选取了大家较为熟悉的、持续时间较长的刊名，即 *The North-China Desk Hong List*。

了服务在华的西人外，他们也日渐将新闻目光向华人圈扩展。1861 年，墨海书局停办印刷业务，其部分印刷设备为报馆收购，并开始筹备《上海新报》。1861 年底，该报正式创刊，英文名称为 *The Chinese Shipping List & Advertiser*，每周二、四、六发行，至 1872 年改为日刊，仅星期日停刊。

1882 年 5 月 18 日字林洋行又开始发行《沪报》，延聘蔡尔康、戴谱生为华人主笔，全面负责编务。该报内容包括各洋行、商铺的告白和启示、谕旨、社会新闻和评论那个，其中有部分内容译自《字林西报》。该报相继更名为《字林沪报》《同文沪报》，并与 1908 年改回本名，直至终刊。

《消闲报》作为《沪报》增刊，也收录在《字林洋行中英文报纸全文数据库》中。该报于 1897 年 11 月 24 日创办，当时《字林沪报》为与沪上更多小报竞争，率先把副刊类文章印成单张，取名《消闲报》，随正报附赠。《消闲报》在刊期、版面和编辑队伍上都具有相对独立性，被认为是中国最早的中文报纸副刊。该报随着《沪报》的更名，也先后改为《同文消闲报》《消闲录》出版。

字林洋行出版的另外一份颇值得关注的中文报纸即《字林汉报》，虽然创办时间不长，但作为西人在华内地创办的第一份日报，其价值和意义也不言而喻。

字林洋行于 1893 年 3 月 23 日在汉口正式创办《字林汉报》，聘用华人姚文藻、梅问羹主编，"汉报与沪馆本出一家，所有论说、新闻彼此多相采用，近似英人《字林沪报》之分馆"①。不久之后，该报易名《汉报》；1896 年 2 月由日人本接办，直至 1900 年 2 月因清廷颁发严查康党报章上谕，鄂督张之洞借此下令禁止购阅《汉报》，后停办。该报编制方式与《字林沪报》相同，刊载上谕、奏稿、最近的电讯、新闻以及商务信息等，大力鼓吹"华人日报风气"，以图感化人心，影响世道，引导舆论②。

由以上的简单梳理可以看出，从《北华捷报》一份简单的周报，到集日报、周报以及众多副刊于一体的中英文报纸，字林洋行也经历了从西人独资的报馆到公司制经营的报业集团的转变。

---

① 刘望龄：《黑血·金鼓——辛亥前后湖北报刊史事长编（1866—1911）》，武汉：湖北教育出版社 1991 年，第 6 页。

② 阳美燕：《英商在汉口创办的〈字林汉报〉》，《新闻与传播研究》2008 年第 1 期。

三、《字林洋行中英文报纸全文数据库》的重要意义

文献数字化是指利用多媒体技术、数据库技术、数字压缩技术、光盘存储技术、网络技术等技术手段，将印刷型文献、缩微型文献、音像型文献等传统介质的文献，转化为数字化、电子化的光盘文献或网络信息 [①]。将字林洋行中英文报纸进行数字化，能更好地解决报纸的保管问题。众所周知，灰尘、潮湿的空气等自然因素都会对纸质报刊造成自然损害，频繁地调阅、复印原始报刊也会对报刊造成人为的损害，实现报纸的数字化，可以更好地存放纸质报纸，成功实现对原始报纸的保存。将字林洋行中英文报纸进行数字化，能更方便地运用数字化后的报纸数据库进行查询、检索。纸质报刊存放占用空间大，手工进行报纸名称、期卷、内容的查询、检索，必定工作量巨大，且非常耗时，从而影响工作效率，而将报纸数字化则能大大提高查询、检索报纸的效率，做到随调随看。将字林洋行中英文报纸进行数字化，可解决不易实现信息共享的问题。由于字林洋行中英文报纸出版年代最早可追述至 1850 年，早期的出版发行量仅限于在华的西人数量，再加上人为、自然等因素，留存至今的版数屈指可数，可谓之古籍，因而也就不会轻易示人，甚至当作文物收藏起来，研究人员及其他读者就很难借阅到，将报纸数字化后，这个矛盾便可迎刃而解，可轻易实现孤本报刊的信息共享。

《字林洋行中英文报纸全文数据库》的推出，为相关领域研究的学者提供了坚实的后盾。如在新闻史研究领域，有学者专门研究《字林西报》，汪幼海研究《字林西报》与近代上海新闻事业之间的关系，认为该报掀开了近代上海传媒产业的第一章，从《北华捷报》到《字林西报》，字林洋行在上海发展出系列报刊，颇具规模，对上海及中国其他口岸的外侨社会，乃至海外外侨都具有相当的吸引力和影响力，把近代西方媒介资本运营理念和资本主义文化产业的商业运作方式传入中国，形成近代上海媒体职业化与产业雏形，同时，西方文化消费方式和观念也随着洋报刊移植进上海，西文报对于上海本土文化的反

---

① 黄健、沙永群：《高等学校图书文献的管理与使用》，哈尔滨：哈尔滨地图出版社 2006 年，第 246 页。

应与调适，不断推动着上海文化产业向前发展①。再如，陈晓波对孤岛时期的《字林西报》进行了研究，他认为自 1937 年 11 月到 1941 年 11 月日本占领上海期间，《字林西报》在孤岛时期报业生存的困境中，及时调整经营策略，拓宽经营领域，为报刊的生存留下了宝贵的空间②。可见，这些相关领域的研究都离不开该数据库，都需要该数据库所提供的文献信息，这也显示了数据库在学术研究方面的重要意义。

（作者单位：上海图书馆《全国报刊索引》编辑部；

华东师范大学历史系）

---

① 汪幼海：《〈字林西报〉与近代上海新闻事业》，《史林》2006 年第 1 期。
② 陈晓波：《孤岛时期〈字林西报〉研究》，上海大学学位论文。

"晚清期刊全文数据库"及其影响

马　瑶　颜　佳

一、晚清期刊全文数据库的创办

清朝晚期即 19 世纪中叶至 1911 年，是中国近代史的开端，更是中国社会转型的特殊时期。历史风云在此汇聚，思想潮流在此碰撞，作为文化结晶的晚清期刊也应运而生。由于年代久远、存世稀少，晚清期刊通常被作为古籍珍藏，不得轻易示人。因此，作为中文期刊中最珍贵的资料，晚清期刊成为客观再现晚清风貌的珍稀文化遗产。有鉴于此，上海图书馆《全国报刊索引》编辑部秉承"普及知识、传承文明"的出版理念，经过多年不懈的努力，发掘、收集、整理与制作，最终于 2009 年推出了首个全文数字化产品《晚清期刊全文数据库（1833—1911）》。该数据库共收录了从 1833 年至 1911 年间出版的 300 多种期刊，28 万多篇文献，几乎囊括了当时出版的所有期刊，拥有众多的"期刊之最"，是研究晚清历史的专业人士必备的数据库检索工具。

继《晚清期刊全文数据库（1833—1911）》推出后，《全国报刊索引》编辑部又陆续增补发掘了更多珍贵数字资源，推出了《晚清期刊全文数据库》（增辑），共收录期刊 200 余种，文献 25 万余篇，不仅增强了晚清期刊数据库的独特性和完整性，更为研究近代中国提供了不可多得的宝贵资料。自此，整个"晚清期刊全文数据库"共收录了 500 余种期刊，53 万余篇文献，不仅有大量晚清时期知名的期刊，也包含了大量寂寂无闻的小刊物，让广大读者和研究人员共享晚清期刊不可替代的学术价值与史料价值，全面了解晚清社会风貌。

二、晚清期刊全文数据库的内容

"晚清期刊全文数据库"种类繁多、收录全面、主题鲜明，再现了晚清时期思想激荡的峥嵘岁月，有宣扬妇女解放和思想启蒙的妇女类期刊，有晚清小说大繁荣时期涌现的四大小说期刊，有为开启民智、传播新知创办的白话文期刊，有介绍先进技术、传播科学知识的科技类期刊等等。

在政治类期刊方面，有《新世纪》《浙江潮》等宣传民主革命学说。如1907年中国留法学生创办的《新世纪》，刊载革命党演说、万国革命风潮、时评等内容，是中国近代出版时间最长的宣传无政府主义的刊物。《浙江潮》由浙江留日同乡会于1903年在东京创办，报道有关政法评论，世界一般大事，分析国际政局，也刊载教育评论、文艺作品等。

教育类期刊则涵盖了《教育世界》《四川教育官报》等重要期刊报纸。如《教育世界》由罗振玉发起创办，王国维为主编，自1901年5月在上海创刊至1908年1月停刊，出版期间从未间断，是中国最早的教育刊物，主要介绍中外教育思想、教育制度，还刊载外国教育小说等，对近代中国的教育事业的发展产生了深远影响。《四川教育官报》自1904年3月在成都出版，至1911年停刊，推动了四川地区教育事业的发展。

妇女类期刊提倡女学，尊重女权，有《女学报》《女子世界》等重要期刊。《女学报》原名《女报》，是我国最早妇女刊物，1899年创刊，不久停刊，至1902年续出，1903年改名为《女学报》，由于1899年各期未见，数据库收录了1902年的第1—9期全部及1903年的第1—4期；1904年1月常熟女子世界社在上海编辑《女子世界》，由上海小说林社发行，是中国最早的妇女刊物之一，1907年停刊，数据库收录了其出版的全部18期内容。

文艺类期刊则囊括了晚清四大小说期刊在内的多种杂志报纸。其中《新小说》自1902年1月创刊至1906年1月停刊，共出24期，刊登小说、文艺理论、剧本、诗与歌谣、笔记等，"晚清期刊全文数据库"收录了全部内容；《绣像小说》自1903年5月创刊至1906年4月停刊，共出72期，内容配以绣像，作品多揭露清朝封建统治腐败和帝国主义侵略，宣传社会改良，藉以唤醒民众，宣传爱国，试图达到除弊兴利、富强国家的目的，该刊的全部卷期都被收录在数据库中；《月月小说》由吴趼人在上海创刊，内容主要为或著或译的小说，以及论文、戏曲等，数据库收录了该刊出版的全部 24 期内容；《小说林》是今天研究近代文学史和社会生活史的重要史料来源，数据库也收录了该刊社出版的全部 12 期内容。

在白话文方面，则有《无锡白话报》《中国白话报》等，这类期刊提倡白话文，通常宣扬反帝爱国主义，宣传变法思想，在开启民智方面发挥胃重要作用。如《无锡白话报》1898 年 5 月创刊，是我国最早的白话刊物，不仅对开启民智、推动维新有积极的作用，在促进白话风气方面更有不可磨灭的功能，该报刊行后，在全国范围内影响颇大，《苏州白话报》《杭州白话报》《扬子白话报》《京话报》等白话刊物继之而起；《中国白话报》是研究中国近现代历史、文学、政治等的重要资料，较早提倡白话文，宣传民主革命，兴民权，改造国民，着重引导人们推翻清政府，鼓吹反帝爱国思想，数据库收录了其出版的全部 27 期内容。

科技类期刊则有《北直农话报》《地学杂志》等重要报纸杂志，这些期刊的出版对清末社会产生了重要影响。比如，1905 年 11 月正式创刊的《北直农话报》，是我国最早的农学期刊之一，它不仅经由日本系统地传入了西方农学，而且也传入了西方的格致学。以通俗易懂的科学道理，传播农业科学技术，在当时产生的重要影响和在农业传播中的地位均非一般农业期刊可比，其对农业所起的作用和做出的贡献不可磨灭。《地学杂志》1910 年 2 月《地学杂志》在天津创刊，后迁至北京，停刊于 1937 年 3 月，该杂志为地学刊物，是我国现代地理学萌芽时期的重要文献，主要介绍地理学、人地关系论、地理教授法、历史地理学、游记、探险记、海程记、风土记等，扩大了当时民众的地理科学知识面，放眼看世界，不再仅仅满足于做一只井底之蛙。因而，这类传播科学技术知识的期刊都被收录在了数据库中，方便读者与学者全面了解当时的科学技术传播、发展的情况。

军事类方面包括了《南洋兵事杂志》《北洋兵事杂志》等在内的期刊，是了解晚清军事近代化进程的重要史料。其中，《南洋兵事杂志》自 1906 年创刊在南京出版，至 1911 年停刊，主要刊登中国近代战争史话，以及国内军界、学界对增益军队进步或于各兵种学术有心得的研究著述，转载国内外各报有关军事方面的报道，介绍中外各国军事历史以及相关的军事管理制度，探讨各国武器配备及军事部署等，数据库收录了该杂志出版的全部 59 期内容；《北洋兵事杂志》1910 年在天津创刊，同年即停刊，只出版了 3 期，内容包括军事、学术研究、作战技术、战史研究、军队教育及管理等具体问题的讨论，以及外国军事情况的调查报告、见闻、军事诗词等，数据库也全部录入这 3 期内容。

三、晚清期刊全文数据库的影响

上海图书馆的"晚清期刊全文数据库"一经推出，便极大地推动了学界对晚清时期各领域的研究。过去，学者们需要经常奔波于各大图书馆之间，埋首故纸堆，挖掘、摘抄，往往耗费大量的时间搜集资料，而数据库的推出则大大缩短了学者搜集资料的时间，提高了研究效率，能更好地产出研究成果。

因数据库收录的期刊齐全、检索方便，在新闻史的研究中发挥了巨大的作用。如在尹延安著的《传教士中文报刊译述中的汉语变迁及影响 1815—1907》一书中，就提到学界利用该数据库进行学术研究。该书从语言与文化互动的角度考察传教士中文报刊译述活动对汉语变迁的历史影响和作用，在进行文献综述时认为，近代报刊目录整理与报刊史料出版方面有了较大发展，利用计算机及网络技术实现了信息共享，其中在现代信息技术方面，则以上海图书馆的《晚清期刊全文数据库》《晚清期刊篇名数据库》为代表[1]。再如，周光明、丁倩在《近代业界称谓与群体符号边界：以"新闻界"为中心》一文中，进行的数据搜集，就是建立在该数据库基础上的。他们认为在中国古代新闻业不发达，其称谓也比较模糊，但近代以来，根据上海图书馆《全国报刊索引》编辑部制作并推出的《晚清期刊全文数据库》和《民国时期期刊全文数据库》进行文献检索，发现新闻业界的称谓有十四种之多[2]。

该数据库也同样在医药史、思想史等方面的研究中产生了重要影响。如章清在研究清季民国时期的"思想界"时，主要参考了该数据库，在文末的"参考文献"中，将这一数据库列为"电子及数据库资料"类的第一个资源，其次为上海图书馆的《民国时期期刊全文数据库》[3]。再如，张丰聪对近代中药的研

① 尹延安：《传教士中文报刊译述中的汉语变迁及影响 1815—1907》，上海：上海交通大学出版社 2013 年，第 5 页。

② 周光明、丁倩：《近代业界称谓与群体符号边界：以"新闻界"为中心》，《新闻与传播研究》2013 年第 10 期，第 116—125，128 页。

③ 章清：《清季民国时期的"思想界"上新型传播媒介的浮现与读书人新的生活形态》，北京：社会科学文献出版社 2014 年，第 827 页。

究以近代医药学期刊为中心，这就需要频繁查阅近代期刊，而上海图书馆的这一数据库便极大地方便了他的研究。他在其文章中认为，近代医药学期刊，以其动态性、真实性、时效性、交流性和广泛性等特点，保存了大量近代中医药的珍贵文献资料，特别是刊载了大量中药研究的论文，具有重要的文献价值。在研究方法上，则以近代医药学期刊为研究对象，以"全国报刊索引"中的《晚清期刊全文数据库（1833—1911）》和《民国时期期刊全文数据库（1911—1949）》为主要检索资料来源[1]。毋庸置疑，"晚清期刊全文数据库"的推出，在学术界产生了重要的影响与作用。

综上所述，上海图书馆《全国报刊索引》编辑部推出的"晚清期刊全文数据库"，因其种类繁多、收录全面、主题鲜明、检索方便等优点，在学术界发挥着越来越重要的作用。

（作者单位：华东师范大学历史系；

上海图书馆《全国报刊索引》编辑部）

---

① 张丰聪：《近代中药研究与理论嬗变：以近代医药学期刊为中心》，山东中医药大学博士学位论文，2013年。

杂缀

《陈梦家著作集》出版琐忆

——纪念民国文人陈梦家先生诞辰 105 周年

俞国林

读大学的时候，对于现代诗，比较喜欢徐志摩及与他有关的"新月派"诗人们的现代格律诗。到现在记忆犹深的，有朱湘的两句："与落花一同漂去，无人知道的地方。"这两句，后来还成了作者的诗谶。非格律诗的，大概也就属卞之琳"你站在桥上看风景"那首《断章》，到现在还未忘却，令人遐想。其余的，大概只记住了些人名而已，其中就有"陈梦家"三字，大约因他是上虞人的缘故罢。

一、编辑《西周铜器断代》

毕业后到中华书局工作。有一天，熊国祯副总编辑找我，说要给我安排一部积压了三十多年还未出版的书稿。交给我的稿子，是陈梦家先生的遗著——《西周铜器断代》。就这样，我第一次正式接触到了陈先生的文字，也才知道陈先生后来是做了学术的，而且还挺艰深！我拿到的《西周铜器断代》，是一份考古所的整理誊抄稿（含图片原件），一份铅排三校样（图片未排）。书稿是赵诚先生 1982 年发稿的，三校样出来之前，赵先生已经退休了，以致延误下来。最开始，我以为只是对三校样进行编辑加工。于是，从 2001 年 11 月至 2002 年 4 月，用了六个月时间，通读一遍。国家经贸委早在 1999 年下达的第 16 号令《淘汰落后生产能力、工艺和产品的目录》中明文规定，2000 年底要淘汰全部铅排、铅印工艺。我当时听说，书局有几部重要且难度较大的书稿，还是铅排的，且都已经到了最后关头，所以想赶制一下，虽然已经晚于国家的规定时间了。其中除了《西周铜器断代》外，还有《沈曾植集校注》《绎史》等，后来《绎史》与《沈曾植集校注》于 2002 年正式出版，还是铅排字，当时网上还在讨论，说这两部书很可能是最后的铅排本图书了。可是，《沈曾植集校注》《绎史》出版的时候，《西周铜器断代》还未送来付型样！难道《西周铜器断代》将成为最后的铅版书？

直到 2003 年 8 月，出版部才将新的打样送来。一看，发现不对，已经改作电子排版的。呜呜呜！原因其实很简单，且看考古所写于 1990 年的《编后记》："为使本书高质量的与读者见面，中华书局不惜工本，特用铅字排印出版。……华昌泗同志生前为刻制难字。"据说，之前华先生专为此书刻制了五千多个古文字。现在华先生已经故去，工艺也遭淘汰，只得电子重排了。于是，我又从 2003 年 9 月至 2004 年 1 月，用了五个月的时间，重新一个字一个字地校读了一遍，出版部校对科也安排了三个校次。

2004 年 3 月，《西周铜器断代》付印。最后关于定价多少，编辑部、出版部与发行部三方看法不甚统一，为此还专门召开协商会。最终大家还是采用了我的意见。同时协商定价的，还有一本《张政烺文史论集》。

二、重签出版合同

就在《西周铜器断代》的编辑出版过程中，2003 年 8 月，徐容甫先生重回书局工作，担任副总编辑。考虑到此书的合同，是 1996 年与赵萝蕤先生签订的，但赵先生已故世，需与其著作权继承人取得联系。再者，我局之前也出版过陈先生的其他著作，容甫先生安排我统一考虑。经过向考古所负责《西周铜器断代》出版事宜的王世民先生了解，大体上掌握了陈先生著作的存世情况。

2004 年 1 月 2 日，我整理出了陈先生的著作目录，2 月 24 日写的报告里定作"陈梦家全集"。但考虑到肯定不会"全"，所以正式出版时，可以用"陈梦家著作集"这一名义，这种思路得到大家的认同。（之后，以"著作集"形式，系列出版学者的专著与论文集，成为书局的一个出版重点。）

如此一来，就需要与陈先生著作权的继承人重新签署合同。王世民先生告诉我说，赵先生有个弟弟叫赵景心，可以找他。可是陈梦家、赵萝蕤夫妇当年生活的美术馆后街 22 号被拆除，赵景心先生搬到了哪里，不得而知。

找人，其实像探案一样！

经过多方打听，最终还是找到了赵景心先生。我便前往其远在海淀上庄的住处。经过沟通，赵先生非常支持我们出版陈先生的著作集。在赵先生口中，听到他对赵萝蕤、陈梦家的称呼是"我姐姐""我姐夫"！听得出来，赵先生对他姐姐感情很深！

至于重签合同，赵先生说，他还有两个弟弟，一个叫景德，一个叫景伦，两人都在美国。自己与景德有联系，关系很好，可以代表他签字，但代表不了景伦，同时也没有景伦的联系方式。又说：合同要景伦先签后，他再签字。

这下又波折了，到哪里去找景伦先生呢！

回来后，又几次与赵先生通电话。忽然有一次，赵先生说，景伦的太太是张治中将军的三女儿张素初。而张素初的大姐张素我，又是他的同事。通过赵先生给的电话，即与张素我先生联系，打听到景伦先生在美国的电话与电子邮箱。2004 年 3 月 8 日，即与景伦先生去信一封，说明原委。4 月 5 日，先生回国，招我见面。4 月 8 日，我带着合同到花市大街，请先生签字。之后，再去景心先生处，请他签字，并代表景德一起签字。

三、未收录"著作集"的品种

2004 年出版了《西周铜器断代》，又再版了《殷墟卜辞综述》和《汉简缀述》。既然制定了"著作集"的出版规划，就得陆续将已刊未刊的专著、论文、散文、诗歌等，全部重新校订、整理出版。

同一年，修订再版了万国鼎编，万斯年、陈梦家补订的《中国历史纪年表》。修订挖改所用的底本，是容甫先生提供的中华书局 1978 年 1 版 1 印本。因为只是订补他人的著作，所以此一种是不列入"著作集"的。

《尚书通论》《西周年代考》《六国纪年》三种之前是出版过单行本的（《西周年代考》《六国纪年》两种因篇幅较小，合作一册），此次也都全部重排，其中《六国纪年》依据的是陈先生的校订本。这三种，作为"著作集"的两册，于 2005 年 6、7 月分别出版。

其中还有一种书——《武威汉简》，当年是中国科学院考古研究所与甘肃省博物馆合编，列为"考古学专刊"乙种第十二号出版的。

1957 年 7 月至 1959 年 11 月间，甘肃省博物馆在武威县先后清理了三十七座汉代古墓，在磨咀子六号墓发现了四百六十九枚仪礼木简以及七枚日忌木简、四枚杂占木简。1960 年，中国科学院考古研究所委派陈梦家先生前往甘肃省博物馆，对这批汉简（包括六号墓出土的四百八十简，十八号墓出土的王杖十简，以及四号、十五号、二十二号、二十三号墓出土的枢铭四条）进行了整理、考释与研究。

《武威汉简》共分五部分：叙论、释文、校记、摹本、图版。其《后记》中写道："本书的具体工作，由以下各人分任：实物清理、简报：甘肃省博物馆郭德勇等；摄影：甘肃省博物馆吴柏年；摹录文字：张邦彦；叙论、校记、释文等：考古研究所陈梦家。"

此书 1964 年由文物出版社出版，定价 25 元。以当年的收入与消费水平而言，不啻为奢侈品。

为了再版此书，我们与社科院考古研究所、甘肃省博物馆、文物出版社分别联系。最开始，我们希望将其纳入"陈梦家著作集"中，但后来觉得此书属于特殊时期的特殊著作，纳入个人"著作集"并不合适，所以还是决定单独出版，并与上述三家单位分别寄去公函，得到支持。

编辑过程中，我们将《汉简缀述》里的《武威汉简补述》一文，作为此书的附录。这篇《补述》分两部分，一是对汉代"日忌"内容的考释，二是对"文学弟子"一词源流的分析，为确定第六号墓主人活动的时代，提供了更多的线索与帮助。

《武威汉简》于 2005 年 9 月正式出版，距上次印刷时间，也已经过去四十一年了。

四、九十五周年诞辰时的纪念

2005 年，曾与王世民先生商量，2006 年是陈先生诞辰 95 周年，或可举办纪念活动。会议之际，最好出版点新的著作。

于是，王先生从考古所的书库里，找出陈先生在昆明西南联大、美国芝加哥大学授课时的讲义三份。第一份，1939 年夏的《文字学甲编》，分七章，第七章古文字材料只写了"甲骨文"一节，为未完稿。第二份，1943 年的《中国文字学》两章，自称为"重订本"，其内容与 1939 年本略有重复。第三份，1944 年秋在芝加哥大学讲授中国古文字学的英文讲义打印稿，名 *AN INTRODUCTION TO CHINESE PALAEOGRAPHY*。后来决定将这三种文字学讲义合编在一起，总名之曰《中国文字学》。前两种，请国家图书馆古籍部的刘波先生整理，对原稿上的眉批与旁注，用"【　　】"标示，插在正文相应位置。英文部分则据原打印稿排版。

在《中国文字学》里，陈先生将古文字的发展分为五期，系统考察文字的演变，推阐条例；从时代、地域，书写的方法、材料、工具、手续及书写者身份等因素推寻字体演变之原因；并分论历史上的字体，对王国维先生所持的籀文是秦时文字，即周秦间西土文字，壁中古文是周秦间东土六国文字之说，多有辩驳；从而构建起自己的文字学体系。其中最重要的一条，即陈先生认为，古文字研究兴起后，传统的六书说就退居到次要的位置，所以应从名、文、义三方面，"建立文字的条例的一个始基"——这就是陈先生提出的著名的"三书说"。

由于《中国文字学》一直以讲义的稿本形式存在，没有得到出版，而"三书说"的观点体现，又是在 1956 年出版的《殷墟卜辞综述》一书中，所以人们认为陈先生是到五十年代才开始提出"三书说"的，远较唐兰先生 1935 年时所提的"三书说"晚了大约二十年。其实不然。

1935 年唐兰先生在《古文字学导论》中提出"三书说"，即象形、象意、形声。陈先生对其中的"象意"有不同意见，并提出象形、假借、形声的"三书说"。陈氏"三书说"后来得到了学术界的基本认同。"三书说"在陈先生的《文字学甲编》里就已经存在，而《文字学甲编》的第一稿作于 1937 年秋。所以说，《中国文字学》是具有重要的学术史意义的。出版后，居然还获得了"2006 年度全国文博考古十佳图书"，实是意外之喜。

与此同时，我还约请上海陈子善先生收集、整理陈先生学术论文之外的其他文章。子善先生后来在《前言》里说："我读三十年代的《新月》和《中央日报》，读四十年代的《国文月刊》和《观察》，读五十年代的《诗刊》和《人民日报》，发现陈梦家还有不少诗歌之外的文字未曾结集，其中有小说，有抒情散文，有文艺评论，有观剧杂感，还有讨论文字改革的，介绍青铜器文化的，等等等等，琳琅满目，美不胜收。原以为陈梦家以诗人名，以考古学家名，没想到他的创作和治学领域是如此广阔。一个新的设想由此萌生，何不再编一本陈梦家新文集——诗集和学术专著之外陈梦家的文学创作和学术随笔集？这样，陈梦家文学和学术生涯中鲜为人知的一面，也许可以得到昭晰的展示。"

我们读陈先生早年的《不开花的春天》《你披了文黛的衣裳还能同彼得飞》

《七重封印的梦》《青的一段》等，看看题目，就能够感觉得到其中的情趣了。

又与清华大学蓝棣之先生联系，约请他重新整理陈先生的诗集。陈先生十六岁就开始创作新诗。1931 年编辑了一本《新月诗集》，收入徐志摩等十多人的诗作；同年他个人的第一本诗集《梦家诗选》问世，并一举成名。随后，1934 年《铁马集》、1936 年《梦家存诗》相继问世，被公认为"新月派"后期最有建树的诗人。只是后来转向学术研究，所谓"青春作赋，皓首穷经"是也。四十年代之后的诗作，今仅见到 1948 年一首、1951 年一首、1953 年二首、1954 年一首而已。在整理过程中，子善先生将新发现的十三首，以及我在景心先生家发现的作于 1953 年 12 月 17 日的《过北海三座门大街》一首，共十四首，都请蓝先生增补进了诗集。

《过北海三座门大街》："对着黄尘蒙罩的夕阳，/ 对着静静的粉红色宫墙。/ 止一轮淡绿色的月光，/ 奇怪的冰原，说不出的凄凉。"由于写在 1954 年的那首《悼闻一多先生》不是格律诗，所以我个人以为，《过北海三座门大街》这一首，其具体而朦胧之意象，铿锵而哀婉之韵味，极可能是 1949 年以后新月诗人的空谷绝响了。

《中国文字学》《梦甲室存文》与《梦家诗集》三种，于 2006 年 6 月底正式出版。7 月 3 日，在考古所召开"纪念陈梦家先生诞辰 95 周年学术座谈会"上，我们将上述三书作为礼品赠送给与会学者。

五、《陈梦家学术论文集》的收集与整理

王世民先生说，陈先生 1957 年自编过一份论文目录，是按发表先后编排的。后来赵萝蕤先生抄录了一份给他，那份目录的截止时间是 1956 年。至于1957 年之后的，王先生说，他可与张长寿先生一起来做补充。因为陈先生很多著作的原稿、出版物以及未刊的遗稿，赵萝蕤先生都捐赠给了考古所，所以我即请王先生收集《陈梦家学术论文集》。

九十五周年纪念会后，《论文集》的出版提上正式日程。我也经常催王先生交稿，以便在陈先生诞辰一百周年之际出版。直到 2010 年年底，王先生才将收集到的陈先生学术论文编辑成册，交来书局。

《论文集》收入陈先生生前已刊论文三十五篇，按发表时间顺序编排；其余十三篇，因其全文收入或改写后收入陈先生其他相关专著，在《论文集》目

录之后作"存目"处理，并于篇名后注明原载何处，以及后收入或改写收入何书等情况。另外，还有陈先生在世时未发表的论文十篇：其中三篇，王先生之前已经整理并发表了；余六篇，商定由书局编辑部代为整理；还剩一篇，即《右辅璱宝留珍札记》，不作整理，而是以原件扫描的形式，置在全书论文之后。

再者，陈先生早年的论文，大都有抽印本，陈先生经常在抽印本的天头地脚空白处，做一些批注；所有这些批注，我们均以加"【 】"的形式插到相应位置。但是《商王名号考》这篇抽印本的批注相当多，有的页面甚至把天头地脚全部写满了，为了展现陈先生严谨求实的学术态度和不断钻研的学术精神，我们将这一篇以整篇扫描的形式收入，这样既避免了信息的误差和流失，也避免了版面因加入太多的"【 】"而造成的不美观。

以上，共计四十九篇论文。

《论文集》的整理、录入、校对、编辑工作，繁复而麻烦，在我手上流转了三年多，由于平时杂务繁重，根本没有足够的时间，可以安心地用来处理书稿中的问题，经常顾此失彼，捉襟见肘。

2014年夏天，所在部门新进两位大学毕业生。其中李碧玉毕业于清华大学中文系，考虑到陈先生曾在清华大学中文系任教，就将编辑此书的任务，交给了碧玉。告诉她，这本书会成为她编辑生涯最重要的也是最有意义的一本著作。并要求她将所有的校样都保存好，待书出版后，帮她装订成册，留作纪念。

我让碧玉先将校样与原稿校对了一遍，使她大致了解《论文集》的情况。之后，再就里面存在的各类问题，怎样来处理，用何种方法、方式解决，采用什么步骤等，一一为之详述。并要求碧玉将这些问题，分门别类的总结出来，做好归纳。

碧玉温柔秀美，人如其名。又精音律，二胡古筝，近乎专业。刚来的时候，不会饮酒。其间聚餐，啤酒一杯，已属勉强，再劝则云：那下午就不能看陈先生的稿子了。倏忽二年，酒量与经验同涨，现在聚餐，碧玉已经能主动认领一瓶矣。

碧玉对《论文集》中提到的所有甲、金文及四部文献，全部依据原书或通行本进行了核对，改正其中的错讹，不知凡几。初时虽了无所知，而到如今，碧玉对甲、金文也能道个甲乙丙丁。之前确定的六篇遗稿的整理工作，也都由碧玉承担，可谓是《论文集》出版之第一功臣！

后来，我们将整理好的校样，送给王先生审阅。王先生看后，大加夸奖，以为整理之细致，校订之干净，问题解决之到位，格式排版之清爽，都已到了极致，云云。

经过一年半的时间，2016 年 3 月 8 日，样书终于送审。王先生看到寄去的样书，发来短信，说："《论文集》印刷得很好，我们十分满意。"这距陈先生自编论文目录，已六十年矣。

就在《论文集》付印后，即让碧玉将之前商量并归纳、总结出来的问题，以及我们如何处理的方法、方式等，整理成文，经过几次修改，我们写了一篇《从〈陈梦家学术论文集〉看现当代学术文献之整理》论文，兹录其摘要如下："现当代文史学者学术论文集的整理，较之一般古籍图书和学术专著更为复杂，往往存在体例混乱、文字错讹、标点舛误、引文不确等问题。本文以《陈梦家学术论文集》的整理、编校为例，对各类问题的解决分别作出了说明，试图总结出有一般适用性的整理原则和编校方法，从而为现当代学术文献的整理、出版提供参考。"这里面很多问题，确实是有共性的。

近五六年来，我所带的年轻同事，都有这样的经历，如朱季海《初照楼文集》（李天飞）、戴明扬《嵇康集校注》（朱兆虎）、骆鸿凯《文选学》（马婧）、徐炳昶《徐旭生文集》（刘明）等，都是由责任编辑承担收集、整理与校订工作的。这对于刚入职的年轻人来说，无疑是最好的锻炼，且富有成就感。

六、《海外中国铜器综录》与《海外中国铜器图录》

陈梦家先生四十年代讲学美国，后又到加拿大、北欧等地寻找散落的青铜器。曾计划编纂《海外中国铜器图录》三集，1946 年由商务印书馆出版第一集。《海外中国铜器图录》为中国学者所著、总结欧美国家收藏中国青铜器收藏状况的第一部图录。这部图录的海外照片征集工作，当年由北平图书馆袁同礼先生主持完成，而图录的编纂工作则由陈梦家先生完成。可惜第二、第三集，"因香港为日军所占，未能续印"。

1962 年，科学出版社出版了《美帝国主义劫掠的我国殷周铜器集录》，煌煌一厚册，署名"中国科学院考古研究所编"。此书的实际整理者，就是陈先生，因为他当时的"右派"身份，不能冠名。

王世民先生告诉我，《美帝国主义劫掠的我国殷周铜器集录》的原照片与拓片等，都还保存在考古所。除了美国卷之外，陈先生基本已经完成了加拿大、北欧两卷。加拿大卷包括安阳、洛阳出土的商周青铜礼器、兵器和工具二百余件；北欧卷包括英国、法国、荷兰、瑞典等国收藏的商周青铜礼器二百余件。

其实，我们看陈先生写于1956年秋的《中国铜器综录自序》一文，即可知道陈先生当年对流散在海外的中国青铜器，有着"规模宏远"的编纂计划。

早在2004年6月，我们就与考古所商定，要对《海外中国铜器综录》一书做出重新整理、编排，厘分三卷，纳入"考古学专刊（乙种）"出版。署名方式则循专刊旧例，为"陈梦家编撰，中国社会科学院考古研究所编辑"。由于此书的特殊性，故不纳入"陈梦家著作集"系列。可惜，这项工作进展并不顺利，直到2014年初，才进入图片扫描阶段，于是就交付部门内朱兆虎负责。

兆虎性喜小学，一度特别关注老辈学者的学术遗稿，如罗君惕先生《说文解字探原》、马宗芗先生《毛诗集释》等重要著作的出版，都是兆虎努力的成果。另外，兆虎还曾担任陈先生《中国文字学》修订再版的责任编辑，对陈先生的著作较为熟悉。

后来，兆虎读到曹菁菁发表在《文献》杂志上的《国图藏陈梦家〈海外中国铜器图录〉未刊稿》，发现在国图还有《海外中国铜器图录》第二集的原稿。我即让兆虎与国图联系，商定一并出版《海外中国铜器图录》第一集、第二集，并纳入"陈梦家著作集"系列。

七、《中国铜器综述》

陈梦家先生在《海外中国铜器图录》第一集的卷首，曾写有《中国铜器概述》一文，文章写于1940年4月，时任教于西南联大。后来1944年11月至1947年9月，陈先生到美国芝加哥大学讲授中国古文字学，同时收集北美所藏中国铜器材料，编成《美国所藏中国铜器图录》（即后来的《美帝国主义劫掠的我国殷周铜器集录》）。

在《美国所藏中国铜器集录》的《自序》里，陈先生说："原编附有《中国铜器综述》十五章，系就旧《中国铜器概述》扩大改作。……《综述》篇幅太长，今删去之，以后当可单独问世。"（1956年12月）

这本《中国铜器综述》，其实是英文稿，书名作 General Study of Chinese Bronzes。2004年时，即请王先生找人翻译，后由王睿（故宫博物院）、曹菁菁（国家图书馆）、田天（首都师范大学）、孙莹莹（美国西雅图华盛顿大学）四人，合作翻译完成，复经王先生校订，直到 2015 年年底方才交稿，前后差不多十年时间，可见翻译之不易。现在也已交给碧玉，由她承担编辑出版任务，估计在不久的将来，大家就可以看到。

八、其余著作文章等

陈梦家先生于 1934 年 1 月赴北平，成为燕京大学研究院研究生，专攻古文字学，至 1966 年 9 月辞世，三十二年的学术历程，所撰写的著作除如上所述之外，其实还有很多，或者是我们现在还未发现，或者是早已散佚了。

如陈先生在《中国铜器概述》（1940 年 4 月）文末所列参考用书，所列自著书有：《铜器铭文研究》（稿本）、《金文编校记》（稿本）。这两种稿本，今未见。

在《中国铜器综录自序》（1956 年秋）里说："一九三九年在昆明因北京图书馆之约，编辑《海外中国铜器图录》，虽作三集，而仅出一集，因香港为日军所占，未能续印。"今也只发现了第二集的稿本而已，第三集未见。

在《美国所藏中国铜器集录自序》（1956 年 12 月）里说："原编中对西周较重要诸器铭，曾作有较长的考释，附于说明之内。此类考释，今已提出，归入《西周铜器断代》与《东周铜器断代》两书中。"今者《东周铜器断代》一书未见。

赵萝蕤先生抄录的陈先生 1957 年自编的论文目录，著录英文论文五篇，现在还没有收集到。

王先生经常说起，陈先生后来一度致力于度量衡的梳理与研究，这些稿件还保存在考古所，可惜大都未成稿，知道的篇名有《战国货币总述》《战国记容铜器》《古尺记略》《汉尺考述》《汉斛考述》《汉唐之间的尺度》《唐宋尺》《明清尺》等。

不知道陈先生的这些著作和散篇文章，还有他的佚文、日记、书信等，能否有面世的一天。只要有，——我们，随时准备着！

九、杂记

我出生于浙江省桐乡市大麻镇。大麻镇，1950 年之前隶属于德清县，后来划给崇德县，1958 年崇德县与桐乡县合并，称桐乡县（今称市）。大麻镇的

北面就是新市镇，距离极近。据震宏兄见告，大麻镇流传有两句俗语，一句是
"新市人就是大麻人"，另一句是"长毛前，赵百万；长毛后，赵讨饭"。太平
军进驻大麻是在 1859 年冬，所以颇疑新市赵家，是在太平军乱后从大麻迁居
新市的。

陈梦家先生的岳丈赵紫宸先生，中国基督教神学家，是德清县新市镇人。
赵紫宸先生 1948 年所撰《系狱记》中记载到："大麻是浙江的小村镇，我年幼
的时候常去探望亲戚的。"赵紫宸先生生于 1888 年，"年幼"一般指五至十二
岁左右。从"常去探望"四字，可见这门亲戚肯定非常的亲。若从这个角度而
言，为陈梦家先生出"著作集"，好似也是一种缘分。

美术馆后街 22 号，我没有去过。听说当年在很多人的呼吁保护声中，还
是被轰然夷为了平地。现在只能看着照片中的布局，想象这里曾经发生过的往
事，以及与之相关的曾经的两位主人。

我初见景心先生时，他八十六岁，还打网球。八十八岁那年冬天，他还开
车带我去吃饭。有一次，景德先生回国，他们两人还来书局，买书。景德先生
毕业于西南联大，后获芝加哥大学地质学博士学位，阿波罗 11–17 研究项目的
首席研究员，曾获富兰克林学会维特瑞尔奖章、巴林格奖章等。晚年研究《老
子》，来书局就是为买相关的著作，交谈中，已经不大会用中文了，景心先生
作的翻译。景德先生于 2009 年逝世，享年九十一岁。

景伦先生见过两次，第一次是签合同，第二次是送样书。景伦先生也曾就
学西南联大，后考入美国哈佛大学，1950 年尚未毕业即放弃学业回国，1980
年再次赴哈佛大学。第二次送书，是到他花市大街那边的房子，还在收拾中，
说是为归国做准备。景伦先生旅美三十年，曾为纽约《亚美时报》主笔。景伦
先生于 2015 年逝世，享年九十二岁。

由于最近几年都没有新出陈先生的著作，所以都没有去给景心先生送书。
唯有一次，景心先生带我去城里某小区里，看他珍藏的陈梦家、赵萝蕤遗物，
有那么二三十件家具，放满了两间屋子，真是大饱眼福。近距离赏玩之时——
突然想起，有一年到梅绍武、屠珍老师家谈书稿，屠珍老师给我说的故事：他
们都是赵萝蕤先生的学生，到赵先生家玩。陈先生特别喜欢他们，专门打开他
收藏家具的那间房子给他们欣赏，看到椅子前面都拴了根红绳，意思就是"不
让坐"。开始觉得陈先生小气，现在想来，陈先生是多么爱护这些东西呀。去
年下半年，屠珍老师来电，说景心先生状况不是很好。因为《陈梦家学术论

文集》那时已经付型，我就等书出版后再去。今年三月，书始印出。领得样书送去时，景心先生已经不认识我了。但看到书后，还是大声地说了句："陈梦家——我姐夫！"

前几年，景心先生在湖州市博物馆设立了"赵紫宸、赵萝蕤、赵景德家族纪念馆"，陈先生的家具，都保存到其中。而陈先生的故乡上虞市，据闻在百福陵园也给他建了衣冠冢。

陈梦家先生生于1911年4月20日，逝世于1966年9月3日。今年是他诞辰的105周年，同时也是离世的第50个年头。我们改变不了历史，但我们可以收集、整理、出版其著作，作为无声的纪念。

2016年4月15、16日写，18、19日修改，个厂于仰顾山房

（作者单位：中华书局文学编辑室）

《全民国词》序

施议对

中国倚声填词，历经唐、宋、元、明、清，直至于民国、共和，千年而下，由词的本身的历史，到词的替身的历史，到词的鬼的历史，生成演变，或者投胎再世，其分与合乃至正与变，究竟已到哪一地步，处于哪一状态，应当如何评价？眼下，一部全民国词，不知能否为提供满意的答案。不过，词至民国以及民国之有词，两个命题，实际已为答案的提供，展开了话题。这是一定时、空范围之内人物和事件所构成的话题。在中国历史上，中华民国之作为其中的一个朝代，其起始与终结，由事件的成败所决定，人物次之；倚声填词之作为中国乐歌发展史上其中一个品种，其兴盛与衰亡，由人物的活动所推进，事件次之。一个朝代有一个朝代的乐歌，但乐歌并不完全跟着朝代走。朝代不断改换，乐歌具一定可延续性。不同品种的乐歌，其声音与歌词所体现的基本特质和特征，并不因朝代的改换而改换。倚声填词亦然。这是对待全民国词所当持有的立场和态度。

生当 21 世纪，回望 20 世纪。论者以为，中华民国是一个既短暂而又富变动性的历史阶段。生活在这一历史阶段的中国人，忧患交集，思想、文化充满着对立和矛盾。其间，凡百事件，业已载入史册。这是由事件发生、发展过程及其结果所书写的一段历史。至若填词，自民国元年（1912）至 1949年，这段时间，正是中国今词、今词学由开拓期进入创造期的一个重要阶段。一众人物，各守本位，各尽所能，各自为一代乐歌增添姿彩。这是由人物及人物活动所书写的一段历史。考察这一历史阶段的中国倚声填词，必当由此入手。

大致而言，民国填词的参与者及组织者包括三个世代。第一代，出生于清咸丰五年（1855）之后人士；第二代，出生于清光绪元年（1875）之后人士；

第三代，出生于清光绪二十一年（1895）之后人士。三个世代人物，经历中国今词、今词学由开拓期到创造期这一时段中的三个小阶段，各有不同的创造。第一个小阶段，预备阶段，自清光绪二十一年（1895）至三十三年（1907）；第二个小阶段，开拓阶段，自清光绪三十四年（1908）至民国七年（1918）；第三个小阶段，创造阶段，自民国八年（1919）至三十八年（1949）。三个人物世代，相当于20世纪五代词学传人的前三代。但第一代的组合略有不同。20世纪五代词学传人中的第一代，以王鹏运、文廷式、郑文焯、朱祖谋、况周颐为代表，隶属于古词、古词学，仍未进入今词、今词学行列；此则以清同治元年（1862）为界，再度进行划分，将此前及此后人士，区划为两个部分，一部分为古，一部分为今，前后合而观之，统称民国填词第一代。这一世代的人物，活动于民国填词的预备阶段。这段时间大约十二年。以事件论，这一时段仍在民国诞生之前，属于民前之事；而以人物论，其相关活动，或前或后，则不受此限。预备阶段的填词，尚未见民国特色。之后，开拓阶段，第二代人物登场。这一世代的人物，在20世纪五代词学传人中，亦属第二代。这是过渡的一代。以王国维、胡适、吴梅为代表。大约十二年。乃由古到今的过渡，亦由晚清到民国的过渡。这一时段的民国填词，与二十世纪词学同步发展，其古与今的界限，同以清光绪三十四年（1908）王国维发表《人间词话》为标志进行划分。人物活动，促使事件性质的转化。千年古词、古词学，自此开始其现代化的进程。这一时段的填词，渐露民国特色。及至创造阶段，民国填词的第三代，应运而生。三十年间，无论左翼，或者右翼，亦无论解放派，或者尊体派，其于声学与艳科两个方面，均曾有过自己的理解和建树。其中，徐行恭、陈声聪、张伯驹、夏承焘、唐圭璋、龙榆生、丁宁、詹安泰、李祁、沈祖棻诸辈，或掌教上庠，或隐居山林，号称当代十大词人，因能做能说，其填词与词学，尽显民国特色。因而，终将中国今词、今词学的创造，推向顶峰。

三个阶段，三个世代的人物，在中国今词、今词学这一创造过程，既已发挥其一定的才能和作用，那么，就乐歌自身发展演变看，这一阶段的倚声填词究竟处于何种状态？《诗大序》有云："在心为志，发言为诗。"倚声填词在其尚未独立成科之时，以此为其固有的特质和特征；词与诗分流，其于声音与歌词所体现声学与艳科的基本特质和特征，方才明显呈现。中国乐歌发展史上这一合与分的现象，或谓之正，或谓之变，历来用作判断各个乐歌品种生成演变的依据。词至民国，亦当作如是观。夏承焘云："词之初起，与诗同科。至飞卿以侧艳之体，逐管弦之音，始多为拗句，严于依声。谓由同科到不同科，其声学与艳科的基本特质和特征经已形成。是为词体之正。"词的本身的历史，处于这一状态。其后，词之演化为曲，由本身而替身，相对于词以及诗，仍然可谓之为正。但明词曲化，却不能不谓之为变。有清词学，谓为中兴，目标仍在于正。只是鬼终究为鬼，不能复原为人。清季五大家，虽返魂乏术，其于词学传旧，却仍为民国填词的始创，做了充分的准备。对于词体而言，仍然可谓之为正。民国三代，其于词的创作、词学考订、词学论述三个方面的成绩，皆得力于此。这是千年古词、古词学的正。民国填词的预备阶段，处于这一状态。与之相对应，进入开拓阶段，民国填词的所谓过渡，就是一种变。但其所谓变，并非仅仅是词与诗之间分与合所出现的变，其所谓变，乃词体自身旧与新，亦即古与今的变。其时，无论主张依仿旧作，字字恪遵，令不失此中矩矱，或者主张不管能歌不能歌，也不管协律不协律，只是用词体作新诗，其于传旧或者始创两个方面的取向虽各不相同，但其应皆着意，为变中的旧，寻找一条新的发展道路。这是开拓阶段的民国填词。经过预备阶段、开拓阶段，到达创造阶段，民国填词之由正而变，由变而再度归之于正。这一阶段的正，不仅在于多，而且在于一。多的层面，可以一个全字加以概括；一的层面，指词学学科的创立与建设，乃多的归纳与提升。这是中国倚声填词由不自觉到自觉的一个重要阶段。

今天，想读懂民国填词的这一个正字，仍须着眼于大当代。这是《当代词综》所标举的一个概念。以作者生年计，凡于清同治元年（1862）之后出生人士，皆归之大当代。乃属于今天的一个概念，非同一般意义上的当代，或者现代。如与千年古词、古词学相提并论，这就是今代词、今代词学。是体现今代的人、今代的事，今代思想意识、精神面貌的一种创造。所谓民国特色，即体现于此。故之，可以断言，民国填词之正，既是千年古词、古词学之正，又是今词、今词学之正。当然，以今天的立场视之，随着中华民国的终结，民国填词的三个小阶段相继完成，三个世代的人物，其历史使命亦告一段落，一切似乎已成为过去，但是，一部全民国词，典型犹存，对于民国填词之正，相信仍可得以验证。此外，除了三个世代，还有一个世代未可忽略。这就是民国四年（1915）之后出生人士。这一世代的人物，于20世纪五代词学传人之中居第四，也可算是民国填词的第四代。这一世代，出生于民国，成长于民国，当江山易代之际，虽已届而立之年，但其于民国词坛，多数仍未及确立自己的位置。由民国而共和，这一世代人物，身处今词、今词学的蜕变期。中国倚声填词之由正到变，学词与词学的分离以及半个世纪词学误区的出现，这一代人均负有一定责任。蜕变期中，尽管其相关活动，已在民国填词的范围之外，但其所谓变，却从反面为民国填词之正提供事证。这是题外话，而其意义又在题内。步入新世纪，中国今词、今词学，面临着新的开拓，新的创造，一部全民国词，但愿能在题内、题外，于正面、反面，为提供有益的借镜，并愿今天的填词与词学能够回归民国之正。眼下，曹君辛华教授远承唐圭璋刊布《全宋词》《全金元词》之鸿业，近获乃师杨海明、莫砺锋、钟振振诸教授扶持，遂有《全民国词》编纂之举。其心可佩，其志可嘉。因略陈其事以明共勉。是为序。

丙申雨水前一日濠上词隐施议对识于香江之敏求居

（作者单位：澳门大学文学院）

《民国诗歌史著集成》前言

陈引驰　周兴陆

　　民国是中国社会从传统向现代转型的时期，同样，文化学术也发生了蜕变和转型。转型期的文化往往是新旧交锋，多样并存的。就诗歌研究来说，传统的诗话、评点、选本在民国时期并没有完全消失，但新出现了大量具有理论系统性、逻辑条理性的专题专论和专史，显然更具有时代特点，代表这时期诗歌研究的新成就。本《集成》所选，更侧重于后者。民国诗歌史著，具有哪些特点呢？胡云翼在《唐诗研究》（商务印书馆1930年）提出研究唐诗应具有三个基本观念：第一是文学进化的观念，第二是平民文学的观念，第三是分析与欣赏的观念。我们想，正可以从这三点略作引申，归纳出民国诗歌史著的特点，即：一、新的历史观；二、新的文学观；三、新的方法论。

　　新的历史观。传统的历史观，既有通变论，也有循环论，甚至有退化论。至近代，严复等引入国外的进化论，很快被国人所接受，并运用于对社会史的认识，进化论成为近代推翻封建专制制度和封建思想文化的重要的理论武器，影响到人文社会科学的各个方面。当时研究诗歌史的著作，也普遍地采用进化论历史观，注意梳理研究对象发生、发展、成熟、衰落、消亡的过程。相对于传统的历史观，进化论无疑是进步的。但是这种曲线式的梳理也存在严重的理论谬见，如陆侃如、冯沅君合著的《中国诗史》（商务印书馆1931年），持进化论的文学史观，首次对诗歌史作了系统的梳理，很有意义。但他们视宋代以后为中国诗歌的衰落期，一概略去不述。他们在《导论》中说："近数百年的诗词，无论是李东阳，或是陈维崧，也都不值得占我们宝贵的篇幅，为什么？因为他们是'劣作'。"这在民国时期不是个别现象，受进化论文学史观的束缚，元明清的诗歌基本上被排斥在学者的视野之外，没有得到认真的对待。

　　传统诗话中的历史梳理，要么是立足于诗体本身的演变，要么是注重帝王文治给予诗风的影响。近代随着进化论引入国内的，还有丹纳"种族、环境、时代"三要素的艺术史观，加之梁启超提出的"新史学"，改变了国人的文学史叙述，人们注重文学与社会的联系，从社会背景解释文学现象。如谢无量的《诗经研究》（商务印书馆 1924 年），注意考述"《诗经》与当时社会之情势"。他的《楚词新论》（商务印书馆 1923 年），注意从南北学派区别的角度，认识《楚词》的特点，说"《楚词》是代表南方文学一部最古的书"。胡怀琛的《中国诗论》（世界书局 1934 年），注意从民族的角度论中国诗及其变化。30 年代以后，还有一些研究者尝试用唯物史观来研究诗歌史，如陆品清的《唐代女诗人》（神州国光社 1931 年），是一部"物观"文学史研究的著作，联系社会背景、诗人身份地位，分析、评论诗歌问题。刘开荣的《唐人诗中所见当时妇女生活》（商务印书馆 1943 年），从社会、经济、政治、文化背景分析诗人的身份，将唐代女诗人分为劳动妇女、一般妇女、妓女、宫廷妇女等，这些都是用唯物史观研究古代诗歌的早期著作，是难能可贵的。

新的文学观。五四新文化运动时期，胡适、周作人等把传统文学划分为"贵族文学""平民文学"的二元对立，打倒前者，建设后者。受新文化运动影响的学者多接受这种文学观，研究传统诗歌，注重发掘和张扬其中的平民精神。传统民歌和乐府研究较为活跃，就是彰显平民精神的一大表征。谢无量《楚词新论》称《离骚》是"南方平民文学的特创著作"。谢晋青《诗经之女性的研究》（商务印书馆 1924 年），坦言"在艺术方面，总以普遍而真挚的平民主义为归宿"。即使是研究士大夫的诗歌，也重在阐发诗人的社会思想情感和人性精神。受五四时期尊重个体情感的"人性论"文学观的启发，学者开启了对传统文人较为禁忌的话题的研究。如谭正璧《诗歌中的性欲描写》（光明书店 1928 年），抨击封建道德对人性的压抑。作者在"尾语"中说："这样一本'离经叛道'的无聊作品，在十年前的中国，决不许我出而问世，现在却靠了'五四运动'的余荫，又加上了'真理'的保障，很平常地在出版界中呈露了。"

传统诗歌虽然在当时被列入"旧文学"，但是研究者一般是从建设新文学的立场来研究旧体诗歌的。刘麟生在《中国诗词概论》（世界书局 1933 年）中辨析旧体诗词的优缺点，提出今后的展望是，"恢复古代诗词在音乐上的应用，矫正诗词中虚伪的说话，发扬民族中激昂蹈厉的情感，而不是一律打倒旧体诗"。蒋伯潜、蒋祖怡合著《诗》（世界书局 1946 年），最后留下篇幅探讨新诗的进展，提出"第一步得与民歌联系起来"；"次之，更得利用旧诗写情抒事之长处"，"旧诗的形式固然足以屏弃，而其中许多巧妙的手法与结构，很可以取法的"。朱光潜《诗论》（重庆国民图书出版社 1943 年）注意揭示汉语诗歌在节奏、声韵、格律方面的特征，就是要回答"固有的传统究竟有几分可以沿袭"的问题。研究的是历史，着眼则在当前；研究的是"旧文学"，思考的却是"新文学"的前途。

新的方法论。民国时期的人文学者已经摆脱了传统"征圣"宗经"思想的挟制，研究《诗经》，能把诗当作"诗"看，而不再是当作"经"来看；也走出了"信而好古"的迷雾，以"整理国故"的态度，标举科学的精神，用考证的方法，来研究古代诗歌。古直的《汉诗研究》（启智书局 1933 年）、陆侃如的《乐府古辞考》（商务印书馆 1926 年）、游国恩《楚辞概论》（北新书局 1926 年）、朱东润《读诗四论》（长沙商务印书馆 1940 年）等，都是侧重于考证的著作，不盲目信从古说，而是依据材料说话，以科学的方法，探求历史的本相。传统诗学的范畴和命题往往意思含糊多变，朱自清的《诗言志辨》（开明书局 1947 年），"像汉学家考辨经史子书"一样，依据大量的文献资料，对"诗言志"等批评意念如何发生、如何演变做出考证，体现出文史学术对科学性的追求。

民国时期，有的学者认为西方的文学理论揭示了文学的一般规律，可以用来解释中国文学，或作为解释中国文学的参证，出现了一些"以西律中"的研究。如苏雪林的《唐诗概论》（商务印书 1934 年）列了"浪漫文学主力作家李白""写实主义开山大师杜甫""功利派首倡者白居易""唯美文学启示者李贺"等章节，显然是借鉴国外的文学理论来阐释唐诗。杨鸿烈在《中国诗学大纲自序》中说："我这本书是把中国各时代所有论诗的文章，用严密的科学方法归纳排比起来，并援引欧美诗学家研究所得的一般诗学原理来解决中国诗里的许多困难问题，如诗的起源的时代，分类和功用等项。"他把欧美诗学家研究所得当作"一般诗学原理"，拿来解决中国诗里的难题，这种研究思路在当时有一定的代表性。但是研究出来的结论是否可靠，是值得打问号的，如杨鸿烈引用欧美许多关于诗的分类原理，斟酌情形把中国诗分为"客观的诗"和"主观的诗"二大类，这种分法并不贴切中国诗歌的实际，并不为读者所接受，也就未能产生真正的影响。朱光潜的《诗论》是一部重要的比较文学研究著作，多用西方文学理论作参证比较。如果说杨鸿烈着意在中西之"同"的话，那么，朱光潜则能辨析异同，既认识到文学规律的一般性，也注意到汉语诗歌的特殊性，所以对"外来的影响究竟有几分可以接受"这个问题，他的态度是比较慎重的。也有一些学者，既立足于新观念，采用新方法，又不失传统文化的本来面目，如胡朴安《诗经学》（商务印书馆 1930 年），他说："古人读《诗》之法，已不适用于今日，今日读《诗》之法，当以分析综合，以为有条理有系统之研究，不可笼统散漫，仅抽一二事而演绎以说之也。"他根据自己对于中国学术的分类法，提出研究《诗经》新方法，包括《诗经》的文字学、文章学、礼教学、史地学、博物学。这种学术理路，是有启发意义的。

以上是我们对民国时期诗歌史著的特点的一些认识。阅读民国学人研究诗歌史的著作，会感觉到一股郁勃英爽的"锐气"，他们以开放的心态热情拥抱外来的文化，以深沉睿智忧思民族文化的危机，以敏锐目光探索新文化的方向，他们独立不倚，甚至桀骜不驯的学术个性，都给人以深刻的印象和无穷的启迪。

更值得注意的是，这是一批年轻人创造、开辟的学术园地。本《集成》所选各著的作者，除了梁启超、陈去病、谢无量、胡朴安、范况的年龄略长外，其他大多数作者都是在五四新文化运动的影响下步入学坛的，著书时的年龄一般在三十岁上下，甚至若朱星元撰写《中国近代诗学之过渡时代论略》时才十八岁，蒋善国撰《三百篇演论》初稿时二十四岁，萧涤非的《汉魏六朝乐府文学史》本是他在清华研究院的毕业论文，时才二十七八岁。正是这一批受五四新文化洗礼的年轻学者奠定了民国人文学术的基本格局。当然，今天回头来看，有的著作显得不够成熟，如胡云翼的《宋诗研究》（商务印书馆 1930 年）把宋诗的背景概括为政治环境恶劣、学术环境恶劣、文坛风气恶劣，完全不适于诗，导致宋诗不能有更扩大的发展，只是在"描写方法"上有进步，充满画意的诗异常发达。可以说他还没有真正认识到宋诗的特征。但是，正如胡云翼所说："关于宋诗的系统的整个的研究著作，据我所知，似乎还没有。"这些年轻学者所做的，是开山烈泽、筚路蓝缕的开创性工作。他们的学术气魄、精神、观念和方法，值得后人学习、领悟和反省。这正是本《集成》影印出版的意义所在。

本《集成》收录的诗歌史著，通论、通史的在前；专题研究的之后，以时为序。每种之前有简明的提要。这些著作，有的后来曾不断再版，如朱光潜的《诗论》、梁启超的《中国之美文及其历史》、陆侃如、冯沅君《中国诗史》，成为民国学术的经典；更多的是尘封多年，第一次发掘出来，如王玉章

《中国诗史讲义》，是 1934 年在复旦讲课的油印讲义。相信这些文献的影印出版，对于研究中国古代诗歌、诗歌理论，研究近现代文学和学术，具有重要的参考价值。

（作者单位：复旦大学中文系）

学坛通讯

"民国词集编年叙录与提要" 阶段成果发布暨研讨会召开

2016 年 3 月 5 日至 7 日，国家社会科学基金重大项目（13&ZD118）"民国词集编年叙录与提要"阶段成果发布暨研讨会在南京师范大学随园校区 100 号楼举行。省委宣传部规划办主任尚庆飞、副主任汪桥红，我校副校长潘百齐、人文社会科学院院长秦国荣、图书馆馆长管红星、文学院院长骆冬青等出席会议并讲话。来自全国各地的专家黄霖教授、杜桂萍教授、丁帆教授、王兆鹏教授、张廷银教授、陶原珂教授等围绕"民国旧体文学与文化"这一问题展开了热烈的研讨。

国家社科基金重大项目"民国词集编年叙录与提要"自 2013 年获准立项，已整理出版 2000 多万字的《民国诗词学文献珍本与研究整理》及 40 册的《清末民国旧体诗词结社文献续编》两套大型学术丛书。与会学者认为，这两大套丛书，对晚清、民国旧体诗词作品、结社文献进行了全面整理，是一项继往开来的大举措。不仅关系着文学研究的新进展、新增长，为民国旧体文学、近现代社团特别是文学社团研究提供了催化作用，更关系着晚清、民国文献的维护、抢救。该项成果对民国旧体文学研究具有推动意义，对晚清民国旧体诗词文献的整理也具有多方面的学术价值与现实意义。

与会专家还对《民国旧体文学研究》创刊问题、"民国旧体文学与文化"数据库建设问题进行了座谈。《民国旧体文学研究》作为民国旧体文学方面首个专门刊物，为此方面的研究提供了重要的新阵地，专家们对此期盼很大。而全国首个"民国旧体文学与文化"数据库的成立，也将民国旧体文学文化的研究提到了一个新的高度，今后的研究将更加便捷化、数据化、系统化、全面化。

会议主题部分，与会专家们对曹辛华教授团队关于"民国词集编年叙录与提要"的阶段成果发表各自看法。黄霖教授、丁帆教授、杜桂萍教授、王兆鹏教授、陶原珂教授、张廷银教授、马亚中教授、姜小青编审、潘百齐教授、彭国忠教授、徐雁平教授、萧永宏教授等分别讲话。此次会议上，众多代表都肯定了曹辛华教授于民国文学研究方面的巨大成就与开创之功。两套丛书的出版与专门刊物、数据库的创建，以及民国旧体文学文化研究所的创办，都表明民国文学的研究已进入一个全新的阶段。相信随着民国旧体文学文化研究的持续升温，作为南京文化特色的民国文化也将被彰显出来。

（孙会芳整理）

"胡韵琴学术基金"设立，支持民国旧体文学研究

　　"胡韵琴学术基金"是香港佛教联合会董事胡韵琴居士为支持、鼓励中青年优秀内地文科学者（特别是文史研究学者）从事学术、科研工作而专门设立的专项基金。胡韵琴居士与胡宝星博士伉俪多年来一直热心慈善，长期以来，对内地和香港的教育、文化事业给予大力支持。此基金设立的目的在解决他们在研究工作、出版、出席会议、举办会议以及培养研究生等方面的部分资金困境。基金 2016 年 4 月 18 日设立。南京师范大学曹辛华教授成为首个"胡韵琴学术基金"的获得者。胡韵琴先生给予曹辛华教授基金资助的缘由主要有四方面。其一，南京师范大学曹辛华教授作为当前近现代文学研究领域最年轻的国家社科基金重大项目首席专家值得支持与鼓励。目前曹教授已在词学文献研究、唐宋诗词研究、民国词史研究、民国旧体文学文献、20 世纪词学研究等五大方面有所成就，并有创新，具有较重要的科学意义。其二，曹辛华教授目前为当前首个"民国旧体文学文化研究所"所长，这个研究所需要大量的研究经费扶植，才能够在全国乃至海外产生重大影响，亟需基金支持。其三，曹辛华教授目前在民国旧体文学与文化特别是民国诗词研究等方面已取得引人注目的成就，为继续将民国旧体文学与文化这一领域变成新的学术亮点，并做大、做强，使之常葆"亮"丽，形成曹辛华教授学术"品牌"。因此，值得基金支持。其四，曹辛华教授目前乃至以后将从七方面（见后）进行科研与建设，开拓新的学术领域。新领域每一个科研选题或工作的开展，都有一定的学术意义与社会意义。值得支持。基金支持的曹辛华教授科研总体计划有以下几方面：第一方面，加强民国时期佛教文学与文化领域的开拓，以补当前对民国时期高僧、大德诗词曲赋以及书、画研究之不足，促进对民国佛学等文化的研究。第二方面，加强并推动对民国旧体文学如诗、词、曲、赋、文言文、小说等的研究。第三方面，发扬前辈学者在文献整理与研究方面的优良传统。1. 对民国佛教诗

词文献的整理与研究。2. 对民国旧体文学文献珍本的整理，如民国时期诗词学文献珍本的整理等。3. 对民国各种话体批评文献的整理，如全民国诗话、民国词话、曲话、剧话等的研究与整理等；4. 对民国旧体文学与文化相关文献的整理。第四方面，加强民国旧体文学及其文化批评的研究。1. 民国旧体文学史；2. 民国诗词学领域的研究、民国词史、民国诗话等；3. 民国文学批评史；4. 民国旧体文学翻译；5. 民国新旧文学关系；6. 民国音乐、历史等文化研究。第五方面，加大在项目建设的投入。1. 申报与完成各种民国旧体文学文化相关的项目；2. 引导学界对民国旧体文学文化研究课题的重视。第六方面，加强"民国旧体文学"研究成果的传播。1. 积极参加国际性会议。2. 举办大型的研讨会。第七方面，引进、培养各种人才。1. 积极发现与培养后备、接班人才。2. 团结具有创新实力的高层次人才，引进其合作；3. 聘请具有威望的学者兼职、加盟、指导。协议签订后，胡韵琴先生已以"胡韵琴学术基金"名义，汇入南京师范大学财务处，交由曹辛华所在单位管理，专门用于支持曹辛华教授从事诗词学、民国旧体文学与文化等学术研究。

（齐伯伦整理）

采薇阁书店为支持民国旧体文学文化研究
再行学术义举

　　2016年3月，采薇阁书店负责人王强先生为了推进民国旧体文学、民国文化、民国文献等研究，与南京师范大学重点研究机构词学研究中心专家、民国旧体文学文化研究所负责人曹辛华教授形成合作协议。其一，目前送达已捐图书给曹辛华教授1340余册，以后将继续无偿捐赠各种图书，作为研究所研究资源，由此形成采薇阁民国文献基地。其二，愿意为曹辛华教授主编的《民国旧体文学研究》（初定半年刊）持续地提供出版资金，并且愿意提供刊物一定的稿费与编辑费用。其三，愿意为民国旧体文学文化研究所建设的"民国旧体文学与文化"数据库（与南京师范大学图书馆合作）提供一定的数据文献支持，共同开发民国旧体文学、文献、文化数据库。其四，愿意在条件许可的情况下与曹辛华教授形成其他与民国文学、文化、文献等相关的合作。南京师范大学各部门对王强先生的学术义举予以高度评价。图书馆管红星馆长等专门为曹辛华教授所获赠图书提供存放场所，由此形成了民国旧体文学文化研究所文献基地与采薇阁民国文献基地。相信民国旧体文学文化研究所将由此取得更多喜人成果。

（齐伯伦整理）

"龙榆生韵文学基金"设立

近日，由龙榆生后人资助的"龙榆生韵文学"基金，落户南京师范大学民国旧体文学文化研究所。龙榆生（1902—1966），名沐勋，晚年以字行，号忍寒。1902 年 4 月 26 日出生于江西万载，1966 年 11 月 18 日病逝于上海，曾任暨南大学、中山大学、中央大学、上海音乐学院教授。龙榆生的词学成就与夏承焘、唐圭璋并称，是 20 世纪最负盛名的词学大师之一。主编过《词学季刊》《同声月刊》等。编著有《风雨龙吟室词》《中国韵文史》《近三百年名家词选》等。龙先生后人为了纪念父辈、发扬龙先生研究传统文化的精神，第一批投入经费 20 万人民币，设立"龙榆生基金"，使用时间从 2015 年至 2020 年。主要用途有三。其一，资助研究、宣传龙榆生生平以及学术相关现当代旧体文学的专家与学者，资助与龙榆生及其学术相关的各种活动；其二，用于"龙榆生韵文学奖"事宜（主要侧重于现当代旧体文学文化研究等）。其三，用于奖励与扶植当代韵文创作者。经与南京师范大学词学研究中心及民国旧体文学研究所钟振振、曹辛华等教授商议，目前已达成合作。当前民国旧体文学研究所已设立专门的龙榆生研究室，具体负责人为曹辛华教授。龙榆生基金主要用于资助研究、宣传龙榆生生平以及学术相关的现当代旧体文学的专家与学者。以此引导学界同仁来研究现当代旧体文学及龙榆生等于韵文学研究卓有成就的学者。当前，中国韵文学会理事会已决议通过"龙榆生韵文学奖"的设立。

（周翔整理）

"近代戏曲文献考索类编"项目陆续启动并顺利开展

华南师范大学文学院左鹏军教授所申报的课题"近代戏曲文献考索类编",于 2014 年 11 月立项,获批为国家社科基金重大项目。作为广东省人文社会科学国家级培育项目,充分体现出该课题在近代戏曲文献学与戏曲史学研究、中国近代文学研究以及中国戏曲史等相关领域内所蕴藏的重大的学术空间和学术价值。据该项目首席专家华南师范大学文学院教授左鹏军介绍,该项目以中国近代文学、中国戏剧史、中国古代文学、中国古典文献学和戏剧戏曲学等学科的学术方法为基础,适当借鉴和运用现代科技手段,对近代传统戏曲文献进行全面系统的调查发掘、考订辨析和研究评价,在此基础上根据戏曲文献的种类、内容、形态及其他特点进行整理编纂,形成完整的近代戏曲文献类编系列,并按专题撰写有关文献的目录提要、编制索引,对其中的珍稀文献进行数字化保护和利用,就其中的重要文献与核心内容建立若干个数据库,从而实现汇集总结近代传奇杂剧文献及其他传统戏曲文献、有效保护和充分利用珍稀戏曲文献的学术目标和古籍保护目的。

2015 年 1 月 9 日,文学院左鹏军教授主持的 2014 年度国家社科基金重大项目"近代戏曲文献考索类编"开题报告会举行。参会专家包括复旦大学中国古代文学研究中心黄霖教授、中国社会科学院文学研究所张国星研究员、北京大学中文系廖可斌教授、清华大学人文学院刘石教授、中国人民大学文学院朱万曙教授、中山大学中文系吴承学教授和黄仕忠教授七位专家组成员。华南师范大学副校长朱竑教授、社科处处长刘志铭教授、文学院院长陈少华教授、国际文化学院院长吕蔚副教授及有关专业的教师、研究生共 40 多人也都参加了会议。七位专家组成员在会议上就该项目的立项和工作的展开纷纷给出了自己的想法和建议。主要从项目研究的主体内容与学术价值、文献整理凡例及细则、子课题负责人与团队成员的安排等方面出发,对项目提出了具有指导性、建设性和可操作性的意见建议。并且课题组希望项目成果可以对近代戏曲文献学与戏曲史学研究、中国近代文学研究以及中国戏曲史研究具有显著的基础性、建设性和持续性及恒久性价值。朱竑指出，该项目对华南师范大学的科学研究、学科建设、人才培养等方面具有重要意义，希望课题组取得具有创新性的高水平成果。刘志铭表示学校社科处将支持、帮助该项目研究。

2015 年 4 月 25 日上午，由左鹏军教授主持的广东省人文社科重大项目"近代戏曲文献考索类编"开题报告会在华南师范大学石牌校区举行。参加项目评议的专家组由中山大学彭玉平教授、暨南大学程国赋教授、王进驹教授、广州大学纪德君教授和华南农业大学徐燕琳教授组成。项目子课题负责人陈建森教授、李光摩教授、邓丹副教授和主要成员、相关专业的教学研究人员、访问学者以及博士生、硕士生等共 30 多人参加了会议。报告会由华南师范大学社科处处长刘志铭教授主持。项目负责人左鹏军教授代表项目组做开题报告，重点就本课题的总体设计、学术意图、方法路径以及预期成果等方面做了详尽的阐述，突出了课题构想在学术史经验和学理支撑方面的完满性，在此基础上充分地表达了实现寄予在课题成果之中基础性、恒久性、集成性学术价值的宏大目标。在项目评议环节，专家组成员一致高度评价了此课题在集成文献与普惠学界等方面可以期待的深远价值。与此同时，专家们就课题设计的宏观方面与细节之处等提出了切实中肯的意见和建议。

随着课题的深入开展，近代戏曲文献与文学及相关领域的研究将成为华南师范大学岭南文化研究中心、文学院、国际文化学院学科建设的重要平台和展现学术内涵与研究特色的标志性品牌。而以"对近代传统戏曲文献进行全面系统的调查发掘、考订辨析和研究评价，在此基础上根据戏曲文献的种类、内容、形态及其他特点进行整理编纂，形成完整的近代戏曲文献类编系列，并按专题撰写有关文献的目录提要、编制索引，对其中的珍稀文献进行数字化保护和利用，就其中的重要文献与核心内容建立若干个数据库"为主要内容的"近代戏曲文献考索类编"，将会在近代戏曲文献学与戏曲史学研究、中国近代文学研究以及中国戏曲史等相关领域取得突破性进展和巨大的学术价值。

（方俊整理）

国家社科基金重大项目"民国话体文学批评文献整理与研究"开题报告会综述

　　国家社科基金重大项目"民国话体文学批评文献整理与研究"开题报告会于 2016 年 2 月 28 日在复旦大学光华楼举行。开题会专家组成员是：国家图书馆原任馆长、中国《文心雕龙》研究会会长詹福瑞教授，北京大学中国古文献研究中心主任廖可斌教授，中国人民大学文学院院长孙郁教授，南开大学文学院党委书记、中文系主任乔以钢教授，河南大学党委书记、中国近代文学会会长关爱和教授，南京大学中国新文学研究中心主任、中国现代文学研究学会会长丁帆教授，吉林大学哲学社会科学资深教授、曾任文学院长兼国际交流学院院长张福贵教授。子课题负责人复旦大学周兴陆教授、罗书华教授、罗剑波副教授、华东师范大学朱惠国教授、上海财经大学李桂奎教授、同济大学朱崇志教授及部分课题组成员也参加了会议。会议分二阶段进行，第一阶段为开幕式与领导致辞，第二阶段为课题汇报与专家评议。

　　第一阶段由复旦大学中文系副主任朱刚教授主持，复旦大学文科处陈玉刚处长与中文系陈引驰主任先后致辞，对各位专家的到来表示欢迎，表示学校与院系将对课题组给予充分支持，希望各位专家提供宝贵意见，促进课题的顺利完成。

　　第二阶段由关爱和教授主持。项目负责人黄霖教授从本人及团队情况、课题设计内容及工作难度与可行性三个方面对课题作了简明扼要的汇报，与会专家从不同角度对课题的设计进行了评议。黄霖教授提出，本课题总体目标是完成一套《民国话体文学批评研究丛刊》，丛刊将由"整理"与"研究"两个系列构成，其中，"整理"系列包括《民国诗话汇编附联话》《民国词话汇编》《民国文（章）话汇编》《民国小说话汇编》《民国剧话汇编附影话》《民国文（学）话汇编》六种文献汇编。"研究"系列包括《民国诗话研究》《民国词话研究》《民国文（章）话研究》《民国小说话研究》《民国剧话研究》《民国文（学）话研究》六种专著，分别论述不同话体之作的分类、渊源、流变以及整体特点、文献价值、理论价值、学术史上地位等问题，深刻揭示民国时期文学理论批评的内涵特征、发展脉络、经验教训，为建设贯通古今、融合中外的"中国文论"学科提供理论资源和学理借鉴。同时还拟建设《民国话体文学批评文献数据库》。

参加本课题开题的全体专家认真听取了黄霖教授的陈述，认为课题组负责人在中国文学批评研究方面浸淫日久，积累深厚，经验丰富，在全国范围内组织了一支学术水平高，结构合理的研究团队，对课题进行了精心的设计、充分的准备与周密的布置，一致同意通过开题论证。与此同时，专家们也就项目设计、工作机制、经费预算等方面提出宝贵的意见与建议，它们主要集中在以下几个方面：

其一，子课题之一的"文学话"的称名似与其他诸话不在一个层面，可以考虑改为"文学综话"或"文学杂话"等。

其二，招标课题原来的蕴含过于宏伟，工作量巨大，课题组应根据实际情况，有所为，有所不为，当集中"有限目标"，对课题进一步优化改造、学术化、精准化，将课题申请书中的相关设计予以瘦身。其瘦身可从几方面考虑，或文献整理不过分求全，因有些零散的材料无多实际价值；或在"资料汇编""数据库"与"研究丛书"三大部分中暂时搁置部分，如数据库的建设部分，工程浩大，显然与目前的人力与财力是远不相称的，是否可以先搞个文献资料索引或待本课题完成之后再加考虑。

其三，课题组应该制定严格、详尽、完善的项目实施细则与点校凡例，并配以相关的人员、制度保证，以确保本项目有序、高质量地完成。

专家组还指出，作为大型文献整理类项目，本课题在访书、底本获取、整理、点校等阶段的工作量浩大，耗费不菲，现行课题费与实际所需相去甚远。建议全国哲社规划办公室在适当时候对此课题能加大投入，予以滚动支持。另外，因为此类课题研究需组织庞大的队伍去搜集材料，所费人工巨大，希望相关部门在经费管理上扩大课题费中劳务费的准用份额。

最后，项目负责人黄霖教授对于专家们的建设性意见表示感谢，并表示将立即召集各子课题负责人对专家组意见进行讨论与落实，进一步完善编撰体例，制订切实的工作手册，以保证课题的研究顺利开展。

（罗剑波整理）

国家社科基金重大项目"明清民国歌谣整理与研究及电子文献库"开题会在南京师范大学举行

  2016 年 3 月 19 日上午，国家社科基金重大项目"明清民国歌谣整理与研究及电子文献库建设"开题会在南京师范大学随园校区举行。评审专家组由南开大学资深教授、原常务副校长、教育部中文教学指导委员会主任陈洪教授担任组长，成员有中国社会科学院文学研究所张国星教授、北京大学古典文献整理与研究中心主任廖可斌教授、首都师范大学"教育部长江学者特聘教授"左东岭教授、中国人民大学文学院朱万曙教授、北京师范大学"教育部长江学者特聘教授"杜桂萍教授。南京师范大学副校长傅康生教授，江苏省社科规划办主任尚庆飞教授、副主任汪桥红，南京师范大学社会科学研究院副院长胡牧教授、文学院院长骆冬青教授、副院长党银平教授以及课题组成员出席开题报告会。

  开题报告会由南京师范大学社会科学研究院副院长胡牧主持。傅康生在致辞中代表学校对各位专家学者表示欢迎与感谢，并回顾和总结了以陈书录教授为首席专家的课题组以往的科研经历与经验。他指出，明清民国歌谣的整理和研究不仅仅是作为文学研究的一个内容，也是跨学科的、交叉领域的一个研究项目，在当下挖掘和发扬传统文化方面，也有着非常重要的意义。这是一个具有高难度的研究项目，相信各位专家有能力、有智慧帮助课题组把此项目高水平地顺利做下去。尚庆飞教授指出，明清民国歌谣整理与研究包括文献整理与研究两方面工作，既要把文献整理作为重中之重来抓，也要注重从跨学科、多角度这样一个方法来推进研究，从而更好地呈现出歌谣从内容到形式方面的特点和价值。他认为，在规划管理方面，一是设计一个恰当合适的研究尺度，凝练研究目标；二是做好沟通协调研究团队的工作；三是通过课题的研究，培养青年人才，以项目锻炼队伍。

该项目首席专家陈书录教授汇报了课题研究的框架与思路、重点难点与主要创新点、研究计划、预期目标和目前已开展的相关工作等。与会专家进行了评审，指出国家社科基金重大项目"明清民国歌谣整理与研究及电子文献库建设"是一项规模较大、任务繁重、富有挑战意义的重大文献整理与研究课题，不仅具有填补空白的重要文献价值，还有推动学界对于明清民国歌谣的研究走向深入的学术意义，也有建构中国优秀歌谣的传承体系和中国歌谣研究的话语体系及中国学派的重要价值。课题在前人已提供的明清民国歌谣的基础上继续进行该时段歌谣资源的发掘、搜集，并以符合学术规范的方式加以整理，编撰《明清民国歌谣集成》；以文学为本位，进行明清民国歌谣文献考证、文学评论与民俗等交叉研究；也以音乐（曲调）为载体，进行明清民国歌谣曲调考证、音乐研究与戏曲散曲交叉研究，总体框架基本合理，研究思路明确，在研究内容与研究方法上富于创新，观点鲜明，研究计划操作可行。专家们提出许多建设性的意见，并希望课题组突出重点，着力完成文本完备、校勘精审的《明清民国歌谣集成》编撰任务；撰写在内容与方法上具有创新价值的《明清民国歌谣考论》；建设《明清民国歌谣电子文献库》，以嘉惠学林，使大众受益。

（邓晓东、刘浩整理）

"第八届中国韵文学国际学术研讨会"上民国旧体文学研究成为热点

    2016年5月7至8日,"第八届中国韵文学国际学术研讨会"在南开大学召开。中国韵文学会成立于1984年,至今已走过了32个春秋。本次会议有来自美国、韩国、马来西亚、日本、中国的一百五十余位学者到会研讨,共襄盛举。会议由南开大学孙克强教授主持,教育部中文学科指导委员会主任、曾任南开大学常务副校长的陈洪教授及南开文学院沈立岩院长到场致辞。国学大师叶嘉莹先生到场做了《中国韵文的读与诵》主题演讲。在大会闭幕式上,组委会安排李昌集先生代表前辈学者发表大会感言。刘嘉伟老师代表与会青年学者进行了发言。

    值得关注的是这次会议不少学者将目光转向了民国旧体文学领域。如薛玉坤《吴梅孙交游、创作与词学研究考论》、雷淑叶《试论龙榆生声调之学》、朱惠国《论朱祖谋清末民初的词集批评及其词学观念》、刘红红《试论况周颐的女性词学观》、韩鹏飞《论况周颐的论词词》、杜运威《气象·门径·风会——论刘永济〈词论〉视域下的〈诵帚词〉》、许菊芳《刘永济的词体鉴赏论及其实践》、马大勇《"千秋不竭心源水":论寇梦碧词》、和希林《孙人和词学活动及文献考述》、傅宇斌《评点之学:俞平伯词学方法的传统学术渊源之一》、刘勇刚《论叶嘉莹的〈迦陵诗词稿〉》、林良娥《论马来西亚古典诗歌的本土色彩与中国情怀》、金鲜《中国现代女作家丁宁的人生与词作》、莫真宝《新世瑰奇异境生　更搜欧亚造新声》、杨传庆《民国天津文人结社考论》、王贺《论〈民族诗坛〉对"当代"新体诗歌的探讨与实验》等。此类论文占总体数量六分之一。这意味着当前韵文学术研究的新转向,民国旧体文学领域将成为"英雄角逐"的新战场。

(仇俊超整理)

民国诗词学研究的新拓展

——《民国诗词学文献珍本整理与研究》丛书出版

大型丛书《民国诗词学文献珍本整理与研究》为国家出版基金项目、国家社会科学基金重大项目"民国词集编年叙录与提要"（13&ZD118）的阶段成果。由南京师范大学著名学者曹辛华、钟振振担任主编。由国内相关专家、相关学者分别担任 11 个分卷主编。这 11 卷共 55 册，涉及民国诗词学文献达 100 种以上。

丛书的出版，对民国学术史特别是民国诗词学史具有填补空白的意义。相对比较而言，本丛书所包括的诗词选本、诗词史料、诗词学等内容是极为丰富的。丛书的出版以及续编的再启动，将对民国时期文学与文化研究的深入将起到较大的推动作用，对民国戏剧学、小说学、散文学、赋学、文学批评等专题研究的深化亦将大有裨益。

（方俊整理）

《中国近现代稀见史料丛刊》陆续出版

由张剑、徐雁平、彭国忠主编，凤凰出版社出版的《中国近现代稀见史料丛刊》（以下简称《丛刊》）系中国社会科学院文学研究所"中华文学史料学学会"重大规划项目，目前已推出前两辑。《丛刊》侧重整理那些辨识不易、流传稀少、整合困难的稿钞本文献，包括日记、书信、奏牍、笔记、诗文集、诗话、词话、序跋汇编等，旨在揭示宏大的中国近现代叙事背后的历史细节，展现大变革时代个人的生活图景。该丛书的出版，必将为学界提供阅读和研究的便利，从而多层面、多角度地呈现具有连续性的近现代中国社会的肌理与血脉、骨力与神韵，为中华文明的成功转型与伟大复兴提供有益的借鉴。

《丛刊》第一辑已于 2014 年 3 月出版，共收录以下十种：《莫友芝日记》《汪荣宝日记》《翁曾翰日记》《邓华熙日记》《贺葆真日记》《徐兆玮杂著七种》《白雨斋诗话》《俞樾函札辑证》《清代两代金石书画史》《扶桑十旬记（外三种）》。

《丛刊》第二辑于 2015 年 4 月出版，此辑共收书 13 种 14 册：《翁斌孙日记》《张佩纶日记》《吴兔床日记》《赵元成日记（外一种）》《1934—1935 中缅边界调查日记》《十八国游历日记》《潘德舆家书与日记（外四种）》《翁同爵家书系年考》《张祥河奏折》《爱日精庐文稿》《沈信卿先生文集》《联语粹编》《近代珍稀集句诗文集》。

根据出版计划，《丛刊》第三辑 10 种将于 2016 年初出版，第四、第五辑的编选工作正在进行中。专家一致认为，《中国近现代稀见史料丛刊》一、二辑及其后续的陆续出版，将与其他已经整理出版的文献相互联系，形成一个丰茂的文献群，逐步推动近现代文献建立起较为完备的体系，为近现代社会文化演变整体观的形成打下坚实的文献基础。

（齐伯伦整理）

投稿须知

一、刊物介绍

《民国旧体文学研究》为纯粹的学术刊物，为中国韵文学会、中国近代文学学会的会刊之一。暂定半年刊。目前采取以书代刊的方式。创刊号 2016 年 7 月已由国家图书馆出版社出版。本刊物由南京师范大学词学研究中心、民国旧体文学研究所主办，由胡韵琴学术基金会、国家图书馆出版社、《全国报刊索引》编辑部、中华诗词研究院、复旦大学中国语言文学研究所、河南大学近代文学研究中心、苏南文学与文化协同创新研究中心（常熟理工学院）、南京师范大学图书馆、南京师范大学中国古代文学研究中心、采薇阁等单位协办。目的为推进民国旧体文学及其文化、民国文献等方面研究的深入，开拓民国旧体文学研究领域。此刊刊登的内容主要有七大板块。

板块一，民国旧体文学本体类。 专门针对民国旧体文学本身相关问题进行的各种研究，属于民国旧体文学史领域。其中设置诸如唐圭璋研究、龙榆生研究、夏承焘研究等专栏。

板块二，民国旧体文学学术研究。 专门探讨民国时期对古代、近代的诗词、曲、赋、文及其批评的研究，属于民国阶段的古典文学学术史领域。

板块三，民国旧体文学与文化。 研究民国旧体文学与西方文化、传统文化、新文化以及当代文化等关系。

板块四，民国域外汉学与旧体文学。 主要针对民国域外汉文学、汉学。

板块五，民国文献电子资源研究。 专门对当前有关民国旧体文学等电子资源进行学术性的评估与推广，促进民国旧体文学等文献的数据化。此板块主要由《全国报刊索引》编辑部负责编辑。

板块六，民国以来旧体诗词曲赋创作。 适当对民国以来（包括当代）的旧体诗词曲赋进行搜录、评选、刊登。

板块七，学术资讯与研究动态。 专门针对当前与民国旧体文学有关的各种学术资讯与研究动态。如学术杂著、研究综述、学术活动信息、著述评介等。

凡与民国旧体文学相关的各种文献、史料（如目录、年谱、话体文献以及各种稿本稀见文献等）与论述等文章，均可。欢迎投稿。

二、投稿事宜

1. 投稿方式

本刊只接收电子稿件。请在稿件上标明个人简介、单位及通讯地址与联系电话、电子信箱。投稿邮箱：mgjtwxyj2016@126.com

2. 论文格式规范

（1）全文为 WORD 文档，简体排版。主要参考《文学遗产》格式。

（2）标题：三号宋体，居中。作者姓名，四号楷体，居中。作者下方为作者单位，五号宋体，居中，不加括号。

（3）正文：五号字体；行距：18 磅。正文中小标题：四号黑体居中。

（4）注释，小五号字。采用页下注（脚注），用①②格式，每页重新编号。注释格式按照：作者名（编者名）+《作品或文集名》+ 出版社 + 日期 + 引用页码。